U0165904

從《金瓶梅》到鴛鴦蝴蝶派

中國通俗小說探賾

徐志平—著

五南當代學術叢刊

五南圖書出版公司 印行

自序

　　綠天館主人（馮夢龍）的〈古今小說序〉說：「大抵唐人選言，入於文心；宋人通俗，諧於里耳。」意思是：唐代小說用的是「選言」，也就是精選過比較精緻優雅的語言，因此符合文士的喜好；宋代小說用的是通俗的語言，更適合普通百姓耳朵的聽聞。其言甚是，但通俗小說之所以「諧於里耳」不只語言通俗，更因為無論故事取材或人物言行，以及生活觀、價值觀更貼近一般民眾。誠如笑花主人〈今古奇觀序〉所謂的「極摹人情世態之歧，備寫悲歡離合之致」，通俗小說就像魯迅所說的是「為市井細民寫心」，自然更受普羅大眾的歡迎，這也是我喜愛通俗小說的原因之一。

　　通俗小說在明代蔚為大觀，甚至成為明代文學的代表之一。至於明代通俗小說的文學的成就，自以四大奇書為首，而以晚明的話本小說接力。

　　四大奇書中，又以《金瓶梅》的研究最富挑戰性。作者問題、版本問題、故事源流問題等，到目前為止仍眾說紛紜，未有定論，加上主題之錯綜複雜、情色描寫之充滿爭議、人物形象之鮮明生動、語言運用之活潑精彩、現實生活反映之豐富多元，吸引了大批學者投入研究行列。筆者忝為古典小說研究者，亦不免為之動心，先後發表了〈《金瓶梅詞話》與崇禎本《金瓶梅》敘事者之比較〉、〈人情小說的雜語現象 —— 從《金瓶梅》到《躋春臺》〉（二文已收入《明清小說敘事研究》一書）、〈《金瓶梅詞話》中的男性身體 —— 以西門慶為中心的考察〉、〈從文學史看《金瓶梅》在民國初年的接受狀況〉、〈傅惜華藏乾隆抄本《金瓶梅傳奇》內容考訂及主題探究〉（此三篇收入本書）等五篇論文。這些論文先後在台南成功大學、山東五蓮、山東蘭陵、廣州暨南大學、上海復旦大學（視訊）舉辦的各屆「國際《金瓶梅》學術研討會」中宣讀，會後也都收入會議論文集或《金瓶梅研究》期刊。我在這些研究做了一些西方文學理論應用的

嘗試，包括敘事者理論、接受理論、狂歡化敘事、身體研究、影響研究等，效果如何，有待方家不吝給予指教批評。

　　我研究話本小說二十餘年，著有專書三本（《晚明話本小說《石點頭》研究》、《清初前期話本小說之研究》、《五色石主人小說研究》），以及相關單篇論文十餘篇，自宋元話本至明清擬話本皆有過論述，但主要集中在較受忽視的清代話本小說。我的博士論文研究清初，近年則陸續對清代中後期的話本進行考索，除了前面提到的〈人情小說的雜語現象 —— 從《金瓶梅》到《躋春臺》〉之外，還發表了〈清代中期話本小說敘事模式析論〉（亦收入《明清小說敘事研究》），以及〈清代中後期話本小說體制及狂歡化敘事之比較 —— 以改編《聊齋》之作為主〉，以及對清代話本序跋全面考察析論的〈清代話本序跋考論〉（四篇都是科技部計畫的研究成果，後二篇收入本書）。此外，也將較早發表的〈明末清初話本小說對科舉制度之批判〉以及〈第二性中的他者—清初話本小說中的妾、媳與婢女〉收錄進來，以見話本小說在科舉史和婦女史方面的研究價值。

　　在話本小說研究告一段落之後，逐漸將研究視野延伸至近代小說。我的第一篇近代小說研究〈《風月夢》中的兩性張力〉先在河南大學主辦的「中國近代文學學會小說分會第四屆年會暨中國近代小說學術研討會」（2013年9月）宣讀，後來刊登於河南一級期刊《漢語言文學研究》第17期。2013年11月14日，我到中正大學中文系聆聽復旦大學黃霖教授講「上海灘上的鴛鴦蝴蝶是美麗的」，黃教授細說了鴛鴦蝴蝶派的特色與功過。這場演講引發我對鴛鴦蝴蝶派的興趣，自2014年起連續向科技部提出「鴛鴦蝴蝶派短篇小說研究」（2014）、「周瘦鵑在《禮拜六》雜誌中的小說成就」（2015）、「民初倡門小說研究」（2016）、「民初商界小說研究 —— 以江紅蕉為中心」（2017）、「民初黑幕寫作研究」（2018）、「《禮拜六》雜誌的批評意識」（2019）等研究計畫，皆獲通過補助。本書第九至十五章，即為這些年科技部計畫的研究成果。這些研究成果都曾

經在國內外舉辦的學術研討會上宣讀，並在修改後發表於學術期刊。

　　由於有科技部的補助，我幾乎每年都到上海圖書館去蒐集資料，並得以向復旦大學的黃霖教授、袁進教授請益，謹借此筆端，向科技部及研究計畫審查諸公致意。

　　附錄二篇考證鴛鴦蝴蝶派作家生平，或有學者認為類此瑣碎考證不具有學術價值，其實一切研究皆應奠基於考證。鴛鴦蝴蝶派受到早期文學史家的誣衊，除了名氣響亮的包天笑和周瘦鵑外，其他作家生平大多湮沒不聞。筆者所留意的兩位鴛鴦蝴蝶派健將，江紅蕉被稱為「交易所真相的探祕者」（芮和師語）、何海鳴被稱為「倡門畫師」（范伯群語），二人的作品各有特色，民國12年嚴芙孫編《全國小說名家專集》，江、何二人皆列名其中，當時他們都擁有全國知名度，然而後人對他們認識極淺。筆者花了許多功夫，透過他們自己的著作及他們同代人的文章，細加考證、梳理，希望後人對他們的誤解可以減少一點，相信對於想要從事鴛鴦蝴蝶派相關研究的學者，亦或多或少有點幫助。

　　不覺間，側身學術研究行列已經超過三十年。由於賦性疏懶，並沒有做出可觀的成績，但研究工作已經成了生活中的日常，即使在學校兼行政工作極忙碌的日子，每年還是抽空在國內外參加一到兩次學術研討會，並盡可能完成兩到三篇學術論文。回想大學「歷代文選」課堂上讀到韓愈的〈送王塤序〉，謂：「沿河而下，苟不止，雖有遲疾，必至於海；如不得其道也，雖疾不止，終莫幸而至焉。」韓愈的本意是勉勵王塤走聖人之道，不過我斷章取義，常以「苟不止，雖有遲疾，必至於海」這幾句自勉，每天做一點研究，持之以恆，雖不能成為大學者，但或早或遲，也許還是可能在學術上有所貢獻吧！

徐志平

序於嘉義大學中文系

2020年11月20日

CONTENTS
目　次

上篇

《金瓶梅》及話本小說論

第一章

《金瓶梅詞話》中的男性身體
以西門慶爲中心的考察*

一、前言

　　本文所說的「身體」，指的是有如法國哲學家梅洛─龐蒂在《知覺現象學》所提出的「知覺的主體」。梅洛─龐蒂說：「我們用我們的身體感知世界」、「身體就是一個自然的我和知覺的主體。」[1]楊大春稱之爲「靈性化」身體，是「身心統一最終實現」的地方。[2]因此，身體不只是物質性的肉體，也包含思想和情感。

　　此外，身體還是一種文化符號，某一時期的某一種身體，傳達了某一種文化信息，並決定其價值的高低。作爲一種文化符號，人們會對肉體加以修飾，例如紋身或裝扮，而這些修飾，亦成爲身體的一部分。

　　中國傳統小說不乏身體書寫，但在以《金瓶梅》爲代表的人情小說出現以前，身體書寫被重視的程度不算太高。人情小說在明代出現，小說開始重視身體書寫，實受陽明心學及其後學的影響，例如陽明嫡傳子弟王艮曾提出「身也者，天地萬物之本也」、「尊道不尊身，不謂之尊道」[3]的說法，身體的地位已得到彰顯。人情小說，實際上就是現實主義小說，《金瓶梅》對於日常生活細節以及身體感官的大量描寫，使明代後期社會

---

* 本章內容原刊於「中國《金瓶梅》研究會」編《金瓶梅研究》第11輯（2015年7月）。

1 【法】莫里斯・梅洛─龐蒂著，姜志輝譯：《知覺現象學》，北京：商務印書館，2005年，頁265。

2 楊大春：《語言 身體 他者──當代法國哲學的三大主題》，北京：三聯書店，2007年，頁163。

3 【明】王艮：〈答問補遺〉，《王心齋先生遺集》卷一。

的陰暗面，透過一個個活生生的身體，鉅細靡遺的展現在讀者眼前。劉衍青說：「這部小說以身體為軸心，反映了晚明社會人們對於金錢、美色、美食的貪婪追求與享受。」[4]有學者甚至說：「我想，《金瓶梅》和《紅樓夢》這些作品的偉大意義，根本不在於為我們伸張了多少時代思想，而在於它們為中國歷史保存了一個個活生生的身體；西門慶的身體，潘金蓮的身體，武大郎的身體；……栩栩如生──正是通過這些具體的身體，我們得以知道那個時代的人是怎樣生活的（而不單是怎樣想的），知道了他們的生與死，以及他們細節化的喜怒哀樂和七情六欲。」[5]這種說法很有道理，《金瓶梅》有很大一部分的意義確實是來自身體書寫。

　　此外，尚有一種「政治態身體」，是由國王和人民共同構成的。康特諾維茨（Kantorowicz）說：

　　國王擁有兩種能力，因為他具備兩個身體，一種是自然態身體，就像其他每一個人一樣，由自然的各部分構成，在這種身體態下，他和其他人一樣，也有七情六欲，也終難免一死。另一種是政治態身體，其中各部分就是臣民，他和其臣民一起構成……，他與他們融為一體，他們也與他融為一體，他就是「頭」，而他們就是各個部分，他對他們擁有唯一的治理權。[6]

由於國王為政治態身體之首，於是也就成為王權的象徵。在《金瓶梅》一書中，西門慶在西門府中有如皇帝，因此也可以從自然態身體和政治態身體兩方面加以考察。

4　劉衍青：〈《金瓶梅》身體書寫的文學價值〉，載《名作欣賞》，2012年02期，頁36。

5　謝有順：〈文學身體學〉，載陳定家編：《身體寫作與文化症候》，北京：中國社會科學出版社，2011年，頁90。

6　原文出自Kantorowicz, Ernst (1957) *The King's Two Bodies*. 轉引自【加】約翰・奧尼爾著，李康譯：《身體五態》，北京：北京大學出版社，2010年，頁55。

　　已經有不少學者留意到《金瓶梅》中的女性身體，尤其潘金蓮和李瓶兒的身體欲望，以及她們所承受的父權壓迫，更是諸多研究關心的焦點之一。從男性身體的角度來探索《金瓶梅》世界的研究，十分罕見。本文打算以西門慶為中心進行這樣的嘗試，看能否觀察到一些被忽略的細節，從而獲得一些有意義的理解。

　　筆者認為《金瓶梅詞話》即使不是崇禎本《金瓶梅》的祖本，至少是較早問世的版本，因此選擇以《金瓶梅詞話》為研究文本。[7]

二、西門慶的兩種身體

　　霍現俊認為西門慶暗指自稱「大慶法王」的明武宗朱厚照[8]，此一說法或許還不能說拿得出百分之百的證據，但西門慶在《金瓶梅》中的表現，確實和古代國君的形象頗為類似。胡衍南稱他是「家皇帝」[9]，也相當貼切。事實上吳月娘曾經稱西門慶為「昏君」，二十六回西門慶要將來旺送官，月娘苦勸不從，向眾人道：「如今這屋裡亂世為王，九條尾狐狸精出世。……恁沒道理昏君行貨！」（頁365）這「亂世為王」之說，是月娘有感而發，恐怕也有作者的寓意在其中。狐狸精指的是潘金蓮，來旺事件西門慶聽信潘氏讒言，反反覆覆，行徑確與昏君無異。因此，當我們把西門慶視為昏君，也可以從自然態身體和政治態身兩個面向，對其身體進行考察。

㈠西門慶的自然態身體

　　西門慶在《金瓶梅詞話》第二回中首度現身，是以潘金蓮的視角介

7　本文以梅節校本《金瓶梅詞話》為研究文本，【明】蘭陵笑笑生著，梅節校訂，陳詔、黃霖注釋：《金瓶梅詞話》，台北：里仁書局，2009年修訂一版。以下引文除了注明回目外，亦標出頁碼，以利回查。

8　霍現俊：《《金瓶梅》發微》，北京：中國社會科學出版社，2002年，頁2。

9　胡衍南：《飲食情色金瓶梅》，台北：里仁書局，2004年，頁58。

紹給讀者的。在潘金蓮眼中，這時的西門慶大約二十五、六年紀，穿著講究，「長腰身」，更有著「張生的龐兒，潘安的貌兒」（頁29），其後敘事者補充，說西門慶「使得些好拳棒」（頁31）。二十九回假吳神仙之口，描述西門慶之長相為：頭圓項短、體健筋強、天庭高聳、地閣方圓、手足細軟豐潤……。（頁412-413）六十九回林太太眼中的西門慶則是：「身材凜凜，語話非俗，一表人物，軒昂出眾。」（頁1122）由上述可知，西門慶無疑為一長相出眾、身材魁梧的美男子。

西門慶對異性顯然有很大的吸引力，如果說就潘金蓮、李瓶兒、林太太這些男女關係較為複雜者來說，只是「乾柴烈火」、「一拍即合」，那麼對於原為楊家「正頭娘子」，身價不菲且守寡了一年多的孟玉樓，她堅決下嫁西門慶作妾，就不能不說是被西門慶的外貌和身材所「征服」。玉樓的母舅張四為了說服玉樓勿嫁西門慶，對西門慶多所批評，說他挑販人口、打婦熬妻、舉止欠端、眠花臥柳，但玉樓欲嫁的決心卻堅定無比（第七回頁93-94），如果不是見面時看中西門慶的外表，玉樓的決心不可能如此堅定。

西門慶對自己的身體也很自豪，在陳洪被參、西門慶關門避禍期間，李瓶兒嫁給蔣竹山，這件事讓西門慶大為光火。西門慶最氣不過的，是李瓶兒竟選擇一個身材和自己相差如此懸殊的對象。西門慶得知此事的第一個反應是：「苦哉！你嫁別人，我也不惱。如何嫁那矮王八！他有甚麼起解？」（十八回，頁244）後來潘金蓮問起，他又強調一次說：「若嫁了別人，我倒罷了！那蔣太醫賊矮王八，那花大怎不咬下他下截來？他有甚麼起解？」（頁249）等到李瓶兒趕走蔣竹山，終於嫁進西門家，西門慶三天不進房，李瓶兒上吊未死，西門慶反指著她罵道：「淫婦！你既然虧心，何消來我家上吊？你跟著那矮王八過去便了，誰請你來？」後來又盤問她，說：「你嫁了別人，我倒也不惱！那矮王八有甚麼起解！」（頁267）為什麼西門慶三番兩次提到蔣竹山是「矮王八」？

研究身體理論的學者認為，體格的壯碩與否，是權力媒介的表現焦

點，「凡是天生壯碩的人，就可能會不由自主（下意識）的欺身向天生瘦弱的人而造成非自覺式的影響力或支配力作用的事實。」[10] 依此理論，身材壯碩的人會不自覺的擁有一種優越感，只有他影響、支配他人的分，豈能容忍反被弱小的人支配、影響。李瓶兒的別嫁，等於宣告西門慶輸給身材遠不如自己的蔣竹山，對自己身體自豪的西門慶豈能無受辱之感，所以才會如此憤怒。

　　無論如何，西門慶確實擁有一個良好的自然態身體，可是他不但不加以維護，反而一再加以耗損。以下我們從「生」與「性」兩個方面，來觀察西門慶如何耗損，甚至殘害他自己的身體。

　　在養生方面：對照明清時期流傳甚廣、影響頗大的高濂的《遵生八牋》[11] 所提出的關於飲食、運動等方面的養生原則，西門慶沒有一項是符合的。首先，在飲食方面高濂認為應秉持「量力而為，不過飽、不食厚味的原則。」[12] 然而西門慶的飲食如何呢？我們不必一一細察，只要用應伯爵的一句話概括便知，伯爵說：「你這胖大身子，日逐吃了這等厚味，豈無痰火？」（六十七回，頁1096）其次在運動方面，高濂主張飯後要散步，室內戶外皆可，而戶外散步的好處是：「杖履門庭林薄，使血脈流通。」[13] 反觀西門慶則很少運動，如前所述，敘事者曾說西門慶「使得些好拳棒」，但全書未見關於他習練拳棒的描述，而除了在十五回寫他踢了一回毬（頁209），也未見其他關於西門慶運動的描寫。

　　在睡眠方面，西門慶顯然極為不足。四十三回寫西門慶元宵夜在王六兒那裡狂蕩了兩頓飯的時間，回到家已經三更，隔天應伯爵問起，他說：

10　周慶華：《身體權力學》，台北：弘智文化公司，2005年，頁54。

11　陳秀芬說：「高濂的《遵生八牋》在同儕與文人中流傳甚廣，頗見影響力；無論是屠隆的《考槃餘事》與文震亨的《長物志》，都可見《遵生八牋》內容的大幅轉錄。查《遵生八牋》的清代刊刻的版本多達六種，乃明人養生書之最，顯見其在後世受歡迎的程度。」陳秀芬：《養生與修身——晚明文人的身體書寫與攝生技術》，新北市：稻鄉出版社，1999年，頁29。

12　參見陳秀芬：《養生與修身——晚明文人的身體書寫與攝生技術》，頁60。

13　轉引自陳秀芬：《養生與修身——晚明文人的身體書寫與攝生技術》，頁61。

「我昨日來家已有三更天氣。今日還早到衙門，拜了牌，坐廳大發放，理了回公事。如今家中治料堂客之事。今日觀裡打上元醮，拈了香回來，還趕了往周南軒家吃酒去，不知到多咱纔得來家。」這裡的敘事，顯然有意表現西門慶的耗精勞神，當時應伯爵奉承他說：「還是虧哥好神思，你的大福，不是面獎，若是第二個，也成不的！」（頁632）這裡雖然表示西門慶身體還很硬朗，但盛極而衰，也隱然有開始要走下坡路的暗示。

西門慶不斷透支體力，五十一回與潘金蓮試胡僧藥，一整個晚上睡不到半個時辰，然後天一亮就穿戴整齊進衙門，中午又去夏家吃酒，直到二更才回家，全沒休息，而潘金蓮則「從打發西門慶出來，直睡到晌午纔爬起來。」（頁770）正好對照了西門慶的休息不足。而西門慶二更回到家後，未休息，又再和潘金蓮行房，算算即使三更前能就寢，到天亮也睡不了多久，所以早晨從衙門中回來後感到疲累，叫篦頭的小周兒幫他滾捏按摩，然後「就在書房內，倒在大理石床上，就睡著了。」（頁781）這裡雖是輕描淡寫，但已透露出西門慶的疲態。西門慶睡沒多久，被玉樓、金蓮、瓶兒等人吵醒，然後應伯爵過來，西門慶便約謝希大打雙陸。不久，又溜到雪洞裡和李桂姐「足幹夠約一個時辰」，「西門慶則使得滿身香汗，氣喘吁吁」（頁793），西門慶此時的疲態更顯。而類似這樣的情況不止一次，六十一回寫西門慶在王六兒處玩樂到二更，回家後和潘金蓮「顛鸞倒鳳，又狂了半夜。」（頁957）即是一例。

體力透支不斷持續，辦李瓶兒後事，使情況更為惡化。西門慶忙了一夜，月娘隔天勸他別去衙門，「大睡回兒起來」，但西門慶記掛翟親家有人要來討回書，又看著拆棚，感到疲累，請小周兒「捏捏身上」。他對應伯爵說：「近日任後溪常說：老先生雖故身體魁偉，而虛之太極。」（頁1069）西門慶此時顯然已有自覺，但依然故我，當晚仍和如意兒縱情淫樂。其後又勾搭上林太太、賁四娘子，西門慶的身體更為虛弱，感覺到「腰腿疼」，又不找醫生，只在晚上叫雪娥「打腿捏身上」（七十八回，頁1348）。隔天想起任醫官的延壽丹，要用人乳吃，到了如意兒那裡，

明明是來修補身體，卻忍不住又和如意兒春風一度。敘事者此時介入道：「不知已透春消息，但覺形骸骨節鎔。」（頁1353）

西門慶的身體狀況愈來愈糟，精神愈來愈不濟。一天晚上，「還未到起更時分，西門慶正陪著人坐著，就在席上齁齁的打起睡來。」（七十九回，頁1367）但他還一心想著王三官娘子藍氏，「餓眼將穿，饞涎空嚥」，因為無法上手，乃趁著酒興，拿來爵兒媳婦解饞。七十九回，敘事者不斷描述西門慶的身體狀況，「李銘等上來彈唱，那西門慶不住只在椅子上打睡」、「到次日起來，頭沉」、「心中只是不耐煩，害腿疼」（頁1369-1371）。身體不斷發出警訊，但西門慶仍然不悟，繼續耗損他的身體，雖說最後是潘金蓮的荒唐行徑害死了他，其實他自己還是要為自己的脫陽而亡，負上大部分的責任。

從以上的討論可知，敘事者不是突然告知讀者西門慶因縱欲而亡身，而是綿延數十回，細寫他如何過度使用精神體力，以致漸漸消乏。我們看到一個健壯身體逐漸崩壞，對身體本身發出的警訊有發覺而不理會，反而變本加厲去消耗它，終於促成其過早衰亡的結局。如果將身體作為國體的隱喻，這可能也隱含了蘭陵笑笑生對於當時社會表面上的承平和繁華的憂心。[14]

在性方面：關於《金瓶梅》性描寫的討論已多，本文無需多談，只從身體角度提出兩方面的觀察：其一是西門慶服食藥物的行為，是否與房中術相關，是否有助於養生？其二是西門慶的縱欲除了力比多（原欲）的釋放之外，還帶有什麼樣的心理補償？

首先，西門慶為了強化他「侵略和征服」的工具，除了借助輔具，更以藥物壯大他的性器。而在服了胡僧的藥之後，他還能夠抑制本身的性

---

14 《金瓶梅》的成書有嘉靖說和萬曆說，而無論嘉靖或萬曆，明代社會都還在承平狀態，黃仁宇《萬曆十五年》第一章開頭便說：「公元1587年，在中國為明萬曆十五年，論干支則為丁亥，屬豬。當日四海昇平，全年並無大事可敘。」見黃仁宇：《萬曆十五年》，台北：食貨出版社，1988年，頁1。

高潮，類似於「採陰」、「取精」的房中術。美國學者費俠莉說：「中世紀，在中國貴族男性閱讀的書中曾經介紹過養陰，以及和房中術相關的技巧。書中設想與多個女性進行性交，激起對方的性欲高潮，抑制自己的射精以實現長壽。」[15]不過這種理論爲許多明代醫家所不取，明末袁黃的《濟陰綱目》即說：「今之言養身者，多言採陰補陽，久戰不洩，此爲大謬。腎爲精之府，凡男女交接，必擾其腎，腎動則精血隨之而流，外雖不洩，精已離宮。」[16]費俠莉認爲，明代的醫家提出的警告，「使得人們認識到生殖精液是數量有限的資源。」[17]七十九回，《金瓶梅》的敘事者亦以「看官聽說」的形式，說道：「一己精神有限，天下色欲無窮。又曰：嗜欲深者，其天機淺。西門慶只知貪淫樂色，更不知油枯燈盡，髓竭人亡。」（頁1378）「髓竭人亡」事實上就是「精盡人亡」，看來《金瓶梅》的敘事者並不相信所謂的「採補」之術。

胡衍南認爲：「西門慶對於性的貪歡完全是感官的享樂，不但從頭到尾都與養生無關，簡直就是一種放肆的耗損。」[18]說西門慶的縱欲，「從頭到尾都與養生無關」，我完全贊同。高羅佩也認爲：「儘管《金瓶梅》的主人公與家內和家外的許多女人都有性關係，既有良家婦女，也有普通妓女，但小說在任何地方也沒有暗示這些私通有壯陽卻老的作用。」[19]因此雖然敘事者曾說西門慶向胡僧「求房術的藥兒」（四十九回，頁738），但胡僧的藥只是幫助西門慶預支他的精力而已，不但無助於養生，反而是促其早死的毒藥。

其次，在心理補償方面，美國學者彼德・布魯克斯引用佛洛依德《性

---

15 【美】費俠莉著，甄橙主譯：《繁盛之陰——中國醫學史中的性（960-1665）》，南京：中央人民出版社，2006年，頁179。

16 轉引自【美】費俠莉著，甄橙主譯：《繁盛之陰——中國醫學史中的性（960-1665）》，頁180。

17 【美】費俠莉著，甄橙主譯：《繁盛之陰——中國醫學史中的性（960-1665）》，頁181。

18 胡衍南：《飲食情色金瓶梅》，頁306。

19 【荷】高羅佩著，李零、郭曉惠等譯：《中國古代房內考》，台北：桂冠圖書公司，1994年，頁303。

學三論》的說法，認為：「所有的性欲都可以被認為是『反常』的，因為它的滿足決不是簡單的跟生殖器官功能有關，而總是與想像和幻覺同質的。」[20] 在《金瓶梅》中，西門慶的性欲顯然也不只是來自生殖器官功能，他的性行為也是帶著想像與幻覺的，那麼他的想像和幻覺成分何在呢？張國星曾說：「西門慶漁色濫淫，說到底是一場英雄夢。」[21] 張國星引用了兩個例子來證明這個說法，其一是七十八回，西門慶在和如意交歡時的一段對話：

　　「章四兒淫婦，你是誰的老婆？」婦人道：「我是爹的老婆。」西門慶教與他說：「你說是熊旺的老婆，今日屬了我的親達達了。」（頁1352）

其二是十九回西門慶鞭打李瓶兒後，問道：

　　「淫婦你過來，我問你。我比蔣太醫那廝誰強？」婦人道：「他拿什麼來比你！你是個天，他是塊磚；你在三十三天之上，他在九十九地之下。休說你仗義疏財，敲金擊玉，伶牙俐齒，穿羅著錦，行三坐五──這等為人上之人，只你每日吃用稀奇之物，他在世幾百年還沒曾看見哩！他拿甚麼來比你？你是醫奴的藥一般，一經你手，教奴沒日沒夜只是想你。」只這一句話，把西門慶歡喜無盡，即丟了鞭子，用手把婦人拉將起來，穿上衣裳，摟在懷裡，說道：「我的兒，你說的是。果然這廝他見甚麼碟兒天來大！」[22]

20　參見【美】彼德・布魯克斯著，朱生堅譯：《身體活──現代敘述中的欲望對象》，北京：新星出版社，2005年，頁51。

21　張國星：〈性・人物・審美──《金瓶梅》談片〉，載張國星主編：《中國古代小說中的性描寫》，天津：百花文藝出版社，1993年，頁280。

22　這裡引用的是《金瓶梅詞話》（頁268-269），和張國星引用的崇禎本內容不同。

張國星分析道：「顯然，西門慶感到興奮和快慰的，是對其人格尊嚴地位的稱許與吹捧，是自己戰勝其他男性後的驕傲與自得。即是說，他占有這兩位女性的深層心理動機，正是在古老的集體無意識作用下，對『女人等於勛章』的人格價值追求。」[23]其實在我看來，西門慶對於人格尊嚴地位的追求，遠不及於「戰勝其他男性」想像，這才是從破落戶發跡的西門慶最深層的心理欲求。雖然佛洛依德認為：「多數男人的性欲之中都混合了侵略性和征服欲。」[24]但我認為西門慶的許多狂妄行徑，更多來自出身低下以及內無實才的自卑感，正如阿德勒所言：「由於自卑感總是會造成緊張，所以爭取優越感的補償動作必然會同時出現。」[25]西門慶爭取優越感的補償動作，一方面表現在對異性的身體傷害（例如在身體上燒香、以碩大的性器迫使異性求饒等），另一方面表現在透過異性奉承語言所進行的自我膨脹的想像。

　　《金瓶梅》的敘事者為我們展現了西門慶肉身的毀壞，在此之前從沒有一部小說能把身體從強健到崩壞的過程描寫得如此細膩，且又能夠安置合理的心理依據。西門慶原有一具硬朗的軀體，之所以後來漸漸成為如任醫官所說的「虛之太極」，有一部分也是因為其內在本虛，《易經·繫辭下傳》：「德薄而位尊，知小而謀大，力小而任重，鮮不及矣！」西門慶正是標準的「德薄而位尊」，當他愈是富可敵國、官場得意，愈容易感到表裏扞格的焦慮，愈需要想像和幻覺的補償，也因此而造成他的倒行逆施。

(二)西門慶的政治態身體

　　布萊恩·特納說：「實際上，王權最初是駐紮在國王的肉體裡面，隨

23　張國星：〈性·人物·審美——《金瓶梅》談片〉，載張國星主編：《中國古代小說中的性描寫》，頁278。

24　【捷克】佛洛依德著，林克明譯：《性學三論》，台北：志文出版社，1994年，頁37。

25　【奧地利】阿德勒著，黃光國譯：《自卑與超越》，台北：志文出版社，1996年，頁52。

著政治理論和權力體制的發展，國王的實際肉體和象徵身體開始分離了，國王的象徵身體最終表現為抽象的統治權，因此，這樣的想法出現了：國王有一個易腐敗毀壞的肉體，還有一個抽象的神聖身體。……因為國王身體的整體性象徵對國家權力的持久來說特別重要，對國王的攻擊就被看成是對國家的攻擊。」[26]

這段話可能會讓我們想起第二十六回，西門慶設局陷害來旺的手法，乃是讓來旺背上「殺主」的不白之冤。也正是這個時候，月娘由於勸不動西門慶，對著玉樓等人罵西門慶「亂世為王」，稱他為「昏君」。西門慶是「家皇帝」，「殺主」即是「弒君」，本來只有死路一條。來旺算很幸運，遇到「仁慈正直」的陰孔目，才能保住一條小命，然而也「已是打得稀爛」（頁370）了。

正如本文前言所引康特諾維茨所說的，政治態身體是一種集合的概念，是由國王和全體臣民一起構成，以西門府而言，即是由西門慶和他的一妻五妾、女兒女婿，以及家僕、僕婦、婢女、小廝等構成，擴大而言，還包括西門慶的結拜兄弟以及在外包養的妓女等等。西門慶是這個政治態身體之首，關係著整個身體的存亡，所以在六十二回李瓶兒死後，西門慶說出「我還活在世上做甚麼」之時，應伯爵說了如下這一段言語：

　　爭耐你偌大的家事，又居著前程，這一家大小泰山也似靠著你，你若有好歹，怎麼得了？就是這些嫂子都沒主兒，常言：一在三在，一亡三亡。哥你聰明，你伶俐，何消兄弟們說。（頁1003）

這裡的「一在三在，一亡三亡」，梅節本《金瓶梅詞話》陳詔、黃霖的注釋是：「言為首者存亡對其他人影響極大。」（頁1005）李布青的解釋

26 【英】布萊恩‧特納著，汪民安譯〈身體問題：社會理論的新近發展〉，載汪民安　陳永國主編《後身體──文化、權力和生命政治學》，長春：吉林人民出版社，2003年，頁22。

則是：「比喻某一個人的存在關係重大。」[27] 意思差不多，而二說都沒有對「三」提出進一步的說明。這句俗諺似乎未見於他書，大概也只能以「三」代表多數來解釋。但在此不妨將三說成是三宮六院中的「三宮」，《漢書》卷八十六〈王嘉傳〉顏師古注謂：「三宮：天子、太后、皇后也。」[28] 事實上就是指整個皇室，一指天子，因此「一在三在，一亡三亡」可以解釋為：天子在則皇室在，天子亡則皇室亡。應伯爵以此譬喻好讓西門慶高興非不可能，再說如果真如霍現俊所言，西門慶暗指明武宗，此一解釋正確的可能性更大。

從政治態身體的角度來看，每一個人的身體都不可能是獨立的「個體」，正如謝爾德所說：「我們自己的身體形象從來不是孤立的，而總是同他人的形象相伴。」[29] 人是群居的動物，一切身體不可能脫離政治權力的體系，「一旦捲入政治領域，既可以毫不遲疑地被殺死而毫無犧牲價值，也可以被看作是權利的合法基石抵禦外在權力的侵蝕；既可以被權力肆無忌憚地任意處理，也可以被權力積極地干預、教化和投資。」[30]

作為政治態身體之首、王權的象徵，只要進入西門府這個體系之中，西門慶可以任意處置其中的每一個身體。他鞭打潘金蓮、李瓶兒，踢打潘金蓮、孫雪兒，把琴童打得皮開肉綻、擺布來旺兒、支使陳經濟、收用春梅、繡春等丫嬛、雞姦書童和王經等等，毫無顧忌，也不用承擔任何後果。然而，就像頭腦和身體各部位靠神經來維繫，一個國家維繫政治態身體的是法律，在西門府中也有一定的規範。理論上，如同「作為政治態身體之首的國王也不能改變身體的法律」[31]，西門府中的運作亦有其一定的

---

27 李布青：《金瓶梅俚語俗諺》，北京：寶文堂書店，1988年，頁155。

28 【後漢】班固撰，唐顏師古注：《漢書》，台北：宏業書局，1978年，頁882。

29 原文出自謝爾德《人體的形象和外表》，轉引自【英】布萊恩·特納著，汪民安譯〈身體問題：社會理論的新近發展〉，載汪民安　陳永國主編《後身體 —— 文化、權力和生命政治學》，頁28。

30 汪民安：《身體、空間與後現代性》，南京：江蘇人民出版社，2006年，頁24。

31 此說出自約翰·福蒂斯丘爵士 (Fortesue, Sir John) *De Laudibus Legum Angliae.* 一書，轉引自【加】約翰·奧尼爾著，李康譯《身體五態》，頁59。

常規，例如正妻月娘具有僅次於西門慶的地位，銀兩出入由她經管，李瓶兒、潘金蓮再怎麼受寵仍須聽命於她，且即使西門慶本人有時亦不得不聽從月娘的主張，例如月娘作主和喬大戶結親，西門慶雖然多次表示「不搬陪」（四十一回，頁611），但仍無可奈何。

雖如敘事者所言，「自古物聽主裁，貨隨客便」（二十六回，頁361），一般臣民在王權之下，似乎只能任君王擺布，然而，「有權力，就有反抗。……反抗是另一面，是權力關係不可消除的對立面。……最常見的是活動的、過渡的反抗點，它們給社會帶來無休止的變遷與分化，打破統一，引起重新組合，穿過所有個體、分裂、改造他們，在他們的肉體和心靈上留下不可磨滅的痕迹。」[32] 在西門府中，反抗從未間斷，只是大多時候，人們敢怒不敢言。來旺潛意識中對西門慶實有極深的恨意，在喝了酒之後，不止一次說要殺西門慶，但終究在權力不平衡的狀態下吃盡了苦頭。雖然如此，老婆惠蓮還是以死來強烈表達對於西門慶的反抗。

來旺在西門府中已算是有地位的家僕，其遭遇尚且如此，相形之下如倡優一般的書童、畫童、琴童等小廝，其身體被權力所操控，自然更不在話下。其中書童是門子出身，讀書識字，甚得西門慶寵信。但西門府中仍以倡優待之，西門慶玩弄他，還要他「少要吃酒，只怕糟了臉」（三十四回，頁494），又叫他去服侍好南風的安進士（三十六回）。幫閒應伯爵指使他著女妝唱曲，唱完讚美道：「不枉了與他碗飯吃。」（三十五回，頁517）伯爵的理論是：「粉頭、小優兒如同鮮花兒，你惜憐他，越發有精神。你但折剉他，就敢〈八聲甘州〉『慚慚瘦損』，難以存活！」（四十六回，頁672）這話看來像是憐香惜玉，實則不尊重他們的主體性，也就是不把他們當人看待。書童爲西門府盡了不少力氣，但是連玳安都調戲他、欺負他（五十回，頁744、五十一回，頁773），只有玉簫對他好。但當和玉簫的事被揭發時，他選擇先下手爲強，捲走幾十兩銀子和許

32　【法】米歇爾・福柯著，尚衡譯《性意識史》第一卷，台北：桂冠圖書公司2006年，頁82-83。

多細軟，一溜煙跑了。（六十四回，頁1024）書童私通西門慶的婢女，取走西門慶的財物，也可以說是一種對於西門府權力的反抗。

以西門慶為首的政治態身體，如前引理論本當還有一個抽象的神聖身體，換句話說：國王死了，王權仍在。然而由於西門慶死時未有子嗣，王權沒有托身之處，這個政治態身體迅速瓦解，家規蕩然，上下相亂，進入失序狀態。譬如奴才來保不但中飽私囊、強姦丫嬛，還三番兩次前來挑逗、調戲月娘（八十一回），如果此時西門慶還在，就算來保有九條命也不夠死。政治態身體不能無首，為了延續殘存的王權，小說結尾孝哥兒被普靜禪師幻化而去後，月娘必得找一個繼承人，最後月娘選擇了玳安。霍現俊說玳安影射嘉靖皇帝，認為：「作者有意識地把他塑造成西門慶的倒影。」[33]這種說法頗具創意，如果從政治態身體的角度看來，似乎也有一些道理。

三、身體的標記

文學中的身體，往往由於有特殊的標記，才容易被辨認，彼得·布魯克說：「身分及其辨認似乎有賴於標上了特殊記號的身體，……給身體標上記號，這意味著它進入了寫作，成了文學性的身體，一般來說，也就是敘述性的身體，因為記號的刻錄有賴於一個故事，又推演出這個故事。給身體打上記號，這是關於進入了寫作的身體成為文學敘述之主題的一個象徵。」[34]在《金瓶梅》一書中，女性身體出現較多的標記，潘金蓮、宋惠蓮的小腳，李瓶兒、如意兒白皮膚，以及秋菊身上的傷痕，都是小說中刻意強調的。至於男性身體的標記，則除了西門慶、陳經濟、應伯爵等少數幾人外，一般都較為模糊。

前文已經對西門慶的自然態身體做了比較詳細的討論，其中最能標記西門慶身體的，無疑是他原本就偉岸，用了胡僧藥後更為碩大的「那話

33 霍現俊：《《金瓶梅》發微》，頁123。

34 【美】彼得·布魯克著，朱生堅譯《身體活——現代敘述中的欲望對象》，頁3-4。

兒」。[35]他不斷在異性面前展示，以取得對方的驚嘆為樂[36]，並以此讓異性告饒為得意。其實這種行為極其幼稚，其得意則純為父權的想像，「陰莖崇拜的標記似乎符合並激起女人完全奉獻自己及其身體的欲望──在服從於男性欲望之中，實現她自己的欲望。……這完全是一個父權制的設想，一種幻想以男性欲望為主宰的設定。」[37]我們已經分析過西門慶以性征服尋求想像中的補償，他碩大的陽具正是這個補償行為的最佳標記。

　　無獨有偶的，西門慶的接班人陳經濟也是以性器官標記其身體的。異於強調西門慶的碩大，陳經濟的特徵為長，並且以「棍子」為具體的比喻。八十二回金蓮隔窗為他吹簫，即寫「這小夥兒站在炕上，把那話兒弄得硬硬的，直豎的一條棍，隔窗眼裡舒過來。」（頁1428）八十六回陳經濟和金蓮的姦情敗露，又開玩笑說孝哥兒「這孩子倒像我養的」，把月娘氣昏了，後來親率眾人棒打陳經濟，「打的這小夥兒急了，把褲子脫了，露出那直豎一條棍子來。」（頁1479）然而陳經濟不像西門慶始終扮演欲望主體，他有時是欲望客體，他的後庭也成為其他男性玩弄的對象。這兩項標記象徵了此一人物的雙重性，他其實頗為好強，但既無手段，又無擔當，可悲亦可憐，遭遇慘卻很難引起同情。

　　《金瓶梅》重要的男性人物除了西門慶和陳經濟外，當屬頭號幫閒應伯爵。小說除了描寫應伯爵的巧言令色，以及如在金釧小解時用草戲弄她（五十四回，頁934）的下流行徑之外，極寫其饞。四十二回應伯爵等人「每人青花白地吃一大深碗八寶攢湯，三個大包子，還零四個桃花燒賣。」（頁624）四十六回伯爵和希大「二人整吃了一日，頂賴吃不下

---

[35] 第四回已刻意形容其「那話兒約有六寸許長大，紅赤赤黑鬚，直豎豎堅硬，好個東西！」（頁58）五十回用了胡僧的藥後，「登時藥性發作，那話兒暴怒起來，露稜跳腦，凹眼圓睜，橫筋皆見，色若紫肝，約有六七寸長，比尋常分外粗大。」（頁745）五十一回西門慶亦把那話兒「弄得大大的，露出來與他（潘金蓮）瞧。婦人燈下看見，唬了一跳。」（頁765）

[36] 五十回寫西門慶在和王六兒交合之後，不洩，回到李瓶兒房內，「因把那話兒露出來，與李瓶兒瞧。唬的李瓶兒了不的，說道：『耶嚛！你怎麼弄的他這等大？』」（頁750）

[37] 【美】彼得‧布魯克著，朱生堅譯《身體活──現代敘述中的欲望對象》，頁92。

去。見西門慶在椅子上打盹，趁眼錯把菓碟兒帶減碟倒在袖子裡，都收拾了個淨光。」（頁685）五十二回也是他們兩個，「拿起箸來，只三扒兩咽，就是一碗，兩人登時狠了七碗，西門慶兩碗還吃不了。」（頁784-785）同一回畫童兒拿出四碟鮮物，「西門慶還沒曾放到口裡，被應伯爵連碟子都擱過去，倒的袖子。」（頁794）六十七回愛月兒送給西門慶一包親口磕的瓜仁兒，「這應伯爵把汗巾兒掠與西門慶，將瓜仁兩把喃在口裡，都吃了。」（頁1072）一見到食物，伯爵即饞渴忘形，這些不斷重複的描寫，標記了伯爵充滿了口腹之欲的身體。

　　正如吳存存所說的，在與眾多男性人物的比較中，西門慶始終是最為強而有力的，她說：「《金瓶梅》裏除了西門慶，所有的男性都是顯得猥瑣無能，或迂滯冥頑，或輕佻油滑，幾乎都不堪入目。」[38]也因此除了西門慶外，身體被反覆標記的，也只有陳經濟、應伯爵等少數幾人，而這幾個人也因此可以在中國小說人物發展史上，占有一個小小的位置。

　　身體的標記恰好說明了小說的性質，《金瓶梅》的男性身體所標記的，正是「飲食男女」的欲望世界。

結語

　　美國學者簡‧蓋洛普在所著《通過身體思考》一書的序言中說：「我時常是通過自我的生活經歷進行思考的：也就是說，我在自己進行閱讀闡釋的過程中苦苦追求的相互聯繫的鏈條，是滲透在發生於我自身的一系列事件之中的。」[39]作家透過身體經歷來從事寫作，並創造出作品中的各種身體，可知文本中的身體，以及創作者的身體，都值得吾人關注。

　　本文只就《金瓶梅》中的男性身體，以西門慶為中心人物進行考察。我們發現《金瓶梅》對於西門慶身體耗損的敘寫綿延數十回，看到一個對

38　吳存存：《明清社會性愛風氣》，北京：人民文學出版社，2000年，頁99-100。

39　簡‧蓋洛普著，楊莉馨譯《通過身體思考》，南京，江蘇人民出版社，2005年，頁7。

於身體警訊不予理會，反而變本加厲，終於促成其過早衰亡，而這可能也隱含了蘭陵笑笑生對於當時社會表面上的承平和繁華的憂心。我們也分析了西門慶可能因為自卑和空虛，為尋求想像和幻想上的補償而在性行為上倒行逆施。此外，被吳月娘稱為「昏君」的西門慶，除了自然態身體，同時具有政治態身體。作為西門府政治態身體之首，對於府中所有人，除了月娘之外，幾乎擁有生殺予奪的權力，但因為死時沒有子嗣，王權無所寄托，其政治態身體迅即瓦解。

最後，我們也分析了《金瓶梅》中男性身體上的標記，西門慶、陳經濟身上反復被標記的是他們異常的性器官，至於幫閒之首應伯爵則標記了他貪饞的口欲。這幾位主要男性角色身上的標記，說明了《金瓶梅》所刻意展示的，正是「飲食男女」的欲望世界。

第二章

傅惜華藏乾隆抄本《金瓶梅傳奇》內容考訂及主題探究*

一、前言

　　王文章主編的《傅惜華藏古典戲曲珍本叢刊》第24冊收錄了三種《金瓶梅》傳奇的抄本，依據扉頁提要說明，第一種爲《金瓶梅》2卷存下卷15齣，第二種爲《金瓶梅》存上卷9至16齣、下卷1至8齣，第三種爲《金瓶梅傳奇》（存28齣）。[1]其中第二種存24齣，和鄭振鐸藏的18齣抄本合訂，收入《古本戲曲叢刊》。第一種據陳維昭〈清代《金瓶梅》戲曲的版本及作者問題考辨〉[2]一文考證，所存實爲12齣而非15齣；第三種陳維昭認爲實存27齣而非28齣，這一點筆者存疑，將在文中討論。陳維昭對這三種抄本都做了論述，不過限於篇幅，無論內容考訂或藝術表現等方面，都還有待進一步梳理探究。

　　《金瓶梅傳奇》的作者不詳，《傅惜華藏古典戲曲珍本叢刊》本的提要題「無名氏（一說鄭小白）撰」。鄭小白之說始見於王國維《曲錄》，該書卷五《金瓶梅》條下註：「國朝鄭小白撰，小白佚其名，江都人。」[3]王國維的依據是《傳奇彙考》，但《傳奇彙考》所錄的是哪一個

---

*　本章內容曾在「第十六屆（上海）國際《金瓶梅》學術研討會」宣讀，並將收入最近一輯《金瓶梅研究》期刊。

1　王文章主編：《傅惜華藏古典戲曲珍本叢刊》二十四冊，北京：學苑出版社，2010年。按，該叢書所收錄的三本傳奇，前二種扉頁上之書名都只有「金瓶梅」字樣，而第三種則爲《金瓶梅傳奇》，本文依據該叢書之定名。

2　陳維昭：〈清代《金瓶梅》戲曲的版本及作者問題考辨〉，《文學遺產》2017年第二期。

3　王國維：《曲錄》，台北：藝文印書館，1971年，頁277。

抄本已無從得知。因此陳維昭認為：「稱『清無名氏撰』，這是較穩妥的表述。」[4]

　　此劇雖題為《金瓶梅傳奇》，但並非《金瓶梅》小說的簡單改編，而是主要取材自《金瓶梅》，以及部分取材自《水滸傳》的重新改寫。劇中稱西門慶的女婿為「陳敬濟」，可知依據的是崇禎本而非《金瓶梅詞話》，至於《水滸傳》的版本則尚難判斷。[5]

　　本章僅針對前述第三種，即傅惜華所藏乾隆抄本《金瓶梅傳奇》加以考論。原因是第二種已有專論[6]，第一種僅存12齣，脫落太甚，只有第三種內容相對完整，且情節結構甚有特色。筆者首先將指明《傅惜華藏古典戲曲珍本叢刊》所錄抄本的編排及裝訂錯誤之處，其次透過與小說《金瓶梅》及《水滸傳》之比較，分析其情節結構，並據以掌握此劇之創作主題。

二、內容考訂

　　《傅惜華藏古典戲曲珍本叢刊》稱《金瓶梅傳奇》「存下卷28齣」，如前所述陳維昭認為只有27齣，他說：「這是因為把〈控濟〉一齣之後的頁首『夜來』二字當成齣名而造成的誤解。」[7]當然這也僅是推測，因為各齣的齣名都是另立一行，而這「夜來」二字卻是在第一行的最上方，只是字形稍大而已。[8]筆者不認為《傅惜華藏古典戲曲珍本叢刊》的編者會如此粗心，當是另有所據（詳見本節最後一段）。郭英德《明清傳奇

4　陳維昭：〈清代《金瓶梅》戲曲的版本及作者問題考辨〉，《文學遺產》2017年第二期，頁157。

5　本文採用的版本為：閻昭典、王汝梅等校點：《新刻繡像批評金瓶梅（會校本、修訂版）》，香港：三聯書店，2009年，以及王利器校訂：《插圖水滸全傳校訂本》，台北：貫雅文化公司，1991年。

6　例如麻永玲：〈《古本戲曲叢刊》所收「金瓶梅」考〉，載《古籍整理研究學刊》第五期，2018年9月。

7　陳維昭：〈清代《金瓶梅》戲曲的版本及作者問題考辨〉，《文學遺產》2017年第二期，頁160。

8　王文章主編：《傅惜華藏古典戲曲珍本叢刊》二十四冊，頁314。

綜錄》也說是27齣，並列舉齣目如下：「說親、雪誘、驚兒、禳解、病囑、遇赦、慶捐、轉胎、乖義、破氽、殺嫂、鬧浦、改裝、上山、逼妻、控濟、託行、盜財、嶽廟、歸訝、姦逃、設計、賺松、訪舅、重逢、竊聽、金橫。」[9]其實上列齣目的順序有相當多錯誤，陳維昭說：「該抄本在流傳的過程中出現過散亂的現象，在重新裝訂時發生了嚴重的錯裝現象。」[10]確實如此。不過陳維昭僅舉一個例子來說明他所說的散亂和錯裝現象，本文則將透過情節的連續性，試圖呈現其原貌。

　　現存的27齣（或28齣）從喬大戶託吳大舅說親寫起，到春梅和敬濟同時死亡為止（情節都和小說不同），情節的發展是可以自成起訖的。中間雖然插入《水滸傳》中的武松故事，但結合得比較緊密，不會讓人覺得太過突兀。

　　依情節發展，其故事內容如下：第1齣〈說親〉，西門慶答應喬大戶提親；第2齣〈雪誘〉陳敬濟趁機勾搭潘金蓮，春梅撞見二人偷情；第3齣〈驚兒〉由西門慶口中道出官哥兒受到驚嚇生病；第4齣〈禳解〉瓶兒病重，醫藥罔救，請潘法師禳解；第5齣〈病囑〉李瓶兒臨終前叮囑月娘生下孩兒要留心看守；第6齣〈遇赦〉插入武松遇赦事；第7齣〈慶捐〉西門慶瘁死；第8齣〈轉胎〉萬回禪師指出西門慶是明悟尊者轉世，必須再轉世一次才能解脫，月娘產子；第9齣〈乖義〉西門慶的結義兄弟皆不願去拜別；第10齣〈破氽〉孫雪兒告發金蓮與敬濟姦情，金蓮與春梅、敬濟皆被逐出家門；第11齣〈殺嫂〉上接第6齣，武松殺嫂報仇。

　　以上11齣，《傅惜華藏古典戲曲珍本叢刊》本的編排順序無誤。不過第2齣〈雪誘〉有錯簡，頁228與頁244應對調。頁227末句「吓，是哪個？」應接頁224首句「是我」，頁243末句「自從」應接頁228首句「明珠掌內成拋棄」。

9　郭英德編著：《明清傳奇綜錄》，石家莊：河北教育出版社，1997年，頁474。
10　陳維昭：〈清代《金瓶梅》戲曲的版本及作者問題考辨〉，《文學遺產》2017年第二期，頁160。

　　第2齣〈雪誘〉只是兩頁錯裝，問題比較簡單，第11齣〈殺嫂〉的問題就比較複雜了。〈殺嫂〉始於頁275，寫武松假意要娶潘金蓮，王婆和潘金蓮都很高興，叫他晚上回來做新郎，頁278末兩句為「相送都頭去、安排伴○○」，279頁首句卻是「爺如此抬舉，我將何報德」，全不相接，這兩句實屬〈設計〉那一齣的內容。頁278末句「安排伴」應接頁314首句「夜來」，然後此齣便一直到320頁才結束，接下來從12齣到18齣也就整個被錯置了。

　　前述《明清傳奇綜錄》有關《金瓶梅傳奇》27齣目的排列，與《傳惜華藏古典戲曲珍本叢刊》本的順序相同，其第12齣為〈鬧浦〉，這是不正確的。〈鬧浦〉說的是武松被發配，施恩前來送行，之後武松大鬧飛雲浦、血濺鴛鴦樓，此一情節應接在〈設計〉和〈賺松〉之後，也就是武松被陷害之後，現在接在〈殺嫂〉之後，事件的順序亂掉了。第12齣應該是原第17齣〈託行〉，這一齣雖是寫月娘上泰山還願，但刻意安排玳安在請舅爺同行的路上，聽到武松殺死潘金蓮以及被刺配孟州事，可知此齣應接在〈殺嫂〉之後。

　　第13齣為原18齣〈盜財〉，寫李嬌兒趁月娘上泰山，盜取首飾細軟而去；第14齣為原19齣〈嶽廟〉，寫殷天錫在碧霞宮欲玷污月娘不成，玳安等人大鬧而去，禪師引眾人前來，要求月娘將兒子捨給他當徒弟；第15齣為原20齣〈歸訝〉，月娘從泰山回來，得知李嬌兒逃走；第16齣為原21齣〈姦逃〉，寫來旺和孫雪兒逃跑，月娘叫玳安報官，並把小玉嫁給他；第17齣為原22齣〈設計〉，情節回到武松，寫張都監和蔣門神商議如何設計武松以報快活林被奪回之仇；第18齣為原23齣〈賺松〉，寫武松被設計受誣為賊，但這一齣從頁356開始到頁357之後又斷了，頁357應接回頁279，因此〈賺松〉這一齣的頁數應是356、357、279-281。

　　原在第12齣的〈鬧浦〉應該是第19齣，就從頁282頁開始接在〈賺松〉之後；第20齣〈改裝〉講武松被張清孫二娘所抓，二人將他改裝為頭陀，這一齣原為第13齣；第21齣〈上山〉原為第14齣，講武松上二龍山，

武松的結局至此交代結束；第22齣〈逼妻〉原在第15齣，上接武松殺嫂，講陳敬濟到東京設措銀兩不遂，回來責怪大姐，大姐自縊；第23齣〈控濟〉原為第16齣，敬濟被判四十大板、徒三年，被解往淮東，這一齣至頁313結束，但下一齣第24齣〈訪舅〉不在頁314，而是跳到頁358，講陳敬濟在水月庵修殿做工，春梅派張勝來找他；第25齣〈重逢〉敬濟與春梅重逢；第26齣〈竊聽〉張勝聽到春梅和敬濟想要害他，殺死敬濟，而春梅早已死在床上；第27齣〈金橫〉講金帥幹離不伐宋，勢如破竹，這一齣只有三行，全劇可能未完。

由上可知，現存《金瓶梅傳奇》27齣的順序當為：說親、雪誘、驚兒、禳解、病囑、遇赦、慶捐、轉胎、乖義、破氈、殺嫂、託行、盜財、嶽廟、歸訝、姦逃、設計、賺松、鬧浦、改裝、上山、逼妻、控濟、訪舅、重逢、竊聽、金橫。

最後有關此劇究竟存27齣或28齣的問題，由於〈鬧浦〉這一齣應該是寫武松大鬧飛雲浦，但頁286至頁289演的是血濺鴛鴦樓，已非〈鬧浦〉這個齣目可以含括。懷疑血濺鴛鴦樓應該是獨立的一齣，只是齣目遭失了。如果真是如此，那麼《傅惜華藏古典戲曲珍本叢刊》本提要說的「存下卷28齣」就沒有錯了。

三、主題探究

關於《金瓶梅》的主題，吳敢《金瓶梅研究史》整理了數十種說法，未成定論。[11]《金瓶梅》是世情小說的代表作，魯迅說：「就文辭與意象以觀《金瓶梅》，則不外描寫世情，盡其情偽。」[12] 由於「世情」的面向甚多，學者各取所需，有關《金瓶梅》主題的說法自然就各有不同了。

現存的《金瓶梅傳奇》從「說親」為始，相應於崇禎本《金瓶梅》為第41回，以「金橫」為終，即金兵攻來，已至小說結尾之第100回。在

---

11 吳敢：《金瓶梅研究史》，鄭州：中州古籍出版社，2015年，頁161-168。
12 魯迅：《中國小說史略》，《魯迅全集》第三卷，台北：唐山出版社，1989年，頁192。

這60回中，小說描述了西門慶貪贓枉法，縱欲妄爲的各種行徑，而西門府內的妻妾鬥爭，也在這60回中達到最高潮。王汝梅說：「這種描寫不是孤立的，它不但直接描寫了朝廷內部的矛盾鬥爭，而且把西門之家和官府、朝廷的上下勾結連綴描寫，暴露了明代官場的黑暗，政治的腐朽。在某種意義上，可以說西門慶家庭是明王朝的縮影。」[13]浦安迪也說：「在小說結尾，家庭的厄運與宋王朝的土崩瓦解緊密地聯繫起來，使閉鎖的庭院小天地與外部世界互相照映，這又是小說的另外一種重要構思。」[14]李志宏換一種說法，說：「《金瓶梅》寫定者採取『家國同構』的比喻關係敷演故事。」[15]這種「家國同構」的恢宏格局，在《金瓶梅傳奇》中是見不到的。因爲西門慶在劇中只現身在前面的7齣，小說41至79回中的種種劣行，在劇本中是完全略過的，妻妾鬥爭部分也只有點到爲止，完全談不上什麼「家國同構」。

西門慶死後，由陳敬濟取得了男主角的位置，浦安迪認爲：「小說後20回是重演西門慶享盡榮華富貴的短暫一生的一種平行結構，那就是讓陳經濟承襲西門慶的衣鉢，在花園小天地之外把西門慶在裡面來不及演完的一齣傾家毀身的戲繼續演完。」[16]陳敬濟不具有西門慶的本事，後來落魄到當乞丐、當道士、當工人，但透過他的遭遇，小說更爲廣闊的反映了市井階層的生活情形。例如陳敬濟做道士時欺負他的劉二，不過是周守備府中親隨張勝的小舅子，卻能「倚強凌弱，舉放私債與巢窩中各娼使用，加三討利。有一不給，搗換文書，將利作本，利上加利。」[17]像這種危害地方的地頭蛇，給老百姓帶來多少痛苦？而劇本對於劉二如何成爲地方一

13 王汝梅：《金瓶梅探索》，長春：吉林大學出版社，1990年，頁3。

14 浦安迪著，沈亨壽譯：《明代小說四大奇書》，北京：三聯書店，2006年，頁64。

15 李志宏：〈《金瓶梅》演義——儒學視野下的寓言闡釋〉，台北：台灣學生書局，2014年，頁15。

16 浦安迪著，沈亨壽譯：《明代小說四大奇書》，頁96。

17 閻昭典、王汝梅等校點：《新刻繡像批評金瓶梅（會校本、修訂版）》，香港：三聯書店，2009年，頁1329。

害，卻全無著墨。由此一例可知，《金瓶梅傳奇》對於反映市民生活是有
所不足的。

再者，正如吳敢所言，「在探討《金瓶梅》主旨時，自然繞不開小
說中的性描寫。」[18]張國星說：「《金瓶梅》中的性描寫，是笑笑生刻劃
人物性格心理、構架人物命運、完成其藝術目的的重要之筆，反映著作家
的文化－藝術觀念，是小說不可分割的有機部分。」[19]小說中那些露骨的
性描寫，在劇本中是完全不存在的，因此有關性愛的主題，在《金瓶梅傳
奇》也是欠缺的。

要將幾十萬字的《金瓶梅》後六十回，濃縮成這自成段落的27或28齣
幾萬字的《金瓶梅傳奇》，勢必有所取捨。那麼，經過改編重寫後的《金
瓶梅傳奇》，其主題思想何在呢？

林鶴宜研究明清傳奇敘事的程式性，發現「傳奇劇本大體上由生、
旦兩條相互配合而對稱的主線，加上『正面人物輔助線』，或『反面人
物對立線』、『武戲（或征戰或義俠）情節線』等交錯穿梭，構成整部
劇作。」[20]不過傳奇結構變化很多，尤其明末清初作家「戲劇意識空前加
強，……爲了增強傳奇戲曲的戲劇性，他們在排場的設置方面更爲精心，
多有創闢。」[21]《金瓶梅傳奇》就不是以生、旦爲兩條對稱的主線，而是
以武松、西門慶、陳敬濟三個男性主角爲中心的三個塊狀結構組合而成。
此劇腳色的分配十分特別，武松是「生」、西門慶是「小生」、陳敬濟是
「小」，由這三位主要人物爲中心展開故事情節。

由於全劇分割成各自獨立卻又互爲因果的三大段落，每一個段落都

18　吳敢：《金瓶梅研究史》，頁164。

19　張國星：〈性・人物・審美——《金瓶梅》談片〉，張國星主編：《中國古代小說中的性描寫》，
　　天津：百花文藝出版社，1993年，頁271。

20　林鶴宜：〈論明清傳奇敘事的程式〉，載徐朔方、孫狄克編：《南戲與傳奇研究》，武漢：湖北教
　　育出版社，2004年，頁463。

21　郭英德：《明清傳奇戲曲文體研究》，北京：商務印書館，2004年，頁323。

各有主旨，以下透過對這三個段落的情節及人物形象分析來探究此劇的主題。

(一)報：以武松爲主角的情節之主題

　　武松的腳色是生，這裡指的應該是「武生」。他出現在第6齣〈遇赦〉、第11齣〈殺嫂〉；第17至21齣（〈設計〉、〈賺松〉、〈鬧浦〉、〈改裝〉、〈上山〉）則從痛打蔣門神、大鬧飛雲浦、血濺鴛鴦樓、改裝爲頭陀上二龍山落草爲止，大抵取材於百二十回本《水滸傳》的27至31回。[22]武松的戲分多達7齣，大部分內容是小說《金瓶梅》所沒有的，增加這些劇情的原因當如陳維昭所言：「『文戲』與『武戲』的故事組合正可以構成『一張一弛』的審美張力場，這完全是一種劇場意識的產物。」[23]

　　然而作者並非任意擷取《水滸傳》中有關武松的內容來湊數，考察這7齣故事的劇情發展可以發現，它們以兩個重大事件爲焦點，即「殺嫂」和「上山」，而這兩個事件又都和「報仇」有關。

　　第6齣「遇赦」是作爲武松在第11齣「殺嫂」的伏筆，爲武大報仇後被刺配孟州則是此一事件的結束，而同時又是「上山」事件的開端。在《水滸傳》，武松在被刺配孟州的路上曾和張清夫婦交手，然後武松才到孟州，《金瓶梅傳奇》將這些情節略過，直接跳到在孟州被張都監設計而入死牢。劇本保留了大鬧飛雲浦、血濺鴛鴦樓、張清夫婦將他改裝爲頭陀等情節，則都是爲了「上山」做鋪陳。事實上《水滸傳》中武松上山前尙有醉打孔亮以及與宋江重逢等事件，在《金瓶梅傳奇》也都略過。反而在上二龍山部分，《水滸傳》僅交代「看官牢記話頭，武行者自來二龍山，

22　王利器校訂：《插圖水滸全傳校訂本》，台北：貫雅文化公司，1991年，頁423-485。

23　陳維昭：〈清代《金瓶梅》戲曲的版本及作者問題考辨〉，《文學遺產》2017年第二期，頁161。

投魯智深、楊志入夥了，不在話下。」[24] 而在《金瓶梅傳奇》，則用了〈上山〉這一齣寫武松先與楊志相鬥，再由楊志引他上二龍山。這一齣是「武戲」，顯然是為了增添熱鬧氣氛而加寫的。[25]

武松殺嫂之後的行事，對小說《金瓶梅》而言是無關緊要的，因此只簡單提到武松「投十字坡張青夫婦那裡躲住，做了頭陀，上梁山為盜去了。」[26] 直接就把武松送上梁山，當然也就不會有大鬧飛雲浦、血濺鴛鴦樓那些事件了。

《金瓶梅傳奇》為強化演出效果，綰合《金瓶梅》和《水滸傳》中的武松故事，陳維昭說：「該劇兩條線索結合得較為緊密。」[27] 確實如此。如上所言，這兩條線索有一個共同主題，就是「報仇」。在〈殺嫂〉這一齣，武松報仇之前高唱：「報讐男子事，不愧是英雄」，殺了潘金蓮和王婆之後，道：「今日裡除兇報兇於懷□鬆。」而眾人同唱：「呀，這才是英雄舉動。」[28] 而在〈鬧浦〉這一齣，則是報自己被誣陷之仇，後來改裝投二龍山，也自稱是「殺讐避禍」。作者捨棄了小說中的諸多情節，只保留了兩個殺仇事件，彰顯了「報仇」的主題。

另外值得注意的是，上述兩個「報仇」事件，都跟「設計」有關。武松設計騙娶潘金蓮再把她殺掉，後來卻被張都監設計而入於死牢。此一對比相當有趣，一方面表現出武松的細心，另一方面則刻劃了他性格中的盲點，也就是當人家對他施以恩惠，他的細心就被蒙蔽了。施恩正是透過「施以恩惠」，讓武松幫他奪回快活林，而張都監也看準了這一點，他對武松備極禮遇，讓武松感動無比，「想他禮意殷勤誰若此？我是個犯法囚

24　王利器校訂：《插圖水滸全傳校訂本》，頁501。

25　武松上二龍山之事在32回中按下不表，一直到57回才呼應說明，並補敘了施恩、曹正、張清、孫二娘也已經入夥，見《插圖水滸全傳校訂本》頁960。這些內容，《金瓶梅傳奇》皆無。

26　閆昭典、王汝梅等校點：《新刻繡像批評金瓶梅（會校本、修訂版）》，頁1249。

27　陳維昭：〈清代《金瓶梅》戲曲的版本及作者問題考辨〉，《文學遺產》2017年第二期，頁162。

28　王文章主編：《傅惜華藏古典戲曲珍本叢刊》二十四冊，頁275、320。

人，他是個本管監司。他敬咱氣魄真國士，我知恩不酬非君子。」[29] 正是為了報恩的念頭，武松才會落入張都監設下的陷阱，讓他差一點失去性命。

楊聯陞說：「在遊俠的道德標準中，還報的原則是普遍主義的，他是絕對會償還他所接受的每一餐好心的招待，也會對每個人憤怒的眼光還以顏色……。」[30] 這裡所說的「普遍主義」原則，指的是以「小人」（指平民階層）為主，而君子（指知識階層）亦能包容的原則。武松可歸遊俠之流，「報」的原則在此劇中只能屬於武松，而這種原則是可以受到廣大觀眾肯定認同的。

可見《金瓶梅傳奇》有關武松的情節不但有平衡「文戲」和「武戲」的作用，就觀眾而言，也有取得價值認同的作用。

(二)度：以西門慶為主角的情節之主題

西門慶的腳色是小生，清黃旛綽《梨園原》引王大梁論角色云：「小生，或作主之子姪，或作良朋故舊，或作少年英雄，或作浪蕩子弟，故曰小生。」[31] 西門慶之稱小生，或許因為他是「浪蕩子弟」之故。郭英德說：「在清初以後昆山腔表演藝術走向成熟時期，小生角色便逐步穩定為扮演青年男性的獨立行當，有了確定的年齡限制和相應的性格特徵，其動作造型基調是儒雅倜儻、秀逸飛動。」[32] 西門慶的性格雖然談不上儒雅，倜儻倒是有的，而且《金瓶梅傳奇》中的西門慶已經收斂許多，不像小說中的狂妄放縱。

在現存的《金瓶梅傳奇》中，西門慶第1齣〈說親〉即現身，異於小

29　王文章主編：《傅惜華藏古典戲曲珍本叢刊》二十四冊，頁279。

30　楊聯陞著，段昌國譯：〈報──中國社會關係的一個基礎〉，收入《中國思想與制度論集》，台北：聯經出版公司，1981年，頁368。

31　轉引自周貽白：《中國戲劇發展史》，台北：學藝出版社，1980年，頁787。

32　郭英德：〈論戲曲角色的文化內涵〉，《戲劇文學》1999年09期，頁41。

說中嫌喬大戶沒有官職而對於和喬大戶聯姻不滿，在劇本中他欣然答應這門親事，還準備了千兩聘金。第3齣〈驚兒〉得知官哥兒受驚生病，西門慶安慰李瓶兒；第4齣〈禳解〉中李瓶兒病危，西門慶請法師作法禳解；第5齣〈病囑〉李瓶兒死前與西門慶和吳月娘話別；第7齣〈慶捐〉西門慶死在潘金蓮床上；第8齣〈轉胎〉萬回禪師點出西門慶的前世今生，西門慶共7齣的戲分到此結束。

　　與小說最大的不同是，此劇將胡僧與普淨禪師結合為「萬回」禪師，出現在第8齣〈轉胎〉。而劇中有關西門慶的情節，亦轉化為「下凡歷劫」或「度脫」母題的敘事模式。

　　「下凡歷劫」母題源於道教神仙故事，但在文學作品中往往與佛教輪迴結合。吳光正在討論《三言二拍》中的下凡歷劫故事時提到：「道教謫世說與佛教轉世說相糅合，使神仙從空而來從空而去的直接謫降模式演變為神仙謫凡下凡重新投胎模式。」[33] 而下凡者也未必是道教的神仙，例如《西遊記》中的唐三藏，其前世為如來的二徒弟金蟬子，「因為汝不聽說法，輕慢我之大教，故貶汝之真靈，轉生東土。」[34]

　　下凡歷劫母題的敘事模式或稱為「謫凡敘述模式」，李豐楙歸納其模式為：「犯罪被謫→歷劫除罪→罪盡重返」，之後發展為宗教人物出身、修行故事，其敘述模式轉為：「出身→修行→返回本身」。[35] 此外，還會有一位「智慧老人」，例如《水滸傳》中的九天玄女，《西遊記》中的觀世音。

　　所謂「度脫」即「得度解脫」之意，青木正兒首先提出雜劇中的「度脫劇」類型，指的是：「神仙向凡人說法，使他解脫，引導他入仙道的劇

33　吳光正：《中國古代小說的原型與母題》，北京：社會科學文獻出版社，2004年，頁110。

34　吳承恩撰，繆天華校訂：《西遊記》，台北：三民書局，1991年，頁884-885。

35　李豐楙：〈出身與修行：明代小說謫凡敘述模式的形成及其宗教意識──以《水滸傳》、《西遊記》為主〉，《國文學誌》（彰化師大國文系）第七期，2003年12月，頁106。

作。」[36]顯然青木正兒指的是道教的度脫劇，其實度脫劇的範圍兼包佛、道二教[37]，而李惠綿更將度脫劇區分爲「他力謫仙返本類型」、「自力超凡入聖類型」、「點化皈依類型」[38]。有學者認爲：「『完整』的度脫過程所指的是劇中具有『度人者』與『被度者』之存在，其間由度人者對於被度者所做的超度過程與行爲，讓被度者最終獲得領悟，從困厄中解脫出來（悟道升天或回歸佛界），惟有完成此一程序，方可稱之爲『度脫劇』。」[39]《金瓶梅傳奇》中的西門慶故事很接近度脫劇中的「他力謫仙返本類型」，劇中度人者、被度者、超度行爲等，無不具備。

　　《金瓶梅傳奇》中的度人者（即所謂的智慧老人）爲萬回禪師，他度人的行動包括：先化身爲胡僧贈藥給西門慶，目的是讓他「脫離濁體」；西門慶死後，魂魄被惡鬼（指武大、花子虛魂魄）拿入地府受罪，萬回禪師從空收其眞靈，並向西門慶點明，他的前身明悟尊者下凡的目的本爲超（度）淫女，不料卻迷失了本性。現在要將他再轉世一次「方好度還西土」[40]。而之所以必須再投一次胎，乃是因爲西門慶已經「眞靈染垢，難速皈依，當再一轉，解脫沉迷。」[41]

　　由上可知劇中有關西門慶的情節是循「出身→修行→返回本身」的下凡歷劫（或「他力謫仙返本類型」的度脫）模式，其出身爲「明悟尊者」，修行方式是所謂的「遂欲法」，「在風月功名的滿足中備嘗風月、功名的苦果。」[42]在這樣的敘述模式下，西門慶飛揚跋扈的性格以及縱欲

36　青木正兒著，隋樹森譯：《元人雜劇序說》，台北：長安出版社，1976年，頁32。

37　參見廖藤葉：〈馬致遠度脫劇的道教面貌與真實內涵〉，《國立台中技術學院人文社會學報》第3期（2004年12月），頁117。

38　李惠綿：〈論析元代佛教度脫劇──以佛教「度」與「解脫」概念為詮釋觀點〉，《佛教研究中心學報》第6期（2001年7月），頁267-268。

39　柯香君：〈論明代之度脫劇──以明雜劇為討論範圍〉，《問學集》第11期（2002年6月），頁132。

40　王文章主編：《傅惜華藏古典戲曲珍本叢刊》二十四冊，頁257。

41　王文章主編：《傅惜華藏古典戲曲珍本叢刊》二十四冊，頁258。

42　吳光正：《中國古代小說的原型與母題》，頁127。

無度的形象被淡化了，情節循著「風月、功名」的苦果發展，從和喬大戶結為兒女親家熱鬧聯姻，到唯一的兒子死了，愛妾李瓶兒死了，他不禁感嘆道：「歡娛只道能長久，冤孽誰知要拆開。」[43] 但仍不悟，最後自己也死在潘金蓮的身上。此時再由度人者指點迷津，並以「他力」將其再次轉世，以便「度還」西土，重回本身。

卜鍵曾經依著情節進程，剖析了《金瓶梅》小說中關於縱欲無度的描寫，並提出「死亡，縱欲者終極的歸宿」的結論，他說：「《金瓶梅》的全部情節所努力說明和最終體現的就是：縱欲與死亡。這不是一個陳腐的舊套，而是一個永遠新鮮的以生命的代價不斷予以證實的人類生存的主題。」[44] 這個縱欲與死亡的主題，在小說中主要表現在西門慶身上，但是在《金瓶梅傳奇》，有關西門慶縱欲的情節只有1齣，此齣戲一開始就強調胡僧丹藥的效用，而這個丹藥在劇中已經成為禪師度化西門慶的工具，強調是為了讓他脫離濁體，如此一來，縱欲與死亡的主題在西門慶身上顯然已經不存在了。

(三)情欲的追求：以陳敬濟為主角的情節之主旨

陳敬濟在劇本中稱為「小」，這個腳色名稱相當少見，推測應當是「小生」的省稱，為區別於另一位小生西門慶，故稱為「小」。

陳敬濟在第2齣〈雪誘〉即登場，而他一出場就表明對自己婚姻不滿的原因在於西門大姐過於老實，「不能暢我情欲」，而「岳父幾個愛寵，惟有潘氏金娘每每見我留情。」[45] 整個有關陳敬濟的情節，首先就聚焦在這「情欲」二字，但這裡的情欲不再像小說中那樣毫無節制，劇中陳敬濟的情欲對象就是潘金蓮，以及和潘金蓮情同姐妹的春梅。

---

43 王文章主編：《傅惜華藏古典戲曲珍本叢刊》二十四冊，頁239。

44 卜鍵：〈縱欲與死亡──《金瓶梅》情節進程的剖析〉，張國星主編《中國古代小說中的性描寫》，頁269。

45 王文章主編：《傅惜華藏古典戲曲珍本叢刊》二十四冊，頁224。

　　其實在小說中，陳敬濟與潘金蓮初次發生關係是在53回，但蜻蜓點水，未能盡性，直到西門慶死後的第80回陳敬濟才真正得手，至於春梅撞見二人偷情則是在82回，劇本將這兩件事同時安排在官哥和喬大戶女兒訂親之時（41回），提前了約40回。這樣安排的好處是，可以將陳敬濟的情欲關係集中到潘金蓮和春梅身上，使主題更為明確。

　　全劇以陳敬濟為主角的情節，集中在最後五齣。

　　第22齣〈逼妻〉遙接〈雪誘〉中對西門大姐的不滿，劇中陳敬濟對大姐大動肝火，原因還是為了潘金蓮。他怪大姐不肯借錢，才會讓潘金蓮被武松所殺，「若是我那惡妻肯與借首飾解當，何必空勞遠向，武松焉能賺取？思之不勝痛恨。」[46] 大姐不堪打罵，於是自縊身亡。這段內容和小說有很大的出入：同樣是為了娶潘金蓮而到東京籌錢，小說中陳敬濟從母親那裡騙得兩車細軟，他並不缺錢，劇本卻改為措銀不遂；其次，小說中陳敬濟和大姐爭吵的原因，是因為大姐和馮金寶鬥氣，他偏聽馮金寶而把大姐打了一頓，西門大姐自縊的原因在此，跟潘金蓮無關。劇本的改動，強化了陳敬濟對潘金蓮的感情。

　　其後是23齣〈控濟〉，吳月娘控告陳敬濟害死女兒，敬濟因而吃打坐牢，弄得一貧如洗，此齣一方面了結陳敬濟和西門家的關係，另一方面則是為了和春梅重逢做鋪陳。第24齣〈訪舅〉，之所以稱「訪舅」，是因為春梅跟周守備說陳敬濟是她的兄弟，周守備派張勝四處查訪他的「妻舅」。在第25齣〈重逢〉，陳敬濟向春梅傾訴欲娶潘金蓮未能如願的別情，春梅安慰他說：「誰想艱難遇災，飄零可哀，相逢處淚珠頻灑。從（此）鴛鴦重結，花前歌笑，月下舒懷。」[47] 可見陳敬濟對潘金蓮確有真情，而春梅對陳敬濟也是真心相待。

　　第26齣〈竊聽〉是陳敬濟和春梅的最後結局，異於小說中張勝殺死陳

46　王文章主編：《傅惜華藏古典戲曲珍本叢刊》二十四冊，頁301-302。

47　王文章主編：《傅惜華藏古典戲曲珍本叢刊》二十四冊，頁365。

敬濟時，春梅逃過一劫，後來才死在周義身上，在此劇中，張勝殺陳敬濟
之前，春梅已經在和陳敬濟交合時「走陰死了」。劇本捨棄了小說中與陳
敬濟有關的其他女性（如馮金寶、韓愛姐、葛翠屏、孟玉樓等），也捨棄
了春梅後來和李安、周義的關係，安排讓陳敬濟和春梅同時赴黃泉，讓他
們的情欲不致過於泛濫。

　　已有不少學者指出陳敬濟與潘金蓮、春梅的關係具有正面意義，即不
受權力及金錢因素的干擾，是純為情與欲的結合。例如梁麗嵐比較陳敬濟
和西門慶對女人的態度，「前者清美，後者濁醜。前者平等，後者仗勢。
前者心心相印，後者以金錢或小恩小惠。」[48]這種分析有一定的道理，然
而不能否認在小說中陳敬濟和潘金蓮、春梅的情欲關係都非常混亂，例如
陳敬濟在和潘金蓮打情罵俏的同時，也和宋惠蓮調情逗嘴，潘金蓮死後，
他娶了粉頭馮金寶，又去勾搭孟玉樓，心想：「我那時取將來，與馮金寶
做一對兒，落得好受用。」[49]在和春梅重逢後，春梅替他娶了葛翠屏，陳
敬濟「與這翠屏小姐倒且是合得著，兩個被底鴛鴦，帳中鸞鳳，如魚似
水，合卺懽娛。」[50]這也罷了，卻又和韓愛姐如膠似漆。這些複雜的男女
關係實無「清美」可言，倒不如劇本讓陳敬濟對潘金蓮，以及春梅對陳敬
濟的關係都變得更為專一。

　　不能否認劇本也有警世的意味，因為無論是西門慶或陳敬濟，他們的
縱欲和死亡都是在同一齣完成的（第7齣〈慶捐〉和第26齣〈竊聽〉）。
然而單以陳敬濟為主角的部分而言，我們確實看到劇中人物不受出身、權
勢、錢財的干擾，為一己情欲的追求付出了努力和代價。

　　除了上述三大主題之外，劇本中不以三個男性主角為中心的情節還表
現了一個共同的主題，即世態之炎涼。例如第9齣〈乖義〉寫西門慶的十

48　梁麗嵐：〈新論陳經濟──《金瓶梅》研究之一〉，《遼寧大學學報（哲學社會科學版）》第28卷
　　第6期，2000年11月。
49　閆昭典、王汝梅等校點：《新刻繡像批評金瓶梅（會校本、修訂版）》，頁1303。
50　同上註，頁1379。

兄弟剩下的八個都不願去給西門慶拜別送行，這和小說的情節不同，但嘲弄世情的主題相似；又如第13齣〈盜財〉以及第16齣〈姦逃〉，分別寫李嬌兒盜財而去，以及李嬌兒和來旺從西門府中逃跑，情節和小說略異，但同樣是表現了樹倒糊孫散的現實。不過儘管情節改變，但這個嘲諷世態炎涼的主題只是大致沿襲《金瓶梅》小說，並無特殊之處，無足深論。

結語

　　本文首先對收錄在《傅惜華藏古典戲曲珍本叢刊》中的乾隆抄本《金瓶梅傳奇》中錯裝、錯簡的情形一一指明，並加以訂正。再透過與小說《金瓶梅》及《水滸傳》比較，分析其情節安排及人物形象，從而發現三個與小說相異的創作主題。

　　《金瓶梅傳奇》現存27（或28）齣，內容取材自小說《金瓶梅》及《水滸傳》，情節以武松、西門慶、陳敬濟為中心分成三大塊，再以其他人物穿插其間，將三個主要情節巧妙結合，在結構組織上有其特色。

　　三個主要情節各有不同的主題：以武松為主角的情節主題在「報」（報仇、報恩），此一主題傳達了遊俠的行事原則，這個主題在小說《金瓶梅》中是比較欠缺的；以西門慶為主角的情節主題在「度」（度脫、度化），作者創造了「萬回禪師」這個人物作為度脫模式的「度人者」，淡化了「受度者」（謫降者）西門慶的縱欲形象，這個主題是小說《金瓶梅》中西門慶轉世情節的擴寫，也可以說是對西門慶投胎轉世為自己兒子的一種詮釋；以陳敬濟為主角的情節主題為「情欲的追求」，以陳敬濟對婚姻中的情欲不能滿足為出發點，擺脫金錢、地位及其他物質因素，對愛慕的對象潘金蓮展開純粹的情欲追求，他和春梅的情欲關係也是專一的，劇本簡化了小說中陳敬濟及春梅複雜的情欲關係，並安排二人在同一時間死亡，使單純的情欲追求這個主題更為彰顯。

　　除此之外，劇本也承襲了小說《金瓶梅》的嘲諷世態炎涼的主題，例

如十兄弟中僅存的八位兄弟的表現，以及李嬌兒、孫雪兒從西門府脫逃。但此一主題只是沿襲原著，無足深究。

　　總體而言《金瓶梅傳奇》在情節結構及創作主題兩方面皆有特色，在現存與小說《金瓶梅》有關的戲曲中，是值得關注的一部佳作。

第三章

從文學史看《金瓶梅》在民國初年的接受狀況*

一、前言

　　王先霈主編的《文學批評原理》談到「讀者批評」的運作範圍，包括：描述閱讀活動、發現空白、建構文學接受史，以及調查文學接受現狀等四種。[1] 所謂接受現狀不等於研究概況，必須掌握更多的文學現象，才可能比較客觀的了解文學作品在不同時期的接受狀況。這裡所說的文學現象，包括學者或一般大眾對作品的認識與好惡、作品的出版與流傳、作品的影響等。

　　關於《金瓶梅》在民國時期的研究情形，已經有學者進行考察。例如黃霖先生等著的《中國小說研究史》第三章〈方法論與小說觀新變的研究期（上）〉第四節第三小節「《金瓶梅》研究」，即對20世紀初至1962年的《金瓶梅》研究做了考察[2]；吳敢先生《金瓶梅研究史》上編第二章〈20世紀的《金瓶梅》研究〉則將20世紀的《金瓶梅》研究，分為五個階段，其第一階段為1901-1923年，第二階段為1924-1949年，第三階段為1950-1963年，此三階段時間的總合，大致相當於《中國小說研究史》第三章第四節第三小節的考察範圍。《金瓶梅研究史》的考察是多方面的，

---

*　本章內容曾在「第十二屆（廣州）國際《金瓶梅》學術研討會」宣讀，並收入黃霖、史小軍主編《第十二屆國際《金瓶梅》學術研討會論文集》，北京：國家圖書館出版社，2017年。

1　王先霈主編：《文學批評原理》（第二版），武漢：華中師大出版社，2008年6月，頁182-186。

2　黃霖等：《中國小說研究史》，杭州：浙江古籍出版社，2002年7月，頁231-233。按，該書並未明確說明本階段之時間，而該小節內容，乃是從20世紀初寫起，所提到最晚的一篇研究論文為發表於1962年的龍傳仕論文〈《金瓶梅》創作時代考察〉。

除了研究或評議的文章之外，還包括了出版、續書、文學史章節、辭典條目、外文翻譯等[3]，比較接近本論文所說的「接受狀況」。

　　討論更仔細的是王煒《小說界域的劃定與研究方法的衍生—《金瓶梅》百年研究史及研究個案考察》，該書第一章〈中國學術轉型期（1911-1937）的《金瓶梅》研究〉除了概述20世紀前期的《金瓶梅》研究狀況，更對魯迅、鄭振鐸以及吳晗的《金瓶梅》研究進行個案分析。在概述部分，王煒就當時學者對《金瓶梅》的研究情形，以及《金瓶梅》及其續書的出版狀況等，介紹得更為詳細。[4]

　　不過無論是吳敢的《金瓶梅研究史》，還是王煒的《小說界域的劃定與研究方法的衍生—《金瓶梅》百年研究史及研究個案考察》，都沒有比較全面的考察民國初年的「文學史章節」。吳敢提到鹽谷溫的《中國文學概論講話》[5]，王煒還提到鄭振鐸的《插圖本中國文學史》、胡行之的《中國文學史講話》[6]等。由於沒有比較全面的考察，有些說明就不那麼精確，例如王煒認為胡行之將《金瓶梅》列入「人情小說」，並不是對魯迅的簡單重複，「而是在不同的情勢下進一步確證了《金瓶梅》在中國小說流變史中的地位。」[7]其實胡行之《中國文學史講話》（1932年6月初版）有關《金瓶梅》的內容，幾乎都來自鄭振鐸的《文學大綱》（詳見本章第二小節），且趙景深1928年1月初版的《中國文學小史》早已將《金瓶梅》列入「人情小說」。也就是說，胡行之《中國文學史講話》在《金瓶梅》研究史上的意義，在沒有比較全面考察情況下，被過度誇大了。

　　《中國小說研究史》和《金瓶梅研究史》對於此一時期《金瓶梅》的

3　吳敢：《金瓶梅研究史》，鄭州：中州古籍出版社，2015年6月，頁42-59。

4　王煒《小說界域的劃定與研究方法的衍生——《金瓶梅》百年研究史及研究個案考察》，武漢：武漢大學出版社，2015年6月，頁3-34。

5　吳敢：《金瓶梅研究史》，頁45。

6　王煒《小說界域的劃定與研究方法的衍生——《金瓶梅》百年研究史及研究個案考察》，頁22、26。

7　同上註引書，頁26。

研究或接受，都是從20世紀初開始討論的，與本文所說的民初，時間不一致。《金瓶梅研究史》以1924年魯迅《中國小說史略》爲標志，認爲「開創了《金瓶梅》的現代研究階段。」[8]以《金瓶梅》研究來說，此固是事實，但如果以接受史來看，更密切相關的應該是作品的政治、社會或學術環境。倒是王煒以1911-1937爲「學術轉型期」，其始末之時間點爲辛亥革命及對抗日戰爭開始，更適合作爲接受史考察的一個階段，不過將起始點訂在民國元年（1912），可能更爲恰當。

朱英主編的《辛亥革命與近代中國社會變遷》謂：

毫無疑問，辛亥革命是一場偉大的社會變革，它以急風暴雨般的方式摧毀了舊政權，建立了新制度，促使中國社會轉型在政治結構的轉換方面邁出了關鍵的一步，標志著封建君主時代的結束和民主共和時代的來臨。在社會轉型中，政治結構的轉換具有關鍵性的作用，它是帶動其他諸結構轉換的牛耳。辛亥革命推翻了清王朝，建立了民主憲政制度，從而推動和加速經濟和教育結構的轉換和發展，資本主義經濟和新式教育以前所未有的速度發展起來，中國的現代化事業向前遇邁進了一大步。[9]

作者認爲民國成立對於中國現代化起了關鍵性的推動作用，而且是「急風暴雨」般的破舊立新，中國社會從而發生了本質上的變化。這樣的說法應該是合理的，當然也不是說變就變，但視其爲一個社會變革的關鍵點，應該是沒有疑問的。

從文學史研究的角度來說，辛亥革命後不久，國民政府即在民國二年（1913）頒布《大學規程》，其第二章第七條將文學門分爲八類，即：

8　吳敢：《金瓶梅研究史》，頁46。

9　朱英主編：《辛亥革命與近代中國社會變遷》，武漢：華中師大出版社，2011年7月，頁26。

國文學、梵文學、英文學、法文學、德文學、俄文學、意大利文學、言語學，除了言語學外，其他七類都必須開設「中國文學史」。[10] 付祥喜說：「這既表明中國文學史在現代知識譜系中的位置得到認可，也表明中國文學史開始具有了明確而自覺的學科意識。」[11] 因此，本論文既然是從文學史探討《金瓶梅》在民國初年的接受狀況，將考察的起始點訂在民國元年（事實上最早的一部是民國三年），應該是恰當的。

日本侵略中國不始於1937年，然而1937年蘆溝橋事變後，日軍在長江三角洲的進展十分迅速，8月攻進上海，11月向江浙地區推進，12月中旬占領南京，「戰爭初期，長江三角洲地區遭受著日軍炸、燒、搶、淫，社會極其混亂。」[12] 在這種情況下，整個中國社會必然會形成另一番面貌，文學史的寫作必然也會受到這場戰爭的影響，付祥喜認為1937年至1949年這一時期「文學史寫作的顯著特徵，就是『政治式寫作』的傾向。」[13] 文學史之所以走向「政治式寫作」，與對日抗戰以及其後的政治發展自然是密切相關的。

基於上述，本章即以辛亥革命次年，即民國元年（1912）元月為始，以抗日戰爭開始這一年（1937）七月為終，將此一時期稱之為「民國初年」。由於民國初年的《金瓶梅》研究已經有專書加以討論，因此本章僅就當時出版的文學史進行考察，希望能從中了解《金瓶梅》在民國初年的部分接受狀況。

二、民國初年文學史對《金瓶梅》的接受

考察文學史對於文學作品的接受，有相當重要的意義，因為大部分文

10　《教育部定大學規程》，載《申報》1913年2月28日第八版。

11　付祥喜：《20世紀前期中國文學史寫作編年研究》，北京：北京師範大學出版社，2013年7月，頁135。

12　【加】卜正民著，潘敏譯：《秩序的淪陷——抗戰初期的江南五城·譯者序》，北京：商務印書館，2015年10月，頁 i。

13　付祥喜：《20世紀前期中國文學史寫作編年研究》，頁470。

學史是高級中學或大學院校的教材，不僅代表作者的觀點，也一定程度的代表了當時高中及大學生的接受環境。

鄭振鐸在《插圖本中國文學史‧緒論》中說：「中國人自著之中國文學史，最早的一部，似為出版於光緒三十年（1904年）的林傳甲所著的一部。」[14] 這本被認為是中國人寫的「第一部」文學史，雖具開創性，然而，「作者的文學史觀依然囿於傳統的文章流別乃至國學源流的框架之中，同現代人的理解相距甚遠。」[15] 為何這麼說呢？原來這本文學史包括群經、諸子、史傳、詩文，甚至文字、聲韻、訓詁[16]，卻沒有小說、戲曲之類的通俗文學的討論。

這種情況，到了民國以後依然時有所見。例如1917年初版的錢基厚《中國文學史綱》內分「正名」、「原始」、「闡經」、「譚史」、「攻子」、「考文」、「完體」七節，仍然是傳統國學的概念[17]；1924年初版的劉毓盤《中國文學史》（正文中題為「中國文學略」），全書分為文、詩、詞、曲四略，而缺戲曲、小說略[18]；甚至到了三十年代，林山腴的《中國文學概要》，仍是「以經史、諸子等為主，凡二十九章，實系國學。」[19] 不過，目前已知民國以來最早的文學史—王夢曾的《中國文學史》，其53節「小說文之體變」已論及通俗小說。[20] 大體而言，民國以後出版的文學通史，只要是時代完整之作，對於明清通俗小說已經比較重

---

14 鄭振鐸：《插圖本中國文學史‧緒論》，北平：朴社，1932年12月，頁2。

15 陳伯海：《文學史與文學史學》，北京：北京大學出版社，2012年1月，頁376。

16 該書第一篇為「古文籀文小篆八分草隸書北朝書唐以後正書之變遷」、第二篇為「古今音韻之變遷」、第三篇為「古今名義訓詁之變遷」，見林傳甲：《中國文學史》，北京：北京聯合出版公司，2015年4月，頁1-31。

17 見陳玉堂：《中國文學史書目提要》，合肥：黃山出版社，1986年8月，頁11。

18 劉毓盤：《中國文學史》，上海：古今圖書店，1924年鉛印本。（收入收入任慧、于春媚編：《民國時期中國文學史著廿七種》第二冊，北京：國家圖書館，2015年1月。）

19 劉玉堂：《中國文學史書目提要》，頁99。

20 王夢曾：《中國文學史》，商務印書館1914年8月初版。（收入任慧、于春媚編：《民國時期中國文學史著廿七種》第一冊。）

視。

　　民國初年的中國文學史，在1912-1937這二十六年，陳玉堂的《中國文學史書目提要》列出了九十五種之多。不過陳玉堂書中所列，有些在當時只是存目：如朱希祖《中國文學史要略》[21]、易樹聲《中國文學史》、李劼人《中國文學史講義》、齊燕銘《中國文學史略》、金受申《中國純文學史》[22]、霍衣仙等《中國文學史》、陳介白《中國文學史》[23]、徐楊《中國文學史綱》[24]、何仲英《新著中國文學史大綱》、莫培遠《中國文學史述要》等。這些當時所列的文學史存目，後來陸續找到部分原書，如朱希祖、金受申、陳介白、徐楊所著（金、陳二氏之作僅存上半部），但其他幾部仍然是處「待訪查」的狀態。

　　陳玉堂書目中，有些其實不能稱之為文學史：如陳鍾凡《中國文學批評史》、李笠《中國文學述評》、段凌辰《中國文學概論》、陳懷《中國文學概論》、郭紹虞《中國文學批評史》、羅根澤《中國文學批評史》、世界書局《中國文學講座》、劉麟生《中國文學八論》、李華卿《中國文學發展史大綱引論》[25]等。

　　有些文學史所論述的時代是不完整的：如佚名《中國文學史》僅存一冊，敘至《楚辭》而已；錢振東《中國文學史》，「因未出齊，故只能算是一本兩漢文學史而已」[26]；胡小石《中國文學》，「起上古，迄五

21　此書後來收入陳平原編：《早期北大文學史講義三種》，北京：北京大學出版社，2005年9月。

22　此書付祥喜：《20世紀前期中國文學史寫作編年研究》有著錄，為北平文化學社印行，1933年9月初版，但僅有上冊。

23　依據付祥喜：《20世紀前期中國文學史寫作編年研究》，此書現藏浙江大學圖書館，但僅有上卷，敘至宋代為止，見該書頁491。

24　此書中國國家圖書館藏有微卷，據其自述，「本書在匆卒中草成，許多地方是根據先輩的材料，很多重要的意見，則都是友人胡秋原先生供給的。」轉引自付祥喜：《20世紀前期中國文學史寫作編年研究》，頁331。

25　劉玉堂說：「本書僅是兩篇論文，……並非史書，僅是現代文學史參考資料。」見《中國文學史書目提要》，頁86。

26　同上註引書，頁40。

代」[27]；穆濟波《中國文學史》，僅敘至魏晉南北朝；鄭賓于《中國文學流變史》，僅敘至南宋；劉大白《中國文學史》，僅敘至唐代；馬仲殊《中國文學體系》，「至元曲止，實是一本詩詞曲史」[28]；張希之《中國文學流變史論》，「全書七章，二十五節，自史前至漢。」[29]此外，陳玉堂書中未列的傅斯年《中國古代文學史（講義）》，亦僅敘至「五言詩之起源」[30]。此外，胡適著名的《白話文學史》只寫完上卷，僅介紹到唐朝而已。

　　本節考察《金瓶梅》在民初文學史的接受，上述存目、非文學史，以及時代不完整之作，自無法列入討論。另外還有一些只是抄錄刪改之作：如汪劍余《本國文學史》，「係據林傳甲《中國文學史》一書略加增刪，大多照抄原文而成。」[31]；佚名《中國文學史大綱》，亦「多抄襲他書著作」[32]而成；孫延庚《中國文學史集說及著作》，「只是從各家著述中，摘引了他們所述的片斷章句，分別編入各個時期的條目章節內。」[33]此外，劉厚滋的《中國文學史鈔》，除了少數內容自撰外，大部分內容輯自陸侃如、容肇祖、鄭振鐸、胡適、馮沅君諸家的文學史著作。[34]上述抄輯他書之作，本章亦皆捨棄不論。

　　以下我們將針對時代完整，且論及明代通俗小說之文學通史著作，考察民初部分文學史家對於《金瓶梅》的接受。首先考察雖然提到明代通俗小說，但略過《金瓶梅》不論，或僅一語帶過者；其次，各家文學史論

27　同上註引書，頁43。
28　同上註引書，頁71。
29　同上註引書，頁87。
30　傅斯年：《傅斯年講中國古代文學史》，北京：當代世界出版社，2014年9月重印，書中第一章「擬目及說明」最後註明：「十六年十月擬目，十七年十月改訂」（頁6），可知此一講義之撰寫始於1927年。
31　見陳玉堂：《中國文學史書目提要》，頁23。
32　同上註引書，頁96。
33　同上註引書，頁97。
34　同上註引書，頁100。

及《金瓶梅》的，又可以從幾個方面進行考察：第一，僅給予否定性評價者、第二，除了情色描寫外，對《金瓶梅》的不同方面予以肯定者、第三，對情色描寫未作批評，甚至肯定其必要性者。以下分述之：

(一)雖提到明代通俗小說但略過《金瓶梅》或僅一語帶過者

以下依據初版年月，羅列對於《金瓶梅》完全忽略或不甚在意的文學史著作。

1. 王夢曾《中國文學史》（1914年8月）：此書第53節在論通俗小說部分提到《水滸傳》和《三國演義》，但未提及《金瓶梅》[35]。

2. 張之純《中國文學史》（1915年12月初版）：此書第三編第五章〈有明時代文學之要領〉第九節〈曲家之繼起〉後，即跳至第十節〈制義之名家〉，未提到明代通俗小說。然而第四編〈始清初訖清末〉第十章〈小說之盛行〉論及章回小說《三國演義》及清代演義小說，認為「有裨實用」[36]，至於《金瓶梅》則隻字未提。

3. 謝无量《中國大文學史》（1918年10月初版）：陳玉堂認為此書「是早年較有影響的一部文學史」[37]，然而關於明代通俗小說僅提到《西遊記》、《英烈傳》、《開闢演義》、《列國志》、《玉嬌梨》等[38]，而未提及《金瓶梅》。

4. 胡懷琛《中國文學史略》（1924年3月初版）：此書第十章〈明〉，提到演義小說，謂：「有《列國志》，不著撰者姓氏，人多指為明人作；《封神傳》，為王世貞作，最為著名；其他如《玉矯（嬌）梨》、《開闢演義》、《英烈傳》等，指不勝屈也。」[39]完全不提

35 王夢曾：《中國文學史》，上海：商務印書館，1914年8月初版，頁67。
36 張之純：《中國文學史》，上海：商務印書館，1915年12月初版，頁119。
37 陳玉堂：《中國文學史書目提要》，頁11。
38 謝无量：《中國大文學史》，上海：中華書局，1918年10月初版，頁69-70。
39 胡懷琛：《中國文學史略》，上海：梁溪圖書館，1924年8月初版，頁120。

《金瓶梅》，從所列書目看來，極可能是受到謝无量《中國大文學史》之影響。作者後來又有《中國小說研究》（1929年10月）、《中國小說的起源及其演變》（1934年8月）、《中國小說概論》（1934年11月），在這三部專論小說的著作中，只有《中國小說概論》在談「烟粉」時，提到「烟粉」在明代有《金瓶梅》，在清代有《紅樓夢》、《花月痕》[40]，其他二書都沒有提到《金瓶梅》，可知胡懷琛對《金瓶梅》並不在意。

5. 胡毓寰《中國文學源流》（1924年9月初版）：此書十七章〈小說之盛〉謂：「元明間《三國演義》、《水滸傳》……等書出現，而後章回小說始完全成立。……當時之小說，可區分為『文言』、『白話』二類，文言如《三國演義》……等是；白話如《水滸傳》、《西遊記》……等是。」[41]完全沒有提到《金瓶梅》。

6. 趙景深《中國文學小史》（1928年1月初版）：此書第二十九章〈明代的章回小說〉花了一頁篇幅討論《西遊記》及其續書，而對於《金瓶梅》則只有如下數語：「《金瓶梅》有人以為是王世貞作，但又有以為不是。今知為蘭陵笑笑生作，惟仍不能知道真姓名。」[42]不過作者稱《金瓶梅》為「人情小說」，已經受到1924年魯迅出版的《中國小說史略》之影響。

7. 歐陽溥存《中國文學史綱》（1930年8月初版）：在明代通俗小說部分僅提及《西遊記》一書。[43]

8. 林之棠《新著中國文學史》（1934年9月初版）：第四十七章〈明代之小說、詞及其他〉論《水滸傳》、《三國演義》稍詳，其他則僅以「吳承恩之《西遊記》，及無名氏之《封神演義》，王世貞之《金瓶

---

40 胡懷琛：《中國小說概論》，上海：世界書局，1934年11月初版，頁93。
41 胡毓寰：《中國文學源流》，臺北：商務印書館，1986年四月臺六版，頁191。
42 趙景深：《中國文學小史》，上海：大光書局，1937年3月二十版，頁156。
43 歐陽溥存：《中國文學史綱》，上海：商務印書館，1930年8月初版，頁191。

梅》」帶過。[44]

9. 龔啟昌《中國文學史讀本》（1936年9月初版）：此書僅將《金瓶梅》
　列入「艷情類」，而無任何相關討論。[45]

(二)各家文學史對於《金瓶梅》之討論

1. 論及《金瓶梅》而僅給予否定性評價者

只有陳彬龢《中國文學論略》（1931年1月初版）一書，此書第八章
稱：「《金瓶梅》為古今第一淫書，全書百回，不過記西門慶一家之婦
女、酒色、飲食、言笑之事。」[46]陳彬龢曾經節譯鹽谷溫《支那文學概論
講話》為《中國文學概論》，因此其論《金瓶梅》亦截取鹽谷溫之說，但
鹽谷溫肯定《金瓶梅》的部分，陳氏則又完全略去，顯然對《金瓶梅》一
書之價值不表認同。[47]

2. 除了情色描寫外，對《金瓶梅》的不同方面予以肯定者

(1) 曾毅《（訂正）中國文學史》（1915年9月初版，1929年9月訂
　　正）：此書認為《金瓶梅》「意主懲戒，而無奈其諷一而勸百」，
　　又說：「雖其間描寫社會情偽，淋漓酣暢，深入隱微，供人箴砭
　　不少。實過於穢褻（褻），足為風俗人心之害。至其用筆之宛曲尖

44　林之棠：《新著文學史》，北平：盛華書局，1934年9月初版，頁725。

45　龔啟昌：《中國文學史讀本》，上海：樂華圖書公司，1936年9月初版，頁216。

46　陳彬龢：《中國文學論略》，上海：商務印書館，1931年1月初版，頁96。

47　依據孫俍工譯本，鹽谷溫論《金瓶梅》的原文是：「《金瓶梅》誰也知道是古今第一的淫書，不要
　　多說了。全書百回，取《水滸傳》中第一的艷話，西門慶與潘金蓮的情事為骨子，加以複雜的描寫
　　而成的。要之，止於西門慶一家底婦女、酒色、飲食、言笑之事。……描寫極其淫藝鄙陋的市井小
　　人底狀態非常逼真，曲盡人情底微細機巧。其意在替世人說法，戒好色貪財，無奈為了取材野鄙，
　　到底不能登士君子之堂。然而因為是反於《西遊記》底空想，為極其寫實的小說，所以在認識社會
　　底半面上，實是一種倔強的史料。」見鹽谷溫著，孫俍工譯：《中國文學概論講話》，上海：開明
　　書店，1929年6月初版，頁459。按，1927年6月《小說月報》刊載君左的《中國小說概論》，亦是
　　根據鹽谷溫該書翻譯的，在論《金瓶梅》部分，二者文字略有異同，君左譯文見該期《小說月報》
　　（號外），頁64。

刻，誠可與《水滸》之雄奇，《西遊》之詼詭，鼎足而三也。《竹坡閒話》謂爲一部太史公文字，則謬譽矣！」[48]可知曾氏欣賞《金瓶梅》的寫實精神和描寫技巧，但對於情色部分不以爲然。

(2)吳梅《中國文學史》（1917-1922年任教北大之講義）：此講義認爲四大奇書以《水滸傳》最佳，而「《西遊》佞佛，《金瓶》誨淫，雖乖大雅，要皆狀人所不能狀之景況，安可以荒誕淫褻而鄙棄之，必欲斥爲士君子所不道，則不免迂拘矣，」[49]吳梅能欣賞《金瓶梅》的描寫技巧（狀人所不能狀之景況），但仍認爲其「誨淫」，並以「淫褻」形容其書。

(3)顧實《中國文學史大綱》（1926年11月初版）：此書第十二章〈明代文學〉中提及：「《金瓶梅》以西門慶、潘金蓮事起筆，結撰極複雜之腳色，蓋艷情小說之元祖。於各人性格，巧於分描，而往往失之穢褻，文詞亦無甚佳趣，然明代小說中，當屈一指也。」[50]顧氏雖對《金瓶梅》的寫人技巧表示肯定，但對於文詞運用以及情色描寫部分皆不表認同。

(4)鄭振鐸《文學大綱》（1927年4月初版）：此書內容龐大，實爲一部世界文學通史，在中國文學部分約25萬字。其論《金瓶梅》，在描寫技巧方面特別加以肯定，謂：「此書敘寫家庭瑣事、婦人性格以及人情世態，莫不刻劃至肖。其成功尤在婦人的描寫。……如月娘，如李瓶兒，如春梅、秋菊等等，也都各有其極鮮明的個性，活潑潑的現在紙上。」在情色描寫部分則說：「此書在世爲禁書，以其處處可遇見淫穢的描寫。這也許是明人一時的風氣。如刪去了這些違禁的地方，卻仍不失爲一部好書；它的敘寫，橫恣深刻，《西

48 曾毅：《訂正中國文學史》，上海：泰東圖書局，1929（上）、1930（下）修訂版，頁242－243。

49 吳梅：《中國文學史》，收入陳平原編：《早期北大文學史講義三種》，北京：北京大學出版社，2005年9月，頁515。

50 顧實：《中國文學史大綱》，上海：商務印書館，1926年9月初版，頁287。

遊》恐怕還比不上，不要說別的了。」他還推崇作者的組織結構能
力，謂：「《水滸傳》裡一二回的文字，在本書卻放大到如此的
百回，然並不覺得其有什麼拖拓的痕迹。」[51] 鄭氏極力推崇《金瓶
梅》的各項成就，但仍認為其情色描寫為「淫穢」，並表示可惜。

(5)陳冠同《中國文學史大綱》（1931年11月初版）：此書稱《金瓶
　　梅》為「一部描寫性之變態的小說」，其評論內容則全部抄自鹽谷
　　溫之說。[52]

(6)胡雲翼《新著中國文學史》（1932年4月初版）：此書將《金瓶梅》
　　列入「艷情小說」，認為作者「實是一位具有文學天才的文人。他
　　立意做這部小說以諷刺當世士紳階級的腐穢，故將姓名隱去。」
　　又說：「所敘皆淫夫蕩婦之所為，因此世人亦有目為『天下第一淫
　　書』者。然其文筆暢達，描寫尖刻，曲盡人情的纖微機巧，實為一
　　部最能寫實的社會小說，故亦得列於說部名著之林。」[53] 這些內容
　　也依稀可見鹽谷溫《中國文學概論講話》的影子，只是經過融合，
　　痕跡較不明顯。無論如何，如同鹽谷溫，胡雲翼對於《金瓶梅》屬
　　於淫書的說法，是沒有異議的。

(7)胡行之《中國文學史講話》（1932年6月初版）：此書將《金瓶梅》
　　列在「人情小說」類（而不是「艷情小說」），作者說：「書中所
　　描寫的，其成功全處在家庭瑣事，婦女性格以及社會上的人情世
　　態。其中最足以稱頌者為婦女個性之描寫。」又說：「以一二回的
　　題材，卻放大至百回，然而一些沒有拖揚拉長的痕跡，作者的手腕

---

51 鄭振鐸：《文學大綱》（二）（《鄭振鐸全集》第十一卷），石家莊：花山文藝出版社，1998年11
　月，頁263-264。

52 陳冠同：《中國文學史綱》，上海：民智書局，1931年11月初版，頁159。比較其內容，乃是抄自
　君左的譯本。

53 胡雲翼《新著中國文學史》，上海：北新書局，1932年4月初版，頁254。

眞足令人佩服了！」[54] 這些評論，除了少數文字差異外，大部分內容脫胎自鄭振鐸的《文學大綱》。

(8) 許嘯天《中國文學史解題》（1932年7月初版）：此書對於《金瓶梅》的重視，從它花了四頁以上的篇幅來討論可以說明，而所討論的內容則大致上融合前人的說法。例如說：「書中描寫的，盡是西門慶一家的朋友婦女酒色飲食的事體。」以及「西門慶淫過的，共有十九人，又有男寵二人，意中人三人；潘金蓮姦淫過的共有五人，意中人爲武松。」這些內容，完全抄自鹽谷溫的《中國文學概論講話》。又說《金瓶梅》把潘金蓮與西門慶的事「拉長到一百回，並不覺有敷衍雜湊的地方。」[55] 此言則來自鄭振鐸《文學大綱》。本節最後，則拼貼了魯迅《中國小說史略》中關於方士獻房中術的大段文字，以及鄭振鐸所說：「如刪去了這些違禁的地方，卻仍不失爲一部好書；它的敘寫，橫恣深刻，《西遊》恐怕還比不上。」由上可知，此書對於情色描寫的觀點，與《文學大綱》沒有什麼不同。

(9) 陸侃如、馮沅君《中國文學史簡編》（1932年10月初版）：此書認爲《金瓶梅》可與《水滸》、《西遊》成鼎足之勢，對於情色描寫部分，則說：「我們看了晚明的短篇小說，便知肉感的描寫乃是那時的風尙，不能獨責《金瓶梅》，其在明小說中的地位，亦不因而有損的。」[56] 他們說「不能獨責」《金瓶梅》，事實已經「責」了。

(10) 鄭振鐸《插圖本中國文學史》（1932年12月初版）：此書在《文學大綱》的基礎上，進一步對《金瓶梅》深入討論。首先他認爲《金瓶梅》的出現，「可謂中國小說的發展的極峰」，其偉大之處在於

54　胡行之·《中國文學史講話》，上海：光華書局，1932年6月初版，頁140。

55　許嘯天：《中國文學史解題》，上海：羣學社出版社，1932年7月初版，頁383－387。

56　陸侃如、馮沅君：《中國文學史簡編》，上海：開明書店，1932年10月初版，頁254。

四大奇書中，只有《金瓶梅》稱得上是近代的小說。[57]這裡採用了西方小說演變的觀點，所謂近代小說指以普通市民的生活為對象的寫實小說（Novel），以區別於之前的浪漫傳奇（Romances）[58]。鄭氏認為：「《金瓶梅》的特長，尤在描寫市井人情及平常人的心理，費語不多，而活潑如見。其行文措語，可謂雄悍之至。」在情色部分，則仍與《文學大綱》的觀點一致，謂：「可惜作者也頗囿於當時風氣，以著力形容淫穢的事實，變態的心理為能事，未免有些『佛頭著糞』之感。然而除淨了那些性交的描寫，卻仍不失為一部好書。」[59]

⑾ 童行白《中國文學史綱》（1933年4月初版）：此書認為明代演義小說有介紹價值的，只有《西遊記》和《金瓶梅》，其論《金瓶梅》謂：「以複雜之清話，將各個腳色之性格，一一寫出，亦不世之佳品也。惜流於穢褻，殆近淫書耳。」[60]雖然對人物描寫部分表示肯定，但仍認為《金瓶梅》近於淫書。

⑿ 康璧城《中國文學史大綱》（1933年5月初版）：此書對於明代小說亦只介紹《西遊記》和《金瓶梅》，作者認為《金瓶梅》是社會小說，「取《水滸傳》中的一件事情來擴大描寫社會。」又謂：「有多處淫褻的地方為士大夫所不道，這也是《金瓶梅》不足取的地方。」[61]

⒀ 梁乙真《中國文學史話》（1934年7月初版）：此書對《金瓶梅》頗為推崇，謂：「書中寫家庭瑣事，婦女性格及人情世態，其描寫

57　鄭振鐸《插圖本中國文學史》，北平：朴社，1932年12月初版，頁919-920。

58　我們現在所使用的novel一詞，十七、八世紀才在西方被廣泛使用，以區別於更早的傳統浪漫傳奇（romances），而「寫實主義」的形成是其中的關鍵。參見艾恩‧瓦特著，魯燕萍譯：《小說的興起》，台北：桂冠圖書公司，2002年1月，頁2。

59　鄭振鐸《插圖本中國文學史》，頁920。

60　童行白《中國文學史綱》，上海：大東書局，1933年4月初版，頁282。

61　康璧城《中國文學史大綱》，上海：廣益書局，1933年5月初版，頁175。

的細緻，會話的洗鍊，事件的進行曲折而富於波瀾，真可說是中國
小說的奇寶。而其最成功處，尤在婦人的描寫。如吳月娘，如李瓶
兒……等莫不各有其鮮明的個性活躍紙上。雖然此書向以猥褻淫穢
見稱，但並不能埋沒了牠真實的價值。」[62] 這段內容亦是脫化自鄭
振鐸《文學大綱》，其於情色的立場，亦和鄭氏一致。

(14) 張振鏞《中國文學分論》（1934年10月初版）：此書認為，《金瓶
梅》善摹人情世態，謂其「行文之活動流利，於世態人情，洞明鍊
達，凡所形容，無一相同。或記下流之言行，或道蕩婦之隱微，或
言奸吏之勾結，繪聲繪影，誠足使狐窮奏鏡，怪窘溫犀。良以作者
能文，故雖雜以穢褻，然佳處不為所掩。」[63] 可知其仍以色情描寫
部分為「穢褻」。

(15) 劉經庵《中國純文學史綱目》（1935年1月初版）：此書論《金瓶
梅》的內容大部分抄襲鄭振鐸《文學大綱》，關於情色描寫部分則
謂：「可惜內多狎褻的描寫，不能為一般公開的讀物。」[64] 其立場
亦和鄭振鐸相近。

(16) 朱子陵《中國歷朝文學史綱要》（1935年5月初版）：此書認為《金
瓶梅》「所敘者皆係淫夫蕩婦的交合情事，故世人多稱此書為『天
下第一淫書』。作者描寫手腕甚高，對於婦人的性格，尤描寫得至
佳至妙。」[65] 所論與前人大致相同，但說「所敘者皆係淫夫蕩婦的
交合情事」，則屬誤讀，魯迅說：「至謂此書之作，專以寫市井間
淫夫蕩婦，則與本文殊不符，……著此一家，即罵盡諸色，蓋非獨
描摹下流言行，加以筆伐而已。」[66]

---

62 梁乙真：《中國文學史話》，上海：元新書局，1934年7月初版，頁638。

63 張振鏞：《中國文學分論（第四冊）》，上海：商務印書館，1934年10月初版，頁66。

64 劉經庵：《中國純文學史綱要》，北平：著者書店，1935年1月初版，頁366。

65 朱子陵《中國歷朝文學史綱要》，北平：炳林印書館，1935年5月初版，頁170。

66 魯迅：《中國小說史略》，北京：北新書局，1925年9月再版合訂本，頁201。

⒄柳村任《中國文學史發凡》（1935年8月初版）：此書論《金瓶梅》
　主要引魯迅《中國小說史略》有關《金瓶梅》藝術價值的評論，認
　爲「對市井小人，人情世態刻劃非常逼眞。」對於情色描寫部分則
　說它「描寫極鄙陋淫藝」。[67]

⒅張長弓《中國文學史新論》（1935年9月初版）：此書認爲：「《金
　瓶梅》是一部偉大的寫實小說，既不依據史傳，復不加入神怪的筆
　墨，它在普通的人間，表現出一個惡棍的行爲及家庭複雜的情形，
　心理的刻繪，用筆的精密，都能及於上乘的。」對於情色描寫部
　分，則說：「惜乎敘述性交的地方太多，所以世人目之爲一部可惜
　的淫書。」[68]

⒆容肇祖《中國文學史大綱》（1935年9月初版）：此書論《金瓶梅》
　是將鄭振鐸《文學大綱》和鹽谷溫《中國文學概論講話》的部分內
　容結合在一起，如說：「這書敘寫家庭瑣事，婦人性格，以及人
　情世態，莫不刻劃至肖。」這句抄自《文學大綱》。以下從「全書
　借《水滸傳》之西門慶及潘金蓮事爲線索，加以複雜描寫而成」至
　「到底不能登士君子之堂」，則取自《中國文學概論講話》。又說
　《金瓶梅》被世人稱爲淫書，「然而從文學的眼光看，畢竟是一部
　巨大的善於描寫情世故的小說。」[69]此觀點亦和鄭振鐸相似。

⒇趙景深《中國文學史新編》（1936年1月初版）：此書相較於作者
　於1928年1月初版的《中國文學小史》，在論《金瓶梅》部分的篇
　幅已大爲增加。趙氏先論證《金瓶梅》的作者不是王世貞，再以太
　僕寺馬價、佛事之多等資料，證明《金瓶梅詞話》是萬曆年間的作

67　柳村任《中國文學史發凡》，蘇州：文怡書局，1935年8月初版，頁420。

68　張長弓：《中國文學史新論》，上海：開明書店，1935年9月初版，頁214。

69　容肇祖：《中國文學史大綱》，這裡引用的是《容肇祖全集》的版本，濟南：齊魯書社，2013年12
　　月，頁3556。

品。[70]最後提到：「此書不僅是淫書，去掉淫穢的部分，仍有其意義，牠是反映當時買官賣官的官場以及勾結官府之土豪劣紳的，蔡京和西門慶就是這兩種人物的代表。」[71]但無論如何，作者仍認為《金瓶梅》是「淫書」。

⑴羊達之《中國文學史提要》（1937年5月初版）：此書亦揉合鹽谷溫及鄭振鐸之說，謂：「其內容係根據《水滸傳》之西門慶及潘金蓮之事實，加以複雜描寫而成。」又說：「書中寫家庭瑣事，婦女性格，以及人情世態，描繪極其細緻，敘事曲折而富於波瀾。此書向以猥褻見稱，然以文藝眼光觀之，自有其不可埋沒之價值。」[72]

3. 對情色描寫未作批評，甚至肯定其必要性者

⑴凌獨見《新著國語文學史》（1923年2月初版）：此書認為：「作者做這部書，似有骨骾在喉，不吐不快之慨！原意主懲戒，並不壞，惜被後世文賊，摘去他的長處，取了他的壞處，這樣一來，便把一部極有價值的傑作，變作一部極罪惡，極下品，極不堪寓目的一部壞小說了，原意懲淫，後來變成誨淫，因此有清以來，禁止買賣。對於這種假貨，我亦贊同禁賣，可是道地的真貨，我看可不必禁。竹坡閒話說：『凡人謂《金瓶梅》是淫書者，想必伊止知看其淫處』又說：『若我看此書，純是一部史公文字』。」[73]凌氏的假貨說不知何指，可能是指後來的仿作（參見下文關於楊蔭深《中國文學史大綱》之討論），而從他引用《竹坡閒話》看來，對於《金瓶梅》可說是推崇備至。

---

70 趙景深引用了吳晗〈《金瓶梅》的著作時代及其社會背景〉一文的考證，但在書中並未標明。吳晗論文原載《文學季刊》1934年1月創刊號，收入盛源、北嬰編：《名家解讀《金瓶梅》》，濟南：山東人民出版社，1998年1月，頁30-68。

71 趙景深《中國文學史新編》，上海：北新書局，1936年1月初版，頁278。

72 羊達之：《中國文學史提要》，這裡引用的是1986年台灣版，台北：正中書局，1986年4月初版，頁123-124。

73 凌獨見：《新著國語文學史》，上海：商務印書館，1923年2月初版，頁273。

⑵周羣玉《白話文學史大綱》（1928年1月初版）：此書論《金瓶梅》
有不少內容抄自凌獨見《新著國語文學史》，例如說後世文賊摘去
《金瓶梅》的長處云云。此外，作者說：「我們試換了一種眼光去
看，便可以知道當時小人女子的情狀和人心思想的程度，真是一部
描寫下等婦女社會的書。」[74]以及讚美《金瓶梅》詩詞小曲，認為
宋詞、元曲也要遜牠。上述這些議論，則是參考了平子和曼殊發表
在1903年《新小說》中的一段文字。[75]從周羣玉所引述的資料，可
知他對於《金瓶梅》的人物描寫、社會反映，甚至詩詞寫作，都予
以肯定，至於情色部分則未作批評。

⑶譚正璧《中國文學進化史》（1929年9月初版）：此書對於《金瓶
梅》評論，大多抄自鄭振鐸《文學大綱》，而在情色的描寫部分，
除了說是「明人一時風氣使然」，還更進一步分析說：「社會淫
亂，如果它不是照實映出，它怎能享第一流作品的榮名呢？」[76]這
樣，就不但不認為其「猥褻的描寫」是缺點，反而是真實反映社會
淫亂之必要了。

⑷張世祿《中國文藝變遷論》（1930年4月初版）：此書論《金瓶梅》
之內容不多，主要認為之前的神怪小說多想像之作，不切於社會實
際，於是矯其弊者則以描寫社會上之實在人生，而「最早者當推
《金瓶梅》，乃敘寫下流社會之人物。」[77]其言雖短，已點出《金
瓶梅》的價值和意義，至於情色描寫部分則未作批評。

⑸賀凱《中國文學史綱要》（1931年12月初版）：此書引述魯迅關於

74　周羣玉：《白話文學史大綱》，上海：羣學社，1928年1月初版，頁112。

75　見1903年《新小說》第八號的〈小說叢談〉，此文收入阿英的《晚清文叢鈔·小說戲曲研究卷》，
後亦收入陳平原、夏曉虹編：《二十世紀中國小說理論資料（第一卷）》，北京：北京大學出版
社，1989年3月，頁67-70。

76　譚正璧：《中國文學進化史》，這裡採用《譚正璧學術著作集》的版本，上海：上海世紀出版社、
上海古籍出版社，2012年12月，頁155、156。

77　張世祿：《中國文藝變遷論》，上海：商務印書館，1930年4月初版，頁126。

明代房中術之說，謂：「這種淫慾的風尚，普遍於社會，那些權貴豪紳強奪良民婦女，買婢納妾以發洩獸慾，於是才有《金瓶梅》的產生。」以此對於《金瓶梅》所寫的「肉慾生活」加以解釋，認為「代表十五世紀的帝王貴族生活。」[78] 其說顯然認為《金瓶梅》的情色描寫只是反映社會實況。

⑹楊蔭深《中國文學史大綱》（1938年6月初版，序於1937年2月2日）：楊氏認為「真正能寫人情，能寫真實的民間日常故事，而尤能夠不落才子佳人悲歡離合的舊套，要算只有這一部《金瓶梅》。在這裡面所描寫的，毫無誇張的地方，只是赤裸裸的把人情寫了出來。有人以為寫縱慾的地方太多，過於形容盡致。但我們以為這正是牠的成功處，牠毫無掩飾，真是一面照妖鏡，把西門慶一家的生活絲毫不遺的照映出來了。」他還對淫書之說加以解釋，他說：「可惜後來仿作的人，專意於性慾的描寫，遂使人們認為《金瓶梅》是第一淫書，使數百年來把牠列為禁書，這真是一大厄運。」[79] 這段話不但肯定書中情色描寫的價值，也對淫書之說提出了相當特別的解釋，依其看法，則前述凌獨見所謂的「假貨」，當是指那些專意於性慾描寫的「仿作」。

以上我們考察了三十七部民國初年的文學史，這些文學史已經接受新的文學觀念，納入了通俗小說。然而就《金瓶梅》而言，我們發現仍有近四分之一是漠視其存在的，另外四分之三有對《金瓶梅》發表評論的，則除了陳彬龢的《中國文學論略》只做負面批判之外，其他的二十多部都能夠從不同層面對《金瓶梅》的成就予以肯定。至於在情色描寫部分，超過二分之一的文學史不認同，或表示惋惜，或認為可刪，只有少數幾部認為這部分也是必要的，否則就沒有辦法反映當時的社會實況。

---

78 賀凱：《中國文學史綱要》，北平：文化學社，1931年12月初版，頁213。
79 楊蔭深《中國文學史大綱》，上海：商務印書館，1938年6月初版，頁461。

這些文學史絕大多數都是作者上課的講義改編的，例如陸侃如、馮沅君著的《中國文學史簡編》，馮沅君在該書的〈序例〉中說：「這部《中國文學史簡編》是我和沅君這幾年來在中法大學、中國公學、安徽大學、師範大學、北京大學等處講授中國文學史時的講義。」[80] 既然是上課的講義，對授課的學生必然具有影響力，以陸、馮所著的這本文學史來說，他們能夠正面、客觀看待《金瓶梅》，也會影響這五所大學的不少學生重新去認識《金瓶梅》。

三、影響民初文學史對《金瓶梅》接受的主要著作

民初學者還沒有尊重智財權的觀念，例如譚正璧在《中國文學進化史》的〈序〉中說道：「在別人著的文學史上或其他的書本上有使我讀了滿意而適爲本書需要的，往往不很更改，照樣錄入。」[81] 他雖然在〈序〉中列舉了所參考的書籍，並向作者表示感謝，但在正文中錄入他人著作之處並未作任何標示，因此讀者很難判斷其內容是引述他人看法，還是自己的意見。

前文省略了《中國文學進化史》評論《金瓶梅》的內容，因爲大部分抄自鄭振鐸的《文學大綱》。爲了方便說明，現抄錄如下：「書中敍寫家庭瑣事、婦人性格以及人情世態，莫不唯（維）妙唯肖。其成功尤在婦人的描寫，如吳月娘、李瓶兒、潘金蓮、春梅、秋菊等，莫不各有其鮮明的個性，活躍於紙上。」而鄭振鐸《文學大綱》論《金瓶梅》的內容如下：

此書敍寫家庭瑣事、婦人性格以及人情世態，莫不刻劃至肖。其成功尤在婦人的描寫。……如月娘，如李瓶兒，如春梅、秋菊等

80　陸侃如、馮沅君：《中國文學史簡編》，頁1。
81　譚正璧：《中國文學進化史》，頁2。

等，也都各有其鮮明的個性，活潑潑的現在紙上。[82]

兩相對照可知，《中國文學進化史》的內容幾乎完全抄自《文學大綱》，且事實上也並非如譚氏所說的「照樣錄入」，在文字上還是作了少許更改。以現在的標準看，其實就是剽竊，然而在當時卻是一種普遍現象。從上一小節的考察可知，民初文學史論《金瓶梅》部分直接抄錄或摘錄鄭振鐸《文學大綱》的，除了譚正璧的《中國文學進化史》（1929）外，還有：胡行之《中國文學史講話》（1932）、許嘯天《中國文學史解題》（1932）、梁乙眞《中國文學史話》（1934）、劉經庵《中國純文學史綱目》（1935）、容肇祖《中國文學史大綱》（1935）、羊達之《中國文學史提要》（1937），可以想見鄭振鐸《文學大綱》在當時的影響之大。

在《文學大綱》於1927年出版前，影響當時文學史寫作最大的，則是鹽谷溫的《中國文學概論講話》。此書原名《支那文學概論講話》，1919年初版，而郭希汾（即郭紹虞）在民國十年（1921）已經翻譯該書論小說部分，以《中國小說史略》爲書名，由上海中國書局印行，並於1933年上海新文化書社再版。[83]後來，君左也摘譯部分內容，以《中國小說概論》之名發表於1927年6月的《小說月報》。至於《中國文學概論講話》的完整譯本，則是由孫俍工完成並於1929年出版的。

從上一小節的考察可知，民初文學史論《金瓶梅》直接抄錄或摘錄鹽谷溫《中國文學概論講話》的，有陳彬龢《中國文學論略》（1931）、陳冠同《中國文學史大綱》（1931）、胡雲翼《新著中國文學史》（1932）、許嘯天《中國文學史解題》（1932）、容肇祖《中國文學史大綱》（1935）、羊達之《中國文學史提要》（1937)。（其中許嘯天、容

82　鄭振鐸：《文學大綱》（二）（《鄭振鐸全集》第十一卷），石家莊：花山文藝出版社，1998年11月，頁263-264。

83　郭希汾《中國小說史略》1949年後未再刊行，坆收入陳洪主編：《民國中國小說史著集成》第二卷，南開大學出版社，2014年1月。

肇祖、羊達之所著，同時也抄錄了鄭振鐸的《文學大綱》）

　　另外一部對於民初文學史論《金瓶梅》具有影響力的著作，是魯迅的《中國小說史略》。此書本來也是課堂上的講義，後來分上下卷出版（上卷1923年12月，下卷1924年6月初版），1925年再由北新書局合訂出版。[84]此書被認為是「開創了《金瓶梅》的現代研究階段」的標誌性著作[85]，在《金瓶梅》研究史上具有舉足輕重的地位。

　　根據上一小節的考察可知，在1925至1937年初版的文學史中，有賀凱《中國文學史綱要》（1931）、許嘯天《中國文學史解題》（1932）、柳村任《中國文學史發凡》（1935）等抄錄或引用了《中國小說史略》。此外初版於1915年的曾毅《訂正中國文學史》，其1929年的訂正版也全段引用了《中國小說史略》關於方士獻房中術的大段文字。[86]

　　在鹽谷溫《中國文學概論講話》1919年出版前及稍後出版的文學史有：王夢曾《中國文學史》（1914）、曾毅《中國文學史》（1915）、張之純《中國文學史》（1915）、錢基厚《中國文學史綱》（1917）、謝无量《中國大文學史》（1918）、褚傳誥《文學蜜史》（1919）、朱希祖《中國文學史要略》（1920）。這些文學史有些根本不討論通俗小說，如錢基厚《中國文學史綱》、褚傳誥《文學蜜史》、朱希祖《中國文學史要略》[87]，而即使討論到通俗小說，對於《金瓶梅》的態度也都屬於本論文前一小節考察時，被歸入「略過或僅一語帶過者」此一類型的。

　　大致說來，民初文學史能夠接納《金瓶梅》，主要在於肯定其寫實性和藝術性。對於《金瓶梅》寫實性和藝術性的肯定，自然不是始於鹽谷

84　以上參見陳洪主編：《民國中國小說史著集成》第二卷所收魯迅：《中國小說史略》（北京：北新書局，1925年9月再版合訂本）前的「說明」。

85　見吳敢：《金瓶梅研究史》，頁46。

86　曾毅：《訂正中國文學史》，頁243；所引有關房中術內容見魯迅：《中國小說史略》（北新書局本），頁308-309。

87　朱希祖有討論到戲曲而未論及小說，見朱希祖：《中國文學史要略》（收入陳平原編：《早期北大文學史講義三種》），頁28。

溫、魯迅和鄭振鐸。黃霖、韓同文曾經指出,謝肇淛的〈金瓶梅跋〉已經「總結了世情小說的幾個重要的理論問題,……點明了世情小說的特點在於廣闊地描寫了社會現實生活。……它高度重視小說的人物塑造。……評價人物的形象性、生動性。」[88]時代近一點的,如1903年的《新小說》雜誌登載了平子和曼殊有關《金瓶梅》的討論,兩人都直指《金瓶梅》是「社會小說」,曼殊說:「蓋此書的是描寫下等婦人社會之書也。試觀書中之人物,一啟口,則下等婦人之言論也;一舉足,則下等婦人之行動也。」[89]曼殊所言,同樣不僅提出寫實性,也觸及到人物描寫的藝術性了。然而我們發現,民初文學史受到古典文獻和報刊資料的影響較小,受到其他文學史著作的影響較大,因此論及《金瓶梅》在民初文學史的接受,還是不得不歸功於鹽谷溫、魯迅和鄭振鐸。

可以這麼說,民初文學史對於《金瓶梅》的接受,是在鹽谷溫《中國文學概論講話》、魯迅《中國小說史略》,以及鄭振鐸《文學大綱》這三部著作的影響下逐漸形成的。

結語

1916年五月,在京師警察廳的禁書名單中,《金瓶梅》和《肉蒲團》、《繡榻野史》等同列為「不良小說」,然而1922年通俗會所查禁的「淫詞小說」中,《肉蒲團》、《繡榻野史》等依然在列,而《金瓶梅》已不見縱影。[90]雖然不能因此就認為《金瓶梅》已經獲得接受,不過我們或許可以相信,經過幾年的努力,人們對於《金瓶梅》已經有了比較正面的認識。

---

88 黃霖、韓同文:《中國歷代小說論著選》,南昌:江西人民出版社,2000年9月,頁173-174。
89 見陳平原、夏曉虹編:《二十世紀中國小說理論資料(第一卷)》,北京:北京大學出版社,1989年3月,頁69。
90 見吳效剛:《民國時期查禁文學史論》,北京:中國社會科學出版社,2013年12月,頁223-226。

　　本文就民國初年（1912-1937）出版的文學史關於《金瓶梅》的評論，進行比較全面的研究考察，其成果如下：

　　第一、考察及統計發現，民國初年仍有近四分之一的文學史對於《金瓶梅》是漠視其存在的，而在另外四分之三中，有二十多部除了對情色描寫部分不認同外，已經能夠從不同層面（主要是社會寫實及寫人技巧）對《金瓶梅》的成就予以肯定。此外，也有三或四部文學史認為情色描寫的部分也是必要的，否則就沒有辦法反映當時的社會實況。

　　第二、考察發現民國初年的文學史在評論《金瓶梅》這部分，主要受到鹽谷溫《中國文學概論講話》、魯迅《中國小說史略》，以及鄭振鐸《文學大綱》這三部著作的影響。部分文學史甚至以全文照錄的方式，截取這三部著作中的一或多部有關評論《金瓶梅》的內容，全部或部分納為己有。本文認為，民初文學史對於《金瓶梅》的接受，是在《中國文學概論講話》、《中國小說史略》，以及《文學大綱》的影響下逐漸形成的。

　　由於民國初年的這些文學史多數為上課講義改編，對授課的學生具有一定的影響力，如果身為教師的文學史作者能夠正面、客觀看待《金瓶梅》，也會影響他們所教的學生，促使他們重新去認識《金瓶梅》，從而也使《金瓶梅》得到更多正面的接受。

第四章
明末清初話本小說對科舉制度之批判*

一、前言

科舉制度從隋朝草創以來，的確造就了不少人才，其最重要的價值，莫過於打破世族門閥的政治壟斷，讓貧寒士人也有躋身政治舞臺、為國展才的機會。然而，凡事有利就有弊，它同時也成為專制帝王將讀書人的精神、思想禁錮在功名富貴牢籠中的工具，所謂：「天下英雄入吾彀中」[1]、「牢籠志士、驅策英才，莫善於此」[2]。尤其明、清以八股文取士，在思想上承襲了元代定程朱注疏於一尊的原則，本來就容易讓舉子們的頭腦僵化，使他們失去獨立思考的能力，因而既沒有經世濟民的能力，更別提安邦定國的才幹和理想了。

更糟糕的是，明代中期以後，開始有人將一些鄉、會試取中的八股文，或是某些閱卷官的作品加以編選、批註，於是供舉子們揣摩、研究的「程墨」、「房稿」[3]應運而生。由於八股文的出題僅限於四書，文章的格式又固定死板，所以猜題命中的機率很高，因此這種科舉考試的「參

---

* 本章內容原刊於《嘉義技術學院學報》第65期（1999年1月）。

[1] 王定保《唐摭言》（臺北，商務印書館影印照曠閣本）卷一〈述進士上篇〉：「蓋文皇帝修文偃武，天贊神授。嘗私幸端門，見新進士綴行而出，喜曰：天下英雄入吾彀中矣！」

[2] 漢史氏《滿清興亡史》第三十一節載康熙時八股文廢數年後，滿大學士鄂爾泰奏請復之，謂：「非不知八股為無用，而凡以牢籠志士，驅策英才，其術莫善於此。」見《滿清野史》，臺北，文橋書局，1972年，第一冊，頁34。

[3] 顧炎武解釋說：「程墨，則三場主司及士子之文。」「房稿，則十八房進士之作。」見《（原抄本）日知錄》，臺北，明倫書局，1979年，卷十九〈十八房〉條，所謂「十八房」，指「同考試官十八員，分閱五經，謂之十八房。」見該書頁471-472。

考書」很快就風行起來，到了明代後期，幾乎人手一冊了，黃宗羲曾說：「自科舉之學盛，世不復知有書矣。…數百年億萬人之心思耳目，俱用於揣摩勦襲之中…至於細民亦皆轉相模錄，以取衣食，遂使此物汗牛充棟。」[4]在這種情況下，舉子們連四書也不讀了，整天抱著程墨、房稿依樣畫葫蘆，顧炎武說：「天下之人惟知此物（指房稿）可以取科名享富貴，此之謂學問，此之謂士人。而他書一切不觀…舉天下而惟十八房之讀，讀之三年五年，而一幸登第，則無知之童子儼然與公卿相揖讓，而文武之道棄如弁髦。」「若今之所謂時文，既非經傳，復非子史，展轉相承，皆杜撰無根之語。以是科名所得，十人之中其八九皆爲白徒，而一舉於鄉即以營求關說爲治生之計。於是在州里則無人非勢豪，適四方則無地非豪客。」[5]士風之墮落，莫此爲甚。

　　對於科舉的批評，歷代都有，但沒有比明末清初更爲嚴厲的。顧炎武說：「八股之害，等於焚書；而敗壞人才，有甚於咸陽之郊，所坑者但四百六十餘人也。」「此法不變，則人才日至於消耗，中國日至於衰弱，而五帝三王以來之天下將不知其所終矣！」[6]黃宗羲說：「科舉之弊，未有甚於今日矣！…圭攝於低頭四書之上，童而習之，至於解褐出仕，未嘗更見他書也。此外但取科舉中選之文，諷頌摹倣，移前綴後，雷同下筆已耳。…此等人才，豈能效國家一障一亭之用？徒使天之生民，受其笞撻，可哀也夫！」[7]朱舜水更認爲明朝之亡，咎在八股，謂：「明朝之失，非韃虜能取之也，諸進士驅之也。進士之能舉天下而傾之者，八股害之也。」[8]這麼嚴厲的批判是過去罕見的，顯然，明代的衰亡使學者有了更深的覺醒，而更深刻的去檢討影響國力至鉅的取士制度。

4　黃宗羲〈傳是樓藏書記〉，載《黃宗羲全集》第十冊，杭州，浙江古籍出版社，1993年，頁130。

5　顧炎武《日知錄》，頁472、474。

6　顧炎武《日知錄》，頁477、473。

7　黃宗羲《破邪論》〈科舉〉，載《黃宗羲全集》第一冊，臺北，里仁書局，1987年，頁205。

8　朱舜水《朱舜水集》，臺北，漢京文化公司，1984年，卷十一〈答野節問三十一條〉，頁390。

　　這些學者是針對科舉摧殘人才，造成國家衰敗的根本問題去進行批判的，他們較少觸及到這一套繁複的取士制度所伴隨的種種弊端和不公現象。其實，明代科場的作弊情形是相當嚴重的，《明史‧選舉志》舉出了不少實例，且謂：「其賄買鑽營、懷挾倩代、割卷傳遞、頂名冒籍，弊端百出，不可窮究，而關節為甚。」[9] 關節就是通往科舉中試的關卡，也就是打通考官方面的路子，《中國考試制度史》歸納了三種打通關節的手法：一是輔臣借其權勢，令門生為考官；二是富貴之家利用錢財拉攏考官，讓考官預先洩露試題，或約定在試卷某段某行第幾字使用某字作暗號；三是權臣、宦官明目張膽干預科舉考試，如正德三年會試，太監劉瑾將五十人的名單交給考官，指定要錄取這些人，考官不敢違抗，只得增加了五十個名額方才了事。[10] 以上這些考試的弊端，尤其是《中國考試制度史》所說的第二種打通關節的手法，明末的話本小說已經有所反映，清初的話本小說更進一步的揭露了科舉考試的各種弊端。此外，清初的話本小說對於科舉制度的許多面向，都提出了深入而尖銳的嘲諷和批判。

二、明末話本小說對科舉考試的批判

　　在《警世通言》中，有好幾篇小說觸及到科場弊端。如卷三十一〈趙春兒重旺曹家莊〉篇，監生曹可成想要上京選官，妻子春兒問他要多少錢，可成答道：「如今的世界，中科甲的也只是財來財往，莫說監生官。」又卷十一〈蘇知縣羅衫再合〉篇中的李生，聽到白衣女唱：「縱教好善聖賢心，空手難施德行。」點頭道：「汝言有理。世間所敬者財也，我若有財，取科第如反掌耳。」這裏只是空泛的論說，沒有具體說明中科甲的如何「財來財往」，為何有財就能「取科第如反掌」，倒是馮夢龍在卷十一的眉批說：「從來如此，可嘆可嘆！」[11] 表明了當時「錢財」和

9　見《明史》卷七十，〈選舉志二〉，北京：中華書局標點本，頁1705。

10　謝青、湯德用主編《中國考試制度史》，合肥，黃山書社，1995年，頁226。

11　《警世通言》的評者為可一居士，據胡萬川先生的考證，為馮夢龍的化名，見〈三言敘及眉批的作

「科第」結合的普遍現象。又如卷十七〈鈍秀才一朝交泰〉篇中的黃勝，「夤緣賄賂，買中了秋榜。」可見當時有買舉人的情形，但還是沒有說明細節。至於描寫了考官取士之荒謬不公的，則是卷十八的〈老門生三世報恩〉篇。在這篇小說中，主考官蒯遇時不喜歡年高的舉子，在錄科無意中取了五十七歲的鮮于同時，大感懊喪，後來任省試的房考官，為了怕再讓鮮于同錄取，竟然「只揀嫩嫩的口氣、亂亂的文法、歪歪的四六、怯怯的策論、憒憒的判語」的文章，結果取的都是「不整不齊，略略有些筆資的」，呈上主司，主司都批了「中」字。這豈非視國家之重典如兒戲？如此取士，如何識拔真才？

《石點頭》卷七〈感恩鬼三古傳題旨〉篇有關於主考官和考生約定在考卷上用暗號作弊的情節，不過其內容及作弊方式完全取材於宋人羅大經《鶴林玉露》卷十四的〈玉山知舉〉條[12]，不能作為揭露明代科舉弊端的資料。

《型世言》的批評比《通言》要具體，如十六回作者將嘉靖年間的科舉和當時（崇禎初年）比較，謂：「其時還是嘉靖年間，有司都公道，分上不甚公行。不似如今一考，鄉紳舉人有公單，縣荐自己前列，府中同僚，一人荐上幾名，兩司各道，一處批上幾個，又有三院批發，本府過往同年親故，兩京現任。府間要取二百名，卻有四百名分上。府官先打發分上不開，如何能令孤寒吐氣？」科舉考試在這些錯綜複雜的人際網絡覆蓋之下，那些貧寒士人可說根本翻不了身。作者又說：「道中考試，又沒有如今做活切頭代考，買通場傳遞、夾帶的弊病，…納卷又沒有衙役割卷之弊。」作者指出當時有這些作弊技倆，不過還是沒能將詳情描述出來。另外，二十三回提到一百三十兩可以買到生員，六百兩可以買到貢生；

者問題〉，收入《話本與才子佳人小說之研究》，臺北，大安出版社，1994年，頁123-138。

12 按胡士瑩《話本小說概論》第十四章第三節認為本篇是出於《夷堅續志後集》卷二的〈鬼報冒頭〉條，但《夷堅續志》為元人所編（〈大元昌運〉條稱元為國朝），〈鬼報冒頭〉條應是錄《鶴林玉露》而改名的。參見拙著《晚明話本小說石點頭研究》，臺北，學生書局，1991年，頁113。

二十七回寫有專門幫人找代考的中人，三百兩包進學，其中一百八十兩歸做文字的，中人可得一百二十兩，「覆試也還是這個人，到進學卻是富家子弟出來，是一個字不做，已是一個秀才了。」這裏的描述較具體，寫出了當時作弊的行情，包考包中的行業也令人大開眼界。第三十二回也有考官在主持科試時，將「前道前列，兩院觀風，自己得鈔的」，列爲一等，「本地鄉紳春元，自己鄉親開薦衙門人役槀討」的，列爲二等，剩下有眞材的，都在三等之外，三等只有前三名可以參加鄉試，其餘的「眞材」就連應舉的資格都沒有了，當眞是「如今時勢，只論銀子，那論文才？」[13]

　　在明末抨擊科舉的話本小說中，最值得注意的是《天湊巧》的〈陳都憲〉篇。前述小說對科舉的批評不過作爲情節進行的因果要素，不是全篇在探討科舉問題，本篇則不然，雖然全文放在一個「命運」的框架中，把科舉功名歸之於天命，但是卻在嘻笑怒罵中，對科舉考試進行了全面的嘲諷批判。這陳都憲資質極愚鈍的，家裏又窮，沒錢買書，「找了一冊時文，不知是舊的、是新的；守著一本講章，也不管是好的、歹的」，念了一百多遍還記不清。這分明在嘲笑當時的舉子，以時文、講章爲學問的意思。但他的文章實在是不通的，不料在領賑濟時，州官看見一些秀才「有巾無衫，有衫無靴⋯爭先搶奪，也不顧擠落頭巾，扯破藍衫」，甚覺可厭，道：「這些斯文，全沒體面。」而陳都憲偶然未到，卻被州官當成「安貧養高」，科考時取爲前列，又替他弄名遺才科舉，並且送他路費。陳都憲無可奈何，鄉試時，將街坊上唱的曲子，湊上三字經、百家姓、千字文、講章、唱本，塗得滿滿的，幾乎把考官笑倒。考官將他的卷子密加圈點，想要請主考共賞奇文，誰知主考見文章圈點得密密麻麻，認爲是好文章，竟因此而胡亂取中爲第一百零二名舉人。會試時，又遇見文理不通

13　歐陽代發《話本小說史》（武漢，武漢出版社，1994年）在討論《型世言》有關科舉的篇章時有錯誤。首先，第二十二回一百三十兩買生員，六百兩買貢生的情節誤爲第六回；其次，在論及二十七回時，謂：「膏粱子弟還請人代考，『一百八十兩歸做文字的』。」這是斷章取義，可能使人誤以爲請人代考只要一百八十兩，其實價錢應是三百兩，其中一百二十兩歸介紹的中人所有。

的房師，偏要取比他文理更不通的人來「作個對手」，結果陳都憲又考中
進士。好笑的是，陳都憲後來還當考官，考卷一篇也看不懂，只得隨手抽
取，「先抽的就是首卷，以抽之前後為次第。」沒想到送上去的二十卷，
放榜時到中了「三個省元，六個經魁」，「人都道他是個識文字的」。以
後他升官發財，直當到左都御史才致仕。這篇小說稱得上是中國第一篇以
科舉為對象的白話諷刺小說，除了揭露了科舉制度糊塗取士的荒謬之外，
也嘲諷了少數科舉出身人物的可笑形象，對後來諷刺科舉的小說有帶頭的
作用。

　　明代話本雖然已經提到科場弊端，以及對科舉取士之荒謬現象加以嘲
諷，但對於作為科舉考試所使用的八股文本身未能加以批判，對於科場弊
端的描寫不夠具體，對於應舉士人的內心世界未能進行剖析，對於科舉出
身的儒林群象還未能生動刻劃。這些工作，有待於諷刺小說《儒林外史》
來完成，而在《儒林外史》之前，清初的話本小說對這些問題其實已經全
面觸及。

三、清初話本小說對科舉制度的批判

　　由於清初話本對科舉制度的嘲諷和批判是全面性的，內容豐富，因此
分就「八股取士」、「考場弊端」和「敗壞人才」三方面加以析論。

(一)對八股取士的批評

　　《都是幻》〈梅魂幻〉篇第二回對科舉的嘲諷相當傳神，篇中「文
章經史、詩詞歌賦，無所不通」的神童南斌，在參加科試時，竟因卷子
被燈花燒掉而落榜。這個主考官本是個有意思的人，他不願意見到那些
童生除了八股文之外，其餘詩詞文章一竅不通，所以在科試時，除了八股
文之外，特別要童生寫一首梅花詩，並出告示說：「倘無詩與詩不全，即
文佳，亦不錄。」不料到了閱卷之時，「見這些童生，第一篇是文章，也
還完的多、通的多。看到梅花詩，也有不做的，也有只做四句的，也有不

協韻的，也有不成韻的，也有抄千家詩、神童詩的，文宗大笑了一場。」明代的科舉不考做詩，所以童生就連詩也不會做，不但不會做詩，連押韻也不會，放榜時，「只見抄神童詩的也進了，抄千家詩的也進了，那不協韻的、不成韻的都進了。」叫神童南斌如何不生氣？當然，並不是主司不能賞識南斌的文才，卷子被燒只是意外事件，但主考官只以「才高命蹇」來唐塞責任，然後胡亂錄取，不但荒唐，也違背了自己的原則。幸好南斌是個豪放的人，轉念一想：「如今便考了案首，做了秀才，氣味也只有限。…文字功名，謂之韁鎖，便成就來也不耐煩。古人中如班仲升投筆封侯，立功異域，那些吟七言、做八股的酸學，究竟了老班，只好伸頸咋舌。何不如精習彈射，日後可以經文緯武。」於是棄了舉業，「把經書文字置之高閣」，每天練習彈弓的技術，後來靠此揚名。這裏對八股取士提出了質疑，認為從中並不能學習到經緯之術，即使舉業有成，比起投筆從戎的班超，也只能「伸頸咋舌」而已。

《都是幻》的作者瀟湘迷津渡者對八股取士似頗不以為然，同書另一篇〈寫真幻〉中的池上錦也是「丟了舉業文章，單喜的是詩詞歌曲。」另一部作品《錦繡衣》中的〈換嫁衣〉篇，「文經武策無不淹貫胸中」的花玉人科舉無成，感嘆說：「我想向來把這書本兒讀破了，巴不上一名科舉，爭他無益。男兒志在四方，便出去做些事業，也是好的。」看來作者可能也是科舉中人，只是科名無望，退而撰寫小說，所以書中人物或鄙視科舉，或另謀他就，不過口氣中還帶了一點無可奈何的味道。

在《五色石》卷六〈選琴瑟〉篇中，福建舉人何白新想要娶佳人瑤姿小姐，瑤姿小姐的父親提起她曾經讀過書，何自新說：「女學生只讀《四書》，未必讀經。」其父答：「小女經也讀的。」何自新又說：「女兒家但能讀，恐未必能解。」言下大有瞧不起之意，結果瑤姿問他：「邶、鄘何以列衛風之外？…魯何以無風而有頌？」[14]等有關《詩經》內容的問題

---

14 按《日知錄》卷三〈邶鄘衛〉條謂：「邶鄘衛本三監之地，自康叔之封未久而統乎衛矣。采詩者存

時，何自新卻答不出來，只好勉強支吾道：「做舉業的不消解到這個田地。」這真是極盡嘲諷之能事，起先咄咄逼人，何等自負，等到問他一些讀經書應該具備的基本認識時，卻以考試不必考到這種程度來掩飾自己知識的貧乏。這和王漁洋《香祖筆記》所載的一則宋琬（1614-1673）所說的故事有異曲同工之妙，宋琬說他小時後在家塾讀書，有一個前輩老甲科問他讀什麼書，他答說是《史記》，又問他是誰作的，宋琬說是司馬遷，又問說他是那一科進士，宋琬說是漢太史令不是進士，「遽取而觀之，讀未一二行，輒抵于案曰：『亦不見佳，何用讀為？』」[15]（註十五）這位老先生讀書讀到連司馬遷都不認識，他說《史記》不見佳，自然是因為鑑賞能力不足，但更因為是不合於八股文作法緣故吧！

八股文之無用，讀八股文的人知識之貧乏，常被明清人引為笑談，《隨園詩話》卷十二記載了徐靈胎的〈刺時文〉云：

讀書人，最不齊；爛時文，爛如泥。國家本為求才計，誰知道，變做了欺人計。三句承題，兩句破題，擺尾搖頭，便道是聖門高弟。可知道《三通》、《四史》是何等文章？漢祖、唐宗是那一朝皇帝？[16]

其舊名，謂之邶鄘衛。邶鄘衛者總名也，不當分某篇為邶、某篇為鄘、某篇為衛。分而為三者，漢儒之誤，以此詩之簡獨多，故分三名以冠之，而非夫子之舊也。」但屈萬里《詩經詮釋》（臺北，聯經出版公司，1990年）引朱熹《詩經傳說彙纂》說：「詩，古之樂也，亦猶今之歌曲，音各不同。衛有衛音，鄘有鄘音，邶有邶音。故詩有鄘音者，繫之鄘；有邶音者，繫之邶。」（頁42）朱熹《詩經集傳》謂：「成王以周公有大勳勞於天下，故賜伯禽（周公長子）以天子之禮樂，故魯於是乎有頌；其後又自作詩以美其君，亦謂之頌。」王靜芝《詩經通釋》（臺北，輔仁大學，1991年）云：「朱傳所言，釋魯之詩不屬國風，以其用天子之禮樂，故不為風而為頌也。又商頌皆讚美頌禱之詩，而非廟堂祀神之詩，故曰『又自作詩以美其君，亦謂之頌也。』故魯頌雖亦名為頌，實非頌之體，而兼為風雅者也。」（頁641）此與本文主題無涉，姑錄於此以備參。

15　王士禎《香祖筆記》，臺北，廣文書局，1968年，頁150。

16　袁枚《隨園詩話》，臺北，漢京文化公司，1984年，頁411。

時文既然是「爛如泥」，所以在《飛英聲》卷四〈孝義刀〉篇中，作者甚至說讀他的〈風月機關〉文章增長見聞，「也強如讀程文、墨卷」！

像上述這種對八股文本身，以及對學習八股文的士子的批判和諷刺是過去的小說中從來不曾出現的。

另外，《珍珠舶》卷四的主角「謝賓又」最愛作詩，「人都笑他廢時失事，妨了正業。他卻道是：『詩以涵養性情，只管終日埋頭，死讀那幾篇時藝，弄得心枯意索，有甚好文字做出來？必須借著吟詠，闡發那做文章的巧思。況文章所以取功名，古作所以垂不朽，寧特無所用心，比之博弈者耶？』」此處對八股文（時藝）的批評是：會使人「弄得心枯意索」，所以不應終日埋頭死讀。但他也沒有反對學習八股文，只是他不像一般讀書人的心目中只有八股舉業，相反的，他很清楚的知道，有真感情的詩作才能「垂不朽」，此外，他還認為寫詩有助於巧思，使八股文寫得更好。這種看法應算是比較開明的，程伊川曾經說過：「或謂科舉事業奪人之功，是不然。且一月之中，十日為舉業，餘日足可為學。然人不志於此，必志於彼。故科舉之事，不患妨功，惟患奪志。」所以伊川也不反對舉業，他說：「人多說某不教人習舉業，某何嘗不教人習舉業也，人若不習舉業而望及第，卻是責天理而不修人事。但舉業既可以及第即已，若更去上面盡力求必得之道，是惑也。」[17] 宋代還沒有八股文，舉業對士風和國力的影響不如明代之深，但同樣也有「妨功」的批評，伊川卻以為舉業本身並不會「妨功」，卻會「奪志」，所以他不反對舉業，而擔心學者對待舉業的態度。同理，如果人們都能像謝賓又那樣，認清八股文只是工具而非目的，人生還有更高遠的目標，那麼八股文雖然空洞而毫無內容，其害也還有限。然而《珍珠舶》的描寫證明，當時的讀書人只以八股為正業，連作詩也認為會妨害功名，難怪前面〈梅魂幻〉篇中的主司一考作詩，童生們全都垮了。若問他們經世濟民之策，自然也只有瞠目不知所對了。

---

17 見朱熹編《近思錄》，臺北，商務印書館，1991年，頁218、220。

(二)對科場弊端的揭露

　　科場弊端不始於明，唐宋時代已經相當嚴重。《唐語林》卷八載唐高宗時，左史董思恭知貢舉，思恭「洩進士問目，三司推，贓汙狼藉，命西朝堂斬決。」[18]宋代科場作弊情形更嚴重，劉子健先生曾歸納八種考場弊端，如「考前預通人情關節」、「在閱卷時舞弊」等等[19]。可見科場作弊的歷史源遠流長，而明清時代則更加發揚光大，反映於話本小說中的，亦琳琅滿目。

　　清初話本小說中揭露科舉弊端最令人感到驚心的是《鴛鴦鍼》第一卷。如果說《天湊巧》的〈陳都憲〉是中國第一篇以科舉為對象的短篇白話諷刺小說，那麼本卷則是第一篇以揭露科場弊端為主題的中篇白話諷刺小說。

　　《鴛鴦鍼》共四卷，每卷四回，每卷第一回之前都有一段不算短的入話。本卷入話用了兩個故事作為引子，第一個便是前述宋人羅大經《鶴林玉露》卷十四的〈玉山知舉〉條所載鬼報冒頭的故事，這個故事在明末清初甚為流行，《石點頭》卷七〈感恩鬼三古傳題旨〉篇和《西湖二集》卷四〈愚郡守玉殿生春〉篇皆加以敷演，《飛英聲》卷二也有〈三古字〉篇（已佚）。這個故事也和考場弊端有關，大意是主考官的朋友來應考，主考官教他在試卷上做暗號，不料事情被女鬼得知，轉告幫她入斂之舉子，因而高中前列。第二個故事取材自〈大硯生傳〉，作者不詳，《清夜鐘》第五回加以敷演，內容是寫江南有個小孝廉，才學俱優，不料在考場遇到一位帶著大硯臺的考生，威脅若不將試卷給他，便將硯中墨汁揩抹，同歸於盡，小孝廉只好答應。後來大硯生考上進士，而小孝廉卻後面三科接連落榜，直到大硯生任高官才來關照他，使他進士及第。這兩個故事不在於

18　宋王讜撰，周勛初校證《唐語林校證》，北京，中華書局，1987年，頁714。

19　見劉子健〈宋代考場弊端〉，原載《慶祝李濟先生七十歲論文集》，後收入《宋史研究集》第五集。

揭露考場的弊端，卻寫出了科舉考試的荒謬，尤其小孝廉既能助人考中，自己卻接連落榜，顯示出考試的缺乏客觀標準，不能真正識拔真才。

作者在入話的議論中說：「這個是鬼告關節，那個是力奪文字，似乎這兩件，也是場屋中極奇怪的事了。卻不是暗中害人益己，所以，也沒有傷心切骨的仇恨。在下還說個暗中害人成己的⋯。」正話所寫，即是這個在科場中「暗中害人成己」，令人「傷心切骨」的考場故事。

故事的主角徐鵬子書香世家，可是除了舉業之外，世事一竅不通，「終日捏著那兩本子書，曉得什麼營生？坐吃山空，日久，將乃祖做官時幾片房屋賣了，後來，又將祖遺下幾畝田兒也賣了。」他的同學丁協公也是宦門子弟，但不肯讀書，卻善於鑽營，家產頗饒，逢考必定花錢，「要買頭、二等」，科科如是。這一年，兩個人都有參加科舉考試的資格，徐鵬子摩拳擦掌，志在必得，「《四書》擬題，篇篇都揣摩過了，況又是《春秋》那經上大小題目，逐個做過。」丁協公則用「大街上一所房契，價銀三千兩」收買考官莫推官。一個憑實力，一個靠錢財，都有十拿九穩的把握。他們還有一個共同的茂片朋友，叫做周德，「這人雖是秀才，全不事舉子業，今日張家，明日李家，串些那白酒肉吃。⋯到那有財勢的人家，又會湊趣奉承，販賣新聞。又專一拴通書童俊僕，打聽事體，攛掇是非，賺那些沒脊骨的銀錢。」莫推官收了丁協公的錢，卻怕他的文章太差，主考官不肯買賬，所以雖然「將字眼關節寫了，彌封緊密，差的當人送與丁協公。」但又叮嚀他文章要好好寫，以免有所閃失。丁協公大感惶恐，找周德商量，周德告以表兄陳又新是負責抄謄場內文字的，「場內該謄的文字，都從他手裏分散，他一科也望這裡頭賺整千的銀子。」可以幫他在謄寫的時候動手腳。後來，以四百兩成交，由陳又新在場內找一分寫得好的卷子頂換，於是丁協公高高的中了第三名舉人了。

徐鵬子考完回家，信心滿滿，認為「除非是瞎了眼的房師，他摸著嗅香也該取了。」誰知到了放榜的日子，只見報喜的人跑得好快，到了他家門口卻連一下也不停，他覺得事有可疑，來到榜棚下，見連丁協公也中

了，自己竟然榜上無名，「此時，身子已似軟癱了的，眼淚不好淌出來，只往肚裏串，靠著那榜縫柱子，失了魂一般，痴痴迷迷。」對於落榜的描寫，何等生動傳神，歐陽代發先生說：「范進中舉喜得發狂，徐鵬子落第悲得痴迷，原因儘管不同，都反映出對科舉及第的瘋狂痴迷。」[20] 這一悲一喜的確是強烈的對比，將明清時代舉子的悲哀表現無遺。後來，同社朋友送來一本〈五魁朱卷〉，赫然發現那第三名丁協公卷中的文字是自己的，於是去查落卷，果然沒有自己的卷子，顯然遭到移花接木，到手的功名，硬生生的被奪走了。

這種割他人之卷據爲己有的作弊手法正如作者所說，「害人成己」，真是喪盡天良。李樂《續見聞雜記》卷十也記載了在萬曆丙午（三十四年）發生在北畿鄉試的一個類似事例，謂：「有士人某者中第四名，其文乃割裂北方名士某硃卷取中。」李樂對這種作弊行爲深惡痛絕，謂：「其巧計狠毒，割裂士卷之人，余謂奪造化之權，竄主司之目，律雖不載，法所必誅。」[21] 徐鵬子要告發，卻不知好歹的跑去跟蔑片周德商量，周德得了這件機密大事，豈肯放過這個大撈一筆的好機會，立刻跑去向丁協公報告，商量對付徐鵬子。他們後來將鵬子的婢女禁閉，誣他活殺女命、殺人藏屍，被莫推官革去秀才，打了三十大板，限他三月內尋出，否則殺人償命。直待三年後，莫推官升轉，徐鵬子才賣掉房子贖身出監。可憐徐鵬子，出獄後家徒四壁，教書教不成，當幕賓又遭火災，流落他鄉，在一個廟中代人寫字度日。

再說那丁協公，如法泡製，又中了進士。他花大錢得來的科名，自然要連本帶利的撈回來，這是邏輯上的必然。只見他先是「把北京躧得個稀爛」，後來選上福建地方一個知縣，「到那地方，下力抓個兒，顧什麼官聲國法。」大計時被參回本籍，又去投靠奸相嚴嵩父子，起爲戶部主事，

20　歐陽代發《世態人情說話本》，臺北，亞太圖書出版社，1995年，頁232。

21　李樂《見聞雜記》，上海，古籍出版社，1986年影印明刻本，頁793。

「管倉管庫，他也不肯放鬆了。」等到嚴家失勢，有一個姓蕭的掌科，緊咬丁協公不放，定要將他參倒，此時鵬子因遇到貴人盧翰林，也已經考上進士，任刑部主事，正管著這件事，蕭掌科便來請求他早日定案，以便將可惡的丁協公繩之以法。在此處，作者用戲劇的筆法，一唱三嘆，道出了蕭掌科的心事。原來，蕭掌科正是考進士時試卷被丁協公所盜之人，由於當科不中，使他遭了喪父、喪母、喪妻之痛，他每說完一段，就說：「此事皆因不中，不中又因丁全，欲手刃報父（母、妻）之仇也。」每次講完又都道：「請酒，老先生聽得，可髮指否？」鵬子皆點頭道：「是。」他不知道徐鵬子和他有同樣的遭遇，千叮萬囑，只盼望早日見丁協公「懸首大街」，以消他家破人亡之恨。

最後，徐鵬子以德報怨，趁大赦之便，將丁協公開釋，只「問個罷職，永不敘用」。這樣的結局是否妥善，見仁見智。而全篇小說所刻劃的儒林醜態，所揭發的科場弊端，所展現的科場恩怨，都令人大開眼界。《鴛鴦鍼》四卷中，有三卷是寫儒林人物的，篇篇精彩，王汝梅先生說：「它早於吳敬梓《外史》一個世紀，堪稱爲明末清初的一部短篇《儒林外史》，其作者可以說是文木老人吳敬梓的先驅。」[22]的確，《鴛鴦鍼》眞稱得上是一部值得重視的儒林小說。

另一篇對科場作弊情形有詳實描寫的，爲《五色石》卷六〈選琴瑟〉篇。福建舉人何自新不學無術，到了會試時，「怕筆下來不得，既買字眼，又買題目，要預先央人做下文字，以便入場抄寫。」按本書卷一〈二橋春〉篇中專門剽竊他人詩文的木一元在應舉時，也用同樣手法，「拚著金銀，三場都買了夾號，央倩一個業師代筆，因此文字清通」，竟然也高中了。這和《鴛鴦鍼》卷一丁協公的情形同中有異，一樣都是打通房師關節（買題目），但場上還有主考在，文字也不能太差，所以何自新和木一

---

22 見王汝梅〈《鴛鴦針》及其作者華陽散人〉，收入《金瓶梅探索》，長春市，吉林大學出版社，1990年，第七講〈瓶外三題〉，頁178。

元都要先找人代寫，背熟之後入場錄出，這比丁協公攘竊別人試卷的惡劣程度算是稍低一點。〈選琴瑟〉篇知貢舉的同平章事（故事託言宋代）趙鼎是正派的，其副手湯思退則「為人貪污，暗使人在外賄買科場題目，何自新買了這個關節，議價五千兩」。居間說合的人是一個假名士叫做宗坦的，宗坦為了多賺一手，乾脆自己代筆，「抄些刻文，胡亂湊集了當」，何自新不知好歹，記誦熟了，到進場時，一揮而就。湯思退得了人家的銀子，不得不勉強取中，卻被正派的趙公一筆抹倒了。好笑的是，湯思退懷恨在心，也把趙公取中第一名的卷子，如頑童一般，加以亂筆塗壞，簡直把科舉主試視同兒戲。被塗壞卷子的是有真才實學的另一位福建舉人何嗣薪，趙公為他抱屈，上疏皇帝說：「同官懷私挾恨，擯棄真才」，那胡塗皇帝卻以試卷要兩人共賞方堪中式為由，駁了他的疏文，眼看何嗣薪要無辜落榜了。誰知何自新不甘損失，攔駕告狀，皇上以為是何嗣薪不服旨意，大怒痛責何自新之後，卻把何嗣薪的舉人革掉了。後來真相大白，何嗣薪狀元及第，那是後話了。總之，篇中所描寫的科舉情況可說是弊端百出，一片混亂。

此外，還有可笑的作弊行為的描寫。《生綃剪》第十二回也是一篇儒林小說，篇中的主角虞修士「一味鑽研經史，不知歲月。一向虧煞父遺數畝薄田，數間房屋，也都賣去為燈窗之費了。」和《鴛鴦鍼》卷一的徐鵬子形象何等類似？他們同樣都是以「舉業」為職志，世事一無所知的軟弱書生的代表人物。修士有一個堂弟彥先，他的秀才是買來的，到了大比之年，有學問的修士去應童子試落榜了，彥先「去鑽一個分上，用了七八十兩銀子，到買一個正科舉。」彥先顏厚至極，不說自己的科舉資格是買來的，反而嘲笑堂兄道：「這個家兄日日在家讀書，不曾見他取一名；小弟日日玩耍，到也僥幸了。想是讀忒讀過火了，文字深遠，試官看不出。」卻也就有那無恥的蔑片隨聲附和。後來幸得宗師大收告考，才得到一名科舉，奇怪的是，宗師看了他的文字，擊節稱賞道：「天下有這樣奇才，為何埋沒至今？」同樣一名舉子，可以是「奇才」，也可以名落孫山，舉試

的漫無標準如此。之後，這對堂兄弟便雙雙去應舉了，所謂好笑的作弊行為就發生在彥先身上。

虞彥先胸無點墨，加上新討娘子，根本無心在書本上，「臨期極（急）了，瞞著父親，將些刊刻文字，揉做一團，塞在穀道（肛門）眼口，貼個膏藥。點名到他，搜簡的見他扒腳扒手，細細一搜，挖到豚孔，腫出饅頭大一塊。軍牢用手一撮，是膏藥裏的紙兒，叫聲有弊。稟上監臨察院，果是懷挾文字，喝打三十。可憐此小，粉嫩屁股，打做肉醬，昏暈在地。」後來，還是中舉後的修士，以「誤帶字紙」為由救他出來。虞彥先這種愚蠢的作弊行為，使人感到可憐亦復可笑。不過比起盧彥先，《生綃剪》第一回入話中，那暴發戶賈文科的大兒子就更愚蠢也更不幸了。他天資甚差，其蠢如牛，「讀完《四書》、本經，三字課還對不出。」到了考試的時候，「先生做鬼替他買個秀才，過了兩年，又買一名科舉。」這些賄買科舉的弊端不必再去提他，但前面說過，場內要打點，場外也要打點，這位公子顯然買到了題目，請人寫好帶入場中，「做了懷挾」，可惜技術不佳被發現了，「察院打了三十，枷死在貢院門前。」

《醉醒石》第七回對科場弊端則有尖刻的諷刺。篇中的革職貪官呂某，本身倒也是科舉出身，「因兩句書，得一箇舉人。」只是「做舉人時，便把書撇腦後」了。他為官時，貪酷無比，因此家產富饒，生有五個兒子，親友勸他教子讀書，他道：「讀什麼書，讀什麼書！只要有銀子，憑著我的銀子，三百兩就買個秀才，四百是箇監生，三千是個舉人，一萬是個進士。如今那一箇考官，不賣秀才，不聽分上？」這話倒也不假，除了前述的那些例子之外，《清夜鐘》第三回中霸佔主人家產的惡奴，他的「大兒子向來在家中服役，不曾讀得書，一字不識，用四百兩替他納個監生。小兒子倒有些聰明，獨請先生在家教他書，捱到寫得出，尋了箇大分上，縣、府、道通包，喜得進了箇學。」可見，只要有錢，不識字的也能當監生，才寫得出文字，就能進了學，真的是：「當今之時，只有孔方。」（《醉醒石》第七回插詞）再說那呂某的老大、老二科舉時，「正

考有優劣，不敢惹他，遺才出去不取得，直到大收，一人用了八十金，去鑽房考，買題目關節。曉得兒子來不得，尋擬題，要先生改，要兒子記，圖箇撞著。」誰知這兩個兒子，有了關節也沒用，大兒子花了點錢，在場裏高臥一兩日夜，二兒子文字對不上題目，胡亂寫了兩篇，其他的全繳了白卷。害那收了錢的房師，「在裏面尋個頭昏，還去別房搜不得。」到了場後，「買主賴他關節不靈，賣主說他誤事，沒科舉哄我。…雖賴得些，也費了四五千金。」關節雖通，怎奈阿斗扶不起，兩兄弟連考卷都交不出來，白花了四五千兩銀子。

　　作弊不成功的，還有數例。如《清夜鐘》第十三回，主考官某有一個好朋友，久不得第，家事清寒，有心要扶持他做個進士，「到會場時，該他同考，自己做了四篇經文，千錘百鍊，真是必中之文。自己寫了，加了圈點，密密封固」，叫心腹家人送去給友人，不料管家送錯人，白白便宜了一個不相識的周舉人。此處作弊的情節比較輕微，不過畢竟有損於考試的公平性。這位考官百密一疏，陰錯陽差便宜了別人，《五更風》〈鸚鵡媒〉篇中的房師就比較小心，他和考生約好地點，派僕人去「口授」機宜，以「天地君親師」為暗號，按理來說這應該萬無一失了，沒想到卻被本篇主角水朝宗的鸚鵡聽見了，水朝宗文章本佳，加上關節已通，於是高高中在前列，那房師洋洋得意，還以為「才與財兼而收矣」，不知真關節反而落在孫山之外了。又如《雲仙笑》冊一〈拙書生〉篇中，舉人紀鍾和房師是親戚，那房師平昔受了紀鍾的恩惠，因此「與他幾個字眼」，不料無意間被主角這位「拙書生」知道了，到了考試時，「如法做去，果然有些靈驗，已高高的填上一名進士。」紀鍾卻因為卷上有錯字被標出而落榜了。還有《五色石》〈選琴瑟〉篇中的宗坦，後來在考童生時「用傳遞法，覆試案上取了第一。到覆試之日，傳遞不得，帶了懷挾，當被搜出，枷號示眾。」

　　上述這些作弊雖然沒有成功，但科場中人情關節、買賣行為的猖獗，可見一斑。而由於科場作弊的情形嚴重，人們司空見慣，於是就有人利用

舉子們渴望不勞而獲的心理，設局行騙，於是一種以販賣科場關節行騙的新興行業產生了。

《醉醒石》第七回還寫道，呂某的第二個兒子上次應舉失利，第二次更費周章，「用了二百兩，買編號書吏，聯號，七箇同號。每篇百金，中出再謝。還又用錢與謄錄書手，加意謄，用錢派在關節房官房內。」也就是說，買通負責編號的吏員，再將收買好的人安排在相聯的號碼內，七個人代寫，每篇先付百金，考中的話再謝，又因為七個人的筆跡不同，所以還要買通負責謄寫的書手，讓他在收買好的房師的房內書寫。這些安排，幾近滴水不漏，不料那賣關節的是個騙子，「遇了箇撞太歲，拿箇假關節來，⋯場中不中，早已破費千金。」到了這個田地，呂某終於死了心，不敢再想舉人，叫兒子「放債經營去了」。

這個假關節有點語焉不詳，《二刻醒世恒言》上函第二回的描寫就比較細膩了。這回故事中寫了一個不曉讀書的富翁王醜兒，只因妓女叫他相公時，一個幫閒笑了一聲，醜兒認為是在笑他沒讀過書，當不起「相公」之名，勃然大怒。妓女向他陪不是，他又生氣，說難道我就當不起這相公二字嗎？又一個幫閒說：「罷了罷了，相公請息怒。」醜兒聽了更氣，認為是故意叫相公來氣他。這一段寫王醜兒的自卑情結真是傳神，說東也不是，說西也不成，總之就是懊惱自己有錢財沒身分。一個妓女對他說：「官人家裡有的是真紋，怕不今科高中麼？那些酸子有的是文才，少的是元寶，官人拚捨了幾百個元寶，難道不是真正舉人哩！」真是一言驚醒夢中人，王醜兒才知道元寶可以換舉人的。那些幫閒很快組織起來，合了一班光棍，粧扮做房官的相公家人，私下覓個幽僻寓所，冒用了主考官的名色，假裝在外尋求售主。然後帶醜兒到假相公處，裝模作樣，說了些醜兒聽不太懂的機密言語。第二天，又花錢買通貢院員役、管號監軍，僱請了代筆和傳遞的人，也不知費了多少銀子。三日後，又帶了銀子到寓所，「那假相公親手交出一個三寸長的摺兒，又用一個小楮封兒，上面用了一個圖書，喝開眾人，親自交與王醜兒。」王醜兒歡天喜地拿回到家，打開

一看，根本不是什麼考場關節，而是一首嘲笑他「天鵝妄想佔便宜、千金承惠君休想」的詩，簡直把醜兒氣暈了。這篇小說寫得真有意思，對那妄想功名的人可謂極盡嘲諷之能事。

還有一個「假關節、撞太歲」的行騙集團，出現在《風流悟》第一回。不過這個行騙集團太不小心，在騙了幾個書呆、騙了許多銀子之後，「在院子裡嫖，吃醉了，走出門來。誰想落出一個紙包在地上，包上寫『大主考機竅兩件』，竟被主考家人拾著了。私訂他到了寓所，急去報了主考。」主考告知府尹審明，要「立枷枷死」。如果不是自己漏了底，不知道還有多少應考的書呆要上當呢！

有人買，就有人賣，有買賣就需要中間人，這科舉買賣的中間人本就不可能會是正人君子，在中間上下其手是必然的。於是有一些假的中間人出現，專騙想要靠作弊上榜的舉子，這些舉子己行不正，在受騙上當之後決不敢吭聲，實在就像是待宰的肥羊。這就是明清科舉文化所衍生的社會怪象，話本小說在揭露這些社會怪象時，其心情是沈重的，《二刻醒世恒言》的作者說那王醜兒的醜行，「只好把與後日買舉人的看樣罷了！」可見其寫作的警世意圖。

(三)對科舉制度敗壞人才的反映

對於八股取士敗壞人才的強烈抨擊，已見於前引顧炎武、黃宗羲的言論中。然而，除了在康熙初期中斷了幾年，八股文依然在中國這塊大地上肆其淫威。到了乾隆年間，吳敬梓讓這些舉子的醜態形於紙面，其儒林小說風行一時，然而當道仍不能悟。直到光緒二十一年，思想家嚴復還在大聲疾呼：「今日中國不變法，則必亡而已。然則變將何先？曰莫亟于廢八股。夫八股非能自害國也，害在使天下無人才。…破壞人才，國隨貧弱。」他又舉出八股對人才之害有三：其一曰錮智慧、其二曰壞心術、其三曰滋游手。又說：「有一於此，則其國鮮不弱而亡，況夫兼之者

耶！」²³又經過兩百多年的人才銷磨，在中國將要被列強分割的情況下，對於八股之害，嚴復的說得比顧、黃等人還要沈痛。

我們在前一小節介紹了《鴛鴦鍼》卷一徐鵬子的故事，故事中的徐鵬子、丁協公和周德，正好代表了嚴復所說科舉所造成的三害。徐鵬子「終日捏著那兩本子書，曉得什麼營生？」他的智慧就用在揣摩「《四書》擬題」，研究「經上大小題目」上面；丁協公不學無術，為達目的不擇手段，考試時鑽營作弊，損人利己，當官時貪贓枉法，為害地方，其心術壞到極點；周德夤緣當上秀才，卻全不事舉業，游手好閒，苟且逢迎，挑撥是非，為虎作倀，是社會上的寄生蟲。

八股取士禁錮了讀書人的智慧，且不說「問以經濟策，茫如墜煙霧」（李白〈嘲魯儒〉），多數的讀書人像徐鵬子那樣，根本失去了處理日常生活的能力。在話本小說中，我們見到太多失去謀生能力的讀書人，特別是貧寒士人及其家人的處境實在是痛苦可憐。像《生綃剪》第十二回中的虞修士，窮到家中一粒米也沒有，叫妻子去大伯家借點銀米，而被伯母羞辱了一頓之後，還是空手而回，夫妻兩又氣又哭，無可奈何，幸好有個表叔拿了些銀米來接濟，他安慰修士說：「貧乃士之常，不足掛齒。」話是不錯，貧乃士之常，但貧到接近餓死的地步，也未免太過悽慘。其伯母尖酸刻薄，固然令人不齒，但她的話也不能說沒有一點道理，她說：「可笑我那姪兒，這一把年紀，也不去覓些生意做做。就是扁擔拿一條也好。終日在家，看了這半間破屋子，咿咿唔唔，只是裝鬼叫，那裏救得貧、濟得飢？只管東處借米，西處借銀，就借得些，也有用了的日子。」舉業是正事，難道養家活口不是正經事？可憐一個飽學秀才，既養不活老婆，又拉不下臉去借貸，卻叫妻子到自己親戚家裏讓人冷嘲熱諷，自己則躲在家裏如縮頭烏龜，連做「人」的基本尊嚴都沒有了，還說什麼「士」之

---

²³ 嚴復〈救亡決論〉，載《侯官嚴氏叢刊》，轉引自《中國考試制度史資料選》，台肥市，黃山書社，1992年，頁427-428。

常？覆水難收故事中的朱買臣未達以前，至少還會去賣柴維生，所以老婆笑他時，他可以理直氣壯的說：「我賣柴以救貧賤，讀書以取富貴，各不相妨。」（《古今小說》卷二十七）然而修士的伯母諷他無能治生，勸他「就是扁擔拿一條也好。」他卻只能說些賭氣的話而已。

又如《鴛鴦鍼》卷二的時大來，也是窮到家中斷糧，老婆說你出去借幾升米回來度了今日吧，明天有我替人做鞋腳的工錢送來，就可以再捱個十來日了。這位靠老婆養活的時秀才答應了一聲，本想洗把臉外出去借，「那曉得，柴星也沒一塊，冷鍋冷灶的。他看了如此光景，甚覺難過，只得低頭往外跑。原來，時大來一時答應渾家，卻不曾打點到甚人家去。及至走了出門，方才想到：我恁忙忙的走，待往何處好？」於是，他就立在街心想著：

> 廣潤門外妻姨，有個月不曾往來，借他錢把銀子或是肯的。才舉腳走了十數步，又想道：不好，那姨夫是個市井之人，他富我貧，時常欺嫌我，今日走去，借他些須，倘不肯時，反要受一肚悶氣。又走了回來。又站住想道：章江門外，去年學生家，他還過得，若問他借也罷。忙忙的又走了十數步，又想到：也不好，他因家下缺乏，才辭先生，今又去借貸，是個不知趣的人了。又走了回來…想這家，想那家，在那街心裏，一走來，一走去，失心瘋的一般，也不知來回走了幾個時刻，還不曾出那十數步之外。

真是天地茫茫，何去何從？把一個貧寒士人肚皮和面子之間的矛盾衝突刻畫得何等細膩，有人說：「這樣的描寫，可以說是直逼《儒林外史》。」[24]的確如此，讀了這樣的文字，令人為那走投無路的窮秀才，感到鼻酸。時大來的窘境，不輸給《儒林外史》中的范進，范進至少還有隻

---

24 歐陽代發《世態人情說話本》，頁229。

下蛋的老母雞可以變賣，還有個做屠夫的老丈人可以依靠，時大來卻只能在那裏走來走去，不知如何是好。後來不提防竟將一個小孩手中的碗撞落了，小孩哭著叫賠他一文錢，眾人都來圍觀，他卻拿不出這一文錢來，「弄得時大來，真不得、假不得，若有個地洞，也鑽將去。」當真如回目上所說的，「一文錢活逼英雄」啊！

　　還有《雲仙笑》冊二〈又團圓〉篇中的李榮，祖先本來是種田的，日子還過得去，不料父親忽然有志讀書，「那田事就不能相兼了」，「他雖做了秀才，誰知那秀才是個吃不飽、著不熱的東西」，家境每況愈下，到了李榮，愈不濟了。這李榮「也頂了讀書二字，沒有別樣行業，更兼過了兩個荒年，竟弄到朝不謀夕的地位。」一個種田的人家，日子過得好好的，一改成讀書，就會弄到朝不謀夕的地步，可見讀書人是如何的無能。像《八洞天》卷四〈續在原〉篇中的岑鱗、岑翼兩兄弟，哥哥學做生意，弟弟讀書，結果讀書的游蕩無度，後來客死他鄉，做生意的則家道興旺，哥哥見到弟弟的下場如此，感嘆說：「我們庶民之家，只該安分，莫妄想功名，指望這樣天鵝肉吃。」並以讀書為戒，讓他兒子「只略識幾個字，便就罷了。」俗語說：「萬般皆下品，唯有讀書高。」然而我們見到的，卻是讀書人的貧窘無能，〈又團圓〉篇中的李榮後來竟至賣妻完稅，上既不足以守家業，下又不能保妻子，安見「讀書高」哉？

　　而描述寒儒悲情最為感人的，是《醉醒石》第十四回蘇秀才夫妻的故事。

　　篇中蘇秀才和《鴛鴦針》卷二的時大來一樣，家事全靠妻子打點。蘇秀才拙於治生，處館教書又因為迂腐無趣而不受歡迎，家中全無生息，幸好其妻莫氏相當能幹，平日做些針指，「家中常川衣食，親戚小小禮儀，真都虧了箇女人。」這一年有了科舉，「初出茅廬意氣，把箇解元捏在手裏。去尋擬題，選時策，讀表段、記判，每半夜不睡。哄得這女人，怕把家事分了他的心，少柴缺米，纖毫不令他得知。為他做青毛邊道袍、毛邊褲、氈衫，換人參，南京往還盤費，都是掘地討天，補瘡剜肉。」科舉對

她來說，有如買彩券，她把本錢全押在丈夫身上，還覺得勝算不小，在那裏盤算：「房子小，一中須得另租房子；家裏沒人，須得收幾房。」「把一天歡喜，常閣在眉毛上。」誰知道放榜時，只聞得某人中了，某人中了，偏生自己的丈夫，落榜了。這些情節，用夢想的美好和失望的落差所形成的強烈對比，表現出舉子家庭生活的悲涼。

　　捱過了三年，由於沒有錢送禮，本來以為此科無望，不料運氣好，補上了一名科舉。夫妻「磨拳擦掌，又要望中了。」莫氏送丈夫出門，千叮萬嚀，叫丈夫：「這遭定要中箇舉人，與我爭氣。」一夜夢中嗚嗚咽咽，哭將起來，陪伴的叔婆問她，回道：「夢裏聞道丈夫不中，故此感傷。」可見這莫氏的心理壓力有多大，連夢魂也不安寧。然而到了放榜的日子，那報喜的又往別家去了。這次莫氏生氣了，哭完後，剔起雙眉，怒著眼道：「人生有幾個三年，這窮怎的了？」從此以後，再不料理他的衣食，見面就鬧，幸好蘇秀才尋了個小館，日日在館中歇宿，避開了她。

　　現在，沒有人認為他有中的可能了，「都笑他是鈍貨了」。又過三年，蘇秀才又躍躍欲試，這回不敢對老婆說，叫妻叔莫南軒去講，倒被妻子羞辱了一場。但後來她還是出了幾兩銀子讓丈夫進京去考，「割不斷肚腸，望梅止渴」，希望有個奇蹟出現。這一次蘇秀才知道自己沒考好，卻不敢讓妻知道，果然莫氏又望了一個空。莫氏完全絕望了，要求離婚，蘇秀才說：「你也相守了十餘年了，怎這三年不耐一耐？」莫氏道：「為你守了十來年，也好饒我了。三年三年，哄了幾箇三年，我還來聽你！」尋死覓活，要上吊自殺，蘇秀才無奈，離了。

　　莫氏嫁了個開酒店的，雖無家產，店面還是租的，但她自小能幹，數錢打酒，也做得不錯。只是街上風聲不好，閒言閒語不少。蘇秀才少了家累，得以一意讀書，「常想一箇至不中為妻所棄，怎不努力！」沒想到這一科竟中了二十一名舉人，「早已鬨動一城，笑莫氏平白把一箇奶奶讓與人。…那莫氏在店中，明聽得人傳說，人指揶，卻只作不知。」蘇秀才會試又聯捷，「三十多歲，紗帽底下也還是個少年進士。」去看莫氏，莫氏

倒也硬氣，道：「你做你的官，我自賣我的酒。」這話真令人動容，比那朱買臣妻回來央求故夫，「願降為婢妾，伏事終身」，自取羞辱的格調要高得多。

　　然而，莫氏如果嫁到深閨大院，可以足不出戶，那也罷了，偏是一個酒店老闆娘，日日要面對顧客，人來人往，都在談論她的前夫中了進士，新娶了十八歲的少奶奶，怎麼能不動心，怎麼能不感傷？看作者如何剖析她那悲苦的心情：「苦想著孤燈對讀，淡飯黃虀，逢會課措置飯食，當考校整理茶湯，何等苦！今日錦帳繡衾，奇珍異味，使婢呼奴，卻平白讓與他人！巧巧九年不中，偏中在三年裏邊。九年苦過，三年不寧耐一寧耐！這些不快心事，告訴何人？」雖然有苦難言，但她還苦撐著，只是無心做生意，有一天，一個輕薄少年當面笑她：「只因性急，脫去位夫人奶奶。」這話當真如針刺，當天晚上莫氏就懸梁自盡了。

　　這篇小說的高明之處，在於以妻子的視角，來寫貧窮士人的淒涼景況。這在科舉小說中是少見的，因為這類小說通常都將重點放在士人身上，很少去考慮寒士之妻的心情。蘇秀才和當時的讀書人沒什麼兩樣，除了讀書之外，什麼都不會，什麼都不懂，當妻子的，要打理一切，含辛茹苦，也不過就巴望著丈夫有朝一日功成名就，自己能夠風風光光的當上奶奶享福。莫氏只因對丈夫的期望太高，所以失望太重，一時失了分寸，作者在文末指責莫氏，說她是「朱買臣妻子之後一人」，又說她「生前遭譏，死後遺臭。」並且要以這個故事，來「告讀書人宅眷」。其實這指責太沈重了，她和其他許許多多匍匐在科舉功名之下的寒儒宅眷一般，都只是科舉制度之下的受害者罷了。

　　令人感動的是，蘇秀才中舉後，身價百倍，媒人不斷來說親，道：「某鄉宦小姐，才貌雙全，極有賠嫁；某財主女兒，人物齊整，情願倒貼三百兩成婚。」而他並沒有得意忘形，「蘇秀才常想起貧時一箇妻兒消不起光景，不覺哽咽道：『且從容』。」這哽咽是包含了無限的感傷在其中的，蘇秀才是有良心的人，在他的心中，不會不想起當初苦讀時，夫

妻艱難相對的苦況，他從來沒有去恨那棄他而去的妻子，莫氏死後他還發銀二十兩爲她擇地埋葬，因爲自己虧欠她太多了。這就是當時讀書人的悲哀，仰不足以事父母，俯不足以蓄妻子，這遲來的功名，正好讓他的結髮妻子蒙羞受辱而已。

從這個故事可以知道，功名對當時的貧寒士人來說有多麼重要，有了功名，嬌妻、財富自然送上門來，沒有功名，連糟糠之妻也棄你而去。崇禎九年陳啟新曾上疏說：「嘗見青衿子朝不謀夕，一叨鄉薦，便無窮舉人，及登科甲，逐鐘鳴鼎食，肥馬輕裘。」[25]可見小說寫得一點也不誇張。又如上一節提到的《鴛鴦鍼》卷一中的蕭掌科，因爲卷子被丁協公割竊而不中，竟因此而家破人亡。還有《人中畫》〈風流配〉篇中的呂柯，他中舉後，「做了二十年孝廉，入場六次」，一直考不上進士，有個王司馬願將女兒嫁給他，已經有了媒妁之言，不料有個進士也想娶該女，王司馬左右爲難，對他說：「兄若高中，這段姻緣自在。若有差池，就難奉命了。」也就是說，考得上就有老婆，考不上就免談。呂柯在場中因考得不理想，在那裏長吁短嘆，旁邊一個豪邁的司馬玄聽了十分生氣，道：「夫婦爲人倫之首，怎一個進士便欺負舉人，要思量奪去，說來令人髮指！」竟把自己寫好的卷子給了他，呂柯果然就中了。這故事當然很荒唐，但也可見進士的氣餱有多盛，他想要娶的女子，就算已經許了別人，也可以搶奪到手。還有，雖然中舉就已經算是翻了身，來奉承的人很多，可是在進士面前還是抬不起頭來。

功名成了社會上判別人才的標準，功名成了財富與權勢的象徵，於是，功名也就成了讀書人心目中唯一的奮鬥目標。爲達功名，不擇手段。會讀書的，每天在八股文上用心，不會或不肯讀書的，就想盡辦法走後門。還有一種既不會讀書又沒有錢打通關節的，在那功名至上的社會，他們也不肯安分守己在自己的行業上努力，他們也夢想著功名富貴會從天而

25　見計六奇《明季北略》，臺北，商務印書館，1979年，頁145 所引文。

降，《雲仙笑》冊一〈拙書生〉篇就寫了一個這樣的故事。

篇中的呂文棟「資性愚鈍不過，莫說作文不能勾成篇，若唸起書來，也有許多期期艾艾的光景。」他在考童生的時候，把包糕紙上文章背熟了，不料進場時，「那第一題恰好就是包糕紙上的題目」，於是成了秀才。在應舉的時候，住在道院裏，每天禮拜斗母，恰好有兩個才高八斗的同學曾傑、曾修兄弟也住在道院，見他禮拜虔誠，就戲弄他，私下擬了考題，並將七篇文章做好，壓在斗母面前的爐子底下。文棟發現了，以為斗母顯靈，非常高興，將七篇文章背得熟熟的。曾氏兄弟竊笑不已，誰知道進入考場，恰是那七個題目，文棟竟考上第一名解元。到了會試時，無意間竊取到了別人科場作弊的關節，又高高的中了一名進士。

這篇小說由許多個神奇的巧合湊成，顯然只是讀書人妄想科名的白日夢。篇中戲擬考題的情節在《清夜鐘》十三回已經提到，謂：「當日曾有極敬梓橦帝，每日拜謁，極其志誠，同窗謔他，寫了三個題目在香爐下，微露紙角。這人往拜得了，將此三題（用）心敲打，得中經魁。」後來在《珍珠舶》卷二第二回也用了這個情節，只是篇中的主角金集之頗有才名，不像文棟那樣愚拙而已。但無論如何，那對功名存徼幸的想法都是相同的。試想，如果《雲仙笑》的故事是真的，那連文章都不能成篇的呂文棟中進士之後如何任官治民？但作者似乎並不擔心這個問題，像《天湊巧》中那痴痴呆呆的陳都憲也能當到御史的高位，反正比起那些只會寫八股文的迂儒也差不到那裏去，而比那些夤緣作弊的還要略勝一籌呢！

在話本小說中，我們見到八股取士的制度把當時的讀書人敗壞到何等程度！他們連最起碼的日常生活也無法打理，在取得功名以前，蕩盡了家產，養不活妻子。即使取得功名，也不過和愚鈍的人等量齊觀而已，想要求他們拿出安邦定國的方法，無異於緣木求魚。陳登原先生曾說：

世徒知東林之議論苛刻、文人之放誕風流，不知大多數之八股朋友，一則忽略故事、不知兵食，再則死守書本、空有義理，三則

不知事勢、不明緩急。此誠無怪乎李王之一帆風順，滿洲之得以入關矣！[26]

可見朱舜水認為明朝亡於八股，並不是個人的偏激論調，科舉之敗壞人才，誠足以造成亡國之慘禍，這是毫無疑問的。

結語

　　以上我們論述了明末清初話本小說對於以八股取士的科舉制度的反映和批評，這樣一大批科舉小說的湧現，說明了明末清初，特別是清朝初年話本小說作者對於科舉制度的關心，這和當時以顧炎武、黃宗羲等人的言論為代表的時代思潮是相合的。雖然沒有一位小說作家曾像朱舜水那樣，直接把明朝滅亡歸因於八股之害，但從小說所展現的內容中，我們確實看到八股取士對於國家社會造成的巨大傷害，作家在寫作時自然流露出一種深刻沈痛的反感，這種反感和明朝滅亡的鉅大陰影是分不開的。商衍鎏先生說：「八股文為世詬病，不止一日，當明末朝士書憤，有『斷送江山八股文』之語，有以大束書於朝堂者曰：『謹具大明江山一座，崇禎夫婦兩口奉申，晚生八股頓首拜。』其時太息痛恨於八股者如此。」[27]明末學者如此痛恨八股，而清初依舊行之如儀，八股氣息仍然環繞在生活圈子裏揮之不去，清初小說對八股取士各種弊病的嘲諷、揭露和批判，是一種必然的反應。有這些反映科舉的話本小說的涓涓細流，才可能匯聚出像《儒林外史》那種全面諷刺科舉的集大成之作。

26　陳登原《國史舊聞》，臺北，明文書局，卷四八〈明儒俗迂愚〉條，頁511。
27　商衍鎏《清代科舉考試述錄》，臺北，文海書局近代中國史料叢刊217，頁344。

第五章

清代話本序跋考論*

一、前言

　　現存最早的話本集為嘉靖年間洪楩編的《六十家小說》（或稱《清平山堂話本》），可惜該書殘缺不全，亦未有序跋留存。明代最有價值的話本序跋為馮夢龍《三言》，以及淩濛初《二拍》的序，其他如《石點頭》、《鼓掌絕塵》、《型世言》、《歡喜冤家》、《西湖二集》、《今古奇觀》等書的序跋亦有可觀。總體而言，明代話本序跋的保存較為完整，研究成果亦多。清代話本就沒有那麼幸運了，由於各家書目所錄不全，存佚情況記載不一，現存清代話本又有不少缺損，因此關於清代話本序跋的考察及研究幾近空白。基於此，本章的寫作目的在於全面考證清代話本序跋，盼能得其全貌，並就其內容性質、文體特徵，及其所反映之小說觀加以析論。

二、現存清代話本序跋總目

　　要了解清代話本序跋的全貌，就必須先掌握所有現存清代話本存佚情況。由於清代話本在過去不受重視，甚至有學者認為：「有清一代，再沒有話本這類白話小說出現了，而民間亦不見有重要的集子流傳。」[1] 其實孫楷第1957年修訂版的《中國通俗小說書目》（以下簡稱《孫目》）已著錄現存的清代話本集二十幾種，包括《清夜鐘》、《鴛鴦針》、《醉醒石》、《五更風》、《無聲戲》、《十二樓》、《連城璧》、《珍珠

*　本章為科技部研究計畫「話本小說敘跋研究」（MOST 102-2410-H-415-042-）之研究成果，內容原刊於核心期刊《東吳中文學報》第29期（2015年5月）。

1　馬幼垣、劉紹銘編：《中國傳統短篇小說選集・導論》，台北：聯經出版公司，1991年。

舶》、《照世杯》、《二刻醒世恆言》、《都是幻》、《錦繡衣》、《五色石》、《八洞天》、《人中畫》、《雨花香》、《通天樂》、《豆棚閒話》、《娛目醒心編》、《俗話傾談》、《陰陽顯報鬼神傳》、《警悟鐘》、《生綃剪》、《十二笑》、《醒夢駢言》、《飛英聲》、《西湖佳話》、《一片情》、《風流悟》等[2]，絕不能說「再沒有這類白話小說出現」。

　　《孫目》和大塚秀高《增補中國通俗小說書目》[3]（以下簡稱《大塚目》），以及石昌渝主編的《中國古代小說總目（白話卷）》[4]（以下簡稱《古代小說總目》）等小說書目對於清代話本都加以著錄，尤其完成於2004年的《古代小說總目》，集合了眾多學者的智慧和心力，凝聚了前人辛苦耕耘的研究成果，蒐羅考證更為完整精詳。不過這些書目畢竟是總目性質，不容易看出單一類型小說在同一時代的創作、出版情形。

　　曾單獨對清代話本進行考察者，較早為胡士瑩《話本小說概論》第十五章第三節〈清人編刊的擬話本集敘錄〉[5]，較近則有王慶華《話本小說文體研究》附錄：〈明清話本小說及其他短篇白話小說集編年敘錄〉[6]，以及傅承洲《明清文人話本研究》第四章第三節〈清代話本敘錄〉[7]。胡士瑩的敘錄較早，漏列的版本稍多；王慶華的敘錄雖較完整，但考證較略；傅承洲的敘錄較詳，但只針對話本專集而不完整（漏列《俗話傾談》、《鬼神傳》、《螢窗清玩》、《玉瓶梅》、《照膽臺》、《救生船》、《萃美集》等七部），又未收錄選集。

2　孫楷第：《中國通俗小說書目》，北京：中華書局，2012年，頁74-84。按，《中國通俗小說書目》初刊於1933年，1957年重訂，1981年重排，2012年重印收入中華書局《孫楷第文集》。所列部分話本如《醉醒石》及《清夜鐘》孫氏列為明刊，但二書收錄清代作品，應刊於入清之後，故列於此。

3　大塚秀高：《增補通俗小說書目》，東京：汲古書院，1987年。

4　石昌渝主編：《中國古代小說總目・白話卷》，太原：山西教育出版社，2004年。

5　胡士瑩：《話本小說概論》，北京：中華書局，1980年，頁633-663。

6　王慶華：《話本小說文體研究》，上海：華東師大出版社，2006年，頁213-231。

7　傅承洲：《明清文人話本研究》，北京：人民文學出版社，2009年，頁225-236。

　　筆者於1997年出版的《清初前期話本小說之研究》[8]一書，對於清初前期話本小說無論專集或選集，都有詳細的考證。然而近幾年來，仍有一些新發現的話本集及其他出版資料，當時未能見及。至於清初後期至清末的話本，筆者雖曾撰文做過相關研究[9]，但尚未全面加以考證。總之，整個清代話本的書目和敘錄，都有重新考察的必要。

　　《古代小說總目》對於所收錄小說的序跋情形有大略說明，可供參考。至於序跋採錄，目前仍以丁錫根《中國歷代小說序跋集》[10]（以下簡稱《歷代小說序跋集》）較為完整。該書規模宏大，然欲將歷代各類小說序跋一網打盡，談何容易？單就清代話本序跋而言，即漏收不少，以下論及各書序跋時，如為丁書未收者，將加以註記，以供學者採用該書時之參考。

　　筆者已在《清初前期話本小說之研究》一書中，考得清初前期話本專集27部、選集10部，因此考證部分不再贅述，僅說明序跋相關情形如下：

(一)清初前期話本專集[11]

1. 《清夜鐘》：路工藏本有薇園主人〈清夜鐘序〉一篇。
2. 《醉醒石》：有〈醉醒石題辭〉，缺最後一葉，致題辭之撰者不可考。
3. 《無聲戲》：有偽齋主人〈無聲戲序〉一篇。
4. 《連城璧》：有睡鄉祭酒〈連城璧序〉一篇。
5. 《十二樓》：有鍾離睿水〈十二樓序〉一篇。

8　徐志平：《清初前期話本小說之研究》，台北：台灣學生書局，1997年，頁15-93。

9　分別為〈清代中期話本小說敘事模式析論〉載《中正漢學研究》2013第1期；以及〈清代中後期話本小說體制及狂歡化敘事之比較——以改編《聊齋》之作為主〉，收入《第五屆中國小說與戲曲國際學術研討會論文集》，台北：里仁書局，2014年。

10　丁錫根：《中國歷代小說序跋集》，北京：人民文學出版社，1996年。

11　專集指單一作者之小說集，下列書目中，《生綃剪》一書列了十五位作者，這在話本小說中屬於特例，此書是否應屬於匯集眾人之作而成的「總集」，或是作者故弄狡獪，尚待進一步考證。

6. 《跨天虹》：殘卷，無序文。

7. 《豆棚閒話》：有作者艾衲居士〈豆棚閒話弁語〉，以及天空嘯鶴〈豆棚閒話敘〉各一篇。

8. 《照世杯》：有諧野道人〈照世杯序〉一篇。

9. 《人中畫》：無序跋。

10. 《鴛鴦鍼》：有獨醒道人〈鴛鴦鍼序〉一篇。

11. 《五更風》、12.《錦繡衣》、13.《都是幻》、14.《筆梨園》、15.《飛英聲》：以上五部皆無序跋。

16. 《一片情》：有沛國樗仙〈一片情序〉，丁錫根《歷代小說序跋集》未收。

17. 《風流悟》：無序跋，扉頁有題識一則，《歷代小說序跋集》未收。

18. 《雲仙嘯》：無序跋。

19. 《十二笑》：扉頁有題識一則，署名郢雪；目次前有墨憨主人〈小引〉一篇。《歷代小說序跋集》二文皆未收。

20. 《五色石》：有筆鍊閣主人〈序言〉一篇。

21. 《八洞天》：有五色石主人〈序言〉一篇。

22. 《金粉惜》：無序跋。

23. 《二刻醒世恆言》：有茚齋主人〈二刻醒世恆言敘〉一篇。

24. 《警寤鐘》：無序跋。

25. 《西湖佳話》：有古吳墨浪子〈西湖佳話序〉一篇。

26. 《生綃剪》：有谷口生〈弁語〉一篇，《歷代小說序跋集》未收。

27. 《珍珠舶》：有煙水散人〈珍珠舶序〉一篇。[12]

---

12 各書之詳細考證請參見拙著：《清初前期話本小說之研究》，頁15-81。按，其中《金粉惜》一種為長澤規矩也舊藏，李田意〈日本所見中國短篇小說略記〉著錄（文載《中國古典文學論文精選叢刊‧小說類》頁129-130，台北：幼獅文化公司，1980年），收小說十二篇，然今似已不存，僅北京故宮博物院藏有一滿文本，存小說七篇，見劉輝、薛亮〈明清稀見小說過眼錄〉（《文學遺產》1993年第1期），此書筆者未曾寓目，據李田意之著錄，未有序跋。

㈡清初前期話本選集

1. 《最娛情》：爲小說戲曲合刊本，下欄爲戲曲，上欄含話本4種，無序跋。

2. 《警世選言》：收小說6篇，前二回改寫自文言小說，第三回以下選自《三言》，無序跋。

3. 《八段錦》：收小說八篇，採自《古今小說》及《一片情》，無序跋。

4. 《幻影》（《三刻拍案驚奇》）：爲《型世言》之選本，書前有夢覺道人〈驚奇序〉一篇。

5. 《二刻拍案驚奇別本》：取自《二刻拍案驚奇》者10回，取自《型世言》者24回。有序，內容襲用即空觀主人〈二刻拍案驚奇序〉。

6. 《今古傳奇》（《古今稱奇傳》）：收小說14篇，分別選自《石點頭》、《警世通言》、《拍案驚奇》、《醒世恆言》、《喻世明言》、《歡喜奇觀》、《二刻拍案驚奇》等書，有夢閒子〈古今傳奇序〉一篇。

7. 《覺世雅言》：收小說八篇，分別選自《三言》、《二拍》等書，有綠天館主人〈序文〉一篇，然僅殘存末三葉，前二葉同兼善堂刊本〈警世通言序〉，最後一葉內容仿〈古今小說序〉結尾。

8. 《幻緣奇遇小說》：收小說12篇，選自《古今小說》、《二拍》、《歡喜冤家》、《貪欣誤》等書，有撮合生〈幻緣奇遇敘〉一篇，《歷代小說序跋集》未收。

9. 《警世奇觀》：共18帙，現存9帙，分別選自《三言》、《拍案驚奇》、《無聲戲》、《西湖佳話》等書，無序跋。

10. 《四巧說》：收小說4篇，分別選自《八洞天》3篇、《照世杯》1篇，無序跋。[13]

13　詳細考證請參見拙著：《清初前期話本小說之研究》，頁83-93。

　　此外，尚有《一枕奇》、《雙劍雪》，孫楷第已提出二書爲離析《鴛鴦鍼》，以炫世求售之說 [14]，袁世碩又根據《鴛鴦鍼》的8幅圖像之說明，以及《一枕奇》、《雙劍雪》各卷之回目，證明「三書實爲一書，原名《鴛鴦鍼》」[15]，《一枕奇》、《雙劍雪》二書皆無序跋。

　　過了清初前期之後，話本小說的數量銳減。現存清初後期至清末之話本小說專集只有12部，詳述如下：

(三)清初後期至清末話本專集

1. 《雨花香》：雍正年間石成金撰，收小說40篇，有雍正丙午（四年，1726）袁載錫序，原無〈自敍〉，上海古籍出版社《古本小說集成·雨花香》據石成金《重刻添補傳家寶俚言新本》四集卷八所載補入，該序署雍正四年撰。

2. 《通天樂》：亦石成金著，收小說12篇，原無〈自敍〉，《古本小說集成·通天樂》亦據《傳家寶》四集卷八補入，該序署雍正七年撰，丁錫根《歷代小說序跋集》未收。

3. 《醒夢駢言》（別署《醒世奇言》）：乾隆年間守樸翁編次，全書12篇故事皆改寫自《聊齋志異》。有稼史軒刻本，收入《古本小說集成》，書前有〈序〉，署「閒情老人漫題」，《歷代小說序跋集》未收。

4. 《娛目醒心編》：乾隆年間草亭老人杜綱編撰，《古本小說集成》據乾隆五十七年（1792）序本影印，16卷39回，共收錄16篇小說，但不只寫16個故事 [16]。書前有自怡軒主人〈序〉文，自怡軒主人即許寶

14　孫楷第：《中國通俗小說書目》，頁76。

15　袁世碩：《古本小說集成·鴛鴦鍼·前言》，上海：上海古籍出版社影印清初刊本。

16　《娛目醒心編》有的入話故事甚長，甚至和正話故事相等，如卷三、四、九、十三、十四、十五、十六皆各分二回，每回各寫一故事。詳細討論可參見拙著：〈清代中期話本小說敘事模式析論〉，載中正大學中文系：《中正漢學研究》2013年第一期（總21期），頁164。

善，乾隆二十五年進士，官至監察御史，著有《南北宋壩詞譜》、《穆堂詞曲》、《自怡軒詩草》等。[17]

5. 《鬼神傳》（又名《鬼神傳終須報》）：咸豐七年（1857）刊行，作者不詳。全書4卷18回，實演6篇故事。《古本小說集成》據咸豐七年富桂堂刊本影印，另中華書局《古本小說叢刊》則據咸豐九年富經堂刊本，版式與富經堂本相同。本書未見序跋。

6. 《螢窗清玩》（又名《螢窗清玩花柳佳談》）：4卷稿本，作者不詳，《古本小說集成》影印。收錄4篇才子佳人小說，即：〈連理枝〉、〈玉管筆〉、〈碧玉簫〉、〈游春夢〉。袁世碩認為，本書科舉、官職，均依清制。〈連理枝〉謂是宋太祖初定天下時事，而敘官、賊兩方戰於蘇州、松江一帶地方，似仿造太平天國與清官之戰事，其中還講及「西番英圭黎」、「佛蘭西」、「大小西洋」。據此可斷，此書作於清末。[18]本書無序跋，書末附〈勸戒色文〉、〈香閨十勝〉各一。

7. 《俗話傾談》：同治九年（1870）刊行，《古本小說集成》據五經樓藏板影印、中華書局《古本小說叢刊》據英國博物院藏同治十年刊本影印。輯評者邵彬儒，字紀棠，為一說書人，另著有《諫果回甘》、《吉祥花》等。[19]本書共收17則故事，書末另附一篇議論文〈修整爛命〉，書前有〈自序〉一篇，《歷代小說序跋集》未收。

8. 《玉瓶梅》：光緒二十二年（1896）石印本，吳興于茹川作。此書本人木見，各家書目多依據戴不凡《小說見聞錄》。戴氏對此書評價極低，其言謂：「全書凡十回，每回各自起訖，類似評話。但第四、七、八、九、十回均為聊齋式之筆記小說。…第五回之〈張善友〉即《今古奇觀》卷十之入話，第六回即《今古奇觀》之〈倒運漢巧遇洞

---

[17] 見清·陳其元：《青浦縣志》卷十九，〈文苑傳〉，台北：成文出版社，1970年。

[18] 袁世碩：《古本小說集成·螢窗清玩·前言》，上海：上海古籍出版社影印山東圖書館藏本。

[19] 參見石昌渝主編：《中國古代小說總目·白話卷》，太原：山西教育出版社，2004年，頁362。

庭紅〉。然原作洋洋萬言之曲折故事，經《玉瓶梅》作者之手，僅餘千言，了無餘味矣！…此書印本雖尚精，但內容之錯雜幼稚如此！惟仍于此錄之，庶免後人聞《第六奇書玉瓶梅》之名而嚮往無已也。」從戴不凡之說可知《玉瓶梅》一書頗為雜亂，雖參考前人故事，但內容多經改寫，仍屬作者個人專集。書前有作者序，戴氏轉錄了序文部分內容：「余于壬辰（戴注：當為光緒十八年）秋，偶有客來談及善書。…客曰：…今請君作奇書《玉瓶梅》，其文只取消淡如白話者，使愚人亦得易知為善。」戴氏據此認為作者之意在使此書成為：善書、奇書、人人能懂之書。[20]該序《歷代小說序跋集》未收。

9. 《躋春臺》：光緒二十五年（1899）刊行，據書前林有仁序，知作者為劉省三。[21]《古本小說集成》、《明清善本小說叢刊續編》皆據上海圖書館光緒刊本影印，全書共4卷40篇。林有仁序《歷代小說序跋集》未收。

10－12. 《照膽臺》、《救生船》、《萃美集》：作者不詳，刊行年代約與《躋春臺》刊行年代相近，皆為殘卷，無序跋。[22]

(四)清初後期至清末話本選集

1. 《今古奇觀（別本）》：乾隆二十年（1755）泉州尚志堂刊本，現藏於日本天理圖書館。共選輯小說21篇，與《今古奇觀》重複者16篇，另收《拍案驚奇》2篇、《人中畫》3篇。此書筆者未見，據《中國古代小說總目》之著錄，無序跋。[23]

20 戴不凡：《小說見聞錄》，杭州：浙江人民出版社，1980年，頁256-257。

21 《鬼神傳》、《俗話傾談》、《躋春臺》皆收入上海古籍出版社《古本小說集成》。

22 《照膽臺》、《救生船》、《萃美集》皆僅存殘卷，現藏於中國社會科學院圖書館，筆者未見，據竺青介紹，三書「編創宗旨、敘事體製、藝術風格」等，皆與《躋春臺》基本相同。見竺青：〈稀見清末白話小說集殘卷考述〉，載《中國古代小說研究》第一輯，北京：人民文學出版社，2005年，頁372。

23 參見石昌渝主編：《中國古代小說總目·白話卷》，頁160。

2. 《再團圓》：5卷5篇，《孫目》著錄泉州尙志堂寫刻本，謂：「乃乾隆間選本」[24]。按，此書乃是從乾隆20年刊行的《今古奇觀（別本）》析出，故還保留原書中的「午集」、「丑下」、「寅下」、「未上」等字眼。此本亦收入中華書局《古本小說叢刊》、台灣天一書局《明清善本小說叢刊》，無序跋。

3. 《西湖拾遺》：48卷44篇，《孫目》著錄四種版本，最早爲乾隆辛亥（五十六年，1791）年自愧軒刊本。[25]故事取自《西湖二集》（28篇）、《西湖佳話》（15篇）、《醒世恆言》（1篇），收入上海古籍出版社《古本小說集成》。本書有陳樹基（字梅溪）序，另上海申報館仿聚珍版排印本有〈後序〉一篇，署「梅溪氏後序」。[26]

4. 《西湖遺事》：《孫目》未收，各書目皆依據胡士瑩《話本小說概論》著錄[27]咸豐六年（1856）刊本。共16卷16篇，其中15篇採自《西湖二集》，一篇採自《西湖佳話》。本書筆者未見，據胡士瑩之著錄，書前有青坡居士〈自序〉，謂：「搜輯舊事未經傳頌者錄之」，然所錄《西湖二集》十五篇實來自《西湖拾遺》，與《西湖二集》原書之內容頗有差異。胡氏又謂：「此書今傳本缺13、14兩卷，書流傳不多。」[28]青坡居士之〈自序〉，《歷代小說序跋集》亦未收。

5. 《二奇合傳》：（又名《刪訂二奇合傳》）：《孫目》著錄咸豐辛酉（七年1857）刊大字本、光緒戊寅（四年1878）刊本，共16卷40回。孫氏查出此書錄自《初拍》及《今古奇觀》，但第34回、36回來源不

---

24 孫楷第：《中國通俗小說書目》，頁74。

25 見同上註引書，按孫氏以為此書四十八卷、四十八篇，其實前三卷為圖，末卷為〈止於至善〉，實為四十四篇。

26 參見丁錫根：《中國歷代小說序跋集》（中），北京：人民文學出版社，1996年，頁817-818。

27 如：大塚秀高：《增補通俗小說書目》，頁39；石昌渝主編：《中國古代小說總目·白話卷》，頁410。

28 胡士瑩：《話本小說概論》，北京：中華書局，1980年，頁661。

明[29]，《話本小說概論》認爲此二篇來自《醒夢駢言》[30]，《古本小說集成・二奇合傳・前言》、王慶華《話本小說文體研究・附錄》，則以爲是出自《聊齋志異》。[31] 據筆者比對三書，以《二奇合傳》34回爲例，故事寫昆陽縣曾翁所生七子兄弟間的恩怨，七子分別爲元配所生曾成，繼室所生曾孝、曾忠，妾所生曾悌、曾仁、曾義，皆與《聊齋志異》卷11〈曾友于〉篇相同，而《醒夢駢言》第五回改爲吉安府富翁平長發，所生七子爲平成、平衣、平身、平缶、平和、平聿、平婁，故事機杼類似，但文詞較爲粗俗。又，《二奇合傳》36回與《醒夢駢言》第6回的情形也類似，二篇皆改寫自《聊齋志異》卷四〈姊妹易嫁〉篇。可知《二奇合傳》34、36回之直接來源爲《聊齋志異》，而非《醒夢駢言》。《二奇合傳》書前有芸香館居士〈刪定二奇合傳敘〉一篇。

6. 《今古奇聞》（又名《新選今古奇聞》）：《孫目》著錄光緒辛卯（十七年1891）刊本及鉛印本，共22卷，選錄《醒世恆言》、《西湖佳話》及《娛目醒心編》[32]。然據胡士瑩考證，其中卷14採自《紀錄滙編・過墟志》、卷20採自王韜《遯窟讕言》，皆文言小說。[33] 依書首王寅（冶梅）光緒十三年之序文，此書爲編者王寅自日本帶回翻刻，鄭振鐸〈明清二代的平話集〉對此存疑，謂：「這話似乎並不可靠。」[34]。曹中孚提出三點：日本並無此書、王韜爲近代人、序文前半篇全襲自《娛目醒心編》之〈原序〉，僅末段刪換成「寅昔年」云云，認爲此書「毫無日本人『新編』之痕跡。」[35] 另光緒十七

---

29 孫楷第：《中國通俗小說書目》，頁74。

30 胡士瑩：《話本小說概論》，北京：中華書局，1980年，頁662。

31 王慶華：《話本小說文體研究》，上海：華東師大出版社，2006年，頁229。

32 孫楷第：《中國通俗小說書目》，頁74。

33 胡士瑩：《話本小說概論》，頁662。

34 收入鄭振鐸：《中國文學研究》，北京：人民文學出版社，2000年，頁425。

35 曹中孚：《古本小說集成・今古奇聞・前言》，上海：上海古籍出版社影印復旦大學藏本。

年鉛印本有〈古今奇聞序〉一篇，署「虎林醉犀生揮汗書於歇浦讀畫樓」。[36]

7. 《續今古奇觀》：《孫目》收錄石印本6卷30回，謂：「此書除第9卷外，全收《今古奇觀》選餘之《初拍》29篇。」[37] 胡士瑩所言較詳，謂此書爲光緒甲午（二十年1894）排印本（圖石印），6卷30回。另考得第27回出自《娛目醒心編》卷9。[38] 此書光緒二十二年上海書局石印本有序一篇，署「光緒丙申仲春月清明後三日瀛園舊主撰并書。」[39]

此外，尚有《補天石》、《遍地金》二書，乃離析《五色石》而成。《補天石》有北京大學圖書館紫雲閣刊本，用《五色石》舊版重印，取其後四卷而成，無序跋。《遍地金》有大連圖書館本衙藏板，取《五色石》前四卷而成，有哈哈道士序，序中稱本書爲「笑笑先生」所作，〈序〉中提到：「《補天石》，繼以是編，此《遍地金》之所由名耶？」作僞之痕跡明顯，但此篇序文仍具參考價值，可借此了解清代小說出版現象，舒穆說：「盜版、剽竊和僞托，是古代小說刊行商業活動中的常見現象，特錄此以存照。」[40]

順帶一提，胡士瑩《話本小說概論》另著錄《紙上春台》、《移繡譜》、《俗話傾談》等三種選集，實皆有誤。

按，《紙上春台》乃一小型的小說叢編，據日本元祿間《舶載書目》，內收〈換錦衣〉、〈倒鴛鳳〉、〈移繡譜〉、〈錯鴛鴦〉、〈十二峰〉、〈錦香亭〉等六種小說。《換錦衣》可能即爲《錦繡衣》所收兩篇小說中的《換嫁衣》，另一篇爲〈移繡譜〉，《倒鴛鳳》、《錯鴛鴦》、

---

36 據丁錫根：《中國歷代小說序跋集》（中），頁854。

37 孫楷第：《中國通俗小說書目》，頁74。

38 胡士瑩：《話本小說概論》，頁662。

39 此據石昌渝主編：《中國古代小說總目·白話卷》，頁461。

40 以上二條參見舒穆：《中國古代小說總目·白話卷·遍地金》、《中國古代小說總目·白話卷·補天石》（石昌渝主編），頁20、頁15。

《十二峰》皆已不存，孫楷第據《舶載書目》，著錄《十二峰》十二回，編者心遠主人，首有戊申巧夕西湖寒士序，孫氏疑戊申爲康熙七年[41]，則此書當爲清初話本集；《錦香亭》今存，寫唐代安史之亂時故事，非話本小說。

〈移繡譜〉爲蕭湘迷津渡者所著《錦繡衣》中的一部分，已如前述。胡士瑩所錄張慧劍藏本《移繡譜》包含四篇故事，即：〈三義廬〉、〈鬧樊樓〉、〈三古寺〉、〈□□□〉（〈宋伯秀誤入桃源道　朱大姐驚□窈窕娘〉），此四篇乃取自清初話本小說《飛英聲》，極可能是封面誤植。總之，《移繡譜》應非話本選集。

至於《俗話傾談》前文已論，爲邵儒彬撰寫之話本專集，亦非選集。

以上現存清代話本專集共39種，留下序跋27篇（含扉頁〈識語〉）。丁錫根《歷代小說序跋集》漏收11篇；現存清代話本選集共17種，留下序跋11篇（含僞書《遍地金》之序，但不含內容抄襲前人者如〈覺世雅言序〉），《歷代小說序跋集》有3篇未收錄，但其中2篇筆者亦未見。

三、清代話本序跋形式與內容考察

本節就現存清代話本序跋38篇中，筆者所見36篇之內容與形式進行考察。

(一)清代話本序跋之作者類型及序跋性質

清代話本無論專集或選集，皆可分爲「自序」及「他序」。即序跋作者可能爲話本專集的作者、話本選集的編者，也可能是作者或編者的友人或出版者。序跋的性質和序跋作者的身分關係密切，因此有必要先加以釐清。

專集部分，屬於「自序」的有：薇園主人〈清夜鐘序〉，序中稱：

41　孫楷第：《中國通俗小說書目》，頁78。

「余偶有撰著，蓋借諧談說法。」艾衲居士〈豆棚閒話弁語〉，篇中云：「余不嗜作詩，乃檢點遺事可堪解頤者，偶列數則，以補《豆棚》之意。」獨醒道人〈鴛鴦鍼序〉，稱：「道人不惜和盤托出，痛下頂門毒棒。」墨憨主人《十二笑》的〈笑引〉，文謂：「吾將以醒世之哭不得，笑不得者。」筆鍊閣主人〈五色石序〉，內云：「吾今日以文代石而欲補之，亦未知其能補焉否也？」五色石主人〈八洞天序〉，內云：「予故廣搜幽覽…凡八則。」古吳墨浪子〈西湖佳話序〉，內云：「因考之史傳誌集，徵諸老師宿儒，取其蹟之最著，事之最佳者而紀之。」鴛湖煙水散人〈珍珠舶序〉，序中提及：「此予《珍珠舶》之所以作也。」石成金〈雨花香敘〉、〈通天樂敘〉皆收入其《傳家寶》書中，可知為自序。《俗話傾談》書前有邵彬儒〈自序〉。〈玉瓶梅序〉提到：「余於壬辰秋，偶有客來談及善書。…客曰：『今請君作奇書《玉瓶梅》』」，可證此序為作者自撰。以上屬「自序」者，共有12篇。

「他序」部分：李漁《無聲戲》、《連城璧》、《十二樓》分別由偽齋主人、睡鄉祭酒、鍾離濬水寫序[42]，偽齋主人討論了《無聲戲》的「大旨」，睡鄉祭酒分析了作者的「深心」並說明成書的過程，鍾離睿水讚美了李漁之用心「不同於恆人也」；《豆棚閒話》的撰序者天空嘯鶴在序中說作者艾衲「賣不去一肚詩云子曰，無妨別顯神通。」《照世盃》的撰序者諧野道人在序中談到小說的作用在於「使天下敗行越檢之子，惴惴然側目而視」，認為這是作者「酌元（亭）主人」之「素心」；《一片情》的撰序者沛國樗仙謂其「深有得乎作者之心」，並試著在序中推敲小說的作意；《娛目醒心編》的撰序者自怡軒主人在序中稱作者草亭老人杜綱「老不得志，著書自娛」；《雨花香》袁載錫序認為作者「意在開導常俗」，因「有補於名教」，所以「樂為之序」；《躋春臺》的撰序者林有仁在序

---

42 睡鄉祭酒、鍾離濬水都是遺民詩人杜濬的別號，學界對此無異議；偽齋主人究竟是杜濬，或是曾資助過《無聲戲》刊行的張縉彥，則尚未有定論。詳細的討論可參見朱萍：〈張縉彥與《無聲戲》版本的關係之我見〉，載《江淮論壇》2004年第1期，頁145-149。

中稱作者劉省三「杜門不出,獨著勸善懲惡一書,名曰《躋春臺》。」另外《風流悟》、《十二笑》皆有〈題識〉,前者作者不詳,後者署名「郢雪」,從二文內容看來,應該都是出版商所寫的廣告詞。

　　比較複雜的是《二刻醒世恆言》,其封面橫署「墨憨齋遺稿」,扉頁題「茀齋主人評」,但據學者考證作者當為生長於順、康年間的心遠主人[43]。茀齋主人的〈二刻醒石恆言序〉撰於雍正丙午(四年,1726),序中稱:「予篋中有《醒世恆言》二集,汪洋二十四則,頗費蒐獲。…予不敢祕,是以梓之。」因此這茀齋主人不是作者,而是後來的刊行者兼評者,他寫序的目的顯然是為了打廣告。

　　以上屬於「他序」(含〈題辭〉)者,共有12篇。

　　另有3篇無法確認為自序或他序:其一為〈醉醒石題辭〉,因為後半殘缺不全;其二為谷口生的〈生綃剪弁語〉,《生綃剪》列了十五個作者,谷口生本人為其中第一、第二回的作者,序中提到為本書命名的是「井天居士」,苗壯認為書內評語與〈弁語〉觀點一致,推斷二者為同一人。[44]無論二者是否為同一人,如果《生綃剪》確有十五位作者,則谷口生只是代表他們撰寫序文,然而如果這十五作者只是谷口生(也就是井天居士)的化名,則這篇〈弁語〉便屬於自序,但目前證據仍不足;其三為〈醒夢駢言序〉,稼史軒本《醒夢駢言》題「守樸翁編次」,目錄下又題「蒲崖主人偶集」,序中又稱:「菊畦子,,,,因集逸事如干卷,顏曰《醒夢駢言》。」朱世滋認為:「那麼守樸翁、蒲崖主人、菊畦子人,當為一人,生平不詳。」[45]果如此,則〈醒夢駢言序〉可列入自序,但同樣證據不足。

43　參見侯忠義:《古本小說集成・二刻醒世恆言・前言》,上海:上海古籍出版社影印北京大學圖書館藏清雍正刻本。

44　苗壯:《古本小說集成・生綃剪・前言》,上海:上海古籍出版社影印大連圖書館藏本。

45　朱世滋:《古本小說集成・醒夢駢言・前言》,上海:上海古籍出版社影印首都圖書館藏稼史軒刊本。

在清代話本選集部分，屬於編者自序的有：《幻影》（《三刻拍案驚奇》）夢覺道人〈驚奇序〉，序中稱：「掩關無事，簡點廢帙，得一二野史，…今特撮其最奇者數條授梓，非無謂也。」《幻緣奇遇小說》，撮合生序云：「是編也，多取堂堂嚴正之君子，烈烈女中之丈夫，以作人世之初□樣，間有淫婦而遭罟阱，姦夫而賈實□者，并□紀之」；陳樹基〈西湖拾遺序〉謂：「因摭舊時耳目所及，訂輯成帙，目之曰《拾遺》。」另有〈後序〉一篇，亦陳樹基撰；芸香館居士在〈刪定二奇合傳敍〉中提到：「愚不敏，承先師之志者也。先師厘正是書而未果，愚特踵而成之者也。」至於《今古奇聞》，前面說過，編者王寅在序中稱此書乃是他本人自日本帶回翻刻的，此雖為欺人之言，但可證明此為一篇自序。以上屬於編者「自序」者6篇，序中主要交代編書的經過和目的。另有1篇青坡居士之〈西湖遺事序〉，筆者未見，暫據胡士瑩之說列為自序。

清代話本選集序跋屬於「他序」者僅有兩篇，即夢閒子的〈今古傳奇序〉（編者為墨憨道人），以及醉屬生的〈今古奇聞序〉（編者為王寅）。

綜觀清代話本序跋的性質：專集部分，作者自序與他人撰序者各12篇，比例相當，自序主要表明作意，或說明寫作緣起、過程或故事取材來源，他序部分除了〈二刻醒世恆言序〉外，撰序者皆為小說作者之友人，他們通常以作者的知音人自居，在序中除了讚美作者的為人及文章之外，也對作家創作心理進行分析或加以體會；選集部分以編者自序為多，有6篇，主要敘述編書的緣由始末，屬於他序者只有兩篇，撰序者都是編者的友人，序文都在為小說做宣傳。〈今古傳奇序〉的寫作方式頗為特別，下文會有進一步的討論。

至於割裂《八洞天》而成，具偽書性質的《遍地金》，其正文前有哈哈道士的序文，序中提到作者笑笑先生寫完《補天石》之後，為不平世界作金石聲，故名其書為《遍地金》，此序所言雖多不實，但仍具有「他序」之性質。

　　以下依話本專集、選集，分別列出清代話本序跋篇目，並於備註說明其為自序或他序，見表一：

表一　清代話本專集序跋總目及性質

書名	序跋情形	備註
1. 清夜鐘	薇園主人〈序〉	自序1
2. 醉醒石	〈題辭〉	不完整無法判斷
3. 無聲戲	偽齋主人〈序〉	他序1
4. 連城璧	睡鄉祭酒〈序〉	他序2
5. 十二樓	鍾離睿水〈序〉	他序3
6. 跨天虹	無	
7. 豆棚閒話	艾衲居士〈弁語〉、天空嘯鶴〈敘〉	自序2；他序4
8. 照世杯	諧野道人〈序〉	他序5
9. 人中畫	無	
10. 鴛鴦鍼	獨醒道人〈序〉	自序3
11. 五更風	無	
12. 錦繡衣	無	
13. 都是幻	無	
14. 筆梨園	無	
15. 飛英聲	無	
16. 一片情	沛國樗仙〈序〉	他序6／丁錫根《歷代小說序跋集》未收
17. 風流悟	扉頁〈題識〉	他序7／《歷代小說序跋集》未收
18. 雲仙嘯	無	
19. 十二笑	扉頁郭雪〈題識〉、墨憨主人〈笑引〉	他序8；自序4／《歷代小說序跋集》皆未收
20. 五色石	筆鍊閣主人〈序〉	自序5
21. 八洞天	五色石主人〈序〉	自序6

書名	序跋情形	備註
22. 金粉惜	無	
23. 二刻醒世恆言	苎齋主人〈序〉	他序9
24. 警寤鐘	無	
25. 西湖佳話	古吳墨浪子〈序〉	自序7
26. 生綃剪	谷口生〈弁語〉	無法判斷／《歷代小說序跋集》未收
27. 珍珠舶	煙水散人〈序〉	自序8
28. 雨花香	袁載錫〈序〉、石成金〈自敘〉	他序10；自序9
29. 通天樂	石成金〈自敘〉	自序10／《歷代小說序跋集》未收
30. 醒夢駢言	閒情老人〈序〉	無法判斷／《歷代小說序跋集》未收
31. 娛目醒心編	自怡軒主人〈序〉	他序11
32. 鬼神傳	無	
33. 螢窗清玩	無	
34. 俗話傾談	作者〈自序〉	自序11／《歷代小說序跋集》未收
35. 玉瓶梅	作者〈序〉	自序12／《歷代小說序跋集》未收
36. 躋春臺	林有仁〈序〉	他序12／《歷代小說序跋集》未收
37. 照膽臺	無	
38. 救生船	無	
39. 萃美集	無	

表二列清代話本專集序跋共27篇，其中自序、他序各12篇，有3篇無法判斷。

表二　清代話本選集序跋總目及性質

書名	序跋情形	備註
1. 最娛情	無	
2. 警世選言	無	
3. 八段錦	無	
4. 幻影（三刻拍案驚奇）	夢覺道人〈驚奇序〉	編者自序1
5. 二刻拍案驚奇別本	襲用即空觀主人〈二刻拍案驚奇序〉	不列入計算
6. 今古傳奇	夢閒子〈序〉	他序1
7. 覺世雅言	綠天館主人〈序〉	乃併合《警世通言》、《古今小說》之〈序〉，故不計
8. 幻緣奇遇小說	撮合生〈敘〉	編者自序2／《歷代小說序跋集》未收
9. 警世奇觀	無	
10. 四巧說	無	
11. 今古奇觀別本	無	
12. 再團圓	無	
13. 西湖拾遺	陳樹基〈序〉、梅溪氏〈後序〉	編者自序3、4
14. 西湖遺事	青坡居士〈自序〉	筆者未見，據胡士瑩說為自序(5)／《歷代小說序跋集》亦未收
15. 二奇合傳	芸香閣居士〈序〉	編者自序6
16. 今古奇聞	王寅〈序〉、醉犀生〈古今奇聞序〉	編者自序7；他序2
17. 續今古奇觀	瀛園舊主〈序〉	筆者未見，無法判斷《歷代小說序跋集》亦未收
附錄：遍地金	哈哈道士〈序〉	他序3

　　表列清代話本選集序跋共10篇，編者自序7篇、他序2篇，1篇無法判

斷。另割裂《八洞天》而成之《遍地金》亦有序，內容雖多不實，但仍列計他序一篇。

(二)清代話本序跋之文體特徵

所有清代話本序跋皆用文言寫作，更有採用駢體文者，如〈清夜鐘序〉、〈豆棚閒話序〉、《風流悟・扉頁題識》、〈西湖拾遺後序〉等，另如〈一片情序〉、《十二笑・笑引》、〈五色石序〉、〈珍珠舶序〉等，亦間用駢體行文。這現象十分有趣，多數序文皆推崇通俗小說的價值，而採用的卻是高雅的語言。這固然是明清通俗小說序跋的傳統，但或許也可以說明一件事，即小說雖然是寫給市民階層看的，序文卻是寫給文化水平更高的士人看的。序跋作者無論是爲了有利於小說銷售，或爲了抬高話本的地位，都還是希望得到士人的肯定，所以才會一直採用屬於士人階層的文體。

清代話本敘跋的另一個文體特徵是頗多採用問答體，通常以主客問答的方式，來推崇小說的價值。王猛認爲明代小說敘跋主客問答的形式可以分成兩類：一類是局部採用，另一類是全篇都是主客問答結構。[46] 清代話本敘跋的主客問答方式同樣分爲這兩種，全篇採用問答結構者有三篇：其一爲〈照世杯序〉，序文先寫「客」對小說作者酌元（亭）主人的評論，說他爲何不寫「藏名山待後世之書」，卻寫出這種「遊戲神通」的作品，撰序者「余」（諧野道人）乃替作者酌元亭主人進行解釋，雖然只有一問一答，但全篇都在這場對答中完成；其二爲《十二笑・笑引》，有兩問兩答，開篇云：「客問：《十二笑》何爲作也？余曰：…」中又云：「客又問曰：…願聞其說。余曰：…。」文章最後歸結至「客」對作品的肯定，謂：「客聆是語，粲然大笑，攜一編而去，曰吾將以醒世之哭不得，笑不

---

46 王猛：〈試論明代小說敘跋的文體特徵與文學價值〉，《重慶師範大學學報》2011年第6期，頁60。

得者。」第三篇為〈五色石序〉，全篇以「客問予曰」、「予曰」、「客曰」、「予曰」等進行四問四答，最後也是由「客」來做肯定，謂：「客聞予言而稱善。」然後歸結到「予遂以《五色石》而名篇」。

　　局部採用問答方式的有〈照世杯序〉、〈八洞天序〉、〈珍珠舶序〉、〈玉瓶梅序〉、〈三刻拍案驚奇序〉、〈今古傳奇序〉等六篇。〈八洞天序〉在序文的後半段中，設想一個「有疑予言者」來發問，再由撰序者加以詳答；〈珍珠舶序〉設想一個「論者」評論此書「俚談瑣語，文不雅馴，鑿空架奇，事無確據」，再由作者加以反駁；〈玉瓶梅序〉不完整，但從戴不凡所摘錄的內容看來，也是有「余」和「客」的對話；〈三刻拍案驚奇序〉在編者說明編書的緣起之後，也設想一個「客」，責備編者不為天下畫一策、建一功，「而徒嘵嘵於稗官野史，作不急之務」，編者乃在「不覺嘆」後，以一段小說可以轉變人心的理論加以駁斥。

　　值得細論的是夢閒子的〈今古傳奇序〉，此序設置了寫序的「夢閒子」和編書的「墨憨道人」之間的對話，夢閒子先引述自己的一段關於「奇與非奇」的談話，還說自己的這段話「亦何足奇？」而墨憨道人卻認為這段話為「快論，勝似奇聞」，於是將該段話當成「引首」。夢閒子最後總結說：「并此一段平平無奇之語，亦與奇書並傳，豈不更奇。」這篇序文，頗具有「後設」[47]的色彩，夢閒子不斷自我議論，而能達到由由自我否定轉為受人肯定的效果，寫法奇特，非常符合該書以「奇」命名的特色。

　　清代話本序跋的第三個文體特徵，是敘事性和描寫性增加。王猛提到明代小說序跋已有不少使用記敘方式，而描寫的方式也「屢見不鮮」[48]，

47　所謂後設，就是對語言本身進行自我意識性的評論，「經常在戲擬的形式上對具體作品進行評論，或是對虛構的樣式進行評論」，見【美】帕特里莎・渥厄原著，錢競譯：《後設小說・譯者的話》，臺北：駱駝出版社，1995年。

48　王猛：〈試論明代小說敘跋的文體特徵與文學價值〉，《重慶師範大學學報》2011年第6期，頁58。

但他舉的例子以文言爲主，如《瑯環記》和《情史》的序，只有寫景部分提到一部《西湖二集》屬於話本小說。以清代話本序跋來說，其敘事和描寫才眞的是「屢見不鮮」。

　　所謂敘事，指的是有人物、有動作，因而構成事件而加以敘述者。例如〈醉醒石題辭〉載：「李贊皇之平泉莊，有醉醒石焉，醉甚而倚其上，其醉態立失。」又如〈連城璧序〉云：「吾友屛絕塵氣，閉戶搦管，額額不休。」〈十二樓序〉云：「覺道人山居稽古，得樓之事類凡十有二，其說咸可喜。」〈照世杯序〉云：「今冬過西子湖頭，與紫陽道人、睡鄉祭酒縱談古今，各出著述，無非憂慨世道，借三寸管爲大千世界說法。」〈珍珠舶序〉云：「客有遠方來者，其舶中所載，凡珊瑚、玳瑁、夜光、不難之珍，璀璨陸離，靡不畢備。」〈雨花香序〉云：「余自乙巳秋，秉鐸江都，月進諸生而課之，又凜遵新令，更以策、論、經、史相劘切，庠序之士，固已衒衒向道矣。」〈雨花香自序〉：「昔雲光禪師於江寧城南，據岡阜最高處設壇，講經說法，每日聽者，日常千餘人。」〈俗話傾談自序〉：「嘗見街頭巷尾，月下燈前，閒坐成群，未嘗無語，但所論多無緊要之事，未足以有補身心。」〈躋春臺序〉：「中邑劉君省三，隱君子也，杜門不出，獨著勸善懲惡之書，名曰《躋春臺》。」〈三刻拍案驚奇序〉：「今春卜室孤山之麓，時梅影橫瘦，竹陰展新，斜陽映水，峰際流雲。掩關無事，簡點廢帙，得一二野史，煩倦之頃，偶抽閱之。」〈西湖拾遺序〉：「湖系杭郡水利，自唐李鄴侯浚於前，厥後白太傅、蘇學士相繼築堤，以界內外。」〈删訂二奇合傳序〉：「愚不敏，承先師之志者也。先師厘正是書而未果，愚特踵而成之者也。」

　　以上各序，三言兩語便交代事情的經過，其中〈三刻拍案驚奇序〉除敘事外，也描寫了西湖孤山的景致。寫西湖景致的還有〈西湖佳話〉、〈西湖拾遺〉二序：〈西湖拾遺序〉載：「外湖有三潭，有湖心亭，矗立其中。自春徂冬，旦暮晴雨，若近若遠，水光水色，千態萬狀…。」〈西湖佳話序〉載：「柳帶朝煙，桃含宿雨，丹桂風飄，芙蓉月浸，見者能

不目迷？⋯」以上三序對於西湖的描寫，點染景物，頗為清新動人。寫景
之外，寫人部分亦相當精彩：如〈豆棚閒話序〉：「有艾衲先生者，當
今之韻人，在古日狂士，七步八叉，眞擅萬身之才；一短二長，妙通三耳
之智。一時咸呼為驚座，處眾洵可為脫囊。」對於艾衲居士的描寫，稱得
上是傳神之筆；又如〈雨花香序〉：「今有天基石子，為人長厚，每喜立
言曉示愚蒙。」〈娛目醒心編序〉：「草亭老人家於玉山之陽，讀書識道
理，老不得志，著書自娛。」〈遍地金序〉：「笑笑先生胸羅萬卷，筆無
纖塵，縱橫古今，椎鑿乾坤。」這幾段描寫，片言隻字寫出人物的特色，
石成金長厚、草亭老人懷才不遇、笑笑先生博學的形象，躍然紙上。寫物
的較少，只有〈生綃剪序〉描寫了「不麗不奇不樸，亦麗亦奇亦樸」的
「生綃」。

　　總上所述，清代話本序跋具有以文言（甚或駢儷）行文、多用問答，
以及敘事性及描寫性增加之文體特徵。

四、清代話本序跋之小說觀

　　專就話本序跋探討小說觀之論文，台灣未見。大陸學者王委艷有〈話
本小說序跋的小說觀念〉一文，提出：「正名：文白雅俗之辨」、「定
位：諧於里耳，恥於淫辭」、「創作：奇出庸常，事膺理眞」等三方面的
討論，簡單講，即爭取白話通俗小說之正統地位、強調寓教於樂之小說功
能，以及追求日常起居之奇。該文的脈絡相當清楚，可惜引用了《飛花艷
想》、《玉蟾記》、《魏忠賢小說斥奸書》、《鐵冠圖全傳》、《海角遺
編》、《幻中遊》、《賽花鈴》等非話本的序跋。[49] 其實上述觀念在《三
言》、《二拍》、《今古奇觀》等書的序跋中已經定調，其他話本不過是
繼承或強調而已。因此可以說，話本序跋的小說觀，大致上確實不出於上
列三個方面。

---

[49] 王委艷：〈話本小說序跋的小說觀念〉，《武漢科技大學學報（社會科學版）》第13卷第6期，
2011年12月。

　　如果要說清代話本序跋有什麼突出之處，那就是部分序跋有意忽略「寓教於樂」中「教」的部分，即擺脫教條主義，純粹從抒懷、娛樂、休閒的角度來談小說。例如《風流悟》的扉頁題識說讀此書時，「搖扇北窗，擁爐南閣」，「可使悶懷忽暢，亦令倦睫頓開。」〈醒夢駢言序〉也說作者「欲為若人驅睡魔」，「亦欲善睡者愛讀而忘寢乎！」〈豆棚閒話序〉也說該書：「遲遲晝永，真可下泉釅三升；習習風生，直得消雨茶一盞。」《十二笑》的〈笑引〉更說：「人世難逢開口笑，忙忙枉負百年憂。閒居對客，誰能夠笑口常開？思之能不可嘆！」因此書中所寫的那些癡人的可笑言行，「亦破愁城之一服快活逍遙散耳！」至於〈西湖佳話序〉和〈西湖拾遺序〉則強調讀其書「可當臥遊」、「不啻攬天下山水之奇，而知鍾靈毓異。」

　　大部分清代話本仍強調教化勸懲功能，有些甚至於以寫善書、宣講教化的態度寫作，如《雨花香》、《通天樂》、《玉瓶梅》、《躋春臺》等皆是。但部分序跋已經不把教化當成重點，而從消遣、破悶、休閒的角度看待小說，這不能不說是一種觀念上的進步。因為無論再怎麼包裝，畢竟教化還是教化，唯有擺脫教化，或許才能從小說本身去影響讀者、感動讀者。

結語

　　本章共考得清代話本專集39種序跋27篇，選集17種序跋11篇，共計現存清代話本序跋38篇。其中2篇筆者未見，所見36又可區分為話本專集之作者自序12篇、他序12篇，選集之編者自序7篇、他序3篇（其中一篇屬於偽序），另有專集序3篇，選集序1篇，無法判斷其屬性。大體言之，專集自序主要表明作意或說明寫作緣起、過程或取材來源，選集自序則在說明編選刊行之始末；專集他序多為小說作者之友人所撰，序中除讚美作者人品文章，亦對作者之創作心理加以剖析，選集他序數量甚少，寫作目的

在於為小說打廣告。

　　清代話本序跋之文體特徵為：以文言甚或駢儷行文、多用問答，以及敘事性及描寫性增加。在小說觀方面，除仍延續明代通俗小說序跋傳統，多強調教化、勸懲，部分序跋能從消遣、破悶、休閒之角度看待小說，試圖讓小說擺脫教條主義的約束，應該算是觀念上的一種進步。

第六章
第二性中的他者
清初話本小說中的妾、媳與婢女*

一、前言

　　西蒙・波娃在《第二性》一書中，曾將女性和黑人作類比，她引用蕭伯納的話說：「美國白人先把黑人貶到擦皮鞋男孩的地位，然後又據此得出結論說，黑人除了擦皮鞋什麼用處也沒有。」[1]黑人之所以居於次等的地位，乃是不平等的社會強加給他們的。同樣的，女性之所以成為人類社會中與「主體」（the Subject）相對的「他者」（the Other），也沒有任何先天的生物學上的必然性，是後天由男性主導的人為建構的社會和歷史，使女性成為「第二性」的。

　　在傳統社會中，人們常把較懦弱的男子喻為女性。然而，即使最窩囊的男人也不肯承認自己等同於女性，因為女性是被視為次等的。但是這中間的情形又有些複雜，在古代社會中，較高一等的男性（比如家主）可能迫害低一等的男性（比如奴僕），而這些低一等的男性卻可能會迫害和他同一等級的女性（比如婢妾），而臣服於高他一級的女性（比如夫人、小姐）。換句話說，將男性與女性對等起來，只是一個簡化的說法，其實男性中也有地位遠不及某些女性的，而女性中又有不同的等級。如果以相對的觀點說當時的女性是「第二性」，那麼在這第二性中又可分為「主體」和「他者」，例如在一個家庭中，媳婦相對於婆婆是次一等的，妾相對於正妻又是次一等的。至於婢奴，她們的地位之卑微，受到的不公平待遇之

---

*　本章內容原刊於鮑家麟主編：《中國婦女史論集》第六集，新北：稻鄉出版社，2004年。

1　西蒙・波娃著，陶鐵柱譯：《第二性》，臺北，貓頭鷹出版社，2000年，頁9。

殘酷，更是不待說明的。

　　本章所討論範圍為清初的「話本小說」，其實這些小說絕大多數是「擬話本」，也就是作家在案頭模擬說書形式的擬作，而非專為表演用的「話本」。事實上，稱它們為「短篇白話小說」亦無不可。「擬話本」是清初小說的三大主要流派之一[2]，另外兩大流派是「時事小說」和「才子佳人小說」，「時事小說」的歷史性重於文學性，「才子佳人小說」實為作家的白日夢，真正較能表現世俗人情的，可能只有話本小說中的「人情小說」[3]。

　　從史書看社會，可以看見社會的運作模式或社會上發生的事件本身，小說則有「為市井細民寫心」[4]的作用，尤其是「描摹世態，見其炎涼」[5]的人情小說，更能生動展現市井人物的生活實況和心中想法。本章試圖透過話本小說中的人情小說，觀察明末清初婦女中「他者」的內心世界。

二、妾身難為

　　在明清小說中，男人娶妾極大多數都是以「無子絕後」為理由，林保淳先生說：「大抵男子欲娶姬妾，幾乎沒有人不祭出這樁法寶的，一來可取得名正言順的藉口，獲致輿論的支持，二來可對女方造成壓力，這點，我們從小說常強調『無子』的後果中可以看出。」[6]在清初寫妻妾關係的話本小說中，也有不少是這樣的。《錦繡衣》〈移繡譜〉篇中有一位

2　參見陳大康：《通俗小說的歷史軌迹》，長沙，湖南出版社，1993年，第六章第一節〈以中短篇為中的三大流派〉。

3　所謂的「人情小說」，是「以家庭生活、社會生活、愛情婚姻等為題材，以普通人情事物為對象，反映現實生活的小說」，此定義乃綜合方正耀《明清人情小說研究》以及林辰《明清小說述錄》二書之說而成，參見拙著：《清初前期話本小說之研究》，臺北，學生書局，1998年，頁390。

4　魯迅語，見《中國小說史略》，收在《魯迅小說史論文集》，臺北，里仁書局，2000年，頁259。

5　同前註，頁161。

6　林保淳：〈「妒婦」與明清小說〉，載《第二屆明清之際中國文化的轉變與延續學術研討會論文集》，臺北，文史哲出版社，1993年。頁99。

「開通」的姐姐向反對丈夫置妾的妹妹說了一段這樣的話：「娶妾生子，不過借他一個肚子。丈夫是我的，兒子也是我的，養得長成，怕我不是嫡母？」[7]《五色石》卷二〈雙雕慶〉篇中「美而且賢」的和氏也勸妒婦仇氏說：「宗嗣要緊，娶得偏房，養了兒子，不過借他肚皮，大娘原是你做。」[8]作者讓這些話從婦女口中說出來，似乎是為了使它更具說服力，「借他肚皮」儼然成為當時娶妾的理論依據。

那麼，有子的就不必娶妾了嗎？那又不然，〈雙雕慶〉篇的入話說：「人家既有正妻，何故又娶側室？《漢書》上解說得好，說道：『所以廣嗣重祖也。』可見有了兒子的，恐其嗣不廣，還要置個偏房，何況未有兒子的，憂在無後，安能禁他納寵？」可見，不但無子可以娶妾，就算有子，也可以拿「廣嗣」當藉口，名正言順的享齊人之福。

為什麼「有子」和「廣嗣」的理由有那麼重要呢？除了「不孝有三，無後為大」的傳統觀念之外，其實還有一個極為殘酷的現實原因，那就是「絕戶」將會被姪兒「奪產」，甚至有可能家破人亡。依據《明戶令》：「分析家財田產，不問妻妾婢生，止依子數均分。」[9]也就是說，無論生母的身分如何，只要是兒子，就有財產的繼承權。如果「戶絕」（指沒有男性繼承人）的話，「果無同宗應繼者，所生親女承分，無女者入官。」[10]從這條法律可知，如果丈夫死了而沒有兒子，即使有女兒也要先將財產分給「同宗應繼者」，這時候不肖姪兒往往主動承嗣以便奪其家產，甚者登堂入室，儼然以新主自居，更有將叔伯的妻妾轉賣者。明清小說在這方面的描寫相當常見，胡萬川先生曾針對《醒世姻緣傳》、《聊齋》、《八洞天》等「與搶產有關的妒婦的故事」，做出這樣的總結說：

7　台北，天一出版社《明清善本小說叢刊・錦繡衣》第一回，葉九。為節省篇幅，以下引用小說原文僅在第一次出現時說明版本與頁數。

8　南京，江蘇古籍出版社《中國話本大系・五色石》頁37。

9　轉引自陶毅、明欣合著：《中國婚姻家庭制度史》頁337。

10　同前註，頁338。

　　作者們當初寫出這一類的故事，大概總在勸妒存宗一邊立意。他們要告誡的是：如果無後嗣可承宗祧，即使萬貫家財，終屬他人。……所以妻子如果不能生育，千萬要大方些，讓丈夫早早買妾，以便後嗣有望。否則萬一丈夫有個三長兩短，膝下又無子嗣，則將不免於親族欺凌，家產被佔之悽慘下場。[11]

　　即使沒有奪產情節，在小說中也往往見到用這個理論來壓制妒婦，如《連城璧》午集中有位對付妒婦的高手費隱公，所用的手段即是如此。他教懼內的穆子大裝死，謂：「他起先不容你娶妾，總是不曾做過寡婦，不知絕後之苦，一味要專寵取樂，不顧將來，只說有飯可喫，有衣可穿，過得一世就罷了，定要什麼兒子？如今做了寡婦，少不得要自慮將來得病之際，那個延醫？臨死之時，誰人送老？自己的首飾衣服、糧米錢財，付與何人？少不得是一搶而散。想到此處，自然要懊悔起來。」[12]這一段話泛泛看去不一定能體會其中旳奧妙，其實關鍵就在「絕後」二字與「一搶而散」四字，對上述的社會背景有所了解之後，便知費隱公壓制妒婦的計策是萬無一失的了。

　　如此，則娶妾不但具有正當性，更有必要性和急迫性。沈德符《萬曆野獲編》曾舉一個例子：「戚南塘總戎夫人，中歲知私蓄妾有庶子二人，初亦怒，欲手刃，其後竟杖而收之。戚少保世職，賴以傳襲。」[13]戚南塘即平倭寇的戚繼光，向有懼內之名，沈德符在這裏要說的是，幸好戚夫人即使住手，沒有因嫉妒而將庶子殺害，否則世襲的職位就要中斷了。這個例子明白的告訴我們，在舊社會中沒有子嗣是很嚴重的事情，尤其是有地位的人家，有子無子是關係著家庭興衰的。

11　胡萬川：〈人情慘刻──明清小說中搶奪絕產的故事〉，載《小說戲曲研究》，臺北，聯經出版公司，1993年，第四集，頁323。

12　南京，江蘇古籍出版社《中國話本大系‧連城璧》，頁332。

13　沈德符：《萬曆野獲編》，臺北，新興書局筆記小說大觀本，卷二十三〈婦不絕嗣〉條，頁596。

　　然而，法律上雖明定妾生之子和正妻之子同樣具有財產繼承權，但妻妾在家庭中的地位卻是相當懸殊的。趙鳳喈先生說：「妾對於妻，與對於夫同有服從之關係。」「妻妾間彼此之犯罪，其處罰亦以不平等為原則。…妻犯妾，減輕處斷；…妾犯妻，與妻犯夫同，加重處斷…。」[14] 正室除了有法律的保障，也有社會輿論的支持，在中等以上的人家，其地位相當穩固，所以西門慶雖然好色淫佚，娶妾眾多，卻也不敢不尊重月娘。

　　不過，在普通家庭中，妻妾地位的升降往往操在丈夫手中，如果丈夫過分寵愛小妾，正妻的地位偶然也有不保的時候。但無論只有工具價值（不過借她肚皮），或被視同玩物，或倍受恩寵，妾的心情總是充滿焦慮的。由於焦慮，她們經常表現出過度的柔順，有時，又過度傲慢。這自然是因為社會上所加諸於她們身上的不平等待遇造成的，雖然有個別的差異，但推究她們的心情總離不開這一方面的影響。

　　如前所述，男人娶妾有傳統倫理和法律依據做靠山，正妻如果反對就會被冠上「妒婦」之名而受到譴責，若在無子的情況下，就更是罪大惡極，要遭到強烈的批判了。然而，夫妻之情是具有排他性的，《西湖二集》卷十一提到妒婦胸中有六可恨，其第一恨便是：「一夫一婦，此是定數，怎麼額外有什麼叫做小老婆？我卻嫁不得小老公，他卻娶得小老婆，是誰制的禮法？不公不平，俺們偏吃得這許多虧。」[15] 妻子不容他人分享丈夫的恩愛，提出了「公平」的要求，不能說是不合理，雖然當時的社會並不十分支持，她們還是會盡力一博的。

　　例如〈雙雕慶〉篇中的仇氏，即使丈夫樊植已經年過二旬還未有了嗣，仍不准他置妾。樊植常向友人成美嗟歎，謂：「弟為妒婦所制，竟做了祖宗罪人矣！」「祖宗罪人」的理由，何等冠冕堂皇？成美叫妻子和氏去規勸，仇氏當然不肯，經不起和氏一再苦勸，才勉強答應，條件是：

14　趙鳳喈：《中國婦女在法律上之地位》，新北，稻鄉出版社，1993年。頁91。並參見陶毅、明欣合著：《中國婚姻家庭制度史》，北京，東方出版社，1994年。頁292。
15　南京，江蘇古籍出版社《中國話本大系·西湖二集》頁181。

「不許他娶貌美的，但粗蠢的便罷，只要度種。」樊植卻得隴望蜀，謂：
「欲產佳兒，必求淑女，還須有才貌的方可娶。」不想自己是個「為妒婦
所制」的懦夫，粗蠢的妾還是勉強通融的，何況「有才貌的」？結果佳人
羽娘雖娶回來，仇氏卻不准他們同房，那「借他肚皮」、「只要度種」之
說竟成了空話。後經成美和夫人的巧妙安排，樊植和羽娘才有春風一度的
機會，仇氏知道後大鬧了一場，並把羽娘「封禁密室」，趁樊植進京趕考
不在家，也不管羽娘已經懷有身孕，找來媒婆便要將她嫁掉。

　　仇氏為了反對丈夫娶妾，可以說是奮鬥不懈，即使已成事實，她還要
抗拒到底。這篇小說雖然站在贊成娶妾的立場，篇中充斥對妒婦的嘲諷，
但仇氏反抗精神的描寫仍令人動容。反觀羽娘連番受辱，卻只能逆來順
受，丈夫回來後指陳仇氏的不是，羽娘反而替她求情。羽娘的表現，正是
柔順有餘，總是任人擺佈，絕不敢為自己爭取任何的權益。

　　類似的故事可說層出不窮，《生綃剪》第二回寫富翁蔣承川「年有
六十之外，尚未有子。」其妻計氏「十分妒悍刻薄」，在承川娶了蓮花為
妾之後，「十分氣不過，生出許多磨難的條款：自己馬桶，畢竟要他親身
到後門之去傾；自己私房小灶，要他親手炊煮；自己鞋兒，要他親手做
著。」[16] 妾對妻本來有服從的義務，但妻故意令妾為自己倒馬桶的情形恐
怕並不多見，因為能娶妾的必為中上家庭，家中尚有下人可以使喚，正妻
恨丈夫蓄妾，便把氣出在妾的身上，這便是妾的無辜和無奈。等知道蓮花
有了身孕，計氏「折磨蓮花的手段，更覺有增無減。」並決定，「若生出
來，決不容他收起，定要淹死的。」小孩出生後，計氏虎視眈眈，蓮花連
自己的親生兒子都無力保護。丈夫承川年老，又懼內，完全無法仰仗，見
計氏折磨蓮花，剛生完孩子就叫她去倒馬桶，又威脅她將小孩活埋，否則
「我就斬草除根，將你也斷送了」，「承川在旁邊，只是微微陪笑」，不
敢吭一聲。但老來得子，豈不珍惜，為防萬一，當蓮花去倒馬桶時，他便

16　瀋陽，春風文藝出版社《明末清初小說選刊‧生綃剪》，頁33。

「抱了孩子，隨蓮姐而走」。作者解釋說：「看官們，三朝孩子，如何財主人家，便東抱西抱？承川只為晚年得子，嫡母利害，若走近前來下手，親娘不在，難以攔擋，也是承川有肚腸所在。」後來蓮花得外人相助，將孩子送出寄養，怕計氏追察而不敢說出來，承川卻以為孩子被殺，悲痛莫名。

承川並非不疼愛蓮花，卻又不想違逆妻子，更有一種害怕物議的想法在作祟，認為：「豈可因點點孩子，傷了夫妻之情。外人聞知，只說我縱妾滅妻。」丈夫如此想，妾便有雙重的無奈。為了保住孩子，蓮花只有讓兒子寄放在別人家，數年不得一見，母子天性，情何以堪？直到承川死後，由於絕嗣，姪兒來鬧，「登時就要搬運家私」，計氏罵他，姪兒劈頭就是一掌，計氏道：「你就是繼承與我，也是我的兒子，如何打我？」姪兒說：「誰與你做兒子？你們通去嫁了老公，光身子出門，草也不許動我一根哩！還做春夢，叫我是兒子。你的兒子在那裏？你若變得個三朝五日的兒子出來，我一文也不要你的。誰叫你妒惡，好端端養了兒子，還要活逼丟掉。」計氏方才痛悔當日的不是，然而事到如今，到那裏去找兒子？此時蓮花寄養在外的兒子才被送回，於是災難一切迎刃而解，姪兒知難而退，「索然而去」。

這篇小說亦證明了「搶奪絕產」的事實，如果不是蓮花的妥善安排，妻妾恐都難逃「通去嫁了老公，光身子出門」的噩運。

蓮花既柔順又堅毅且相當的聰慧，她孤立無援，隻身面對險惡的環境，始終沈著隱忍，靜待局勢的轉變。由於她的柔順，使正妻的打擊找不到著力之處；由於她的堅毅，最終能夠保住了家業。但她護雛的過程，仍令人為她捏一把冷汗，母子的長年乖隔，仍令人無限同情。妾身難為，即使是聰明女子，其一生也充滿了艱辛。

《八洞天》卷一〈補南陔〉篇中的魯翔娶妾有另外一種理由，那就是「客居無聊，消遣解悶」。魯翔考上進士在京候選，「京寓寂寞，遂娶

一妾」[17]，由於家中已經有個十幾歲的兒子魯惠，所以他娶妾並非爲了繼嗣承宗。當他帶著小夫人楚娘回家時，楚娘已懷了三個月的身孕，夫人石氏自然十分不悅。魯翔選了上林知縣，出門赴任後，石氏便常尋事對付楚娘，幸好魯惠對這二娘頗爲孝順，不時從中週旋迴護。後來訛傳魯翔遇害，石氏怪楚娘「剋殺了夫主」，認爲她「就生出男女來，也是剋爺種，我決不留的。」由於不見容於正妻，丈夫在日，妾的日子已不好過，如今丈夫亡故，妾的處境更形困難。此時楚娘想到自殺，又想：「生產在即，待產過了，若夫人必欲相逼，把前生孩子托付大公子，然後自尋死路未遲。」生產後，石氏果然苦苦相逼，定要輦走楚娘，楚娘不肯改嫁，魯惠只好安排她出家。

　　楚娘「知書識字，賦性賢淑」，入門之後，對夫人石氏「極其恭謹」，但是並不因此而得到接納。她曾想過自盡，但是爲了產子而苟活，產後又擔心夫人對孩子的傷害，孩子夭折（後來被救活收養）後，還差一點被迫轉嫁，最後選擇出家。後來雖然重獲肯定，還俗回家，甚至受到封誥，然而她卻「塵心已淨」，早已看淡世事了。

　　《西湖佳話》卷十四〈梅嶼恨蹟〉中的小青則是才女而爲妾，先天的氣質加上正妻的荼毒，使她抑鬱而終。主角馮生是因「性貪佳麗」而娶妾的，其實就是貪圖美色而娶回小青，並無眞正的情愛在。小青的身世比較複雜，其母爲「女塾師」，「每日往教諸淑，而小青自幼隨行，因得遍交諸名媛。」[18]小青「素嫻儀則，能解詩文」，是有名的才女，但也因此而容易自傷自憐。十六歲嫁給馮生爲妾，入門後「雖低眉下氣，不敢稍露風流，而一段嫣然之態愈隱愈彰，馮婦之妒心遂已百結不磨矣！」小青「曲意下之」，馮妻「見其卑下，愈歆其有深心，時刻自隨，不令丈夫私一笑語。小青所帶脂粉，盡皆撤去，書籍盡爲燒毀，拘禁內房，不通半線。」

17　南京，江蘇古籍出版社《中國話本大系・八洞天》，頁2。
18　南京，江蘇古籍出版社《中國話本大系・西湖佳話》，頁215。

後來把她送到孤山梅嶼的別墅去住，並約法三章：「非我命而郎至，不許接見；非我命而郎有手札至，不許拆開；汝有書札，必由我看，不許私遞與人。若有一差池，決不輕饒。」這些無理的要求，小青也只能逆來順受。困在梅嶼，孤獨幽悶，又無人可訴，只能托之於詩詞，以致悒怏成疾，終年只有十八歲。

　　英國小說家兼評論家吳爾芙曾說：「任何一位生在十六世紀的有天才的婦女一定會變瘋、自殺，或自居於村外的小木屋中……。」[19]吳爾芙說的是英國的婦女，但這段話所描述的，部分可做為小青生平的寫照。而小青的不幸，又加倍於此，因為她既是才女，又是第二性中的他者。然而本書的作者卻發出這般的謬論，他說：「有意憐才者，多以小青鬱鬱而死為恨，予則不然。使馮生不畏妒婦，而馮婦不妒小青，不過於眾姬妾間叨恩竊愛，受尋常福庇，縱有美名，頃刻銷鎔，安能于百年後，令文人才士過孤山別業，吊暮山夕陽青紫，擬小青之風流尚在？」這是拿別人的不幸，來妝點自私的風雅，小青如果地下有知，無異於遭受第三重的戕害。

　　以上諸妾都是柔順的，希冀能夠委屈求全。但也有不甘居於人下的妾，她們的表現卻又過猶不及，下場更為悲慘。《無聲戲》第十回便寫了兩個妾害妻的故事，第一個故事寫妾入門後即不許丈夫和正妻同宿，正妻五十歲生日那天，丈夫不想讓元配守空房，陪了她一晚，誰知這位「妒妾」恨「丈夫被他奪去了一夜」，竟放起火來。火勢一發不可收拾，延燒到四鄰八舍，鄰舍要寫公呈告官，丈夫不得已，只好將妾「私下擺佈殺了」。這故事有些荒唐，但李漁說是他親眼目擊的，「乃崇禎九年之事」。[20]第二個故事寫因正妻楊氏生了癩疾，所以丈夫娶了陳氏為妾，陳氏見楊氏一時還不至死，自己不能獨得專寵，竟下毒害她，沒想到陰錯陽差，反而將楊氏的病治好了。陳氏又設計栽贓陷害，無所不用其極，害楊

19　吳爾芙：〈莎士比亞的妹妹〉，原載於《自己的屋子》，收入顧燕翎、鄭至慧主編《女性主義經典》，臺北，女書文化公司，1999年，頁18。

20　南京，江蘇古籍出版社《中國話本大系‧無聲戲》，頁181。

氏差一點被休掉，後來菩薩顯靈，才使陳氏承認罪狀，還把癩疾轉移到她的身上。

　　《清夜鐘》第七回寫孝童殺死父妾，原因也在於妾欺負正妻太甚，而妾敢如此放肆，則因為丈夫愛妾不愛妻，「不論有的沒的，真的假的，說罵他就是罵他，說嚷他就是嚷他，說懶惰就是懶惰，說他不做家就是不做家。就是箇聖旨，該衙門也不肯是這般奉行。」妾有丈夫做靠山，逼得正妻要上吊，十三歲孩子崔鑑看不過去，於是一刀把父妾殺死了。最後官府斷案，以該妾「以娼婦不安分，觸突主母，自速其死。」而崔鑑則不但無罪開釋，還以孝義之名得到士大夫的讚揚[21]。

　　不肯安分的妾，其結局非死即得惡疾，褒貶的意味是極為濃厚的。「妒」是人性的本能，但妻妒妾，丈夫通常只能容忍，在小說中，妒妾之妻無論行徑如何惡劣，只要後來悔悟，妾都只能感激接受。這就難怪妾妒妻的故事比較少見，因為她們實在沒有妒的本錢，杜濬說得好：「不知做大的醋小，一百個之中有九十九個；做小的醋大，一百個之中也有九十九個。只是做大的醋小發洩得出，做小的醋大發洩不出。雖有內外之分，其醋一也。」[22]杜濬認為「妒」是人之天性，無論為妻為妾，沒有不妒的，只是妻可以將妒表現在行為上，而妾就只能默默承受。

　　違反人性的倫理觀念，不合理的法律條文，對家庭、社會都會造成極大的傷害。妾的痛苦，便是由這樣的觀念和條文造成的。《鏡花緣》五十一回寫大盜想要將搶來的女子納為妾，強盜夫人大怒，將他打了二十大板，且謂：「你不討妾則已，若要討妾，必須替我先討男妾，我才依哩。」[23]她所謂的「討男妾」之言只是反話，後來畢竟將那些女子放走了，她不是真想要討男妾，但也不許老公娶妾。作者李汝珍對於娶妾問題

21　南京，江蘇古籍出版社《中國話本大系‧清夜鐘》，頁94。
22　南京，江蘇古籍出版社《中國話本大系‧無聲戲》，頁193。
23　李汝珍：《鏡花緣》，臺北，聯經出版公司，1991年，頁336。

立場非常明顯，他對傳統觀念的突破勇氣十足[24]。如果有更多如李汝珍這樣的開明人士出來呼籲，並提出改革，必能減少許多當時婦女終生的痛苦。

三、媳婦無奈

郭立誠女士說：「古時候男女雖然不平等，可是家門以內，婆婆自有其權威，媳婦是沒法抵抗只有忍受…所以婆媳之間的摩擦造成許多悲劇，媳婦永遠是倒楣的，前有焦仲卿之妻劉蘭芝，後有陸游之妻唐氏，都是不幸的犧牲者。」[25]婆媳的地位不平等誠屬必然，但在婆媳鬥爭中，也不全然只有媳婦受害，然而無論如何，社會輿論和法律條文總是站在婆婆一邊。在一個婆媳不合的家庭中，媳婦依然是第二性中的他者，不但丈夫不能保護她，連其他的家人往往對她欺辱。

在話本小說中，寫婆婆虐待媳婦的，晚明小說《型世言》第六回寫的唐貴梅故事可能是最早的一篇。

唐貴梅的故事曾經載於《明史・列女傳》[26]，但明代著名文人楊慎（1488─1559）所撰的〈孝烈婦唐貴梅傳〉所述更詳：

> 烈婦姓唐氏，名貴梅，池州貴池人也。笄年適朱姓，夫貧且弱。有老姑悍且淫，少與徽州一富商有私。弘治中，富商復至池，一見婦悅之，…密以金帛賂姑。姑利其有，誨婦淫者以百端，弗聽；迫之，弗聽；加以箠楚，弗聽；繼以炮烙，體無完膚，終不聽。乃以不孝訟於官，通判慈谿毛玉亦受商之賂，倍加官刑，幾死者數。商猶慕其色，冀其改節，復令姑保出。親黨咸勸其吐實，婦

24 可參考鮑家麟〈李汝珍的男女平等思想〉，載《中國婦女史論集》，臺北，牧童出版社，1979年，頁221-238。
25 郭立誠：《中國婦女生活史話》，臺北，漢光文化事業公司，1989年，頁66。
26 《明史》，北京，中華書局，1974年，卷三百一，頁7700。

曰：「若然，全吾名而汙吾姑，非孝也。」乃夕易裙襦，縊經於後園古梅樹下。及旦，姑不知之也，將入其室撻之，手持桑杖，且罵且行曰：「惡奴！早從我言，又得金帛，且享懽樂，今定何如而自苦乎？」入室無見，尋之至樹下，乃知其死。姑大慟哭之，親黨咻之曰：「生既以不孝訟之，死乃稱嫗心，何哭之慟哭？」姑曰：「婦在，吾猶有望；婦死，商人必倒賑。吾哭金帛，不哭此惡奴也。」尸懸於樹三日，顏如生，樵夫牧兒見者咸為墮淚。每歲梅月之下，隱隱見其形，冉冉而沒……。[27]

李贄在看了這篇傳記之後，曾針對其中「通判貪賄而死逼孝烈以淫」加以強烈批判，說他：「素讀書而沐教化者如此。」並讚美唐貴梅為了不願彰顯婆婆的惡行，寧可犧牲自己，其精神真可以當得「孝、烈」二字。又說當時毛通判受賄的醜行，由於唐貴梅死而不能暴白於天下，現在楊慎的《升菴文集》盛行於世，誰不知道有個通判毛玉「受賄而死逼孝烈以淫」，如果毛玉有子孫，也將不敢認其為父祖矣。[28] 李贄的批評大致上針對貪賄而失去良心的通判毛玉而發，對於唐貴梅的所謂「孝烈」之行只是點到為止。事實上，唐貴梅的故事不但使我們見到明代中葉吏治的污濁，對於貴梅的婆婆為了貪圖財利竟然逼迫兒媳婦讓自己的老情人姦淫，而這種亂倫的行為、荒唐的醜態竟沒有人出來主持正義，這使我們看到當時的人性墮落到何等無可救藥的程度。

　　然而，這還不是一個罕見的個案，在《明史·列女傳》中就記載了另外兩個類似的案例，分別是王妙鳳和張貞女的慘案。其中張貞女的下場比唐貴梅還要悲慘，她不是自殺，而是活活的被婆婆和婆婆的情夫虐殺而死的，歸有光曾經為了此案，反反復復的寫了〈書張貞女死事〉、〈張貞女

27　楊慎：《升菴集》，臺北，商務印書館影印四庫全書本，卷十一，頁6-7。
28　李贄：《焚書》，臺北，漢京文化公司，1984年。卷五〈讀史·唐貴梅傳〉，頁209-210。按，李贄所引的〈唐貴梅傳〉和四庫本《升菴集》卷十一的原文，字句略有出入。

獄事〉、〈貞婦辨〉、〈張氏女子神異記〉、〈祭張貞女文〉及〈招張貞女辭〉等文章來說明事情的經過、痛斥官紳的橫暴，並對張貞女的抗暴精神致上最高的敬意。[29]而在《清史稿・列女傳》中，類似案件更多達十八例，其中發生在臺灣彰化的吳貞女案，簡直就是上述張貞女案的翻版。[30]這些都是淫蕩的婆婆逼媳婦和自己的情夫姦淫，媳婦不從而遭害的案例。這些媳婦能榮登〈列女傳〉，是因為她們犧牲了生命，至於史書不載，或個性較為軟弱，只能忍氣吞聲，逆來順受的可憐媳婦不知道還有多少。

　　之所以不憚煩的詳引這些案例，是因為到了清初，此類事件仍層出不窮，並且不斷被寫入小說之中，且不僅發生於城鎮，更伸入到落後的鄉村。其中，最接近唐貴梅、張貞女、吳貞女等烈女故事的，為《清夜鐘》第二回。這篇小說的故事發生在一個石匠的家中，他的工作是到山中採石，然後在鄉宦大戶人家「發賣石板、條石，砌墻築岸，兼造牌坊橋梁。」妻陳氏生性風流，當石匠不在之時，常有情夫來往。石匠生有二子，小的時候分別為他們買了兩個「童養媳」（小說中稱為「養親」），一個是農莊人的獨生女叫做「三娜」，一個家裡是做荳腐的叫做「小大」。陳氏在丈夫活著的時候就不守婦道，後來石匠死了，更加的肆無忌憚。打發兩個兒子「或是山中發石，或是人家做工」，以便在家中取樂，只有兩個媳婦礙眼。陳氏所交往的一班無賴，見這兩個媳婦生得好，經常動手動腳，兩個鄉下女孩卻正氣凜然，不但不容這些惡人接近，還常對他們正言呵叱，因而在言語中不免衝撞了婆婆，兒子回來，陳氏惡人先告狀，反說媳婦忤逆，兩個「蠢物」竟將妻子痛罵了一頓。

　　不久，兩個三十歲左右的地頭蛇，看上了這對媳婦，便先來勾搭婆婆。兩個年輕女子為了自保，「走則同走，坐則同坐」，婆婆為了逼媳婦

---

29 上述諸文載於歸有光：《震川文集》，臺北，中華書局，1981年，卷四、卷十六、卷三十。又，鄭培凱〈天地正義僅見於婦女〉（原載《當代》十七期，收入鮑家麟編《中國婦女史論集》三、四集，臺北，稻鄉出版社，1993、1995年）一文對此案有詳細的剖析和討論。
30 詳細案情載於道光年間鄧傳安的《蠡測彙鈔》，前註所引鄭氏文曾予討論。

就範，竟然拿起木柴棍棒亂打，道：「鐵也怕落鑪，難道你硬得我過？我叫你不依我不歇。」由於不堪責辱，回娘家住了幾天，家人勸她們離婚，她們卻道：「這隱微事，那箇與你作證見？且說起，要出我公公、丈夫醜。離異？我無再嫁之理；爭競？他有這些光棍相幫，你們也不能敵他。」這一段言語，真令人為她們憐惜，也為她們痛心。其處境之艱難固不待言，令人費解的是，農村兒女何以有如此強烈的節操觀念（我無再嫁之理）？而她們的婆婆又何以淫蕩到滅絕人倫的地步（逼媳婦讓情夫姦淫）？

　　學者認為，明清時期曾湧起一股同情婦女疾苦的思潮，這種思潮是明中葉以後早期民主主義啟蒙思想的一個分支，如李贄便一再強調婦女也有優於男子之處，謂：「不可止以婦人之見為見短也」[31]、「其才智實有大過人者，人亦何必不女，人之父亦何必以女女之乎？」[32]歸有光對婦女的同情看前文他對張貞女事的重視可知，他又極力反對「女未嫁人而或為其夫死，又有終身不改適者」的不合理要求，認為「非禮也」。[33]此外還有譚元春、湯顯祖、馮夢龍、吳偉業、毛奇齡、王士禎、阮葵生、張履祥、李汝珍、臧庸等人，或贊成寡婦改嫁，或提倡婦女文學，都是同情婦女思潮中的開明之士。[34]事實上，這一股同情婦女的思潮，是針對婦女所受到的強烈壓迫而發的，因為「明清兩代貞操觀念已形成殘殺婦女的反人道的暴虐的宗教信條，達到了登峰造極的地步。」[35]也就是因為在不人道的禮教的殘害下，明清時代婦女的處境最為可憐，才會引起如此多的同情，這兩個問題（貞操要求與婦女同情）是一體的兩面，彼此並無矛盾衝突。

　　在這同時，又有一個奇怪的現象，即一方面要求婦女守貞的觀念普遍

31　李贄：《焚書》，卷二，頁59。

32　李贄：《初潭集》，臺北，漢京文化公司，1984年，卷四，頁52。

33　歸有光《震川文集》，卷三，頁2。

34　參見劉士聖：《中國古代婦女史》，青島市，青島出版社，1991年，第21章。

35　同前註引書，頁380。

深入人心，而另一方面社會上縱慾的風氣卻大為盛行。鄭培凱先生認為，這兩種情形「表面上是兩個對立的極端，骨子裡卻有相通之處。」因為兩者都是「情色意識受到扭曲」的結果，他分析婦女在強大的道德壓抑以及男性控制的處境下，所產生的反應是：

> 一般來說，就忍氣吞聲作小媳婦，等到「千年媳婦熬成婆」之後，再來作推行統治意識的幫兇。不一般的，則主要有兩種模式可循：一是自甘淪落，像上引資料中的那些婆母那樣人盡可夫，成為男人性發洩的對象。其情色觀當然是扭曲變形的；另一則是轉化道德律為生活內容，完全取消了情色意緒，貞操自守，也不能算是正常健康的心理發展。…兩者都是情色意識受到極端扭曲的產物，而且都是以男性為主導的社會性意識主流的犧牲品。[36]

這段話可以轉用來解釋本篇小說中婆、媳截然不同（淫、貞）的表現，而這兩種表現都違離了正常的人情。然而為何鄉村少女會有如此強烈的貞潔觀，則還須進一步說明。《明史·列女傳·序》有一段話說：「明興，著為規條，巡方督學歲上其事。大者賜祠祀，次亦樹坊表，烏頭綽楔，照耀井閭，乃至僻壤下戶之女，亦能以貞白自砥。」[37]可知自明代以來，提倡貞潔觀念不遺餘力，章學誠批評為「迂怪不近人情」[38]，事實上應說是戕害同胞，喪盡人性，本篇小說可以為證。

　　回頭來看小說的情節發展：她們從娘家回來後，「兩箇仍舊彼此護持照管，決不落光棍局。」婆婆就想出個個擊破的手法，先放開小媳婦，而將大媳婦「踢、打、抓、摶，身無完膚」，大媳婦熬不下去，打算自己犧牲，看婆婆能否愧悔，那麼小媳婦可能還有希望，小的卻道：「我虧得有

---

36 鄭培凱：〈天地正義僅見於婦女〉，載鮑家麟編《中國婦女史論集》第四集，頁265。
37 《明史》，頁7689-7690。
38 章學誠：《丙辰劄記》，北京，中華書局，1986年，頁77。

你，彼此解嘆。…你若一死，我孤掌難鳴，或是爲他暗中算了，到那時失身覓死，不如與姆姆同死。」她們決定寧死不辱，臨死前，對丈夫說了些訣別的話，「卻是對牛彈琴，兩箇全然不省」。當天，還如常做了早飯和中飯，兩人在房裏喝了幾鍾酒，之後，出了後門，走到河邊，道：「就這裡罷！」「兩箇勾了肩，又各彼此摟住了腰，踴身一跳，跳入河心，…在河中漾了幾漾，漸而氣絕。」

　　這篇小說是爲表揚節婦而做的，但它也寫出了婆媳、母子、夫婦之間的複雜關係。婆婆爲了滿足慾念，瞞著兒子，強逼媳婦同流合污；而媳婦既不肯失節，又不願背上不孝的罪名，她們既不能，也不敢向丈夫說出婆婆的醜態，更不能告官以免丢了公公和丈夫的面子，除了自我了結之外，實在沒有別的路可走。情節的發展合情合理：媳婦的貞定，愈顯得婆婆的淫蕩，婆婆愈是要逼媳婦就犯，來遮掩自己的醜行；媳婦愈隱瞞眞相，丈夫愈不能諒解妻子的苦心，於是又更助長了婆婆的氣焰。小說最感人的部分，在於大小媳婦爲保貞節而相依爲命的情景，她們孤獨無助，只有互相扶持，最後也一起犧牲了。我們從故事中可以看到所謂「吃人禮教」的可怕，如果不是「我無再嫁之理」這一個教條橫在胸中，也許她們是可以不必犧牲的。

　　相對於此，《珍珠舶》卷一中的趙相之妻馮氏則選擇妥協。馮氏的婆婆王氏徐娘半老，而不肯安分，她和惡棍蔣雲有了奸情之後，爲了討好情夫，便同意蔣雲去勾搭馮氏。馮氏原先是相當正氣的，但由於丈夫出外經商，一來蔣雲逐日引誘，二來婆婆慫恿，三來蔣雲騙說趙相在外「與一妓女留戀」，漸漸有些動搖。後來蔣雲乘間用強，馮氏失了身，從此以後，就「每夜婆媳兩個，輪流淫媾」[39]，做了一路。馮氏的失身其實是令人不忍苛責的，否則她只有選擇以生命來換取所謂的貞操。

　　相對於婆婆逼迫媳婦，也有寫媳婦凌虐婆婆的，那就是《風流悟》第

39　南京，江蘇古籍出版社《中國話本大系・珍珠舶》，頁16。

六回。

　　這也是一篇鄉村小說，鄉下人魏二娶了城裏人家的丫鬟，這丫鬟桃花和原來的家主有染，常挨主母的打罵，以爲嫁到鄉下可以自由自在的快活，「誰知一到他家，見了鑽頭不進的草屋，不是牛屎臭，定是豬糞香，房裏又氣悶，出門又濠野，心上甚是不像意。」成婚第二天，公公竟因辦喜事而過度勞累暴斃，婆婆說：「剛討得媳婦進門，就無病急死，莫不媳婦的腳氣不好。」這句話種下了婆媳不合的病根。爲了辦喪事，魏二和哥哥魏大到何敬山處借錢，以後由兄弟合力償還。辦完喪事，魏大將家裏的幾畝田交給弟弟，自己到遠地另外租田耕種，將母親留在家裏，「我自支持盤纏來，來合養他。」[40]

　　分家後，桃花教魏二進城做生意，他便退了田，每天挑魚擔到城裏去賣，儼然成了生意人。這一日，何敬山來討賬，與桃花相見後，彼此看對了眼，只是婆婆在家，「雖然不怕他，也只覺礙眼不便。」桃花約何敬山次日來拿錢，敬山來時，她將一隻雞藏起來，騙婆婆去尋找，兩個人便在床上雲雨起來。正在高興，陶氏尋雞不著回來了，何敬山慌忙逃走，「桃花因驚去了漢子，在床上恨恨」，這仇就結得更深了。桃花「慾」從心上起，惡從膽邊生，竟叫丈夫買回砒霜，做了兩個毒餅，打發婆婆出門去看大兒子。陶氏不疑於她，走到半路上拿出餅要享用時，來了一個道姑向她討餅吃，並用自己的背褡和她交換。道姑吃完餅，七竅流血而死了，這位思想單純的老婆婆還不曾想到是媳婦要害她，只是心中害怕跑回家。回家時，媳婦正和情夫打得火熱，見婆婆未死嚇了一跳，順手拿起道姑的背褡披在身上，竟因而變作一隻狗。那何敬山受到驚嚇，不久也一病嗚呼。魏二自老婆變狗之後，變得孝順了，後來竟娶何敬山的老婆爲妻，勤儉作家，成了財主。

　　本文涉及神怪的情節，是其美中不足之處。但小說對於鄉村生活的

40　上海，上海古籍出版社《古本小說集成・風流悟》，頁265。

詳實描繪，及以城市媳婦的刻薄淫毒和鄉下婆婆的純樸善良做了尖銳的對比，將婆媳之間的衝突放在生活態度、思想方式、為人處世原則等等不同的背景之中來進行的寫法，都是相當成功的。

上述的幾位媳婦有殉節的，有被迫失身的，也有凌駕於婆婆之上的。小說的描寫說明了一件事，那便是：如果婆婆凌逼，媳婦只有做烈女，不然就乖乖就範；如果媳婦膽敢不敬婆婆，則必會遭到報應。這是整個社會輿論的趨向，也是古代媳婦的無奈。

四、婢女有怨

奴婢的異稱甚多，劉偉民《中國古代奴婢制度史》曾列舉二十多種，而以為「奴婢一詞，幾成了一個通用的名詞。」[41] 褚贛生《奴婢史》更舉出了三四十種稱謂，但他還是選用了「奴婢」一詞[42]。謝國楨〈明季奴變考〉則以為明代的「奴」應稱為「奴僕」，因為「奴僕是當時現成用的兩個字，見於顧亭林《日知錄》卷十三。」[43] 不過奴婢包括男性與女性家僕，而奴僕一般指男性家奴，本文所論及的對象為「婢女」，或稱為「女奴」。

奴婢的身分極為特殊，他們雖然是士農工商四民以外的賤民，不但沒有社會地位，甚至於還有「奴婢賤人，律比畜產」[44]，也就是說奴婢如同家的財產或飼養的牲畜，是可以自由買賣的。然而，由於他們與主人的關係密切，在家庭中有時亦能取得一定的地位，劉偉民先生說：「因為中國社會是以家族為本位的，故奴婢在家裏雖操賤役，但卻被承認為家屬一成員，社會一份子，不只受到法律的保護，而且有陞遷的機會。在中國歷史

41　劉偉民：《中國古代奴婢制度史》，臺北，龍門書店，1975年，頁33。

42　褚贛生：《奴婢史》，上海，上海文藝出版社，1995年，頁6-10。

43　謝國楨：〈明季奴變考〉，附載於《明清之際黨社運動考》，北京，中華書局，1981年，頁211。

44　見《唐律疏議》卷六〈名例律〉，轉引自劉偉民：《中國古代奴婢制度史》，頁4。

上『奴受上爵』、『婢作夫人』的例子，是不可以勝數的。」[45] 這段話雖道出部分實情，但並不盡然，因為奴婢所受到的法律保護極為有限，「如主人強奸自家婢女，《唐律》中根本就沒有處罰條款，而元朝《刑法志》則明確標明『不坐』，即不治罪。更為荒謬的是，如婢女、奴妻拒奸中傷及主人，反而要治女方罪。」[46] 在小說戲劇中，小姐常把丫鬟當成朋友，這當是一種感情上的寄托，一旦利害關係衝突時，婢女還是要被犧牲的。

我們討論清初的話本小說，所反映的是明末清初的社會現象。前述因搶奪絕產的事件層出不窮，使娶妾的風氣更形普遍，又因明代貞淫觀念的矛盾交錯，也使媳婦遭受到來自婆婆的更多迫害。而在此時，以婢女為主角的小說出現不少，這也和當時的歷史背景息息相關。

婢女問題的受到作家重視，一方面可能由於明末奴僕數量的暴增，顧炎武說：「今日江南士大夫多有此風，一登仕籍，此輩競來門下，謂之投靠，多者亦至千人。」[47] 又說：「人奴之多，吳中為甚。」底下有原注說：「今吳中仕宦之家有至一二千人者。」[48] 滿清入關前後雖曾發生奴變，逃走或索回賣身契的甚多，但清軍的掠奪加上漢人的投充，奴婢的數量並未減少，從康熙十八年（1679）御史劉人琮的奏章：「今之督府司道等官，蓋造房屋，置買田園，私蓄優人壯丁不下數百，所在皆有，不可勝責。」[49] 便可以證明。另一方面可能與奴變有關，謝國楨先生說：「奴變發生的主因⋯是士大夫收投靠的過多，乘勢作福作威，來欺詐平民，於是富者愈富，貧者愈貧，兩極的分化激起了民變。同時清兵南下，一時社會上成了無統制的現象，⋯於是一般刁奴乘勢起來索賣身契，以為藉口，⋯

45　劉偉民：《中國古代奴婢制度史》，頁24-25。

46　褚贛生：《奴婢史》，頁5-6。

47　顧炎武：《日知錄》，臺北，明倫書局，1979年，卷十七，頁400。

48　同前註，頁401。

49　羅人琮：〈敬陳末議疏〉，光緒《桃源縣志》卷十三，轉引自韋慶遠〈清代奴婢制度〉，載《明清史辨析》，北京，中國社會科學出版社，1989年，頁408。

大者殺人放火，小者劫掠一空。」[50]奴變蔓延了十餘省，百餘個州[51]，是明末清初的一個重大事件，在當時人的內心必然留下深刻印象，加上清初抓捕逃人造成許多重大案件，因此而影響作家在寫作時的取材，這是很自然的。

自古以來，婢女所遭受的苦難，可說是罄竹難書。她們是底層中的底層，他者中的他者。褚贛生《奴婢史》第四章第三節〈災難深重的女奴命運〉[52]、韋慶遠〈清代奴婢制度〉第三節第四小節〈受侮辱和受損害最深重的女奴〉[53]二文對於女奴的苦況有讀之令人鼻酸的描述，此處不擬贅述。本文打算以婢女題材故事中用不同角度處理的幾篇，一方面揭穿歌頌女奴的虛假面貌，另一方面有些描寫亦可提供婦女史、奴婢史之參考。

首先要談的是《十二笑》的第四回〈快活翁偏惹憂愁〉，此回涉及奴僕入籍的問題。故事寫明朝天啟年間，監生蒙棟愛上婢女小蠻，無奈其妻善妒，知其奸情後，將小蠻毒打一番，後來又轉賣遠地。不久其妻病逝，蒙棟立誓要尋回小蠻，歷盡千辛萬苦，終於在南京尋獲。異地重逢，即刻結成連理。誰知正在歡暢情濃之時，丫鬟報道：「國太即刻到庄。」小蠻慌忙催蒙棟「穿了青衣小帽，到庄外迎接，分付要遠遠下跪。」蒙棟莫名其妙，原來小蠻嫁給為國太掌管庄院的總管史伯存，現在史伯存已死，小蠻坐產招夫，蒙棟和他成婚，就繼承了史伯存的身分，一介書生，竟然入了賤籍，不但要改姓史，還要寫賣身契入冊，以備「聽候不時呼遣」。蒙棟不想寫身契，對方道：「你既娶了府中的婦女，身契寫不寫，總則是我府中人了。」蒙棟後悔莫及，嘆道：「生米煮了熟飯，弟也沒有別樣計較。或投繯、或赴水，尋個自盡便了。」[54]

50　謝國楨：〈明季奴變考〉，載《明清之際黨社運動考》，頁224。

51　褚贛生：《奴婢史》，頁133。

52　同前註，頁97-105。

53　韋遠慶：〈清代奴婢制度〉，載《明清史辨析》，頁460-465。

54　上海古籍出版社《古本小說集成・十二笑》，頁198。

　　小說中的婢女小蠻，遭主人誘姦、主母毒打、轉賣，婢女的這種種遭遇，可說是司空見慣，小說中的這些內容，從作者的筆觸中完全看不出任何同情，甚至把此一婢女寫成樂在其中的淫娃。婢女的這些苦處，此處不再詳論。要討論的是，一般人為何娶了婢女便須寫身契？為何入了賤籍，就要尋短呢？

　　根據《大清會典事例》卷810的規定，「雍正五年以前白契所買及投靠養育年久、或婢女招配生有子息者，俱係家奴，世世子孫，永遠服役。…其婢女招配，並投靠及所買奴僕，俱寫立文契，報明本地方官鈐蓋印信。」[55] 從這條規定可知：第一、奴僕是世襲的，一日為奴，終身為奴、世世為奴；第二，婢女招配，其夫婿便入奴籍，從此永世不得翻身。定陵博物館資料室藏有一則明朝萬曆年間的契約，上面記載一個叫做章神保的人，為了娶汪家的婢女愛桂，也立下賣身契，契約中載明：「自配愛桂之後，永系汪主人之僕，聽自主人呼喚使用，不得抗違。今恐無憑，立此身契為照。」[56] 像這種為了娶婢女而自願入賤籍的，自然是一種特例，因為此一行為影響所及不只是自己變成奴婢，還將使自己的子孫永遠受困其中。小說中的蒙棟是監生，而且還是財主，卻一時大意入了奴籍，當然會痛不欲生。然而我們站在婢女的立場想一想，在這樣的規定之下，她們婚配的對象永遠只有其他的家奴，否則一個平人豈甘自入奴籍？這樣，就等於剝奪了婢女選擇對象的自由，也斷絕了她們借由婚姻而擺脫奴籍的希望。

　　有一種題材是小說中較為罕見的，就是對婢女的頌揚，一般才子佳人故事的俏丫鬟也常受到讚美，不過畢竟都還是配角，在李漁的兩篇小說中，婢女則躍上了主角的位置，那就是《十二樓》中的〈拂雲樓〉和《無聲戲》第十二回〈妻妾抱琵琶梅香守節〉。

55　韋慶遠：《明清史辨析》，頁445。
56　轉引自韓大成：〈明代的奴婢〉，《歷史論叢》第三輯，齊魯書社，1983年，頁289。

　　這兩篇小說前一篇是頌揚婢女的才幹，另一篇則是讚美婢女的節義。〈拂雲樓〉篇中的婢女能紅，「是個乖巧不過的人，算計又多，口嘴又來得，竟把一家之人都不放在眼裏。」[57]她不但把老爺、夫人、小姐都玩弄於股掌之上，在經過巧妙安排之後，搖身一變成為和小姐共事一夫的二夫人，還和丈夫約法三章，一旦過門就不許再叫她的小名，「若還失口喚出一次，罰你自家掌嘴一遭。」又不許丈夫娶妾，而且連想都不許想，「如有擅生邪念，說出『娶小』二字者，罰你自己撞頭，直撞到皮破血流纔住。」她雖然善於算計，卻心術端正，所以小姐雖然受她的矇蔽，丈夫雖然受她的約束，她卻也自有分寸，既替小姐分勞，又扶持丈夫當上大官，成為家中最大的功臣。

　　相反的，〈妻妾抱琵琶梅香守節〉篇中的碧蓮則是一個木訥老實的丫鬟，她雖然被主人收為通房，只因不善於逢迎，不太受到寵愛。主人馬麟如有一妻、一妾，有一回麟如病重，要妻妾們說出將來的打算，只見她們個個慷慨義烈，儼然都是節婦，只有碧蓮說得不痛不癢，麟如甚為不滿，後來病情好轉，碧蓮就更受冷落了。不久麟如外出行醫，從此杳無音訊，經過一年左右，傳來麟如的死訊，原來是頂他的名字行醫的朋友萬子淵染上時疫而亡，由於二人長相略似，外人不知，家人也沒有細察，以為麟如果然已死。死訊傳來，妻妾固然哀慟，卻為了自己的將來打算，連收拾骸骨回鄉的錢也不肯拿出，卻是碧蓮先拿出平常的積蓄，才將假丈夫的屍骨下葬。不久妻、妾就丟下孩子雙雙別嫁了，留下碧蓮在家苦守。等到麟如中舉回來，才知道當初妻妾的滿嘴節義都是假的，還虧得一個婢妾為他守寡，麟如感動的對碧蓮說：「你如今不是通房，竟是我的妻子了。不是妻子，竟是我的恩人了。我的門風，被那兩個淫婦壞盡，若不虧你替我爭氣，我今日回來，竟是喪家狗了。」[58]杜濬的回末批語道：「碧蓮守節

57　南京，江蘇古籍出版社《中國話本大系‧十二樓》，頁146。
58　南京，江蘇古籍出版社《中國話本大系‧無聲戲》，頁226。

雖是梅香的異事，尤可敬者，是在丈夫面前以淫污自處，而以貞潔讓人。羅、莫（即麟如之妻、妾）再醮，也是婦人的常事，最可恨者，是在丈夫面前以貞潔自處，而以淫污料人。」[59] 這段批語對於篇中妻妾的可鄙，以及婢女的可敬，做了鮮明的對比。

〈拂雲樓〉篇的主題是對婢女的頌揚，然而在李漁玩世不恭的筆下，卻讓人有輕慢褻玩的感受，很難真的對篇中的女主角產生敬意。她玩弄小姐、設計主人，即使心術不壞，但所做所為仍令人感到不寒而慄。試想，即使出之於善良的動機，誰又願意任人擺佈？她的手段是挾小姐以令家人，謂：「我與小姐其勢相連」，自己想當二夫人，卻道：「可憐這位小姐，又是慈善不過的人。…如今沒氣淘的時節，倒有我在身邊，替他消愁解悶。明日有了個淘氣的，偏生沒人解勸。她這個嬌怯身子，豈不弄出病來？」還裝出一種「慘然之態」，「竟像要啼哭的一般」，以此來感動夫人和小姐。總之，她開口閉口全是為小姐著想，實際上處處在為自己算計。這樣子的婢女形象，令人想到朝廷中玩弄皇帝於股掌的權臣，長相再好，能力再強，予人的印象依然是負面的。

至於〈妻妾抱琵琶梅香守節〉篇，則令人想到約翰·米爾所說的一段話：「男人除了要女人服從外，還要她們的感情。男人都希望女人的心和他們連在一起，他要的是自願的奴隸，不是強迫而來的。」[60] 篇中的主人馬麟如已有一妻、一妾，婢女碧蓮被收做「通房」，絕非情願。馬麟如平常對碧蓮本無憐香惜玉之情，家中的妻妾對她更是冷嘲熱諷，碧蓮的日子並不好過。在這種情況之下，碧蓮還能為他守節，自然是難能可貴，而小說的作意也就昭然若揭。像麟如這樣的男人，不只希望有三妻四妾，更希望妻妾個個愛他，願意為他犧牲，碧蓮的表現，正好滿足了這樣的男人的心願，所以她被歌頌、褒揚。

59　同前註，頁230。

60　約翰·米爾：〈論婦女的附屬地位〉，載顧燕翎、鄭至慧主編：《女性主義經典》，臺北，女書文化公司，1999年，頁11。

　　李漁的這篇小說,比其他只描寫婢女肉體受到凌虐的小說,更提昇一層,到達了精神的層面。婢女不但不斷的受到侵犯、虐待、轉賣,還必須自願如此,不能有怨言。然而,遭此荼毒,豈能眞的無怨?

結語

　　約翰・米爾說:「男人從未眞正瞭解女人。」[61]本章爲明末清初的婦女,尤其是婦女中的弱勢者抱不平,所有的評論,盡可能以一般人性爲標準,力求客觀公正,避免受到主觀因素的干擾。然而,所謂「一般人性」的標準何在?既然有評論,便必然有立場、有觀點,豈可能眞正客觀公正?即使只是材料的呈現,在選擇小說中的敘事、狀物、話語時,便已受到立場的左右。因此,本章僅僅是以一個男性讀者的立場,重讀清初的話本小說,並將其中弱勢女性的若干不幸遭遇略作勾勒,以供認識、參考、比較,如是而已。

61　同前註,頁12。

第七章

清代中後期話本小說體制及狂歡化敘事之比較

以改編《聊齋》之作爲主*

一、前言

　　話本小說發展到清代中期（指雍〔1723-1735〕、乾〔1736-1795〕時期，約相當於18世紀），其勢已衰。現存清中期話本小說專集僅四部，即：成書於雍正年間的《雨花香》、《通天樂》，以及成書於乾隆年間的《醒夢駢言》、《娛目醒心編》。《雨花香》、《通天樂》作者爲石成金，字天基，揚州人，生於順治十六年（1659），乾隆四年（1739）仍在世。[1]《醒夢駢言》題「守樸翁編次」，作者生平不詳，全書十二篇故事皆改寫自《聊齋誌異》。《娛目醒心編》題「玉山草亭老人編」，草亭老人名杜綱，字振三，江蘇昆山人，另著有小說《北史演義》、《南史演義》。[2]此外，還有一部名爲《二刻醒世恆言》的話本集，舊目多有誤爲

---

*　本章內容為國科會計畫「清代中後期話本小說敘事模式之轉變」（NSC 101-2410-H-415-020-）之研究成果，內容原刊於嘉義大學主編《第五屆中國小說與戲曲國際學術研討會論文集》，臺北：里仁書局，2013年。

[1]　關於石成金生卒年，戴不凡以為他生於明萬曆年間，活了一百多歲，見戴不凡：《小說見聞錄》，杭州：浙江人民出版社，1980年，頁185。其實在《雨花香》第八種〈人擾人〉開篇即道：「我生於順治末年，如今壽將七十。」可推知他生於順治末年，黃毅根據〈重刻傳家寶俚言自序〉、《傳家寶》卷首所載唐紹祖〈石天基七十壽序〉，以及《傳家寶》卷首陳元所畫作者小像右上方題辭，推論其生年當在順治十六或十七，見上海古籍出版社《古本小說集成‧雨花香》〈前言〉。

[2]　關於杜綱生平，可參見歐陽健：〈杜綱和他的小說〉，載氏著：《明清小說采正》，台北：貫雅文化公司，1992年。

雍正四年編刊者，筆者於《清初前期話本小說之研究》一書已證明該書當刊於康熙前期[3]，故不論。

現存清代後期的話本小說專集則有刊於咸豐七年（1857）的《鬼神傳》、刊於同治九年（1870）的《俗話傾談》、刊於光緒二十五年（1899）的《躋春臺》，以及刊行年代不詳的《照膽臺》、《救生船》、《萃美集》等。《鬼神傳》又名《鬼神傳終須報》無序跋，撰人不詳，全書共四卷十八回，包括十二個故事；《俗話傾談》署「博陵紀棠先生輯選」，紀棠爲廣東說書人邵彬儒字，書分初集、二集，共十七則故事；《躋春臺》署「凱江省三子編輯」，有光緒己亥（25年）林有仁序，由序文可知作者爲「劉省三」。[4]《照膽臺》、《救生船》、《萃美集》皆僅存殘卷，現藏於中國社會科學院圖書館，筆者未見，據竺青介紹，三書「編創宗旨、敘事體製、藝術風格」等，皆與《躋春臺》基本相同。[5]

筆者前已就清代中期四部話本小說之敘事進行分析，得出：聚合式結構敘事的傾向、敘事者干預情形嚴重、創造出敘事者以第一人稱敘述自己故事之模式，以及近似新聞性敘事模式出現等結論。[6]至於清代後期話本小說，筆者的初步印象則爲：

1. 皆往方言文學方向發展：《俗話傾談》及《鬼神傳》皆用廣東方言；《躋春臺》、《照膽臺》、《救生船》、《萃美集》則都用四川方言寫成。

2. 皆往講唱或評書的方向回歸：《躋春臺》、《照膽臺》、《救生船》、《萃美集》都夾雜大量唱詞；《鬼神傳》亦有水鬼「哦詩」部分；《俗話傾談》雖然沒有唱詞，但作者以說書爲生，他在〈自序〉

3　參見拙著：《清初前期話本小說之研究》，臺北：學生書局，1987年，頁65-67。

4　以上三書皆收入上海古籍出版社《古本小說集成》。

5　竺青：〈稀見清末白話小說集殘卷考述〉，載《中國古代小說研究》第一輯，北京：人民文學出版社，2005年，頁372。

6　徐志平：〈清代中期話本小說敘事模式析論〉，《中正漢學研究》2013年第1期。

中自稱：「採古事數則，有時說起，聽者忘疲。因付之梓人，以備世之好言趣致者。」本書每則故事都會以低一格排列的方式，插入作者對情節或人物的大篇幅評論，接近「評話」的性質。[7]耿淑艷認為此書是作者「在他自己說書基礎上編撰而成的通俗短篇小說集」[8]，這種說法是合於事實的。

　　為了進一步對清代中後期話本小說敘事模式之嬗遞有更清楚的瞭解，有必要進行更精細的比較分析。由於清代中、後期話本小說在體製上都發生了不少變化，且清代後期話本小說有狂歡化敘事的傾向，因此本文特別選擇話本體製以及狂歡化敘事兩個方面進行比較。又因清代中、後期話本小說皆有改編自《聊齋誌異》者，且收錄相關小說的專集亦具有相當的代表性，提供了比較研究的良好樣本。

　　清代中期話本小說集《醒夢駢言》經顧青、陳泳超、丁曉昌等學者考證，幾乎可以確定十二篇故事都取材於《聊齋志異》（而非《聊齋誌異》改寫自《醒夢駢言》）。[9]而清代後期話本小說集《俗話傾談》初集上卷〈橫紋柴〉、二集下卷〈好秀才〉，則分別取材自《聊齋志異》卷十〈珊瑚〉，以及卷十一〈曾友于〉。這二則故事，也分別為《醒夢駢言》第七回〈遇賢媳虺蛇難犯　遭悍婦狼狽堪憐〉、第五回〈逞凶焰欺凌柔懦　釀和氣感化頑殘〉二篇的故事來源。

　　本文所謂「狂歡化敘事」，其概念來自巴赫金所提出的「狂歡化的

7　評話原指講史一類，胡士瑩說：「評話就是講說歷史故事而加以評論。評論的方法，有先評而後話的，也有先話而後評的。」但後來也「逐漸用到其他內容的話本上」。見胡士瑩：《話本小說概論》，台北：丹青圖書公司，1983年，頁165。

8　耿淑艷：〈論嶺南小說《俗話傾談》之文體形態〉，載《廣州大學學報》第6卷第3期，2007年3月，頁15。

9　參見顧青：〈《醒夢駢言》二考〉，載《文學遺產》1997年第六期；陳泳超：〈《醒夢駢言》摹襲《聊齋志異》考〉，載《明清小說研究》1997年03期；丁曉昌：〈試論《醒夢駢言》取材於《聊齋志異》〉，載《南京師大學報》1999年第3期。他們共同的結論是，齊如山、吳曉鈴等以為《聊齋誌異》改寫自《醒夢駢言》的說法難以成立，乃是《醒夢駢言》取材於《聊齋誌異》，且根據的是刻本而非抄本，具體成書時間在乾隆三十一年之後。

文學」（carnivalized literature），但內涵略有調整。巴赫金稱受到狂歡節民間文學影響的文學為「狂歡化的文學」[10]，而所謂「狂歡化」主要指的是：由「狂歡節培養出了由各種象徵性具體—情感形式組成的一整套語言」。這種語言，「具體而微地、清晰地表達了滲透它全部形式裡的狂歡處世態度。…狂歡節向文學語言的移位，我們稱之為文學狂歡化。」[11] 狂歡化語言和巴赫金在《弗朗索瓦‧拉伯雷的創作與中世紀和文藝復興時間的民間文化》一書中所提出的「廣場語言」，意義大致等同，是指「一切帶有廣場非官方性和廣場自由的烙印」[12]的語言。廣場語言包括了諸如：廣場吆喝、指神賭咒、發誓、罵人的話、騙子和藥販的吹噓等等，巴赫金說：「在廣場上像指神賭咒、發誓、罵人話這樣的不拘形跡的言語因素已完全合法化了，輕而易舉地滲透到所有傾心於廣場的節日體裁之中。廣場集中了一切非官方的東西，在充滿官方秩序和官方意識形態的世界中彷彿享有『治外法權』的權力，它總是為『老百姓』所有的。」[13]可見狂歡化語言主要是非官方的、民間的，在廣場或附近市街上所使用的，「不拘形跡的語言」。

用上述狂歡化語言敘事，本文稱之為狂歡化敘事。既是敘事當然就不限於對話，而是包括敘事者講述故事、描寫人物，以及對事件或人物的議論等等。

本章先就話本體製的變異就清代中期及後期小說進行整體比較，再以上述四篇改編自《聊齋誌異》之話本小說為主，就小說狂歡化敘事的幾個面向進行比較。

10　見【俄】巴赫金著，白春仁等譯：《詩學與訪談》，石家莊：河北教育出版社，1998年，頁141。

11　【俄】巴赫金著，劉虎譯：《陀思妥耶夫斯基詩學問題》，北京：中央編譯出版社，2010年，頁135。

12　【俄】巴赫金著，李兆林等譯：《拉伯雷研究》，石家莊：河北教育出版社，1998年，頁173。以下提到《弗朗索瓦‧拉伯雷的創作與中世紀和文藝復興時間的民間文化》一書，皆簡稱為《拉伯雷研究》。

13　同上註引書，頁174。

二、傳統話本體製的延襲與變異

　　話本小說的體製在清初已經出現若干變化，但《醒夢駢言》卻還保留不少傳統的格式，如回目、開場詩詞、詩後議論、插詞、下場詩詞等，都大致完備。該書採《二拍》系統雙句式的回目，每篇都有開場詩詞和詩後議論。12回中，有10回出現下場詩詞，只有插詞套語部分比較少見。至於像《二拍》中的大部分作品，在開場詩詞或詩後議論後出現的「頭回」故事，則完全捨掉了。這是符合清代話本小說形式發展方向的，筆者曾就二十多部清初前期的話本集做過歸納，在228篇小說中，沒有頭回故事的156篇，佔了73%之多。[14] 但無論如何，《醒夢駢言》在清代中後期小說中，與傳統話本小說形式已是最為接近的一部。

　　其次是《娛目醒心編》，亦有雙句回目、開場詩及詩後議論，但十六篇故事中只有一篇有下場詩（卷二、卷六），各篇有頭回故事，但篇幅很大，有時竟和正話故事一樣長，此亦是一種形式上的變異。至於石成金的《雨花香》和《通天樂》，則誠如孫楷第所說，已「近乎雜書小說。」[15] 雖然如此，多數清代中期的話本小說，在體製上尚未脫傳統色彩，大致上不會讓讀者對其文體屬性存疑。

　　而現存清代後期的話本小說則大多數在形式上發生較大的變化，一般都只保留傳統話本形式的少數元素。例如《躋春臺》所保留的話本形式只有開場詩詞和「且說」、「話說」、「卻說」等提起詞，至於回目、詩後議論、頭回故事、插詞套語、下場詩等皆付之闕如。此書每篇均為韻散夾雜，編排方式與「宣講」十分類似，且所述故事每則都以「案」來稱呼，如：「觀此案可知」（卷一〈雙金釧〉）、「從此案看來」（卷二〈六指頭〉），此與某些宣講形式亦相同，如《宣講金針》卷四〈雙奔京〉篇末

14　徐志平：〈話本小說之體製形式在清初的重大變化〉，載《嘉義技術學院學報》第64期，1999年6月。

15　孫楷第：《戲曲小說書目解題》，北京：人民文學出版社，1990年，頁152。

亦謂：「從此案看來，楊氏一門鼎盛……。」[16]

又如《鬼神傳》，全書十八回，其中一至三回演一故事、七至八回演一故事、十二至十三回演一故事、十六至十八回演一故事，其他回各演一故事，一共收錄了十二則短篇故事。多回演一故事的，並沒有給它一個總名，從回目上完全看不出篇章的安排。除了十六至十八回取自《喻世名言》卷十〈滕大尹鬼斷家私〉，同時保留了話本格式之外，其他各篇甚少具備話本的性質，只有「且說」、「話說」、「卻說」這些提起詞的使用與話本小說略為接近而已。

《俗話傾談》在話本形式上的變異又更大了。首先，各篇標題的字數參差不齊，既非回目，也非清初流行的三字標題，例如初集十一篇的標題分別為：〈橫紋柴〉、〈七畝肥田〉、〈邱瓊山〉、〈種福兒郎〉、〈閃山風〉、〈九魔托世〉、〈饑荒詩〉、〈瓜棚遇鬼〉、〈鬼怕孝心人〉、〈張閻王〉、〈修整爛命〉，其中〈饑荒詩〉乃是載錄明人周文襄的兩首詩，〈修整爛命〉則是一篇議論文，皆非小說；其次話本體製中的開場詩詞、詩後議論、「話說、卻說」一類的提起詞、下場詩等，皆不復見，唯一保留的只有「插詞」部分，有時前面有「詩曰」二字，有時直接在文中插入，感覺有些突兀；另外如前文所述，小說正文中往往插入大篇幅議論，且以低一格方式呈現，此一議論形式是過去的話本小說中從未出現的。

由上可知，話本小說在清代中期雖然出現體製方面的變異，但仍有不少承襲，而到了清代後期則變異情況加劇，話本體的形式要件已經十不存一了。

三、狂歡化敘事之比較

巴赫金認為：中世紀的（歐洲）人彷彿過著雙重生活：一種生活是官

16　轉引自陳兆南：《宣講及其唱本研究》，中國文化大學中文所博士論文，1992年，頁302。

方式的,整個是嚴肅的,陰沉的,服從嚴格的等級制度,充滿恐懼、教條主義、崇拜和虔誠;而另一種生活則是狂歡廣場式的,自由的、充滿了雙重意味的笑謔,對一切神聖事物都報以不恭和褻瀆,對一切人、一切事物都報以狎昵交往的辱慢與貶低。[17] 而從17世紀開始,民間狂歡生活走向凋弊,狂歡處世態度萎縮消散,喪失了真正的廣場全民性。[18] 中國明代中後期的社會生活,有點類似巴赫金所說的歐洲中世紀生活,一方面是教條主義的,另一方面是縱欲主義的。如果從民間活動的一面來看,當時的狂歡化生活確實是十分蓬勃的,研究明代中後期社會生活的陳江舉迎神賽會活動為例說:

在全民狂歡式的迎賽活動中,人與神的關係被放大和強化了,而人間尊卑貴賤的界限與倫理準則卻被淡化和擱置了;不同社會階層的人士,在神靈面前,皆被置於「凡人」的地位,以至於頗有「平等共處」的味道。原先處於社會底層的人們,因賽會中的精湛表演而成為主角,高高在上的官宦縉紳反而充當旁觀者和犒賞者,成了配角。[19]

陳江顯然是從巴赫金狂歡化的觀點,說明迎賽活動對於等級制度的暫時解放。晚明時期全民狂歡式的活動蓬勃,自然促成民間通俗文學的繁榮。然而在入清之後,民間生活改變了,通俗文學的面貌也因此改變。謝和耐說:「新的大清王朝是嚴格的清教徒,對於用一種近乎口語的語言寫成的消遣文學持敵對的態度。這種文學在康熙年間幾乎完全消失,讓位給更精緻和學術性更強的體裁了。」他還說,如果消遣文學要生存下來,就要改變性質,他舉《聊齋誌異》、《子不語》、《閱微草堂筆記》為例,

---

17 【俄】巴赫金著,劉虎譯:《陀思妥耶夫斯基詩學問題》,頁143。

18 同上註引書,頁144。

19 陳江:《明代中後期的江南社會與社會生活》,上海:上海社科院出版社,2006年,頁276。

說它們「都是用很難理解的、充滿文學模糊記憶和隱喻的古典語言撰寫成的。」至於白話小說像《儒林外史》、《紅樓夢》、《野叟曝言》，或是諷刺性的、或是心理分析性的，或者「變成高度學術性的了」。[20]

　　清代中期的話本小說，也是狂歡式生活式微下的產物。石成金《雨花香》、《通天樂》二書收錄在他的《傳家寶》，而「《傳家寶》堪稱清初修身處世類善書的代表作，⋯既是教人修身齊家之善書，亦是一套居家必備的日用類書。」[21]《娛目醒心編》雖然文筆尚稱流暢，「但並不活潑靈動，缺少文彩，說教味重。」[22]《醒夢駢言》作為一部「白話聊齋」，算是其中最具民間色彩的，顧啟音說它「文字中毫無書呆氣息，曉暢平易，且富於民間的幽默」[23]，蔣玉斌認為：「其濃厚的世俗特徵以及生活氣息，卻是眾多話本小說，甚至包括那些話本小說的代表作品都無法比擬的。」[24]但即使如此，此書還是比較單一、拘謹，缺少狂歡化文學的多元、粗鄙、野性、潑辣。

　　乾隆在1796年把帝位交給仁宗嘉慶，而乾隆中葉以後出現的各種衰敗現象，則繼續在加深擴大中。郭廷以說：「大致看來，十八世紀後期至十九世紀前期，中國內部秩序已不易維持。」[25]以後更是內憂外患日劇，1840年鴉片戰爭慘敗，更讓滿清政權陷入舉步維艱的境地。然而當政治力愈衰弱之時，往往也就是民間活力愈澎湃的階段，晚明如此，晚清也是如此。孫燕京引述晚清報刊的記載，說當時的「市民群體」參加各種賭博性質的活動，以及聽戲、看電影、看幻燈等娛樂活動的人數甚多、場面甚大，「即便沒有這些大型的娛樂活動，市民們的生活也不平靜，常常略

20　【法】謝和耐著，耿昇譯：《中國社會史》，南京：江蘇人民出版社，1995年，頁441。

21　游子安：《善與人同──明清以來的善書與教化》，北京：中華書局，2005年，頁133-134。

22　歐陽代發：《話本小說史》，武漢：武漢出版社，1994年，頁473。

23　顧啟音：〈《醒夢駢言》序說〉，載王秀梅點校：《醒夢駢言》，北京：中華書局，2000年，頁3。

24　蔣玉斌：〈《聊齋志異》的清代衍生作品研究〉，北京：中國社會科學出版社，2012年，頁310。

25　郭廷以：《近代中國史綱》，香港：中文大學出版社，1989年，頁12。

帶一些嘈雜。」他還引用了《圖畫日報》的一則報導，說明「市民的日常生活就是如此平凡而又生機勃勃。」[26] 只有在生機勃勃的日常生活中，才有可能恢復狂歡化的心態，也才可能創作出狂歡化的文學。《鬼神傳》、《躋春台》、《俗話傾談》都具有狂歡化文學的特點，《俗話傾談》一書的狂歡化敘事風格尤其突出。

　　沈華柱歸納了狂歡化語言的體裁形式有：1.廣場吆喝與吹噓；2.賭咒與發誓；3.詛咒與罵人話；4.粗話與髒話。並總結了這些語的三個特徵，即：粗鄙化、戲謔性，以及褒貶雙重性。[27]

　　關於「褒貶雙重性」，巴赫金本人曾經如此說明：「廣場的贊美和廣場的辱罵，這就如一個鎳幣的兩面。假如正面是贊美，反面則是辱罵，反之亦然。…廣場贊美，正如我們所看的那樣，是反諷的，正反同體的。」[28] 巴赫金很強調這種雙重性，他說：「狂歡節的一切形象都是兩位一體的，它們在自身裡結合了交替與危機的兩極：生與死、祝福與詛咒、贊美和辱罵、青春和衰老、上與下、前與後、愚蠢與睿智。」[29] 本節比較《醒夢駢言》及《俗話傾談》的狂歡化敘事，除了從具體的語言運用方面進行外，也將特別留意此一「雙重性」。

　　此外，狂歡化也包含了巴赫金經常提到的「雜語性」。巴赫金認為：「小說的風格，在於不同風格語言的結合；小說的語言，是不同的『語言』組合的體系。…主題通過不同語言和話語得以展開，主題可分解為社會雜語的涓涓細流，主題的對話化──這些便是小說修辭的基本特點。」[30]

　　綜合以上巴赫金對於「狂歡化」的說明，以及沈華柱的整理，以下分

26　孫燕京：《晚清社會風尚》，台北：雲龍出版社，2004年，頁244-245。

27　沈華柱：《對話的妙悟──巴赫金語言哲學思想研究》，上海：三聯書店，2005年，頁82-93。

28　【俄】巴赫金著，李兆林等譯：《拉伯雷研究》，頁187。

29　【俄】巴赫金著，劉虎譯：《陀思妥耶夫斯基詩學問題》，頁139。

30　【俄】巴赫金著，白春仁等譯：《小說理論》，石家莊：河北教育出版社，1998年，頁40、41。

從語言的雜語性、粗俗的罵人話、吆喝與吹噓、廣場表演式的打鬥敘寫等幾個方面進行比較：

(一)雜語性

　　《俗話傾談》與《醒夢駢言》二書皆具有雜語性，只是程度上有高低的分別。《俗話傾談》運用大量方言，而又雜有一般通用的白話文以及淺白的文言文，此一流行於粵語區，以粵、文、白三種語言寫作的文體，被稱為「三及第體」[31]。《醒夢駢言》則「運用純熟的白話語言創作」[32]，文中也出現一些山東方言，[33]但整體而言仍以較雅的白話為主，徐文軍即認為《醒夢駢言》的語言，是「當時說書藝人講唱故事所通用的『官話』。」[34]以《聊齋誌異》〈珊瑚〉篇之改寫為例，故事中珊瑚及其丈夫大成（《醒夢駢言》改為順兒和成大）因弟弟二成及弟媳臧姑（《醒夢駢言》改為成二和戾姑）佔其便宜，分家後生活困苦，亡父鬼魂乃附身他人（《俗話傾談》改為托夢）告知樹下藏金之事，《醒夢駢言》作：

　　　陰司感你夫妻孝順，因此令我回來看你。你回去紫薇樹根下，自有銀子，可快取來，贖我血產。

《俗話傾談》〈橫紋柴〉篇則擴寫如下：

　　　大成你果然好仔，更難得咁好新婦。你老母一生醜婆，我與佢

---

[31]　參見黃仲鳴：《香港三及第文體流變史》，香港：香港作家協會，2002年。

[32]　蔣玉斌：《《聊齋志異》的清代衍生作品研究》，頁305。

[33]　徐文軍整理了其中一些，例如「打個透濕」、「順兒慌忙丟了手內生活（指洗衣服）」、「卻也虧這一走」、「做個把秀才」、「尋些活計」、「骨董的一聲」等等，見徐文軍：〈守樸翁是不是蒲松齡？──《醒夢駢言》作者初探〉，載《蒲松齡研究》，2005年4月，頁26。

[34]　同上註引文，頁5。

做半世夫妻，豈有唔知？惟大新婦能容忍佢，能順受佢，可謂孝義
賢良。你兩公婆個的孝心，灶君每月上奏西天，值日功曹遇時奏聞
玉帝。玉皇大帝十分歡喜，將來賜你兩子登科，現在賜你金銀滿
甕。……銀在後花園紫荊樹頭之下，小鬼移來，特來報你知，你明
日可往掘起。

　　上引《醒夢駢言》的語言是已接近文言的白話，而《俗話傾談》中
的「好仔」、「咁好新婦」、「唔知」、「佢」、「兩公婆」、「個的孝
心」、「樹頭之下」等都是廣東方言。兩相比較，雅俗立判。
　　《俗話傾談》在表達比較嚴肅的意思時，也使用文言，例如〈橫紋
柴〉篇的珊瑚，當母親逼她另嫁時，便道：「我聞忠臣不事二主，烈女
不嫁二夫。女有一個家婆尚不能曉得奉事，更有何面目再入他家？母親
如果要將女另嫁他人，女惟有投河吊頸，食藥自盡而已，斷不願偷生人世
咯！」這裡雖然也雜入了「家婆」、「不能曉得」、「吊頸」、「咯」這
些生活語言，但大體而言屬於文言無疑。而在教訓、責罵他人時，就會加
重方言的比例，例如橫紋柴對珊瑚的美貌以及打扮頗有微詞，她是這樣責
罵珊瑚的：

　　做新婦敬家婆，是平常事，你估好時興麼？何用支支整整、聲
聲色色，扮得個樣嬌嬈，想來我處賣俏嗎？我當初做新婦時，重好
色水過你十倍，暗估今日老得個樣醜態，減去三分。

　　於是隔天珊瑚不敢打扮，結果橫紋柴又說她「戴粉唔搽、新衫不
著」，是故意「來激惱我」。這裡表現出橫紋柴自卑和蠻橫的矛盾情結，
而內心愈自卑，外表就愈蠻橫不講理，口氣就愈強烈，此處運用方言，的
確更能表現出那種強烈情緒的渲洩。
　　耿淑艷認為，《俗話傾談》使用了三種語言，對嶺南通俗小說的語言

產生深遠影響，「清末以來廣州流行的『三及第』體小說，即由文言、白話和粵方言組合而成的小說文體，始脫胎於《俗話傾談》。」[35] 三及第體是否始於《俗話傾談》恐怕還需要更多的討論，然而雜用三種語言寫作，可證《俗話傾言》一書鮮明的「雜語化」性質。

雜語化的表徵首先即為使用多種語言，但此一雜語現象的意義並不單純是語言的問題，更是每種語言背後所代表的生活形態和世界觀。多種語言並呈，即表示對於不同語言族群的尊重，是對單一的、標準的、獨斷的上層文化的挑戰。雜語化有助於多元族群的相互包容、體諒、理解，「由於雜語小說更傾向於差異，因而它更易於吸收不斷增長的自我意識的思潮。換句話說，雜語小說更能適應自我，是因為他對他性的感覺更為靈敏。」[36]

其次，雜語還包括了多種文學或非文學體裁的鑲嵌，例如插入詩歌、格言警句、自白、日記等等。[37]《俗話傾談》則以嵌入大篇幅議論為其特點，其議論都是針對事件而提出，例如在〈好秀才〉篇，繼功殺死異母的哥哥繼業，自己後來也死在牢裡，繼業之妻馮氏每日到繼功之妻曹氏門前去咒罵，曹氏忍不住出聲答曰：「你家男子死，我家男子生麼？你有丈夫，我亦守寡，大家都同一苦，你何為來罵我呀？」馮氏說：「你唔好老公，斬死我老公，我要問你攞翻老公。」作者在此插話道：

一句老公，兩句老公，句句都係老公。你既愛老公、惜老公，何不勸諫吓老公、開解吓老公？床上睡時細心化導老公、門前罵時盡力攔阻老公。叫老公忍氣，叫老公平心，叫老公保重自己，叫老公饒讓他人，然後老公不至鬧事，老公不至傷身……。

35　耿淑艷：〈論嶺南小說《俗話傾談》之文體形態〉，《廣州大學學報》第6卷第3期，頁18。

36　【美】卡特琳娜‧克拉克等著，語冰譯：《米哈伊爾‧巴赫金》，北京：中國人民大學出版社，2000年，頁379。

37　參見【俄】巴赫金著，白春仁等譯：《小說理論》，頁106-109頁。

　　此處以粵語進行的排比式議論也是狂歡式的，而不斷重複出現「老公」則使整段話有如繞口令。如此說理即不失趣味，讀者不但不會嫌其累贅，反而有增加閱讀樂趣之效。《醒夢駢言》的議論方式比較傳統，只出現在開場詩後，以及篇末，沒有嵌在篇中的議論，像和〈好秀才〉篇寫同樣故事的第五回，只在篇末說了句「這便是孝友的報」便結束了。這裡不去討論議論在小說中的作用，只在說明《俗話傾談》和《醒夢駢言》二書在狂歡化敘事方面，確有程度上的不同。

(二)粗俗的罵人話

　　罵人話是最具特色的狂歡化語言之一，巴赫金說：「對於不拘形迹的廣場言語來說，典型的是慣用罵人話，即髒字和成套的罵法，有時句子相當長且複雜。罵人的話通常在語法上和語義學上都與言語的上下文相隔離，被看作完成了的整體，像俗語一樣。因此，可以說，罵人的話是不拘形迹的廣場言語的一種特殊的言語體裁。」[38]

　　《俗話傾談》〈橫紋柴〉篇中的罵人話最有特色。故事中，珊瑚的婆婆沈氏（《醒夢駢言》改為黃氏），在《聊齋誌異》和《醒夢駢言》中都沒有別號，只有《俗話傾談》刻意透過鄰里婦女之口加以鄙薄，給她「橫紋柴」這個稱號來強調她的偏執不講理。沒想到她的二媳婦臧姑比她更厲害，臧姑也有個外號叫做「霸巷雞乸」。身為媳婦，她竟敢罵她婆婆「老龜婆」、「老狗乸」，橫紋柴罵不過媳婦，埋怨家裡「娶著個衰家狗」，罵她二兒子不管教老婆，是個「乞食骨」、「盲虫頭」，而作者也跳出來對這對夫妻施以譴責，說：「癡心男子惡舌婦人共一張床，可稱蛇鼠同眠矣！」這些以動物為譬喻的粗俗的罵人的話，很多都是成套的（如龜婆／狗乸），展現了民間的情趣。而且，連作者也忍不住加入「罵陣」，顯得熱鬧非凡。《醒夢駢言》則只是由敘事者講述黃氏「動不動罵上前」、

38　【俄】巴赫金著，李兆林等譯：《拉伯雷研究》，頁20。

「便罵個不住」，相較之下，罵人話的生動性和力度都有些不足。

　　〈橫紋柴〉篇對於罵這件事絕不是欲言又止的，而是痛快淋漓的，橫紋柴有一次罵大媳婦，「腰骨挨斜，手指天，腳拍地，罵不絕聲。」罵到力微氣喘，媳婦說自己知錯了，勸她別罵了，她卻說：「我要罵，我要罵，拼之晤睡，罵到天光。」結果隔天早上，「髮亂頭搖，似死一樣」，把媳婦嚇壞了，奔告鄰里老伯婆一齊來到，她們卻「一見光景，呵呵大笑。」說是只是「出得氣多，撞了生風」，靜養三兩日，「自然好咯！」卻一直醫不好，「有數月餘，頗見安靜，珊瑚暗中歡喜」，可惜的是，醫好以後，「聲音響亮起來，仍係照前怒罵。」在《聊齋誌異》〈珊瑚〉篇和《醒夢駢言》第七回的前半段，大媳婦被惡婆婆虐待的經過令人難過、同情，然而〈橫紋柴〉篇在悲傷的描寫處，卻處處流露出詼諧的喜感。悲喜交集，此即前述所謂狂歡化敘事的雙重性。

　　〈好秀才〉篇中的罵人話較少，然而一旦開罵起來，則不分尊卑親疏，亦務必罵到盡情為止。篇中亞孝帶頭欺負庶出兄弟，沒想到自己的兒子有樣學樣，嫡庶兄弟之間也打鬧不休。次子繼功的母親是庶妾，和長子繼業之妻為細故爭吵，繼業就對著庶母罵，繼功聽到乃反罵回去，並說繼業「對人之子而派人老母不是」，他「實在晤服。」繼業說：「你晤服，點樣呢？」繼功說：「要罵你！」繼業說：「晤許你罵點樣呢？」繼功說：「晤許我罵都要罵！」接著兩兄弟打了起來，最後還鬧出人命。而兩兄弟的老婆亦不甘示弱，兩人相罵的內容已見前一小節，而相罵之後，兩人也打了起來，最後亦是同歸於盡。

　　這本來是一場人倫悲劇，但那些蠻不講理、盡情宣洩的對話使他們有如狂歡節中的丑角，彷彿只是在演出一場鬧劇，從而使生命的失去變得輕如鴻毛，微不足道。正如巴赫金所分析的陀思妥也夫斯小說《荒唐人的夢》中荒唐人的雙重形象，「清晰顯現出狂歡化文學之『聰明的傻瓜』和

『悲劇的小丑』這種雙重化——嚴肅—笑虐——形象。」[39]小說中的這幾位人物，個個都聰明絕頂，得理不饒人，但也因此遭來災禍，個個都如同巴赫金所說的「聰明的傻瓜」和「悲劇的小丑」。

在《醒夢駢言》第五回的相同故事中，除了「你的丈夫死了，卻是誰的丈夫活著」一句，與《俗話傾談》中的「你家男子死，我家男子生麼？」同樣都是脫化自《聊齋誌異》〈曾友于〉篇中的「汝家男子死，誰家男子活耶！」[40]外，其他如上述罵人話的內容都是沒有的。同樣也因此造成較強的悲劇性，而欠缺悲喜的雙重性。

(三)吆喝與吹噓

在本文所討論的來自《醒夢駢言》和《俗話傾談》的四篇小說中，都沒有巴赫金所提到的「廣場吆喝」、「騙子和藥販的吹噓」等等的記載。然而小說中的人物對話，特別在《俗話傾談》一書中，卻有不少吆喝、吹噓的性質，而那些吆喝和吹噓，也像廣場吆喝和吹噓一樣，「總是反諷性的，總是在多多少少地自我嘲笑。」[41]

比如在〈橫紋柴〉篇中的惡婆婆橫紋柴，大媳婦被她罵跑了，二媳婦卻不怕她，比她還兇。媳婦發威時，她不敢在家，在門外「大聲叫苦救命」，說：「圬咁嘈，蝦咁跳，話唔知乜頭路，娶著個衰家狗，專門制治我。我一生純善，有鄰里所知，何嘗有你個後生咁惡？豈有此理，新婦惡過家婆。」這話像極廣場吆喝，吹噓自己的善良，目的是希望眾人評理，結果惹來的是眾人「皆掩口而笑」。

二媳婦臧姑亦不遑多讓，她比婆婆更加暴戾兇橫，任情自縱。一日因為一點小事，「將婢亂打，一時錯手，打破腦門，流血而死。」被抓進

39　【俄】巴赫金著，劉虎譯：《陀思妥耶夫斯基詩學問題》，頁166。
40　【清】蒲松齡：《聊齋誌異》（會校會注會評本），台北：九思出版公司，1978年，頁1584。
41　【俄】巴赫金著，李兆林等譯：《拉伯雷研究》，頁182。

官府時，竟在公堂上對縣太爺吹噓自己的善良，說：「小婦人一生好善，初一十五都有拜佛燒香，何至有打死人之事？」她更辯說：「小婦人拳頭有幾多力呢？都係此婢肚有風痰，運命當盡，借意身亡。」這簡直是強詞奪理，好像死了是婢女自己的責任似的。縣官說要「殺人依律」，她又辯說：「以刀斬人謂之殺，以手打人都謂之殺麼？小婦人心實不服。」縣官命人掌嘴，「打得臧姑牙肉腫浮，血流滴滴，兩便（邊）腮頰凸起，好似豬頭咁大。」她竟然還指著太爺，說他「恃強欺侮」，又被打了一百藤鞭，打得「血肉交飛」，卻還不招。隔天再審，仍然是「牙尖齒利，辯論多端」，直到被夾棍夾得「十隻手指夾折」才肯招認。後來回想起來，她還罵當時那些打她的官差是「狗屎」。臧姑這種死不認錯、潑辣倔強的形象，在中國文學史上是十分罕見的。她的行為雖然不可取，但面對官府昂然不懼，卻又令人肅然起敬。她的可笑表現，也因此具有了狂歡化的雙重性內涵。

同樣改寫自《聊齋誌異》〈珊瑚〉篇的《醒夢駢言》第七回，則都沒有上述的對話。篇中對於惡婆婆黃氏，以及惡媳婦戾姑，其實不乏生動傳神的描繪，尤其戾姑對婆婆的惡劣態度，以及後來逼婆婆親做家事的兇狠手段，頗令人髮指。但描寫多，對話少，大部分是動作敘寫，目的在於刻劃人物的兇狠性格，最終則期於達成「善惡報應」的教化目的。

這裡並非比較兩篇小說的優劣，只是說明在不同時代思潮下形成了不同的敘事風貌，〈橫紋柴〉篇也有勸善的主旨，但雙重性的狂歡化情趣超過了單一性的教化主題。

(四)廣場表演式的打鬥敘寫

巴赫金認為：「恐怕世界文學史中還沒有哪一部作品能像拉伯雷的小說那樣如此全面、深刻地反映民間廣場生活的全貌。」其原因之一，是「拉伯雷極其熟悉他那個時代的廣場生活。」那些廣場生活中，也包括了

「廣場生活極其重要的一面——廣場的戲劇表演。」[42]

　　《俗話傾談》的作者邵彬儒是一個說書人，本來就是靠「廣場表演」維生，其作品具有廣場特性是再自然不過了。除了上述的罵人話、吆喝吹噓之外，打架鬥毆的敘寫也是非常具有廣場特色的。而其最主要的特點，是你來我往，有招有勢，寫得熱鬧非凡。

　　比如在〈好秀才〉篇中，元配所生的亞忠、亞信（《醒夢駢言》作平身、平缶）長久以來一直欺負庶出的亞仁、亞義（《醒夢駢言》作平聿、平娄），仗著練過武藝，自以為手段高強，誰知強中自有強中手，自幼在賊營長大的大哥亞成（《醒夢駢言》作平成）回來，「能征慣戰，膽力俱高，亞忠、亞信，點能抵擋得住？」只見：

　　亞成用一道毒蛇捲尾之法，轉身用腳一勾，亞忠跌倒在地；又用一道魁星踢斗之法，出一腳打上胸前，亞信跌離丈遠。

　　後來，亞孝的兒子繼功、繼業（《醒夢駢言》作立德、立功），同樣也有一場精彩的打鬥：

　　繼功箚定子午馬，繼業箚定四平馬。繼業一拳打向頭來，繼功用左手招開，右拳打回繼業乳旁之側，繼業轉馬側身，進前一挨，用手撥開，順拳搭上繼功正額，眼中水火都標。

這些招式描寫，在話本小說中還真不多見，可以想像作者說書時的精彩場面。

　　作者不但能寫男人打鬥，也能寫婦女打架，下面是繼功的老婆曹氏和繼業的老婆馮氏打架的場面：

42　【俄】巴赫金著，李兆林等譯：《拉伯雷研究》，頁175-176。

　　曹氏雙手推開，馮氏又盡勢撲埋來，推趺曹氏在地，頭披髮散，覆面橫眠。馮氏快騎上背脊，伏低亂捶亂撼，以手扭佢耳朵，用口咬佢膊頭。曹氏伏在地，氣嘈嘈，眼白白，頭搖髮亂，詐啞不出聲。

　　作者用推、騎、捶、扭、咬等字眼，生動的敘寫了婦女打架的動作。其寫作效果，正如正文中之批語所道：「寫得女人打法，情景極生。」[43] 不僅如此，這段敘寫還具有巴赫金所提出的「廚房—醫療式的羅列」[44]，即在兩人的鬥毆中羅列了頭、髮、面、背、手、耳、口、肩等人體部位，這種羅列也是狂歡化的。

　　在《醒夢駢言》第五回也有平成教訓幾個兄弟的描寫，內容如下：

　　把平衣一掌趺去足有三尺遠，平身、平岳和那些子姪一湧上前，思量扳倒平成，怎當他水牛般氣力，把手一掠，個個倒在地上。

　　相較之下，這樣的描寫就比較平實，沒有〈好秀才〉篇的表演性質。在妯娌相鬥的部分則《醒夢駢言》更只說立功之妻金氏聽到立德之妻馬氏在罵立功，便「拿了把尖刀趕轉去，把馬氏當胸就刺，那刀尖從背上穿出來，死在地上。金氏便拔出刀來，自己頸上一勒，喉管已斷，也死了。」此一段寫金氏殺人及自殺，手段之兇狠，節奏之明快，令人喘不過氣來，絕沒有〈好秀才〉篇那種你來我往的架勢，也沒有人體部位的排列，同樣也是比較欠缺狂歡化色彩的。

　　不過畢竟《醒夢駢言》也是一部通俗之作，偶爾也會流露出民間文學

43　【清】博陵紀棠氏評輯：《俗話傾談》，上海古籍出版社《古本小說集成》，頁383。

44　【俄】巴赫金著，李兆林等譯：《拉伯雷研究》，頁231。

的狂歡特性，例如在寫立功和立德這一對異母兄弟的打鬥部分，也具有一定程度的廣場化性質：

　　一日立德酒醉了，從外歸家，路遇立功擦身走過，把肩膀一挺，意欲跌立功一交。不道立功在那裡防他，也將肩膀一迎。一個醒人，腳頭是牢的，那個醉子腳根是浮的，倒把立德翻在一條溝裡。旁邊的人看見，一齊好笑起來。立德跌這一交，酒都醒了。見眾人笑他，又羞又惱，便拾箇石塊拋過去打立功。立功在一株樹邊，見石塊打來，把身子一閃，石塊閃過了，那頂帽子卻被垂下的樹枝兒一挑，挑起去落在立德身邊。立功忙上前去取，早被立德拾起來，向側旁一雙窖坑裡丟去吃屙去了。

這一段打鬥的敘寫雖然解釋還是稍多了些，但形象鮮活，姿態畢肖，更因為有「觀眾」在場，增添了熱鬧性。此外，將帽子丟進糞坑，還說「去吃屙去了」，則充滿了戲謔性，以及對人物和文本本身的「脫冕」[45]作用。作者運用粗鄙低下的「吃屙」這個字眼，不但貶低了人物的形象，也使文學這個本來帶著高雅性質的活動「降格」了。

　　可見《醒夢駢言》的敘事也具有一定的狂歡化性質，不過只是局部出現，不像《俗話傾談》的狂歡化較具全面性。

結語

　　透過對於現存清代中後期話本小說進行比較，可知清代中期話本小說在體製上尚能延襲部分傳統，至清代後期則變異極大，話本體的形式要件

---

[45] 加冕和脫冕是狂歡節活動中的一種儀式，被選為國王的小丑，在狂歡結束時被脫冕，具有對權勢地位嘲弄的意味，可參見巴赫金《陀思妥耶夫斯基詩學問題》137頁，該書譯者把脫冕譯為「廢黜」，但本文採用比較通用的「脫冕」一詞。

已經十不存一。

　　本文最主要的部分,在於比較改編自《聊齋誌異》二篇故事的清代中、後期各二篇小說中的狂歡化敘事。有必要補充說明的是,文中所列舉的狂歡化因素不是孤立的,而是像巴赫金在分析拉伯雷小說時所說的那樣,「是小說形象和小說風格整個系統的有機組成部分。」[46]清代後期話本小說多半具有狂歡化的敘事風格,其中又以《俗話傾談》的狂歡化程度最高,相較而言,在清代中期話本小說中,即使被認為最富於民間生活氣息的《醒夢駢言》,其語言及敘事仍顯得單一、拘謹,這當是時代使然,本文對此已做了相關的論析。

46　【俄】巴赫金著,李兆林等譯:《拉伯雷研究》,頁173。

晚清小說及鴛鴦蝴蝶派新論

第八章

《風月夢》中的兩性張力*

一、前言

　　署名邗上蒙人撰的《風月夢》是「近代」小說中較早成書的一部，雖然目前可見最早的版本爲光緒丙戌（十二年，1886）的刊本，但邗上蒙人的自序寫於道光二十八年（1848），其成書當爲此時。因其成書較早，又因爲內容寫狎妓且具有城市書寫性質，所以被稱爲「第一部城市小說」[1]、「第一部狹邪小說」[2]或「第一部城市狹邪小說」[3]。

　　魯迅在《中國小說的歷史變遷》第六講曾比較清末寫妓家的小說，認爲：「先是溢美，中是近眞，臨末也溢惡。」他認爲光緒中年出現的《海上花列傳》「以爲妓女有好、有壞，較近於寫實了。」[4]顯然是以《海上花列傳》爲「近眞」一類之代表。不過美國學者韓南指出，早於《海上花列傳》數十年，屬於近代早期作品的《風月夢》也「顯然屬於『近眞』的那一類。」[5]確實，《風月夢》一書所寫的妓女亦是「有好、有壞」，雖

---

* 本章內容原刊於河南大學《漢語言文學研究》（河南省一級期刊）第17期，2014年3月。

1 見韓南：〈《風月夢》與煙粉小說〉，載〔美〕韓南著，徐俠譯：《中國近代小說的興起》，上海：上海教育出版社，2004年，頁43。葛永海：〈城市品性與文化格調——論中國第一部城市小說《風月夢》〉，載《浙江師範大學學報》2005年第4期，頁30。

2 見侯運華：《晚清狹邪小說新論》，開封：河南大學出版社，2005年，頁5。褚志剛：〈同樣的風月，不同的夢幻—略論《風月夢》主題意蘊的多重性〉，載《開封教育學院學報》，28卷1期，2008年3月，頁6則稱《風月夢》「堪稱晚清狹邪小說的開山之作」。

3 見李滙群：〈《風月夢》：第一部城市狹邪小說〉，載《黃岡師範學院學報》28卷2期，2008年4月。

4 魯迅：《中國小說的歷史變遷》，附於周錫山釋評本魯迅《中國小說史略》，上海：上海文化出版社，2005年，頁271。

5 〔美〕韓南著，徐俠譯：《中國近代小說的興起》，頁40。

然在〈自序〉中道其作意在於「警愚醒世，以冀稍贖前愆，並留戒後人，勿蹈覆轍」，但書中並未醜化妓女，作者對妓女雖有指責，然而對她們的不幸遭遇實有更多同情的理解。

除了妓女之外，小說還描寫了在妓院工作的女性。她們的生活充滿無奈和辛酸，卻也不無久歷風塵帶來的狡獪。此外，小說對於嫖客的妻室也有詳略不同的敘寫，她們有的柔順，有的剛烈，並非完全沒有個性、沒有聲音。

一般認為，在父權社會，女性是被極度壓迫的第二性，是兩性二元對立中的邊緣。其實無論在任何社會，兩性的權力關係都不是鐵板一塊。法國學者福柯強調，權力是一種相互作用的關係，他說：

我們必須首先把權力理解成多種多樣的力量關係，它們內在於它們運作的領域之中，構成了它們的組織。他們之間永不停止的鬥爭和衝撞改變了它們、增強了它們，顛覆了它們。這些力量關係相互扶持，形成了鎖鏈或系統，或者相反，形成了相互隔離的差距和矛盾。[6]

正如福柯所言，權力不是一個靜態的實體，而是不斷變化中的動態關係，主要表現在一個個爭鬥的過程，在爭鬥的過程中，雙方的勢力是不斷消長的。但誠如黃華所言：「人們常常把權力與壓抑、控制聯繫在一起，而不太重視權力承受者的反抗。正是由於反抗的存在，使得權力關係經常處於公開衝突的狀態，……只要有權力關係存在，權力的被支配者就有反抗、造反的可能。」[7]也就是說，權力並不是只是在控制的一方，承受者也能在反抗中獲取一定的權力，但人們往往忽略了反抗的一面。

6　〔法〕米歇爾・福柯著，佘碧平譯：《性經驗史》，上海：上海人民出版社，2006年，頁60。
7　黃華：《權力，身體與自我——福柯與女性主義文學批評》，北京：北京大學出版社，2005年，頁54。

　　就兩性關係來說，研究者通常只強調女性受壓迫的一面，美國學者高彥頤說：「20世紀的學者，經常將『從』解釋爲妻子對丈夫的無條件服從，並且悲嘆『妻子對丈夫，是人身和精神上的全面依附』。我以爲，這一解釋是將社會性別關係的運作和儒家倫理系統 —— 我稱之爲社會性別系統 —— 過分簡單化了。」[8] 高彥頤認爲古代婦女仍能在有限的資源下經營自我生存的空間，而所謂「男女關係」乃是長年累月經營累積起來的，因此「婦女史所反映的不是徹底的反抗或沉默，而是充滿爭執和通融，不僅對事後認識的我們，就是對其時的男、女而言，這一過程也是極爲複雜，不是『上、下』或『尊、卑』所能涵蓋的。」[9]

　　而在表面上看來，妓女地位又遠低於良家婦女，妓女的權力似乎更是微不足道。但是研究娼妓的學者在深入了解之後，卻提出了不同的觀察。英國學者沃科維茨說：

　　從表面上説，娼妓業似乎是男性霸權馳騁的舞台，這個行業中女人被當作交易的商品出售。實際情形中，…。妓女仍然不可能不受到男人的役使，但她們也並非只是被動承受男性虐待的受害者。她們會以個體和集體的方式進行自衛。她們討價還價，她們既可能受到男人的凌辱，卻也可能搜刮嫖客。[10]

　　沃科維茨這段話雖然是針對英國的社會而發，但用來說明中國的社會仍然適用。從自古以來的娼妓文學看來，用待宰的羔羊來形容妓女，還不

8　〔美〕高彥頤著，李志生譯：《閨塾師 —— 明末清初江南的才女文化》，南京：江蘇人民出版社，2005年，頁7。

9　同上註引書，頁9。

10　〔英〕朱迪斯・沃科維茨著《娼妓與維多利亞社會：婦女、階級與國家》，轉引自〔美〕賀蕭著，韓敏中、盛寧譯：《危險的歡愉 —— 二十世紀上海的娼妓問題與現代性》，南京：江蘇人民出版社，2003年，頁6。

如用來形容嫖客更爲恰當。

　　總之，在父權社會中，女性受到不公平的待遇，這一點無庸置疑。然而，無論在家庭內或妓院，兩性的權力關係都不是向單方面傾斜，而是互相拉扯，充滿張力的，《風月夢》一書便反映了這樣的事實。

　　本文將分從兩個方面進行論述：首先從父權的觀點，分析《風月夢》中的女性受到的壓迫和傷害；接著反過來，嘗試立足於女性觀點，探討小說中女性對主體性的追求以及對父權的反抗；在結論中，本文將透過上述觀察，略窺小說作者內心的想法。

二、小說中女性受到的壓迫和傷害

　　《風月夢》的主要內容是賈銘、吳珍、袁猷、陸書、魏璧五個結拜兄弟，分別和鳳林、桂林、雙林、月香、巧雲五個妓女之間的交往經過。其中描寫最多的是陸書和月香，其次是袁猷和雙林、賈銘和鳳林之間的來往，再來是因桂林之故致使吳珍遭受牢獄之災的過程，至於魏璧和巧雲則著墨甚少。

　　已經有許多研究談到《風月夢》所反映的妓家實況，以及妓女所受到的迫害。韓南認爲，通過《風月夢》我們可以拼湊出妓院的綜合情形──一個窮人家的女孩如何被逼迫訓練成色藝俱佳的妓女，然後由家長租給妓院，換得整筆酬金或從其收入裡抽成──，他說：「《風月夢》可能是第一部向我們令人信服地展現妓院畫面的中國小說。」[11]朱捷說：「《風月夢》以樸實而傳神的文筆，大幅度地、眞切地展示著妓女們血淚斑斑的痛苦經歷和悲慘命運，以一系列生動感人的眞實形象昭示人們，廣大中下層妓女原本善良、無辜，是被那罪惡社會逼迫著墮入火坑，是被那黑暗勢力強制著扭曲靈魂的，她們在污濁陷阱中含垢忍辱的掙扎是令人同情的。」[12]

11　〔美〕韓南著，徐俠譯：《中國近代小說的興起》，頁56。
12　朱捷：〈《風月夢》簡論〉，載《明清小說研究》，1993年3月，頁132。

　　《風月夢》確實具體反映了妓院,以及妓女生涯的實況。小說中主要的幾位妓女多爲孤兒,或形同孤兒,都有令人同情的身世。第五回月香自述:「自幼父母雙亡,並無姐妹兄弟,只有胞叔撫養成人,教習大小曲。前年將我捆到清江二年,他得了多少捆價私防銀兩衣飾,今年又將我捆到揚州。」[13](頁62)第七回鳳林自述:「自幼母親早喪,我父親貪酒好賭,將我許與堂名裡梳頭的藍四娘家做養媳,七歲將我帶到清江教習彈唱,我不肯學,也不知挨了多少打罵。我家婆在清江開門,家裡有十幾個夥計,十三歲時就逼我做渾生意。」(頁94)第二十回雙林想跟袁猷從良,袁猷道:「我雖然曉得妳父母俱故,並無弟兄姐妹,又未許配過丈夫,只有一個母舅,但不知他要多少銀子。」(頁273)至於桂林和巧雲的身世,則沒有交代。

　　侯運華歸納晚清狹邪小說中妓女的悲慘命運說:「妓優命運的悲慘首先表現爲身世的不幸。…由於不知身世或『慚言身世』,不是所有名妓的身世文本都有交待,但凡寫明身世者卻具有驚人的相似。」[14]可知凡有交代妓女身世的晚清小說,皆強調她們身世之不幸,但這不是《風月夢》反映妓女悲慘命運的最醒目之處。《風月夢》所描寫的妓女的最大不幸,還是在於傳統父權的壓迫和傷害,鳳林和雙林的遭遇可爲代表。

　　鳳林是被貪酒好賭的父親賣掉的,表面上是賣給人家做養媳,實際上是把她推入火坑。她十三歲開始接客,她的丈夫和大伯又賭又嫖,一家人都靠她賣身的錢過活。可笑的是,賈銘在外租屋包養她,她的婆婆和大伯竟也搬來同住,丈夫則另住一處,租金也要鳳林來付。雙林的情況比較單純,因爲她只有一個親人,就是她的舅舅。這舅舅雖然養了她幾年,「我也代他尋的銀錢不少。」(頁273)後來雙林要跟袁猷從良,他的舅舅便來索取重金,最後說好說歹,還是花了一百塊洋錢才取得一張賣紙,「聽

13　邗上蒙人:《風月夢》,上海:上海古籍出版社(古本小說集成),頁62。以下皆只標頁碼,不再出註。

14　侯運華:《晚清狹邪小說新論》,頁45。

雙林自便，嗣後斷絕往來。」（頁349）

妓女被她的「殘酷的盤剝者，亦即她的親戚們，將她視爲『搖錢樹』」[15]之事並不罕見，出版於1784年的《續板橋雜記》提到秦淮名姝有「二湯」，是一對雙胞胎，「早墮風塵，從良未遂，闔戶數十指，惟賴二姬作生涯。」[16]寥寥數語，道盡了名妓背後的辛酸，但終不及《風月夢》所寫那般生動眞實。在父權體制下，妓女不僅是可以被買賣的「商品」，更是那些家長或代理家長、貪婪的親戚們生財的「工具」。

妓女在妓院，面對三教九流，受到社會上各式各樣的無賴、惡棍的欺負自是家常便飯。《風月夢》在這方面的描寫可謂巨細靡遺，這裡只舉一例以見一斑。

這個例子發生在桂林身上，桂林一出場就和吳珍表現出老相好的姿態，但事實上她一直和一個叫做吳耕雨的無賴交好，並且長期受他的壓榨。二十二回寫道，吳耕雨與「桂林相好，在那裡住宿不把鑲錢是不消說了，他凡到那裡，總要桂林恭惟他的鴉片烟，還要放個差、借個當頭，常時同桂林要銀錢使用，桂林懼他威勢，敢怒不敢言。」（頁299-300）當時就有這種佔妓女便宜的，沒出息的男人。吳耕雨得知桂林和吳珍要好，便打算要在這個客人身上拿一點好處，吳珍不肯就範，他就串通一個叫做包光的差役陷害吳珍，誰知吳珍差一點被害死，吳耕雨卻沒有分到什麼好處，好說歹說，最後也不過拿到一千文錢。

那些衙門中的差役本來就是吸血鬼，他們利用清廷的禁烟令，把正在吸鴉片的吳珍關進大牢，同時也不忘對妓院狠敲一筆竹槓。妓院也有他們自己的有力人士，此時便出來周旋，最終妓院只有賠錢了事，那位有力人士自然也要索取一筆周旋金。而所有這些費用（一共四十千錢），

---

15 〔美〕曼素恩著，定宜庄、顏宜葳譯：《綴珍錄——十八世紀及其前後的中國婦女》，南京：江蘇人民出版社，2005年，頁135。

16 〔清〕珠泉居士：《續板橋雜記》，收入王文濤編：《香艷叢書精選本》，長沙：岳麓書社，1994年，頁58。

全部都著落在妓女桂林身上，「可憐一時那有四十千錢折措，只得將自己些衣服手飾，連床上擺的樣被並自鳴鐘，總叫三子拿去，在當典裡共當了二十四千錢銀子。」（頁336）不夠之數，她還想請吳耕雨幫忙，這時吳耕雨才有點良心發現，「想起素昔穿他多少衣服，用他若干銀錢，吃他多少鴉片烟，住了多少白大鑲。我不該做壞事，將他身上長客捉了去，又累他花差錢，如今算是反害了他了。」（頁337）但心裡雖然這樣想，畢竟他也拿不出錢，最後桂林走投無路，只好一走了之，逃回到鹽城去了。

以上這個例子充分反映了清代社會對弱勢女子的迫害，也可以證明《風月夢》的作者對於妓女的不幸遭遇實在有許多的同情。

除了妓女，這部小說也出現幾位受父權傷害的元配。

例如陸書的妻子，她是讀書人的女兒，因長得不美，為陸書所不喜，陸書的父親竟拿五百兩銀子給兒子到揚州去買妾。但陸書帶著大筆銀兩到揚州，迷戀上妓女月香，並無心辦理娶妾之事。等到床頭金盡，狼狽回到常熟老家，其結局從袁猷口中道來是：「被父親鎖於家中，一身毒瘡，未知性命如何！」（頁403）可以想像，陸書的元配恐怕只能落到終身守寡的下場。

又如袁猷的妻子杜氏，丈夫在外面與妓女同居，公公竟然十分高興，還叫兒子將她帶回家中拜見。可見即使古代的律法賦予元配較大的權力[17]，但實際上她真正的權力還是由男性家長所支配的。

比較特別的是賈銘的元配李氏，她完全接納與丈夫在外同居的鳳林，由於鳳林懂得奉承，敘事者甚至說李氏對她「甚是喜歡」，兩人還「往來甚密」。在賈銘生病時，鳳林到家裏來照顧她的丈夫，李氏「放心委服」（頁375）。李氏對於丈夫的新歡毫不妒忌，看起來像是傳統賢妻的典

---

[17] 妻在家中的地位僅次於夫，妾犯妻與妻犯夫同，皆加重處斷。參見趙鳳喈：《中國婦女在法律上之地位》，台北：稻鄉出版社，1993年，頁91。又如高彥頤所指出，在明清小說、戲劇所顯示的，對於家庭賬目來說，主婦是擁有「鑰匙權」的，見〔美〕高彥頤著，李志生譯：《閨塾師——明末清初江南的才女文化》，頁10。

型，文本中缺乏心理描寫，讀者無從得知李氏內心的真正想法，然而揆諸人情之常，丈夫與其他女人「如魚得水、一刻難離」（頁384），她能否真正無怨？

另一位任由丈夫胡來的元配是吳珍的妻子王氏，吳珍「在外面貪頑，家裏掏得空空」（頁325），又因為桂林的緣故，被吳耕雨陷害入獄。王氏為了救夫，先將家中首飾衣服當了一百千錢，不足之數還得向娘家的兄弟商借。吳珍被關了一年多之後，再發配外鄉，妻兒前來送行，吳珍深覺愧對妻子，然而此時已是後悔莫及，而王氏也只能帶著兩個兒子守活寡了。

最後談一下比妓女更低一層，即在妓院中負責雜務的婦女。《風月夢》中的高級妓院進玉樓，即聘有一位負責替客人裝煙等工作的張媽。張媽是鄉下人不裹小腳，所以小說一開始是以「大腳婦人」稱她的，並且以輕蔑的口吻，從魏璧的口中說出：「我們揚州的俗語，但凡大腳婦人又稱之曰鰉魚，像這樣妖嬈俊俏的，又稱之曰釣鮮。」還問一直盯著她看的陸書，是「帶來多少蒜瓣子來想吃鰉魚的。」（頁49）陸書花了幾百兩銀子梳籠了月香，兩人宛如新婚夫婦。但陸書並不安分，某日月香下樓去見客，恰好此時張媽進來幫陸書裝煙，陸書就對她動手動腳，還拉她上床。月香上樓撞見，便大吵大鬧，「哭著喊著，罵張媽下賤，勾他的客，許多蠢話。」張媽則說：「我們在人家做底下人，聲名要緊，你如今將我的名說壞了，別處難尋生意。再者，我家丈夫是個蠻牛，倘若聽見我在揚州有什麼風聲，我的命就沒有了。」（頁229）可見鄉下的丈夫既讓老婆拋頭露面在妓院工作，卻又警告她不得犯錯，然而在妓院中工作，必然隨時都有被騷擾、侵犯的可能。可以想像，這些在妓院工作中的婦人之處境是何等艱難？

總而言之，《風月夢》為讀者全面展示了一個在父權之下，女性受到壓迫和傷害的世界。妓院中的妓女和雜工固無論矣，即使具有元配身分的女性，也是身不由己，很少受到尊重的。

三、女性的主體性追求和對父權的反抗

雖然在傳統儒家教化中，婦女被要求柔弱順從，所謂：「陰陽殊性，男女異行。陽以剛爲德，陰以柔爲用；男以強爲貴，女以弱爲美。」[18]當然這種要求並不合理，因此在現實生活中，女性未必屈從。在《風月夢》一書中，無論在妓院或家庭內，都出現不肯屈服父權的壓迫，力圖悍衛自身主體性的女性角色。

妓院本來就是一個比較特殊的空間，在《風月夢》中則又有兩種不同的形態。一種是由一位叫做強大的男性經營的，小說中就稱其爲「強大家」，規模不小，有三間廳房和五六間廂房，桂林、雙林、鳳林、巧雲都是這裡的妓女；另一種則有一位「東家」，叫做蕭老媽媽（第十一回），大概就是一般所說的老鴇（但不知何故，第五回也說其中一位妓女翠雲是東家），這家叫做「進玉樓」，以月香爲招牌。這兩家都屬於高等妓院，房間的陳設都很潔淨雅緻，牆上掛有字畫，妓女們都受過唱曲子的訓練。月香更稱得上是名妓，出場時雖然只有十六歲，卻已經十分有名，吳珍說她「色技兼優」（頁44），賈銘等人就是慕其名而去的。曼素恩說：「藝妓，特別是那些能夠擁有自己居室的藝妓，常常顯得是個自主的女人，她可以靠著美麗而支配男人，多少從家長的束縛和壓力下解脫出來。」[19]月香就是自主性比較高，在一定程度上能夠支配男客的名妓之一。

月香一開始便以男裝出現（第五回），名妓「以著男裝表達對男權社會準則的認同」，「著男裝表現潛意識中想和男性一樣的願望，是過渡時代女性意識到要有所改變，認識到自性的不公平存在而沒找到新的價值立場時的權宜行爲。因爲男性居於社會中心地位，便以服飾或行爲的相似凸顯出女性也想擁有這樣的地位。」[20]當然著男裝只是一種表象，在月香和

18　〔漢〕班昭：《女誡・敬慎》，〔明〕瑯琊王相箋註《閨閣女四書集註》，〔明〕多文堂刊本。

19　〔美〕曼素恩著，定宜庄、顏宜葳譯：《綴珍錄——十八世紀及其前後的中國婦女》，頁175。

20　侯運華：《晚清狹邪小說新論》，頁114。

陸書的交往過程中，月香一直是實際上的支配者。本來賈銘爲陸書作了打算，他認爲可「先以薄餌買其月香歡心，陸兄弟如此美品輕年，月香安能無意？待等兩情和洽，月香心有所歸，聞彼只有一叔，陸賢弟破費二三百金，愚弟兄四人在月香耳畔再爲撮合，何患不成？」（頁68）然而月香對陸書雖非無愛慕之意，但顯然早已看出他不是可以倚靠終身之人，因此並不落入賈銘的設計。相反的，她是化被動爲主動，極力施展魅力，對陸書予取予求，「月香向陸書也不知要了多少衣服、首飾，陸書是無一個不辦，也不知花費了多少銀錢。」（頁145-146）

　　梳籠月香是小說的一個高潮，然而敘事者卻有一段評論說：「陸書花去許多銀子，此刻醉裡糊塗，也不知他是個處女不是處女。」（頁160）美國學者賀蕭引用清末民初「嫖界指南」性質的書說：「狡猾的老鴇有辦法讓小女子『流丹盈滴』，而那客人『卻在昏昏沉沉中』，根本不知道有什麼區別。…許多情形名義爲開苞，『也不過作弄瘟生，欺騙冤大頭而已。』…識不破詭計的客人成爲妓女暗地裡恥笑的對象。」[21] 從《風月夢》中的這段評論看來，似乎暗示陸書在這梳籠月香這件事上，不過是個「瘟生」、「冤大頭」而已。

　　在小說中，敘事者不斷介入，說陸書「爲色所迷」（頁162、209）、「終日在進玉樓迷戀」（頁191），後來雖然開始對月香有些懷疑，但「仍在那裡迷戀」（頁246），即使錢已花完，進玉樓開始逐客，月香態度轉爲冷淡，「心中仍是迷戀著月香」（頁284）。月香知道陸書錢已用盡，故意要求昂貴的金兜索子，且時時催討、步步進逼，把陸書逼得走投無路，只能狼狽回鄉。後來弟兄們聽說他在鄉染病，奄奄一息，賈銘感嘆：「如此輕年，豈不是這條命送在月香手內。」（頁403）

　　艾梅嵐說：「中國封建社會秩序森嚴，陽（男）爲尊，陰（女）爲

21　〔美〕賀蕭著，韓敏中、盛寧譯：《危險的歡愉──二十世紀上海的娼妓問題與現代性》，南京：江蘇人民出版社，2003年，頁134。

卑，女在內，男在外。有趣的是很多明清小說把這個禮教規定的秩序顛倒。」²²《風月夢》雖然沒有顛倒陰陽秩序，書中的人物卻顯然並不完全遵照所謂的封建秩序行事。在月香與陸書的例子中，月香眼光銳利，第一眼就相中陸書這頭肥羊，之後陸書一直都是任由月香擺布的可憐蟲。也就是說，在陰陽二元中，陸書是陰，月香反而是陽。

　　如果說月香和陸書的故事還有點老套，那麼賈銘和鳳林的故事就較有新意了。過去的研究者對鳳林有些不盡公平的批評，例如李匯群說：「賈銘如此深情地讚美他和鳳林的感情，事實又如何呢？『絕無烟花俗態』的鳳林唯錢是認，利字當頭時毫不猶豫地拋棄了賈銘。」²³戴健說：「鳳林違背諾言另攀高枝…是妓女之醜陋者。」²⁴說鳳林「唯錢是認」、「違背諾言另攀高枝」，可能都是一偏向於男性觀點的一種苛責。其實不是鳳林拋棄賈銘，而是賈銘不肯作出承諾，沒有給她安全感，她才求去的。在這一點上，褚自剛的分析很有道理，他說：「賈銘對鳳林又有怎樣的夢幻？是對之情有獨鍾意欲和她白頭偕老？…賈銘的風月夢幻只不過是一個在封建包辦的機械刻板的婚姻生活之外，意欲尋求婚姻補充與情感消遣的青樓夢而已。」²⁵在這種情況下，鳳林做出離開賈銘的決定，無疑是明智的。

　　鳳林身世的不幸已如前述，她身上背負了父權社會給予她的龐大壓力，這才是她所亟欲擺脫的。這一點，賈銘其實是幫不上忙，事實他也沒有嘗試過這麼做。賈銘一直處於被動的一方，跟賈銘從良是鳳林主動提出的，而這種從良並不徹底，因為鳳林的婆家仍然如蛆附骨。鳳林對賈銘確有真情實意，她前往賈家照顧他的腿疾，親為敷藥，不嫌骯髒。後來賈銘

22　〔美〕艾梅嵐：〈《紅樓夢》的陰陽結構與性別意義〉，載張宏生編：《明清文學與性別研究》，南京：江蘇古籍出版社，2002年，頁614。
23　李匯群：〈《風月夢》：第一部城市狹邪小說〉，載《黃岡師範學院學報》28卷2期，2008年4月，頁50。
24　戴健：《清初至中葉揚州娛樂文化與文學》，北京：社會科學文獻出版社，2008年，頁172。
25　褚自剛：〈同樣的風月，不同的夢幻——略論《風月夢》主題意蘊的多重性〉，《開封教育學報》28卷1期，2008年3月，頁7。

又犯眼疾，鳳林見用藥無效，「睡到夜靜，自己用涼水漱口，將舌尖代賈銘舔咂膿血。」如此一連三夜，賈銘的眼睛才消腫。賈銘感激不盡，鳳林只說：「但願你精神強健，交情長久，我就死也甘心。」（頁383）從言語和行為都可以證明，鳳林對賈銘絕非虛情假意。

　　鳳林會離開賈銘，乃是因為她得到一個重獲新生的機會。原來有一位盧老爺，父親當過宰相，自己是個員外郎，兒子也已經點過翰林，有財有勢。他請鳳林去唱大曲，本來鳳林不想去，還是賈銘慫恿她去的，沒想到盧員外一見就喜歡，有意要替鳳林贖身，之後帶她回京城。鳳林跟賈銘商量，其實是要賈銘表示他的決心，誰知賈銘卻說了一段很不負責任的話，他認為鳳林在揚州沒有什麼未來，而自己「又不能要你跟我從良，我也不是個財主，……此刻將你留下，日後你若發達不必說了，倘若弄壞了不如此日，妳要埋怨，好說我當日有這麼一條好頭路，生是姓賈的打攔頭板，不讓我去，帶累我今朝受苦。」（頁388）這等於是向鳳林攤明，要她自己想清楚，將來結果不好了可不要怪我。其實在內心深處，賈銘是一萬個不願意讓鳳林離開的，但他既不想承擔責任，又如何能要求鳳林守他一生？

　　鳳林聽了「並未言語」，其實已經暗下決心。隔天就把丈夫叫來，一番討價還價、威脅利誘，才讓丈夫和婆婆同意以三百兩割斷關係。簽字當天，鳳林的丈夫藍二提起筆桿，「望著鳳林，撲簌簌兩淚交流」，鳳林只當作沒看見。出發那天，眾人前來道別，「鳳林連眼梢總未瞧著眾人一眼」，只向婆婆戴氏說了「太太我去了」五個字，「就揚揚的走出房門」，各人放聲大哭，賈銘道：「他都不哭，你們哭做什麼？這當他暴病死了就罷了。」鳳林走未多遠，「裝著未曾聽見，同著他胞兄何長山子出了大門，上轎去了。」（頁396）

　　可見，相對於鳳林的堅強，無論其丈夫藍二，還是她的恩客賈銘，都如此的荏弱、幼稚。褚自剛說：「既然相好的賈銘不願把自己從妓院的火坑贖出後，再從丈夫、婆婆所圍成的更大的火坑中贖出，那麼，當新的

機會出現時，她又怎能拒絕和放棄呢？並且她處理得何等光明磊落、幹練灑脫，只有《紅樓夢》中的探春堪與其比擬。」[26]這話我頗贊成，但他又說：「然而，她贖出自己了嗎？恐怕未必。因為等待她的小妾的命運終將會成為另一個火坑。」雖然不排除這樣的可能性，但其實鳳林自有其算盤，她跟賈銘說：「此刻奔這一條路去，是想借這姓盧的銀子，將藍家割斷。」（頁395）在這之前，她從盧員外口中得知，這員外曾將小妾（即翰林生母）「打發出去，配了一個成衣」（頁387），如果能夠這樣，她也算是脫去妓女的身分了。

但無論結果如何，鳳林都是在很有限的空間內，努力追求自己最大的主體自由，而不是任由命運擺布。

接下來討論《風月夢》一書中最受肯定的妓女雙林，她完全不符合本書作者在〈序〉文和第一回楔子中對妓女的批評。韓南對她的一生有一個清楚的概述，他說：

> 她的教養超過其他任何一個妓女；事實上，她具有足夠的才華與她的客人吟咏酬唱。有一次她的情人袁猷——出自官宦家庭卻文化不高——請她教他做詩。袁猷臨終時，她亦欲自盡，此時她施展才華，作了一篇遺言和一首長詩《永訣行》。…她將自己的錢交給他（袁猷）去投資；她在他病得最重的時候照顧他；她贏得了他父母的認可，在得到他的妻子——一個典型的潑婦——的認可上，她至少也努力過。最後，她的丈夫一死，她便服毒自盡。[27]

雙林死後，袁猷的父親感念她「捐軀殉夫」，請求朝廷封贈她為孺人，朝廷下旨旌表恩准入祠，並給帑建坊，備極哀榮。路人議論紛紛，當

---

26 同上註引文，頁8。

27 〔美〕韓南著，徐俠譯：《中國近代小說的興起》，頁61-62。

時有人如此稱讚雙林:「非獨矢志殉夫,且有才情。我讀他那《永訣行》
真令人傷心感嘆,這要算是烟花場中出類拔萃第一人也。」(頁434)

　　說雙林殉夫好像又回歸到傳統禮教,似乎雙林擺脫不掉父權倫理的制
約。其實只能說雙林是「殉情」,絕不能說她是因為禮教而「殉節」。雙
林可以不死,因為她已經從舅舅那裡贖身,她未來的生活無虞,因為袁猷
在臨終前把放債的契約都給她(約值四五百兩),並且力勸她「趁此輕年
另選一個少年誠實之人」(頁414)。有學者認為「對正妻杜氏的恐懼,
乃至對小妾地位的憂慮,恐怕是她如此決然的另一個深層原因。……雙林
倘若不死,不改嫁,難逃杜氏折磨;改嫁,首先就須過杜氏這一關。」[28]
其實雙林並不是袁猷買來的妾,她從舅舅那裡贖回自由的錢,袁猷雖然出
了一些,大部分還是自己的私蓄,何況她還有錢給袁猷放債,表示她完全
有能力自己贖身。雖然她已得到袁猷父母的認可,但一直沒有住進袁家,
沒有理由袁猷死了,她非得接受杜氏的折磨。從前述鳳林的例子也可以證
明,雖然鳳林要供養丈夫和婆婆等人,但由於金錢掌握在她手上,她在家
中是有發言權的。同理,雙林既然在經濟上相對獨立,她也能擁有一定的
自主權。

　　小說花了很多篇幅經營雙林和袁猷的感情發展:袁猷第一次在雙林
那裡過夜,雙林就做了一個和他到花園遊玩,見到一對鴛鴦被彈丸打死的
夢。隔天雙林到觀音庵問她的終身結局,結果得了一個上上籤,且首句便
道著姻緣,她心裡就認定了袁猷,且想:「夫妻本是同生共死,我若終身
有托,就是同這人像那鴛鴦死在一時,我也情願。」(頁138)可見打從
一開始,雙林就打算和袁猷同生共死。袁猷雖然「文化不高」,但能夠真
心欣賞雙林的才華,而除了雙林勸他與妻子和好這件事之外,袁猷幾乎對
雙林言聽計從。總之她們早已從嫖客和妓女的關係,轉變為恩愛夫妻的關

28　褚自剛:〈同樣的風月,不同的夢幻——略論《風月夢》主題意蘊的多重性〉,《開封教育學報》
　　28卷1期,2008年3月,頁8。

係。試看她的絕命詞何等感人：

郎已待斃，妾敢偷生？欲踐共死之盟，難免輕生之誚。惟慮郎死仙遊，素聞陰界崎嶇，我郎病屢維艱，何堪行走？莫如妾竟先逝，縱然冥途跋涉，賤妾年力正強，尚可扶持挽手向枉死城中。先將今生孽債勾除，俯首同登森羅殿上，再乞來世姻緣永締。（頁418-419）

因此她是在袁猷斷氣之前，先服下鴉片自殺，目的是為了「扶持」已經氣息奄奄的丈夫，「挽手向枉死城中」。雙林沒有聽袁猷的話改嫁，也不想依照儒家的禮教守節，她走的是一條自己決定的和自己所愛的人共赴黃泉，「再乞來世姻緣」的道路。

最後談到巧雲，她是五位妓女中著墨最少的一位，我們看不出魏璧對她付出了多少感情。只有一回，當強大家被一群無賴搔擾，巧雲來不及躲避被搶去錢財首飾，魏璧見她可憐，遂道：「風吹鴨蛋殼，財去人安樂，所少的首飾，我明日辦了來，你歡喜甚麼樣式？」（頁129）另外一回，魏璧要在巧雲這裡過夜，巧雲的一個熟客卻糾纏不休，被魏璧打了一頓，看似為巧雲爭風吃醋，其實在這之前的一日，他才和另一位有心勾搭的妓女翠琴調情，只因當晚兄弟們都在不便，他答應改日單獨前來會她（頁233）。由此可見，魏璧對待巧雲，完全是嫖客對妓女的心態。巧雲後來騙說要跟魏璧從良，拐走了一百塊洋錢後，跟父親回鹽城去了。

總之，從小說中幾位主要妓女和她們的嫖客之間的互動看來，受擺布的大多不是妓女，而是嫖客。妓院對待她們也算講理，只有桂林被迫支付差役勒索的四十兩，但她付了二十四兩後逃走，其餘十六兩仍須由妓院付帳，也算是一種消極的反抗。

相對於妓女的追求自主，元配妻子則以受禮教規訓者為多，只有袁猷的妻子杜氏是個例外。前引韓南文章提到杜氏是「典型的潑婦」，其實

正如美國學者馬克夢所言：「潑婦都是男人製造的產物。」[29]杜氏會成為潑婦，正是其丈夫袁猷造成的。小說一開始即寫袁猷發配常熟三年，回揚州後對妻子杜氏數年來侍奉公婆表示感激，兩人「各訴別後離情，悲喜交集」（頁16），可見當時夫妻感情是不壞的。後來杜氏還拿出衣飾折現給袁猷放債，家裡還能依靠利息過活。如果袁猷從此安分守己，不在外花天酒地，後來也沒有和雙林同居，杜氏豈會成為潑婦？

夫妻交惡的導火線在於袁猷想借錢給陸書，而杜氏不允。杜氏之所以拒絕拿錢出來，其實是積怨已深，一來恨袁猷背棄了她，二來認為是因為陸書才使丈夫留連妓院，「自從這姓陸的到了揚州，就是我家對頭星。」（頁264-265）在這種心理之下，她怎可能把錢借給陸書？平心而論，杜氏豈有什麼不對？後來杜氏愈想愈氣，一頭向袁猷撞去，袁猷抓住杜氏頭髮，杜氏也要抓袁猷髮辮，不料手指在他左腮抓出兩道指痕來。馬克夢指出，潑婦要「力挫雄性銳氣」，表現為「毆打、掌嘴、拽頭髮等形式」[30]，杜氏的表現差不多正是如此。只是袁猷並不是一般潑婦小說中的懼內丈夫，並沒有因此「弱化」他的男性氣質，相反的，後來他就和雙林同居，從此不理杜氏，且幾乎不再回家。

杜氏奈何不了袁猷，便轉而對付雙林。袁猷生病，雙林悉心照顧，杜氏反怪其為袁猷生病的原因，威脅她說：「若是病體好了，與你萬事干休；倘若我丈夫有個不測，你這狐狸精也莫想整屍首了。」（頁410）話中特別強調袁猷是「我丈夫」，然而後來袁猷死了，杜氏卻毫不傷心，看見殉情的雙林屍首竟和她的丈夫睡在一床，「心中大怒，趕忙喊人將雙林屍首擡下床來，拖放地板之上。」（頁423）還叫人把雙林屍身上的新衣剝下，換上老媽子身上的破舊衣服。袁猷的父母為雙林準備了好的棺木，杜氏大哭大鬧，尋死覓活，絕不准許用來裝斂雙林，袁猷的父母怕媳婦真

29　〔美〕馬克夢著，王維東、楊彩霞譯：《吝嗇鬼、潑婦、一夫多妻者──十八世紀中國小說中的性與男女關係》，北京：人民文學出版社，2001年，頁58。

30　同上註引書，頁57。

的尋死，只好改用薄棺爲雙林下葬。

　　從以上描述可知，稱杜氏爲「潑婦」或「悍婦」都可說是名符其實。雖然學者對於「潑」、「悍」、「妒」之間的關係有不同的看法[31]，但從小說所寫看熱鬧的路人稱杜氏爲「醋中之魁首」（頁435）看來，《風月夢》的敘事者顯然認爲杜氏的潑悍，是來自於「妒」。如同一般的人情小說，杜氏的悍妒照例在小說中受到嘲弄，但與其他小說的不同之處在於，小說爲杜氏的行爲做出了同情的解釋，敘事者讓另一位路人議論道：「這個姓袁的若不是貪戀烟花，與這粉頭迷戀，也不致於將家中結髮妻子拋在家內，獨宿孤眠，因此杜氏與丈夫終朝扛吵。」（頁435）由此可見，敘事者對杜氏有同情，不只是嘲諷而已。高彥頤說：「18世紀和19世紀支持給女性更大自由的男子學者，都是站在妒婦一邊的。如兪正燮（1775-1840）就認爲，妒僅是妻子對納妾丈夫的一種自然反應。」[32]《風月夢》對妒婦有同情的理解，也可以算是在思想上的一種進步。

　　最後談談在進玉樓工作的張媽。前文提及陸書對她動手動腳，還拉她上床，結果被月香撞見。月香大吵大鬧，罵她「下賤」，張媽也不甘示弱，暗諷月香說：「你也不必假正經了，你同剃頭的偷關門我們總明白，不肯說破你罷了。」又跟來勸的賈銘他們說她已經無法在此地工作，要求幫她另換一家妓院工作，且說：「既說我同陸老爺有事，我也說不得了，叫他把筆銀子與我算遮羞禮。不然，聽他官了私休，我總候著就是了。」（頁229、232）這話說得理直氣壯，賈銘他們只好把她推薦到強大家，還叫陸書賠了她十兩銀子。從這件事情的結果看來，張媽非但沒有吃虧，反而佔了便宜，唯一的輸家，只有花心的陸書人財兩失而已。

　　以上我們分析了妓女、元配，以及在妓院工作的婦人，她們在父權社會的壓制下，仍力圖追求具有主體性的自我，想辦法不受男性或父權體制

---

[31] 詳細的討論可參考彭體春：《性別與陰陽——中國十七世紀人情小說性屬主題研究》，成都：巴蜀書社，2009年，第一章〈顛倒的性屬〉。

[32] 〔美〕高彥頤著，李志生譯：《閨塾師——明末清初江南的才女文化》，頁117。

的擺布。其中有些女性，更能不屈不撓，使自己由被支配者轉而成為支配者的角色。法國學者布爾迪厄說：「她們（指女性）總是面臨受侵犯的危險，但是她們也會因為擁有弱者的所有武器而變得強大。」[33]《風月夢》中確有不少女性表現出她們的強大，相形之下，書中的許多男性或被女性擺布、拐騙（如陸書、賈銘、魏璧），或寄生於女性身體（如妓女的男性家長），顯得如此的卑弱。

結語

　　本章先分析《風月夢》中的女性所受的父權壓迫和傷害，繼而探究這些女性對於自身主體性的追求以及對父權的反抗。研究結果發現，在作者「近真」的描寫之下，女性雖在父權體制下處於弱勢，但並非皆為任由男性擺佈的受支配者，有時她們可以顛倒陰陽的順序，反過來成為男性的支配者。

　　《風月夢》的作者在第一回楔子中，列出了妓女哄騙嫖客的各種伎倆，以及她們的翻臉無情，以證明「嫖之一字有許多損處，卻沒有一件益處」（頁7），其作意十分明確。不過韓南早已發現本書「主題的矛盾」，他認為小說「在處理兩對情人（即袁猷和雙林、賈銘和鳳林）的事件時，作者似乎故意嘲弄——或者至少是嚴格地考驗——他自己在楔子裡宣布的那些論斷。」[34]

　　其實不止寫那兩對情人，書中所描寫的大部分妓女的感情生活，都和作者自陳的作意有類似的矛盾。筆者認為，造成《風月夢》主題矛盾的原因在於作者理性思考和生活體驗之間的衝突。作者在自序中說他「常戀烟花場中，幾陷迷魂陣裡三十餘年」，因此他深知嫖妓之害，但也因為他真

33　〔法〕皮埃爾・布爾迪厄著，劉暉譯：《男性統治》，北京：中國人民大學出版社，2012年，頁74。

34　〔美〕韓南著，徐俠譯：《中國近代小說的興起》，頁61。

實生活其間,故亦能體會妓女的痛苦與哀愁。作者雖然想刻劃妓女的負面形象,但「作家創造人物,必須真實於自己的生活感受。」[35]筆者認為,邗上蒙人便是一位能夠忠於真實生活感受的作者,他剛下筆時,理性思考還能指導其創作,然而不久之後,其真實感受下的人物便逐漸「活」了起來,「有經驗的作者都會談到,筆下人物真正『活』起來,人物往往會按其自身的邏輯去行動。」[36]於是一個個「近真」的妓女形象便在書中出現了,而妓女與嫖客、嫖客與元配之間的兩性張力,也如實的一一呈現在讀者眼前。

---

35 陳果安:《小說創作的藝術與智慧》,長沙:中南大學出版社,2004年,頁159。
36 同上註引書,頁160。

第九章

清末民初商界小說的敘事演變
從《交易所現形記》到《商界現形記》*

一、前言

「商界」一詞，如同「政界」、「軍界」、「女界」等，是晚清才出現的新詞彙。有學者認爲，受到西方「合群」觀念的影響，「國家這個政治共同體被想像爲由各『界』所組成的一個大的有機體，包括政界、紳界、商界、學界、兵界等。……正是合群觀念的影響下，學界、商界、軍界、政界、女界等登上歷史舞台。」[1]「合群」的議題，乃嚴復、康有爲率先提出，而由梁啓超加以強化。張灝對此有深入研究，他認爲：「作爲合群思想的一個重要含義，即團結一致的團體精神的進一步發展，群指一個近代國家的公民對他的同胞懷有一種強烈的團結意識，以及具有組織公民社團的能力。」[2]王中江進一步加以闡釋，認爲梁啓超所說的「合群」，「既包含著與傳統社會有別的現代性的『民族國家』意識，又包含現代性的民間各種社團組織意識。」[3]

---

* 本章爲科技部研究計畫「民初商界小說研究」（MOST106-2410-H-043）之研究成果，將刊於山東大學《中國小說論壇》第1期（已完成一校，目前尚未出刊）

1 秦方：〈新詞滙、新世界：清末民初『女界』一詞探析〉，《清史研究》2014年第4期（2014年11月），頁96。

2 張灝著，崔志海、葛夫平譯：《梁啓超與中國思想的過渡1890－1907》，北京：中央編譯出版社，2016年，頁117。

3 土中江：〈進化主義原埋、價值及世界秩序觀 —— 梁啓超精神世界的基本觀念〉，《浙江學刊》2002年第4期（2002年8月），頁33。

　　張之洞在光緒28年（1902）9月16日曾上〈札商務局創設商學商會〉，開篇即提到：「照得商務實富國之基。泰西以商立國，有商學以考各物製法、各貨銷路、各國嗜好、各業衰旺；有商會以集思廣益、互相聯絡，故能力厚旺，廣設公司。……現欲挽回利權，亟應創設商學商會，以資啟發。」[4] 這段文字的意義在於，清末官員已明確認識到商業的重要性，並積極爲改善商務做出各種努力。此外，文中還提到將在漢口創設商務學堂和商會公所，「將來商學有成，悉屬貨殖之通材；商會既廣，自有眾擎之美利。」[5] 所謂「眾擎之美利」即來自「合群」之效益。其後商學和商會逐漸成立，商業社團組織意識日益增強，「商界」的概念也漸漸成形。

　　「商界」概念既興，「商界」一詞開始出現在小說的書名及內文中，如1903年在《繡像小說》連載的《商界第一偉人戈布登軼事》[6]、1907年陳景韓（1878-1965）發表的《商界鬼蜮記》[7]。1908年，姬文出版的《市聲》以一闋〈賀新涼〉開篇，接著道：「這一首〈賀新涼〉詞，是商界中一位憂時的豪傑填的。」還說他「有志做個商界偉人。」[8] 1911年，《商界現形記》[9] 一書出版。

　　不過雖然「商界」一詞屢見，但「商界小說」這個名稱則尚未出現。吳澤泉根據《新小說》、《月月小說》、《小說林》、《中外小說林》整理了當時各雜誌所標列的小說類型共有54種之多，除了一般常見的社

4　張之洞：〈札商務局創設商學商會〉，《張文襄公全集》卷105（北京文華齋1928年版），頁7-8。

5　張之洞：〈札商務局創設商學商會〉，《張文襄公全集》卷105，頁8。

6　此書為譯著，譯者是憂患餘生，參見劉永文編：《晚清小說目錄》，上海：上海古籍出版社，2008年，頁27。

7　此書收入《中國近代小說大系》，與《胡雪巖外傳》、《市聲》合刊，南昌：百花洲文藝出版社，1993年。

8　姬文：《市聲》，台北：博遠出版公司，1984年，頁1。

9　雲間天贅生著：《商界現形記》，石家莊：花山文藝出版社，1990年，又收入「上海灘與上海人叢書」（上海：上海古籍出版社，1991年）。依徐扶明所撰〈前言〉，《商界現形記》最早是在宣統三年（1911）由上海商業會社印行。

會、歷史、言情、家庭、政治、偵探、軍事、教育等類型之外，更有法律、航海、國民、哲理、離奇、虛無黨等比較罕見的類型，但無「商界小說」。[10]王鈍根主編的前百期《禮拜六》，在所刊小說的題目上多數會標註類名，諸如倫理、哀情、言情、懺情、癡情、苦情、怨情、艷情、寓言、敵愾、愛國、寫實、紀實、別裁、家庭、探奇、探險、滑稽、詼諧、諷世、警世、游戲、折獄、奇俠、任俠、勇武、節義、義俠、神怪、國家、學堂、理想、戰事、實業、風俗實事、悲慘記事等等，可謂琳琅滿目，但同樣也沒有「商界小說」一目。其中比較接近「商界小說」的是第27期劉半農翻譯的〈橡皮傀儡〉[11]，以及86期署名「靜江天放」的〈橘林主人傳〉[12]，皆標為「實業小說」。此外，姬文的《市聲》在李伯元主編的《繡像小說》刊載時，也標為「實業小說」。

范伯群（1931-2017）主編的《中國近現代通俗文學史》採用了「商界小說」一名，但未加以定義，只提到「以商業為題材的小說」，例如：「晚清，以商業為題材的小說，數量不多。」又如：「民國期間，專注商界的小說也並不多，有的小說涉及商界，而並非純粹的商業題材。」[13]可知該書以「商業題材」做為「商界小說」的基本條件。楊虹在〈中國商界小說的類型特質及其文化意味〉一文中，則以「反映商業經濟活動為主要題材、以塑造商人形象為基本目的、彰顯商業文化理性」[14]來定義「商界小說」。

本文採用「商界小說」一名，因為「商界」既可以指稱「商業界」，也可以是指稱「商人界」，範圍比「實業」、「商業」更為寬泛些，也

10　吳澤泉：《中國近代小說觀念研究》，北京：中國社會科學出版社，2014年，頁160-161。

11　王鈍根主編：《禮拜六》第27期（合印本第3輯），2005年10月，頁13-16。該文為美國作家Edward Eggleston所著，譯者署名為「半儂」。

12　王鈍根主編：《禮拜六》第86期（合印本第9輯），2005年10月，頁9-13。

13　范伯群主編：《中國近現代通俗文學史》，南京：江蘇教育出版社，2010年，頁106、108。

14　楊虹：〈中國商界小說的類型特質及其文化意味〉，載《理論與創作》137期，2010年，頁46。

更爲周延。但楊氏的定義稍覺纏夾，本文將其簡化爲：「反映『商業活動』、『商人形象』、『商業及商人文化』的小說。」

依此定義，「商界小說」在明代已有不少。明代商人地位提高，不再居於四民之末，余英時說：「明代中葉以後，士與商之間確已不易清楚地劃界線了。」而商人本身「也意識到他們的社會地位已足以與士人相抗衡了。」[15]因爲這樣的社會背景，在明代話本小說中，商人一躍成爲「社會生活的新主角」[16]。從此以後，反映商業、商人生活的小說漸多，足以成爲一種小說類型。而正如陳平原所言：「每種小說類型都有其區別於其他小說類型的基本敘事語法，而這種敘事語法又隨時間推移而不斷演進。」[17]

在晚清商界小說中，姬文的《市聲》是比較受肯定的。阿英說：「歷來寫商人的小說是很少見的，在晚清，只有一部姬文的《市聲》。」他對《商界現形記》評價不高，謂：「其他如《商界現形記》一類的著作，實際上是無足稱的。」[18]邱紹雄對《市聲》更是高度肯定，認爲是「中國近代商賈小說的扛鼎之作。」[19]雖然《市聲》頗受肯定，但題材較爲龐雜，敘事結構「亦與同時期的其他譴責小說一樣，全書是由許多可以獨立成章的故事連綴而成，並沒有一條完整的主線，貫串到底。」[20]而《商界現形記》是晚清唯一反映現代金融業的小說，和被稱爲「第一部中國現代金融業小說」[21]的《交易所現形記》性質比較相近，較具可比性，因此本文取這二部小說爲研究對象，從敘事題材及結構兩方面進行比較，以便對於清末民初商界小說的敘事演變獲得較爲具體的認識。

---

15 余英時：《中國近世宗教倫理與商人精神》，台北：聯經出版公司，1987年，頁107、109。

16 歐陽代發：《話本小說史》，武漢：武漢出版社，1994年，頁207。

17 陳平原：《千古文人俠客夢》，北京：北京大學出版社，2010年，頁169。

18 阿英：《晚清小說史》，台北：天宇出版社，1988年，頁67。

19 邱紹雄：《中國商賈小說史》，北京：北京大學出版社，2004年，頁283。

20 〈市聲提要〉，載姬文：《市聲》，台北：博遠出版公司，1984年，目次前。

21 見江紅蕉：《交易所現形記》，北京：中國書店，2015年，封面及扉頁。

二、敘事題材之演變

㈠《商界現形記》的商業題材及其意義

　　范伯群主編的《中國近現代通俗文學史》認為《商界現形記》「是一部與商界無多大關係的拙劣中篇」[22]，《商界現形記》是否拙劣可以討論，但說它「與商界無多大關係」恐非事實。

　　依據田若虹的考證，《商界現形記》的作者是清末民初著名的小說家陸士諤（1878-1944）。[23]田若虹提出了六項證明，其中最有力的當屬第六項：「陸士諤先生曾在所撰之《新上海》、《最近上海祕密史》中借主人公梅伯、子玖之口提及此書。」[24]查《最近上海祕密史》（又名《社會祕密史》）第11回，子玖是這麼說的：

　　　　雲翔這句話是確的。他的小說，像《官場艷史》、《官場新笑柄》、《官場真面目》，都是闡發官場的病源。《商界現形記》就闡發商界病源了。《新上海》、《上海滑頭》等就闡發一般社會病源了。我讀了他三十一種小說，偏頗的話倒一句沒有見過。[25]

雲翔是陸士諤的字，話中提到的《官場新笑柄》、《官場真面目》、《新上海》等小說確實都是陸士諤的著作，可證《商界現形記》必為陸士諤所撰無疑。

　　田若虹說：「《商界現形記》與李伯元《市聲》、吳趼人《發財祕訣》及托名大橋式羽著的《胡雪岩外傳》皆為晚清反映商界活動的力作。

22　范伯群主編：《中國近現代通俗文學史》，頁108。

23　田若虹：《陸士諤小說考論》，上海：上海三聯書店，2005年，頁243。

24　田若虹：《陸士諤小說考論》，頁247。

25　陸士諤：《最近上海祕密史》，上海：新新小說社，1910年，第11回。按田若虹在引文下註出《最近上海祕密史》第一回，當為第11回之誤。

阿英均收入《晚清小說叢鈔·卷四》。」[26] 其說有誤，《市聲》既非李伯元所撰，阿英的《晚清文學叢鈔·小說四卷》（並非《晚清小說叢鈔·卷四》）也未收錄《商界現形記》（所收為：《冷眼觀》、《轟天雷》、《雪岩外傳》、《孤臣碧血記》和《孤兒記》）。其實阿英的《晚清小說史》對《商界現形記》評價不高已如前述，阿英還說它是一部「極拙劣的書」，不過他也準確的指出，這部小說「描寫的範圍，不外是商場與妓院。」[27]

此處先不討論《商界現形記》敘事手法的工拙，但從內容看，無論如何此書都不會像《中國近現代通俗文學史》所說的：「與商界無多大關係。」

楊虹認為商界小說有三個「主導因素」，即：經商求利、商海奔波、商場鬥智，「它們的共同作用，構成了商界小說的敘事成規，決定了商界小說的類型特質。」[28] 不過在筆者看來，她所列舉的三個項目，比較像是小說的敘事題材。這三個題材雖然可以說是商界小說的「主導因素」，但不同時期各有側重。早期（明清時期）偏重描寫經商求利的過程以及商人為經商致富而奔波勞苦，商場鬥智則更為近現代商界小說所重視。

《商界現形記》的主人公叫做周子言，他是一個上海商人。「他的行業忒多了，綜而言之，只消有錢賺他就做。」（頁2）[29] 小說就從周子言想要開一家公司，跑去找他的朋友幫忙想公司的名字開始寫起。

然而他想開的只是一個空頭公司，並沒有明確的經營項目。他求財的手段則是假借商業機密引一個叫做陳少鶴的錢莊少東投資，他再從中牟利。這裡所謂的商業機密指的是載運煤油的商輪失事的消息，周子言自稱

26　田若虹：《陸士諤小說考論》，頁243。

27　阿英：《晚清小說史》，台北：天宇出版社，1988年，頁73。

28　楊虹：〈中國商界小說的類型特質及其文化意味〉，載《理論與創作》137期，2010年，頁51。

29　本文引用《商界現形記》採用雲間天贅生著：《商界現形記》，上海：上海古籍出版社，1991年，只在引文後標示頁碼，不再出註。

擁有同行皆尚未知悉的「私家電報」。陳少鶴因此誤以為運油船觸礁，煤油必然看漲，「多買一箱就多發一注財」（頁35），於是委託周子言大量收購。其實商輪失事新聞早有報導，並非周子言的「獨門消息」，且該商輪並非專載煤油，所失煤油數量有限，未必影響油市。但陳少鶴受到周子言的誤導，不惜重金，周子言於是大買特買，準備大賺一筆。

小說後半部的主要角色叫做馬扁人，他一出場就被塑造成一個頂著綠帽，還跟老婆的外遇對象結為金蘭的無恥之徒。在那位「金蘭之好」離開之後，扁人落魄無依，來到上海，弄得山窮水盡，幸好遇到老友祁茂承。

祁茂承正打算辦「仁實銀行」，需要人手，於是重用馬扁人。後來他們又找上一位名士叫做牛楚公，由他出名，果然吸引不少「想發財的老官們」，又由於「五兩銀子便可以買一零股，二十股為一整股」，「那些小商人、小經紀著實高興，都拿著辛苦錢湊出來，朝著祁茂承的腰袋裡送。」（頁103）後來牛楚公建議不要辦銀行，不如「發辦一個公司，地步來得廣闊，題目又覺堂皇。就是要辦銀行性質的營業，借著公司的名目也可做得。」（頁104）

「仁實公司」有24位具有選舉權的大股東，花了二千多兩銀子裝潢總部，並積極準備到「商部」去註冊，確實是有模有樣，而馬扁人為了公司成立，募款集資、聯絡穿梭，還費盡心思想要釣「華良心」這位富少上鉤，確實也是「奔波勞苦」。馬扁人的手段高明，不但吸引富人來存錢，更向貧民招手，「哪怕一個銅元一角小銀都可送到公司代為存貯，按月結發二分錢利息。譬如一個銅元長存三年，利上加利，到期便可以加倍，直有對本對利的好處。……於是乎大家去存放一角、兩角、三元、四元的都有。」（頁121）馬扁人算一算，第一個月就從貧戶那裡進帳五六千兩，而來自富戶的則不止百倍，真可說是一網打盡。

接著他們還召開臨時大會，討論發行鈔票事宜，本來已經在會議中通過了，不料他們指望的金主華良心忽然離開，公司因此不支而倒閉，「累及了許多的人，商場上大失其信用，被外人恥笑。」（頁122）

　　由上可知：《商界現形記》所寫的「經商求利」不是「經營商品」求利，而是透過虛假的「商業機密」或空頭的「金融公司」；小說主人公的「商海奔波」，不是爲了販售商品，而是爲了設立金融機構而奔波；在「商場鬥智」方面，不是寫商業競爭或勞資兩方的「鬥爭」，而是絞盡腦汁騙取其他商人或客戶的財富。

　　《商界現形記》寫商人、寫金融活動，其寫作題材符合「商界」小說的定義是毫無疑問的。然而，小說反映的是投機商人以不正當的商業行爲牟利的現實，再加上大量有關妓院、酒樓及烟館的描寫，難怪有學者認爲：「《商界現形記》現形了各種沉溺於勾欄花叢不思進取，只會坑蒙拐騙、冒險投機的商界鬼蜮，實屬黑幕派小說。」[30]

　　其實《商界現形記》不但具有「黑幕派」的性質，也有不少「狹邪派」的成分。但即使如此，就一部出版於1911年的商界小說而言，在題材表現上還是有幾個值得一提的意義。

　　首先，小說反映了當時熱衷於開公司的現象，嚴亞明指出「甲午戰後至20世紀初，隨著官督商辦股份制企業制度弊端的充分暴露，政府經濟政策向發展民辦企業傾斜，民營股份制公司企業開始迅速發展，出現了創辦私營公司的熱潮。」[31]《商界現形記》正是此一開辦私營公司熱潮的反映。

　　其次，清廷於1904年頒布了第一部公司法《公司律》，隔年又頒布「公司登記法」，這些法令得到社會的肯定，在五年之內便有272家公司申請註冊，「大多數（272家中的153家）都是近代的股份有限公司。」[32]《商界現形記》對於公司註冊表現出積極的態度，「這事情辦起來非常之體面，直要稟請商部註冊，各股東的名字一齊送到部裡存記。」（頁

30　范曄：〈本土視角與邊緣維度——近代城市商業小說〉，《都市文化研究》2013年01期，頁213。

31　嚴亞明：〈清末公司制企業的治理與監管〉，《東方論壇》2004年5期，頁83。

32　〔美〕費正清、劉廣京編，中國社會科學院歷史研究所編譯室譯：《劍橋中國晚清史》，北京：中國社會科學出版社，1993年，頁513。

102）「這個商部註冊，是萬萬少不了的。」（頁113）「仁實公司」發行股票、公開召股、設置股東大會、選舉職事人員（總董、總理、協理）、重要議案開會議決等，大體上已符合《公司律》的規範。

　　小說中有一個新舊金融業的對照，即仁實公司與陳少鶴家錢莊的對比。仁實公司受到法規的約束，股東不能獨斷獨行；陳少鶴家的錢莊則不同，在父親死後，他大肆揮霍，「老子死了還沒終七哩，小老婆弄了五七個，銀子十來萬丟了。」（頁15）錢莊的老擋手見少主不聽勸，氣得捲鋪蓋而去，陳少鶴於是另聘善拍馬屁的帳房接替其職，任由自己拿錢莊的期票亂花。

　　錢莊「缺乏自我完善和自身積累的體制」，和銀行比較，「一個（錢莊）重人情，一個（銀行）重手續」，「錢莊最終競爭不過銀行」。[33] 在《商界現形記》創作出版前後，錢莊業還很發達，1908年上海一地的錢莊就有115家。[34] 然而透過《商界現形記》對「錢莊」失序的描寫，似乎預告了「錢莊」業的黃昏。

(二)《交易所現形記》的新興題材及其現代性

　　江紅蕉（1898－1972）所著的《交易所現形記》原載於1922年初至1923年末的《星期》雜誌[35]，距離《商界現形記》出版隔了十一、二年。這十一、二年間上海的工商業和金融業有快速的發展，以上海為背景的商界小說自然也表現出不同的面貌。

　　上海工商業之所以在這段期間發展快速，和第一次世界大戰有關。第

33　洪葭管：〈上海錢莊業的起伏〉，《20世紀的上海金融》，上海：上海人民出版社，2004年，頁59、70。

34　洪葭管：〈上海錢莊業的起伏〉，《20世紀的上海金融》，頁58。

35　《交易所現形記》未見民初單行本，一直到20世紀末，湯哲生《交易所真相的探祕者——江紅蕉》（南京：南京出版社，1994年）才全文收錄；2015年北京中國書店《中國歷代商人白話小說》亦加以收錄。

一次世界大戰使得「列強忙於互相爭鬥，無暇東顧」，上海的工商業得到迅速發展的機會，「棉紡織、麵粉、繅絲、卷烟、化妝品、皮革、火柴、機器等業發展尤爲迅速。聞名遐邇的上海企業，很多是在此期間開辦或得到發展的，如申新紡織廠、福新麵粉廠、南洋兄弟烟草公司、先施公司、永安公司等等，這種發展勢頭一直延續到20年代初。」[36]20年代初，正是《交易所現形記》在雜誌上連載的時期。

　　工商業的發展需要資金周轉，於是這段期間「新設銀行也就如雨後春筍般地增多起來。其中著名的有：中國銀行（1912年）、上海商業儲蓄銀行（1915年）、鹽業銀行（1915年）、金城銀行（1917年）、大陸銀行（1919年）、中國實業銀行（1919年）、中南銀行（1921年）等。」[37]

　　上述的公司多爲股份有限公司，銀行也大都發行股票，股票交易熱烙，卻一直苦無制度可以依循，也欠缺固定的交易場所。1914年12月《證券交易所法》公布，1920年5月，經過多年籌劃的上海華商證券交易所正式成立、同年7月上海證券物品交易所亦成立，「從此，上海證券物品交易所和上海華商證券交易所在上海證券市場並存且相互競爭的時期開始來臨。」[38]由於這兩間交易所營業發展迅速，股價飛漲，各行各業紛紛設立交易所，1921年9月上海已有交易所79家，年底更達到140家，終於引發「信交風潮」。

　　信交風潮爆發的原因，乃是「在暴利的引誘推動下，（資金）一齊湧向股票市場，不問緣由，盲目跟風。更有不少的人套用銀行、錢莊信用，以小搏大，以虛帶虛。狂熱的股票投機，使市面資金遂感缺乏，1921年，錢銀業爲資金安全計，開始收縮資金，抽緊銀根。投機者措手不及，資金

36　張仲禮主編：《近代上海城市研究（1840-1949）》（上海：上海人民出版社，2014年），頁11-12。

37　洪葭管：〈20世紀上半期（1901-1949年）上海金融的簡要歷程〉，《20世紀的上海金融》，頁21-22。

38　劉逖等：《上海證券交易所史（1910-2010）》，上海：上海人民出版社，2010年，頁85。

周轉不靈，告貸無門，破產者十之八九。累及效應，先是股票價格大跌，後是交易所、信託公司大量倒閉，『信交風潮』由此破滅。」[39]

《禮拜六》雜誌有不少反映此一風潮的小說，例如第123期署名「少蘭」的〈交易所之一幕〉，開頭便說：「近來上海投機事業最流行，最發財的，人人知道股票是最出風頭了。而股票中尤以交易所的股票為首屈一指，因為那交易所好像那賭博場一般，往往一個窮措大進去混一混，頃刻之間團團變作富家翁。所以那些想發財的人趨之若鶩，把交易所當作金庫一般，好像金錢可隨時拾得的。豈知既然有了發財，那麼金錢當真是天上落下來的不成，自然是那時運不濟的拿出來了。於是傾家蕩產的也有，丟掉性命的也有⋯⋯。」文中還描述了交易所內發生的一些怪象，並表達自己的憂心。[40] 後來王鈍根也發表〈戲代交易所畫策〉，文中提到：「上海交易所自陰曆九月後，漸趨末運。凡新發起者，初開幕者，均無帽子可搶，甚至有第一日開市而股票價已跌至票面以內者。於是一般發起人之手執大宗股票希圖飛漲者，咸大失望。」[41] 此文發表於1921年12月17日第140期，同期還刊載了李繡斧女士的〈交易所竹枝詞八首疊韻〉，以及蝶庵的〈一個考交易所的鬼〉等文章。

周瘦鵑也在《禮拜六》發表了兩篇和交易所投機失利有關的小說，一篇是124期的〈代罪〉，另一篇是126期的〈舊約〉。[42] 這兩篇小說，以及前述有關交易所的文章，等於是當時交易所影響市民生活的實況報導，具有相當大的認識價值，可以提供研究「信交風潮」事件之參考。

以上便是《交易所現形記》的創作背景。

小說從商界大老開始籌備上海的第一個交易所寫起，一直寫到信交風潮發生，交易所紛紛倒閉為止，題材始終圍繞著「交易所」，包括籌備

39　劉逖等：《上海證券交易所史（1910-2010）》，頁92。

40　王鈍根編：《禮拜六》第123期（合印本第12輯），頁7-12。

41　王鈍根編：《禮拜六》第140期（合印本第13輯），頁48。

42　王鈍根編：《禮拜六》第124期，頁1-8；126期，頁1-8。（皆收錄在合印本第12輯）

的過程、股票交易的實況與弊端、交易所內部的勾心鬥角、新聞界對交易所的勒索、不同交易所之間的糾葛，以及股票投機造成的社會事件等等。可見其所反映並不局限於交易所本身，而是以交易所為中心，輻射了民國十年前後上海社會的種種面貌。孔慶東（1964-）將它和包天笑（1876-1973）《上海春秋》、畢倚虹（1892-1926）《人間地獄》等相提並論，認為均表現出「大規模描寫中國社會」的氣魄[43]，此一說法是符合事實的。

從前述商界小說的三個關鍵題材來看，如同《商界現形記》，《交易所現形記》也沒有「經營商品求利」的描寫，其「商海奔波」也是為了設立金融機構而奔波，兩部小說最大的不同，在於「商場鬥智」部分。《交易所現形記》中的鬥智不再是「坑蒙拐騙」，而已經朝商業競爭及勞資鬥法方向發展而更具現代性了。

小說中籌辦上海第一個交易所的商人叫做郁謙伯，「他在上海所做的大小事業倒也著實不少，什麼紗廠、麥粉廠、大商店、輪船公司、銀行、保險、醫院，以及慈善園、孤老院，都有他的份兒。」（頁3）[44]但小說的重點不在於他的這些事業，而是他籌辦交易所的過程及其引起的一連串社會效應。萬事起頭難，為了成立大家都不熟悉的交易所，他努力進行遊說，「又因為立案很不容易，謙伯單為這事奔走了一年零三個月，用去了二十餘萬交際費、磨墨費、執筆費種種，才批著了一個『准』字。」（頁22）可見他也有不少「奔波」，只是並非在「商海」中奔波罷了。

「商場鬥智」才是《交易所現形記》最精彩的部分，「鬥」就是「爭勝」，小說一開始就表現出競爭性。當時上海只有日本人辦的「取引所」，好處都被日本人拿走了。郁謙伯辦「中國交易所」[45]的目的之一就

---

43 孔慶東：《1921誰主浮沉》（重慶：重慶出版社，2008年），頁156。

44 江紅蕉：《交易所現形記》（北京：中國書店，2015年），頁3。本文引用此書皆採此一版本，以後只在引文後標示頁碼，不再出註。

45 原作「支那交易所」，此依中國書店本。

是想和日本人競爭，他向眾人表示：「我想發起一個交易所，一則來是平
准市價，提倡實業；二則來就是有輸贏，也是中國人與中國人賭，……也
是挽回利權的一道。」（頁11）金耀基曾引用白蘭克（C. E. Black）的術
語，謂：「中國的現代化是一種『防衛的現代化』。」[46] 交易所的成立是
中國金融業走向現代化的一大步，其動機則是爲了不讓日本人壟斷證券市
場，正反映了中國現代化的「防衛」性。

後來中國交易所的股票大漲，謙伯卻感到憂心，道：「我發起這交易
所的本意，原以平准價格、流通貨物爲宗旨，現在卻變了賭場，哪裡是我
意之中所想得到的麼！」（頁68）可見郁謙伯是一個比較有理想、抱負的
商人。楊虹認爲包含《交易所現形記》的一批商界小說，對於近代歷史上
「民族工商業者在現代歷史舞台上激情而悲壯的演出……有所展示」[47]，
郁謙伯的表現確實有著「激情而悲壯」的成分，但這句話未必適用在小說
中的其他商人身上。

中國交易所的成功，讓不少人覺得眼紅，股票商祝銳夫於是積極發
起「公債交易所」，打算「與中國交易所鬥機詐，好決一雌雄。」（頁
28）然而他思考「怎樣與中國交易所對敵」（頁29）的動機在於攫取暴
利，公債交易所籌備時就在屬於公司的「公積股」和可以在市面上流通的
「公募股」的分配上作文章，「公募股一少，大家沒有如願以償，以爲流
通股極少，股價就可以日漲夜大，便鑽頭覓縫要買。我們待漲到一個相當
價格就暗暗把公積股出鬆。公司便不費吹灰之力，可以大大賺一筆錢。」
（頁48）公債交易所不想在公司經營和業務發展上和中國交易所「決一雌
雄」[48]，股票還未上市就和股民們「鬥機詐」，其糾紛不斷，暴起暴落是

---

[46] 金耀基：〈中國的現代化〉，《中國文明的現代轉型》，廣州：廣東人民出版社，2016年，頁20。

[47] 楊虹：〈現代性與中國商界小說的敘事沿革〉，《上海商學院學報》第12卷第5期（2011年9月），頁47。

[48] 第八回透過計算科長汪子文之口形容公債交易所說：「這裡各事都是因陋就簡，」氣局很小，就像市場，在四馬路租兩幢店屋，裝一只台，便開幕拍板起來了，真是草率非常。」（頁111）

很自然的結局。

　　整部小說最激烈的「鬥爭」即發生在公債交易所內部，鬥爭的兩造
是理事會和經紀人公會。鬥爭的導火線是35號經紀人發現帳面上的錯誤
向計算科要求更正，計算科長汪子文不認錯，還認為經紀人態度不好，威
脅要把他開除。查帳之後，汪子文發現果然是自己科裡的錯，其實他只要
認錯更正就沒事，但為了面子，故意刁難經紀人說帳單上漏蓋了場務科的
章，請經紀人去補章回來他就改帳。35號經紀人非常生氣，因為平常為了
方便，這個章是可以省略的，於是向理事會抗議。理事長祝銳夫一溜煙跑
了，常務理事何松濤站在汪子文這一邊，也要求經紀人去補章，經紀人表
面上答應，出去後卻召集經紀人開臨時會去了。

　　照規定經紀人公會會議必須有理事會的人列席，經紀人說他們是開談
話會，把理事會的人趕出去。會議的內容作者賣了關子，只寫會後20號經
紀人也去改帳，而汪子文得了教訓不再刁難，誰知便中了經紀人的計。等
到開市，有三十幾個經紀人聯合「放空」（大量拋售向券商融券的股票逢
低再買回賺取差價），造成股價大跌，只好停市。隔天這批經紀人紛紛來
支取「差金」，會計科付不出這麼多錢，出納員只好向理事會求救。理事
會無奈，只好把經紀人公會會長請來商量，會長態度強硬，提到為何35號
經紀人改帳要補章，20號卻又不用？理事會被抓到小辮子，只好讓步，同
意差金照付，並將整頓計算科，但未來公會也不得再故意擾亂股市，這才
平息了一場糾紛。

　　然而這件事情還沒有結束，公司要汪子文離職，汪子文不滿自己被犧
牲，「難道就算被他們驅逐的不成，非得給一個反動力和他抵抗抵抗，才
知道我汪子文不是好惹的。」（頁137）由於計算科的成員大多是他的學
生，他們要求理事會留下汪子文不成，宣告全體罷工，造成三天停市，後
來全部被開除。祝銳夫請了一批舊式做帳房的人進來，勉強開市，錯誤百
出，損失不小。

　　這一場經紀人公會與理事會之間的鬥法，占了全書十四回中的整整兩

回，即七分之一的篇幅。勞資雙方，爾虞我詐，最後以資方大敗收場，還留下公司內部組織分裂的後遺症。所謂冰凍三尺，非一日之寒，公債交易所以攫取暴利爲目標，不肯正派經營，垮台只是遲早的事。

後來陸續成立的半夜交易所、中國棉紗交易所、上海棉物交易所、上海麥粉交易所、亞洲雜糧交易所、中西證券交易所等，同樣都是抱持「撈一票」的目的，後來全都倒閉收場自是咎由自取。

無辜的卻是無知的股民，小說描寫在股市投機弄得債務纏身而自殺的有平言報經理朱鐵錚的岳父，以及革命元老戴叔達，他們幸好獲救，但也被逼到走投無路。朱鐵錚一直在報紙上攻擊中國交易所，希望從中討一點好處，後來見到岳父的下場，「暗想自己還要去敲他們的竹槓，誰知卻間接幾乎喪了岳父的老命，不由得天良發現，很是感觸。」（頁39）然而感觸歸感觸，他並沒有改變做法，仍然繼續找中國交易所的麻煩，直到被金錢收買爲止。

其後醫生金慈鳩、一位商業學堂即將畢業的學生，以及西醫潘笏臣的妻子接二連三爲了股票而丟掉性命。金慈鳩是吞鴉片自殺的，後二人則是上吊，潘笏臣的妻子甚至是在交易所內，「緊在經紀人所立欄杆上縊了」（頁185）的，其畫面之悚人可以想像。就像書中人物對金慈鳩的批評：「你想像這樣沒用的人，怎能與交易所裡油天滑地的商人角逐呢？」（頁65）的確，在汪洋股海中，一般百姓又怎麼鬥得過那些滑頭商人呢？

《交易所現形記》也有妓院和妓女的描寫，但都會扣回股票交易這個主題，例如說妓女們「自從做著了交易所客人，眞似接到了活財神一般」（頁97），又如和妓女打情罵俏時在她的口袋裡搜出「股款收據」（頁146），小說最後寫到交易所紛紛倒閉，各行各業受到影響，只有一些相關行業，如房主、木器店、水木作、漆匠、印刷店、律師、翻譯等撈了一筆，但「大都用到窰子裡去」，然而問那些「紅倌人」，也都說「沒有多一件首飾，也沒積了些私房」（頁188），大概也都報效到股市去了。

其實喝花酒是當時商界現實的反映，祝銳夫曾說：「上海人都是如

此，要是不吃花酒，連芝麻綠豆大的事情也不肯光顧，哪還肯你聽你講什麼呢？」（頁9）對此，郁謙伯是不以為然的，他說：「你既有正事，何妨在一處正當的所在談談，何必一定要學上海人，遇到有正經事須到堂子裡講呢！」（頁8）謙伯是小說中具正面形象的人物，作者實借其口，表達對於「在堂子裡講正經事」的不認同。

　　總之，和《商界現形記》比起來，《交易所現形記》的妓院、妓女描寫不但有回應主題的作用，且是帶著批判性的。

　　《交易所現形記》所展示的，主要是一幕幕由交易所成立帶出的各種鬥智、鬥法的場面，不但寫實且富於開創性、叛逆性和批判性。有理想的商人勇於開創新的金融機構、公（工）會敢和理事會對抗，小職員敢為表達意願而發動罷工，這些題材都是全新的，不可能在傳統商界小說中出現。總之，《交易所現形記》無論是創作意識或敘事題材，都相當具有現代性精神。

　　關於「現代性」，紀登斯在《現代性與自我認同》一書中提到：「『現代性』大略等同於『工業化的世界』，……第二個維度是資本主義，它意指包含競爭性的產品市場和勞動力的商品化過程中的商品生產體系。」[49]他還說：「現代性本質上是一種後傳統秩序。」並指出三個現代性的動力，其第三個動力為「制度反思性」。[50]

　　前文提及《交易所現形記》創作的時代，正是上海工商業快速發展的時期。事實上這個階段，也正是中國資本主義市場經濟極度擴張的時期。尤其在上海，研究上海經濟的學者指出：「事實證明，近代上海城市經濟是在外國資本主義經濟的影響下發展起來的。」[51]資本主義的意識形態主

49　〔英〕安東尼 紀登斯著，趙旭東、方文譯：《現代性與自我認同 —— 晚期現代性的自我與社會》，新北：左岸文化，2005年，頁43。

50　〔英〕安東尼 紀登斯著，趙旭東、方文譯：《現代性與自我認同 —— 晚期現代性的自我與社會》，頁49。

51　張仲禮主編：《近代上海城市研究（1840-1949）》，上海：上海人民出版社，2014年，頁42。

要包括「私有財產」、「追求最大利潤」，並且以「自由競爭」爲其特色。[52] 在《交易所現形記》中，「中國交易所」和「公債交易所」對「最大利潤的追求」，以及兩大交易所之間的競爭即充分顯示其資本主義意識形態特性。

　　至於小說對於「交易所」成立過程的細寫，以及對於建立制度化的努力，正是紀登斯所說的現代性中「制度反思性」的反映。趙一凡認爲現代性的本性，「是要張揚一種徹底而無情的反思與批判精神。」[53] 整體而言，《交易所現形記》的創作，即是對於當時以追求私利爲目標的「交易所」的種種弊端，及其帶來的禍害進行強烈的反思與批判。此外，對於傳統商人喝花酒，以及在妓院談生意的陋習也借人物之口提出質問與批判。

　　《交易所現形記》的題材表現出一種新時代的風貌，李歐梵說：「這種生活在一個新時代的感覺，正如『五四』領袖陳獨秀所大力宣揚的，界定了現代性的精神。」[54] 如上所述，《交易所現形記》的「現代性」精神，確實是相當明顯的。

三、情節結構之演變

㈠《商界現形記》的單一情節結構與嵌套

　　捷克漢學家米列娜（Milena Doleželová-Velingerová1932-2012）研究晚清小說的情節結構，提出了「聯綴式」、「循環式」、「單一情節」三種類型。

　　「聯綴式」是「各成一單元的短篇故事主題接二連三地出現，因主要

52　〔美〕Donald Light,Jr. Suzanne Keller合著，林義男譯：《社會學》，臺北：巨流圖書公司，1991年），頁423、424。

53　趙一凡：〈現代性〉，趙一凡等：《西方文論關鍵詞》，北京：外語教學與研究出版社，2006年，頁649。

54　〔美〕李歐梵著，毛尖譯：《上海摩登——一種新都市文化在中國1930-1945》，上海：三聯書店，2008年，頁51。

行動角色的統一而貫穿全書的布局。」[55]《二十年目睹之怪現狀》、《老殘遊記》、《孽海花》屬於這一類型；《官場現形記》則屬於「循環式小說」，該書「所有個別事件皆係循環周期而組織，每一個循環周期只含括特定的一群人物或是一小組的現場，而表現出世紀之交有關官場生活和活動的特別主題。……這些循環周期不僅逐漸揭開社會環境的真相，而且導致特定的結論。」[56]

至於單一情節小說，例如《恨海》，「主要故事不再是別人故事的總集，而是由自身發展出結局。因此即可能產生兩種發展狀況：第一、主要故事會變得首尾一貫，亦可賦予主角較細膩的心理刻劃；第二、軼聞與非行動的靜態事件出現的頻率將會顯著地減少。」[57]

本文前言曾經提到，《市聲》的結構「是由許多可以獨立成章的故事連綴而成」的，因此當屬於「聯綴式」。而《商界現形記》，則屬於「單一情節」類型，它既不是各成單元的短篇故事接二連三出現，也不是一個一個周期循環故事的結合，而是首尾一貫的，的確如徐扶明在重印《商界現形記》的〈前言〉中所言：「此書在布局上，確實費過思考，有所借鑑，有所創新。」[58]

《商界現形記》運用了「倒敘手法」，不過不是《九命奇冤》那種，具有「一起之突兀」[59]效果的倒裝，也就是「從中間開始」，使讀者如「墮入五里霧中，茫不知其來由」[60]的倒裝。比較像陳平原對周瘦鵑〈西

55　〔捷克〕米列娜（Milena Doleželová-Velingerová）著，謝碧霞譯：〈晚清小說中的情節結構類型〉，收入林明德編：《晚清小說研究》，臺北：聯經出版公司，1988年，頁518。

56　〔捷克〕米列娜著，謝碧霞譯：〈晚清小說中的情節結構類型〉，林明德編：《晚清小說研究》，頁531-532。

57　〔捷克〕米列娜著，謝碧霞譯：〈晚清小說中的情節結構類型〉，林明德編：《晚清小說研究》，頁532。

58　天贅生：《商界現形記・前言》，頁4。

59　有關《九命奇冤》起首敘事之分析，可參考黃錦珠：《晚清時期小說觀念之轉變》，臺北：文史哲出版社，1995年，頁354。

60　語見梁啟超：〈《十五小豪傑》譯後語〉，原載《新民叢報》第二號（1902年），收入陳平原、夏

子湖底〉的分析,是「借助倒裝敘述講述來擴大表現時空,實際上所述故事已不再只是片斷,把現在場面的描寫和過去事件的追憶拼合起來,小說仍然有完整的情節。」[61]《商界現形記》整個後半部(二集九回至十六回)即是一個完整的「過去事件」,與前半部結合,情節一貫,仍然屬於「單一情節」的敘事結構。

小說的主角叫周子言,錢莊少東陳少鶴是他想要騙取錢財的對象,「周子言詐騙陳少鶴」是為小說前半部的主旋律。周子言品格低劣,為了拉攏商界闊人而在堂子裡擺酒請客,陳少鶴不滿他巴結其他商人,故意不入席,還把周子言要好的妓女秋雲叫到亭子間陪自己抽鴉片烟。周子言雖然受著委屈,但是心裡盤算著:「陳少鶴你盡管兒高樂我的相好罷,不怕你不翻倒在我手掌中。」(頁19)

之後陳少鶴決定娶秋雲回家作妾,忠心梗梗的老擋手苦勸無效,憤而離開。這段情節看似離題,其實是為周子言進一步詐騙陳少鶴作鋪墊。由於陳少鶴氣走老擋手,換了一個少不更事的新手杜筱岑,周子言才有機可乘。周子言心裡想道:「氣運紅起來直這樣的順溜,原想在陳少鶴身上哄個千兒八百的一票,夠了端午節的開支,也心滿意足了,到底還慮著(老擋手)方老頭兒從中作梗,少鶴也操不得全權,豈知老天方便,先給我調排開了,接續的又是這個杜筱岑,……如今既是我要交大運了……。」(頁42)周子言的內在獨白把陳少鶴娶妓女為妾的這段情節,拉回到「周子言詐騙陳少鶴」的主線上來。

接下來周子言雙管齊下,一方面利用商輪觸礁事件誘騙陳少鶴投資煤油,另一方面把新擋手杜筱岑帶去嫖妓、玩戲子,無所不為。眼看騙局即將成功,不料殺出「仁實公司」倒閉的事件,敘事至此暫時頓住,「初集」亦至此結束。「二集」(第九回)開始,改以仁實公司協理馬扁人為

　　曉虹編:《二十世紀中國小說理論資料・第一卷》,北京:北京大學出版社,1989年,頁47。

[61] 陳平原:《中國現代小說的起點──清末民初小說研究》,北京:北京大學出版社,2005年,頁159。

主角，回頭敘述仁實公司從成立到倒閉的經過。

　　由於小說沒有刊完，沒有交代周子言詐騙陳少鶴的結局。然而可以依據情節發展來推想，由於陳少鶴也是仁實公司的24名主要股東之一，仁實公司一倒，陳少鶴損失慘重，周子言的詐騙想必也就破局了。

　　經由上述分析，可知《商界現形記》確實具有前後一貫的完整情節。可惜的是，小說後半部倒敘部分的內容，出現了許多「跑題」的「嵌套」。

　　「嵌套」是法國學者茨維坦‧托多羅夫提出的一種敘事手法，他說：

　　你方唱罷我登場，新面孔登台亮相就是半路殺出個程咬金，他不僅要岔開前事，還會衍生出一個全新後事──一個解釋新面孔的「我為何於斯」的故事。這種把新故事包在舊故事中的方法叫嵌套。[62]

　　這是托多羅夫是在分析《一千零一夜》時提出的，他還提出一個問題：「當被嵌入的故事比接納它的故事還肢肥體碩之時，我們是否稱其為跑題呢？」[63]就《一千零一夜》來說，嵌套是必需的，因為在那裡，「敘事等於生存；沒有敘事，則意味著死亡。」[64]然而一部近代小說，如果嵌入的部分過於肥大，的確會令讀者產生「跑題」之感。在《商界現形記》，雖然嵌套的內容還不至於比接納它的故事還要「肢肥體碩」，但「跑題」確實是頗為嚴重的。

　　「仁實公司」從成立到倒閉的過程，本身並不複雜。作者先介紹公司創辦人馬扁人和祁茂承，寫完馬扁人戴綠帽事，接寫祁茂承吃軟飯靠名

62　〔法〕茨維坦‧托多羅夫著，侯應龍譯：《散文詩學──敘事研究論文選》，天津：百花文藝出版社，2011年，頁42。

63　〔法〕茨維坦‧托多羅夫著，侯應龍譯：《散文詩學──敘事研究論文選》，頁36。

64　〔法〕茨維坦‧托多羅夫著，侯應龍譯：《散文詩學──敘事研究論文選》，頁47。

伶余桂芳度日，並打算靠她的關係辦銀行。祁茂承還教馬扁人用假珍珠騙了余桂芳一筆錢，要他裝扮裝扮去打點辦銀行的事。這些事件都還算是在「單一情節」之內，然而中間卻插入一連串不相干的事件，作者還現身解釋道：「爲因這幾天祁、馬二公正在設法運動哩！還沒有開辦這個仁實可靠的大公司，端的沒話可說，無語可談。」（頁81-82）然而明明是追敘的事件，怎可能在作者敘事的當時，公司「還沒有開辦」？因此，所謂「沒話可說，無語可談」根本毫無道理。

但小說硬是嵌入一段完全和馬扁人等無關的事件，即朱潤江告金子和拐騙財產的官司。值日差役「海狗腎老大」帶他們到茶館調解，而爲了一枝被先占用的烟管，又花了三四頁篇幅岔出去說陳老五詐騙喬養仁的事件，然後才接回來說海老大調解不成，案子還是告到隨大令那裡去。在審理過程中，又插敘隨大令的三姨太和差人金和的私情，以及隨大令年輕時吃過差人的虧因此痛恨差人的原由。這一大段將近三回（全書才十六回）的內容，一個事件衍生出另一個事件，以「嵌套」的方式出現，而且全都「跑題」，和馬扁人開公司完全無關。

王德威曾說：「對主題，晚清作家不是頌揚就是唾棄，不是誇大就是瑣屑化，他們無法克制逾越體制的衝動，畫蛇添足卻還樂此不疲。」[65]《商界現形記》的敘事真的非常「瑣屑化」，並充斥著「畫蛇添足」的內容，這確實是它在敘事結構上的一大敗筆。

不過《商界現形記》的單一情節結構，比起其他聯綴式結構的《市聲》，還是往前走了一步。正如前引米列娜所言，運用這樣的情節結構可以讓「主要故事會變得首尾一貫，亦可賦予主角較細膩的心理刻劃」，《商界現形記》主要故事之首尾一貫已如前述，對於主角周子言的卑劣心理，刻劃也頗爲細膩。可惜的是，由於沒能擺脫晚清小說的習氣，仍有過

65　〔美〕王德威著，宋偉傑譯：《被壓抑的現代性──晚清小說新論》（北京：北京大學出版社，2005年），頁47。

多「跑題」的「嵌套」，致使米列娜所分析的單一情節小說的另一個可能發展，即：「軼聞與非行動的靜態事件出現的頻率將會顯著地減少」，簡單講就是減少不相干事件，此一面向，在《商界現形記》身上沒有發展成功。

(二)《交易所現形記》三線交錯的珠花式結構

首先用「珠花」來形容小說結構的是曾樸，他比較自己撰的《孽海花》和吳敬梓《儒林外史》的不同：「雖然同是聯綴多數短篇成長篇的方式，然組織法彼此截然不同。譬如穿珠，《儒林外史》等是直穿的，拿著一根線，穿一顆算一顆，一直穿到底，是一根珠練；我是蟠曲回旋著穿的，時收時放，東西交錯，不離中心，是一朵珠花。」[66] 不過陳平原認為《孽海花》畢竟也有「聯綴多數短篇成長篇」的傾向，還算不上真正「東西交錯，不離中心」的珠花式結構。陳平原說：

> 所謂「珠花式結構類型」，就是整部小說有個結構上的中心，有相對完整的故事或貫串始終的人物。或者說，追求長篇小說情節上的統一性，防止變成互不關聯的片段的聯綴。[67]

在陳平原看來，前文所說的「單一情節結構」也屬於「珠花型結構」，這種結構，「用一人一事貫串始終」，「確實有向域外小說借鑑的意味」。他又進一步表示，一人一事為中心固然容易做到結構嚴謹，卻限制了小說的範圍，「於是清末民初出現了一批一正一反、一主一從、一實一虛兩條情節線糾結在一起的小說，借『正線』、『主線』、『實線』來獲得小說的整體感，而借『反線』、『從線』、『虛線』來拓展小說的表

---

66 曾樸：〈修改後要說的幾句話〉，《孽海花》修改本（上海：真善美書店，1928年）。
67 陳平原：《中國現代小說的起點──清末民初小說研究》，頁130。

現範圍。」[68]

《交易所現形記》既不是「聯綴多數短篇成長篇」，也不是以一人一事貫串始終的「單一情節結構」，但也不是兩線糾結，而是更複雜的三線交錯的珠花式結構。小說中的三條線各自構成一個「敘事單元」，此處所謂敘事單元，參考金健人之說，指的是：「創作材料在作者心目中自然形成的團結，是若干個場面或若干個細節的集合體。」[69]創作材料如何能夠在作者心目中形成團結？首先作者要有一個明確的中心思想，其次需要高超的組織能力。金健人說：「中、長篇小說必定由若干個以上的敘事單元連接而成，這些敘事單元必定都不能單一地在因果關係上自足，也就是說，它們相互間只有互補才能構成完整的因果鏈。」[70]《交易所現形記》的中心思想為暴露交易所黑暗，使其中的種種醜態「現形」，三線交錯進行的方式，從不同面向挖掘交易所弊端，的確可收互補之效。

三個敘事單元依序是中國交易所、公債交易所和中西交易所的起落過程。中國交易所草創之後，公債交易所繼起以「與中國交易所敵對」，中西交易所則是一批在交易所或相關銀行任職的成員，利用公餘之暇出來籌辦的。中國交易所的問題在於創辦人本身外行，只能抄襲日本取引所的章程，因此出現漏洞，一個日本浪人放假消息炒股，即造成股市大亂，還害死一個醫生；公債交易所內部經營出問題，造成理事會和經紀人公會之間的對立；至於中西交易所，因為發起人比較有經驗，又請到一個負責的年輕人叫詹步丹的來籌劃，很上軌道，卻因發起者各懷私心，勞心勞力的詹步丹沒有得到想要的位置，憤而辭職，公司業務開始走下坡，發起人中的兩個又在內部多空交戰，終於不支倒地。

這三條線是交錯進行的，《平言報》敲詐中國交易所事件、中國交易所成立後理事長原來經營的華大保險公司發生的內鬨，以及交易所接二連

68　陳平原：《中國現代小說的起點──清末民初小說研究》，頁133。

69　金健人：《小說結構美學》（台北：木鐸出版社，1988年），頁174。

70　金健人：《小說結構美學》，頁182。

三造成的不幸,這些情節,不斷穿梭在公債交易所籌設的過程之中。而中國交易所財源──大華銀行的經理,偷偷跑去參與公債交易所的發起,後來跳槽成為公債交易所的常務理事,等於投向敵營。至於籌劃中西交易所的勞志剛和白新可,都是中國交易所的常務理事,鮑立三是日本取引所的仲買人,又是中國交易所籌備時所員養成所的教員,關係錯綜複雜。

當中西交易所因為詹步丹離職而業務走下坡時,中國交易所發生了「通花風潮」(把通州棉花拋盤),以及用本公司資本收購「本所股」股票弊端,後面這個弊端被省議員知道,「在省議會提議,要禁止交易所」(頁181)。股市是禁不起風吹草動的,中國交易所崩盤,中西交易所立刻受到波及,勞志剛和白新可雖然力圖挽救,終究未能起死回生。

從中國交易所可見交易所草創之難,以及制度不完善所滋生的弊端;從公債交易所可見只知牟利、不用心經營造成的內部對立;從中西交易所可見即使有好的規劃,如果人謀不臧,終不免於危亡。三條線揭發了交易所不同方向的黑暗面,而這些不同面向交織出民國十年「信交風潮」的真相。

范伯群認為:「(《交易所現形記》)這部小說的優點在於『忠實記錄』,缺點也在於僅僅是『忠實記錄』。與茅盾的《子夜》相比,它沒有像吳蓀甫這樣生動形象的典型人物。這是小說的弱點。」[71]從欠缺典型人物這一面來看,此一評論是恰當的,不過說它僅僅是「忠實紀錄」卻不免評價過低。孔慶東說:「十年以後,茅盾的《子夜》轟動一時,書中空頭多頭之戰是『吳趙鬥法』的核心,但若論描寫之詳實深入,實在尚不敵《交易所現形記》。」[72]「詳實深入」比「忠實紀錄」評價要高一點,但還不足以說明《交易所現形記》三線交錯敘事結構之巧妙。

71　范伯群主編:《中國近現代通俗文學史》,頁111。

72　孔慶東:《1921誰主浮沉》,頁159。

結語

　　本章先考察「商界」一詞以及「商界小說」名稱的發生，再從敘事題材與敘事結構兩個面向，選擇性質較爲相近《商界現形記》與《交易所現形記》進行比較，以觀察商界小說在清末民初的演變情形。

　　《商界現形記》是晚清唯一以描寫金融業爲主要內容的商界小說，反映了當時社會的開公司熱潮以及金融業紀律的建立，可惜摻雜了太多揭黑和狹邪性質的內容，讓它遭來負評。在敘事結構方面，雖然有不少「跑題」的「嵌套」，但它的「單一情節」結構比起《市聲》的聯綴式結構，還是往前走了一步。

　　《交易所現形記》展示了一幕幕由交易所成立帶出的各種鬥智、鬥法的場面，有理想的商人勇於開創新的金融機構、公（工）會敢和理事會對抗，小職員敢發動罷工，以及因爲交易所而造成的許多悲劇，這些題材都是全新的，不可能在傳統商界小說中出現。《交易所現形記》掌握了新時代的寫作題材，並且以檢討批判的態度進行創作，是頗爲符合「現代性」意義的。至於它所運用的三線交錯敘事結構，其嚴謹和巧妙，更遠非晚清商界小說所能匹敵。

　　從《商界現形記》到《交易所現形記》，敘事題材隨著時代不斷往前發展，敘事結構也愈來愈擺脫晚清「雖云長篇，頗同短製」的「集錦式」[73]，情節更一貫，結構更縝密。

　　中國近現代小說的敘事演變可能因不同類型小說的特質而有不同情況，本章僅對商界小說進行具體考察，以略窺近現代小說發展的一個面向，對於全面了解近現代小說敘事演變當有一定的助益。

73　陳平原：《中國現代小說的起點──清末民初小說研究》，頁137。

第十章
周瘦鵑發表於《禮拜六》的社會小說研究*

一、前言

　　周瘦鵑（1895-1968）本名周國賢，而以筆名「瘦鵑」聞名於世。[1]
范伯群說：「周瘦鵑自民國初年起，在中國都市通俗文學界中，是一位
編輯、翻譯、創作件件皆能的文壇風雲人物。」[2]魏紹昌將周瘦鵑和徐枕
亞、李涵秋、包天笑、張恨水並列爲鴛鴦蝴蝶派的「五虎將」，且謂：
「周比包年輕十九歲，可是在二十年代，包、周已旗鼓相當，同負盛名，
成爲鴛鴦蝴蝶派中的兩座重鎮。」[3]在刊物部分，周瘦鵑主編過《申報》
副刊《自由談》、《禮拜六》、《半月》、《遊戲世界》、《紫羅蘭》、
《紫葡萄》、《新家庭》、《樂觀》和《申報》的《春秋副刊》、《兒

*　本章為科技部計畫「周瘦鵑在《禮拜六》雜誌中的小說成就」（MOST104-2410-H-415-035）的研究
　　成果，原刊於一級期刊（中山大學）《文與哲》第30期（2017年6月）。

1　周瘦鵑最早表的作品是發表於《婦女時報》創刊號（1911年6月11日出刊）的小說〈落花怨〉，即
　　以「瘦鵑」為筆名，不過他的處女作卻是新劇〈愛之花〉，連載於1911年11月至1912年2月的《小
　　說月報》，所用的筆名為「泣紅」。見范伯群、周全：〈周瘦鵑年譜〉，《新文學史料》2011年第
　　1期，頁168，亦收入范伯群主編：《周瘦鵑文集4雜俎卷》，上海：文匯出版社，2011年，頁459。
　　周瘦鵑說：「那時文藝刊物正如風起雲湧，……我一出校門，就立刻正式下海，幹起筆墨生涯來；
　　一篇又一篇的把創作或翻譯的小說、雜文等，分頭投到這些刊物和報紙上去，一時稿子滿天飛，把
　　我『瘦鵑』這個新筆名傳開去了。」見氏著：〈筆墨生涯五十年〉，《姑蘇書簡》，北京：新華出
　　版社，1995年，頁54。

2　范伯群：〈自稱啼血杜鵑的哀情巨子〉，范伯群編：《哀情巨子——周瘦鵑》，臺北：業強出版
　　社，1994年，頁3。

3　魏紹昌：《我看鴛鴦蝴蝶派》，臺北：商務印書館，1992年，頁77。

童》、《衣食住行》週刊等。[4]其中影響他最大，又受他最大影響的，是《禮拜六》週刊。

《禮拜六》的重要性，從「禮拜六派」的得名可知。雖然多數學者把「禮拜六派」納入「鴛鴦蝴蝶派」，但被視爲鴛鴦蝴蝶派代表之一的周瘦鵑卻是公開否認的，他說：「我年輕時和《禮拜六》有血肉不可分開的關係，是個十十足足、不折不扣的《禮拜六》派。…至於鴛鴦蝴蝶派和寫四六句的駢儷文章的，那是以《玉梨魂》出名的徐枕亞一派，《禮拜六》派倒是寫不來的。」[5]可知周瘦鵑承認自己是禮拜六派，而不認爲自己屬於鴛鴦蝴蝶派。

但魏紹昌還是認爲：鴛鴦蝴蝶派也好，禮拜六派也好，他們出版刊物的主張沒什麼不同，都「宣揚趣味，提供消遣」，而那些作家們都是「在一個陣圖裏志同道合的同文好友」，因此，「鴛鴦蝴蝶派即禮拜六派」。[6]而陳建華則從刊物性質、作品思想和敘事手法等方面，力證兩個派別的不同，陳建華特別強調禮拜六派中的新文化、新思想元素，及其都市文學的特質，他以周瘦鵑爲例說：「周的『哀情』小說充滿創作上的張力，既受時代風氣的鼓蕩，得借助其東風，同時在內容與形式兩方面力圖開闢新途，顛覆因襲的美學典律，在展開中的都市文學地圖上獲得自己的定位。」[7]所謂「因襲的美學典律」，當是指徐枕亞等人對傳統小說美學觀念的承襲，而以周瘦鵑爲代表的禮拜六派，則是能走出傳統的，陳建華認爲禮拜六派「不固守傳統，而朝向現實世界，更確切地是帶著傳統在實

4　以上參見范伯群：〈周瘦鵑評傳〉，附錄在范伯群：《哀情巨子——鴛蝴派開山祖——徐枕亞》，南京：南京出版社，1994年，頁164。

5　周瘦鵑：〈閑話《禮拜六》〉，載於氏著《拈花集：第一輯花前瑣記》，上海，文化出版社，1983年，頁94-95。

6　魏紹昌：《我看鴛鴦蝴蝶派》，頁9、11。

7　陳建華：〈民國初期周瘦鵑的心理小說——兼論「禮拜六派」與「鴛鴦蝴蝶派」之別〉，《現代中文學刊》2011年第2期（2011年4月），頁43。

踐一種有條件的西化。」[8]

不過雖如陳建華所言，鴛鴦蝴蝶派和禮拜六派不盡相同，但要將兩者完全切開也是難以辦到的，所以范伯群就創造了一個「鴛鴦蝴蝶—《禮拜六》派」，他說：「硬要將鴛鴦蝴蝶派與禮拜六派分開，儼然是兩個流派，這是不可能的，也是不現實的，因為這一派作者『一專多能』的太多，既寫言情，又寫社會，或寫武俠、偵探者大有人在，分是分不開的。但要用《禮拜六》派替代鴛鴦蝴蝶派，也因約定俗成而難以普及。」[9]由此可見，由於「鴛鴦蝴蝶派」通行已久，學術界只好沿用其名，但《禮拜六》的重要性和代表性確實是不容忽視的。

《禮拜六》創刊於1914年6月6日，由上海中華圖書館發行，1916年4月29日出完第100期停刊，這一百期由王鈍根（1888-1951）主編，一般稱之為前百期《禮拜六》。1921年3月19日，停刊五年的《禮拜六》復刊，至1923年2月10日出至200期終刊，這一百期一般稱為後百期《禮拜六》。周瘦鵑參與了後百期前三十幾期的編務，「直到一百三十餘期，因自己精神不夠，才歸鈍根獨編。」[10]但無論是前百期或後百期，周瘦鵑都是主要撰稿人。

陳建華說：「周之名聲鵲起，多半與《禮拜六》有關。」[11]劉鐵群說：「可以說前百期《禮拜六》培養了周瘦鵑，周瘦鵑也為前百期《禮拜六》的成功立下了不小的功勞。因此，《禮拜六》在周瘦鵑的整個創作歷程中有著重要意義。」[12]范伯群認為周瘦鵑能在文學史上佔一席之地，

8　同上註，頁46。

9　范伯群：〈論中國現代文學中的「繼承改良派」——《鴛鴦蝴蝶——《禮拜六》派作品選》再版序〉，范伯群編選：《鴛鴦蝴蝶——《禮拜六》派作品選》，修訂版，北京：人民文學出版社，2009年，頁35。

10　周瘦鵑：〈《禮拜六》舊話〉，《周瘦鵑文集》(2)，上海：文匯出版社，2011年，頁76-77。

11　陳建華：〈民國文人的愛情、文學與啁商品美學——以周瘦鵑與「紫羅蘭」文本建構為中心〉，《現代中文學刊》（雙月刊）2014年第2期，頁61。

12　劉鐵群：〈《禮拜六》：民初市民文學期刊的代表作〉，《廣西師範大學學報：哲學社會科學版》

「其代表性在於他是一位典型的過渡人物，一位『新舊合參』、『中西合璧』的『過渡人物』。」而要剖析這位「十十足足、不折不扣的《禮拜六》派」，「有一塊典型領地，那就是前後二百期的《禮拜六》刊物。」[13] 由上述可知：透過《禮拜六》來研究周瘦鵑，是認識這位民初通俗文學大師的重要路徑之一；反過來說，研究周瘦鵑在《禮拜六》的表現，也是認識《禮拜六》的重要門徑。

周瘦鵑曾經說：「予生而多感，好爲哀情小說。筆到淚隨，悽人心脾，以是每造孽於無形之中。」[14] 而在當時上海的報刊廣告，他也經常有「哀情巨子」、「哀情巨擘」、「言情小說專家」之稱。[15] 可能因爲如此，學界對於周瘦鵑的研究，多半也著重在他的「哀情」、「言情」之作。范伯群將周瘦鵑創作的小說分成四類，即哀情小說、愛國小說、倫理小說和社會小說，後三類小說被討論的很少，尤其是社會小說，范伯群雖說：「他的社會小說，卻比哀情和倫理等題材有影響。」[16] 但沒有說清楚有什麼影響，事實上他也僅就〈血〉和〈腳〉這兩篇小說略作討論而已。孫超的《民初「興味派」五大名家論》一書，在周瘦鵑部分，也只是「簡單談一下周瘦鵑關注民生疾苦的社會小說」，且同樣也只討論了〈血〉和〈腳〉這兩篇小說。[17] 陳建華曾在〈抒情傳統的上海雜交─周瘦鵑言情小說與歐美現代文學文化〉討論過幾篇描寫窮人的小說，但分析稍詳的，還是只有〈血〉和〈腳〉這兩篇而已。[18]

42卷2期（2006年4月），頁61。

13　范伯群：〈周瘦鵑和《禮拜六》〉，范伯群：《民國通俗小說鴛鴦蝴蝶派》，臺北：國文天地雜誌社，1990年，頁154-155。

14　周瘦鵑：〈說觚〉，周瘦鵑、駱無涯編：《小說叢譚》，上海：大東書局，1926年，頁62。

15　參見王智毅：〈鴛鴦蝴蝶派早期代表作家周瘦鵑〉，王智毅編：《周瘦鵑研究資料》，頁330。

16　范伯群：〈周瘦鵑評傳〉，附錄在范伯群：《哀情巨子──鴛蝴派開山祖──徐枕亞》，頁176。

17　孫超：《民初「興味派」五大名家論》，上海：上海社會科學院出版社，2014年，頁142。

18　陳建華：〈抒情傳統的上海雜交──周瘦鵑言情小說與歐美現代文學文化〉，《中山大學學報（社會科學版）》2011年第6期（2011年11月），頁17。

　　有鑑於學界對於周瘦鵑社會小說的關注不足，本文即以《禮拜六》中周瘦鵑所創作的社會小說為研究對象。之所以設定範圍在《禮拜六》，是希望能夠藉由周瘦鵑的個案研究，在探究其社會小說成就的同時，亦可以了解前、後百期《禮拜六》的變化情形。

二、周瘦鵑在《禮拜六》發表的社會小說

　　周瘦鵑曾經在〈著作權所有〉這篇小說中提到「社會小說」。小說主人公也是一位小說作家，有一家大書坊請他做一部百萬字的章回體社會小說，他答應了，卻想不到什麼題材來寫，小說中提到：「做社會小說很不容易，作者必須飽經世故，見得多，聽得多了，才能意到筆隨，著著實實的寫出來一百萬字的長篇作品。」[19] 這一段話屬於「自由間接引語」，即省略了「他說」、「他想」，因而交織著小說人物和作者本人的聲音[20]，事實也就代表了作者本身的想法，即以：「飽經世故，見得多，聽得多」，為寫作社會小說的基本條件。

　　周瘦鵑在〈說觚〉中說：「狄根司之所以以長篇小說名者，即以善寫社會物狀故；毛柏桑之所以以短篇小說名者，亦即以善寫社會瑣事故。」又說：「西方小說以能描寫社會者為工。」周瘦鵑還舉囂俄（V.Hugo今譯雨果）為例，說他「刻意為苦社會寫照，悲天憫人之念，一發而不可自遏，故其達之於文者，亦沉痛刻骨。」[21] 雖然對於社會物狀或瑣事的描寫，可以運用在所有類型的小說上，不限於社會小說，但「刻意為苦社會寫照」這句話，實可為社會小說最簡潔的定義。

　　中國古代並無「社會小說」之稱，「社會小說」一詞是晚清時期才

19　王鈍根主編：《禮拜六》第136期（合印本第13輯），頁1。

20　熱奈特說：「在自由間接引語中，人物的話語由敘述者講述，或不如說人物借敘述者講話，這時兩個主體混在一起。」見熱拉爾‧熱奈特著，王文融譯：《敘事話語　新敘事話語》，北京：中國社會科學出版社，1990年，頁118。

21　周瘦鵑：〈說觚〉，載周瘦鵑、駱無涯編：《小說叢譚》，頁65-66。

出現的。1904年《新小說》的〈小說叢話〉專欄，刊登了一篇俠人的文章，認爲《紅樓夢》一書「可謂之政治小說，可謂之倫理小說，可謂之社會小說……。」[22] 俠人認爲《紅樓夢》「能寫社會之惡態，而警笑訓誡之。」[23] 這確實道出《紅樓夢》社會寫實方面的特色。不過更接近社會小說的，應該是《金瓶梅》。蘇曼殊（1884-1918）曾懷疑《金瓶梅》何以如此出名？說他「盡數卷猶覺毫無趣味」，後來改一種讀法，「認爲一種社會之書以讀之，始知盛名之下，必無虛也。」[24] 換句話說，蘇曼殊是從社會小說的角度，才讀出《金瓶梅》的價值的。鄭振鐸（1898-1958）稱讚《金瓶梅》，說：「它是一部很偉大的寫實小說，赤裸裸的毫無忌憚的表現著中國社會的病態，表現著『世紀末』的最荒唐的一個墮落的社會現象。」[25] 因此在文學史上，多以《金瓶梅》爲社會小說的代表。

其實，文學是社會生活的反映，尤以小說爲然，因此有學者認爲：廣義說來「凡小說都是社會小說」。[26] 民初學者兼作家范煙橋（1894-1967）認爲：「民國初年的社會小說，範圍更爲擴大，包括了黨、軍、政、警、學、商等各階層的人物和動態，有時也涉及工農。」[27] 可見「社會小說」題材範圍之廣。

然而，雖然一切小說所描寫的事件都是在社會上發生，但不同類型小說所要表達的主旨卻是各自不同的。就「社會小說」而言，其基本傾向應如前述所言，在於「刻意爲苦社會寫照」，或「暴露社會黑暗」。又如有

22　俠人：〈小說叢話〉，原載《新小說》第十二號，1904年，引自陳平原、夏曉虹編：《二十世紀中國小說理論資料》，第一卷，北京：北京大學出版社，1989年，頁73。

23　同上註引書，頁74。

24　曼殊：〈小說叢話〉，原載《新小說》第八號，1903年，引自陳平原、夏曉虹編：《二十世紀中國小說理論資料》第一卷，頁69。

25　鄭振鐸：《中國文學研究》，北京：人民文學出版社，2000年，頁227。

26　游友基：《中國社會小說通史》，南京：江蘇教育出版社，1999年，頁1。

27　范煙橋：《民國舊派小說史略》，收錄在魏紹昌編：《鴛鴦蝴蝶派研究資料》，上海：上海文藝出版社，1962年，頁181。

些描寫家庭婚姻的小說，其家庭婚姻悲劇是來自社會的不良習俗或不合理制度等的壓力，同樣也可以納入社會小說來討論。

王鈍根主編的前百期《禮拜六》，在所刊登小說的題目上絕大多數會標註小說的類名。現將周瘦鵑發表於前百期《禮拜六》的創作小說32篇（不含翻譯小說及影戲小說[28]），除發表於第5、6期的〈眞假愛情〉未標註外，其他31篇題下所標類型及篇數依序羅列如下：「倫理小說」（2篇）、「寫情小說」（3篇）、「哀情小說」（2篇）、「短篇小說」（3篇）、「言情小說」（3篇）、「懺情小說」（1篇）、「俠情小說」（2篇）、「癡情小說」（1篇）、「苦情小說」（4篇）、「奇情小說」（1篇）、「寓言小說」（1篇）、「敵愾小說」（1篇）、「愛國小說」（2篇）、「短篇哀情小說」（1篇）、「寫實小說」（1篇）、「實事哀情小說」（1篇）、「別裁小說」（1篇）、「家庭小說」（1篇）。

以上所列小說類目，顯然只是爲了彰顯小說的性質，而不是嚴謹的分類，我們很難判斷「寫情」和「言情」、「哀情」和「苦情」之間的差別，而標註「短篇小說」更是多此一舉。不過大體而言，我們從這些類目可以看出周瘦鵑在前百期《禮拜六》所發表小說的唯情傾向：在31篇中含有「情」字的占了19篇，而唯一沒有標註類名的〈眞假愛情〉，從題目也可以知道在寫愛情。至於標註爲「短篇小說」的三篇，篇名爲：〈阿郎安在〉、〈萬不得已〉、〈世界思潮〉（含兩個故事），其中〈阿郎安在〉以女主人公第一人稱獨白，泣訴對死去丈夫的思念，最後服藥自盡，這篇向來被視爲周氏「哀情小說」的代表作之一，[29]其餘兩篇有接近「社會小說」者，下文還會論及。由上可知，周瘦鵑在前百期《禮拜六》所發表的創作小說，以寫情爲主的，占了32篇中的21篇，大約是2/3左右，可知周

---

28 周瘦鵑的小說中有一類是改寫自影戲的，他自己稱之爲「影戲小說」，見周瘦鵑：〈愛之奮鬥〉，題下小註：「影戲小說之一」，載《禮拜六》153期，頁11。

29 范伯群在論周瘦鵑哀情小說時，即舉〈阿郎安在〉爲例，見范伯群：〈周瘦鵑評傳〉，附錄在范伯群：《哀情巨子──鴛蝴派開山祖──徐枕亞》，頁170-171。

氏「哀情巨子」、「言情小說專家」之稱其來有自。

　　細讀周瘦鵑在前百期《禮拜六》所發表的創作小說，可以稱得上是「社會小說」的不多，比較接近的只有標為「倫理小說」的〈有母在〉（79期），標為「短篇小說」的〈萬不得已〉（19期），以及〈世界思潮〉（65期）其二〈彼何人斯〉，此外是標為「倫理小說」的〈行再相見〉（第3期），范伯群認為此篇「實際上可說是融哀情、愛國、倫理與社會小說於一體的。」[30]

　　陳小蝶（1897-1987）在周瘦鵑發表於《禮拜六》38期的〈午夜鵑聲〉文末說：「周瘦鵑多情人也，平生所為文，言情之作居什九。」[31]就前百期《禮拜六》來說，十分之九這個比例雖然有點誇張，但如上所言，也差不多達到三分之二了。但是到了後百期就不是如此了，孔慶東早已觀察到：「《禮拜六》後100期，周瘦鵑的作品中不但社會、家庭問題的內容增多，言情小說本身也不再一味哭哭啼啼，催人淚下。」[32]孔慶東所言不虛，周瘦鵑在後百期《禮拜六》發表的作品，社會、家庭小說的數量確實遠超過言情小說。

　　前後百期之所以在寫作題材上產生差異，一方面是1916到1921這五年間周瘦鵑個人的際遇發生變化，陳建華認為1917年標誌著周瘦鵑在創作上的突破，「大概跟他的新婚生活有關。……在《小說畫報》上發表了一系列短篇，以寫實手法描寫人生百態，更貼近都市日常生活的脈搏。」[33]

　　另一方面，也可能受到黑幕小說的影響。1916年10月10日《時事新報》開闢「上海黑幕」專欄，所謂「黑幕小說」開始形成風潮。[34]這股風

30　同上註引書，頁167。

31　王鈍根主編：《禮拜六》第38期（合印本第4輯），揚州：廣陵書社，2005年，頁18。

32　孔慶東：〈禮拜六的歡歌：調整期的通俗小說〉，《1921誰主沉浮》，重慶：重慶出版社，2008年，頁148。

33　陳建華：〈周瘦鵑與民初文學文化轉型簡論——文言白話的辯證關係與新舊兼備的文化政治〉，《東岳論叢》第36卷第1期（2015年1月），頁22。

34　參見郭延禮：《中國近代文學發展史》，第三卷，北京：高等教育出版社，2001年，頁353。

潮，直到1918年11月7日《時事新報》在頭版頭條發布通告〈本報裁撤黑幕欄通告〉，才「宣告黑幕寫作告一段落」。[35]黑幕小說在新文學家眼中不值一顧，周作人即說黑幕小說在文學上的價值「卻是不值一文錢。」[36]不過他也說過：「我們決不說黑幕不應披露，且主張說黑幕極應披露，但決不是如此披露。」[37]易言之，黑幕小說的問題出在寫作心態和方式，而不是題材。揭露社會的黑暗面是有必要的，只是不能像某些黑幕小說那樣，為了迎合市民喜好，專門披露一些淫、盜之事。無論如何，後百期《禮拜六》關心社會的作品之所以增加，必然與經歷過黑幕小說風潮有關，只是表現手法變得比較含蓄，運用了更多的技巧。

再者，以1917年為開端的文學革命，形成以「人的文學」為核心的文學思潮，「是一種關於人的解放的社會─哲學思潮。」[38]此一文學思潮必然也給通俗文學作家帶來一些衝擊。周瘦鵑1920年10月9日於《申報‧自由談之自由談》提到：「幸福不可倖得，須以犧牲得之。如不近人情之禮教也，迂執不通之習慣也，一一當供犧牲，勿令其荼毒吾人，為一生之梗。凡吾青年，其各杖大刀闊斧，就黑暗中殺開血路，作大犧牲，求真幸福，否則畢生受痛苦而已。」[39]周瘦鵑在此對於「不近人情之禮教」、「迂執不通之習慣」提出了強烈的批判，其批判便具體反映在1921年3月復刊的《禮拜六》之上。

陳建華提及周瘦鵑發表在《小說畫報》上「以寫實法描寫人生百態」

35　湯哲聲：〈新文學和教育部聯手批判「黑幕小說」〉，錢理群主編：《中國現代文學編年史─以文學廣告為中心（1915-1927）》，北京：北京大學出版社，2013年，頁109。

36　仲密（周作人）：〈再論「黑幕」〉，原載《新青年》第6卷第2號，1919年2月15日。引自芮和師等編：《鴛鴦蝴蝶派文學資料（下）》，北京：知識產權出版社，2010年，頁765。

37　仲密：〈論「黑幕」〉，原載《每周評論》第4號，1919年1月。引自芮和師等編：《鴛鴦蝴蝶派文學資料（下）》，頁758。

38　劉增杰、關愛和主編：《中國近現代文學思潮史》，上海：上海文藝出版社，2008年，頁321。

39　鵑：《申報‧自由談之自由談》，《申報》1920年10月9日。

的作品，以〈最後之銅元〉爲代表作，[40] 范伯群主編的《周瘦鵑文集1小說卷》「社會諷喻」類，以及《哀情巨子─周瘦鵑》都選了這一篇，而所有周瘦鵑在《小說畫報》所發表的社會小說也只選了這一篇。小說細寫了沒有錢、挨餓的痛苦，但當有人伸出援手時，主人公卻大吃大喝，還請朋友喝茶、吸紙烟，最後靠著最後一個銅元買了份報紙，從報紙廣告中找到工作，暫解困境。如此一來，並無法從本質上反映現實社會對個人造成的傷害，主人公的遭遇也未能引起同情，以今日的眼光來看，作爲「社會小說」，這篇小說的寫作還不算十分成熟。筆者將在下文證明，周瘦鵑最好的社會小說，應該是發表在後百期《禮拜六》上的那些作品。

　　後百期《禮拜六》刊載的小說，編者已經不像前百期那樣，在題下標註小說類型。現依據前述的標準，認定周瘦鵑在後百期《禮拜六》發表的社會小說，至少有：〈血〉（102期）、〈一念之微〉（103期）、〈之子于歸〉（106期）、〈父子〉（110期）、〈十年守寡〉（112期）、〈腳〉（114期）、〈改過〉（117期）、〈喜相逢〉（120期）、〈死刑〉（122期）、〈代罪〉（124期）、〈舊約〉（126期）、〈小詐〉（128期）、〈聖賊〉（134期）、〈著作權所有〉（136期）、〈屋主〉（138期）、〈孝子賢媳〉（141期）、〈又一孝子賢媳〉（143期）、〈吉期〉（151期）、〈汽車之怨〉（157期）等19篇，已經超過周瘦鵑在後百期《禮拜六》所發表的34篇創作小說之半。

　　另外必須說明的是，周瘦鵑在後百期《禮拜六》所發表的34篇創作小說之中，有好幾篇屬於陳建華所稱的「杜撰的域外小說」，如〈離婚後〉、〈手〉、〈駝背哲學家〉、〈恩怨〉、〈意外〉，這些小說的主人公都是外國人，故事場景也設定在國外，雖然陳建華認爲：「實際上這也是一種創作，域外生活經過自己的一番消化，往往針對本土的文化缺失與

40　原載《小說畫報》第3號，1917年3月出版，收入范伯群主編：《周瘦鵑文集1小說卷》頁3-14；范伯群編：《哀情巨子──周瘦鵑》，頁138-155。

社會需求，起到借他山之石的作用。」⁴¹不過這些小說畢竟無法反映當時中國的社會面貌，因此其中雖有像〈恩怨〉篇寫修傘匠和畫師間的恩怨，反映了當年歐洲的某些社會現象，但本文仍將其排除在研究範圍之外。

　　無論如何，社會小說已經取代言情小說，成為周瘦鵑在後百期《禮拜六》所發表小說的主要類型。其實不只是創作小說，其翻譯小說也有類似的轉變，據周玥的觀察：「在後百期《禮拜六》的譯文中，周瘦鵑更多地將注意力轉向了對普通百姓日常生活的關注，在語言風格上也由前百期的淺近文言為主向更貼近白話的語言靠近、措辭也變得更為質樸平實。」周玥認為：「這些變化與新文化運動下的白話文運動、民主啟蒙思潮和個性解放不無關係。」⁴²其說可以參考。

三、周瘦鵑《禮拜六》社會小說的藝術成就及認識價值

　　文學可以反映社會生活，尤其是小說，更可以「幫助人們認識不同時代、社會、民族的歷史過程和現實狀況。」⁴³文學的此一價值，我們稱之為「認識價值」，而社會小說又是文學作品中最具認識價值的。因此本節除了析論周瘦鵑發表在《禮拜六》的社會小說的藝術成就之外，也將詳論這些小說的認識價值。

　　如前所述，周瘦鵑在前百期《禮拜六》所發表的創作小說，可以稱得上是「社會小說」的只有：〈有母在〉、〈萬不得已〉、〈世界思潮〉其二〈彼何人斯〉，以及「融哀情、愛國、倫理與社會小說於一體的」的〈行再相見〉。

41　陳建華：〈抒情傳統的上海雜交——周瘦鵑言情小說與歐美現代文學文化〉，載《中山大學學報（社會科學版）》2011年第6期（2011年11月），頁9。

42　周玥：〈《禮拜六》中周瘦鵑譯作之初探〉，《牡丹江大學學報》第21卷第3期（2012年3月），頁53。

43　參見謝昕等著：《中國通俗理論綱要》，臺北：文津出版社，1992年，頁91-92。

　　〈有母在〉除了傳統小說中常見的對於為富不仁者的控訴外，多了一個時代元素，即「保險殺人」。另外值得一提的是，小說並不採取傳統布局，而是以一個中間插入的事件，即一場火災為開端：「東街有火，熊熊燭天半。火兆於一富人之家，富家之富為一街冠，六個月前嘗投一保險公司，保資鉅萬，而今乃遘火，天意人力殊未可知。……火作不一時，已蔓延至於街盡處，殃及一貧人之家。此貧家之貧，亦為一街之冠。」這樣以一個事件開頭的方式是異於傳統小說的，不但不再是沈雁冰所批評的「記帳式」[44] 寫作，其描寫還能達到暗示主題及故事後來發展的作用[45]。陳平原對於周瘦鵑短篇小說的開頭方式頗為欣賞，他說：「在清末民初較活躍的短篇小說作家中，周瘦鵑是最為西化的。單是每篇小說開頭常有的那一段景物描寫，在其時就顯得不俗，頗有西方小說的味道。」[46] 這段話用來評論〈有母在〉的開頭，也是相當貼切的。

　　小說開頭暗示這場火災是某富戶的傑作，果然火災後，「彼富人者時方額手稱慶，謂不數日後可得保險公司之絕大賠款矣！」[47] 而受到波及的貧戶，則因此家破人亡。敘事者接著追敘此戶致貧之由，原來主人公的父親受僱於一富戶，欠錢被富戶送入官府，在獄中受虐而亡。主人公與寡母相依為命，生活困頓不堪，因此自小即對富人有極深的怨恨。接著寫火起時，主人公偕母親逃離火場，但投奔無門，只能暫居廢廟，三天後母即亡故。先是一賣餅老翁贈餅，繼又助其葬母，再又推薦他到一老儒處工作。

44　沈雁冰曾批評民初的「舊派」小說，「連小說重在描寫都不知道，卻以『記帳式』的敘述來做小說。」見沈雁冰：〈自然主義與中國現代小說〉，原載1922年7月《小說月報》第13卷第7號，引自芮和師等編：《鴛鴦蝴蝶派文學資料（下）》，頁689。

45　William Kenney說：「任何優秀的小說，在它起頭時，無論如何開展，鮮不暗示比它所呈現事實更多的意義。」見William Kenney著，陳迺臣譯：《小說的分析》，台北：成文出版社，1977年，頁11。

46　陳平原：《中國現代小說的起點──清末民初小說研究》，北京：北京大學出版社，2005年，頁158。

47　有關當時上海投保火險騙賠的社會現象，將在下文討論後百期《禮拜六》小說時再詳論。

某日，主人公懷刃刺死一富人，賣餅翁出面頂罪，主人公先寄信給當局認罪，然後在母親墳前自殺。後其墳上長出美麗的紅花，賣餅翁之女入市販賣，三年而成小康。此女曾照顧主人公，乃誓言不嫁，而以主人公之未亡人自居。

這篇小說反映了部分社會現實，但內容有些不盡合理之處。首先賣餅翁第一次出現贈餅給主人公時，已經九十多歲，三、四年後主人公死時，賣餅翁已接近百歲，其女怎卻才二十歲，雖非全不可能，但也太不尋常；其次，主人公母親亡故時，賣餅翁助其向善堂求得一付棺木，到冬天，又幫他求得棉衣棉褲，既如此，其母未亡時，賣餅翁何不爲她們向善堂代求一衣一飯？如此，則主人公的母親亦不致於凍餒而死。至於賣餅翁出面頂罪亦不大可能，因爲剛出場時他已是「背已傴僂如弓，行時步履亦維艱」的九十多歲老人，又過了三四年，誰能相信他是那個跳上車殺人的刺客？而官府竟然相信，還將他下獄，實在是太過牽強。此外，主人公報仇的方式，以及他自殺後賣餅翁之女以未亡人自居，都有些不近情理。由於小說有這些不合理與不近情理之處，其現實感未免打了折扣。

第二篇〈萬不得已〉反映的是晚清的兩種社會狀況，其一是警官害民，其二是革命黨人互相出賣。警官害民部分有點類似《水滸傳》中的林沖故事，警官看上主人公的妻子，不但加以誘拐，還害死了主人公的所有家人，主人公越獄復仇，然後變姓名加入革命黨；入黨三年後，奉命到杭州起事，卻被同黨所賣，再度入獄，但他還被蒙在鼓裡，直到臨刑前再度越獄回到會所才知眞相，他殺光了出賣者，然後回到獄中留書自殺。這篇小說將好幾年的「故事時間」，壓縮在八九天的「敘事時間」內完成[48]，其策略是透過當事人的書信來追敘，因而小說便從第三人稱的故事外敘事者轉向第一人稱的故事內敘事者[49]，故事內的敘事者往往帶著個人感情敘

48　所謂故事時間，指故事發生的自然時間；所謂敘事時間，指在文本中呈現的時間狀態。參見羅鋼：
　　《敘事學導論》，昆明：雲南人民出版社，1994年，頁132。

49　一個敘事文本可能有多個故事層次，敘事者可能處於故事之外進行敘事，也可能處於故事內進行敘

事，更能引起同情。上述這些敘事手法，在當時都是比較進步的。

　　可惜的是，作者在正文發了一堆牢騷，先說拿破崙放逐以及項羽烏江自刎都是萬不得已，然後說自己寫小說也是萬不得已，這些內容有點像話本小說中的「入話」，以現代小說的眼光來看皆屬多餘。

　　其三是〈世界思潮〉所含兩篇小說中的第二篇〈彼何人斯〉，這是一篇嘲諷拜金女的小說，採用嬉笑怒罵的筆調，對於被稱為「肥而短者」和「瘦而頎者」的兩名女子極盡挖苦之能事。「肥而短者」是人家的姨太太，她曾說：「女子嫁人當嫁金耳，吾家老頭子年雖半老，金乃特多，吾初不目之為夫，但視為吾之內庫。」至於「瘦而頎者」，則深以嫁給薪水微薄的學校小職員為憾，後來跟梁家少爺跑了，結局是三年後成為丐婦。王鈍根在篇末評論道：「……予嘗環顧上海，美女如雲，勞夫如雨，欲求食貧茹苦，患難相守之夫婦，百不得一，而放浪揮霍，甚以寠人子汗血資，潛命阿金貽太平里梁家少爺者，不可勝數。嗚呼！瘦鵑作此，其傷心世道者深矣！」從王鈍根的回應可知，這篇小說反映了當時上海的一些社會狀況。可惜作者花太多篇幅在嘲笑兩名女子的長相，諸如：「瓊瑤之鼻幾可與獅鼻相埒，檀口一張則與虎口近矣！」「髮光奕奕然，直可照人，是皆香油凡士林之功，彼姝每月所需此兩項，至少各十瓶。」這些惡意描寫過於醜化人物，使小說的格調顯得有些輕浮。

　　再看〈行再相見〉篇，這篇後來也收入周瘦鵑的《紫羅蘭言情叢刊》第二集[50]。陳建華認為此篇是周瘦鵑「足為現代文學增色」的作品之

事。不論是處於故事外或故事內，如果敘事者不在他講的故事中，法國學者熱奈特稱之為「異故事」，如果敘事者作為人物在他講的故事中出現，則稱之為「同故事」。他依此將敘事者的地位分為四種：(1)故事外──異故事：講述與本人無關的故事；(2)故事外──同故事：講述本人的經歷；(3)故事內──異故事：第二層的敘事者，講述一般與本人無關的故事；(4)故事內──同故事：在第二層講述本人的經歷。見熱拉爾‧熱奈特著，王文融譯：《敘事話語　新敘事話語》，頁172、175。

50　周瘦鵑：《紫羅蘭言情叢刊》，第二集，上海：時還書局，1939年，頁20-30。

一[51]，其實故事十分簡單：女主人公的英國情人，恰好就是在庚子事變中殺死父親的兇手，在伯父的逼迫下，在咖啡中下毒將情人毒死了。然而故事雖然簡單，其表現手法卻頗值稱道，特別在刻畫女主公感情和孝義之間的掙扎方面。小說前半部分對於兩人的恩愛有生動的描寫，這就為後文面臨抉擇的痛苦作了鋪墊。小說的真實感表現在：當得知情人即仇人時，女主人公的第一反應是不願相信；當伯父要她殺死情人為父親報仇時，更是傷心的予以拒絕，而不是立刻變成復仇佳人。小說對於英國情人的描寫也很具合理性，當時因拳匪襲擊領事館，出於自衛才誤殺平民，事後也深感內疚，如此安排，其死在情人之手的下場就令人同情。

　　拿周瘦鵑發表在53期標為「愛國小說」的〈祖國重也〉做比較，該篇的主人公想從軍報國，為了免去牽掛，竟然狠心的手刃兩名幼子，這種違背人性的安排，就很難令人苟同。相形之下，〈行再相見〉女主人公的表現就合情合理多了。不過〈行再相見〉所反映的社會現實並不多，大概只有女主人公從小在教會讀書能通英文，以及她和英國情人間的異國戀情可以引起一些時代想像。

　　總上所述可知，周瘦鵑在前百期《禮拜六》所發表的社會小說數量既少，反映的社會面向也十分有限，但在寫作技巧上做了一些新的嘗試。到了後百期《禮拜六》情況便大不相同，社會小說數量之多已如前節所述，而在寫作藝術方面，有更多進步的表現，各篇小說的認識價值更值得重視。

　　周瘦鵑發表於後百期《禮拜六》的社會小說，筆者歸納出19篇，現依不同主題分論其藝術表現及認識價值如下：

51　陳建華說：「他的短篇小說〈行再相見（原文誤植為「行將再見」）〉、〈西子湖底〉、〈畫裡真真〉、〈留聲機片〉、〈九華帳裡〉等，皆足為現代文學增色。」見陳建華：〈周瘦鵑與民初文學文化轉型簡論──文言白話的辯證關係與新舊兼備的文化政治〉，載《東岳論叢》第36卷第1期（2015年1月），頁26。

㈠批判不近人情的禮教及迂執不通的習慣

此為前文引述周瘦鵑1920年10月9日於《申報‧自由談之自由談》所作宣誓之實踐，代表作有：〈吉期〉、〈之子于歸〉、〈十年守寡〉，後二篇是針對不近人情的禮教，前一篇則在批判迂執不通的傳統習俗。

〈吉期〉篇的題目甚具張力，名為吉期，實為新郎的死期。新郎的母親姚媽媽原有不少進步觀念，丈夫死後，她從事「走梳頭」的工作，能夠自力更生，教育孩子也很實在，不再有「唯有讀書高」的想法，認為一技之長更重要，讀完小學就叫兒子到報館學排字，這些作為都很令人佩服。她唯一不能打破的，是「吉期不可錯過」的古訓，致使婚前得了喉痧的兒子為此送命。文末作者說這是真人實事，從李常覺那裡聽來的，[52] 寫此是為了「示天下之為父母者」。

這篇小說從上海婦女的髮型談起，接著細寫「走梳頭」這個行業，然後引出善於梳頭的姚媽媽，再以倒敘法交代她年輕守寡獨自教養孩子的過程，之後才進入「吉期」這個主題，布局嚴謹而不落俗套。在人物形象上，姚媽媽是一個堅強獨立的女性，卻又是迂執的傳統觀念的受害者，小說生動的塑造了一個掙扎在新舊觀念夾縫之間的悲劇婦女形象。

〈之子于歸〉也有濃厚的時代色彩，時代已經進步到讓女子上學讀書，卻又不准她決定自己的前途，甚至於想靠自己生活不出嫁都不被允許。女主人公詠絮在校表現優異，且「才貌雙全」，卻被迫嫁給狂嫖濫賭，還有點呆頭呆腦的丈夫。她在花轎上想起家中大廳掛滿的「之子于歸」喜幛，不禁自嘆：「歸─歸到那裡去？可是歸到泉下去麼？」楊立生、何敏說：「周瘦鵑通過經典詩句辛辣地批判了舊禮教的罪惡。」[53] 反

52　李常覺即李家駟，是周瘦鵑《禮拜六》雜誌的同仁，當時周瘦鵑和丁慕琴、李常覺、陳小蝶經常相約一起去吃西餐、看電影。參見陳建華：〈周瘦鵑「影戲小說」與民國初期文學新景觀〉，載《中國現代文學研究叢刊》2014年第2期（2014年2月），頁19-20。

53　楊立生、何敏：〈西方小說對周瘦鵑創作的影響〉，《青年文學》2010年第14期（2010年7月），頁108。

諷的是，小說以「之子于歸」四個金字開頭，三年後在故事結尾時，喜幛
上那四個金字還沒有退（褪）色，而當年嬌艷如花的新娘卻已經虛弱枯萎
了。

　　這篇小說除了第三人稱的外部敘事，小說主體其實是大篇幅的內在
獨白。作者經常先讓人物細看身邊的事物，再讓人物以獨白抒發感情，
例如詠絮在轎中百無聊賴，「只是研究著這頂花轎，想他雖是披著綢緞
紮著花朵，其實一樣是長方形的，和棺兒有甚麼不同？」還幻想著如有仙
人出現，把這花轎變成棺兒，「如此舁著我一個死人送到他們家去，倒是
一件絕好的犧牲物。好叫天下做父母的看看，既然愛著女兒，可不要趁著
女兒未解人事的時候，先就胡亂定下了買主，也不要單顧著空的名譽和體
面，就不顧女兒實在的幸福。」傳統小說也有心理描寫，但大段落的內在
獨白，則是近代才流行起來的。正如研究現代短篇小說的學者所言：「對
人物心理進行細膩生動的刻畫，也成了此時期短篇小說藝術上的一大特
色。……顯示出由外部的情節描寫『向內轉』的發展趨勢。」[54]

　　再看〈十年守寡〉篇，小說的女主人公二十歲起守了十年寡，有「節
婦」之稱，誰知第十一年卻跟一個有婦之夫生下孩子，成了當時人心目中
的失節婦，不但親人唾棄，連親生女兒也冷淡她，「他回顧一身眞乏味得
很」。作者說她「苦守了十年，到底戰不過情欲」，說她雖然心中未始不
含著痛苦，「然而又有甚麼法兒想？世界是用情造成的，胸窩中有這一顆
心在著，可能逃過這個情字麼？」陳建華曾指出，周瘦鵑「作爲一個『道
地蘇州人』，與他的同鄉馮夢龍的『情教』自然有深刻的淵源。」[55]而馮
夢龍的情教思想，首先就是「肯定『情欲』存在的合理性」[56]，從周瘦鵑
這篇小說，確實可見二者的淵源。且正如楊立生、何敏所言，周瘦鵑這篇

---

54 李麗：《中國現代短篇小說的文體自覺》，北京：光明日報出版社，2013年，頁24。

55 陳建華：〈抒情傳統的上海雜交——周瘦鵑言情小說與歐美現代文學文化〉，《中山大學學報（社會科學版）》2011年第6期（2011年11月），頁2-3。

56 參見聶付生：《馮夢龍研究》，上海：學林出版社，2002年，頁71。

小說更是：「從人性的深度肯定了情欲的合理性。」[57]

　　作者在文末議論道：「王夫人的失節可是王夫人的罪麼？我說不是王夫人的罪，是舊社會喜歡管閒事的罪，是舊格言『一女不事二夫』的罪。」可見周瘦鵑是同情這位失節夫人的，他抨擊的是「舊社會」中的不良習俗，是「一女不事二夫」此一「吃人的禮教」。

㈡同情勞動階層的痛苦與不幸

　　這類作品以〈血〉和〈腳〉（本篇包含兩個故事）為代表。

　　〈血〉寫鐵匠學徒的不幸遭遇，這位小學徒才十四歲，平常就營養不良，還每天像牛馬般的忙著。這一天他到南京路一間四層的樓房去幫忙造升降機，因為天冷，手腳有些不靈便，門外熱鬧的車聲又讓他分了心，當他夢想著未來如何賺錢孝順母親時，不小心跌落一樓，小小的生命也就殞落了。這篇小說以「血」開頭，預示著故事的悽慘，最後又以「一大抹鮮紅的血」、「一個十四歲小鐵匠的血」作結，令人觸目驚心。陳建華說：「那是煽情技巧的故伎重演，但衝擊眼球的慘象並非在玩弄修辭遊戲，卻表達了作者的深刻同情。」[58]

　　這篇小說也暴露了民國初年勞工，特別是童工缺乏保障的實況。有研究者指出，近代工人階級實際上過的是一種「血汗制」的生活，「勞動時間長達12小時，有的甚至長達15小時，而工資卻很微薄。工人長期在惡劣的條件下勞動，很容易發生病傷，而一旦喪失勞動能力，其生活也就得不到任何保障。……童工得不到保護，身心受到嚴重摧殘。」[59]小說中的學

57　楊立生、何敏：〈西方小說對周瘦鵑創作的影響〉，《青年文學》2010年第14期（2010年7月），頁108。

58　陳建華：〈抒情傳統的上海雜交——周瘦鵑言情小說與歐美現代文學文化〉，載《中山大學學報（社會科學版）》2011年第6期（2011年11月），頁17。

59　宋士雲：〈民國時期中國社會保障制度與績效淺析〉，載《齊魯學刊》2004年第5期（2004年9月），頁50。

徒爬到四樓去幫忙造升降機，既未達工作的年齡，工作場所又沒有安全措施，一條小生命就這樣白白犧牲了。

童工的悲慘，〈腳〉的第二個故事也有所反映。故事中的童工是一個玻璃店學徒，十三歲的某一天奉命送貨給顧客，搭電車時腳被壓傷，店主心疼破碎的玻璃，見面時只是一頓打罵，完全不管他的腳傷。媽媽沒有知識又沒錢，只用香灰幫他止血，最後小學徒為此而送命。後來媽媽發了瘋，「鎮日價抱著一隻破檋子腳，在門前哭，說是他兒子的腳。」這種形象化的描寫是十分令人動容的。

〈腳〉的第一個故事則是寫「點腳」（五個腳趾豎在地上，腳跟聳得高高的）的人力車夫，因為腳畸形，七折八扣也沒什麼人坐他的車，有時車拉到一半，車上的人沒付錢就跑了，受盡了無情世間的苦而不得翻身。這個故事所反映的，是當時社會對於殘疾人士的歧視和忽視，作者在故事結尾寫道：「一連好幾年，仍和一輛黃包車相依為命，左腳仍點著，仍是哀求人家坐他的車。可憐他一身的血汗，不過和那車輪下的泥沙一樣價值。」這同樣也是充滿著感情的生動筆墨。

沈雁冰曾批評周瘦鵑的哀情小說〈留聲機片〉說：「連描寫都沒有，也算得是小說麼？」[60] 他是在1922年7月的《小說月報》做出這樣的批評的，而周瘦鵑的〈血〉發表於1921年3月26日，〈腳〉發表於1921年6月18日，沈雁冰如果用心看過這兩篇小說，可能對於周的印象會有所改變吧！

以上三個故事反映了民初上海部分勞動階層的痛苦與不幸，充滿人道關懷，是周瘦鵑的社會小說中，受到較多學者重視的，也足以證明周瘦鵑不只會寫哀情而已。

---

60 沈雁冰：〈自然主義與中國現代小說〉，引自芮和師等編：《鴛鴦蝴蝶派文學資料（下）》，頁688。

㈢痛惜都市男女無法抗拒誘惑而誤入歧途

這類作品有：〈一念之微〉、〈代罪〉、〈舊約〉、〈死刑〉。

〈一念之微〉的女主人公王鳳姑從冰清玉潔到墮落風塵，並無外力因素，家境雖然寒微也還不至於困難到必須跳入火坑，純粹就是物欲和情欲將她引至歧途。之後，她又傻傻的和有婦之夫同居，卻因懷孕而遭棄，最終攜子自殺而亡。作者對於鳳姑心理的揣摩是十分細膩的，她原先對於鄰女賣身的行為也不以為然，但一來無法抗拒物質的誘惑，二來春心逐漸被引動，「那種浪笑的聲音，更好像有一個無形的火把伊的心烘得熱辣辣地。」經過長久的耳濡目染，對於鄰家的那些聲音和放浪行為逐漸習以為常，甚至變成嚮往和羨慕，最終走上不歸路。

作者把甘於貧賤、潔身自愛的操守稱為天良，而「天良總戰不過那魔力極大的情慾和虛榮，彼此在伊心坎中交戰了好幾陣，畢竟是天良豎了降旛給那情慾和虛榮占到勝利了。」這自然和物欲橫流的都市環境有關，都市環境複雜，而正如作者說的：「魔鬼到處都有。」誘惑既多，抗拒當然就更加的不易了。

說到都市環境，尤其是當時工商業發達的上海，一夕致富的夢想造成的悲劇可說是層出不窮。就在後百期《禮拜六》復刊的隔年（1922）年初，上海爆發了著名的「信交風潮」事件。根據記載，在1921年9月上海已有交易所79家，年底更達到140家。當時，「一般盲從者，以為凡物品做交易所者，均可獲利，因之什麼物品都有交易所，甚至柴米炭竹也有交易所，……濫設交易所蔚然成風，而眾多交易所又隨即迅速倒閉，此即歷史上所謂的『信交風潮』事件。」信交風潮爆發前，「在暴利的引誘推動下，（資金）一齊湧向股票市場，不問緣由，盲目跟風。更有不少的人套用銀行、錢莊信用，以小搏大，以虛帶虛。狂熱的股票投機，使市面資金遂感缺乏，1921年，錢銀業為資金安全計，開始收縮資金，抽緊銀根。投

機者措手不及，資金周轉不靈，告貸無門，破產者十之八九。」[61]

《禮拜六》既為市民文學刊物，在信交風潮事件爆發前，早已聞到不尋常的氣息。1921年8月20日刊行的第123期，出現署名「少蘭」寫的散文〈交易所之一幕〉，開頭便說：「近來上海投機事業最流行，最發財的，人人知道股票是最出風頭了。而股票中尤以交易所的股票為首屈一指，因為那交易所好像那賭博場一般，往往一每個窮措大進去混一混，頃刻之間團團變作富家翁。所以那些想發財的人趨之若鶩，把交易所當作金庫一般，好像金錢可隨時拾得的。豈知既然有了發財，那麼金錢當真是天上落下來的不成，自然是那時運不濟的拿出來了。於是傾家蕩產的也有，丟掉性命的也有……。」[62]文中還描述了交易所內發生的一些怪象，並表達自己的憂心。而緊接在後的124期，便出現了周瘦鵑以交易所投機為主要背景的社會小說〈代罪〉。

〈代罪〉這篇小說寫了兩個犯罪事件，是由一對父子分別犯下的。父親年輕時因為「狂嫖濫賭」虧空了二十多萬，乃「虛設廣益保險公司」騙取市民的血汗錢，事敗，坐了十年牢。出獄後改過自新，經兒子介紹到自己上班的公司，也是未來丈人吳倍芝開設的糖廠任職。沒想到不久之後，其子竟步上父親後塵，也做了挪用公款的傻事，原因在於「想走一條發財的捷徑」，而「瞧目下發財的捷徑要算是交易所，因此半年以來就私下挪用倍翁的錢向交易所中做投機事業去。」然而半年中，不但沒賺到錢，還「足足蝕去了五萬銀子」，眼看快要東窗事發，因此成天悶悶不樂。父親聽了他的告白，左思右想，決定替兒子頂罪。他逃到杭州，不久就被抓了，「還沒有引渡到上海，卻已服毒而死。臨死只寫了四個字請人轉交他兒子小松，那四個字很簡單，叫做『努力前途』。」

父親雖然用自己的犧牲保住了兒子的名譽，其實還是一種違法的行

---

61 劉逖等著，《上海證券交易所史（1910-2010）》，上海：上海人民出版社，2010年，二段引文分別見頁89、92。

62 王鈍根、周瘦鵑編：《禮拜六》第123期（合印本第12輯），頁7-8。

爲，且將使兒子因害死父親而留下終身的悔恨，並不是明智之舉。不過從結局可知，小說的主題在勉勵年輕人踏實努力，不要禁不起財富誘惑而誤入歧途。此一主題，同樣出現在兩週後，即9月10日126期《禮拜六》所載周瘦鵑的小說〈舊約〉。

　　〈舊約〉的主人公也是因爲「起了個發橫財的妄想，張羅了許多錢，一古腦去買那交易所現股。」剛開始是賺錢的，但人心一貪就如無底的坑谷，永遠都填不平，賺了總會想要賺更多，「希望他飛漲起來，比本錢漲上幾倍方始脫手。」當然最後一定是血本無歸。他欠了人家二萬元無力償還，打算投河自殺，一個中年人阻止了他，聽了他的說明後，很感慨的說：「交易所不知道已坑死多少人了，你爲什麼也妄想發財，陷到這陷阱中去？要知我們既在這世界中做人，應當勞心勞力的去做事，得那正當的血汗代價。若要不勞而獲，世上那有這種便宜的事？」這段話有如前述〈代罪〉篇的註腳，都是意在給予當時沉迷於交易所金錢遊戲的年輕人一個警惕。

　　這篇小說的主人公十分幸運，在他想要自殺時遇到「中國絲王」洪逵一，主動借他錢，且要求他分十年攤還。年輕人果然守信，每年捧著辛苦賺來的錢到河邊去赴約，而對方總未出現。直到第十年，他已存到十萬，打算拿八萬還給恩人。此時中年人才現身，說自己家資鉅萬，根本不希罕他還錢，還因欣賞他守信，再提供十萬給他開紙廠。王鈍根在篇末評論說：「世間儘多投機失敗之人，世間必無贈金救命之洪逵一。吾願沉迷於賭博商業者，立地回頭，勿冀有洪逵一之後援，而猶思作孤注之一擲也。」王鈍根所說的「賭博商業」，指的就是當時的「交易所」這個陷坑吧！

　　王鈍根後來又在〈戲代交易所畫策〉一文中提到：「上海交易所自陰曆九月後，漸趨末運。凡新發起者，初開幕者，均無帽子可搶，甚至有第一日開市而股票價已跌至票面以內者。於是一般發起人之手執大宗股

票希圖飛漲者，咸大失望。」[63]此文發表於1921年12月17日出刊的《禮拜六》，在同期還刊載了李繡斧女士的〈交易所竹枝詞八首疊韻〉，以及蝶庵的〈一個考交易所的鬼〉等文章。這些文章，以及在此之前包括周瘦鵑的〈代罪〉、〈舊約〉等小說，等於是當時交易所影響市民生活的實況報導，具有相當大的認識價值，可以提供研究1922年初「信交風潮」事件之參考。

〈死刑〉篇寫一位名醫，因為覬覦好友的未婚妻「才貌雙全，家道又富」，竟騙好友說他得了不治之症，最多只剩一年可活。其友信以為真，經過一年將積蓄揮霍一空後，才發現自己根本沒病，正想自殺時未婚妻出現，說開來才真相大白。名醫的西洋鏡被拆穿，沒臉再在上海執業，逃回故鄉去了。這位醫生已經有了名望地位，仍然擋不住「利」的誘惑，雖然吸引他的包括美貌和財富，但其實主要還是財富。因為他曾經想過，一年內如果娶了好友的未婚妻，「即使壞了我醫學上的名譽，不能再行醫，但既有了謝家那筆妝奩，可也儘夠我一世坐著吃著咧！」這段內心獨白說明在他心目中「利」是重於「名」的，至於朋友之「義」，則完全沒有在他的考慮之中。

虞和平認為：「中國傳統的重義輕利觀念，在開埠通商後逐漸動搖。到洋務運動時期，不僅商人對重義輕利不以為然，就是朝廷官員和紳士們也不再奉重義輕利為圭臬，言利者日益增多。」他還說到了民初，不僅「求富」、「逐利」的思想觀念進一步發展，而且從觀念層次發展到制度層次。又說：「主張以工商為立國之本，就意味著求『利』意識的增強。」[64]〈死刑〉篇中的名醫，受到「利」的誘惑時，可以完全棄「名」與「義」而不顧，真可以說是「求利意識」的代表人物。

63　王鈍根編：《禮拜六》第140期（合印本第13輯），頁48。

64　虞和平：〈清末民初經濟倫理的資本主義化與經濟社團的發展〉，薛君度、劉志琴主編：《近代中國社會生活與觀念變遷》，北京：中國社會科學出版社，2001年，頁296-297。

㈣揭露有錢人的敗德言行

這類作品有：〈屋主〉、〈又一孝子賢媳〉、〈汽車之怨〉。

當整個社會瀰漫著求利意識時，許多人不但顧不到「名」與「義」，連「倫理道德」都棄置於地了。周瘦鵑的社會小說揭露了某些有錢人的敗德言行，其目的自然是希望能夠喚起人們的「良知」。

〈屋主〉篇寫一個叫黃積業的有錢人，順著「交易所挖房子的潮流，即忙趕造起這一百宅屋子來，預備在眾人頭上敲一下大大的竹槓。」這又提供我們一筆了解信交風潮期間上海社會的資料，即：當時為了增建交易所，「東也挖屋子，西也挖屋子，把屋子越挖越少，租金越挖越高了。」這位以不義之財致富的屋主，蓋房子粗製爛造，租金又貴，且三個月即漲房租，不從即逼人搬家，還曾把房客逼死。後來，他和第六小妾所住的洋房發生火災，他被燒死在樓上。三年後，小妾改嫁了，而黃積業的兒女把財產蕩盡了，也嘗到租屋之苦。陳建華說周瘦鵑此一時期的小說，「死的總是好人，即婦女、學徒、老人等弱勢群體。壞人則包括買辦、老板、高官等，作威作福，逍遙法外。」[65]從〈屋主〉篇來看，壞人倒是得到報應而沒有逍遙法外。

發表在143期的〈又一孝子賢媳〉，是繼141期的〈孝子賢媳〉之後的又一篇寫不孝故事的小說。二者的不同在於：在前發表的寫窮人，在後發表的寫有錢人。兩篇的題目，本身就是反諷的，而兩篇小說都以「好一對孝子賢媳」作結，進一步加強其諷刺意味。窮人不孝的〈孝子賢媳〉我們略過不論，只論寫有錢夫妻不孝的〈又一孝子賢媳〉。

這篇小說描寫由「交易所」創造出來的暴發戶夫婦，過著錦衣玉食的奢華生活，還男嫖女賭，更把倫理道德拋到汪洋大海，氣死了老父，害死了老母。小說的男主人公「在交易所中當著重要職分，使著他那副翻雲

---

[65] 陳建華：〈周瘦鵑與民初文學文化轉型簡論——文言白話的辯證關係與新舊兼備的文化政治〉，載《東岳論叢》第36卷第1期（2015年1月），頁26。

的手段，掙下了不少不勞而獲的金錢，不上三個月就從窮漢的地位上，突然跳將起來，變做了個團面（面字疑衍）團的富家翁。」和〈屋主〉篇一樣，周瘦鵑批判的對象都是不以正當手段致富的人。周瘦鵑顯然並不仇富，比如前述〈舊約〉篇中所提到的「中國絲王」，形象就非常正面。

小說中的暴發戶夫婦，看老父母不順眼，覺得他們嘮叨可厭，平常即擺出冰冷的面孔，還不准小孩和他們親近。冬天到了，一家人花了二千多元添置冬衣，兩老卻還只披著脫毛的老羊皮襖。到了過年，老先生向兒子要錢發壓歲錢不果，忍不住把兒子媳婦罵了一頓，他們索性丟下父母不管。結果老父親一氣而亡，老母親也上吊而死。諷刺的是，這對「孝子賢媳」還天天打扮得花團錦簇，往親友家拜年，上遊戲場玩耍呢！

這篇小說透過揭露不孝行為來提倡孝道，主題上還是比較傳統的，不過小說所寫因任職交易所而致富，跟其他寫因投資交易所而破產、負債、自殺的小說，共同反映了民初上海社會的部分新景象。

〈汽車之怨〉以擬人的手法、詼諧的口氣，讓汽車用自白來暴露它的「主公」一家人草菅人命的惡行。為何說是「汽車之怨」呢？因為新聞紙上經常大書「汽車肇禍」，汽車不平的說：「其實害人咧，肇禍咧，何嘗是我們自動，都是駕駛我們的人主動的。」它在和幾位汽車姐妹聊天中得知，主公的姨太太們、公子女公子們喜歡開快車，不知害死了多少人，而死一個人不過是花一二百塊錢就完了，也沒什麼事。有一回公子自己開車輾死了一個窮人家的孩子，「好一位公子，見了那臂斷腿碎，血肉模糊的尸體，毫不在意，口中銜著雪茄，微微一笑，接著就從身邊掏出一疊鈔票來，等候罰金。」這種不把人命當一回事的心態，何等可怕？作者形容富人嘴臉，又是何等生動而可厭？最後，這輛汽車代表上海的幾千輛汽車替窮人、苦人請命說：「諸公要出風頭儘著出，但也總須顧全人家性命。」

周瘦鵑善於運用第一人稱獨白體，其哀情小說的獨白往往是主人公的幽怨，常給人一種黏膩之感，但是〈汽車之怨〉以汽車作人言，已具荒誕色彩，而它向富人的請命是沉重的，卻以幽默、輕快的語言出之，此一扭

曲的語言便形成一種滑稽之感，使人在幽默、輕快的語言中，感受到深刻的悲憫。姚一葦說：「惟有複雜的滑稽才是藝術上的一種重要形式。」[66]〈汽車之怨〉這篇小說，在滑稽藝術上確實是有其成功之處的。

(五)反映小說作家的理想與生活

　　周瘦鵑的社會小說中，有三篇是以小說作家為主人公的，分別是：〈喜相逢〉、〈小詐〉和〈著作權所有〉。周瘦鵑以小說家的身分寫小說作家，一方面反映當時小說家生活的某些情況，另一方面也寄託了自己的理想。既然有理想在其中，因此不免有些虛構想像的成分。

　　〈喜相逢〉是一篇悲喜劇，小說一開始也像前百期《禮拜六》的〈有母在〉篇，寫了一個「保險殺人」的事件。不同的是，〈有母在〉篇的火災是承上啟下的中間事件，卻出現在小說開頭，〈喜相逢〉篇火災是整個故事的開始事件，反而刻意以追敘的方式放在第二幕呈現。陳建華說：「在小說技巧方面周氏勇於『花樣翻新』。」[67]的確如此，從這兩篇小說的開頭方式亦可見一斑。〈喜相逢〉篇從一個落魄書生遭狗吠寫起，再追敘其所以落魄的原因，原來是一位有保火險的富人，在投機事業上周轉不靈，為高額保費而放火，致使原來小康之家的書生遭了無妄之災，不但無家可歸，連父母也在火場中失去了生命。

　　西方的保險業1805年就引進中國，1911年華商的保險企業已有45家，大部分總公司都設在上海。[68]當時由於制度不完備，造成許多社會問題。有虛設保險公司騙錢的，如前述〈代罪〉篇的父親「虛設廣益保險公司」，「帶累了好幾百人把汗血錢拋在東洋大海裏」，又如1910年10月

66　姚一葦：《美的範疇論》，臺北：開明書店，1978年，頁266。

67　陳建華：〈周瘦鵑與民初文學文化轉型簡論——文言白話的辯證關係與新舊兼備的文化政治〉，載《東岳論叢》第36卷第1期（2015年1月），頁22。

68　參見何英、翟海濤：〈晚清保險市場研究〉，載《歷史檔案》2011年第4期（2011年11月），頁105。

6日《申報》記載：「匯孚、瑪立遜等洋行虛設保險公司，圖騙保費，迨至被災，索賠無著，致多交涉，然已受虧不淺。」[69] 也有投保騙賠的，這在民初更是時有所聞，1930年出版的《保險業》一書記載保險的各種欺詐行為，在火險部分即有「欲取得火災保險之保險金，特放火自焚其家屋」。[70] 周瘦鵑的〈有母在〉、〈喜相逢〉等小說，都可以成為了解當時保險業之參考，具有認識價值。

　　現在回到小說作家的故事，那位書生在火災後無處容身，原來的意中人也失去音訊。他先在玄妙觀幫人測字和寫信，後來買了一本小說雜誌，忽然起了寫小說的念頭，敘事至此，才接到開頭被狗吠的情節，手法相當的巧妙。他在小說雜誌上注意到兩件事：其一是題為「我之回顧」的高額獎金的小說徵文；其二是一篇名為〈寂寞〉的小說，作者名字和他的意中人相同，內容寫的則是有關他們兩人的故事。關於前者，他花了一個多月寫了一篇小說寄出，竟得頭獎，受邀到上海領獎；關於後者，他再度寫信給意中人，卻仍然石沉大海。

　　到了上海，主筆除了把獎金給他，又請他寫一個短篇小說，題目叫做〈春之夜〉，重點是「必須把黃浦江上的夜景細細描寫，做開首的點綴。」並且叫他當夜就去黃浦江岸看夜景。他來到江邊，他的意中人竟也出現，原來也是為了寫〈春之夜〉而來的。兩人一談，才知道他的意中人並未忘了他，之所以未回信是根本沒看到那些信件。兩人非常感謝那位主筆，而那位主筆也在對街的洋房裡對他們點頭微笑呢！

　　周瘦鵑在文末說他之所以寫這個故事，是因為有讀者來信說他的哀情小說太使人傷心了，還有朋友說他做哀情小說「大非衛生之道」，他的一位老同學也這麼說。他說不好了，萬一他們以後都結為同盟不看我的小說，「我難道自己做了給自己看麼？」所以寫了這篇「極圓滿的小說」。

69　〈洋商火險公會廣告〉，載宣統二年九月初四，西曆1910年10月6日《申報》六版。

70　原載陳挼神：《保險業》（上海：商務印書館，1930年），頁14。原書未見，轉引自何英、翟海濤：〈晚清保險市場研究〉，《歷史檔案》2011年第4期（2011年11月），頁106。

這段告白雖然有些玩笑性質，但也讓我們看到當時小說雜誌的作者與讀者互動的情形。

〈小詐〉篇反映的是另一種狀況，即作家成名之前，作品再好也乏人欣賞。主人公是知名的小說家之子，「做短篇小說賣不到多少錢，做長篇小說又沒有主顧。」因此一直籌不出錢來和意中人結婚。後來想出一個主意，寫了一部十萬字的小說，說是他父親的遺稿，果然賣到三千塊。小說出版後，意中人的父親覺得很奇怪，因為他和主人公的父親是知交，遺稿都托給他了，怎麼還會有什麼遺稿？追問之下才知道是冒名之作，但他也沒有生氣，認為施一點「小詐」無妨。他還說會去書店說明那部書是主人公自己做的，並把他父親真正的遺稿交給他們去印，「怕還不只三千塊咧」。最後，還把女兒的手納在主人公手中，祝他們「永永快樂」。這大概也是編造出來的故事，所反映書商只問名氣不問著作價值的現象，自古如此，也是不足為奇的。倒是主人公意中人的一段話可供認識當時出版界的參考，她說：

只恨中國的書商太薄待一般著作的人，雖做了好書，不給善價，多方的尅削。一編風行時，他們卻自管賺錢，自管作樂。到得著作人死後，他們那裡過問？不像外國書商把著作人捧得天一般高，既把極大的代價買下了他的底稿，每年還有規定的酬金，本人死了，子孫還能承襲下去。像中國的著作人，簡直和苦力化子差不多。

這段話必然也是周瘦鵑自己的心聲，他曾說自己是「文字勞工，也可說是一部寫作的機器，白天寫寫停停，晚上往往寫到夜靜更深，方始就睡。」[71] 如果當時有像外國那種健全的版稅制度，或許他就不用那麼辛

71　周瘦鵑：〈筆墨生涯五十年〉，氏著：《姑蘇書簡》，北京：新華出版社，1995年，頁54。

苦了。

〈著作權所有〉篇的主人公和前述兩篇不同，他一開始就是以「小說家」的身分出場的。在文字上奮鬥了十多年，有點文思枯竭，「不禁有江郎才盡之嘆」。此時有家書坊來請他做一部百萬字章回體的「社會小說」，為了找題材，他便預支稿費前往北方遊歷。沒想到他在哈爾濱遇上盜匪，被擄到山中當祕書去了。三年後趁匪首病死逃出，回到家才知道自己被懸賞捉拿，說他詐領稿費，一去不回。更慘的是，他的一部尚待修改的舊作被表兄拿去冒名出版，意中人又上當而與表兄結婚。他氣極敗壞的趕到新書發表會場，大呼「著作權所有」，他的意中人當場昏倒，表兄也趁亂逃走了。過了幾天，意中人告官離婚，書坊也取消懸賞，主人公成竹在胸，開始著手寫社會小說。結尾作者故弄玄虛，說這小說做成做不成，主人公和意中人是否言歸於好，「在下不再說明，留著這一枝甘蔗，請看官們自己去嚼出甜味來罷！」這種「開放性」的結局，在言情小說〈似曾相似燕歸來〉也曾出現，這在傳統小說中是難以見到的，周瘦鵑以這些小說很大膽的挑戰了當時讀者的閱讀習慣。

㈥頌揚改過遷善的美德

不論還有多少吃人的禮教，不論都市生活有多少誘惑，不論小市民受了多少委屈，也不論有錢人如何欺負窮人，世間還是有正向的一面。周瘦鵑在〈改過〉和〈聖賊〉這兩篇小說中，以飽含感情的筆墨細寫年輕人的犯錯和改過，既有喜悅，也有悲傷。

〈改過〉篇的主人公是北京某銀行家之子，有很好的出身，卻因被朋友誘去賭博輸錢，偷了銀行五千元。銀行家父親十分心痛，代為償還之後他逐出家門，說除非他能還清這筆錢，否則休想再進家門，「進右腳，斬右腳；進左腳，斬左腳。」幸好他從小有作畫的才能，因此跑到上海的書局充當雜誌的圖畫主任。過了五年，他已賺到二千元，此時中國與東國（當指日本）的關係在五月九日大決裂，中國的新總統決定開戰，他因此

也上了戰場。結果中國大勝，他立下首功。凱旋後統將問他有何要求，他說暫借三千元。回鄉時，受到夾道歡迎，他急著回家還債，家人一見真是喜出望外。

　　這篇小說的後半篇充滿愛國想像，其實五月九日是袁世凱承認日本21條的「國恥日」[72]，何來「大決裂」？又何來大勝東國之事？但無論如何，銀行家之子不但改過自新，還成為英雄，忠孝兩全，功德圓滿。

　　〈聖賊〉篇的主人公就沒那麼幸運了，他是個孤兒，既沒有銀行家爸爸為他償債，也沒有什麼謀生的技能。他也是了還賭債，偷的是英文老師的金錶，一被發現就逐出校門。他走投無路想要自殺，幸好孤兒院院長救了他，還讓他回到孤兒院工作，因此他把院長看成大恩人。可是院長的兒子卻花天酒地不學好，為了幫妓女贖身，偷了人家送給孤兒院的三千塊錢。會計發覺有問題要搜查時，主人公把支票從院長兒子口袋取出放入自己口袋，被搜了出來又成了賊。當時院長還想：「到底種了賊的根性，總難變換過來。」不知原是這個「種了賊的根性」的賊保住他兒子的名譽。主人公後來死在獄中，死訊傳來時，院長的兒子痛哭失聲，說是自己殺死了他。院長沒有替主人公洗刷冤情，只為他造了個莊嚴的墓，院長對賊這麼好讓大家覺得莫名其妙。後來，人們提起這位「聖賊」，仍還是罵著：他是一個賊，他是一個賊。

　　這篇小說表現出窮人小孩翻身困難，連改過都不容易。在藝術上，人物形象比較立體，主人公屬於佛斯特所定義的「圓形人物」，他的人格有成長，性格有變化，「我們無法用短短一句話來概括她（他）這個人」[73]。因此大體而言，同樣是改過自新的故事，〈聖賊〉篇比〈改過〉篇更為真實感人。

72　1915年5月4日，外交部照會日本，承認21條；5月24日，「袁世凱密諭全國：發奮自強，毋忘五九國恥。」參見劉仲敬：《民國紀事本末》，桂林：廣西師範大學出版社，2013年，頁104。

73　【英】愛德華‧摩根‧佛斯特著，蘇希亞譯：《小說面面觀──現代小說寫作藝術》，臺北：商周出版社，2009年，頁96。

周瘦鵑多年後曾經自我反省，他說：

當年的《禮拜六》作者，包括我在內，有一個莫大的弱點，就是對於舊社會各方面的黑暗，只知暴露，而不知鬥爭，只有叫喊，而沒有行動；譬如一個醫生，只會開脉案，而不會開藥方一樣，所以在文藝領域中，就得不到較高的評價了。[74]

其實《禮拜六》以刊登短篇小說為主，而小說理論家認為：「短篇小說家能把他的問題懸而不決，這也是勝於長篇小說的特利。」[75] 周瘦鵑的社會小說能夠暴露社會問題，能夠向大眾叫喊，已經是值得肯定的成就了。

結語

　　從周瘦鵑發表在前、後百期《禮拜六》中的創作小說，可以明顯看出《禮拜六》雜誌從「言情」向「社會」發展的趨向。在前百期，周瘦鵑的社會小說數量極少，而這些小說在寫作藝術上瑕疵不少，所反映的社會現象也很有限。到了後百期就不同了，社會小說的數量超過發表總數的一半，所反映的社會面向也很多元，其主題包括：對於舊禮教及不合時宜習俗的批判、對於勞動階層的同情、對於無法抗拒誘惑的都市男女的痛惜、對於富人敗德言行的揭露、對於小說家生活及理想的反映，以及對於改過遷善美德的頌揚。

　　在後百期《禮拜六》的社會小說中出現了各式各樣的人物，有：「走梳頭」自力更生的寡母、寧獨身也不願下嫁的女學生、受制於「吃人禮教」而守節卻半途而廢的寡婦、飽受殘害的童工、遭歧視的殘疾人力車

---

74 周瘦鵑：〈閑話《禮拜六》〉，氏著：《拈花集：第一輯化前墳記》，上海，文化出版社，1983年，頁95。

75 培里（Bliss Perry）著，湯澄波譯：《小說的研究》，臺北：臺灣商務印書館，1967年，頁293。

夫、擋不住物慾和情慾的少女、投資交易所血本無歸幾乎走上絕路的年輕人、偷銀行錢的銀行家之子、為錢財可以棄名與義不顧的名醫、剝削房客的屋主、改過向善而自我犧牲的孤兒，還有靠寫小說維生的、虛設保險公司騙錢的、透過投保火災騙賠而枉害無辜的、靠交易所致富而不孝的等等，甚至還有口出人言向富人請命的汽車。透過這些作品中的人物，我們可以比較具體的感受到民初上海市民生活的種種，他們在新舊觀念中的掙扎，在慾海中的抗拒或沉淪，而新興的商業環境則帶給他們各式各樣的誘惑和災難。

　　在寫作藝術方面，包括以中間事件開頭結合倒敘法、人物以及擬人物的內在獨白、形象化的開頭及結尾描寫、開放性的結局、圓形人物的塑造等，手法多種、技巧圓熟，充分運用各式各樣社會材料，創造出一篇又一篇的短篇佳作，誠不愧「在上海市民大眾文壇上，周瘦鵑可說是最有代表性的作家」[76]之譽。

76 范伯群：〈周瘦鵑論〉，載范伯群主編：《周瘦鵑文集1小說卷》，上海：文匯出版社，2011年，頁2。

第十一章
何海鳴短篇「倡門小說」中的娼妓形象*

一、前言

　　何海鳴（1887-1944）原名時俊，湖南衡陽人。經歷非常豐富，嘗謂：「予生二十餘年，曾爲孤兒，爲學生，爲軍人，爲報館記者，爲假名士，爲鴨屎臭之亡命客，爲半通之政客，爲二十餘日之都督及總司令，爲遠走高飛之亡命客。」[1]他曾經當過清兵，卻具有排滿思想，退伍後當記者，以在《大江報》發表反清言論而被判刑；參加過討袁世凱戰爭，浴血守南京城，名震一時。其後亡命日本，歸國後退出政壇，開始賣文爲生。據其自述，民國四年他從日本返回中國，仍匿居上海，曾以「余行樂」的筆名投稿《禮拜六》雜誌，[2]他說刊出者「約得二十篇左右」，不過筆者翻查《禮拜六》，只找到四篇署名「行樂」的小說，即：〈誰之子〉（49期）、〈愛妾與愛國〉（61期）、〈英花小傳〉（66期）、〈蛇〉（89期）。[3]何海鳴的筆名還有：一雁、衡陽孤雁、求幸福齋生、求幸福齋主等。[4]

---

*　本章為科技部計畫「民初倡門小說研究」（MOST105-2410-H-415-037）之研究成果，原刊於彰化師大《國文學誌》32期（2016年6月）。

1　何海鳴：《求幸福齋隨筆》，上海：上海書店出版社，1997年，頁13。

2　何海鳴：〈我作小說之經過〉《紅玫瑰》，卷2第40期（1926年），頁4。

3　廣陵書社影印：《禮拜六》合訂本，揚州：廣陵書社，2005年。

4　關於何海鳴生平，可參考嚴芙孫：〈何海鳴〉，收入《全國小說名家專集》，上海：雲軒出版部，1923年；倪斯霆：〈從辛亥功臣到附逆文人：民國倡門小說作家何海鳴的沉浮一生〉，載氏著：《舊人舊事舊小說》，上海：上海遠東出版社，2010年，頁106-122。述其當小說家前生平者，則以張功臣〈大江曲——辛亥革命中的何海鳴〉最詳，載氏著：《民國報人——新聞史上的隱祕一

　　何海鳴對於短篇小說情有獨衷，他說：「我很想與幾個小說界賣文
的同志，先將短篇小說十分認眞的作幾篇，成一種現代中國短篇小說的
完成作品。……慢慢的由此擡高現代中國短篇小說的價值，緊挨上世界
文壇上去，被人說道這是中國現代完成的作品，庶幾我國今日才有小說可
言。」[5]由此可知，他認爲可以由創作短篇小說提高中國小說的價值。范
伯群說：「通俗小說家皆以章回體長篇和筆記體短篇爲自己的『強項』，
而何海鳴在下文海時卻以短篇小說作爲他的競技項目，他敢於去扶持通俗
小說的『弱項』，不『避短』而努力『補短』，可謂有眼光，有抱負。」
並認爲何海鳴，「是當時通俗文壇上寫短篇小說的佼佼者。」[6]

　　在何海鳴所撰的短篇小說中，又以所謂的「倡門小說」最受稱道。
由民國十五年周瘦鵑主編《倡門小說集》[7]收短篇小說十一篇，何海鳴的
作品占了五篇可知。何海鳴自己也說：「我的作品以描寫倡門中的事實
爲多。」[8]並在其《海鳴詩存》起草廣告中自我介紹道：「作者工於倡門
小說。」[9]因此，范伯群在編何海鳴的小說選集時，即以「倡門畫師」稱
之，或稱他爲「倡門小說家」。[10]

　　「倡門小說」是民國初年流行的一種小說類型，專指以娼家或妓女爲
描寫對象的小說。侯運華承范伯群之說，認爲是因爲當時尚未有「狹邪小
說」的命名，故自名爲「倡門小說」。[11]不過倡門小說雖然對狹邪小說有

　　頁》，濟南：山東畫報出版社，2010年，頁1-44。

5　何海鳴：〈求幸福齋主人賣小說的話〉，《半月》一卷第十號（1922年1月）。

6　范伯群主編：《中國近現代通俗文學史》，南京：江蘇教育出版社，2000年，頁64。

7　周瘦鵑編：《倡門小說集》，上海：大東書局，1926年。

8　何海鳴：《何海鳴說集》，上海：大東書局，1927年；〈Ｖ光線〉，頁1。（該書爲各篇標頁）

9　何海鳴：〈介紹・海鳴詩存出版〉，《家庭》第八期。

10　范伯群編：《倡門畫師——何海鳴》（台北：業強出版社，1993年），頁9。

11　侯運華：《晚清狹邪小說新論》（開封：河南大學出版社，2005年），頁265。又以〈論民初「倡
　　門小說」〉之篇名，刊於《南陽師範學院學報（社會科學版）》第5卷第5期（2006年5月）。范伯
　　群說：「因為在他們寫此類小說時，魯迅還沒有在北京大學作『中國小說史』課程的講義，《中國
　　小說史略》也還未出版。因此，倡門小說這個命名倒是在魯迅命名狹邪小說之前的。」見范伯群主

所繼承，但創作意圖和小說題材內容已有所不同。魯迅將清末寫妓家的小說分爲三個階段，謂：「先是溢美，中是近眞，臨末也溢惡。」[12]一般認爲倡門小說以繼承「近眞」的作品，如《海上花列傳》，或更早的《風月夢》等爲主。但即使同樣是近眞，較少所謂的「溢美」或「溢惡」，狹邪小說依然強調「勸誡」的作意，《海上花列傳・例言》開首即謂：「此書爲勸戒而作，其形容盡致處，如見其人，如聞其聲。閱者深味其言，更返觀風月場中，自當厭棄嫉惡之不暇矣！」[13]《風月夢・自序》亦云：「或可警愚醒世，以冀稍贖前愆，並留戒余後人，勿蹈覆轍。」[14]而倡門小說則「更多地以人道主義的悲憫眼光來寫娼妓的痛苦生活，其間滲透著強烈地社會黑暗秩序的控訴和呼喊。」[15]就內容而言，狹邪小說多寫愛情，倡門小說則更多的著墨於社會面向，因此，有學者認爲：「晚清狹邪小說是言情小說，著重書寫發生在青樓中的男女愛情；而民國『倡門小說』則常常被歸入社會小說，言情僅僅是其一隅，托出的是廣闊的社會。」[16]不過這也只是學界籠統的看法，具體到個別作家的較完整作品，倡門小說中也有不少對於男女感情刻劃生動的言情之作，何海鳴的短篇倡門小說即有不少寫情細膩之作。

何海鳴向來被視爲倡門小說的代表作家，其長篇《十丈京塵》，中篇《倡門紅淚》都具有一定價值，不過誠如范伯群所言：「要評價何海鳴的倡門小說，我們認爲應該從他的短篇小說談起，因爲可以這樣說，何海鳴是這一通俗流派中寫短篇最好的作家之一。」[17]然而目前學界論及的何海

編：《中國近現代通俗文學史》，頁60。

[12] 魯迅：《中國小說的歷史變遷》，附於周錫山釋評本魯迅《中國小說史略》，上海：上海文化出版社，2005年，頁271。

[13] 花也憐儂：《海上花列傳》，臺北：博遠出版社有限公司，1987年，〈例言〉頁1。

[14] 邗上蒙人：《風月夢》，上海：上海古籍出版社影印吳曉鈴藏本，〈自序〉頁1。

[15] 胡安定：〈近代都市文化語境中的狹邪小說和倡門小說〉，《中華文化論壇》，2006，4，頁104。

[16] 同上註。

[17] 范伯群主編：《中國近現代通俗文學史》，頁63。

鳴短篇倡門小說，只有〈老琴師〉、〈溫文派的嫖客〉、〈先烈祠前〉、〈五十年後的娼妓〉等少數幾篇而已，未見比較全面性的論述。筆者認為，既然何海鳴自己對短篇小說如此重視，在這方面的創作成績也頗有可觀，他又是倡門小說代表作家，自有必要對其短篇倡門小說有比較完整的認識。

何海鳴的短篇小說大多發表於報刊雜誌，部分後來集結成書出版，如《海鳴說集》（1918）、《何海鳴說集》（1927）、《海鳴小說集》（1929），這三部小說集共收小說32篇。此外，周瘦鵑所編的《倡門小說集》（1926）收錄何海鳴小說五篇已如前述。除上述四部說集所收之外，[18]本章亦廣搜民初報刊，希望能一窺何海鳴短篇倡門小說之全貌，並以此勾勒出小說中的娼妓形象。

二、何海鳴短篇倡門小說之篇目

以下先依據何海鳴的三部小說集，以及周瘦鵑編的《倡門小說集》，列舉何海鳴所著，符合「以倡家或妓女爲描寫對象」的短篇小說：

1. 《海鳴說集》：根據何海鳴的自述，這本小說集收錄的是他民國五年入京，自辦《寸心》雜誌，正式以眞名發表小說的作品。[19]全書共收小說十五篇，其中〈鮀海歸舟〉寫桂金故事、〈曾幾何時〉寫二姑故事、〈情維〉寫雲娘故事、〈情讓〉寫婉如故事、〈花英〉寫花英故事、〈海外奇花〉寫小霞故事，此六篇皆屬於倡門小說。另，書中的〈滄洲生〉篇雖也提及與主角滄洲生交好之妓女，但只是一段插曲，全文近於祭悼文，故不予列入。[20]

18　本論文採用版本爲：何海鳴：《海鳴說集》（上海：民權出版部，1918年）；何海鳴：《何海鳴說集》（上海：大東書局，1927年）；何海鳴：《海鳴小說集》（上海：世界書局，1929年）；周瘦鵑編：《倡門小說集》（上海：大東書局，1926年）。

19　何海鳴：〈我作小說之經過〉，載《紅玫瑰》卷2第40期（1926年）。

20　作者也文末也說：「予生平所爲文字，無刻意經營如斯篇者。雖曰小說，予實視之如文章。」見何海鳴：《海鳴說集》，頁66。

2. 《何海鳴說集》：全書共收小說十篇，此十篇以「社會小說」、「家庭小說」爲主，只有最後一篇〈十三個情人〉出現多位娼妓，即男主角的十三位情人中，包括土娼一人、倌人薛厲和阿芹、老妓文鶯、娼妓十里香和阿秋、揚州妓女青玉、雛妓一人、私娼周小圓，共有九位是妓女。這篇小說的妓女雖然都是配角，且是作者嘲弄的對象，但由於在全篇小說中占了大部分篇幅，因此本論文亦將其視爲倡門小說。

3. 《海鳴小說集》：全書共收小說七篇，其中〈五十年後的娼妓〉、〈紅倌人〉二篇屬於倡門小說無疑，〈腳之愛情〉中的女主角亦爲娼妓，雖然在大半篇幅中屬於「背景人物」，並不影響其重要性，因此亦列爲倡門小說。

4. 《倡門小說集》：其中何海鳴作品有：〈老琴師〉、〈從良的教訓〉、〈倡門之母〉、〈倡門之子〉、〈溫文派的嫖客〉等五篇。

　　從以上四部小說集，共可獲得何海鳴的倡門小說十五篇。此外，刊載其他報刊雜誌而未收入小說集的何海鳴短篇倡門小說尚有：

1. 〈先烈祠前〉，載於《小說世界》，又收入范伯群所編的《倡門畫師—何海鳴》一書。范伯群認爲它是「優秀的社會小說，但也與倡門題材有關。」「倡門中人的形象是令人起敬的。」[21] 既然此篇小說意在歌頌倡門中人，將其列入倡門小說應當是適合的。

2. 〈倡門送嫁錄〉，載於《星期》1922年第2期，嚴芙孫編《全國小說名家專集》，其中的〈何海鳴〉傳提到〈倡門送嫁錄〉，認爲它和〈老琴師〉，「這兩篇小說，可算是海鳴一生心血的結晶。」[22]

3. 〈嫁後〉，載於《星期》1922年第9期，爲〈倡門送嫁錄〉的續篇

4. 〈妓館書傭〉，載於《小說時報》1922年第1期

5. 〈倡門教育〉，載於《心聲》1922年第1卷第1期

21　范伯群主編：《中國近現代通俗文學史》，頁64、65。
22　嚴芙孫編：《全國小說名家專集》，何海鳴部分，頁2。

6. 〈妓債〉，載於《快活》1922年第10期

7. 〈私倡日記〉，載於《心聲》1923年第1卷第8期

8. 〈倡門之狗〉，載於《紅玫瑰》1924年第1卷第15期

9. 〈妓之初戀〉，載於《游戲世界》1925年第3期

10. 〈倡門之夫〉，載於《紅玫瑰》1925年第2卷第14期

11. 〈災妓〉，載於《紫羅蘭》1926年第2卷第1期

　　此散見於報刊雜誌上的十一篇，加上收錄在小說集中的十五篇，共得何海鳴短篇倡門小說二十六篇。

三、娼妓形象

　　何海鳴短篇倡門小說中的娼妓，有一些共同的形象，分述如下：

(一)身世堪憐

　　何海鳴小說中的妓女大多屬於較高層級的，她們從小被賣到妓院，先經過一段時期的培養，被鴇母以高價出賣她們的初夜，然後才開始接客，跟一般在街上拉客，當時人稱為「野雞」[23]的較低層級的妓女不同。學者指出：「報上寫到野雞，總是強調她們的鄉下出身，以及她們被誘拐賣入娼門或被貧苦無奈的父母典押給妓院的事實。」[24]然而關於高級妓女，晚清民國的「指南書和小報很少提到完全賣給妓業的婦女，或違背個人意願被迫訂立契約的婦女。上流社會的讀者對女人究竟通過何種途徑、方式進入這個行當並無興趣。」[25]其實那些所謂的高級妓女，除了少數自願為娼者外，何嘗沒有悲慘的身世？在她們成名之前所受的痛苦豈不令人同情？

---

23 孫國群解釋「野雞」是：「老上海對商業界沒有加入行會而營業的人的貶稱，如無公司的輪船為野雞輪船，無車行的馬車為野雞馬車，臨時生產意為打野雞。後來就專稱低於長三、么二出門拉客的妓女。」見孫國群：《舊上海娼妓祕史》，鄭州：河南人民出版社，1988年，頁31。

24 【美】賀蕭著，韓敏中、盛寧譯：《危險的愉悅——20世紀上海的娼妓問題與現代性》，南京：江蘇人民出版社，2003年，頁18。

25 同前註，頁17。

晚清狹邪小說對此著墨不多，而何海鳴的倡門小說則往往以悲憫的筆觸加以敘寫。

〈鮀海歸舟〉中的桂金，「樹艷幟於鮀江〔汕頭〕，頗有聲」，可算是當地名妓。她原是上海人，「年十四售與鴇，鴇亦妓也，以年老大而為鴇，舉昔日為妓所受鴇之痛苦者，一一而施諸為鴇之時以痛苦晚輩之妓，桂金不幸即罹斯劫。」〈曾幾何時〉中的二姑自陳：「儂生而喪母，惟親吾父。父娶繼母，繼母待儂無恩。九歲時父死，繼母別有所歡，蕩父資罄，鬻儂於娼寮。」〈情讓〉篇的婉如，「世居蘇州城北，母早世，父以貧不能支，鬻女青樓。」〈妓之初戀〉篇中的辛寶鳳是被外婆賣到上海妓院的，〈私娼日記〉中的敘述者「我」是被好賭的母親所賣的，〈紅倌人〉篇中的紫玉，也是從小被賣給老妓姍姍的。

作者對於〈倡門之子〉篇中阿珍的出身和遭遇，有更為細膩的描寫。阿珍本是鄉下女孩，四百洋錢賣到娼家，「教訓了一番，打罵了幾頓，請個拉胡琴先生教給他些曲子。教得會就阿媛阿媛的喊著他，甚是喜愛，若是有些不會，巴掌大的耳光就敲上去。倘若再有些倔強，不論六月炎天，擎煙籤子燒紅往他身上亂戳。可憐他身上也是爺娘十月懷胎生下來的肉和皮，平白遭些〔此〕磨折。」

〈花英〉篇的花英比較特別，她原是雉妓，後來漸出名，成了高級妓女，甚至建立花國，成就一番事業。不過當她為雉妓時，亦極為不堪，花英「實出自大家，十歲時被拐於匪，匪鬻之於九花娘，歷五年矣。九花娘所業，係屬雉寮。蓋雉為最苦之妓，而其鴇乃又為鴇中之最有威福者。」

〈倡門之夫〉篇所述妓女尤為可憐，篇中寫江西幫妓女「十有八九無非是些童養媳之類，也有以買妾為名，索興替少老班多討幾個窮人家女孩子來作妾，來拓充他們的營業。」這些妓女，丈夫和翁姑都寄生在她們身上，作者說：「天下做人媳婦，做人妻妾的，其處境之苦，負擔之重，壓迫之嚴，是再沒有比這般可憐蟲可怕而又可怪的了。」篇中的女主角寶紅，因為是個紅牌妓女，為夫家賺進大把鈔票，為此她歷盡滄桑，而夫家

不知感恩，還打算將她賣到東北去，實在是可惡之極。

　　上述這些娼妓，都是被賣入娼家的，且多數是被家人所賣，依據學者研究，晚清以來，「一些貧苦人家爲生活所迫，賣女入娼，早已不是什麼罕見的事。」[26]而花英則是被拐賣的，美國學者賀蕭認爲，在二十世紀初期的上海，「拐騙成爲人口販賣的一種形式，它使女人和她家庭之間的聯繫發生戲劇性的斷裂。」[27]其實與其說是「戲劇性的斷裂」，不如說是「極悲慘的抽離」，尤其像花英這種出身於大家的姑娘，一旦從原來優渥的環境，跌落到娼寮這個無底深淵，身心所受的創傷簡直是難以想像的。

　　妓女的可憐身世雖然不是何海鳴短篇倡門小說的主要敘寫對象，但何海鳴總是不會忘記這方面的描述，畢竟這才是娼妓悲慘人生的源頭之所在。

㈡重情重義

　　何海鳴倡門小說中的妓女往往既重情，又重義，以正面道德形象爲多。

　　例如〈鮀海歸舟〉中的桂金，一心想嫁李三郎，李有些猶豫，「桂金則毋諱，語多斬截」。她自有積蓄，不花李一毛錢，並申明：「李郎縱忙於國事，儂不尼李郎，使有內顧之憂。……李郎欲置儂於何地則何地，飢寒凍餒，儂皆能甘之，李郎何所憚而不允儂？」她的眞情感動了作者，作者於是代爲籌畫。可惜事機不密，桂金被老鴇追回囚禁，李於是先回上海。由於桂金自此堅不接客，因此飽受箠楚，試圖逃跑又墜樓暈絕，歷盡千辛萬苦，然而在上海的李郎卻「不甚傷心，亦不甚注念桂金，可見人心大變，天下男子都無可恃之人。」透過嫖客的薄倖，更能凸顯妓女的重情。

26　李長莉：《晚清上海》，天津人民出版社，2010年，頁240。

27　【美】賀蕭著，韓敏中、盛寧譯：《危險的愉悅 —— 20世紀上海的娼妓問題與現代性》，頁204。

〈曾幾何時〉中的二姑，由天眞無邪到歷盡滄桑，然而對於感情卻始終能夠保持一份眞誠。在她未正式接客前，被富家公子陳生包養，即使後來陳生不再和她聯繫，但她永遠不忘這份情感。陳生離開時，她已懷孕，老鴇想盡辦法逼她墮胎，但她堅持保留陳生的骨血。只是產後不得不重返娼寮，後在烟台落難，被一軍官強娶，由於軍官待她不薄，二姑也眞心以報。軍官入獄，二姑變賣釵飾時往探視，即使軍官聽信謠言逐之，二姑「探獄仍無虛期」。軍官死後，她再次「投於妓館」，「然暗中乃（仍）訪陳生」，她向作者說：「儂生二十年，常繫儂心坎者，儂父而外，厥惟陳生暨吾愛兒。」她對陳生一直念念不忘，作者不禁爲此心生感慨，道：「陳生行後，匪特二姑不識其踪，即其朋儕亦絕音問，諒彼忘二姑矣！二姑之癡如此，二姑之身世又如彼，二姑此生若何了者？思至無可奈何處，亦不禁爲二姑痛哭。」對陳生有情，對軍官有義，如此重情重義，然而無論陳生或軍官，似乎都不值得她如此深情的付出。

〈妓之初戀〉有點像是〈曾幾何時〉篇的濃縮白話版，不過女主角改名爲寶鳳，男主角改名爲玉麟。另外刪掉了女主角懷孕生子的情節，也沒有在烟台落難被軍官強娶，只寫男主角去後三年，女主角嫁人，後來隨丈夫來到上海，懷念起她的初戀，跑回到從前的妓院去瞻望，又跑去男主角家門口，得知他已經搬走，不禁嘆口氣道：「今生今世是不會再與那程玉麟見面了，從前那番戀愛，算是一場夢罷！但是這一段夢景，教人怎生忘記得下呢？」同樣寫出女主角對於舊情的不忘。

〈情維〉篇中的雲娘，從良嫁給蕭議員，後議員流亡到日本，雲娘回鄉苦守破煤店，茹苦含辛三年，終於等到議員歸國。蕭議員也沒有辜負她的眞情，攜其入京復職。

在〈情讓〉篇中，婉如對江郎深情不移，因誤信江郎另有新歡，「嘔血數斗，暈絕已兩次，將待斃。」後來明知江的元配凶惡，仍執意嫁他爲妾。由於元配苛虐太甚，江郎憤而棄家，「攜婉如遠走江湖間，爲諸侯食客以終其身。」這可以說是江郎對婉如的深情之報。

　　〈倡門送嫁錄〉中的阿紅和敘事者「我」雖然是嫖客與妓女關係，但感情頗為純潔，她們相愛四年卻不及於亂，阿紅在從良出嫁的前夕，割捨不下這份感情，致電敘事者見了最後一面，表達了她不捨的深情。〈嫁後〉是〈倡門送嫁錄〉的續篇，阿紅嫁後生活相當幸福，她的丈夫對敘事者頗為感謝，主動與他結為朋友。她們夫妻在婚姻生活漸感無趣時，敘事者為她們指點迷津，阿紅說：「我今天得著一個丈夫，我固然歡喜。我得著丈夫後，仍然能留住你這樣一個良友，這歡喜直教我說也說不出來。」像這種柏拉圖式的愛情，在倡門小說中有如一道清流，《星期》雜誌的編者包天笑在〈倡門送嫁錄〉的篇末按語中說：「此蓋現身說法也。」[28] 小說內容可能是作者何海鳴的夫子自道，其中不免有自我美化之處，但所塑造的阿紅形象，無疑是相當正面的。

　　〈倡門之夫〉篇中的寶紅，雖然長期被夫家壓榨，但她「只覺得眼面前的是翁姑和丈夫，並不是什麼可憎的龜鴇」，當她被迫嫁給一個有勢力的軍官時，「聽說生離在即，竟還戀戀不捨呢！」她嫁後存了不少私房錢，當軍官成為亡命之徒時，還想回去與故夫團聚，歷年來的私蓄「回家還可以替故夫添一份產業」。後來她的錢被騙光，這時丈夫和翁姑用她當年賣身賺來的錢為資本，搖身一變成為富戶，卻又幹著買賣人口的勾當。流落異鄉的寶紅，竟鬼使神差被賣回到夫家，她還以為從此家庭團圓，「滿擬一步搶上前去，抱著伊婆婆和丈夫，把近來的苦痛訴說一個罄盡。」又怎會想到夫家竟打算將她賣到東北的娼寮呢？篇中活畫了一個純真善良又多情的好女孩，從而痛斥了江西幫娼家的可恨。

　　〈倡門教育〉篇中的小花魁朱正芳，是位極有個性的娼妓，對於常來找她的張大少不假辭色。後來張父出面，請花魁接納其子，並代為管教，才儼然以一姐姐的姿態和他相處。在她苦心孤詣的努力下，張大少順利完成學業，找到工作自力更生，她最後嫁給了張大少。這篇小說似乎過於理

28　見包天笑編：《星期》，1922年第2期，頁12。

想，張父在旁人勸其爲浪蕩的兒子定一門親事時，能夠想到：「那種不自由、無戀愛的早婚，後來必無好果，何必害自己兒子一生，還帶累旁人一個女兒。」思想十分開明，但竟然花錢請妓女教育兒子，最後並同意兒子和妓女結婚，這種情形在當時應不多見。但無論如何，這篇小說中的妓女朱正芳，不但有情有義，更幾乎可以說是知書達禮。

　　在〈溫文派的嫖客〉篇，作者譴責了專以柔情欺騙妓女感情的嫖客。小說中的妓女香蘭，受到嫖客百川的恭維、關懷、暗示，以爲是可以託付終身的好人，逐漸陷入情網而無以自拔。爲了他，她從香港回到上海，「同伊老母住在一間陋室裏，正以手工度日」，沒想到他卻帶著新婚夫人回上海。她的夢碎了，「只覺得猶如萬箭攢心一般。」她痛斥：「天地間的嫖客都無非是成心來騙妓女的，而以溫文派的嫖客最能騙，並騙得人最毒。」這篇小說從另外一個角度表現了嫖客的無情，同樣的也反襯出妓女的癡情和多情。

　　有學者認爲：清末「狹邪小說中主流的男女關係，是很不堪的。……在清末狹邪小說中，妓女最普遍的形象是見利忘義，不重感情，……。」[29]尤其在清末明初風靡一時的《九尾龜》這部「溢惡」小說的代表，王德威說：「隨著嫖客被倡人耍弄欺騙的案例一演再演，一種閹割恐懼的陰影油然而生：何以男人都是如此無能。」[30]可以想像小說中妓女的形象是何等的不堪。然而，從狹邪小說發展而來的倡門小說，重情重義的妓女卻不在少數。特別是何海鳴短篇倡門小說，其重情重義的形象是頗爲鮮明的。

(三)果敢剛強

　　由於民初人本意識逐漸抬頭，正如侯運華所言，到了民初，「強調

29　周樂詩：《清末小說中的女性想像》，上海：復旦大學出版社，2012年，頁114、116。
30　王德威：《被壓抑的現代性——晚清小說新論》，北京：北京大學出版社，2005年，頁97。

妓女的人格尊嚴和生存權力已成為文本中普遍存在的內蘊。」[31]何海鳴短篇倡門小說便具體表現了這樣的內蘊，妓女雖然身世堪憐，卻並不自甘下賤，有不少妓女更是剛強果敢，作者在能力所及的範圍內，盡最大力量去維護她們的人格尊嚴。

　　例如〈曾幾何時〉中的二姑，不願被老醜的賈客梳弄，「蹴賈客於床角，疾整其褌，趨立床下，戟指賈客而詈曰：『爾何人，胡不自照其面？是何種黑醜狀？……恃爾多金，侵及爾二姑姑，二姑姑不一蹴蹴死爾者，便爾佳運。』言畢，咬牙怒目，狀如女神。」其性格之剛烈可見。這位賈客怕事，讓二姑保住了貞潔。後來她和陳生相戀，無奈陳生懼於伯父威勢，一去不返。而懷孕的二姑則拒不接客，「性愈厲，稍犯必怒」，連老鴇也對她莫可奈何。

　　又如〈情維〉篇中的雲娘，她苦守三年終能與蕭議員共結連理，但並不因此就處處遷就帶她脫離火坑，且真情待她的丈夫。如果看法不同，便與丈夫爭論，蕭議員不禁感嘆道：「蓋天下果敢之女子，類皆為神經質者。」此言雖然未必客觀，卻也道出了雲娘「果敢」的個性。

　　〈花英〉篇中的花英，原叫阿勝，十六歲就敢和老鴇對抗。她偷走了老鴇裝她們賣身契的箱內之物，老鴇說妳不還我就打，她回說妳憑什麼？老鴇說憑我用五百元將妳買來，阿勝拿出五百元贖身，說妳把賣身契還給我。然而賣身契既已被偷，老鴇自然拿不出來。其大膽、狡獪如此。此時有一楚狂居間協調，阿勝於是拿出錢，老鴇拿不出賣身契，只好另書一紙為證，阿勝於是獲得自由。後阿勝改名花英，創立了花國事業，「在花國自居雄長，其權力尤在當日鴇母之上。」

　　〈五十年後的娼妓〉篇內容與〈花英〉篇大同小異，但多了一篇花國宣言，宣言中提到：「我們的身體是不能一同付賣並隨意任人侵犯的。」她們認為，當妓女也有其尊嚴，不容任意侵犯。又說：「我們女子也一樣

31　侯運華：《晚清狹邪小說新論》，頁274。

是人類聰明挺秀的，也非常之多，爲什麼就該低首下心，甘做那工場中待遇不平等的女勞動者呢？」由於花英領導有方，因此極受娼妓們的愛戴，「終身常握著花國中霸權」，其雄才大略，一點也不輸給男人。

至於〈先烈祠前〉篇中嫁給鎮守使爲妾，出身倡門的李姨太，對她那大權在握的丈夫一點也不畏懼。事實上不通文墨的鎮守使幾乎對她唯命是聽，甚至說：「沒有你，我這個官簡直做不來。」不過在祭祀先烈這件事情上，兩人有不同意見，鎮守使說那些先烈就是革命黨，他們這些大官誰沒殺過革命黨？李姨太便以自己的父親也曾經是革命黨來要求他。後來一些傷兵和先烈遺族來求救濟，被鎮守使怒斥，姨太阻止了衛隊的舉動，並要求丈夫救助他們。總之，這位出身倡門的姨太太，以剛強果敢的堅定意志，爲革命先烈盡了一份心力。侯運華說：「敘事進程中起主動作用的是她，敘事內動力的她以才華與膽識構成的對丈夫的優勢。」[32] 范伯群認爲在〈先烈祠前〉這篇小說中，「倡門中人的形象是令人起敬的。」[33] 兩位學者的分析，筆者皆深表贊同。

〈從良的教訓〉篇中的金美，從良嫁給老秉爲外室，不能忍受元配夫人「像搜私貨一般」來搜她，向老秉埋怨道：「我想我也是個人，爲什麼要像老鼠一樣不敢見人？」明知元配極凶惡，仍堅持要住到他家去。到了老秉家中，元配自然視其爲眼中釘，「動手便打，開口便罵」，而老秉則因爲「懾於雌威，不能和金美在一處」，又去尋花問柳。可知老秉對於金美並沒有眞感情，只是將她視爲玩物，「金美對於太太的刻苦雖能忍受，對於老秉的無情卻甚是是傷心。」於是一氣之下，私自出走，重回倡門去了。金美原以爲脫離娼家是好事，誰知從良之後的生活更沒有尊嚴，於是她斷然離去，寧可重返倡門，也不願遭受無情無義的丈夫和元配的羞辱。

無獨有偶，〈倡門之母〉篇中的三小姐也是從家庭逃走，進入倡門。

32 侯運華：《晚清狹邪小說新論》，頁267。

33 范伯群主編：《中國近現代通俗文學史》，頁65。

但她並非妓女從良，而是正宗的元配夫人，只因懷孕時丈夫眠花問柳，甚至娶姨太太進門，她憤而逃家，後來才做了妓女。

　　爲什麼這些女性寧可爲妓，也不願意留在不被尊重的家庭中？過去的女性在家庭中大多逆來順受，原因在於沒有經濟的自主權，而由於清末民初列強入侵，資本主義生產關係變化，不少女性也進入工業生產領域，自主意識逐漸覺醒。研究清末民初女權思想的學者說：

　　清末民初的女權思想與近代西方國家不同，它的主要構成部分是極力反對宗法社會的啟蒙思想活動，批判重點針對限制女性個性與人格的封建宗法思想制度，最根本的目的在於消除限制、殘害女性的「夫爲妻綱」、男尊女卑的宗法社會禮教，明確女性的自由意志與獨立個性人格。[34]

因此當時的女性，包括娼妓，不少人開始追求自主性。以娼妓來說，雖然「常常不能完全自主地控制財（產？）權，但大多數人有一定的經濟自主權，她們的獨立性和自主意識因此大大地增強了。」[35]在家爲奴或外出爲妓，在這樣的兩難之中，一些個性比較剛強果敢的女性，選擇了經濟上較爲自主，人格上相對獨立的娼妓這個職業。

　　在何海鳴的短篇倡門小說中，幾乎看不到像《九尾龜》中所描寫，魯迅所形容的「所寫的妓女都是壞人」[36]，這樣的妓女形象。這些小說中妓女大多身世堪憐，卻重情重義，在個性上果敢剛強，具有令人同情、欽佩的正面形象。

34　孫桂燕：《清末民初女權思想研究》，北京：中國社會科學出版社，2013年8月，頁223。

35　周樂詩：《清末小說中的女性想像》，頁115。

36　魯迅：《中國小說的歷史變遷》，附於魯迅著、周錫山釋評：《中國小說史略》，頁271。

㈣形象立體

以上是針對人物的身世、性格所做的討論，若從寫作藝術方面來看，那麼這些人物形象又有何特殊之處呢？筆者認為，何海鳴短篇倡門小說寫人藝術的成功之處，在於塑造成功不少立體的人物形象。所謂立體的人物形象，即佛斯特所說的「圓形人物（round characters）」，這種人物的形象，是「無法用短短一句話來概括」的。[37]

在何海鳴所塑造的立體人物形象中，又以少女由純真而墮落，或由可愛而可憐的轉變最令人動容。何海鳴曾說，美人的要素為「憨」，他說：「未有美人而不憨者也。」他所謂的憨，其實就是天真爛漫，他舉《西廂記》寫紅娘閱書的例子，認為「每注意紅娘而少注意鶯鶯者，亦是紅娘傳書遞簡不知為著何來，而自又不知其憨也。」[38]何海鳴也確實能寫少女天真的憨態，〈曾幾何時〉篇的二姑、〈老琴師〉篇的阿媛、〈倡門送嫁錄〉中的阿紅，都是生動的例子。

〈曾幾何時〉篇的二姑出場時才十五歲，調皮且愛笑，在和客人們行一「令下即不能動」的酒令時，見到眾人暫停動作的怪樣子，怎麼樣都忍不住笑，即使用手帕遮臉，「令聲作，妓雖弗視，然不能無思。祇一思及，而笑聲又吃吃發於帕底」。眾人於是灌她喝茶，她「捧腹且笑且行，出門狂走，繼復回首睨視，兩頰作桃花色，雲鬢蓬鬆，衫羅不整，為狀乃至豔麗。」敘事者不禁嘆道：「嗟夫，如是種種，天真極矣！」

這位天真的姑娘，其後歷盡滄桑。先是被陳公子所棄，繼而被一軍官強娶，軍官死後，展轉於青島、北京兩地為娼，作者化身的敘事者何公子遇之，見她「著愛國布之裳，黑縐紗之裙，如帶雨梨花，十分消瘦。」為了逗她一笑，何公子「取前者酒令以逗二姑，二姑微羞，殊無笑靨。」二姑後來不知所踪，據說出家為尼去了。唯其曾經如此純真無邪，才足以表

37　【英】佛斯特著，蘇希亞譯：《小說面面觀》，臺北：商周出版社，2009年，頁96。
38　何海鳴：《求幸福齋隨筆》，頁10。

現倡門生涯對她的摧殘，此一人物的真實形象也才能生動展現。

　　〈老琴師〉是何海鳴小說中最受推崇的作品之一，范伯群認為此篇和〈溫文派的嫖客〉是何海鳴「倡門小說中的上乘之作」[39]，何海鳴自己也說這篇小說刊行後，「頗得閱者贊許，即新文學家亦有贊可者。」[40] 〈老琴師〉的成功，除了視角很特別，以教琴師傅的角度，側寫年幼妓女的受苦歷程，敘事中夾帶著豐富感情，讀之令人動容。篇中的阿媛，出場時年僅十三歲，被賣到妓院後，請老琴師教她曲子，那時的她，「還是個天真爛熳的女孩子，雖說流落在這萬惡的風流藪澤之內，他並不知道這裏面悲慘和黑暗的真相，也不覺得有什麼痛苦和抑鬱。」一開始，敘事者就為我們敘述了這樣的情況，即一個天真無邪的女孩，即將墮入痛苦的深淵而不自知。

　　如果只是敘述，小說不可能感動人，作者接著為我們展示小女孩學琴時乖巧惹人憐愛的模樣：「有時因一兩句或一兩個字不合調，他緊靠著老琴師的膝下，好比小鳥依人的一樣，靜待老琴師的教正。他那種天然的美和人生的真，直打入老琴師心坎以內，感動得要掉下淚來。」正因為如此，師徒兩個培養了深厚的感情，於是當小女孩被梳弄之後，開始接客，身體慘遭蹂躪，「天賦的歌喉由清脆變成了粗濁」，老琴師「看了看阿媛憔悴的面容，迴想起從前天真爛熳緊偎著膝前張著臉問詞的情形」，不由得一陣陣心痛，而透過這樣前後對比的描寫，讀者也會不由得感到同樣的心痛。

　　小說最後，作者安排了極具張力的一幕：之前梳弄她的軍官，不滿抱病的阿媛「當著許多朋友面前唱得這樣壞」，暴跳如雷，要她好好的唱一折，「阿媛這時已經萬分支持不住了，心裏一陣難過，便大大發一個狠，向老琴師道：拉反二簧，唱六月雪，預備唱死他。」結果一口氣接不上

39　范伯群主編：《中國近現代通俗文學史》，頁64。
40　見何海鳴致周瘦鵑的信，載《半月》第一卷第七號（1921年12月13日）。

來，吐出一口鮮血，老琴師憤而弄斷琴弦，說道：「這是要人命的勾當，我老頭子不幹了。」

從一個小鳥依人般的純真，轉變爲以鮮血和死亡向命運抗爭的悲壯，在親如家人的老琴師憤慨表現的襯托下，阿媛這位可憐妓女的人物形象實在是既真實又立體的。

嚴芙孫認爲可以和〈老琴師〉並稱的〈倡門送嫁錄〉，女主角阿紅也是從十三四歲的小姑娘寫起的。當時的她，「天真爛熳，紅一般可愛的青春，烘托著花一般可喜的綠蕊。隨便穿幾件素淨衣裳，表示他是明玉一般潔白。……有人逗他，只會抿住小嘴兒笑。」何海鳴只用幾筆，便素描出一個天真小姑娘的形象，這樣的形象置於妓院那個燈紅酒綠的環境中，更有如汙泥中的蓮花一般的吸引人的目光。等到她被梳弄之後，「見他盤著髻，繫著裙，扮上濃粧，穿了盛服，儼然夫人風範，分明是換上一個人了。從前做小孩的他，便再也不能依然如舊。」她出嫁後，在〈嫁後〉篇中，漸漸成爲一個有著閨中閒愁的少婦。敘事者後來爲她們夫婦指點迷津，而阿紅也能體會敘事者的苦心，從其多情含蓄的言語（已見前引），儼然已成長爲善體人意的溫婉人妻了。

〈從良的教訓〉篇中的金美，原先是一個天真老實的姑娘，經歷了從良之後遭遇到的非人對待之後，變得堅強而有主見；〈溫文派的嫖客〉篇中香蘭，傻傻的被嫖客的甜言蜜語和溫柔體貼騙走了情感，覺醒之後，痛斥了這位嫖客的卑劣，而以從容的態度向對方施以報復。上述兩位娼妓，都在經歷挫折後，人格獲得成長。

〈情維〉篇中的雲娘，在苦守煤店時感情何等堅定，而到了真正和所愛建立家庭，卻又變得何等猜疑；〈紅倌人〉篇中的紫玉，在未紅時乖巧聽話，紅了以後又是何等的任性，以至最後弄得「身敗名裂，不可收拾」。上述兩位娼妓，都表現出性格上的轉變，其轉變合理而自然。

以上分析的幾位女性角色，都是立體人物，其形象無法以一語道盡，

其性格都是「有消長浮沉，像眞實人物一樣複雜多面」的。[41]

結語

　　何海鳴所發表的短篇倡門小說多達二十六篇，這些小說所塑造的娼妓與晚清「狹邪小說」中的娼妓形象有不少差異。首先，狹邪小說對於娼妓的可憐身世較少著墨，何海鳴則有意強調以表達同情；其次，狹邪小說中主流的男女關係頗爲不堪，妓女普遍形象是見利忘義、不重感情，而在何海鳴短篇倡門小說中，娼妓重情重義的形象則十分鮮明；再者，由於民初人本意識逐漸抬頭，小說中經常強調妓女的人格尊嚴和生存權力，而何海鳴短篇倡門小說即具體表現了這樣的內蘊，何海鳴筆下的不少妓女的性格，較諸狹邪小說中的妓女更爲剛強果敢，何海鳴在他的小說中，盡力去維護她們的人格尊嚴。

　　就寫作藝術方面來看，何海鳴塑造了不少立體生動的娼妓形象。由於寫人藝術的表現不俗，使得何海鳴能夠更爲成功的創造出當時娼妓種種剛毅多情、令人敬佩又值得同情的立體形象。

41　【英】佛斯特著，蘇希亞譯：《小說面面觀》，頁96。

第十二章
何海鳴《琴嫣小傳》的敘事聲音*

一、前言

何海鳴（1887-1944）原名時俊，湖南衡陽人，筆名有行樂、一雁、衡陽孤雁、求幸福齋生、求幸福齋主等，是民國初年著名的通俗小說作家。何海鳴所撰小說以「倡門小說」最受稱道，民國十五年周瘦鵑主編《倡門小說集》收小說十一篇，何海鳴的作品即占五篇。[1] 何海鳴自己也說：「我的作品以描寫倡門中的事實為多。」[2] 因此，范伯群在編何海鳴的小說選集時，即以「倡門畫師」稱之，或稱他為「倡門小說家」。[3]

所謂「倡門小說」是民國初年流行的一種小說類型，專指以娼家或妓女為描寫對象的小說。由於魯迅的《中國小說史略》尚未成書，因此當時尚未有「狹邪小說」之名，民初通俗小說作家便把寫妓家的小說稱為「倡門小說」。民國五年由上海民權出版部發行的《琴嫣小傳》，是何海鳴所著的中篇倡門小說，也是何海鳴較早期的作品。此書被忽視已久，范伯群《中國近現代通俗文學史》以何海鳴為「民國倡門小說發軔者」[4]，但該書在論何海鳴時，完全未提到《琴嫣小傳》。

《琴嫣小傳》的內容寫小說主角「回雁峰前客」（即小說最外層的敘事者「予」）在上海結識了妓女琴嫣，為其所吸引。琴嫣與一位富家

---

* 本章為科技部計畫「民初倡門小說研究」（MOST105-2410-H-415-037）之研究成果，原刊於一級期刊《中正漢學研究》30期（2017年12月）。
1 周瘦鵑編：《倡門小說集》，上海：大東書局，1926年11月。
2 何海鳴：《何海鳴說集》，上海：大東書局，1927年5月，〈Ｖ光線〉，頁1。
3 范伯群：《倡門畫師——何海鳴》，臺北：業強出版社，1993年12月，頁9。
4 范伯群主編：《中國近現代通俗文學史》，南京：江蘇教育出版社，2000年4月，頁60。

公子張生相戀三年，已論及婚嫁。就在「予」初識琴嫣之時，張生正好來來告訴琴嫣無法娶她，「予」於是一面安慰琴嫣，一面試圖幫她挽回，但經過一番折騰之後，張生終究負心而去。「予」此時感覺琴嫣似乎對自己有情，於是想趁機向她表白，不料正猶豫再三時，琴嫣卻說她還有一個姓徐的對象。「予」心大慟，但聽完琴嫣的描述後，認為此人比他更有資格給她幸福，於是承諾以四個月為期籌錢為她贖身。然而許諾之後，卻因為種種原因，不但不能實現承諾，甚至不再和她見面。小說最後幾段，以「予」自怨自悔，自傷自憐之詞作結。

　　以上似乎乏善可陳，不過是一名嫖客的懺情錄而已。但其內容雖然單薄，敘事手法卻相當獨特，是由「回雁峰前客口述」，「求幸福齋主人記」，而其中關於妓女與公子的戀愛，是由妓女「琴嫣」訴說給「回雁峰前客」聽的，這裡已經有兩層聲音，再加上妓女轉述公子的言語，於是又有第三層的聲音。在這多層次的敘事聲音中，其實寄托了表層故事下的深層意蘊，有待讀者去發掘。

　　一篇小說，極為重要的兩個方面是「視角」和「聲音」。視角是人物的，就是由誰來「看」這個故事；聲音是敘事者的，就是由誰來「說」這個故事。[5]美國學者浦安迪說：「敘述人的口吻，有時要比事件本身更為重要。」[6]其所謂「敘述人的口吻」，即本論文所說的「敘事聲音」。敘事聲音不可能獨立存在，誠如胡亞敏所言，聲音「受制於視角」[7]。例如故事外的全知視角和故事內的限知視角，第一人稱和第三人稱視角，敘事者的聲音必然都會出現差異，因此研究敘事聲音，不能不去關切敘事視角的問題。不過就本篇論文而言，重點在於「聲音」，「視角」部分只在需

5　熱奈特認為許多學者「混淆了視點決定投影方向的人物是誰和敘述者是誰這兩個不同的問題，簡捷些說就是混淆了誰看和誰說的問題。」見〔法〕熱拉爾‧熱奈特著，王文融譯：《敘事話語　新敘事話語》，北京：中國社會科學出版社，1990年11月，頁126。

6　〔美〕浦安迪：《中國敘事學》，北京：北京大學出版社，1996年3月，頁14。

7　胡亞敏：《敘事學》（第二版），武漢：華中師範出版社，2004年12月，頁22。

要時才會加以討論。

　　研究敘事聲音有助於對作者的想法以及文本深層意義的掌握，尤其當作者有意在其作品中呈現多重聲音時，對敘事聲音的研究更爲重要。本章即打算從敘事聲音這個角度，深入析論何海鳴的中篇小說《琴嫣小傳》，並略窺清末民初通俗小說敘事聲音的一些情況。

二、《琴嫣小傳》的創作背景

　　《琴嫣小傳》書後附有作者的〈後記〉，謂：「求幸福齋主人曰：『此書實予作也，而其事實則予友回雁峰前客所經歷。然書中所言，又皆予心坎中語，所謂借他人酒杯澆自己塊壘者是也。』」並標作記日期爲「中華民國五年八月二十三日記於京都厲廬」。[8]可知此篇小說是民國五年（1916）何海鳴30歲時，以其朋友「回雁峰前客」的經歷爲題材，在日本京都撰寫的。

　　前此一年，何海鳴出版《求幸福齋隨筆》一書，書中有不少作者自述生平的筆墨，取其內容與《琴嫣小傳》中「回雁峰前客」之自述作比較，若合符節。再者，何海鳴在書後的作者自記中還說：「予友告予以事實時，甚冷淡，不若予書中主人之狂熱。」[9]可知即使「回雁峰前客」眞有其人，亦不等於書中的自述者，作者只是取他的經歷做爲寫作的材料而已。可見，「回雁峰前客」這個小說人物，乃是作者何海鳴性格投射後的形象，此一形象，可能已經離開了「回雁峰前客」本人，而更接近作者何海鳴了。

　　爲何小說中的「回雁峰前客」更接近作者何海鳴呢？《琴嫣小傳》以「回雁峰前客曰」開篇，首段中提到：「予生二十餘年，聰明英銳，自負頗不凡。」（頁1）[10]而《求幸福齋隨筆・自序》也有「邇年聰明英

8　何海鳴：《琴嫣小傳・附錄》，上海：民權出版部，1916年11月，頁6、7。

9　何海鳴：《琴嫣小傳・附錄》，頁6。

10　何海鳴：《琴嫣小傳》，上海：民權出版部，1916年11月，頁1。下文引用此書，直接標示頁碼，

銳」之語，在《求幸福齋隨筆》正文中，何海鳴也多次自稱：「予傲睨自高之志」、「乳臭小兒如予亦嘗自負」、「是殆自揮灑其傲睨自高之情也。」[11]可見這位「回雁峰前客」和作者何海鳴的性格，非常相似。

在小說的內文中，「回雁峰前客」有如下一段內心獨白：「嗟夫琴嫣，予二十餘年風塵骯髒，論交不得一奇女子，情海茫茫，大有望洋興嘆之概（慨）。」（頁40）又說：「予虛生二十有五年，從未插足情坑。」（頁116）而在《隨筆》中也有如下的自述：「予生二十餘年，……未一涉獵於情場，論交不得一好女子，情海茫茫，大有望洋興嘆之慨。」（頁13）「回雁峰前客」的口述，和何海鳴的自述如出一口。

此外，「回雁峰前客」是孤兒（頁32），何海鳴也是孤兒，《隨筆》中說：「予十四歲喪母，十六歲喪父，孑然一身乞食於四方。」（頁81）又，「回雁峰前客」說他有「劇癖」，而何海鳴在《隨筆》中也說：「予生有二愛，第一愛革命，……第二愛唱劇……。」（頁16）

以上資料在在說明，何海鳴已經把「回雁峰前客」當成自己來寫。

何海鳴其實是一個相當不簡單的人物，他21歲（1907）加入清軍，卻在軍中宣傳革命，23歲（1909）創辦《商務報》，「對湖北革命運動發生重大影響，享有『革命先鋒』的美譽。」[12]25歲（1911）創辦《大江報》，每天發表攻擊時政的言論，製造『清運已終，改天換地』輿論。此舉引起湖北總督的不滿，何海鳴因此坐了兩個月的牢。論者認為：「武昌首義能夠一舉成功，與湖北報人多年推動輿論宣傳，灌輸革命思想，實有很大關係。」[13]可見何海鳴也是辛亥革命的功臣之一。

不再出註。

11　何海鳴：《求幸福齋隨筆》，上海：上海書店出版社，1997年1月，頁15。下文引用此書，簡稱《隨筆》，並直接標注頁碼，不再出註。

12　張功臣：〈大江曲——辛亥革命中的何海鳴〉，載氏著：《民國報人：新聞史上隱祕的一頁》，濟南：山東畫報出版社，2010年，頁8。

13　同前註引書，頁12。

　　武昌起義成功，何海鳴被趁亂救出，後來率兵和清軍在漢口浴血奮戰，但是寡不敵眾，乃撤軍轉赴上海。他在上海一事無成，回到平定後的漢口復刊《大江報》又被黎元洪查封且被通緝，再度逃回上海，開始出入娼門，此時他26歲。隔年（1913）春，他竟與妓女論及婚嫁，並在婚禮中廣邀所謂「北里姊妹」參加，還因此和好友戴天仇（即戴季陶1891-1949）鬧得不歡而散。[14] 不過依據前引《求幸福齋隨筆》所云內容，何海鳴在1915年還說他「未一涉獵於情場」，那麼此一婚娶顯然只是逢場作戲罷了。倒是他在此時（1913）已提出妓女「一樣是天地生成就四肢七竅的人，何分貴賤？」[15] 的說法，這也成為其後他撰寫倡門小說的思想基礎。

　　1913年3月發生宋教仁案，7月12日二次革命爆發，15日黃興在南京出任討袁軍總司令，但於28日失敗逃往上海。何海鳴挺身而出，於8月8日拿回都督府，重新宣布江蘇獨立。可惜何海鳴當晚被幫會部隊扣押，打算將他獻給袁世凱，但兩天後第八師第二十九團將他救出，隔天他又拿下南京城，並宣布江蘇第三次獨立。不過後來袁軍大舉來攻，何海鳴於9月1日被擊潰，亡命日本。[16]

　　1915年3月，何海鳴回到上海，和友人合辦《愛國報》和《愛國晚報》，繼續撰文反袁，但同時也在這些報紙上連載一系列的《求幸福齋隨筆》。[17] 另依其〈我作小說之經過〉一文自述，他在這段匿居上海期間，曾以筆名「余行樂」投稿《禮拜六》，「刊出者約二十篇左右」[18]。但據

---

14 高拜石：〈記何海鳴〉，載《新編古春風樓瑣記》（第二集），北京·作家出版社，2003年，頁88。

15 同前註引書。

16 參見倪斯霆：〈從辛亥功臣到附逆文人──民國倡門小說作家何海鳴的浮沉一生〉，載氏著《舊人舊事舊小說》，上海：遠東出版社，2010年3月，頁109。

17 倪斯霆說何海鳴是在回上海的翌年（1916）六月，袁世凱死後才開始渴望「幸福美滿的生活」，寫《求幸福齋隨筆》（見前註引書，頁111），其說不正確，《求幸福齋隨筆》出版於民國四年（1915），有民國四年八月十五何氏的〈自序〉，又有民國四年秋王血俠、鄺摩翰、賈公諤、毛亞俠等人的後序，皆可證明何海鳴寫《求幸福齋隨筆》不始於民國五年。

18 何海鳴：〈我作小說之經過〉，載《紅玫瑰》卷2第40期（1926年8月），頁4。

筆者考證，《禮拜六》所載小說署名「行樂」的只有四篇。[19]四篇之中，發表於第66期（1915年9月4日出刊）的〈英花小傳〉亦是寫娼妓故事，其內容和人物形象與《琴嫣小傳》有不少雷同之處，雖然兩個故事的結局有悲喜不同的差異，但〈英花小傳〉可能對《琴嫣小傳》的創作產生影響（詳下一節）。

何海鳴是在1921年撰寫〈老琴師〉在《半月》發表之後，才以「倡門小說家」的頭銜在文壇走紅的，他說：「此篇既刊出，頗得閱者稱許。即新文學家亦有贊可者，我遂決心為小說家矣！」[20]在此之前，無論是發表在《禮拜六》的幾個短篇，或是1916年出版的《琴嫣小傳》、1917年出版的《奇童縱囚記》[21]，既未引起關注，作者自己亦不滿意，他說：「均係初作，又未用真名，佳者殊少，亦未惹起世人之注意也。」[22]

由上可知，《琴嫣小傳》是何海鳴由政治轉向文學之後，小說創作嘗試期的作品，此一中篇極可能受到他之前的短篇小說〈英花小傳〉的影響，至於小說中的主要人物「回雁峰前客」，則可能是他本人性格的化身。

三、敘事聲音從〈英花小傳〉到《琴嫣小傳》之變化

美國學者韓南就「小說界革命前的敘事聲口」，依年代順序提出四個類型：個人化的敘事者、虛擬作者、最弱化的敘事者，以及親自介入的作者。韓南所說的「敘事聲口」，亦即本文所說的「敘事聲音」。所謂「個人化的敘事者」，是針對過去的敘事者（如說書人）展現的是「公認的智

19　見拙著：〈何海鳴短篇「倡門小說」中的娼妓形象〉，載《彰化師大國文學誌》第32期（2016年6月），頁2。

20　何海鳴：〈我作小說之經過〉，頁5。

21　何海鳴：《奇童縱囚記》，上海：中華書局，1917年9月初版，1930年3月三版。

22　何海鳴：〈我作小說之經過〉，頁5。

慧」，現在他有了「自己獨立的看法」；所謂「虛擬作者」，韓南提出兩點：「首先，它意味著體驗和觀察是作者本人的；其次，它隱去自己而將寫作歸之於他人。」再來是「最弱化的敘事者」，這種敘事者是返回到《儒林外史》的敘事方式，以《海上花列傳》爲代表，「敘事者在那兒只是爲了敘述，來展現行爲和語言——甚至描述也通常略去，除非人物自己說出。」最後是「親自介入的作者」，在此一概念下，「不僅是指敘事者坦言自己就是作者，而且敘事的狀態本身就是戲劇性的。」[23]

韓南所說的各類敘事者，可以和熱奈特所區分的多元敘事者參看。熱奈特認爲，一個敘事文本可能有多個故事層次，敘事者可能處於故事之外進行敘事，也可能處於故事內進行敘事，不論是處於故事外或故事內，如果敘事者不在他講的故事內，熱奈特稱之爲「異故事」，如果敘事者作爲人物在他講的故事內出現，則稱之爲「同故事」。他依此將敘事者的地位分爲四種：1.故事外——異故事：講述與本人無關的故事；2.故事外——同故事：講述本人的經歷；3.故事內——異故事：第二層的敘事者，講述一般與本人無關的故事；4.故事內——同故事：在第二層講述本人的經歷。[24]

兩相對照可知，韓南所說的「個人化的敘事者」以及「最弱化的敘事者」都是「故事外——異故事」的敘事者，他們以第三人稱的全知視角說故事，並且評論人物和故事本身，差別在於前者的聲音較明顯，後者的敘事則隱藏了自己的聲音，例如《海上花列傳》，韓南說：「任何時候只要可能，作者就讓所有的背景資料，甚至人名，在對話中自然出現。」[25]

所謂「虛擬作者」，乍看其實與「故事外——異故事」的敘事者無

23 見〔美〕韓南著，徐俠譯：《中國近代小說的興起》，上海：上海教育出版社，2004年5月，頁11-26。
24 〔法〕熱拉爾·熱奈特著，王文融譯：《敘事話語　新敘事話語》，第172、175頁，北京：中國社會科學出版社，1990年，11月。
25 〔美〕韓南著，徐俠譯：《中國近代小說的興起》，頁25。

異，都有一個「故事外」的敘事者在講別人的故事，但由於作者承認這是自己的故事，因此變成「故事外——同故事」的敘事者，但作者卻又「虛擬」一個敘事者來充當自己，例如《風月夢》虛擬了一個「過來仁」，而《品花寶鑑》則「敘事者表面上聲稱為作者之後，就離開了作者。……聲明這本書是基於自己的所見所聞之後，敘事者委婉地告訴我們，他不知道作者的身分，乃至這本書的寫作時間。」[26]

至於「親自介入的作者」，就是「故事內——同故事」的敘事者，他在故事內扮演一個角色來敘述自己的故事，韓南舉的是《花柳深情傳》這部於1897年出版的小說，「作者本人在小說的開頭出現，提供了與他的自序中相同的信息。他沒有用第一人稱，而僅用『綠意軒主人』來指他自己。」[27]

由上可知，在梁啟超1902年提出小說界革命前，尚未出現第一人稱敘事者的「敘事聲口」，即本文所謂的「敘事聲音」。

何海鳴1915年在《禮拜六》發表的〈英花小傳〉是一篇文言小說，其敘事聲音大體上介於韓南所區分的「最弱化的敘事者」與「個人化的敘事者」之間。依熱奈特的分類，則比較偏向「故事外——異故事」的敘事者，即敘事者在故事外敘述他人的故事。然而小說中還是出現了幾處敘事者介入的聲音，有兩處是以「外史氏」的名義介入的：其一是在小說開始後不久，英花（原名阿媛）的父親身後留下數十金的債務，她的叔叔明明有錢，卻不肯解囊，還打算將她賣給娼家，此時外史氏介入議論道：「『為問生身親父母，賣兒還剩幾多錢』，是親生父母之貨其子女亦屬尋常之事，此以叔而貨其姪女，宜其視為正義而毅然行之也。」[28]其二在文末，外史氏對小說進行總評，謂：「予記此篇，記世間之終有奇男子、奇

26　〔美〕韓南著，徐俠譯：《中國近代小說的興起》，頁23。
27　〔美〕韓南著，徐俠譯：《中國近代小說的興起》，頁29。
28　行樂（何海鳴）：〈英花小傳〉，載王鈍根主編：《禮拜六》第66期，頁18。以後引用此文，只標示頁碼，不再出註。

女子，奇男子何人？蒼石公是也；奇女子何人，英花是也。英花固已得所，蒼石公究如何？俠情用盡，依然一身淒涼潦倒，亦可悲矣！」（頁25）

另兩處則敘事者直接介入：一處在敘及英花雖同意賣身，但要求叔叔借錢讓她自開妓院，叔叔同意後，她在父母靈前拜別，敘事者介入道：「嗟哉阿媛，蓋拚以此身嘗試風塵滋味矣！」（頁20）另一處在敘及蒼石公梳籠英花之後，因為自己無力娶她，為了怕誤了英花生計，不常來往，英花才漸接他客，敘事者又介入道：「閱者諸君知之，此時英花非似曩年阿媛狀況矣！……。」（頁23）

由於這幾處的介入，使敘事者有了「個人化的敘事者」的性質。而透過敘事者的介入以及故事情節的發展，我們讀出了一個批判不義家長、同情妓女命運、讚揚幫助妓女的俠士卻又為俠士結局感傷的「隱含作者」[29]。此一隱含作者未必等同於真實作者何海鳴，但或多或少代表真實作者的某種意念或心情。

我們在上一節曾說《琴嬅小傳》極可能受到〈英花小傳〉的影響，因為二篇小說有不少雷同之處，說明如下：

第一，英花「十四歲即失怙恃，依叔為生。」琴嬅則「十一歲即失怙恃，依叔父而生。」（頁26）雖然成為孤兒的年齡略有不同，但同樣都是在十四歲時，被叔父以其父親留下「身後之債」為由，讓她們墮入火坑。英花在臨行之時，「哭拜於父母靈前，默祝父母冥中佑助。」琴嬅在臨行時，同樣「至父母墳前為最後之祭奠，琴嬅伏地而泣，且泣且訴其哀怨之情，冀亡親地下一垂聽。」（頁27）

---

[29] 隱含作者的概念是由美國學者布斯提出來的，見〔美〕W・C・布斯著，華明等譯：《小說修辭學》，北京：北京大學出版社，1987年10月，頁80。查特曼曾用一句話來概括：「他是讀者從敘事當中重構出來的。」又說：「它無聲地指示我們，通過整體的設計，用所有的聲音，憑藉它選擇讓我們知悉的一切手段。」見〔美〕西摩・查特曼著，徐強譯：《故事與話語》，北京：中國人民大學出版社，2013年1月，頁132。

　　第二，《琴娟小傳》的主人公「回雁峰前客」所扮演的角色和〈英花小傳〉中的蒼石公有些類似，他們既是嫖客，又是妓女的「良友」，以及試圖解救妓女的俠客。

　　第三，兩篇小說都出現和女主角相戀的公子，不同的是：在〈英花小傳〉，公子是在蒼石公梳櫳了英花之後才出現的；而在《琴娟小傳》，「回雁峰前客」則是在琴娟和少年的戀愛出問題後才成為琴娟的入幕之賓。雖然少年的出現有先後的不同，但兩位男主人公都為促成自己所愛的妓女和少年的婚姻盡了一些努力。

　　《琴娟小傳》雖然可能受到〈英花小傳〉的影響，但其敘事者的狀況，比起〈英花小傳〉要複雜多了。

　　如果不去管正文前所題的「回雁峰前客口述，求幸福齋主人記」，單就小說內容來看，《琴娟小傳》便是一部以第一人稱觀點敘事的中篇小說。第一人稱敘事一定是由「故事內」的敘事者來說故事，但是情況又有兩種：一種是敘事者只是一個旁觀者，透過他的視角說別人的故事，這便是「異故事」，吳趼人《二十年目睹之怪現狀》即是如此；另一種敘事者，則自己就是故事的主要角色，敘述的是自己親身經歷的故事（雖不能否認其中也會有虛構的成分），他便是「故事內一同故事」的敘事者，《琴娟小傳》即是此一類型。

　　韓南認為：「1903年吳趼人的《二十年目睹之怪現狀》之後——或者更嚴格地說是1906年的《禽海石》，我們才發現那種一貫的、限知的敘事，也即小說中現代意識的實質性特徵。」[30]在短篇小說部分袁進也提到吳趼人，他認為在〈黑籍冤魂〉、〈大改革〉、〈平步青雲〉等小說中，「他都運用了第一人稱限制敘事，小說中的『我』或為旁觀者，或為當事者。」[31]不過陳平原早已觀察到，無論是《二十年目睹之怪現狀》、〈黑

30　〔美〕韓南著，徐俠譯：《中國近代小說的興起》，頁10。
31　袁進：《中國文學的近代變革》，桂林：廣西師範大學出版社，2006年，頁358。

籍冤魂〉、〈大改革〉或〈平步青雲〉，都只是「變相的見聞錄」，而且「這種用『我』的遊歷作爲框架，以便引出他人故事（或生活片段）的敘事方法，後期『新小說』家仍大量運用。」[32]

不過吳趼人的短篇小說〈黑籍冤魂〉固然也是「變相的見聞錄」，不過小說敘事者「我」遇到的「路倒者」留下的冊子，其內容倒是道道地地的以第一人稱「自敘」其從富家子弟因鴉片癮而家破人亡的故事。[33]但無論《二十年目睹之怪現狀》也好，〈黑籍冤魂〉也罷，雖然採用了第一人稱的限制式視角，正如韓南所說的，相對於《禽海石》，「吳趼人的小說就必須借助各種各樣的手段來持續使用這一方式。」[34]大概清末民初的第一人稱小說，總難免「借助各種手段」，例如日記、書信，或像〈黑籍冤魂〉這種「留下的冊子」。比如徐枕亞於1914年改寫其暢銷小說《玉梨魂》爲《雪鴻泪史》，即屬第一人稱的日記體，陳子平說：「《雪鴻泪史》在藝術上還是有一大創新，即以日記體創作小說，這大概是中國小說史上第一部日記體小說。」[35]周瘦鵑1914年發表在第19期《禮拜六》的〈阿郎安在〉、1915年發表在52期的〈斷腸日記〉也是第一人稱日記體；1918年5月魯迅在《新青年》發表他的第一篇小說〈狂人日記〉，由篇名可知，同樣也是第一人稱日記體。[36]

陳平原和韓南一樣，也肯定《禽海石》，但更肯定《斷鴻零雁記》，他說：「從便於抒發自我感情的角度來採用第一人稱敘事方式的，我們能舉出來的大概只有蘇曼殊的《斷鴻零雁記》等寥寥幾篇。」[37]《斷鴻零

32　陳平原：《中國小說敘事模式的轉變》，臺北：久大文化公司，1990年，頁74。

33　原載《月月小說》第四號，1906年，收入于潤琦主編：《清末民初小說書系‧社會卷》，北京：中國文聯出版社，1997年7月，頁51-60。

34　〔美〕韓南著，徐俠譯：《中國近代小說的興起》，頁203。

35　陳子平：〈哀情巨子──鴛蝴派開山祖──徐枕亞評傳〉，載范伯群主編：《哀情巨子──鴛蝴派開山祖──徐枕亞》，南京：南京出版社，1994年10月，頁259。

36　魯迅：《吶喊》，臺北：風雲時代出版社，1996年7月，頁16。

37　陳平原：《中國小說敘事模式的轉變》，頁75。

雁記》原載於1912年5月至8月上海《太平洋報》[38]，在《斷鴻零雁記》之後，第一人稱敘事的小說似乎稍爲多了起來，例如周瘦鵑就有不少第一人稱的短篇小說，陳建華甚至稱之爲「第一人稱敘事的序列」，陳建華強調這些小說的「第一人稱的心理敘事」[39]，並強調周瘦鵑「頻繁使用日記、書信來加強人物的心理刻畫。」[40]何海鳴的《琴娟小傳》同樣用來「抒發自我感情」，亦非常重視「心理刻劃」，不過它的敘事策略更爲多元，本論文下一節將進一步深入論述。

　　如果依據韓南的區分以及本論文之前的考察，《琴娟小傳》的主要敘事者既是「親自介入的作者」，又具有類似「虛擬作者」的性質。正文前的「回雁峰前客口述，求幸福齋主人記」，事實上已經被〈後記〉中所說的「求幸福齋主人曰：此書實予作也。」否定掉了。「記」不是「作」，何海鳴已不只是紀錄者，其實就是小說的作者，他把自己的「狂熱」性格取代了「回雁峰前客」本人的「冷淡」，又說書中所言都是他的「心坎中語」（而不是「回雁峰前客」本人的）。既然何海鳴是作者，正文前爲何又要說是「記」呢？韓南在討論《品花寶鑑》時曾提到：「這種姿態是一種習慣，宣稱自己即作者，而最終卻並沒有承認。」[41]顯然何海鳴也還沒有擺脫這種類似的「習慣」，所以一方面說自己是作者，另一方面又說這是他人的「口述」。

　　小說家把他人的經歷當素材寫成小說本來就是正常的現象，不過在民國初年，以第一人稱敘事還不普遍，一般多用在敘述自身故事，例如前文提及的《禽海石》和《斷鴻零雁記》皆然，周瘦鵑著名的短篇〈午夜鵑

38　依據此書最早的編者柳亞子的出版說明，見蘇曼殊等著：《斷鴻零雁記・孽冤鏡・玉梨魂》，南京：鳳凰出版社，2014年4月，頁56。

39　陳建華：〈抒情傳統的上海雜交──周瘦鵑言情小說與歐美現代文學文化〉，載《中山大學學報（社會科學版）》2011年第6期（2011年11月），頁5。

40　陳建華：〈周瘦鵑與民初文學文化轉型簡論──文言白話的辯證關係與新舊兼備的文化政治〉，載《東岳論叢》第36卷第1期（2015年1月），頁22。

41　〔美〕韓南著，徐俠譯：《中國近代小說的興起》，頁23。

聲〉虛擬了一個「恨恨生」，其實也是自敘[42]。像《琴嫣小傳》這種以第一人稱寫他人經歷，此「他人」且爲主角的小說，在當時並不多見。在民初通俗小說作家中，大概只有周瘦鵑比較勇於嘗試，他發表於16期《禮拜六》的〈此恨綿綿無絕期〉、19期的〈阿郎安在〉、76期的〈酒徒之妻〉等，都是比較符合現代意義的第一人稱非「自敘」體小說，陳平原對周瘦鵑短篇小說的頗爲欣賞，他說：「在清末民初較活躍的短篇小說作家中，周瘦鵑是最爲西化的。」[43]不過周瘦鵑的成就畢竟在短篇小說，在五四新文學出現以前，中篇以上非「自敘」體的第一人稱敘事小說，除《琴嫣小傳》外，恐怕還不容易找到。

無論如何，從〈英花小傳〉到《琴嫣小傳》，小說的敘事聲音已經由傳統的「故事外—異故事」的第三人稱全知敘事者的聲音，轉移到「故事內—同故事」的主角第一人稱敘事者的聲音，其演變的痕跡相當明顯。

四、《琴嫣小傳》的多重敘事聲音及其深層意蘊

美國學者查特曼曾將整個敘事—交流情景圖示如下[44]：

敘事文本

真實作者 → 隱含作者 → （敘述者）→ （受述者）→隱含讀者 ┄┄┄┄ 真實讀者

前已說過，《琴嫣小傳》屬於「故事內—同故事」，即敘事者在文本中敘述以自己經歷爲主的故事。當這位敘事者在敘述時，「受述者」

---

[42] 陳建華說：「周氏假托『恨恨生』之口把滿腔悲痛欲絕表達得淋漓盡致。」見氏著：陳建華：〈民國文人的愛情、文學與商品美學——以周瘦鵑與「紫羅蘭」文本建構為中心〉，載《現代中文學刊》（雙月刊）2014年第2期，頁62。

[43] 陳平原：《中國現代小說的起點——清末民初小說研究》，北京：北京大學出版社，2005年9月，頁158。

[44] 〔美〕西摩・查特曼著，徐強譯：《故事與話語》，頁135。

便是小說的讀者，此一敘事者（即「回雁峰前客」／小說中的「予」，以下簡稱「予」），屬於第一層的敘事者。文本內還有一位故事內的敘事者，即小說的女主角琴嫣，當她在敘述時，原來的敘事者「予」轉為「受述者」，琴嫣可稱為第二層的敘事者。再者，琴嫣在故事中轉述張生的說話，於是張生又成為第三層的敘事者。

　　《琴嫣小傳》的高明之處即在設置了多層次的敘事者，由於視角的限制，使整篇小說充滿了問號，增加了小說的許多「空白」[45]。有學者認為：「小說語言最重要的部分其實在文本的空白中，沒有說的、暗含的、預先假定的或者更廣泛地說，在內涵層次？」[46]這些空白，必須透過細緻的分析才能察覺，這便是《琴嫣小傳》異於傳統的，全知觀點的小說的地方。

　　比如「予」為了討好琴嫣，請她講述和張生戀愛的經過，有關張生的家世生平，以及他和琴嫣之間的分分合合，皆從琴嫣的口中道出。由於琴嫣對張生一往情深，所以她的敘述是否可信，就要由受述者「予」，以及另一層的受述者，也就是小說讀者來決定。就「予」來說，一方面由於旁觀者清，另一方面也因為他對琴嫣的愛慕，因此對張生不免嫉妒，對他的作為多表懷疑，例如琴嫣提到張生的誓言：「苟不以琴嫣為妻者，將來必為摩托車所軋斃。」雖然是發了如此重誓，「予」仍不信，說他「細思之，終不敢信張生之言為實。」（頁17）在這裡我們可以看到，對於張生，琴嫣向「予」表達她的信任，而「予」則向讀者表達他的懷疑。由於受到第一人稱限制視角的局限，「予」和我們讀者都無從了解張生真正

---

[45] 德國學者伊塞爾把文學作品分為兩極，即文本的「藝術極」和讀者的「審美極」，伊麗莎白·弗洛恩德說：「藝術極與審美極的交匯處是一種建構性的空缺，伊塞爾稱之為空白、斷裂或不確定性。」見〔美〕伊麗莎白·弗洛恩德著，陳燕谷譯：《讀者反應理論批評》，板橋：駱駝出版社，1994年6月，頁142。

[46] 〔法〕貝爾納·瓦萊特著，陳艷譯：《小說──文學分析的現代方法與技巧》，天津：天津人民出版社，2003年，頁58。

的想法，也無法判斷他的眞僞。這個例子可以清楚說明，何海鳴對於「限知」視角的運用已經相當圓熟，而在視角的限制下，各層次敘事者呈現多元聲音，而不是由一位至尊的敘事者發出單一的弦律。

首先我們從最內層的聲音，即隱身在幕後從未出現的張生的敘事聲音討論起。張生的敘事聲音都是由琴娟轉述給「予」聽的，首先她轉述了當年的一段話：「家有嚴父且有庶母，而慈親獨見背，匆促娶儂，事必不諧。當待至二十歲後，伊有自主之權，且脫去家庭專制之範圍，始可成婚。」（頁13）可是到了三年後，也就在「予」初遇琴娟之時，張生來到妓院，「忸怩語儂曰：我不能娶卿矣！」琴娟驚問其故，他說：「我若娶親，必爲祖宗之罪人。」（頁14）琴娟再三追問，他才解釋說：「庶母譖其浪游於嚴父之前，且聳恿嚴父爲彼速訂婚。彼不敢以儂事上告，且恐庶母偵知儂二人之情，或生巨禍。」（頁16）後來看到琴娟幾乎哭斷肝腸，而有前段提到的被摩托車軋斃的誓言。「予」當時就不認爲其誓言可信，果然不久張生就借故向琴娟索回自己的相片，並從此斷絕往來。

張生的那些話，除了琴娟之外，無論書中人或小說讀者，大概都會覺得只是藉口托詞，毫不眞誠。因此可以說，小說最內層的敘事聲音有些虛浮不實的，而這些虛浮不實的聲音從質樸天眞的琴娟口中道出，便顯得格外諷刺。

關於琴娟與張生的戀情，琴娟是當事人兼敘事者。然而關於琴娟的身世和被賣入火坑的經過，則是在琴娟起頭之後，轉由「予」以全知的第三人稱視角敘述，然後再以「如上所述，悉琴娟語予者」（頁30）收束。用敘事學的術語來說，琴娟與張生戀愛的過程採用了「等述」的手法，由琴娟在和「予」的對話中自己詳加陳述；至於琴娟的身世，則是由「予」來「概述」。[47] 琴娟是帶著自己的情感陳述自己的戀情的，而「予」對琴

47　等述指敘述時間和故事時間基本吻合，概述指敘述時間短於故事時間，具體表現爲用幾句話或一段文字概括一個較長的故事時間。參見胡亞敏：《敘事學》（第二版），頁76、78。

嬌身世的概述，也帶著「予」的情感，主要是向讀者表達自己對琴嬌的同情。

　　作為小說中第二層的敘事者，琴嬌的聲音是天真可愛的。由於張生曾經在她生病時日夕陪伴，她便「誓嫁張生」（頁13），張生說他不能娶她，見她痛哭又在神前發誓，她亦相信。然而「予」追問張生平日的生活，「琴嬌亦不能道其詳，惟以一語總贊之有大志而已。至其學業如何，才識若何，雖予欲聞之，而苦於琴嬌自亦弗知也。」（頁33-34）可見她只是一廂情願，對張生並不了解。張生取回照片後，琴嬌哭請妓院裡的王嬌到張生住的旅館去傳話，說她「決以一死報公子，只須公子再來相敘一次，死亦甘心。」（頁64）沒想到王嬌未能見到張生，反而帶回張生房中「乃有女眷」的消息。琴嬌傷心欲絕，「予」乃代為寫信，請王嬌送去給張生。這事後來被老鴇得知，將琴嬌罵了一頓，遂使琴嬌有贖身之念，「予」決定籌錢為她贖身。「予」本想問她贖身後能否跟他走，但還不敢造次，於是問她是不是另有「可愛之人」可嫁，沒想到她「淡然若無事，直答曰：『有』。」這個「有」字「較毒藥為厲」，使「予」全身「麻木不知」。（頁95-96）

　　「予」曾說琴嬌「胸無城府」（頁18），又說她「富有真性情，待人以誠」（頁37），還說她具有「天真之聰秀」（頁58）。這些形容，確實可以從琴嬌的言行來驗證。「予」之待琴嬌，可謂體貼入微，似乎用情頗深，他嘗自思：「琴嬌喜則予喜，琴嬌愁則予愁，琴嬌悲痛則予懊惱欲死。苟琴嬌曰是事當如何，予之腦筋乃立奉命為琴嬌設身處地思之，以報琴嬌。」（頁51）但他從來沒有明確向她表白，而琴嬌也似乎渾然不覺，在「予」面前，想說什麼就說什麼，不知道她的有些話會傷「予」的心。正因為如此，何海鳴在琴嬌回答自己另有「可愛之人」這一段的眉批上便讚嘆道：「此琴嬌之所以可愛。」由此可知，琴嬌作為第二層敘事者，其敘事聲音的確是天真可愛的，非如一般妓女的世故圓滑，而因其天真可愛，其遭遇也就更加令人同情。

何海鳴曾說，美人的特色在「憨」，他說：「未有美人而不憨者也。」[48] 他所謂憨，就是天眞爛漫、敦厚自然，也即像琴嫣這般的「胸無城府」。可見琴嫣這個形象，寄託了何海鳴的理想。而對於這樣的理想，他似乎覺得自己無福消受，因此表現出患得患失的情感，然後他又將此情感，投射在小說的主人公「回雁峰前客」身上。

琴嫣所說的「可愛之人」是一位徐姓的公子，據琴嫣所述，其家中已有妻子，因爲「妻貌不揚」，「遂尋歡於儂處」，但他「膽絕小又富有癡性」，聽說琴嫣被老鴇責罵，「遁而不敢復來」。琴嫣不知道「予」正想對她告白，還叫「予」代她寫信告訴徐生，說自己並未受責，請她放心再來相見。信是寫了，也叫王媽送去了，但再追問琴嫣是否眞要嫁他時，她卻猶豫了，這又讓「予」燃起一絲希望，猜想琴嫣是否「仍有意於予耶」？（頁98）

前文提到《琴嫣小傳》以故事內第一人稱敘事者所具有的「抒發自我感情」以及「心理刻劃」的本質，而此一本質在小說最主要的敘事者「予」大段獨白的聲音中，具體表現出來的是「自傷、自憐、猶疑、矛盾」的調性。小說一開始「予」便自稱是「薄福人」，後來又說：「僕本恨人，原無幸福。」（頁52）他對琴嫣有愛，而不敢表白，乃以「良友」自居，謂：「希望曷敢過奢，以折予福。」（頁53）他以不早識琴嫣，讓「濁物」張生捷足先登而自怨自艾（頁54），然而一旦琴嫣表露出對他的感情，卻又開始猶豫：「惟予近況頗不適，家憂國難，滿目淒涼，予究能享有琴嫣否，予殊不自信。」（頁90）後來答應爲琴嫣贖身的承諾不但未能實現，還以「家人良友恆阻予出」（頁103）爲由，不再去找琴嫣。爲了消除罪惡感，他自我解釋道：「予本無所求於琴嫣，期後日如約而已。苟多見數次，忽種情根於中，而琴嫣又不能嫁我，自煎自縛，如何了者？竊恐情絲糾纏予身，雖然慧劍不能斬矣！今及此自退，計亦良然。」

---

48 何海鳴：《求幸福齋隨筆》，頁10。

（頁104）這段獨白簡直將他負心失信的責任，推得一乾二淨。他亦自知：「以予今日之困境，測其前途，亦難免不為負心張生之第二。」（頁108）

　　正如本文前言所說的，本書似乎只是一名嫖客的懺情錄而已。這名嫖客看上一個貌美的妓女，千方百計想要擴獲她的心，然而一旦妓女對他有情，他又以千般理由將她推離，反正她是妓女，可以不必負什麼責任。然而，這樣的嫖客明明是可厭的，為何敘事者要把自己塑造成如此的形象？透過以上三層敘事聲音的考察，我們或許可以得到不同一般的如下的理解。

　　首先關於最內層的敘事者張生，受限於敘事角度的限制，第一層敘事者「予」對他譴責的聲音是微弱的。這就讓小說產生了「複調敘述」（polyphonic narrative）的效果，這種敘述，是「以數種聲音、意識或世界觀的相互作用為特徵的敘述，其中任一項都不會統攝或者優於另一項。」[49]琴嫣所轉述的張生的聲音雖然聽起來虛浮不實，但或許有其隱衷，「予」除了對他有些嫉妒，並不把自己的道德論斷強加在他身上，到了小說尾聲處，他還說：「予作幻想，他日此書之收束，琴嫣嫁張生或徐生，予仍決計為芷馨（「予」的友人）所謂之大舅子而不悔。」（頁105）可見在「予」的心目中，張生並不被全然否定。

　　其次關於琴嫣，作為第一層敘事者，「予」大可將她塑造成油滑世故的妓女，以推卸自己未能實現承諾的責任。然而小說讓她成為第二層敘事者，使她擁有自己的聲音，以彰顯她雖為妓女，卻能保持天真自然的本質。周蕾在討論鴛鴦蝴蝶派的女性意義時提到：「以往被當成是不可發出的『女性』情感，如今透過閱讀與書寫的大眾實踐，首次能夠與英雄人物與愛國情操並駕齊驅而流傳，……。」[50]在本篇小說中，第一層的敘事者

49　又稱對話性敘述（dialogic narrative），見杰拉德・普林斯著，喬國強、李孝弟譯：《敘述學詞典》，上海：上海譯文出版社，2011年9月，頁45。

50　周蕾著，蔡青松譯：〈鴛鴦蝴蝶派：通俗文學閱讀一例〉，載氏著：《婦女與中國現代性》，上

讓琴娼用自己的聲音來講述自己的故事，並抒發自己的情感，也可以說是對傳統父權敘事的一種顛覆。

最後關於第一層敘事者「予」，我們說他敘事的調性是「自傷、自憐、猶疑、矛盾」。在小說接近結尾處，「予」謂：「予近已無復有生人趣，惟思以一生之功名事業悉結束於婦人醇酒中。然婦人醇酒徒托空言，情海愛河反留恨事，予亦求生弗能，求死不得矣！」（頁109）又謂：「其初引逗他人之愛情，以慰我長年之淒寂，今淒寂乃加予更甚，且與予以致命之傷。」（頁118）這樣消沉的、頹唐的調性，在提倡「血的文學、淚的文學」[51]的新文學家的心目中，自然是不屑一顧的。

然而也不能否認，這篇小說反映了民初的時局，以及何海鳴本人的遭遇。就在《琴娼小傳》出版的前一年元旦，袁世凱頒布了《大總統選舉法》，「至此，中華民國的實質內容已經蕩然無存，剩下一塊空招牌。」[52]在這之前，袁世凱已經解散國會，而這個新訂的選舉法讓總統「總攬統治權」，且可以無限期連任，「民主」成虛，曾為辛亥革命功臣的何海鳴豈能不消沉、頹唐？事實上，在民初那幾年，「很多人對新舊的紛爭、政局的浮沉、時代潮流的走向難以洞察和捉摸，以致無所適從」，早已「或迷惘，或失望，或頹唐，或蛻變。」[53]何海鳴在心灰意懶之餘，借友人經歷寫了這篇小說，如其在〈後記〉中所言，不過是「借他人酒杯澆自己塊壘」。他把主人公當成自己，小說第一層敘事者「自傷、自憐」的聲音，其實就是作者何海鳴發出的悲鳴。

周蕾認為在鴛鴦蝴蝶派小說中，「常常發現敘事的拼湊分裂於感傷主義與教誨主義之間、分裂於多愁善感的通俗劇與作者坦率直言的道德

海：上海三聯書店，2008年8月，頁86。

51　見西諦（鄭振鐸）：〈血和淚的文學〉，原載1921年6月30日《文學旬刊》第6號，收入芮和師等編：《鴛鴦蝴蝶派文學資料》，北京：知識產權出版社，2010年3月，頁664。

52　朱英：《辛亥革命與近代中國社會變遷》，武漢：華中師範大學出版社，2011年，頁71。

53　同上註引書，頁48。

意圖之間。」而「透過說故事使得儒家文化潰散、去道德化，因而陰性化。」[54] 周蕾的研究對象是徐枕亞的《玉梨魂》、李定夷的《雙繡記》《千金骨》等等與家庭倫理有關的哀情小說，因此有所謂「教誨主義」、「道德意圖」之說。屬於倡門小說性質的《琴娟小傳》，則已經完全不見「教誨」與「道德」，只留下「感傷主義」、「多愁善感」這些「陰性化」的敘事聲音。

結語

　　《琴娟小傳》不是什麼重要的名著，但在中國小說發展史上，具有下列幾種意義：首先它是五四新文學之前少見的，以第一人稱敘事的非以日記、書信等形式，且為以他人經歷為題材寫成的「非自述體」的中篇小說；其次，它運用多層次敘事者，為小說留下許多空白，透過敘事聲音的分析，可發掘其三層敘事者分別展現出「複調敘述」、「女性情感」以及「陰性化」等多元的敘事聲音；最後，本篇小說所展現的消極頹唐的敘事音調，也反映了民國初年部分民眾的迷惘失望，無所適從的心情。

---

54 周蕾著，蔡青松譯：〈鴛鴦蝴蝶派：通俗文學閱讀一例〉，載氏著：《婦女與中國現代性》，頁85。

第十三章

江紅蕉在後百期《禮拜六》中的短篇小說*

一、前言

　　江紅蕉（1898─1972），原名鑄，字鏡心，江蘇吳縣人。民國十二年（1923）八月，嚴芙孫編《全國小說名家專集》，列舉所謂「小說名家」共三十一位，江紅蕉列名其中。依據書中小傳，江以紅蕉署名，是民國八、九年（1919-1920）間才開始的。[1] 趙苕狂〈江紅蕉君傳〉寫於江紅蕉二十七歲那一年，文中說：「署作紅蕉者，蓋在四年前也。」[2] 換句話說，他認為江紅蕉在二十三歲那一年才開始署名紅蕉，而依照中國人出生就算一歲的說法，江紅蕉二十三歲應在1920年。至於芮和師以為：「『紅蕉』是從1922年在上海寫小說〈瀝血記〉開始的。」[3] 其說不確，因為1921年月出版的《禮拜六》103期已刊載署名江紅蕉的短篇小說〈造幣廠〉了。[4]

　　《禮拜六》創刊於1914年六月六日，由上海中華圖書館發行，1916年四月二十九日出完第100期停刊，這一百期由王鈍根主編，一般稱之為前百期《禮拜六》。1921年三月十九日，停刊五年的《禮拜六》復刊，

---

* 本章為科技部計畫「鴛鴦蝴蝶派短篇小說研究」（MOST103-2410-H-415-025）之研究成果，原刊於台南大學《人文研究學報》49卷2期（2015年10月），本章做了一些修訂。

1 嚴芙孫編：《全國小說名家專集》，上海：雲軒出版部，1913年，〈江紅蕉〉篇頁1。

2 趙苕狂：〈江紅蕉君傳〉，載於江紅蕉：《紅蕉小說集》，世界書局，1926年版。

3 芮和師：〈交易所真相的探祕者──江紅蕉評傳〉，載湯哲聲編校：《交易所真相的探祕者──江紅蕉》，南京：南京出版社，1994年，頁11。

4 見廣陵書社影印：《禮拜六》合訂本第10卷，揚州：廣陵書社，2005年。

至1923年二月十日出至200期終刊，這一百期稱爲後百期《禮拜六》，仍由王鈍根主編，但前三十幾期的編務，由被稱爲「哀情大師」的周瘦鵑協助編輯，「直到一百三十餘期，因爲自己精神不濟，才歸鈍根獨編。」[5]江紅蕉的十二篇短篇小說、四篇雜文（〈武林野話〉），以及一篇散文（〈波〉）發表於103期至122期之間，恰好都在周瘦鵑助編時期。之後中斷了三十多期，直到158期至175期之間，才又斷斷續續連載了長篇小說《大千世界》，175期之後江紅蕉未再有任何作品於《禮拜六》中出現。

此外，江紅蕉也於此一時期在包天笑主編的《星期》雜誌（1922年-1923年），連載其具有影響力的長篇代表作《交易所現形記》。江紅蕉是包天笑妻子的表弟，他之所以寫小說，即是受到包天笑的影響，包天笑對他也多所提攜。

在前後各一百期的《禮拜六》雜誌走紅之後，有些學者把發表於其上的通俗作品稱爲「《禮拜六》式」的，把那些作家稱爲「禮拜六派」。例如鄭振鐸在《文學旬刊》發表的〈新文學觀的建設〉一文，即提出「禮拜六派」之稱，並認爲他們「以爲文學只是供人娛樂的」。[6]被魏紹昌指爲鴛鴦蝴蝶派「五虎將」之一的周瘦鵑[7]，也承認自己是「禮拜六派」，他認爲鴛鴦蝴蝶派應該是「以《玉梨魂》出名的徐枕亞一派，禮拜六派倒是寫不出來的。」[8]其實「禮拜六派」也好，「鴛鴦蝴蝶派」也好，同樣都是新文學運動要打倒的目標，朱自清說：「新文學運動開始，鬥爭的主要對象主要是古文，其次是禮拜六派或鴛鴦蝴蝶派的小說⋯⋯。」[9]

新文學家對於鴛鴦蝴蝶派或禮拜六派的作家提出嚴厲的批判，他們

5　周瘦鵑：〈《禮拜六》舊話〉，引自王智毅編：《周瘦鵑研究資料》，天津：天津人民出版社，1993年，頁242-243。

6　鄭振鐸：〈新文學觀的建設〉，載1922年5月31日《文學旬刊》第6號。

7　魏紹昌：《我看鴛鴦蝴蝶派》，台北：台灣商務印書館，1995年，頁50。

8　周瘦鵑：〈閑話《禮拜六》〉，《花前新記》，江蘇人民出版社，1958年，頁48。

9　朱自清：〈論嚴肅〉，原載於1947年《中國作家》創刊號，引自《朱自清全集》（下卷），台南：世一書局，1977年，頁86。

先被稱爲「文丐」[10]，後來更被稱爲「文娼」[11]。成仿吾則不僅罵他們是「文妖」，還說他們「該死」，他說：「這些卑鄙的文妖所出的惡劣雜誌，我因爲不甘糟蹋了寶貴的光陰，所以從來沒有仔細看過，然而我只要把它翻一翻，就可以得到一個確切的評語，就是『該死』二字。」[12]劉鐵群認爲，成仿吾「一方面坦白了他『從來沒有仔細看過』《禮拜六》等市民文學刊物，最多只是翻一翻；另一方面又理直氣壯的姿態宣布這一類刊物所登載的作品『該死』。這種思維方式在新文學家中是非常典型的。」[13]既然沒有細看，新文學家的批評自然不可能完全是正確的。

　　江紅蕉出道較晚，沒有寫過徐枕亞式的鴛鴦蝴蝶派小說，也很少以文言寫小說。[14]芮和師說江紅蕉的小說，「內容大量是言情的，其次是社會的。」[15]嚴芙孫說：「（江紅蕉）君雖善寫言情，而于他體小說，亦均擅長。」[16]趙苕狂也認爲江紅蕉「多言情之作」，但他又說：「紅蕉則自謂作社會小說，似較有把握。」他還引述江紅蕉的話，說他嘗謂：「小說與社會有極密切之相互關係，將窮其力而啟發之焉！」[17]可見江紅蕉對於自己的社會小說有期許，事實上他確實也寫了不少反映社會現象的作品，其性質絕不只是像前引鄭振鐸的說法，以爲「禮拜六派」的作品，「只是供

10 如郭沫若云：「先生攻擊禮拜六那一類文丐是我願極力聲援的。」見〈致鄭西諦先生信〉，《文學旬刊》第6號，1921年6月30日。

11 如C.S：〈文娼〉，引自范伯群主編：《鴛鴦蝴蝶派文學資料》，福州：福建人民出版社，1984年，頁740。

12 如成仿吾在〈歧路〉一文中指責那些通俗小說作家，並警告青年讀者，「不要不加思考，順勢同那些文妖惡少，走上那條歧路。」見仿吾：〈歧路〉，載《創造季刊》第1卷第3期，1922年10月。

13 劉鐵群：《現代都市未成型時期的市民文學——《禮拜六》雜誌研究》，北京：中國社會科學出版社，2008年，頁81。

14 以筆者目前所蒐集到的，僅發現〈釋獄〉一篇以文言寫作，文載《江紅蕉說集》，上海：大東書局，1927年版。

15 芮和師：〈交易所真相的探祕者——江紅蕉評傳〉，載湯哲聲編校：《交易所真相的探祕者——江紅蕉》，頁11。

16 嚴芙孫編：《全國小說名家專集》，〈江紅蕉〉篇，頁2。

17 趙苕狂：〈江紅蕉君傳〉，載於江紅蕉：《紅蕉小說集》，世界書局，1926年版。

人娛樂的」。

　　江紅蕉發表於後百期《禮拜六》的十二個短篇分別爲：103期〈造幣廠〉、104期〈前妻之子〉、105期〈孕〉、106期〈悔〉、110期〈姊之名譽〉、114期〈席捲而去〉、115期〈馬革鶯聲〉、116期〈哭〉、117期〈笑〉、118期〈電車司機人〉、119期〈黨派〉、122期〈復仇〉。[18]

　　其中，〈造幣廠〉、〈悔〉、〈席捲而去〉、〈電車司機人〉、〈黨派〉、〈復仇〉皆可歸類爲社會小說，其數量最多，作品價值也最高；〈前妻之子〉、〈姊之名譽〉、〈孕〉、〈哭〉可歸類爲家庭小說，其數量次多，作品價值也不低；〈馬革鶯聲〉和〈笑〉則勉強歸類爲言情小說，數量既少，作品價值也最遜。本章以這十二個短篇爲觀察對象，一方面想證明所謂「禮拜六派」作家的小說創作，在內容和形式技巧上都有一些成就；另一方面，也藉此說明《禮拜六》雜誌，尤其是後百期《禮拜六》，不盡然只是爲了供市民娛樂而已。

二、社會寫眞──江紅蕉在《禮拜六》發表的社　會小說

　　「社會小說」這個名詞，是晚清時期才出現的。1904年《新小說》的〈小說叢話〉專欄，刊登了一篇俠人的文章，認爲《紅樓夢》一書「可謂之政治小說，可謂之倫理小說，可謂之社會小說，可謂之哲學小說、道德小說。」[19] 俠人認爲《紅樓夢》「能寫社會之惡態，而警笑訓誡之」[20]，這確實道出《紅樓夢》一書社會寫實方面的特色，不過《紅樓夢》故事的場景，主要還是在大觀園，因此一般還是將它歸於「家庭─家族小說」這

18　本章內容在台南大學《人文研究學報》發表時漏掉一篇〈悔〉，現在加以補充，以下內容亦予以修正。

19　俠人：〈小說叢話〉，原載《新小說》第十二號，1904年，引自陳平原、夏曉虹編：《二十世紀中國小說理論資料》第一卷，北京：北京大學出版社，1989年，頁73。

20　同上註引書，頁74。

個類型。

更接近社會小說的是《金瓶梅》，晚清作家曼殊曾懷疑《金瓶梅》何以如此出名？說他「盡數卷猶覺毫無趣味」，後來改一種讀法，「認爲一種社會之書以讀之，始知盛名之下，必無虛也。」[21] 換句話說，曼殊是從社會小說的角度，才讀出《金瓶梅》的價值。鄭振鐸稱讚《金瓶梅》，說：「它是一部很偉大的寫實小說，赤裸裸的毫無忌憚的表現著中國社會的病態，表現著『世紀末』的最荒唐的一個墮落的社會現象。」[22] 因此在文學史上，多以《金瓶梅》爲社會小說的代表，雖然它有很多故事也是在家庭中發生的。

其實，文學是社會生活的反映，尤以小說爲然，因此廣義說來，「凡小說都是社會小說」[23]，也因此社會小說很難和其他小說類型分割。江紅蕉自稱對於社會小說較有把握，但並未對社會小說下過定義。范煙橋認爲：「民國初年的社會小說，範圍更爲擴大，包括了黨、軍、政、警、學、商等各階層的人物和動態，有時也涉及工農。」[24] 本文參考范煙橋的說法，將所有反映社會現實的小說，都歸類爲社會小說，但如果反映的面向較集中於家庭，則視爲家庭小說。在後百期《禮拜六》江紅蕉所發表的小說中，反映了軍、政、學、商、工等各個方面，具有很強的寫實性。

其中，〈電車司機人〉反映了民初新型的社會現象，內容包括工人罷工、電車車禍事件、電車司機以及賣票人的痛苦等等題材。小說從哈爾濱電車工人大罷工寫起，這次的罷工，工人們獲得圓滿的結果，也提高了其他城市電車工人的福利。接著，又敘述從一位上海電車賣票員聽來的，也

21　曼殊：〈小說叢話〉，原載《新小說》第八號，1903年，引自陳平原、夏曉虹編：《二十世紀中國小說理論資料》第一卷，北京：北京大學出版社，1989年，頁69。

22　鄭振鐸：《中國文學研究》，北京：人民文學出版社，2000年，頁227。

23　游友基：《中國社會小說通史》，南京：江蘇教育出版社，1999年，頁1。

24　范煙橋：《民國舊派小說史略》，收錄在魏紹昌編：《鴛鴦蝴蝶派研究資料》，上海：上海文藝出版社，1962年，頁181。

是發生在哈爾濱的電車車禍事件。車禍造成車頭損壞，但沒有人員死亡。其中的一位司機受傷較重，而由於車禍是因他而起，所以被電車公司解職了。

這位電車司機正是這篇小說的主要敘述對象，小說中他以「年老司機」的形象出現，其實他才四十六歲，「但是他黃黑色臉上的皺紋，卻比他年歲的數目要加上三四倍」。他在公司六年，只請過三天假，每天上班十小時，工作認眞負責，且能夠體諒行人，是一個好司機。他的薪水只有八元，妻子還必須到絲廠裏揀繭，兩夫妻才能夠清苦過活，但「夫妻們過著苦日子，倒很快樂。」這樣一位安分守己的司機爲什麼會闖禍？原來他著了涼卻不敢請假，因爲「一天不開車就沒工錢，就沒有飯吃。」所以他抱病上班，他向醫治他的外國醫生說，他懷疑自己當時一定是睡著了，否則不會沒看到前車而撞過去。

江紅蕉的筆觸充滿了悲憫，他不僅同情這位司機，也同情那些在車禍中受傷的工廠工人。傷得不重的，自認倒楣回家了，而受傷較重被送進醫院的工人則好幾天才能出院，他們一住院，「家裏因爲沒有工資進帳，就困難得非常。」此外他還描寫了賣票人的情況，遇到客人不肯老實買票被查到，他們就得受罰，「一分的票子，就要受五分的罰款，一天經不起三四次，兩角洋鈿就不在袋子裏了。」有些賣票人會揩公司的油，因爲薪水實在太低了，賣票人對小說的敘述者說，要是工資能夠加倍發給，「那麼吾們再不去揩油，做這冒險的勾當呢！」

值得一提的是，小說對於電車公司的外國老闆卻有一些肯定。首先他們對於工人罷工給予善意的回應，包括高達二成五的加薪，減輕賣票人的罰款，以及負擔因公受傷的醫藥費；其次關於前文提及的那一件車禍，年輕的司機是無辜的，自然未被懲罰，年老的司機因爲已經重傷，「也從寬不去追究」；其三，外國醫生聽了年老司機關於不能穿工作服回家以致著涼的訴苦後，寫信給電車公司，公司因而宣布工人們可以把工作服穿回家，工時也減了一小時。

文末，作者現身評論此事。他對那位年老的司機表達同情，並表示其他電車公司的員工之所以能夠享受到更好的福利，「都是這老年司機人的犧牲」。總之全篇小說都在爲勞動的人們發聲，語氣是十分誠懇的。這篇小說的寫實性很強，決不像新文學家們所說的只具有娛樂性。

不過必須進一步說明的是，根據哈爾濱市的《南崗區志》，哈爾濱電業公司成立有軌電車籌備處是1921年春天，哈爾濱電車在1927年十月才正式通車。[25] 那麼，發表於1921年七月初118期《禮拜六》的這篇小說，怎可能寫到還未通車的哈爾濱電車工人罷工，以及電車相撞的事件呢？小說還提到那位老年司機在電車公司工作快六年，這就更加不可能了。推想江紅蕉當是根據上海電車公司的情況虛構的，1920年上海有軌電車工人成立工會，1921年二月上海有軌電車工人發動罷工要求增加工資，「這次罷工以工人的勝利而結束。」[26] 這些情況和小說內容若合符節，江紅蕉人在上海，耳聞目見，有感而發，寫成以電車司機爲主角的小說，因此小說內容雖然是虛構的，卻也無損於小說本身的寫實精神。

反映商界現實的是〈造幣廠〉和〈悔〉。

〈造幣廠〉寫民初貨幣的混亂，也揭發了當時金融界的黑暗面。江紅蕉二十三歲時曾經「襄助其友人創辦銀行」[27]，因此對於上海的金融界有一定的了解。孔慶東說：「江紅蕉的《交易所現形記》，是寫上海灘金融界內幕的，頗帶一些『黑幕』小說的氣息。」又說：「十年以後，茅盾的《子夜》轟動一時，書中空頭多頭之戰是『吳趙鬥法』的核心，但若論描

25　見《南崗區志》第四篇第四章第二節〈電車〉，引自http://218.10.232.41:8080/was40/detail?record=82&channelid=39356&presearchword=

26　參見邵雍：〈俞秀松與上海工人運動〉，載《上海師範大學學報（哲學社會科學版）》，2010年3月第39卷第2期，頁132、133。

27　趙苕狂：〈江紅蕉君傳〉，載於江紅蕉：《紅蕉小說集》，世界書局，1926年版。按，文中提及江紅蕉四年前助其朋友辦銀行，而趙文寫於江紅蕉27歲那一年，故可推知江紅蕉在23歲曾有辦銀行的經驗。

寫之詳實深入，實在尚不敵《交易所現形記》。」[28]孔慶東還將這部小說
和包天笑《上海春秋》、畢倚虹《人間地獄》、平襟亞《人海潮》、海上
說夢人《歇浦潮》等相提並論，認為這批小說均表現出「大規模描寫中國
社會」的氣魄，「這是中國古代、近代的社會小說所沒有的『現代性』極
強的一種氣魄。」[29]

　　相對於長篇小說《交易所現形記》的氣魄，〈造幣廠〉只以一場集
資開設造幣廠的鬧劇，來反映民初幣制的無序。鑄幣之事，原本應該由國
家來辦理，但當時的中國政府「窮得千瘡百孔」，無力經營，所以各省的
鑄幣廠有的關門，有的「自己去胡鬧，弄得不成模樣」。小說中的男主角
何伯仁發跡之後當上大來銀行的買辦，在金融界有了地位，恰巧某省鬧幣
荒，他便鼓吹當地紳商與官府合作，開設省立的造幣廠。其手法，一是與
官府合作利用政府原來的設備，其次是募股集資。才一年多，造幣廠就
開鑄，然而不到一年，又被勒令停工，原因是成色不足，流到外省往往要
「貼水」、「折扣」。而造幣廠停工，資本家倒沒事，「頂晦氣的就是一
班工人，不過賺些邊皮粒屑，就一個一個的監禁科罪，那些一萬二萬的吞
沒舞弊的，倒逍遙法外，你說公平不公平？」

　　這篇小說抖出了幾重黑幕：首先是官商勾結，「原來這造幣廠的成
立，全靠官廳允許了，他官廳的允許也靠了一筆運動費。」其次，商人的
資本也是假的，何伯仁把公司十萬股中的一萬股拿到大來銀行去抵押，貸
款三十萬，以一分八厘計息。這三十萬拿到公司，再由自己指定的商辦公
司承攬廠裏的一切材料，加上營運的紅利，算一算足有四分利。換句話
說，他不花一毛錢，就淨賺二分二的利息，敘事者感嘆說：「你想不犯本
錢的商業，像如此優厚的，那裏去找呢？」又批評說：「大來銀行是外國
人開設的，造幣廠關於國家主權，竟把他押到外國人手裏，怎不算喪心病

28　孔慶東：《1921誰主浮沉》，重慶：重慶出版社，2008年頁158-159。
29　同上註引書，頁156。

狂？」

　　總之，這篇小說爲我們揭發了民初商人的醜陋，他們的心目中既沒有國家，更沒有百姓。整個造幣廠事件，倒楣的除了上述那些工人，其他的自然是將自己辛苦所得換成那些劣質貨幣的小老百姓們了。

　　其實這篇小說的背後還有一個三角戀愛的故事，男方有二人，一是何伯仁，另一是伯仁的朋友章涵如，女方名佩霞，她先以章涵如姊姊的身分出現，起先和何伯仁熱戀，最後卻嫁給了章涵如。原來佩霞的父親是章涵如父親的朋友，因爲打仗所以把佩霞寄在章家，留下遺囑，要把女兒許配給涵如，並把二萬元遺產留給他們。所以佩霞沒有答應伯仁的求婚，但是借錢給他，使他在金融界成名，還把一個好朋友介紹給伯仁當妻子，至於造幣廠，也是佩霞出的主意。江紅蕉一面說佩霞「總算多情」，另一面也責備她「畫策把造幣廠間接押給外國銀行，到底不算愛國。」雖然就篇幅來說，戀愛部分寫得較長，然而其目的仍在說明造幣廠的起因。易言之，小說雖然在言情部分有些著墨，但暴露金融界的黑暗面應該才是眞正的寫作目的。

　　〈悔〉寫紗業廠老闆李子愼本來事業是很成功的，卻因爲涉足交易所做投機事業周轉不靈而破產，又因爲倒帳被告而入獄。入獄之後，兩個姨太太改嫁，女兒也無法完成學業，境況相當悲慘。後來雖經香港友人的資助而出獄，但不久之後就病故了，女兒後來遇人不淑，不到十九歲也香消玉殞了。這篇小說發表於1921年4月23號出到的《禮拜六》106期，是江紅蕉作品中較早反映交易所之害的，可以說是他後來在1922年初開始連載的《交易所現形記》[30]的先聲。

　　反映學校狀況的是〈黨派〉篇，這篇小說以英國人開設的「馬禮孫中學」爲背景，寫中學生的校園生活，情節的重點則在學生所鼓動的罷考風潮。江紅蕉的長篇小說《灰色眼鏡》也寫學潮，江紅蕉畢業於草橋中

30　參見本書第九章。

學[31]，曾在龍門師範第二校就學半年[32]，並沒有讀過大學，不過《灰色眼鏡》對於大學校長和當時大學生的行徑，卻有不少誇張的描寫。小說中的男女主角讀的是一所虛構的「烏有大學」，而校長張之光「辦學的眞正目的，在誘惑女學生。」[33]大學生們組織了一個「丁香會」，目的在於選女主角丁一珍爲「校后」，因爲鬧得不像話，訓育主任出來干預，竟然因此引發了學潮，最後校長只好把訓育主任犧牲掉，才將這場學潮平息下來。〈黨派〉中的學潮規模較小，只是一次集體罷考而已。

民國初年的中學教育，在1922年制定六、三、三制以前，採用的是1912年公布的「壬子・癸丑學制」。此一學制分三段四級：初小四年、高小三年、中學四年、大學（含預科）六或七年。[34]〈黨派〉發表於1921年，中國尚未實施中學六年的新制，不過馬禮孫中學是英國人開設的，是否屬於四年制有待確認。從小說的內容看來，故事中的三年級學生十七人中，有十三人預備到聖喬奇大學去應考，「要是考不取還要回進來」，這表示他們讀到三年級還不能畢業，但可以提前去考大學（當是大學預科）。

〈黨派〉反映了當時中學教育的幾個方面：首先是學習態度，馬禮孫中學三年級僅有十七位學生，卻分成三派：好學派、遊蕩派和騎牆派，三派之間，恩怨糾纏，他們認眞念書的不多，罷考風潮就是由騎牆派發動的，起因是外國老師原本宣布不考物理，臨時又改變主意，騎牆派的李文煜倡議罷考，遊蕩派的領袖楊志傑首先響應，其他同學只好附和；其次是學校對於學生的不當管教，李文煜和楊志傑打算決鬥，並糾合了屠夫和包車夫各四十幾人做後盾，校長不但不阻止，反加以鼓勵；再次是本國學生

31　見芮和師：〈交易所真相的探祕者──江紅蕉評傳〉，載湯哲聲編校：《交易所真相的探祕者──江紅蕉》，頁11。

32　見嚴芙孫編：《全國小說名家專集》，〈江紅蕉〉篇頁1。

33　江紅蕉：《灰色眼鏡》，長城書局，1931年版，頁41。

34　梅汝莉主編：《中國教育管理史》，北京：海潮出版社，1995年，頁292。

對於外國教員的心態，罷考惹怒了老師和校長，校長表示：「要是不考，一律開除。」學生便乖乖應考，敘事者道：「要是在中國學堂裏的學生，早已一不做二不休。外國學堂裏，學生究竟怕外國人。」這段介入性的敘述，顯然對於當時學生的「欺中怕洋」有些微詞。此外，小說也對該校的外國校長也進行了批判，寫他故意開除學生，再私下告訴他們可以重新報名，以便「照章再收一筆報名費」。

反映政界醜聞的是〈席捲而去〉，這篇小說寫中央官員到地方上搜刮財物的官場惡習。敘事者以為時代已經進入民國，這種惡習應該不存在了，誰知反而變本加厲。這位中央官員不過是一個從北京來的「酒局監督」，卻好大的官威。蘇州的酒支局長為了奉承他，租了洋式傢俱、銅床、沙發，買了油木桌椅、燈飾，還向地方仕紳借了許多古董字畫，誰知他辦完事情（還是他兒子的婚事，並非公事）之後，除了房子以外，全部都「席捲而去」。

這篇小說有兩個高明的寫作手法：其一是以一個賣豆腐干的小人物來彰顯大官的擾民、害民。原來那位官員偶然吃了叫賣的豆腐乾覺得好吃，旁邊的人便全都買下，當下卻不給錢，叫他明日還來。賣豆腐乾的老實人以為交了好運，隔天在門口等了一整天，天冷，他又不敢離開，直到天黑終於忍不住跑去問門公，那門公只拿了幾個銅元打發他，不容他多說便將他驅逐出去，結果「因為受了寒，生了一場大病，幾乎送掉窮命。」因為這件事，這位官員被地方上封為「豆腐乾監督」，嘲弄的意味十足。其二是小說最末，該中央官所搜刮來的財物，最後也幾乎被一個妓女「席捲而去」。換言之，「席捲而去」一語雙關，對於那位中央官員既揭其惡行，更譏其愚蠢，嘲弄意味頗濃。

反映官兵害民的是以辛亥革命時蘇州兵亂為背景的〈復仇〉，小說先敘述辛亥革命蘇州城倉促「光復」的荒謬情況，幾個督練公所的教習跑去跟江蘇巡撫程德全報告，說武昌漢口宜昌光復了，我們也光復吧！於是不由分說，剪下他的辮子，摘下巡撫部院的牌子，拿張紙寫上「江蘇都督

府」，就算光復了。但也由於如此匆促荒亂，不久後就鬧了兵燹。兵變的起因只是先鋒隊和敢死隊的士兵發生口角，之後兩隊人馬展開一場血戰，死傷慘重。沒死的回不了營，索性在大街上燒殺淫掠，等到都督府出兵平亂，掠奪者早已逃之夭夭。一些鄉下做小工的，跑來撿拾銅元、銀角子，以及布疋、肥皂等物，竟被抓去槍斃。

　　一個在兵亂中受辱的婦人，投水自殺兩次皆不成，只好先按下悲痛去處理公婆和丈夫的喪事。三個多月後，她發現自己懷孕，打胎失敗因而上吊，誰知那個侮辱了她的兵官救了她，並要求她嫁給他。在經過一番掙扎之後，知道自己逃脫不了對方的魔掌，於是同意下嫁。孩子生下來後，婦人故意寵溺孩子，讓他時常和父親淘氣，孩子九歲時，因為父親不肯讓他當馬騎，竟拿起桌上的手槍把父親擊斃了。婦人非常高興，說終於報了十年大仇，然後拿過手槍，把孩子打死，自己也自殺了。

　　這篇小說寫兵亂，以及掌兵者的無能，令人為無辜百姓一掬同情之淚。至於受辱婦人利用兒子報仇之後再殺子，似乎有違人性。其實中國古代本有女性殺子復仇的故事類型，但大多為受騙而委身於兇手，後因仇人吐露真相而醒悟復仇。學者王立蒐集了十二個殺子復仇的故事，其中有十例屬於「醒悟嫁仇」結合「殺子雪怨」的型態。[35] 然而像〈復仇〉篇這種隱恨嫁仇，利用兒子復仇後才殺子的，十分少見。小說發表於1921年，小說中的女性於辛亥年（1911）受辱，隔年（1912）生子，此子殺父時九歲，依中國人計齡習慣，復仇時間當在1920年。也就是說，小說寫的是發表前一年的事，如果不是作者虛構，推想是依據新聞改寫，近於「時事小說」。

　　江紅蕉在《禮拜六》發表的社會小說佔了十一篇中的六篇，已經過半，可以證明他的確有心在這方面發展。這些小說對於當時工人生活的艱難，金融界、學校的亂象，軍人和官員的擾民害民都有相當真切的反映，

35　王立：〈美狄亞復仇與中國古代「醒悟嫁仇」及殺子雪怨傳說〉，《中國比較文學》1995年1期。

對於後人認識民初社會有一定的幫助。

三、家庭悲劇 ── 江紅蕉在《禮拜六》發表的家庭小說

　　本文所謂「家庭小說」，指的是「以家庭生活作為小說的題材」，「以一個家庭為中心反映社會現實生活」[36]的小說，家庭小說以家庭生活為中心，但也離不開社會背景，因此往往也反映了某些社會現象。

　　〈前妻之子〉、〈孕〉、〈姊之名譽〉、〈哭〉四篇的內容都以家庭生活為主，四篇之中，又以〈姊之名譽〉比較出名，嚴芙孫說：「〈繼母之病中〉、〈姊之名譽〉諸篇，描寫深刻，哀婉動人。」[37]芮和師說：「江的短篇中如〈蕭郎畫櫻記〉、〈姊之名譽〉等，早就飲譽小說界。」[38]二位先生都提到〈姊之名譽〉，可見它有一定的代表性。另外，〈前妻之子〉則被選入于潤琦主編的《清末民初小說書系 ── 家庭卷》。[39]

　　芮和師曾經評論過〈姊之名譽〉，不過其解讀似乎並不十分完整。小說寫崔伯南和梁驪珠夫妻感情本來很好，後來伯南發現驪珠和一位美少年很親近，經過查探之後，認為妻子確實對他不忠，於是逼她吞鴉片自殺。芮和師的解讀是：原來「梁有一個姊姊，沒有結婚，在父親死去時卻『殉親』了。人家都稱她孝女。其實這美少年卻是她姊姊的私生子，由梁私自養著的。梁不願揭破這個祕密，使得姊姊，不，一家的名譽難聽，只得犧

36　齊裕焜：《中國古代小說演變史》，蘭州：敦煌文藝出版社，1990年，頁370、378。

37　嚴芙孫編：《全國小說名家專集》，〈江紅蕉〉篇頁2。

38　芮和師：〈交易所真相的探祕者 ── 江紅蕉評傳〉，載湯哲聲編校：《交易所真相的探祕者 ── 江紅蕉》，頁11。按，二位先生所提到的〈繼母之病中〉、〈蕭郎畫櫻記〉分別見於《江紅蕉說集》上海：大東書局，1927年）、《紅蕉小說集》（上海：世界書局，1924年）。〈蕭郎畫櫻記〉另收入范伯群：《鴛鴦蝴蝶 ──《禮拜六》派作品選》，北京：人民文學出版社，2009年。

39　于潤琦主編：《清末民初小說書系 ── 家庭卷》，北京：中國文聯出版公司，1997年。

牲自己了。」[40]其實這背後還有更大的祕密，讓驪珠的姊姊懷孕生子，並且拋棄她們的，正是崔伯南本人。所謂「殉親」，只是自殺的一個藉口罷了，所以驪珠死後，美少年跑來質問伯南說：「我也不是她的外歡，她卻是我的姑母。她的姊姊怎樣死法，究竟是不是殉親，你總該知道的。……在你那時候，以為已經把我丟去，我的母親已死，我的姑母又嫁了你，便不會再發現這個祕密了。」可知驪珠的姊姊並不是真的殉親，但驪珠為了掩飾姊姊的不幸，以及保護姊姊孩子的名譽，卻犧牲了自己。而最終，崔伯南良心發現，覺得自己對不起她們姊妹，決定自殺，而又怕留下這私生子毀掉了驪珠的苦心，在自殺之前把那少年刺死了。

芮和師的解讀雖然稍欠周延，但他的評論卻很貼切，他說：「這個悲劇，無論作者是否有意，它牽涉著在男女關係中，男子的道德責任問題，女子的社會地位問題，私生子的生存的權利，也就是社會地位的問題，以及殉親還受到贊揚的封建道德問題。」[41]這篇小說對男主人公提出了嚴厲的批評，他先玩弄了驪珠的姊姊，又在不分青紅皂白的情況下逼死了驪珠，最後更刺死了自己從未養育過的私生子。他自己先前時常「蹂躪女子」，卻只因懷疑妻子不忠即逼她自殺。他做錯了事不去補過，只以懦弱的自殺逃避責任，還帶走了無辜的親生兒子。在這個故事中，驪珠、驪珠的姊姊、少年都是受害者，而傷害他們的，除了無責任感的男人，也應追究當時那個道德觀念歪斜的社會。所以芮和師認為這篇小說「雖也寫的男女之情，似應屬於社會小說」[42]，也有一些道理。

〈前妻之子〉和前文曾經提及，嚴芙孫將它和〈姊之名譽〉相提並論的〈繼母之病中〉這一篇，都屬於「後母類型」的故事。兩篇的筆法很不相同，但同樣探討了後母與前妻之子間不可避免的矛盾。

40　芮和師：〈交易所真相的探祕者——江紅蕉評傳〉，載湯哲聲編校：《交易所真相的探祕者——江紅蕉》，頁14。

41　同上註引書，頁15。

42　同上註引書，頁14。

　　〈前妻之子〉在不長的篇幅中，道盡了前妻之子受盡冷落的辛酸。這篇小說很富戲劇性，主要以兩幕做對比：第一幕描寫因為八歲的孩子能記住馬車的編號，使父親的失物能夠珠還合浦，此時這孩子受盡寵愛，是父母心中的珍寶；第二幕已是十五年後，描寫被後母冷落漂流在外的孩子，淪落到成為車伕，駕著和當年同一個號碼的馬車，載了父親一家人，他不敢認他父親，而他父親也沒有認出他來，結局只說父親看到那輛馬車的編號，「覺得背上冷了一冷，不知不覺嘆了口氣過去了。」兩幕中間敘述了這孩子因為缺乏關心而起起落落的過程，他先加入幫派，後坐了牢，也當過電燈匠、賭場把風人、巡警，最後成了車伕。「他無聊的時候卻也自己想著，為什麼墮落到這般地步，他總想不出個所以然。」

　　這篇小說沒有像〈繼母之病中〉寫出了後母對待前妻子女的苛酷，以及父親如何被後母同化。全篇沒有一句斥責，只淡淡的敘寫了一個原來如此聰明的孩子，如何因為失去父母的關愛而一蹶不振。其淡淡敘寫，反而更增添了讀者的哀傷與同情。

　　〈孕〉寫女學生懷孕，採用了先正敘，後倒敘的手法。這位女學生天真活潑，同學後來感覺她行動怪異，終於紙包不住火，她被發現懷孕了。學校的「監院」怒極，要將她退學，她才說出原因。原來在她九歲時，母親過世，父親是個賭徒沒錢，為料理後事，把她送給一名老者。老者送她到學校讀書，但每隔一段時間便以父親的名義寫信替她請假。前一年放假回家時，兩個人結了婚，所以現在才會懷孕。監院查證屬實，因此沒有開除她，只是感嘆道：「妻子才十五歲，丈夫已五十八歲了，可憐可憐！」

　　這篇小說寫女孩在家庭中的不幸，但也反映了女子上學的潮流。這之間是有些矛盾的，因為提倡女學的目的，即是在伸張女權，但小說中女子竟可以輕易販賣，則連基本的人權都不存了。由於民國建立之後，確立了民國教育的新體制，「該學制規定初等小學男女可以同校，在教學內容上，女生的教學內容基本和男生相同，大大推進了男女教育平等的程

度。」[43]在這樣的政策帶動下，女子上學的觀念已成風潮，然而女權思想其實尚未深入人心，這篇小說可說是民初女性在新舊思想交替時期所受待遇的某種深刻反映。因此雖說是家庭小說，同樣也具有社會小說的性質。

〈哭〉這一篇的結構很類似章法學上「偏全法」[44]中的「先全後偏」：先從一般女人的哭寫起；次寫楊家老太太死時楊家寡媳的哭；最後再聚焦到癡姑一人身上。在寫癡姑的哭時，則先用工筆勾勒其哭的情狀，再回溯其一生的不幸，而其不幸則都是來自於她的原生家庭。

癡姑從小在晚娘的虐待下長大，好不容易配了一個親，誰知快嫁時對方竟病死了。然而即使如此，父親還是把她嫁了過去，原因有三：一是可以「旌表節孝」；二是可以脫出後母的虎口；三是對方有錢，對家裡有利。於是癡姑就這樣被送去守活寡，而癡姑也就漸漸的精神錯亂起來，想像丈夫並沒有死，每天與他對話，為他準備飯菜，把墳上的青草當成丈夫的靈魂置於枕邊。

在回溯完癡姑的故事之後，筆鋒一轉，回到楊老太太靈前，寫癡姑哭著哭著忽然笑了起來，喊她丈夫的名字，把客人們都逗笑了。

這篇小說對話不多，但寫癡姑的對空獨白十分傳神。全篇寫哭，卻以笑作結，寫出了悲劇的喜感，筆法堪稱高明。

江紅蕉在《禮拜六》發表的四篇家庭小說都是悲劇，在這些悲劇中，作者譴責了不負責任的男人，批判了不關心孩子甚至於當成商品買賣的父母，更對於傳統社會片面的貞節觀提出了控訴。鄭振鐸說：「《禮拜六》的諸位作者的思想本來是純粹中國舊式的。」說他們「砌上幾個『解放』、『家庭問題』的現成名詞，同時卻又大提倡『節』、『孝』。」[45]

43　孫桂燕：《清末民初女權思想研究》，北京：中國社會科學出版社，2013年，頁228。

44　這裡所謂的「偏」，是指局部或特例；而「全」，是指整體或通則。見陳滿銘：《章法學綜論》，臺北：萬卷樓公司，2003年，頁31。

45　西諦（鄭振鐸）：〈思想的反流〉，原載1921年6月20日《文學旬刊》第5號，引自芮和師等編：《鴛鴦蝴蝶派文學資料》，北京：知識產權出版社，2010年，頁660。

這種說法實在是片面的，至少不適用於江紅蕉發表在《禮拜六》上的家庭小說。

四、癡情與戲弄——江紅蕉在《禮拜六》發表的言情小說

江紅蕉發表在《禮拜六》的小說中，只有〈馬革鶯聲〉較爲接近言情小說。然而這篇小說寫的是癡情男子的故事，並非像沈雁冰所以爲的，鴛蝴派的言情小說，「所講無非一男一女互相愛戀而因家屬不許，『好事多磨』，終於不諧，如此而已。」[46] 這篇小說不寫男女相戀，而是寫男子癡戀；不是寫男子薄倖，而是寫女子無情。小說中的歌劇名伶以法律手段拋開未婚夫，而潦倒不堪的未婚夫卻仍癡情不已，省下生活開銷進劇場聽歌以排解愛慕之情，又因過於感動哀傷而逃出劇院，買了留聲機片以安慰自己。其實他根本買不起留聲機，只能帶著留聲機片去從軍，在戰場上被砲彈擊中，留聲機片「碎成粉末，與他的骨血和在一起，分不開來。」

這篇小說的調子是低沉、感傷的，不符合新文學家對於時代文學的要求。鄭振鐸大聲疾呼：「革命之火，燃吧！青年之火，燃吧！⋯⋯記住！記住！我們所需要的是血的文學、泪的文學，不是『雍容爾雅』、『吟風嘯月』的冷血的產品。」[47]〈馬革鶯聲〉不但見不到革命之火、青年之火，也無所謂雍容爾雅、吟風嘯月，只是一味沉淪，一籌莫展，此種小說在當時遭人批評，自是無可避免。然而不可否認的是，這篇小說也反映了那個時代年輕人的痛苦。正如郁達夫所說的：「『國民革命成功！國民革命成功！』可是反過來，就是『青年倒霉（楣）！革命落空！』在囚牢裏

46　沈雁冰：〈自然主義與中國現代小說〉，原載1922年7月《小說月報》第13卷第7號，引自芮和師等編：《鴛鴦蝴蝶派文學資料》，頁690。

47　西諦（鄭振鐸）：〈血和泪的文學〉，原載1921年6月30日《文學旬刊》第6號，引自芮和師等編：《鴛鴦蝴蝶派文學資料》，頁664。

奔放出來的成千成萬的青年，只空做了一場歡喜的惡夢。」[48]學者宋聚軒認為郁達夫的消極思想，來自「社會的黑暗、政治的窳敗、人民的災難，加之封建婚姻帶來的不滿，體弱多病引起的痛苦，無情的現實啃咬著郁達夫的心⋯。」[49]〈馬革鶯聲〉中的男主角，也有類似的處境，他「除了能做幾首詩古文辭以外，旁的本領一些也沒有。沒有家產是不必說，連春夏秋冬四季衣服總不完全。」加上婚姻失敗至於被未婚妻所棄，則他的感傷、沉淪固然和自身的性格有關，但又何嘗不是時代的悲劇呢？

　　我把〈笑〉放在最後討論，因為這篇小說雖然包含了一個愛情故事，內容的成分卻很複雜，頗不易歸類。小說開頭寫的是女主角施漪君的成長史，她是一名棄嬰，幸被善心人士領養，養父母死後便去工廠做女工，由於她的笑容極為動人，竟造成工廠的損失。她後來進入學堂讀書，並成為女校長的書記，直到校長過世她才離開學校，並嫁給一位少年律師。不料結婚才一個月，律師失蹤了，律師的朋友中有一位叫做周冠香的請她到自己公司做事，半年後，周向她求婚，她以自己是律師夫人的身分加以拒絕。周於是化妝成那位少年律師，對她嘲弄了一番，而後來他們還是結婚了。

　　這篇小說顯然受到民國初年小說常出現的「易容術」之影響，《禮拜六》的主編之一周瘦鵑也常用此一手法。潘少瑜說：「易容扮裝是周瘦鵑『偽翻譯』小說中的慣用手法，例如〈盲虛無黨員〉、〈鴛鴦血〉、〈賣花女郎〉、〈孝子碧血記〉等篇皆然。」她還追溯西方文學的影響脈絡，認為可以分為三類：在偵探小說中，易容扮裝是偵探的必備技術；在虛無黨小說（或廣義的偵探小說）裡，它可以幫助虛無黨員（或俠客）方便行事；而在言情小說（尤其是哀情小說）中，它則是為了讓主角做出自我犧

48　郁達夫：〈懺餘獨白〉，載《郁達夫小說全編》，杭州：浙江文藝出版社，1989年，頁833。

49　宋聚軒：〈試論郁達夫創作中的消極思想〉，載陳子善、王自立編：《郁達夫研究資料》，香港：三聯書店，1986年，頁365-366。

牲，以拯救愛人的性命。[50]

　　江紅蕉將易容術運用在愛情小說，卻不是寫哀情，也不是讓男主角自我犧牲，而是用來戲弄女主角。平心而論，易容術在這篇小說中並沒有發揮什麼引人入勝的作用，反而讓人有莫名其妙之感。究竟周冠香是否就是少年律師的另一個身分？如果不是，那麼少年律師爲何失蹤？如果是，那麼二人本是夫妻，爲何要再一次結婚？整體而言，小說對於女主角的笑容之顛倒眾生有過度誇大的描寫，對於男女主角愛情的著墨過於簡略，對於具有關鍵性的易容術又交代不清。因此筆者認爲，〈笑〉是江紅蕉在《禮拜六》發表的小說中，表現最差的一篇。

結語

　　沈雁冰對於又稱「舊派」小說的鴛鴦蝴蝶派小說多所批評，認爲稱它們「小說」都很勉強。但對於他們的短篇小說，倒也不得不承認勉強可當「小說」兩字。但即使如此，他認爲舊派的短篇小說有兩個問題：其一是取材問題，說：「他們卻從來不想借鏡於人，只在枯腸裏亂索。」；其二是描寫方法問題，認爲它們「不是描寫，只是『記帳式』的報告。」[51]

　　不可否認，沈雁冰的說法有部分的事實，但絕不能說是全部的事實。本章證明江紅蕉作爲鴛鴦蝴蝶派代表作家之一，他發表在《禮拜六》的短篇小說不但取材多元、觀點現代，也有很多感人的描寫，絕不只是「記帳式」的報告而已。

　　在取材方面，江紅蕉的社會小說，反映了民初工人生活的苦況、金融界和學校的亂象、官員和軍人的擾民害民；其家庭小說則譴責了缺德的男

50　潘少瑜：〈想像西方：論周瘦鵑的「僞翻譯」小說〉，《編譯論叢》第四卷第二期（2011年9月），頁16。

51　沈雁冰：〈自然主義與中國現代小說〉，原載1922年7月《小說月報》第13卷第7號，引自芮和師等編：《鴛鴦蝴蝶派文學資料》，頁667-668。

人，批判了不負責任的父母，控訴了傳統社會父權式的包辦婚姻和片面的貞節觀，這些觀點決不陳腐，其寫作的心情也是很嚴肅、沉重，對於平民百姓有很深的悲憫。

在形式技巧方面，江紅蕉的短篇小說無疑是十分「現代」的。陳平原提出新舊短篇小說有「片斷化」和「盆景化」的不同，後者指的是傳統的「雖云短制，頗同長篇」的結構方式，前者才是具有西方觀念的「只表現個人生活歷史或社會變遷的『橫斷面』。……以片斷、場面爲表現中心，而摒棄完整的情節布局。」[52]紅蕉小說像〈電車司機人〉寫電車車禍、〈孕〉寫女學生被發現懷孕、〈哭〉寫癡姑哭楊老太太的一幕，都以一個橫斷面爲中心；而〈前妻之子〉篇更是高明，小說主要有兩個橫斷面，一面寫十五年前的聰明孩子，一面寫十五年後成爲車伕的落魄青年，並以同一個車號的馬車將兩個橫斷面貫串起來，手法是相當高明的。

另外倒敘也是西方小說傳入之後才成爲近代小說慣用手法的[53]，江紅蕉很善用倒敘，〈電車司機人〉先寫車禍再追溯原因、〈孕〉先寫被發現懷孕再由女學生道出不幸的身世、〈姊之名譽〉先寫女主角被逼死再由姊姊的私生子揭開眞相、〈哭〉先寫癡姑淒慘的哭再追敘她出嫁的經過等，都採用倒敘。其次是大量的心理描寫，〈前妻之子〉寫失去父母之愛的心理、〈姊之名譽〉寫男子對妻子的疑心、〈哭〉細寫寡婦的心情，〈馬革鶯聲〉對於癡情男子的心理分析，都相當細膩。

總之，江紅蕉發表在後百期《禮拜六》的短篇小說，雖然也有消沉、遊戲的較爲不可取的一面，但無論就內容對現實社會的反映，或形式技巧所表現的現代性，都有值得肯定的地方，如果不進一步研究就予以全盤否定，實在是不很公平的。

52　陳平原：《中國現代小說的起點——清末民初小說研究》，北京：北京大學出版社，2005年，頁155-156。

53　同上註引書，頁156-157。

第十四章
張春帆黑幕小說《政海》考論*

一、前言

張春帆（1872-1923）以著作被稱爲「嫖學教科書」[1]的狹邪小說《九尾龜》而聞名，然而他的黑幕小說《黑獄》和《政海》卻更受部分學者推崇。例如阿英（1900-1977）就認爲：「張氏所著之《黑獄》，其價值乃高過《九尾龜》十百倍。」[2]《黑獄》寫鴉片輸入後在廣東造成的災難，阿英認爲從書中的描寫可知鴉片的禍害遲早要引起「激變」，「即清醒之官民，必有一日起而拒鴉片之再輸入。」[3]因此十分肯定此書的「寫實性」。至於《政海》，則大膽反映北洋政府的腐敗及譴責北洋軍閥的罪行，范伯群（1931-2017）認爲能作此書者實爲「有心人」，他說：「像《政海》這樣的作品，倒是能見他的爲人的風骨的。」[4]

《黑獄》和《政海》都被范伯群歸入「黑幕小說」[5]，不過二書在性質上仍有差別。《黑獄》「係寫鴉片戰爭前夜的小說」[6]，鴉片戰爭發生在1840-1842年之間，是張春帆出生前30年的事，因此書中所寫，以想像爲多。例如自第五回開始寫道光十八年（1838）發生在廣東的幾個事件，

---

* 本章爲科技部研究計畫「民初黑幕寫作研究」（MOST107-2410-H-415-023）之研究成果，曾在淡江大學主辦「第十六屆文學與美學國際學術研討會」中宣讀，但收入本書已經過刪改。

1　語見魯迅：〈上海文藝之一瞥〉，文中雖未以「嫖學教科書」明指《九尾龜》，但文中提到才子不但不上妓女的當，「還佔了他們的便宜，敘述這各種手段的小說就出現了」，顯然是針對《九尾龜》而發，《二心集》，臺北：中國現代文學叢刊，出版年月不詳，頁70。
2　阿英：〈國難小說叢話：黑獄〉，《小說三談》，上海：上海古籍出版社，1985年，頁1。
3　阿英：〈國難小說叢話：黑獄〉，《小說三談》，頁1。
4　范伯群主編：《中國近現代通俗文學史》，南京：江蘇教育出版社，2010年，頁98。
5　范伯群：〈黑幕徵答。黑幕小說。揭黑運動〉，《文學評論》2005年第2期，頁60。
6　阿英：〈國難小說叢話：黑獄〉，《小說三談》，頁1。

反映貪官對百姓的殘害，小說提到：「且說兩廣總督賀圖自到任以來，不是在牀上吃鴉片煙，就是同姨太太們又麻雀，經年不出一張示，不辦一件事。」[7] 經查當時的兩廣總督是鄧廷楨（1776-1846），《清史列傳》記載他在道光17年「覆奏廣東積弊十條」、18年7月「奏拏獲興販鴉片窯口四座」[8]，並未「不辦一件事」。經盛鴻更認為他「認眞負責，精細周密，清廉正直，這在當時官場中屬鳳毛麟角」[9]，雖然一度主張鴉片弛禁，但後來「以兩廣總督的身份，協助林則徐，查私禁煙，抗英禦侮，作出了重大的貢獻，成為林則徐的親密戰友與可靠後盾。」[10] 可見《黑獄》所寫與史實有些出入。而《政海》寫的是民國7年到11年（1918-1922）間北洋政府的腐敗和軍閥之間的鬥爭，張春帆以當時人寫當時事，紀實的成份高過《黑獄》。

1916年10月10日，《時事新報》開闢了「上海黑幕」專欄，此一專欄在當時掀起了「黑幕寫作」風潮。[11] 而這股風潮，直到1918年11月7日該報在頭版頭條發布通告〈本報裁撤黑幕欄通告〉，才「宣告黑幕寫作告一段落」。[12] 所謂「黑幕寫作」並不等同於「黑幕小說」，《時事新報》的黑幕專欄所徵集的上海黑幕，列了若干「問題子目」、「廣徵答案」，范伯群說：「這些『答案』不屬『文學作品』，也不是黑幕小說。黑幕小說是在《時事新報》發起『黑幕大懸賞』之前之後皆存在於文壇的一種小說

7　張春帆：《黑獄》，上海：集成圖書公司，1906年，頁24。

8　王鍾瀚校閱：《清史列傳》（第五冊），臺北：中華書局，1983年，卷三十八，頁13。

9　經盛鴻：〈反對割讓香港的愛國大臣鄧廷楨〉，《南京師大學報（社會科學版）》1997年第2期，頁25。

10　經盛鴻：〈反對割讓香港的愛國大臣鄧廷楨〉，《南京師大學報（社會科學版）》1997年第2期，頁27。

11　參見郭延禮：《中國近代文學發展史》（第三卷），北京：高等教育出版社，2001年，頁353。

12　湯哲聲：〈新文學和教育部聯手批判「黑幕小說」〉，載錢理群主編：《中國現代文學編年史——以文學廣告為中心（1915-1927）》，北京：北京大學出版社，2013年，頁109。

題材類別。」[13]從1918年路濱生編輯的《繪圖中國黑幕大觀》[14]所收錄的內容看來，除了馬前卒的《某軍隊之趣史》屬文言長篇之外，其他以一些短篇的雜錄、報導爲多，確實大部分稱不上是「文學作品」，和清末民初的市民通俗小說大異其趣。

周作人（1885-1967）曾以「仲密」爲筆名發表〈論「黑幕」〉、〈再論「黑幕」〉兩篇抨擊「黑幕」的文章，他說：「總括起來是這幾句：『黑幕不是小說，在新文學上並無位置。』」又說：「有幾種書，雖然自稱黑幕，其實卻係《官場現形記》一流的小說，不過因黑幕的聲名大了，便趕緊冒牌，希望多賣，當然不能歸在一處⋯⋯。」[15]周作人說「黑幕不是小說」，指的是那些類似「黑幕徵文」中的雜錄、報導。至於《官場現形記》這一類的小說，周作人也不認爲它是黑幕小說，只因「黑幕」流行，這些類似《官場現形記》的小說才「冒牌」爲「黑幕小說」。

究竟怎麼樣去定義「黑幕小說」？范伯群引西方觀點，認爲凡具有「曝光」性質的小說，就稱「揭黑小說」或「黑幕小說」，「並不帶貶義」。[16]依照范伯群的說法，《二十年目睹之怪現狀》、《官場現形記》、《九尾龜》都是黑幕小說，推而論之，大多數社會小說也都可以算作黑幕小說，則「黑幕小說」只能是小說的「性質」，而稱不上是一種小說的「類型」。筆者認爲，可以將黑幕小說視爲社會小說的一類，其特色在於「揭黑」的成份更重一些。例如《歇浦潮》，其內容有不少可以和黑

13　范伯群：〈黑幕徵答。黑幕小說。揭黑運動〉，《文學評論》2005年第2期，頁57。

14　路濱生編：《繪圖中國黑幕大觀》，上海：中華圖書集成公司，1918年。1989年，北京春秋出版社出版了一個由齊仁改寫的選本《黑幕大觀》，依原書分類，在政界、軍界、學界、商界、報界、家庭、黨會、匪類、江湖、翻戲、優伶、娼妓、僧道、拆白黨、慈善事業、一切人物等十六類中，各選若干篇稍加改寫，其中又以「政界之黑幕」錄125篇最多，而其中約有二分之一出自著名作家陸士諤的手筆。

15　仲密（周作人）：〈再論「黑幕」〉，原載《新青年》第6卷第2號，1919年2月15日。引白芮和師等編：《鴛鴦蝴蝶派文學資料（下）》，北京：知識產權出版社，2010年，頁760、765。

16　范伯群：〈黑幕徵答。黑幕小說。揭黑運動〉，《文學評論》2005年第2期，頁60。

幕徵答、《中國黑幕大觀》相映襯,「揭黑」的主題比較明顯。胡志德詳論過這部小說,他說:「朱瘦菊探討了西方的觸角深入到大都市上海這一過程之中整個中國所遭受到的新的衝擊,但是他更多地著眼於其中充斥著痛苦與醜惡的細節處。」[17]比較嚴格定義的黑幕小說應像《歇浦潮》那樣,更多地著眼於那些「痛苦與醜惡的細節處」,也就是更著眼於揭發「黑幕」。

張春帆《政海》的第一回開宗明義道:「好好的一個中華民國,為什麼竟鬧到這般田地呢?這無非是政治上的罪惡。政治上有了種種黑幕,中央政府就不免有種種弱點,中央政府有了弱點,自然各省疆吏就漸漸的不聽中央命令起來。」(第1回,頁3)[18]換句話說,國家敗壞來自政治罪惡,而政治罪惡的根源,則是政治上的種種「黑幕」,黑幕不揭,政治的罪惡便不能除,國家也就只能繼續敗壞下去了。可見《政海》對於「揭黑」的強調,符合「黑幕小說」的特性。

雖然黑幕小說著眼於「揭黑」,但像《政海》這種揭政治黑幕的小說,顧忌必然不少。加上為了小說情節的鋪陳,書中的人物或事件,必然有不少虛構之處。本章的寫作目的,即在考察書中人物及揭黑內容的真實性,從而發掘其批判價值。

二、還原歷史人物

范伯群《中國近現代通俗文學史》第二章第四節論《政海》一書還原了幾個小說中的歷史人物,謂:「覃志安(段祺瑞)、齊作仁(徐世昌)、國玉章(馮國璋)、虎昆吾(曹錕)、伍玉芝(吳佩孚)、莊作楫(張作霖)、鐵中錚(徐樹錚)、陸威林(陸徵祥)等政要的身影,頻頻

17　胡志德著,馮妮譯:〈逆潮而游──朱瘦菊的上海〉,王堯、季進編:《下江南──蘇州大學海外漢學演講集》,上海:復旦大學出版社,2011年,頁163。

18　漱六山房主人(張春帆):《政海》,上海:大東書局,1926年。此書各回自成起訖,後文引用,皆只標回數及頁碼,不另出注。

地出現在作者的筆下。」[19] 在〈通俗作家對軍閥混戰罪行的譴責—以《政海》《甲子絮譚》為中心〉一文中，他另外還提到項成龍（袁世凱）、李玄素（黎元洪）、莊得功（張勳）、任卓如（梁啟超）[20]。然而，小說最重要的兩位主人公江對山和陳鐵舫的身分，范伯群反而欠缺考察。

范伯群說：「小說以北洋軍閥時期一位相對正直的官吏江對山和一位上海《（神）皋報》記者陳鐵舫對時政大局的觀察為線索，串連了當時軍閥之間的矛盾與直皖大戰的始末。」[21] 可知江對山和陳鐵舫是貫串這部小說的靈魂人物，而據筆者考察，初步認定江對山是曾經擔任過北洋政府財政總長的張弧（1875-1937），陳鐵舫則是《神州日報》經理錢芥塵（1886-1969）的化身，此二人皆為張春帆的友人。

小說從齊作仁（徐世昌）取代國玉章（馮國璋）擔任大統領（總統）寫起，寫他一上任就「提倡南北議和，促成統一」，正好此時北京開歐洲戰勝紀念會，便召集全國交通界和實業界的人物到北京，當時擔任「僑務院總裁」的江對山建議也把上海報界的人物請來，而《神皋報》的編輯陳鐵舫正在受邀之列，小說的兩位主要人物於是登場。

江對山為何是張弧的化身？根據第十八回江對山在楊怡生接替金雲程組閣時擔任度支院長（即財政總長），江對山在政務會議提到「現在華盛頓會議正在萬分吃緊」（18回，頁6）。華盛頓會議於1921年11月12日揭幕，至1922年2月6日九國簽訂公約，[22] 期間國務總理靳雲鵬（1877-1951）於1921年12月24日去職，由梁士詒（1869-1933）接任，而財政總長亦由高凌霨（1870-1940）交棒給張弧。[23] 由此可知，小說中的金雲程

---

19 范伯群主編：《中國近現代通俗文學史》，南京：江蘇教育出版社，2010年，頁94。

20 范伯群：〈通俗作家對軍閥混戰罪行的譴責——以《政海》《甲子絮譚》為中心〉，《蘇州教育學院學報》第35卷第4期（2018年8月），頁3、頁5。

21 范伯群：〈通俗作家對軍閥混戰罪行的譴責——以《政海》《甲子絮譚》為中心〉，頁7。按，范伯群在整文章中都把《神皋報》誤植為《皋報》。

22 參見郭廷以：《近代中國史綱》，香港：中文大學出版社，1979年，頁475。

23 參見陳錫璋：《細說北洋‧附表》，北京：商務印書館，2016年，頁392-393。

指的是靳雲鵬、楊怡生為梁士詒，而江對山即是張弧的化身。

張弧字岱杉，小說把「張岱杉」取其諧音易為「江對山」，其體例亦如將靳雲鵬易名為「金雲程」。張弧是光緒甲辰（1904）科舉人，從清末到民初長期辦理鹽務，「有鹽務專家之稱」[24]。1917年曾任僑工事務局局長，1920年8月任幣制局總裁。[25]小說一開始江對山是以「僑務院總裁」的身分出場，當時內閣實無「僑務院」，作者刻意結合張弧的「僑務」工作和「總裁」身分，虛構了「僑務院總裁」一職。

至於陳鐵舫，小說開頭說他是《神皋報》編輯，其實上海並無《神皋報》，「神皋」乃是《神州日報》副刊之名稱[26]，而錢芥塵在齊作仁（徐世昌）任大統領的1918年正是《神州日報》的經理。[27]此外，陳鐵舫往來於北京上海之間，交遊廣闊，與政界關係良好，知道很多內幕，例如第三回陳鐵舫到江對山家拜訪，提起「那項成龍（袁世凱）帝制時代的事，只說那時對山先生的鹽務大參案，明明是項大統領的示威運動。」江對山很驚訝，道：「我只說這件事知道的人很少，鐵舫先生從何處探聽得來？」（第3回，頁7）而錢芥塵對政界內幕亦頗知悉，鄭逸梅說：「芥塵亦注意政局，歷屆內閣，來龍去脈，所知甚詳。」[28]此外還有一個旁證，小說形容陳鐵舫「凜凜有威」而且力氣極大，曾伸手救了一位差點從戲院樓上跌落的女子，當時江對山也在場，道：「要不是你，別人也沒有這麼大的勁兒。」（第15回頁3）而據周劭（周黎庵1916-2003）的形容，錢芥塵「生

24 陳錫璋：《細說北洋》，頁239。按，張弧為甲辰科舉人，甲辰為光緒三十年（1904），《細說北洋》誤植為光緒二十八年（1902），宜更正。

25 徐友春主編：《民國人物大辭典》，石家莊：河北人民出版社，1991年，頁887。

26 鄭逸梅說：「（神州日報）副刊取名《神皋》，多載詩文筆記。」見鄭逸梅：〈神州日報的花絮〉，《鄭逸梅選集》第一卷，哈爾濱：黑龍江人民出版社，1991年，頁928。

27 鄭逸梅說：「錢芥塵一度為《神州日報》經理，聘（余）大雄為協理。民國七年，芥塵以經理權付託大雄。」鄭逸梅：《民國舊派文藝期刊叢話》，收入《鄭逸梅選集》第六卷，頁529。

28 鄭逸梅：〈報壇耆宿錢芥塵〉，《鄭逸梅選集》第六卷，頁317。

得南人北相，高大魁梧，猶似直魯大漢。」[29]

　　最重要的是，錢芥塵和張弧都是張春帆的朋友。鄭逸梅（1895-1992）說：「芥塵與北方名流張弧（岱杉）相識，介紹邵（力子）與岱杉通訊，岱杉給邵津貼，以支持《民國日報》。」[30]錢芥塵能讓張弧出錢支持他的朋友邵力子辦報，可推測兩人決不只是「相識」而已；鄭逸梅又說：「芥塵一次和《九尾龜》作者張春帆一同觀劇，時汪優游（仲賢）在某劇中飾主角，春帆對汪的演藝大為稱賞，頗擬一識其人，芥塵立即寫一字條給役者傳入後台，汪便復示。」[31]可見錢芥塵和張春帆曾一同看戲，還介紹朋友給他，顯見二人關係匪淺。

　　錢芥塵知道很多政界內幕，有人問他為何不據以寫成文章？他回說：「賦性疏懶，沒有人督促，也就因循下去，始終未著一字了。」[32]錢芥塵未完成的工作，便由張春帆來完成，《政海》中的北方政界內幕，應該有很多是來自錢芥塵的。郝慶軍認為黑幕小說所述有真黑幕，也有假黑幕，真黑幕是那些從自己的真實經驗中得來，而假黑幕「有的是道聽途說的路邊新聞，有的乾脆就是閉門造車，隨手胡亂塗鴉，只為聳動視聽，不管是否真實。」[33]《政海》所述雖非作者自己的「真實經驗」，但有其消息來源，所揭內幕應具一定的真實性。

三、揭發北洋政府及軍閥黑幕

　　《政海》揭發黑幕的方法有二：其一是透過人物對話，主要是陳鐵舫和江對山的對話，再由陳鐵舫從中道出內幕；其次是敘事者的直述，主要是有關直皖大戰前因後果的一些內幕。

29　周劭：〈雪夜閉門讀禁書〉，《一管集》，太原：山西古籍出版社，1998年，頁331。

30　鄭逸梅：〈報壇耆宿錢芥塵〉，《鄭逸梅選集》第六卷，頁315。

31　鄭逸梅：〈報壇耆宿錢芥塵〉，《鄭逸梅選集》第六卷，頁318。

32　引自鄭逸梅：〈報壇耆宿錢芥塵〉，《鄭逸梅選集》第六卷，頁317。

33　郝慶軍：〈民初「黑幕小說」的淵源流變與想像空間〉，《山東師大學學報（人文社會科學版）》2013年第58卷第5期（總250期），頁56。

　　本章重點將針對陳鐵舫所揭黑幕的內容，前文提及，錢芥塵對北方政界內幕所知頗詳，張春帆將他化身為小說主角陳鐵舫，再由他來揭露政界黑幕可以說是巧妙的安排。至於由作者直述的內幕較為瑣碎，本文從略。

　　陳鐵舫首先揭露的，便是前節引文中提到的「鹽務大參案」。

　　范伯群說江對山是「二流政客」，而陳鐵舫的主要任務則是為江對山的「空話連篇」作「毫無根據的點贊」[34]，筆者認為這是因為不了解人物真實背景做出的錯誤判斷。事實上江對山（張弧）並非二流政客，他在鹽政改革上有很大的貢獻，袁世凱曾申令褒獎，謂：「鹽務署署長張弧自受任以來，整頓鹺綱，釐剔積弊，綜核精密，勞怨不辭。本年收數銳增，要需賴以取給，深堪嘉尚。已特授勳位以獎勤勩。」[35]陳瀣一對北洋內閣中管財政的，「獨取張岱杉（弧）、周緝之（學熙）之處事有方，應付中節。……弧尤富文藻，饒才思。」[36]當時周學熙（1866-1947）是財政總長，張弧是次長，兩人因為個性不同，漸生閒隙，陳瀣一說：「蓋學熙吝嗇，往往不近人情；弧豪侈，有大刀闊斧之目，宜不能相容。」[37]後來，周學熙為保護淮商利益而參劾張弧[38]，袁世凱派人勸張弧：「劉晏理財無過，管仲終當復用，其罪在我，暫避為佳。」[39]張弧終因此一參案而去職。

　　在小說中，這個大參案是項成龍（袁世凱）威脅並拉攏江對山的手

34 范伯群：〈通俗作家對軍閥混戰罪行的譴責——以《政海》《甲子絮譚》為中心〉，頁5、頁8。

35 《大總統令》，《政府公報》1915年1月6日。

36 陳瀣一：《睇嚮齋逞臆談》，收入《睇嚮齋祕錄（附二種）》，北京：中華書局，2007年，頁130。

37 陳瀣一：《睇嚮齋逞臆談》，收入《睇嚮齋祕錄（附二種）》，頁130。

38 周學熙彈劾張弧的理由有「平素博弈，敗壞鹽政」、「組織長利公司盤剝漁利」等，見丁恩《改革鹽務報告書》第205節，轉引自李曉龍：〈新瓶舊酒：民初長蘆鹽業自由貿易改革與新包商的出現〉，《近代史研究》2017年第6期，頁53。張弧協助英籍的丁恩改革鹽政後，長利公司取代了改革前官運局的角色，鹽商必須與長利公司簽約才能取得特許證，由於長利公司是張弧的舅舅設立的，張弧擺脫不了瓜田李下之嫌，但他本人是否有漁利之事實，似乎未有確證。

39 陳瀣一：《睇嚮齋逞臆談》，收入《睇向齋祕錄（附二種）》，頁131。

段。在項成龍想要當皇帝這件事上，江對山是「毅然決然的不認可」的，於是項成龍利用這個參案提出「交換的條件」，而江對山「拒絕他的請求」。陳鐵舫稱讚江對山「當時的不顧利害，真有一種不撓不屈的精神，既要料得透，又要把得定。明知道項成龍要做皇帝一定不得成功，但是那死生利害之前，一個把不定就拖下渾水裏頭去了。」（第3回，頁8）此一讚美符合實情，不能說是「毫無根據的點贊」。

在袁世凱當政時，政治上有兩大派系，即以梁士詒、周自齊（1869-1923）為代表的交通系，以及以周學熙為盟主的皖系。張弧屬於交通系，而當時「財政上、中（央）、交（通）二行控制權均在交通系手中，⋯⋯袁世凱並不能任意指使交通系以滿足所需。」[40]袁世凱透過這個「大參案」整肅交通系，鞏固了他當皇帝的基礎，所以雖然參劾張弧的是周學熙，但小說中陳鐵舫說：「鹽務大參案明明是項大統領（袁世凱）的示威運動。」這是符合歷史事實的。

作者透過陳鐵舫來揭露此事的祕辛，當事人江對山只是不斷對於陳鐵舫「何處探聽得來」、「怎麼就如同耳聞目見的一般」表示詫異，事實上就是承認真有其事。如果還原歷史，則小說揭露了袁世凱耍手段拉攏閣員的一段黑幕。

第十四回，江對山在電影院聽到隔座的人說：「像杭馨甫這般人物竟會做度支院長，還居然算起財政家來，就沒有這些黑幕裏不可告人的勾當也就是不可思議的現狀了。」又說：「以前的委員長同度支院長總還要些面子，如今的金委員長同杭院長，是簡直連面子都不要的了。」這時有人問道：「這些黑幕中的勾當，大約都瞞不過你，何不說給我們聽聽。」（第14回，頁16-17）此人於是道出有關金委員長、杭院長，以及楚州師長祖昌中之間十分不堪的一段黑幕祕辛。

此事起因於祖昌中到北京領軍餉，度支院剛得到借款三十萬，杭院長

40　楊濤〈民初粵皖系政爭述論〉《近現代史與文物研究》2017年第6期（總167期），頁123。

便通知他前往取款，結果取得了二十四萬。之後，杭院長又叫他去見金委員長，金委員長招待他在家中應酬打牌，「一古腦就去掉十七萬」。小說中的（行政院）委員長就是內閣總理，度支院長就是財政總長，這裡顯然是在借小說人物之口，指控內閣總理和財政總長聯手騙走國庫的十七萬軍餉，更批判他們是「連面子都不要的」。

　　這個在江對山隔座揭發黑幕的人其實就是陳鐵舫，他的話後來因為伸手救一墜樓女子而中斷。戲院打亮電燈，江對山和陳鐵舫相認，並請他把後半段故事說完。陳鐵舫說，後來祖昌中借不到錢只好「就地籌餉」，就是搜刮百姓，「弄得地方上咬牙切齒的恨」，又因欠餉多月，「都說師長領了餉在北京大嫖大賭的死了，卻叫我們挨餓。」軍心一動便不堪一擊，部隊被打散，「剩不多的一兩營人都跟著祖昌中跑到關外去了。祖昌中好好的一個師長的缺，好好的一師人，完全送在杭馨甫手裏。」（第15回，頁4）

　　小說中的金委員長金雲程，即內閣總理靳雲鵬已如前述。至於跟他狼狽為奸的度支院長杭馨甫究為何人？依據〈北洋政府第十七屆內閣總理及閣員姓名表〉[41]，靳雲鵬內閣的財務總長本來是李士偉，但因吳佩孚以李士偉親日的理由加以反對，因此未能正式就任，而由次長潘復代理。[42]潘復（1883-1936）字馨航，小說將他易名為杭馨甫。潘復和靳雲鵬關係密切，曾一起辦魯豐麵粉公司，靳雲鵬數度擔任內閣總理，除了提拔潘復為財政次長，後來又兼鹽務署署長，靳內閣垮臺後潘跟著去職，「潘去職寓居天津，終日以聲色狗馬，聯絡各派政客。」[43]靳雲鵬則和日本大倉系財團合辦膠東魯大礦業公司，實際上是受日本人的利用。[44]

　　那位被耍得團團轉，後來又搜刮百姓因而軍心潰散的軍閥祖昌中就是

41　陳錫璋：《細說北洋》，頁392。

42　參見池昕鴻：《國內名人傳記叢書 —— 吳佩孚全傳》，長沙：青蘋果數據中心，2015年，頁1081。

43　陳錫璋：《細說北洋》，頁361。

44　參見陳立媛：《北洋政府二十九位總理實錄》，北京：台海出版社，2013年，頁229。

張宗昌（1881-1932）。張宗昌當時擔任江蘇暫編第一師師長，「1920年兵敗，所部被解散，1921年至奉天張作霖處任巡署高級顧問。」[45] 小說說他跑到關外，事實上就是去投靠張作霖。他在關外受到重用，1925年當到山東省省長。

值得一提的是，潘復後來依附張宗昌，知名報人林白水在《社會日報》撰文嘲諷他，他向張宗昌哭訴，張宗昌便將林白水槍斃了，時為1926年8月。[46]張春帆的《政海》最初連載於周瘦鵑主編的《半月》1925年1月至12月，隔年3月出版，書中對於杭馨甫（潘復）的批判不遺餘力，除了前文所引之外，第14回也批評道：「度支院長杭馨甫本是個魯莽滅裂的少年，那裏會整理什麼財政？除非財政來整理他罷了。」（第14回，頁15）雖然張春帆的小說是在上海發表的，相對而言較無人身安全問題，但書中對北洋軍閥如此嚴厲批評還是需要一些膽識的，前文曾引范伯群的話說：「像《政海》這樣的作品，倒是能見他的為人的風骨的。」從林白水因為嘲諷潘復而遭殺身之禍看來，張春帆敢不畏禍而在《政海》大膽揭發北洋政客和軍閥的黑幕，確實表現了相當的風骨。

在說完金雲程和杭馨甫的不堪作為之後，接著陳鐵舫又說了幾個統兵官污錢的內幕。例如江南制撫使劉友三貪財吝嗇，「打著伍玉芝（吳佩孚）的順風旗」，「把江南的幾個財政官撤的撤，調的調，一概都換了他的私人。」財政官改用私人的目的是為了更方便弄錢，他貪來的所得「在贛州任上就有二百多萬，調了三年江南制撫使少說些也有二百五十萬。」

這劉友三指的是李純（1875-1920），字秀山。他在1915年7月至1917年8月任江西督軍，後改調江蘇督軍（小說中的「江南制撫使」），1920年死於南京。[47]關於他的死，「官方宣布李係自殺，或云遭人謀害。」[48]

---

45 徐友春主編：《民國人物大辭典》，頁934。

46 參見陳錫璋：《細說北洋》，頁361。

47 徐友春主編：《民國人物大辭典》，頁245。

48 郭廷以：《近代中國史綱》，香港：中文大學出版社，1979年，頁471。

小說認為他的死因是「器小易盈，不能持久，果然就出了亂子，送了性命。」（第15回，頁6）

　　陳鐵舫提到的另一位統兵官是鄂州節度使袁占魁，「有了上千萬的家私也就罷了，還要在軍餉上想著法兒刻扣。」他強迫有戰功的老兵退伍，代以新兵，免去了老兵的加餉費用，「省了這一筆加餉，卻依然可以照舊開支」，「每年可以多賺四十萬銀子」，此舉終於引發老兵不滿，「一下子就鬧出三十二師搶劫的事」。

　　袁占魁影射的是王占元（1861-1930），曾擔任湖北督軍兼湖北省長（即小說中的「鄂州節度使」），陳錫璋說：「王為人貪婪庸懦，在湖北將近十年，因平時只知聚斂為己，對於軍隊風紀不佳未加注意與管束，以致影響社會治安秩序。」[49]可見小說揭發的軍閥黑幕並非空穴來風。

　　江對山聽完陳鐵舫所揭的軍閥黑幕之後，感嘆說：「各省的疆吏這般的貪而無厭，只算得民國的一種特殊狀況。官吏一天富似一天，商民就一天窮似一天。各省的財政也是不了，中央的財政如今更是差不多要破產了。這個情形，更是危險。」（第15回，頁8）張春帆借由這些貪財內幕的揭發，表達了對禍國殃民的軍閥的不滿。

　　這部小說是在陳鐵舫和江對山的對話中結束的，這最後的對話除了以感嘆「政海茫茫，回頭是岸」總結全書主題之外，最重要的是揭露了壓垮中國財政的最後一根稻草，那就是「九五公債」的功敗垂成。

　　所謂「九五公債」就是發行九千五百萬元公債的簡稱，這是江對山在接任度支院長所提出解決國家財政的最後手段。因為當時「外債都已借盡借絕」，「中交兩行的鈔票又停止兌現，……天津、北京、上海三處的國內銀行同時擱淺，交易又停頓起來，眼看著不但銀行破產，國家也立刻要破產了。」江對山認為：「現在財政上救急的方法，第一要救濟社會金融，第二要增高公債信用。」解決之道就是：「由政府發行一種極有信用

49　陳錫璋：《細說北洋》，頁141。

的公債，就用這種債票償還本國外國的各種到期借款。」如此慢慢建立政府公債的信用，「以後募集公債也就有些把握，不至於兩折三折的抵賣出去。」（第18回頁6-10）在計算後江對山決定發行九千五百萬公債，並以鹽餘作抵。

據《中國金融通史》載：「1922年2月11日，北洋政府發行用於償還內外債的八厘公債9600萬元（亦稱九六公債），以鹽稅剩餘和關稅餘額爲擔保。」[50] 可知小說中的「九五公債」在歷史上實爲「九六公債」。當時很多人反對「九六公債」，然而多數經濟學家是贊成的，他們「鮮明地表示自己支持發行九六公債的態度」[51]，例如馬寅初在1921年7月上海中國銀行學會的演講就說：「目下九六公債爲唯一救濟。」又說：「九六公債照學理上說，完全合宜，應予發行。外間不明眞相，未加科學地研究，率爾反對，故不得不將眞相一一披露之。」[52] 可見張弧的九六公債，是有其學理根據的。

然而這在當時唯一可行的辦法，在小說中卻因爲度支院副院長董盤銘的作梗而前功盡棄。董盤銘先以外國銀行還願貸款的理由表示反對，後來江對山發現他收了外國掮客泰來的好處，泰來還送了他的夫人一顆金鋼鑽。泰來自稱是英國陸司克爾銀行的代表，其實並未受委託，且是一個前科犯。江對山拆穿了這場騙局，董盤銘眼看煮熟的鴨子飛了，便找人向伍玉芝（吳佩孚）造謠，說江對山發行的這筆公債是爲了接濟關外（指張作霖）軍餉來對付虎家軍（曹錕的部隊）的。伍玉芝誤信謠言，便打電報反對九五公債，要求撤換江對山，並推薦司法界的老前輩鍾金綬接任。

張弧任內的財政次長爲鍾世銘（1879-1965）[53]，董盤銘可能即影射鍾世銘。而繼任財政部長的是董康（1867-1947），字綬經、綬金，小說

50　杜恂誠：《中國金融通史》（第三卷），北京：中國金融出版社，2002年，頁371。

51　張啟祥：〈北洋政府時期的九六公債述評〉，《史學月刊》2005年第6期，頁46。

52　馬寅初：〈中國公債問題〉，《馬寅初全集》（第一卷），杭州：浙江人民出版社，1999年，頁496。

53　徐友春主編：《民國人物大辭典》，頁1557。

中易名爲鍾金綬。董康確實是司法界前輩，曾任司法總長、大理院院長，後來擔任上海法科大學教授、北京大學法科教授。[54] 然其晚節不保，「抗戰後，北京僞臨時政府成立，董與湯爾和、潘復等諸人均參加僞組織爲漢奸。」[55]

　　小說描寫鍾金綬對財政一竅不通，只好依照江對山的辦法發行九五公債，還查辦起歷年借債的積弊。他依著董盤銘的意思，羅織江對山的罪名，並要求檢察長拘押江對山，幸好檢察長還算明理，江對山才逃過一劫。而史書上也記載「經內外短期公債審查委員會委員長董康審查結果，發現涉有舞弊之嫌，乃呈請依法移送辦理。張弧聞風畏罪，即於11年3月7日提出辭呈後，潛逃天津。」[56]

　　關於江對山（張弧）的罪狀，小說有不同的說法。陳鐵舫到天津拜會江對山，嘆道：「對山先生的發行公債是核定以八四折還賬的，市面上價格雖然不到八四，相差得也還不多，只要慢慢的設法提高到八四以上，公債的信用就維持住了，以後的財政也可以隨時活動了。如今給他們這般一鬧，九五公債已經跌到五折以下，以後一定是有跌無漲的局面。好好的一番計畫，被他們這幾個人鬧得一團糟，卻辜負了對山先生的一片苦心，一番聯絡。」江對山聽到這裡感嘆說：「好容易才想出這個標本兼顧的方法，指望救濟國家的財政，流通社會的金融，不想他們倒反把這九五公債的事，牽作我的罪案。」（第20回，頁14）

　　《政海》一書對江對山可謂推崇備至，不但正面寫其形象，謂：「江對山本是個漂亮人物，更兼筆底下又很好，談吐既然溜亮，學問也甚淵博。」（第3回，頁7）又透過陳鐵舫之口，側寫他在項成龍面前「不顧利害、不撓不屈」的氣度已如前述。再者，在「九五公債」這件事情上，又表現了他能夠解決國家財政困難的能力。再加上禮賢下士的謙恭態度的刻

54　參見徐友春主編：《民國人物大辭典》，頁1269。

55　陳錫璋：《細說北洋》，頁242。

56　陳錫璋：《細說北洋》，頁240。

意細寫，總合起來，塑造了一個理想政治領袖相當飽滿的形象。

　　然而，雖說江對山是張弧的化身，但江對山畢竟是虛構的，歷史上對張弧是毀譽參半的。陳灝一《睇嚮齋逞臆談》一書對張弧的高度評價已如前述，而《胡適文存》第二集收錄的〈我們的政治主張〉一文，記載許多人對當時政治的討論，其中韓補青寫於1922年5月8日的文章有這麼一段文字：「大家都說潘復、張弧等是惡勢力，要和他決戰。」[57]《政海》一書極力醜化潘復（即小說中的杭馨甫），然而當時至少有部分人是把張弧和潘復相提並論，目之為「惡勢力」的。張春帆美化江對山或許是基於完善小說主角形象的需要，另一方面大概也是因為和人物本尊張弧相識的緣故。

　　以上所引述的小說內容，與史書記載有異有同。《政海》出版於1926年，離江對山（張弧）下台的年代（1922）不遠，加上化身為書中靈魂人物陳鐵舫的錢芥塵對北方政界十分熟悉，所述內容應有一定的可信度。張春帆藉由上述這些黑幕的揭發，對北洋政壇和軍閥提出了不少指控和批判。

結語

　　張春帆的《政海》以揭發政界與軍閥黑幕為主要內容，合於「黑幕小說」的性質。小說中的人物多有所本，本章爬梳各種史料，推論兩位主要人物的真實身分，一是因發行「九六公債」而下台的財政總長張弧，另一則是上海《神州日報》的經理錢芥塵，他們都是張春帆的朋友。張春帆所揭黑幕大抵來自熟悉北洋政壇的錢芥塵，因此《政海》一書所揭黑幕應有一定的真實性。本文以文史對證的方法，對於小說中主要的政界及軍閥黑幕作了考察，所考內容應可和史書互相參證。

　　《政海》一書很少受到關注，本章考證人物、梳理史實，期望有助於學界發掘此書的價值，也能夠對小說家張春帆有不同面向的認識。

57　胡適：《我們的政治主張》（《胡適作品集》9《胡適文存》第二集第三卷），臺北：遠流出版公司，1994年，頁43。

第十五章

《禮拜六》雜誌的批評意識與公共領域研究*

一、前言

　　特里・伊格爾頓的《批評的功能》以哈伯瑪斯《公共領域的結構轉型》一書所提出的「公共領域」（public sphere）為理論指導，回顧了「批評」的性質和功能在歐洲，特別是英、法、德三國的發展演變情形。伊格爾頓在結論中說：「本書的主旨就是要將批評召回它的傳統角色，而不是為它創造出某種時髦的新功能。」[1]也就是說，他希望「批評」能夠回到在受經濟和政治影響而衰落或解體前的「傳統公共領域」的功能[2]，即回到下文所引哈伯瑪斯所提出具有理想模式的「公共領域」。[3]

　　哈伯瑪斯的《公共領域的結構轉型》一書初版於1962年，後來他又在1964年撰寫〈公共領域〉一文，文中說明「公共領域」的概念：

　　所謂「公共領域」，我們首先意指我們的社會生活的一個領域，在這個領域中，像公共意見這樣的事物能夠形成。公共領域原則上向所有公民開放。公共領域的一部分由各種對話構成，在這些對話中，作為私人的人們來到一起，形成公眾。那時，他們既不是

---

* 　本章為科技部計畫「《禮拜六》雜誌的批評意識」（MOST108-2410-H-415-028）之研究成果。

1 　〔英〕特里・伊格爾頓著，程佳譯：《批評的功能》，重慶：西南師範大學出版社，2018年，頁171。

2 　關於經濟與政治造成傳統公共領域的解體或衰落，見該書頁45-48。

3 　〔英〕特里・伊格爾頓著，程佳譯：《批評的功能》，頁3。

作為商業或專業人士來處理私人行為，也不是作為合法團體接受國家官僚機構的法律規章的規約。當他們在非強制的情況下處理普遍利益問題時，公民們作為一個群體來行動；因此，這種行動具有這樣的保障，即他們可以自由地集合和組合，可以自由地表達和公開他們的意見。[4]

　　哈伯瑪斯在這裡對「公共領域」的概念有相當清楚的說明，簡單講就是公民能夠集合在一起互相對話，自由表達意見，對公共事物提出批評的領域。

　　近代中國有沒有出現過「公共領域」？張灝認為1895～1925年初前後大約30年間，是「中國思想文化由傳統過渡到現代、承先啟後的轉型時代。」在轉型時代，「報章雜誌、學校與自由結社三者同時出現，互相影響，彼此作用，使得新思想的傳播達到空前未有的高峰。」而這三種「制度性的傳播媒介的出現」，便是「公共領域」形成的直接因素。他認為「公共領域」的出現反映了兩種現象：政治參與和理性批判意識，「我們可以說，三種制度媒介所造成的輿論，代表公共領域至少在轉型時代有相當的出現。」[5]

　　許紀霖認為晚清出現的公共領域首先是學校，而最核心的則是報紙和學會，然而，「民國成立以後，這一情形有很大的變化，學會和學校，從整體而言，不再是公共領域的一部分。學會（或社團）不是專業化，就是黨派化，失去了清末混沌的、公共的性質。而民國以後的學校也逐漸依照現代建制學科化、專業化，在整體上與政治脫鉤。這樣，民國以後在公共

4　〔德〕尤根·哈貝馬斯著，汪暉譯：〈公共領域〉，載汪暉、陳燕谷主編：《文化與公共性》，北京：三聯書店，1998年，頁125。（按，哈伯瑪斯，大陸譯為哈貝馬斯，兩岸不同，引用時以書上所載為準）

5　張灝：〈中國近代思想史的轉型時代〉，《時代的探索》，臺北：聯經出版公司，2004年，頁37、41。

領域繼續扮演公共角色的，主要是報紙和雜誌。」[6]照這樣看來，研究民初的公共領域，或如下文陳建華所稱的「批評空間」，主要對象應該是報紙和雜誌。

李歐梵便是借用哈伯瑪斯的「公共領域」（他譯為「公共空間」）理論討論民國初年的《申報‧自由談》，但李歐梵反對美國漢學界確定中國有公民社會的看法，他刻意對哈伯瑪斯「公共空間」加以誤讀，「目的是在探討中國近代史上的一個重要文化問題：自晚清（也可能更早）以降，知識分子如何開創各種新的文化和政治批評的『公共空間』。」他認為晚清的報業和原來的官方報紙（如邸報）不同，其基本的差異是：「他不再是朝廷法令或官場消息的傳達工具，而逐漸演變成一種官場以外的『社會』聲音。」他最關心的問題是，上面所說的「公共」聲音是如何形成的？用什麼形式表現？他說：「它表現的園地，也因之而成為一種新的『空間』。」他據此討論了《申報‧自由談》這個他所定義的「公共空間」在五四前後的轉變，並認為此一空間後來是「縮小」的。[7]

陳建華〈申報‧自由談話會〉、〈共和憲政與家國想像——周瘦鵑《申報‧自由談》，1921-1926〉、〈1920年代新、舊文學之爭與文學公共空間的轉型——以文學雜志「通信」與「談話會」欄目為例〉等文也援用了哈伯瑪斯的理論，例如他認為有別於哈伯瑪斯的具有「理想模式」的「公共空間」，「申報‧自由談話會」作為一種有開創性的「批評空間」，「他們在『自由談話會』討論政局時事和都市文化，直接發揮批評的功能」，「顯出中國情境的特殊之處」[8]。

6　許紀霖：〈近代中國的公共領域：形態、功能與自我理解——以上海為例〉，《史林》2003年第2期，頁84-85。

7　李歐梵：〈「批評空間」的開創——從《申報‧自由談》談起〉，李歐梵：《批評空間的開創：二十世紀中國文學研究》，上海：東方出版中心，1998年，頁101—102、頁117。

8　陳建華：〈申報‧自由談話會〉，《從革命到共和》，桂林：廣西師範大學出版社，2009年，頁136。

　　謝波《媒介與公共空間——《申報・自由談》（周瘦鵑期時）研究》第五章〈《自由談》：對「自由」的想像與實踐〉以及第七章〈1932年：轉型中的《自由談》〉皆觸及到「公共領域」議題，尤其第七章更論及「文學公共空間（領域）」，認爲「新式的作家群體與新式的讀者群，共同支撐起晚清民初現代都市的『文學公共空間』。」而晚清民初的「文學公共空間」，「孕育和滋養了『五四』新文學的產生與發展。」[9]由於「文學公共空間」本身具有的意識形態性和政治性，最終新文學透過競爭取代了鴛鴦蝴蝶派的通俗小說，得到它的「話語地位」，也完成了公共空間的轉移。

　　前賢借用哈伯瑪斯「公共領域」（或「公共空間」）的學說探討晚清民初報刊，獲得一定的成果，不過多把焦點集中在《申報》的副刊〈自由談〉，忽略了民初最受歡迎的雜誌《禮拜六》。其實《禮拜六》不乏對於公共事物的評論，尤其是後百期，對時事更有大量的議論。此外，對於「小說」本身，也有不少來自各方的意見，更接近哈伯瑪斯所提出的「文學公共領域」。哈伯瑪斯說：

　　通過閱讀小說，也培養了公眾，⋯⋯報紙雜誌及其職業批評等中介機制使公眾緊緊地團結在一起。他們組成了以文學討論爲主的公共領域，通過文學討論，源自私人領域的主體性對自身有了清楚的認識。[10]

　　哈伯瑪斯所討論的是英國18世紀的情形，卻很適合用來說明民初上海的狀況。哈伯瑪斯提到出現小說《帕米拉》之後兩年，各種讀書機構產

9　謝波：《媒介與公共空間——《申報・自由談》（周瘦鵑時期）研究》，南京：江蘇人民出版社，2014年，頁113。

10　〔德〕哈伯瑪斯著，曹衛東、王曉珏、劉北城、宋偉杰譯：《公共領域的結構轉型》，臺北：聯經出版公司，2002年，頁67。

生，「並在一段時間裡使閱讀小說成爲市民階層的習慣，比如1750年以後的英國，四分之一世紀的時間內，日報和周刊銷售額翻了一番。」[11] 這和民國初年上海的情形非常類似，荷蘭學者賀麥曉（Michel Hockx）根據現代文學期刊聯合調查小組（1920-1936）、北京圖書館雜誌目錄（1915前-1936）、北京大學圖書館雜誌目錄（1915前-1936），以及唐沅等編的《中國現代文學期刊目錄滙編》（1915前-1936）等四種資料加以統計，單是上海一地民國初年創辦的文學雜誌，四種目錄分別顯示達到241、128、179、119種。[12]

　　《禮拜六》創刊於1914年6月6日，1916年4月29日出完第100期停刊，這一百期由王鈍根主編，一般稱之爲「前百期《禮拜六》」。1921年3月19日，停刊五年的《禮拜六》復刊，至1923年2月10日出至200期終刊，這一百期稱爲「後百期《禮拜六》」。前後百期的風格有很大的不同，關心社會的小說在後百期增加了，批評政經社會的雜文也增加了。在小說方面以周瘦鵑爲例，孔慶東觀察到：「《禮拜六》後100期，周瘦鵑的作品中不但社會、家庭問題的內容增多，言情小說本身也不再一味哭哭啼啼，催人淚下。」[13] 筆者曾經統計過，周瘦鵑在後百期《禮拜六》發表的34篇小說中，有19篇屬於社會小說，已經超過半數。[14]《禮拜六》復刊於1921年，孔慶東稱此階段爲鴛鴦蝴蝶派的「調整期」，而「調整期通俗小說的最大成就在於社會小說。」[15] 在批評文章方面，前百期以刊登小說爲主，後百期則出現許多批評性的專欄，如：〈拈花微笑錄〉、〈禮拜六閒評〉、〈課餘漫錄〉、〈菊芬館談綴〉、〈心太平齋筆記〉、〈獎券祕

11　〔德〕哈伯瑪斯著，曹衛東、王曉珏、劉北城、宋偉杰譯：《公共領域的結構轉型》，頁66-67。

12　〔荷蘭〕賀麥曉著，陳太勝譯：《文體問題——現代中國的文學社團和文學雜誌（1911-1937）》，北京：北京大學出版社，2016年，頁287-288。

13　孔慶東：〈禮拜六的歡歌：調整期的通俗小說〉，載氏著：《1921誰主沉浮》，重慶：重慶出版社，2008年，頁148。

14　徐志平：〈周瘦鵑發表於《禮拜六》的社會小說研究〉，《文與哲》第30期，2017年6月，頁188。

15　孔慶東：〈禮拜六的歡歌：調整期的通俗小說〉，《1921誰主沉浮》，頁154。

史〉等。

　　此外，在《禮拜六》後百期，更可以觀察到作者、讀者與編者之間的對話，在這裡，來自各地的作者與讀者皆可以自由表達意見，對公共事物，包括文學（特別是小說）本身更提出了諸多批評。

　　本章首先討論後百期《禮拜六》的批評自覺與公共領域性，再針對《禮拜六》中對公共事物的批評，以及文學公共領域的內涵進行析論。

二、後百期《禮拜六》的批評自覺與公共領域性

　　翻閱後百期《禮拜六》，可以明顯察覺到其內容對於政治、社會、文化的批評，有相當的「自覺」性。相較而言，前百期的批評比較被動，只有在遇到國家重大事件時，才會激於義憤，起而批評。

　　例如面對1915年的「五九國恥」，自第51期至56期連載了王鈍根的〈國恥錄〉，詳細紀錄日本侵華惡行以及袁世凱無恥賣國的行徑，自第50期至59期刊登了楊漢居士的〈矮國奇談〉，嘲諷日本人的矮小、醜陋。只是前百期《禮拜六》除了「國恥專號」外，各期仍以刊載小說為主，時事評論或社會文化評論都比較零星。

　　後百期則不然，自101期起每期目錄在篇名下標註文章性質，如101期〈可憐！買辦〉、102期〈社會服務觀〉、103期〈電車道德〉、104期〈愚齋雜記〉、105期〈經濟〉、111期〈題目與作品〉等皆標註「閒評」（內文中標示為〈禮拜六閒評〉），後來雖然目錄中不再標註文章性質，但「閒評」時事或社會風氣的文章在各期仍經常出現。此外，102期起鈍根所開闢的〈拈花微笑錄〉專欄雖然標註為「瑣言」，但其中不乏議論時事或社會風氣之作，例如102期論寡婦再嫁、106期論「中華民國有所謂模範省者」、113期及114期皆批評有關「復辟」事件、116期論及「蒙患漫延、驕將尸位」等等，不一而足。此外，尚有「藝評」，如104期〈滑稽影戲雜誌〉，以及有關小說的批評，如102期、135期的〈小說小說〉、143期的〈小說之作者與讀者〉、157期的〈小說叢談〉、198期的〈說小

說家〉等。

　　由上可知後百期《禮拜六》具有一定的批評意識，從而也吸引了上海市民的批評自覺。153期有一篇署名上海英美烟公司徐恬審所撰的〈絲廠怪現狀〉，篇首提到：「小說週刊《禮拜六》發行至今，凡社會上種種人情鬼魅，莫不燭照，有益世道，深慚無辭可讚，故我謂小說周刊《禮拜六》誠男女界問世之寶筏也。然於工場之黑暗，則尚不多見，不佞由是不自揣忖，將在絲廠中所耳聞目覩之事，謬行臚陳，先為投稿諸君作先鋒使者。」[16]之後於157期，徐恬審又有〈再誌絲廠怪現狀〉之作。又如105期及106期鏡心（江紅蕉）發表〈上海人之心理〉一文，檢討上海的人與事，接著便有嚴芙孫在107期發表〈滬事雜譚〉、110期發表〈春浦瑣語〉，160期馮夢雲發表〈解頤錄〉，周世勳則分別在161期發表〈學界現形記〉、162期發表〈歇浦隨感錄〉等。其中江紅蕉和嚴芙孫是當時知名作家，而馮夢雲來自「上海百老匯路粵瑞祥號」、周世勳來自「上海青年敦品會」，他們都只是一般讀者，可見《禮拜六》的內容引起民眾的共鳴。

　　102期刊出一篇枕綠的〈願大眾廢止家祭〉，106期即刊載多節的回應文章〈良友之言〉，文中說枕綠的文章「好像和那位崇淫闢孝的陳獨秀先生有些臭味相同，依在下硜硜之見，以為殊可不必。」而編者在〈良友之言〉的文末回應說：「按枕綠君對於祭祖問題並不主張全廢，不過換一種形式，所以和陳先生的臭味，還有些不同，呵呵！」[17]對話中帶著一點嘲弄的幽默。後來在111期，枕綠在〈題目與作品〉一文中再次提及此事[18]，作者、讀者、編者循環對話，且表現出一種平等關係。

　　又如109期刊出蘇海若的小說〈回憶〉，小說開頭與主編周瘦鵑對話，問他為何要多事讓《禮拜六》復刊？因為再次見到《禮拜六》，引出

16　王鈍根主編：《禮拜六》，揚州：廣陵書社，2005年，153期，頁68。
17　王鈍根主編：《禮拜六》106期，頁57。
18　王鈍根主編：《禮拜六》111期，頁56。

他的兩件傷心事。第一件是前百期有一位投稿人「偉士」，「死於慘無人道殺人不怕血腥氣的無賴政客手裏」，作者心痛之，遂以小說來揭露其受害的經過；第二件是讓他懷念起當年和「紫封姊姊」共讀《禮拜六》的情景，如今紫封姊姊已不知何往，「再要想同紫封姊姊坐在一塊兒讀也不能了。」第二件是私事，不去深究，關於第一件，主編王鈍根和周瘦鵑都予以回應，王鈍根說：「羅君韋士為余神交良友，余主編百期前禮拜六時，函札往來，幾無虛日，及其歿也，航空學校吳君飛書報余，然不言被害事，海若先生得無傳聞之訛耶？願讀者諸君，或知其詳，且證明之。」周瘦鵑說：「韋士予未之識，顧佩其文，聞其死，悼念弗衰。讀海若此作，吾心實恫。」[19] 從兩位主編的回應可以見到《禮拜六》開放而又不失嚴謹的態度，鈍根且向讀者尋求更多的對話和查證，而非逕刪來稿或加以「糾正」。

不料上述的〈回憶〉一文，到121期又勾出了「泛生」的一篇〈哀音〉，除了致哀於〈回憶〉中的羅韋士之外，還從他的朋友胡君那裡得知另一位《禮拜六》作者「休寧華魂」與羅韋士有相同遭遇，文中細述了愛國青年華魂受害的經過。[20] 而在143期，朱智先的〈小說之作者與讀者〉一文再次提到這些事，謂：「使無蘇海若泛生之〈回憶〉、〈哀音〉報告於讀者，則讀者將永無知小說家之結果。……韋士、華魂猶有海若、泛生為之報告，吊吾人同情之淚，世之小說家，一死而名不聞者，豈少也哉！」[21] 從文中可知，羅韋士、休寧華魂、海若、泛生等人都只是「投稿者」而不是什麼知名作家。

前引「多節」的〈良友之言〉提到：「中華圖書館所出的《禮拜六》，是上海幾位大小說家的文字俱樂部。」[22] 點出《禮拜六》具有「俱

---

19 王鈍根主編：《禮拜六》109期，頁55-56。
20 王鈍根主編：《禮拜六》121期，頁10-16。
21 王鈍根主編：《禮拜六》143期，頁49-50。
22 王鈍根主編：《禮拜六》106期，頁56。

樂部」的特性，而「俱樂部」與哈伯瑪斯所說的「沙龍、咖啡館和社交的狹小圈子」類似，是雜誌、周刊這一類「文學公共領域」的前身。[23]然而多節的說法並不精確，因爲《禮拜六》不僅是「小說家的文字俱樂部」，也是廣大市民讀者的俱樂部。除由前舉二例可以見其一斑之外，劉鐵群還觀察到，「從166期開始，一支由學校師生以及各類職員組成的業餘作家隊伍已經以絕對優勢成了後期《禮拜六》的創作主力，……來自各個行業的業餘作者缺少知名度，缺少天才和創作實力，但他們的出現說明參與《禮拜六》創作的人更多了，說明一些普通市民不僅參與了文化消費，還參與了文化創造。」[24]

《禮拜六》103期〈編輯室〉有這麼一段內容：「本刊小說，頗注重社會問題、家庭問題，以極誠懇之筆出之。有以此類小說見惠者，甚爲歡迎。」[25]106期的〈編輯室〉除了提醒投稿該注意的事項，還說：「本刊編輯，略仿外國雜誌體例，每一篇小說，後面附上小品雜作。這種編制好不好，讀者歡迎不歡迎，要徵求多數人的意見。」[26]124期〈編輯部啟事〉載：「投稿諸君鑒，承賜尊稿，凡爲佳作，敝處終必登載。」[27]這都是在向廣大市民招手，而確實也收到不少注明「不受酬」或「請酬《禮拜六》」[28]的一般作者的稿件。

范伯群主編，湯哲聲撰：《中國近現代通俗文學史》（2010新版）下卷第七編第二章第三節〈興味、消閒、游戲、警世、勸俗－《禮拜六》及《小說大觀》、《小說新報》〉。作者認爲：「《禮拜六》是講究游戲、消閒和趣味，但這決不是目的，它的目的是在游戲、消閒和趣味之中達到

23　〔德〕哈伯瑪斯著，曹衛東、王曉珏、劉北城、宋偉杰譯：《公共領域的結構轉型》，頁55。

24　劉鐵群：《現代都市未成形時期的市民文學——《禮拜六》雜誌研究》，北京：中國社會科學出版社，2008年，頁30-31。

25　王鈍根主編：《禮拜六》103期，頁60。

26　王鈍根主編：《禮拜六》106期，頁58。

27　王鈍根主編：《禮拜六》124期，頁64。

28　見第166期上海大同學院梅慕壎的〈夫婦愛情之遞變〉文末。

『勸世』的效果，這才是這一文學期刊真正的價值取向。」又說：「愛國情緒、傳統道德、新的知識和講究情義，這就是《禮拜六》所要昭示的『勸世』內容。這些內容歸起來就是一句話：在新的時期中，做一個具有良好的道德和良好的文化知識的有情有義的人。」[29]筆者基本認同這種說法，而這裡的勸世之責不專門由所刊登的文學作品承擔，雜誌中眾多的政治、社會與文化批評也扮演著重要的角色。

三、後百期《禮拜六》對公共事務的批評

公共事務範圍極廣，後百期《禮拜六》所關心的，大至國家大事，小至生活細節，無所不包。翻開101期，第二篇王鈍根的〈小雅琴語〉便是寫徐娘半老的妓女小雅琴對「上海公共租界始行抽籤取締娼寮」發表贊成的議論，細論了娼家為社會帶來的禍害，文末王鈍根謂：「當筵決論，大足以警醒癡迷，故余信筆記之。」[30]王鈍根又在〈禮拜六閒評〉中，針對上海協隆洋行買辦自殺，發表對錢莊的控訴，謂：「何君之死，非自戕，眾人戕之也，萬惡之社會戕之也。」[31]這些都是針對社會上發生的事件，從根本處提出批評。又如103期的〈禮拜六閒評〉刊載了「電車客」對電車道德的批評、108期張枕綠〈流行宴會的劣點〉、110期嚴芙孫〈春浦瑣語〉對上海人的評論、129期志清〈我想〉對於男女關係過於隨便提出批評等等，不一而足，非常多元。

然而整體看來，後百期《禮拜六》對公共事務的批評還是集中在幾個重要的項目之上。

(一)對民國政局的批評

130期於民國10年10月8日雙十節前出刊，特闢「三十節增刊」，主

---

29 范伯群主編：《中國近現代通俗文學史》下卷，南京：鳳凰出版傳媒集團，2010年，頁438-439。
30 王鈍根主編：《禮拜六》101期，頁7。
31 王鈍根主編：《禮拜六》101期，頁58。

編王鈍根在〈三十節感言〉中說：「今年之國慶適值民國十年十月十日，於是人稱之爲三十節。」又說：「吾人不幸生於斯世，躬逢其亂，不且對三十節而自悲耶！外逼於暴鄰，內壞於政府，軍閥橫行，殘民攫利，甚於盜賊。」語氣極爲沉痛。接著是周瘦鵑的〈雙十節哀音〉，他更感慨的說：「這可是中華民國麼？怎麼相別一年，模樣兒更變得不像，幾使我不能辨識了，難道我走錯了路，走到羅刹地獄中去麼？……瞧他們殺來殺去，全都殺的自己人，查考他們厮殺的原因，並沒甚麼不共戴天之仇，只爲的爭權奪利占地盤罷了。」[32]最具諷刺意味的是鈍根戲作的〈三十節紀念大會陳列品〉，生動展示了民國的亂像，其中很多都是對政府的批評：

有名無地之經略使、不打仗之征蒙總司令、常年請假之責任內閣、出入府院之罪魁、不受遷調之督軍、搶劫上官之軍隊、籲請外國人圈占租界之人民、勇於內鬥之軍閥英雄、駐紮鄰省之督軍衛隊、有交易無貨物之商場、農商部註冊之賭場、只收不放之賑捐、合股開設派分紅利之賑濟會、專作抵押品用之再版公債……[33]

131期還有一篇陳野鶴的〈國旗語〉，以擬人的手法，讓兩面國旗對話，道盡了民國政府的荒唐，「今天雖是國慶紀念日，還有什麼可祝可賀的，你看他們醉生夢死的，還在那裡家人自鬥呢！」[34]141期哀時的〈新紅樓夢〉更妙，把北洋政府的政客們用《紅樓夢》的人物影射，例如：「徐世昌如賈母，以林黛玉視曹錕，優禮有加，實則以薛寶釵視張作霖，暗通款曲。靳雲鵬極似邢夫人，周旋直曹奉張兩大之間，以求保其位，雖老段爲其恩師，彼亦不妨推倒，猶之邢夫人一味恭維賈赦，雖賈太君一個

---

32 王鈍根主編：《禮拜六》130期增刊，頁3。

33 王鈍根主編：《禮拜六》130期，頁4-5。

34 王鈍根主編：《禮拜六》131期，頁30。

貼身丫頭鴛鴦，彼亦助桀為虐，皮匠當國，所以各界具有微詞也。」[35] 按
141期刊於1921年12月24日，文中的徐世昌是當時北洋政府的大總統，靳
雲鵬是內閣總理，老段指皖系的段祺瑞，曹錕屬直系，張作霖屬於奉系，
哀時這篇文章對以上諸人皆借《紅樓》人物之間的關係加以嘲諷。171期
刊登一篇來自北京罕珉的〈京師聞見錄〉，文中直言批評徐世昌的兩件不
堪之事，其一：「北京崇文門稅每月收入不下一二十萬，那位法國文學博
士前清遺老東海徐大總統時代，是按月由該稅關稅督恭送入府，孝敬大總
統千金小姐作脂粉費，中外古今未有之怪現象也。」其二：「東海臨走，
在京師稅捐提去百餘萬元，劉前監督不能交代，遂呈明當局，恐此款又作
小姐脂粉費矣！」[36]

　　這段期間也正是周瘦鵑主編《申報·自由談》的時期，謝波說：「這
一時期《自由談》對時局的揭露嘲諷，其直接、大膽、犀利的程度是今天
的我們所難以想像的。」[37] 陳建華也說：「在連續不斷的危機中，在權奸
竊國，禍亂相尋，軍閥相爭，革命橫流之際，《自由談》中的言論，或直
言誅伐，或冷嘲熱諷，或明或晦地傳達了某種『民意』。」[38] 而後百期的
《禮拜六》同樣直接批評時局而毫無避忌，與《自由談》正相呼應。此
外，如同《自由談》所採用的遊戲文章的手法，即李歐梵所說的「一種邊
緣的批評模式」，他說：「我認為它已經造成了一種公論，提供了一個史
無前例的公開政治論壇，也幾乎創立了『言者無罪』的傳統。」[39]《自由
談》如此，後百期的《禮拜六》亦如此。

35 王鈍根主編：《禮拜六》141期，頁4。
36 王鈍根主編：《禮拜六》171期，頁1、頁5。
37 謝波：《媒介與公共空間——《申報·自由談》（周瘦鵑時期）研究》，南京：江蘇人民出版社，
　 2014年，頁116。
38 陳建華：〈申報·自由談話會〉，《從革命到共和》，桂林：廣西師範大學出版社，2009年，頁
　 123。
39 李歐梵：〈「批評空間」的開創——從《申報·自由談》談起〉，李歐梵：《批評空間的開創：
　 二十世紀中國文學研究》，上海：東方出版中心，1998年，頁110。

　　李氏認為，如此發展下去，「中國現代報紙所能扮演的『公共空間』角色可能絕不較美國獨立前的新英格蘭報紙為遜色。」[40]只可惜後來並沒有「如此發展下去」，所以前引李歐梵之文才會說公共空間後來是「縮小的」。

㈡對重大社會事件「信交風潮」的批評

　　除了批評時局，後百期《禮拜六》對於重大的社會事件也發表了很多評論，其中最重要的，是對於「信交風潮」的批評。

　　所謂「信交風潮」，其經過是這樣的：1921年9月上海有交易所79家，年底更達到140家。當時，「一般盲從者，以為凡物品做交易所者，均可獲利，因之什麼物品都有交易所，甚至柴米炭竹也有交易所，……濫設交易所蔚然成風，而眾多交易所又隨即迅速倒閉，此即歷史上所謂的『信交風潮』事件。」在信交風潮爆發前，「在暴利的引誘推動下，（資金）一齊湧向股票市場，不問緣由，盲目跟風。更有不少的人套用銀行、錢莊信用，以小搏大，以虛帶虛。狂熱的股票投機，使市面資金遂感缺乏，1921年，錢銀業為資金安全計，開始收縮資金，抽緊銀根。投機者措手不及，資金周轉不靈，告貸無門，破產者十之八九。」[41]

　　在信交風潮事件爆發前，嗅覺敏銳的《禮拜六》已透露出一些不尋常的訊息。1921年8月20日刊行的第123期，即出現署名「少蘭」的〈交易所之一幕〉，開頭便道：「近來上海投機事業最流行，最發財的，人人知道股票是最出風頭了。而股票中尤以交易所的股票為首屈一指，因為那交易所好像那賭博場一般，往往一個窮措大進去混一混，頃刻之間團團變作富家翁。所以那些想發財的人趨之若鶩，把交易所當作金庫一般，好像

40　同上註。

41　劉逖等著：《上海證券交易所史（1910-2010）》，上海：上海人民出版社，2010年11月，二段引文分別見頁89、92。

金錢可隨時拾得的。豈知既然有了發財，那麼金錢當真是天上落下來的不成，自然是那時運不濟的拿出來了。於是傾家蕩產的也有，丟掉性命的也有……。」[42]王鈍根在140期也有〈戲代交易所畫策〉一文，文中提到：「上海交易所自陰曆九月後，漸趨末運。……甚至有第一日開市而股票價已跌至票面以內者。於是一般發起人之手執大宗股票希圖飛漲者，咸大失望。」[43]同期還刊載了李繡斧女士的〈交易所竹枝詞八首疊韻〉，以及蝶庵的〈一個考交易所的鬼〉等文章。

152期刊了一篇來自保定交通銀行汪逸庵的〈投機失敗者之聞〉，文中舉了王某、詹某、俞某、馬某、田某等五個在交易所投機失敗的例子，其中有三人自殺，一人傾家蕩產，一人吃官司。作者說：「以上所述，但係實事。詹某為余目覩，王某乃轉述自友人口中者也。他如馬某、田某、俞某均載諸日報。」[44]155期又有一篇來自上海交通大學文煒的〈交易所之黑幕〉揭露了交易所經紀人塗改交易文書的技倆，並說明是他的姑父向他父親陳述時，「余錄之於簿」，略加修改後投稿的。[45]165期周世勳的〈交易所害人之結果〉，記載交易所的人員到舞台的化妝室偷拿衣服去當，害很多演員「忍氣吞聲各拿了當票贖衣去了」，作者說：「這上面一段事，是在下親身遇著的，並且也是失衣的一份子，所以特地寫出來，並不是出氣，實在是要使讀者諸君知道，這交易所的罪惡，也不知道陷落了許多青年呢。」[46]這些都是來自讀者投稿的文章，他們提供親身經歷或耳目見聞，共同目的就是提醒人們小心交易所的陷阱，以免受害。

「信交風潮」也反映在《禮拜六》刊登的小說上，例如周瘦鵑發表在124期的〈代罪〉，以及126期的〈舊約〉。〈代罪〉中的父子都屬經

---

42 王鈍根、周瘦鵑編：《禮拜六》第123期，頁7-12。

43 王鈍根編：《禮拜六》第140期，頁48。

44 王鈍根編：《禮拜六》第152期，頁17。

45 王鈍根編：《禮拜六》第155期，頁17。

46 王鈍根編：《禮拜六》第155期，頁63。

濟犯，父親虛設保險公司，兒子挪用公款投機股票失利；〈舊約〉中的主人公也是「起了個發橫財的妄想，張羅了許多錢，一古腦去買那交易所現股。」[47] 後來因為無法償還債務，差一點投河自盡。在周瘦鵑上述的兩篇小說中，股票交易還只是情節的一部分，132期湯筆花的〈嗚呼投機〉則完全針對股票投機的罪惡而發，小說的主人公叫做鄭耀宗，本來是銀行的寫字員，為了貪暴利，把家中的田產房舍都賠光了，還欠了一屁股債，最後吞鴉片自殺，老母親也被氣死了。文末作者說：「在下這篇小說材料就是鄭耀宗的妻子親口對我說的。」[48]

　　此外，當時上海「思本學校主人徵求小說」徵文比賽第二名的〈腦筋的客棧〉也寫了股票投機之害。小說寫一老博士提出「腦筋的家」和「腦筋的客棧」的差異，「腦筋走的正路，便是腦筋的家」，「腦筋離家的時候是在那裡呢？…必定在路上或客棧裡。」其中一段寫一個大學經濟科畢業的學生，不務正業，只想發橫財，「他聽說上海交易所是很利市的，不到幾天就可賺到十幾萬。他只從賺的方面想著，不想這賺的對面卻還有死命虧空的一個人。……那裡知道他的結果偏是那死命虧空的一個人，從他在交易所（開）幕計到交易所閉幕的時候，他的腦筋便落了客棧。」[49] 這篇小說雖然缺少具體的情節發展，不過設想頗具創意。

　　以上無論是新聞性的報導，或作為小說的材料，後百期《禮拜六》的作者群所描述的信交風潮帶來的悲劇，對讀者的刺激和提醒有其正面的意義。他們在同一個媒體上發表共同傾向的言論，除了有醒世的目的，同時也在尋求自己的存在感，正如漢娜‧鄂蘭所言：「和我們有相同見聞的他人，他們的存在對我們保證世界以及我們自己的實在性。」[50] 而這何嘗不是公共領域的存在價值。

47　王鈍根編：《禮拜六》第126期，頁2。

48　王鈍根編：《禮拜六》第126期，頁18。

49　王鈍根編：《禮拜六》第148期，頁7-8。

50　漢娜‧鄂蘭著，林宏濤譯：《人的條件》，臺北：商周出版社，2016年，頁103。

(三)有關婚姻問題的批評

　　清末民初人們開始對傳統婚姻制度提出批判，最早的火力主要來自維新派人物，「梁啟超以《新民叢報》為陣地，撰寫了〈禁早婚議〉等文章，猛烈抨擊封建婚姻制度，主張婚戀自由，實行一夫一妻制，反對納妾；譚嗣同則以自己的婚姻生活踐行了一夫一妻制原則；蔡元培在續弦時公開提出了男子不娶妾、男子死後女子可以改嫁、夫婦不合可離婚等擇偶條件，直接向傳統婚姻制度發起挑戰。」[51]當然改革並非一蹴可幾，尤其在北洋政府時期產生了復古逆流，又回頭過來「表彰節烈」[52]，對婚姻改革不無影響。社會上也有不少反對新式婚姻的聲浪，對於自由離婚更有意見，民初天津的《大公報·閒評二》載：「近年來法庭訴訟，男女之請求離婚者，實繁有徒，此皆前所未有，而亦社會所不能為者也。」[53]

　　後百期《禮拜六》對婚姻的批評採取開放的態度，既有對傳統包辦婚姻的批判，也有對新式婚姻特別是自由離婚的批判。

　　對傳統婚姻批判部分，159期林斯陶的〈早婚〉一文就是寫由父母幫子女決定的早婚之害。新郎才十七歲，新娘比他小二歲，婚後坐吃山空，一事無成。作者在文末提到：「早婚之害，一則妨身體發展，一則妨學業進步。他害尚多，非有嚴厲取締，不足以防大禍。」[54]造成早婚的原因在於父母擅自決定未成年子女的婚姻，因此批判早婚即是反對父母包辦婚姻。

　　又如168期怡盦的〈離婚案的判決〉寫一年輕女子向法官請求與丈夫離婚，原因是丈夫「年歲太大，我與他不能發生夫婦間的愛情」。而她之所以會嫁給年齡差距如此大的丈夫，原因是「父母因為貪圖老者的錢財，

51　左玉河：〈由文明婚禮到集團婚禮——從婚姻儀式看民國婚俗的變化〉，載薛君度、利志琴主編：《近代中國社會生活與觀念變遷》，北京：中國社會科學出版社，2001年，頁198。

52　同上註，頁205。

53　《大公報·閒評二》，1913年9月15日。

54　王鈍根編：《禮拜六》第159期，頁50。

才把他的女兒強迫嫁了他。」[55]法官問丈夫是否同意離婚，丈夫自是不同意，法官也只能做出不得離婚的判決，因而造成兩天後那女子用剪刀自殺的悲劇。這樣的結局，可以說是對於父母不顧子女幸福的包辦婚姻提出的強烈控訴。

193期葉利庠的〈社會問題〉一文則設計了一個情境，借以對傳統婚姻提出批判。該文寫一個舊式女子對自己的婚姻提出疑問，父親答以禮教為重，三從四德古有明訓，批評時下男女「提倡什麼解放自由的邪說，背地裡實行他的獸慾主義」；受過新式教育的表妹則認為這是「社會問題」，「這原是社會的一個弱點，將我們女子的幸福自由剝奪淨盡，由他支配著，他戴著禮教的假面具，幹那滅絕人道的勾當，強迫們去服從他。」[56]女主角結婚後不久，丈夫逐漸厭棄，翁姑責怪她不會做人，回娘家訴苦，父母亦不諒解，受盡委屈。

總體而言，《禮拜六》中的文章對傳統婚姻的批評都是情境式的，以實例來說明傳統婚姻之害，然後把批評和議論安置於情境中，以達說服讀者之效。

《禮拜六》批判新式婚姻、自由戀愛的文章也有不少，例如129期志清的〈我想〉一文提到：「現在男女自由結婚，自由離婚太忙了，我想將來楊梅瘡一定漫布於全國。垃圾桶內私生小國民時有出現，若常此以往不加嚴禁，我想垃圾桶可以不裝垃圾，專裝私生小國民。」[57]這裡的評論不無嘲弄意味。138期凌影的短文〈八日夫妻記〉寫「新學界」的人物十姑原本訂有婚約，到上海讀了兩年書之後回來便要求退婚，後來自己認識一位眼科醫生就熱鬧結婚，不過只有短短八天就離婚了。作者評論說：「現在女界心醉自由戀愛四個字，實在都還沒明白自由戀愛的道理，偶然曉得一個情字，就胡亂用他的情，用也用得不正道。像十姑這樣的人，是我

55　王鈍根編：《禮拜六》第168期，頁13。

56　王鈍根編：《禮拜六》第193期，頁14。

57　王鈍根編：《禮拜六》第129期，頁51。

中國女界蟊賊。」[58]作者並非全然反對自由戀愛，而是認為當時女界並不了解自由戀愛的真義。又如141期李允臣的小說〈自由戀愛的結果！做尼姑〉，193期白俊英的極短篇〈五分鐘愛情〉，看篇名便知這兩篇是反對自由戀愛或把婚姻當兒戲的。

晚清民初婦女追求婚姻自由的另一個聲浪是「不嫁主義」，黃錦珠說：「不嫁主義或許是新女性從婚姻重圍中殺出的另一旁徑。」[59]

《禮拜六》130期潘文柔的〈婦女獨立會〉一文，是呼應126期鈍根的〈懦夫自立會〉的。鈍根那篇是遊戲文章，寫一些懼內的男人加入此會，「對臺上無著的獨身之神虔誠宣誓，以後永遠不再娶妻」[60]，因為他們受夠了婚姻之苦。〈婦女獨立會〉的寫作目的則在於「綜言女子嫁後之痛苦」，敘事者是一個24歲的寡婦，曾經流產了三次，被婆婆視為不祥之人，後來丈夫又因積勞成疾而亡，婆婆更是每天對她打罵不歇，她受不了這樣的折磨尋短獲救，被帶到一個「婦女獨身會」。該會稱：「凡有與夫婿離婚後不能自立者，或不堪受家庭的束縛及無智識丈夫的凌虐者，可加入本會。」會中邀請新會員宣布入會原因：第一位是自由結婚的，對方卻不但騙她的錢，還差點讓她變成高級妓女；第二位是一個姨太太，不想再被男子玩弄了；第三位婚姻本是幸福的，不料先生染疫而死之後，族人逼她改嫁，她不願改嫁而入會；第四位也是自由戀愛後結婚的，只因某次在女同學家過夜被疑有外遇而遭棄；第五位後母作主要她嫁給督軍的兒子，而她不願意。[61]在這些例子中，無論是自由戀愛或是由父母決定的婚姻，都給婦女帶來不幸。

由此文可以看見民初婦女的身心煎熬，傳統婚姻也好，新式婚姻也罷，在那個新舊交替的年代，婦女總是輸家。黃錦珠說：「女權追求者所

58　王鈍根編：《禮拜六》第138期，頁30。
59　黃錦珠：《晚清小說中的新女性研究》，台北：文津出版社，2005年，頁148。
60　王鈍根編：《禮拜六》第126期，頁30。
61　王鈍根編：《禮拜六》第130期，頁9-12。

呼籲的男女平權，其實只跨出歷史性的一小步，婚姻生活中的妻職與母職，是對原已身陷重重父權網羅的婦女，給予更制度性的加害。」[62]晚清如此，民初依然如此。

188期都良的〈一部分女子的獨身問題〉也深入討論了相關的問題，該文一開始先提出他的觀察，謂：「現在國內一般新式女子，很多有標唱獨身主義者。稍微受過教育的人，更容易傾向這種主張。獨身主義四個字，竟成為社會上一種最流行的名詞了。」[63]作者分析了主張獨身的幾種女性：第一種是性情純潔脫俗者，第二種受惡劣環境逼迫者，第三種性情孤介不願過舊家庭制度生活並認為男子不可靠者，第四種不滿於舊婚姻制度又不敢公然有所主張而消極抵抗者，第五種不了解獨身意義只是跟風逐流者。作者認為第一種十分罕見，第二種值得同情但應從改革社會制度著手，第三至第五種處境尚非絕對惡劣，她們所遭遇的並非獨身問題，實為擇婿問題，只應緩婚而不宜冒然主張獨身主義，以免將來後悔或改變主意時遭來譏諷。

以上整理了後百期《禮拜六》有關婚姻問題的批評，作者有男有女，批評的對象有傳統婚姻也有新式婚姻。綜言之，這些主張還算中肯，所批判的都是一些極端的例子，例如父母包辦婚姻造成的早婚或年齡差距過大，或是父母思想過於古板等等；有關新式婚姻則憂心結婚或離婚過於輕率，或造成性關係過於泛濫。至於獨身主義部分，兩篇文章都是經過分析和議論才提出批判的，看法雖然不同，但立意都是良善的。

可知關於婚姻問題，《禮拜六》確實提供了一個不同立場的作者都能表達意見的「公共領域」。

62　黃錦珠：《晚清小說中的新女性研究》，頁149。

63　王鈍根編：《禮拜六》第188期，頁32。

㈣後百期《禮拜六》的文學公共領域

　　此處所說的文學公共領域借用哈伯瑪斯的說法，定義為「以文學討論為主的公共領域」（參見本章前言）。由於《禮拜六》為小說專刊，因此這本雜誌所討論的，也是以小說為主。

　　發表在《禮拜六》的文章不乏小說理論，也有對於小說界的批評。

　　小說理論部分，多篇文章都提到主旨的重要。例如落華在〈小說小說〉中說：「作小說不在詞章而在命意，命意既佳，然後佐以詞藻，則可以行遠。」[64] 瞿寒影〈小說叢談〉認為短篇小說有三個要點：一曰命意，命意者，全篇小說之宗旨也；二曰結構，命意既佳，即當進而求其結構；三曰辭藻，「命意其靈魂，結構其骨骼，而辭藻則其肌膚。」[65] 其說相當中肯。而基於對主旨的重視，命意模糊的作品便會受到批評，張舍我在〈小說小說〉中批評「新浪漫派與象徵派」：「往往一篇之中，冰炭同爐，雜亂無章，讀之既茫然不審其命意之所在，雖再三讀之，尤不明瞭，小說之真意失矣，尚有小說之價值耶？」[66] 這裡的新浪漫派和象徵派作品，指的應是1921年成立的創造社的作品，「創造社從誕生的那一天起就被貼上了浪漫主義的標籤，而這裡的浪漫主義不僅包括傳統意義上的浪漫主義，也包括象徵派、唯美派、未來派等所謂的『新浪漫主義』。」「主張文藝是內心生活的表現，必須忠實地表現內心的要求。」[67] 由於內心世界本就難以捉摸，新浪漫主義與象徵派小說的主題自然不明顯，在當時確實是不容易被接受的。

　　此外，他們對於作者的素養，以及讀者的態度也提出了一些看法。例如落華認為作者「當細察國俗鄉風、人文地理。言北京必不能言其山明水秀；言南人者亦必不能言其皆兇猛好鬥也。」他批評有些小說家閱歷不

64　王鈍根編：《禮拜六》102期，頁56。

65　王鈍根編：《禮拜六》157期，頁18。

66　王鈍根編：《禮拜六》135期，頁42。

67　楊劍龍等著：《上海文學與二十世紀中國文學》，上海：上海文化出版社，2012年，頁257。

足，為讀者所嗤，例如：「謂蘇州馬車可以達城內，而不知蘇州城內尚未通車。」又如：「謂杭州城站在城外，不知杭州車站早已遷入城內。」所以他說：「作者必有若干年之學問，輔以若干年之閱歷。」[68]在讀者部分，瞿寒影認為讀小說要有高尚的思想，他以裸畫為喻，思想高尚者「惟知注意其天然之美觀，與夫藝術之程度而已，他非所知也。」讀小說亦然，「《西廂》《紅樓》《水滸》，思想高尚者，但知注意其千變萬化之文法，艷麗絕倫之辭藻而已。而《西廂》《紅樓》之所以能永傳於後世者，亦以其文足傳，非其事足傳也。無如彼思想卑濁者，偏取其事而不取其文。」[69]顯然作者認為《西廂》《紅樓》中的男女情事不值得學習，只要欣賞書中的文采即可，這是站在倫理教化的觀點看小說，未必正確，卻也代表當時某些人的想法。也基於此，作者也反對像福爾摩斯探案這樣的小說，認為會使人心更為險詐。那麼他贊成什麼樣的作品呢？以言情小說為例，他說：「言情小說易近於褻，一褻則毫無價值之足言矣。曩見某說部，雖為言情，而其意實勸人愛國。此種小說誠別開生面，其有益於讀者，不可以道里計矣。」[70]所以題材是什麼並不重要，重要的是要有正向的主題思想，這也回應了前文提到他們對於小說主題的重視。

關於當時小說潮流的批評，除了前述的「新浪漫主義與象徵派」之外，另一個對象是哀情小說。落華說：「蓋自四六派言情小說問世，小說之道，遂受一劫。」[71]所謂四六派言情小說，指的是《玉梨魂》這一類駢四儷六的哀情小說，周瘦鵑認為這類小說才是真正的「鴛鴦蝴蝶派」，他說：「我年輕時和《禮拜六》有血肉不可分開的關係，是個十十足足、不折不扣的禮拜六派。……至於鴛鴦蝴蝶派和寫四六句的駢儷文章的，那是以《玉梨魂》出名的徐枕亞一派，禮拜六派倒是寫不出來的。」[72]

68　王鈍根編：《禮拜六》102期，頁56-57。

69　王鈍根編：《禮拜六》157期，頁16。

70　王鈍根編：《禮拜六》157期，頁19。

71　王鈍根編：《禮拜六》157期，頁56。

72　周瘦鵑：〈閒話《禮拜六》〉，載於氏著：《拈花集——花前瑣記》，上海：文化出版社，1983

　　再來是對黑幕小說的批評，例如顧明道在〈課餘漫墨〉中認爲黑幕小說「全失小說之價值」[73]。黑幕小說的發生，始於1916年10月10日《時事新報》開闢了「上海黑幕」專欄，掀起了「黑幕寫作」風潮。[74]這股風潮，直到1918年11月7日該報在頭版頭條發布通告〈本報裁撤黑幕欄通告〉，才「宣告黑幕寫作告一段落」。[75]這些「黑幕寫作」，從1918年路濱生編輯的《繪圖中國黑幕大觀》[76]所錄內容看來，多爲短篇的雜錄、報導爲多，根本稱不上是「小說」。周作人曾以「仲密」爲筆名發表〈論「黑幕」〉、〈再論「黑幕」〉兩篇抨擊「黑幕」的文章，他說：「總括起來是這幾句：『黑幕不是小說，在新文學上並無位置。』」[77]顧明道說黑幕小說「全失小說之價值」，意見大致相同。

　　比較有趣的是編者、作者、讀者之間的對話。前面曾經提過，編者在106期曾經爲了編輯體例徵求讀者的意見，謂：「本刊編制，略仿外國雜誌體例，每一篇小說後面，附上小品雜作。這種編制好不好，讀者歡迎不歡迎，要徵求多數人的意見。」[78]《禮拜六》的開放性由此可見一斑。王鈍根作爲編者，對作者也有不少意見，有贊同的，例如針對張枕綠的〈謠言〉這篇寫謠言可怕的小說，鈍根評論說：「枕綠此作，寄慨深矣！」[79]

年，頁94-95。

[73]　王鈍根編：《禮拜六》155期，頁70。

[74]　參見郭延禮：《中國近代文學發展史》（第三卷），北京：高等教育出版社，2001年，頁353。

[75]　湯哲聲：〈新文學和教育部聯手批判「黑幕小說」〉，載錢理群主編：《中國現代文學編年史——以文學廣告為中心（1915-1927）》，北京：北京大學出版社，2013年，頁109。

[76]　路濱生編：《繪圖中國黑幕大觀》，上海：中華圖書集成公司，1918年。1989年，北京春秋出版社出版了一個由齊仁改寫的選本《黑幕大觀》，依原書分類，在政界、軍界、學界、商界、報界、家庭、黨會、匪類、江湖、翻戲、優伶、娼妓、僧道、拆白黨、慈善事業、一切人物等十六類中，各選若干篇稍加改寫，其中又以「政界之黑幕」錄125篇最多，而其中約有二分之一出自著名作家陸士諤的手筆。

[77]　仲密（周作人）：〈再論「黑幕」〉，原載《新青年》第6卷第2號，1919年2月15日。引自芮和師等編：《鴛鴦蝴蝶派文學資料（下）》，北京：知識產權出版社，2010年，頁760。

[78]　王鈍根編：《禮拜六》106期，頁58。

[79]　王鈍根編：《禮拜六》122期，頁21。

然而對於江紅蕉在連載小說〈大千世界〉中所寫教堂的情形，則有如下的評語：「紅蕉非教徒，未嘗至禮拜堂詳細觀察，故本回所述禮拜堂情形，奇突可駭，諒據傳聞信筆渲染而成。至教師所講，支離舛誤，尤不合聖經眞義。與學生問答之詞，亦義不相貫，語不扼要，絕非聖經班中人吻。余以其爲長篇，前後銜接，不便擅爲刪改，故仍其舊，幸教徒讀者宥之。」[80] 這段話對作者江紅蕉的批評毫不客氣，並且對文中描述的錯誤代作者向讀者致歉，同樣表現出以讀者爲尊的態度。

　　另外值得一提的是，如前文中所訴，讀者不僅經常對《禮拜六》中的文章進行回應，對於小說作者本人更表現出極大的興趣。本來民初通俗小說作家就有「明星化」的傾向，「當時，知名的小說家在一般公眾心目中具有明星般的風采。」[81]《禮拜六》的主編之一周瘦鵑就是當時的明星作家之一，王鈍根說：「少男少女，幾奉之爲愛神。女學生懷中，尤多君之小影。」[82] 在後百期《禮拜六》，周瘦鵑也頗受矚目，例如野鶴在〈匠〉一文中稱他爲「哭匠」，謂：「我讀周瘦鵑的小說，沒有一篇不悲傷流淚，就是在極快樂的時候，也不覺改了常度。唉！我想瘦鵑可算是世界上的哭匠了。」[83] 劉渭賢在〈說小說家〉中提到：「我們外地的人，看了瘦鵑小說，都承認他是多情種子，但不知他的情絲可有個歸著？並且誰是他的愛情object？抱這個疑問的很多，我今天不問瘦鵑本人，但請鈍根宣布一聲。」鈍根果然回答了他的問題說：「按，瘦鵑愛情的受者，是紫羅蘭女士。」[84] 劉渭賢還調侃了王鈍根、包天笑、江紅蕉等，說王鈍根老氣橫秋、厥性好罵，「把軍閥政客罵得發昏十一章」，說包天笑是個戲迷，說江紅蕉長得像個姑娘等等。這種關於文學家的公開對話，正是文學公共領域的最佳寫照。

80　王鈍根編：《禮拜六》172期，頁5。
81　劉鐵群：《現代都市未成形時期的市民文學──《禮拜六》雜誌研究》，頁181。
82　王鈍根：〈本旬刊作者及諸大名家小史〉，《社會之花》第1卷第1期。
83　王鈍根編：《禮拜六》126期，頁27。
84　王鈍根編：《禮拜六》198期，頁6-7。

結語

　　由於《禮拜六》被視爲鴛鴦蝴蝶派的大本營之一，又因爲前百期《禮拜六》以刊登小說爲主，以致於世人對《禮拜六》的開放空間沒有充分認識。其實後百期《禮拜六》有明顯的批評自覺以及相當開放的公共領域。

　　後百期《禮拜六》中對公共事物的批評非常多元，對政局的批判尤其直接、嚴厲，或以嘲謔的口吻加以諷刺；在社會事件部分，比較重要的是有關「信交風潮」的批評，事實上在此一重大金融事件發生前，《禮拜六》已經有多篇文章提出警訊，事件發生過程中，無論編者、作者或讀者都不斷以所聞所見提醒市民不要因爲投機而家破人亡；另外一個重要議題是有關新舊婚姻方式的討論，一方面對於傳統父母包辦式婚姻造成的早婚、與丈夫年齡差距過大形成的悲劇提出控訴，另一方面對於新式婚姻和自由戀愛也有不少批評，認爲會把婚姻當兒戲或性泛濫，此外有關「獨身主義」也有文章進行分析和批判，總之對於婚姻議題，《禮拜六》的批評是十分開放多元的。

　　最後關於以討論文學爲主的「文學公共領域」，主要對象是「小說」這個文類。許多作者認爲小說的主題（命意）最爲重要，據此他們批評了主題較爲爲模糊的新浪漫主義和象徵派的作品，也對哀情小說和黑幕小說表示不滿。比較有趣的是編者、作者、讀者之間的對話：編者有時認同作者的看法，如果覺得不以爲然也會在文末加以批評，並且爲文章內的錯誤向讀者致歉；讀者除了時常對發表在《禮拜六》的文章加以回應之外，更對小說作家本人表現出極大的興趣，甚至於向編者詢問作家的感情問題，而編者也作出了回應。此一關於文學家的公開對話，正是文學公共領域的最佳寫照。

　　綜上所述，後百期《禮拜六》確實具有批評意識，也提供給當時社會一個相當多元開放的「公共領域」。

參考文獻

古籍

〔漢〕班昭：《女誡·敬慎》，〔明〕瑯琊王相箋註《閨閣女四書集註》，〔明〕多文堂刊本

〔後漢〕班固撰，唐顏師古注：《漢書》，台北：宏業書局，1978年

〔唐〕，王定保《唐摭言》，臺北，商務印書館影印照曠閣本

〔宋〕，羅大經《鶴林玉露》，正中書局影印明刊本

〔宋〕朱熹編《近思錄》，臺北，商務印書館，1991年〔宋〕王讜撰、民國，周勛初校證《唐語林校證》，北京，中華書局，1987年〔元〕無名氏《夷堅續志》，中央圖書館思善堂本

〔明〕王艮《王心齋全集·遺集》，台北：廣文書局，1987年

〔明〕李樂《見聞雜記》，上海，古籍出版社，1986年影印明刻本

〔明〕李贄《焚書》，臺北，漢京文化公司，1984年

〔明〕李贄《初潭集》，臺北，漢京文化公司，1984年

〔明〕沈德符《萬曆野獲編》，臺北，新興書局筆記小說大觀本

〔明〕周清源《西湖二集》，上海古籍出版社《古本小說集成》影傳惜華藏本

〔明〕陸人龍《型世言》，上海古籍出版社《古本小說集成》影奎章閣藏明刊本

〔明〕陸雲龍《清夜鐘》，南京，江蘇古籍出版社《中國話本大系》，1991年

〔明〕楊慎《升菴集》，臺北，商務印書館影印四庫全書本

〔明〕馮夢龍《警世通言》，世界書局影印金陵兼善堂刊本

〔明〕歸有光《震川文集》，臺北，中華書局，1981年

〔明〕蘭陵笑笑生著，梅節校訂，陳詔、黃霖注釋：《金瓶梅詞話》，台北：里仁書局，2009年

〔清〕王士禎《香祖筆記》，臺北，廣文書局，1968年

〔清〕五色石主人《八洞天》，南京，江蘇古籍出版社《中國話本大系》，1993

〔清〕石成金《雨花香》，上海古籍出版社《古本小說集成》雍正刊本

〔清〕石成金《通天樂》，上海古籍出版社《古本小說集成》雍正刊本

〔清〕古吳墨浪子《西湖佳話》，南京，江蘇古籍出版社《中國話本大系》1993

〔清〕朱舜水《朱舜水集》，臺北，漢京文化公司，1984年

〔清〕邗上蒙人《風月夢》，上海：上海古籍出版社影印吳曉鈴藏本

〔清〕守樸翁《醒夢駢言》，上海古籍出版社《古本小說集成》稼史軒刻本

〔清〕李漁《十二樓》南京，江蘇古籍出版社《中國話本大系》1991年

〔清〕李漁《無聲戲》南京，江蘇古籍出版社《中國話本大系》1991年

〔清〕李漁《連城璧》南京，江蘇古籍出版社《中國話本大系》1991年

〔清〕李汝珍《鏡花緣》，臺北，聯經出版公司，1991年

〔清〕谷口生等《生綃剪》，瀋陽，春風文藝出版社，1987年

〔清〕杜綱《娛目醒心編》，上海古籍出版社《古本小說集成》乾隆刊本

〔清〕坐花散人《風流悟》，上海古籍出版社《古本小說集成》影清刊本

〔清〕計六奇《明季北略》，臺北，商務印書館，1979年

〔清〕紀棠氏輯《俗話傾談》，上海古籍出版社《古本小說集成》影五經樓藏版

〔清〕吳敬梓《儒林外史》，臺北，桂冠圖書公司，1992年

〔清〕省三子《躋春臺》，上海古籍出版社《古本小說集成》影光緒刊本

〔清〕珠泉居士《續板橋雜記》，王文濤編：《香艷叢書精選本》，長沙：岳麓書

〔清〕袁枚《隨園詩話》，臺北，漢京文化公司，1984年

〔清〕張廷玉等《明史》，北京中華書局，1987年

〔清〕張之洞：《張文襄公全集》，北京文華齋，1928年

〔清〕黃宗羲：《黃宗羲全集》，杭州，浙江古籍出版社，1993年

〔清〕陳其元：《青浦縣志》，臺北：成文出版社，1970年

〔清〕姬文：《市聲》，臺北：博遠出版公司，1984年

〔清〕章學誠《丙辰箚記》，北京，中華書局，1986年

〔清〕曾樸：《孽海花》修改本，上海：真善美書店，1928年

〔清〕煙水散人《珍珠舶》，南京，江蘇古籍出版社《中國話本大系》，1993年

〔清〕筆煉閣主人：《五色石》，南京，江蘇古籍出版社，1993年

〔清〕蒲松齡：《聊齋誌異》，臺北：九思出版公司，1978年

〔清〕墨憨齋主人：《十二笑》上海古籍出版社《古本小說集成》影清初刻本

〔清〕顧炎武：《日知錄》，臺北，明倫書局，1979年

〔清〕蕭湘迷津渡者：《錦繡衣》臺北，天一出版社《明清善本小說叢刊》

〔清〕撰人不詳《鬼神傳》，上海古籍出版社《古本小說集成》富經堂藏版社，
　　1994年

近人著作

丁錫根：《中國歷代小說序跋集》，北京：人民文學出版社，1996年

于潤琦主編：《清末民初小說書系》，北京：中國文聯出版社，1997年7月

孔慶東：《1921誰主浮沉》，重慶：重慶出版社，2008年

王鈍根主編：《禮拜六》（合印本），揚州：廣陵書社，2005年

王智毅編：《周瘦鵑研究資料》，天津：天津人民出版社，1993年

王慶華：《話本小說文體研究》，上海：華東師大出版社，2006年

王汝梅：《金瓶梅探索》，長春市，吉林大學出版社，1990年王靜芝：《詩經通釋》，臺北，輔仁大學，1991年王先霈主編：《文學批評原理》（第二版），武漢：華中師大出版社，2008年6月

王煒：《小說界域的劃定與研究方法的衍生——《金瓶梅》百年研究史及研究個案考察》，武漢：武漢大學出版社，2015年6月

王鍾瀚校閱：《清史列傳》，臺北：中華書局，1983年

王堯、季進編：《下江南——蘇州大學海外漢學演講集》，上海：復旦大學出版社，2011年

王德威：《被壓抑的現代性——晚清小說新論》，北京：北京大學出版社，2005年

付祥喜：《20世紀前期中國文學史寫作編年研究》，北京：北京師範大學出版社，2013年7月

田若虹：《陸士諤小說考論》，上海：上海三聯書店，2005年

石昌渝主編：《中國古代小說總目·白話卷》，太原：山西教育出版社，2004年

朱英主編：《辛亥革命與近代中國社會變遷》，武漢：華中師大出版社，2011年7月

江紅蕉：《交易所現形記》，北京：中國書店，2015年

江紅蕉：《紅蕉小說集》，上海：世界書局，1926年

江紅蕉：《江紅蕉說集》，上海：大東書局，1927年

江紅蕉：《灰色眼鏡》，長城書局，1931年版

任慧、于春媚編：《民國時期中國文學史著廿七種》，北京：國家圖書館，2015年1月

吳效剛：《民國時期查禁文學史論》，北京：中國社會科學出版社，2013年12月

吳敢：《金瓶梅研究史》，鄭州：中州古籍出版社，2015年6月

吳存存：《明清社會性愛風氣》，北京：人民文學出版社，2000年

吳澤泉：《中國近代小說觀念研究》，北京：中國社會科學出版社，2014年

余英時：《中國近世宗教倫理與商人精神》，台北：聯經出版公司，1987年

汪暉、陳燕谷編：《文化與公共性》，北京：三聯書店，1998年

汪民安：《身體、空間與後現代性》，南京：江蘇人民出版社，2006年

江民安、陳永國主編：《後身體——文化、權力和生命政治學》，長春：吉林人民出版社，2003年

李歐梵：《批評空間的開創：二十世紀中國文學研究》，上海：東方出版中心，
　　1998年

李布青：《金瓶梅俚語俗諺》，北京：寶文堂書店，1988年

李長莉：《晚清上海》，天津人民出版社，2010年。

李麗：《中國現代短篇小說的文體自覺》，北京：光明日報出版社，2013年

何海鳴：《琴嬈小傳》，上海：民權出版部，1916年11月

何海鳴：《何海鳴說集》，上海：大東書局，1927年5月

何海鳴：《奇童縱囚記》，上海：中華書局，1930年3月三版

何海鳴：《求幸福齋隨筆》，上海：上海書店出版社，1997年1月

何海鳴：《海鳴說集》，上海：民權出版部，1918年

何海鳴：《海鳴小說集》，上海：世界書局，1929年

何海鳴：《求幸福齋隨筆》，上海：上海書店出版社，1997年

沈華柱：《對話的妙悟——巴赫金語言哲學思想研究》，上海：三聯書店，2005年

杜恂誠：《中國金融通史》（第三卷），北京：中國金融出版社，2002年

周劭：《一管集》，太原：山西古籍出版社，1998年

周劭：《向晚漫筆》，上海：上海古籍出版社，2000年

周瘦鵑《拈花集》，上海：文化出版社，1983年

周瘦鵑：《花前新記》，江蘇人民出版社，1958年

周瘦鵑：《姑蘇書簡》，北京：新華出版社，1995年

周瘦鵑、駱無涯編：《小說叢譚》，上海：大東書局，1926年

周瘦鵑：《紫羅蘭言情叢刊》（第二集），上海：時還書局，1939年

周瘦鵑：《拈花集》，上海：文化出版社，1983年

周瘦鵑編：《倡門小說集》，上海：大東書局，1926年

周樂詩：《清末小說中的女性想像》，上海：復旦大學出版社，2012年

周慶華：《身體權力學》，台北：弘智文化公司，2005年

周蕾著，蔡青松譯：《婦女與中國現代性》，上海：上海三聯書店，2008年8月

屈萬里：《詩經詮釋》，臺北，聯經出版公司，1990年

金健人：《小說敘事美學》，台北：木鐸出版社，1988年

金耀基：《中國文明的現代轉型》，廣州：廣東人民出版社，2016年

阿英：《晚清小說史》，台北：天宇出版社，1988年

阿英：《小說三談》，上海：上海古籍出版社，1985年

邱紹雄：《中國商賈小說史》，北京：北京大學出版社，2004年

芮和師等編：《鴛鴦蝴蝶派文學資料》，北京：知識產權出版社，2010年

侯運華：《晚清狹邪小說新論》，開封：河南大學出版社，2005年

胡衍南《飲食情色金瓶梅》，台北：里仁書局，2004年

胡士瑩：《話本小說概論》，北京：中華書局，1980年

胡適：《我們的政治主張》（《胡適作品集》9），臺北：遠流出版公司，1994年

胡萬川：《話本與才子佳人小說之研究》，臺北，大安出版社，1994年

胡亞敏：《敘事學》（第二版），武漢：華中師範出版社，2004年12月

郁達夫：《郁達夫小說全編》，杭州：浙江文藝出版社，1989年

姚一葦：《美的範疇論》，台北：開明書店，1978年

韋慶遠《明清史辨析》，北京，中國社會科學出版社，1989年

范伯群主編：《中國近現代通俗文學史》，南京：鳳凰出版傳媒集團，2010年

范伯群主編，周瘦鵑著：《周瘦鵑文集》，上海：文滙出版社，2011年

范伯群：《民國通俗小說鴛鴦蝴蝶派》，臺北：國文天地雜誌社，1990年

范伯群編：《哀情巨子——周瘦鵑》，臺北：業強出版社，1994年

范伯群編：《哀情巨子——鴛蝴派開山祖—徐枕亞》，南京：南京出版社，1994年

范伯群編：《鴛鴦蝴蝶——《禮拜六》派作品選》，北京：人民文學出版社，2009年

范伯群編：《倡門畫師——何海鳴》，台北：業強出版社，1993年

洪葭管：《20世紀的上海金融》，上海：上海人民出版社，2004年

孫楷第：《中國通俗小說書目》，北京：中華書局，2012年

孫楷第：《戲曲小說書目解題》，北京：人民文學出版社，1990年

孫燕京：《晚清社會風尚》，臺北：雲龍出版社，2004年

孫國群：《舊上海娼妓祕史》，鄭州：河南人民出版社，1988年

孫桂燕：《清末民初女權思想研究》，北京：中國社會科學出版社，2013年8月

孫超：《民初「興味派」五大名家論》，上海：上海社會科學院出版社，2014年

袁進：《中國文學的近代變革》，桂林：廣西師範大學出版社，2006年

馬幼垣、劉紹銘編：《中國傳統短篇小說選集》，台北：聯經出版公司，1991年

馬寅初：《馬寅初全集》（第一卷），杭州：浙江人民出版社，1999年

夏志清著，劉紹銘譯：《中國現代小說史》，臺北：傳記文學出版社，1991年

陶毅、明欣：《中國婚姻家庭制度史》，北京：東方出版社，1994年

倪斯霆：《舊人舊事舊小說》，上海：上海遠東出版社，2010年

高拜石：《新編古春風樓瑣記》（第二集），北京：作家出版社，2003年

徐友春主編：《民國人物大辭典》，石家莊：河北人民出版社，1991年

徐志平：《晚明話本小說石點頭研究》，臺北：學生書局，1991年

徐志平：《清初前期話本小說之研究》，臺北：台灣學生書局，1997年

陸士諤：《最近上海祕密史》，上海：新新小說社，1910年

梅汝莉主編：《中國教育管理史》，北京：海潮出版社，1995年

郭希汾：《中國小說史略》，收入陳洪主編：《民國中國小說史著集成》第二卷，
　　　南開大學出版社，2014年

郭延禮：《中國近代文學發展史》，北京：高等教育出版社，2004年

郭廷以：《近代中國史綱》，香港：中文大學出版社，1989年

郭立誠：《中國婦女生活史話》，臺北：漢光文化事業公司，1989年

陳秀芬：《養生與修身──晚明文人的身體書寫與攝生技術》，新北市：稻鄉出版
　　　社，1999年

陳大康：《通俗小說的歷史軌跡》，長沙：湖南出版社，1993年

陳玉堂：《中國文學史書目提要》，合肥：黃山出版社，1986年

陳平原：《千古文人俠客夢》，北京：北京大學出版社，2010年

陳平原：《中國小說敘事模式的轉變》，臺北：久大文化公司，1990年，頁74。

陳平原：《中國現代小說的起點──清末民初小說研究》，北京：北京大學出版
　　　社，2005年9月

陳平原編：《早期北大文學史講義三種》，北京：北京大學出版社，2005年

陳平原、夏曉虹編：《二十世紀中國小說理論資料‧第一卷》，北京：北京大學出
　　　版社，1989年

陳江：《明代中後期的江南社會與社會生活》，上海：上海社科院出版社，2006年

陳伯海：《文學史與文學史學》，北京：北京大學出版社，2012年

陳登原：《國史舊聞》，臺北：明文書局，1984年

陳建華：《從革命到共和》，桂林：廣西師範大學出版社，2009年

陳滿銘：《章法學綜論》，台北：萬卷樓公司，2003年

陳子善、王自立編：《郁達夫研究資料》，香港：三聯書店，1986年

陳立媛：《北洋政府二十九位總理實錄》，北京：台海出版社，2013年

陳兆南：《宣講及其唱本研究》，中國文化大學中文所博士論文，1992年

陳錫璋：《細說北洋》，北京：商務印書館，2016年

陳灨一：《睇嚮齋祕錄（附二種）》，北京：中華書局，2007年

陳果安：《小說創作的藝術與智慧》，長沙：中南大學出版社，2004年
2009年

黃仁宇：《萬曆十五年》，台北：食貨出版社，1988年

黃錦珠：《晚清時期小說觀念之轉變》，台北：文史哲出版社，1995年

黃錦珠：《晚清小說中的新女性研究》，臺北：文津出版社，2005年

黃仲鳴：《香港三及第文體流變史》，香港：香港作家協會，2002年

黃霖等：《中國小說研究史》，杭州：浙江古籍出版社，2002年

黃霖、韓同文：《中國歷代小說論著選》，南昌：江西人民出版社，2000年

黃華：《權力，身體與自我——福柯與女性主義文學批評》，北京：北京大學出版社，2005年

張仲禮主編：《近代上海城市研究1840-1949》，上海：上海人民出版社，2014年

張灝著，崔志海、葛夫平譯：《梁啟超與中國思想的過渡1890—1907》，北京：中央編譯出版社，2016年

張灝：《時代的探索》，臺北：聯經出版公司，2004年

張春田：《革命與抒情：南社的文化政治與中國現代性(1903-1923)》，上海世紀出版集團，2015年

張春帆：《黑獄》，上海：集成圖書公司，1906年

張春帆：《政海》，上海：大東書局，1926年

張功臣：《民國報人：新聞史上隱祕的一頁》，濟南：山東畫報出版社，2010年

商衍鎏：《清代科舉考試述錄》，臺北：文海書局近代中國史料叢刊217

傅承洲：《明清文人話本研究》，北京：人民文學出版社，2009年

湯哲聲編校：《交易所真相的探祕者——江紅蕉》，南京：南京出版社，1994年

游子安：《善與人同——明清以來的善書與教化》，北京：中華書局，2005年

游友基：《中國社會小說通史》，南京：江蘇教育出版社，1999年

雲間天贅生著：《商界現形記》，石家莊：花山文藝出版社，1990年

雲間天贅生著：《商界現形記》，上海：上海古籍出版社，1991年

彭體春：《性別與陰陽——中國十七世紀人情小說性屬主題研究》，成都：巴蜀書社，2009年

齊裕焜：《中國古代小說演變史》，蘭州：敦煌文藝出版社，1990年

楊人春：《語言 身體 他者——當代法國哲學的三大主題》，北京：三聯書店，2007年

褚贛生：《奴婢史》，上海：上海文藝出版社，1995年

路濱生編：《繪圖中國黑幕大觀》，上海：中華圖書集成公司，1918年

楊劍龍等：《上海文學與二十世紀中國文學》，上海：上海文化出版社，2012年

劉鐵群：《現代都市未成型時期的市民文學——《禮拜六》雜誌研究》，北京：中國社科出版社，2008年

劉士聖：《中國古代婦女史》，青島市：青島出版社，1991年

劉偉民：《中國古代奴婢制度史》，臺北：龍門書店，1975年

劉逖等：《上海證券交易所史（1910-2010）》，上海：上海人民出版社，2010年

劉仲敬：《民國紀事本末》，桂林：廣西師範大學出版社，2013年

劉增杰、關愛和編：《中國近現代文學思潮史》，上海：上海文藝出版社，2008年

劉永文編：《晚清小說目錄》，上海：上海古籍出版社，2008年

蔣玉斌：《《聊齋志異》的清代衍生作品研究》，北京：中國社會科學出版社，
　　2012年

趙鳳喈：《中國婦女在法律上之地位》，台北：稻鄉出版社，1993年

趙一凡等：《西方文論關鍵詞》，北京：外語教學與研究出版社，2006年

漢史氏：《滿清興亡史》，《滿清野史》本，臺北：文橋書局，1972年

薛君度、劉志琴編：《近代中國社會生活與觀念變遷》，北京：中國社會科學出版
　　社，2001年

霍現俊：《金瓶梅發微》，北京：中國社會科學出版社，2002年

錢理群主編：《中國現代文學編年史──以文學廣告為中心1915-1927》北京：北京
　　大學出版社，2013年

歐陽代發：《話本小說史》，武漢：武漢出版社，1994年

歐陽代發：《世態人情說話本》，臺北：亞太圖書出版社，1995年

歐陽健：《明清小說采正》，臺北：貫雅文化公司，1992年

錢理群主編：《中國現代文學編年史──文學廣告為中心（1915-1927）》，北京：
　　北京大學出版社，2013年

錢理群主編：《中國現代文學編年史──以文學廣告為中心（1915-1927）》，北
　　京：北京大學出版社，2013年

鄭振鐸：《中國文學研究》，北京：人民文學出版社，2000年

鄭振鐸：《插圖本中國文學史‧緒論》，北平：朴社，1932年12月

鄭振鐸：《文學大綱》，石家莊：花山文藝出版社，1998年11月

鄭振鐸：《中國文學研究》，北京：人民文學出版社，2000年

鄭逸梅：《鄭逸梅選集》，哈爾濱：黑龍江人民出版社，1991年

魯迅：《中國小說史略》，北京：北新書局，1925年9月再版合訂本

魯迅：《中國小說的歷史變遷》，上海：上海文化出版社，2005年

魯迅：《二心集》，臺北：中國現代文學叢刊，出版年月不詳

魯迅：《吶喊》，台北：風雲時代出版社，1996年7月

謝昕等著：《中國通俗理論綱要》，台北：文津出版社，1992年

謝國楨：《明清之際黨社運動考》，北京：中華書局，1981年

謝青、湯德用主編：《中國考試制度史》，合肥：黃山書社，1995年

謝波：《媒介與公共空間——《申報・自由談》（周瘦鵑時期）研究》，南京：江蘇人民出版社，2014年

魏紹昌：《我看鴛鴦蝴蝶派》，臺北：臺灣商務印書館，1992年

魏紹昌編：《鴛鴦蝴蝶派研究資料》，上海：上海文藝出版社，1962年

戴不凡：《小說見聞錄》，杭州：浙江人民出版社，1980年

戴健：《清初至中葉揚州娛樂文化與文學》，北京：社會科學文獻出版社，2008年

聶付生：《馮夢龍研究》，上海：學林出版社，2002年

顧燕翎、鄭至慧主編：《女性主義經典》，臺北：女書文化公司，1999年

羅鋼：《敘事學導論》，昆明：雲南人民出版社，1994年

嚴芙孫編：《全國小說名家專集》，上海：雲軒出版部，1913年

蘇曼殊等著：《斷鴻零雁記・孽冤鏡・玉梨魂》，南京：鳳凰出版社，2014年

期刊論文、專書論及文章

丁曉昌：〈試論《醒夢駢言》取材於《聊齋志異》〉，《南京師大學報》1999年第3期

王立：〈美狄亞復仇與中國古代「醒悟嫁仇」及殺子雪怨傳說〉，《中國比較文學》1995年第1期

王鈍根：〈本旬刊作者及諸大名家小史〉，《社會之花》第1卷第1期

王猛：〈試論明代小說敘跋的文體特徵與文學價值〉，《重慶師範大學學報》2011年第6期

王委艷：〈話本小說序跋的小說觀念〉，《武漢科技大學學報（社會科學版）》第13卷第6期，2011年12月

王中江：〈進化主義原理、價值及世界秩序觀——梁啟超精神世界的基本觀念〉，《浙江學刊》2002年第4期

朱萍：〈張縉彥與《無聲戲》版本的關係之我見〉，《江淮論壇》2004年第1期

朱捷：〈《風月夢》簡論〉，《明清小說研究》1993年3月

李田意：〈日本所見中國短篇小說略記〉，《中國古典文學論文精選叢刊・小說類》，臺北：幼獅文化公司，1980年

李曉龍：〈新瓶舊酒：民初長蘆鹽業自由貿易改革與新包商的出現〉，《近代史研究》2017年第6期

李滙群：〈《風月夢》：第一部城市狹邪小說〉，《黃岡師範學院學報》28卷2期，2008年4月

何海鳴：〈我作小説之經過〉，《紅玫瑰》1926年，卷2第40期

何海鳴：〈求幸福齋主人賣小説的話〉，《半月》一卷第十號，1922年1月

何海鳴：〈介紹・海鳴詩存出版〉，《家庭》第八期

何海鳴：〈我作小説之經過〉，《紅玫瑰》卷2第40期（1926年8月）

何海鳴：〈英花小傳〉，王鈍根主編：《禮拜六》第66期（1915年9月4日）

何英、翟海濤：〈晚清保險市場研究〉，《歷史檔案》2011年第4期

宋士雲〈民國時期中國社會保障制度與績效淺析〉，《齊魯學刊》2004年第5期吳
　　晗：〈《金瓶梅》的著作時代及其社會背景〉收入盛源、北嬰編：〈名家解讀
　　《金瓶梅》〉，濟南：山東人民出版社，1998年1月

林保淳〈「妒婦」與明清小説〉，《第二屆明清之際中國文化的轉變與延續學術研
　　討會論文集》，臺北，文史哲出版社，1993年

周玥：〈《禮拜六》中周瘦鵑譯作之初探〉，《牡丹江大學學報》第21卷第3期
　　（2012年3月）

邵雍：〈俞秀松與上海工人運動〉，《上海師範大學學報（哲學社會科學版）》，
　　第39卷第2期（2010年3月）

竺青〈稀見清末白話小説集殘卷考述〉，《中國古代小説研究》第一輯，北京：人
　　民文學出版社，2005年

胡萬川〈人情慘刻──明清小説中搶奪絕產的故事〉，《小説戲曲研究》第四集，
　　臺北，聯經出公司，1993年

胡安定：〈近代都市文化語境中的狹邪小説和倡門小説〉，《中華文化論壇》，
　　2006年第4期

范伯群〈黑幕徵答。黑幕小説。揭黑運動〉，《文學評論》2005年第2期

范伯群〈通俗作家對軍閥混戰罪行的譴責—以《政海》《甲子絮譚》為中心〉，
　　《蘇州教育學院學報》第35卷第4期（2018年8月）

范曄：〈本土視角與邊緣維度──近代城市商業小説〉，《都市文化研究》2013年
　　第1期

秦方：〈新詞滙、新世界：清末民初『女界』一詞探析〉，《清史研究》2014年第
　　4期

徐志平：〈話本小説之體製形式在清初的重大變化〉，《嘉義技術學院學報》64期
　　（1999年6月）

徐志平：〈周瘦鵑發表於《禮拜六》的社會小説研究〉，《文與哲》第30期

徐志平：〈清代中期話本小説敘事模式析論〉載《中正漢學研究》2013年第1期

徐志平：〈清代中期話本小説敘事模式的轉變〉，中山大學中文系主辦「第七屆國

際清代學術研討會」論文集，2012年11月

徐志平：〈清代中後期話本小說體制及狂歡化敘事之比較——以改編《聊齋》之作為主〉，收入《第五屆中國小說與戲曲國際學術研討會論文集》，台北：里仁書局，2014年

徐志平：〈江紅蕉在後百期《禮拜六》中的短篇小說〉，台南大學研發處編印：《人文研究學報》第49卷第2期（2015年10月）

徐志平：〈何海鳴短篇「倡門小說」中的娼妓形象〉，《彰化師大國文學誌》第32期（2016年6月）

徐文軍：〈守樸翁是不是蒲松齡？——《醒夢駢言》作者初探〉，《蒲松齡研究》2005年4月

耿淑艷：〈論嶺南小說《俗話傾談》之文體形態〉，《廣州大學學報》第6卷第3期（2007年3月）

郝慶軍：〈民初「黑幕小說」的淵源流變與想像空間〉，《山東師大學學報（人文社會科學版）》2013年第58卷第5期

陳建華：〈抒情傳統的上海雜交——周瘦鵑言情小說與歐美現代文學文化〉，載《中山大學學報（社會科學版）》2011年第6期

陳建華：〈周瘦鵑與民初文學文化轉型簡論——文言白話的辯證關係與新舊兼備的文化政治〉，載《東岳論叢》第36卷第1期（2015年1月）

陳建華：〈民國文人的愛情、文學與商品美學——以周瘦鵑與「紫羅蘭」文本建構為中心〉，載《現代中文學刊》（雙月刊）2014年第2期

陳建華：〈民國初期周瘦鵑的心理小說——兼論「禮拜六派」與「鴛鴦蝴蝶派」之別〉，《現代中文學刊》2011年第2期

陳建華：〈周瘦鵑「影戲小說」與民國初期文學新景觀〉，《中國現代文學研究叢刊》2014年第2期

陳泳超：〈《醒夢駢言》摹襲《聊齋志異》考〉，《明清小說研究》1997年第3期

許紀霖：〈近代中國的公共領域：形態、功能與自我理解——以上海為例〉，《史林》2003年第2期

張國星：〈性‧人物‧審美——《金瓶梅》談片〉，載張國星主編：《中國古代小說中的性描寫》，天津：百花文藝出版社，1993年

張啟祥：〈北洋政府時期的九六公債述評〉，《史學月刊》2005年第6期

楊虹：〈現代性與中國商界小說的敘事沿革〉，《上海商學院學報》第12卷第5期（2011年9月）

楊虹：〈中國商界小說的類型特質及其文化意味〉，載《理論與創作》137期年

楊濤：〈民初粵皖系政爭述論〉《近現代史與文物研究》2017年第6期

楊立生、何敏：〈西方小說對周瘦鵑創作的影響〉，《青年文學》2010年第14期

劉衍青：〈《金瓶梅》身體書寫的文學價值〉，載《名作欣賞》，2012年02期

劉輝、薛亮：〈明清稀見小說過眼錄〉，《文學遺產》1993年第1期

劉鐵群：〈《禮拜六》：民初市民文學期刊的代表作〉，《廣西師範大學學報：哲
　　學社會科學版》42卷2期（2006年4月）

經盛鴻：〈反對割讓香港的愛國大臣鄧廷楨〉，《南京師大學報（社會科學版）》
　　1997年第2期

褚自剛：〈同樣的風月，不同的夢幻——略論《風月夢》主題意蘊的多重性〉，
　　《開封教育學報》28卷1期（2008年3月）

葛永海：〈城市品性與文化格調——論中國第一部城市小說《風月夢》〉，載《浙
　　江師範大學學報》2005年第4期

潘少瑜：〈想像西方：論周瘦鵑的「偽翻譯」小說〉，《編譯論叢》第四卷第二期
　　（2011年9月）

鄭培凱：〈天地正義僅見於婦女〉收入鮑家麟編《中國婦女史論集》三、四集，臺
　　北：稻鄉出版社，1993、1995年

謝有順：〈文學身體學〉，載陳定家編：《身體寫作與文化症候》，北京：中國社
　　會科學出版社，2011年

韓大成：〈明代的奴婢〉，《歷史論叢》第三輯，齊魯書社，1983年

鮑家麟：〈李汝珍的男女平等思想〉，載《中國婦女史論集》，台北：牧童出版
　　社，1979年

顧青：〈《醒夢駢言》二考〉，《文學遺產》1997年第6期

顧啟音：〈《醒夢駢言》序說〉，載王秀梅點校：《醒夢駢言》，北京：中華書
　　局，2000年

嚴亞明：〈清末公司制企業的治理與監管〉，《東方論壇》2004年5期

外文譯著

〔英〕安東尼‧紀登斯著，趙旭東、方文譯：《現代性與自我認同——晚期現代性
　　的自我與社會》，新北：左岸文化，2005年

〔英〕愛德華‧摩根‧佛斯特著，蘇希亞譯：《小說面面觀——現代小說寫作的藝
　　術》，臺北：商周出版社，2009年

〔英〕特里‧伊格爾頓：《批評的功能》，重慶：西南師範大學出版社，2018年

〔美〕王德威著，宋偉傑譯：《被壓抑的現代性——晚清小說新論》，北京：北京

大學出版社，2005年

〔美〕李歐梵著，毛尖譯：《上海摩登──一種新都市文化在中國1930-1945》，上海：三聯書店，2008年

〔美〕費正清、劉廣京編，中國社會科學院歷史研究所編譯室譯：《劍橋中國晚清史》，北京：中國社會科學出版社，1993年

〔美〕Donald Light,Jr. Suzanne Keller合著，林義男譯：《社會學》，臺北：巨流圖書公司，1991年

〔美〕馬克夢著，王維東、楊彩霞譯：《吝嗇鬼、潑婦、一夫多妻者──十八世紀中國小說中的性與男女關係》，北京：人民文學出版社，2001年

〔美〕艾梅嵐：〈《紅樓夢》的陰陽結構與性別意義〉，張宏生編：《明清文學與性別研究》，南京：江蘇古籍出版社，2002年

〔美〕韓南著，徐俠譯：《中國近代小說的興起》，上海：上海教育出版社，2004年

〔美〕高彥頤著，李志生譯：《閨塾師──明末清初江南的才女文化》，南京：江蘇人民出版社，2005年

〔美〕賀蕭著，韓敏中、盛寧譯：《危險的歡愉──二十世紀上海的娼妓問題與現代性》，南京：江蘇人民出版社，2003年

〔美〕曼素恩著，定宜庄、顏宜葳譯：《綴珍錄──十八世紀及其前後的中國婦女》，南京：江蘇人民出版社，2005年

〔美〕杰拉德‧普林斯著，喬國強、李孝弟譯：《敘述學詞典》，上海：譯文出版社，2011年

〔美〕伊麗莎白‧弗洛恩德著，陳燕谷譯：《讀者反應理論批評》，板橋：駱駝出版社，1994年

〔美〕浦安迪：《中國敘事學》，北京：北京大學出版社，1996年3月

〔美〕韓南著，徐俠譯：《中國近代小說的興起》，上海：上海教育出版社，2004年

〔美〕杰拉德‧普林斯著，喬國強、李孝弟譯：《敘述學詞典》，上海：上海譯文出版社，2011年

〔美〕西摩‧查特曼著，徐強譯：《故事與話語》，北京：中國人民大學出版社，2013年1月

〔美〕W‧C‧布斯著，華明等譯：《小說修辭學》，北京：北京大學出版社，1987年

〔美〕費俠莉著，甄橙主譯：《繁盛之陰──中國醫學史中的性（960-1665）》，

南京：中央人民出版社，2006年

〔美〕簡‧蓋洛普著，楊莉馨譯：《通過身體思考》，南京：江蘇人民出版社，
　　2005年

〔美〕彼德‧布魯克斯著，朱生堅譯：《身體活——現代敘述中的欲望對象》，北
　　京：新星出版社，2005年

〔美〕Bliss Perry著，湯澄波譯：《小說的研究》，臺北：臺灣商務印書館，1967年

〔美〕William Kenney著，陳迺臣譯：《小說的分析》，臺北：成文出版社，1977年

〔美〕卡特琳娜‧克拉克等著，語冰譯：《米哈伊爾‧巴赫金》，北京：中國人民
　　大學出版社，2000年

〔美〕艾恩‧瓦特著，魯燕萍譯：《小說的興起》，臺北：桂冠圖書公司，2002年
　　1月

〔美〕帕特里莎‧渥厄原著，錢競譯：《後設小說‧譯者的話》，新北：駱駝出版
　　社，1995年

〔法〕茨維坦‧托多羅夫著，侯應龍譯：《散文詩學——敘事研究論文選》，天
　　津：百花文藝出版社，2011年

〔法〕皮埃爾‧布爾迪厄著，劉暉譯：《男性統治》，北京：中國人民大學出版
　　社，2012年

〔法〕米歇爾‧福柯著，佘碧平譯：《性經驗史》，上海：上海人民出版社，2006
　　年

〔法〕熱拉爾‧熱奈特著，王文融譯：《敘事話語　新敘事話語》，北京：中國社
　　會科學出版社，1990年11月

〔法〕貝爾納‧瓦萊特著，陳艷譯：《小說——文學分析的現代方法與技巧》，天
　　津：天津人民出版社，2003年

〔法〕米歇爾‧福柯著，尚衡譯《性意識史》第一卷，臺北：桂冠圖書公司，2006
　　年

〔法〕莫里斯‧梅洛—龐蒂著，姜志輝譯：《知覺現象學》，北京：商務印書館，
　　2005年

〔法〕熱拉爾‧熱奈特著，王文融譯：《敘事話語　新敘事話語》，北京：中國社
　　會科學出版社，1990年

〔法〕謝和耐著，耿昇譯：《中國社會史》，南京：江蘇人民出版社，1995年

〔法〕西蒙‧波娃著，陶鐵柱譯《第二性》，臺北：貓頭鷹出版社，2000年

〔俄〕巴赫金著，白春仁等譯：《詩學與訪談》，石家莊：河北教育出版社，1998
　　年

〔俄〕巴赫金著，白春仁等譯：《小說理論》，石家莊：河北教育出版社，1998年

〔俄〕巴赫金著，劉虎譯：《陀思妥耶夫斯基詩學問題》，北京：中央編譯出版社，2010年

〔俄〕巴赫金著，李兆林等譯：《拉伯雷研究》，石家莊：河北教育出版社，1998年

〔德〕漢娜‧鄂蘭著，林宏濤譯：《人的條件》，臺北：商周出版社，2016年

〔德〕哈伯瑪斯著，曹衛東、王曉珏、劉北城、宋偉杰譯：《公共領域的結構轉型》，臺北：聯經出版公司，2002年

〔加〕約翰‧奧尼爾著，李康譯：《身體五態》，北京：北京大學出版社，2010年

〔加〕卜正民著，潘敏譯：《秩序的淪陷——抗戰初期的江南五城‧譯者序》，北京：商務印書館，2015年

〔荷〕高羅佩著，李零、郭曉惠等譯：《中國古代房內考》，台北：桂冠圖書公司，1994年

〔荷〕賀麥曉著，陳太勝譯：《文體問題——現代中國的文學社團和文學雜誌（1911-1937）》，北京：北京大學出版社，2016年

〔捷克〕佛洛依德著，林克明譯：《性學三論》，台北：志文出版社，1994年

〔奧地利〕阿德勒著，黃光國譯：《自卑與超越》，台北：志文出版社，1996年

〔日〕鹽谷溫著，孫俍工譯：《中國文學概論講話》，上海：開明書店，1929年

〔日〕大塚秀高：《增補通俗小說書目》，東京：汲古書院，1987年

〔捷克〕米列娜（Milena Doleželová-Velingerová）著，謝碧霞譯：〈晚清小說中的情節結構類型〉，林明德編：《晚清小說研究》，臺北：聯經出版公司，1988年

附錄
鴛鴦蝴蝶派作家生平考論

一、何海鳴生平考論
㈠前言

　　何海鳴（1891-1945），本名時俊，湖南衡陽人，民初通俗小說家，著有中長篇小說十餘種，短篇小說上百篇，可謂多產作家。早在民國12年（1923）8月，嚴芙孫編《全國小說名家專集》，爲31位所謂「小說名家」寫小傳，何海鳴已經是其中之一。[1]他後來一直創作不懈，而以「倡門小說」聞名，周瘦鵑主編《倡門小說集》收錄小說11篇，何氏所撰即占5篇。短篇小說〈老琴師〉爲其代表作，自云：「此篇既刊出，頗得閱者稱許，即新文學家亦有贊可者，我遂決心爲小說家矣！」[2]嚴芙孫稱這篇小說和〈倡門送嫁錄〉「描寫之入微，情詞之懇摯，爲自有小說以來難得有如此動人的。」還引用周瘦鵑之言謂：「這兩篇小說是一千九百二十二年中國小說界中唯一的傑作，有永久流傳的價值。」[3]這自然是誇大之詞，但亦可見何海鳴倡門小說之成就。范伯群稱何海鳴爲「倡門小說發軔者」[4]，在編其小說選集時，更稱他爲「倡門畫師」。[5]其實何海鳴的小說不止寫倡門，也有不少偵探、言情、家庭、社會之作，但由於一向被歸入鴛鴦蝴蝶派，以致大部分作品未見流傳，加以晚節有虧，因此後世知者寥寥。

1　嚴芙孫編撰：《全國小說名家專集》，上海：雲軒出版部，1923年。

2　何海鳴：〈我作小說之經過〉，《紅玫瑰》第2卷第40期（1926年7月），頁5。

3　嚴芙孫：〈何海鳴〉，載嚴芙孫編撰：《全國小說名家專集》，頁2。

4　范伯群：《中國近現代通俗文學史》，南京：江蘇教育出版社，2010年，頁46。

5　范伯群：《倡門畫師——何海鳴》，臺北：業強出版社，1993年，頁9。

　　何海鳴一生大起大落，年輕時曾是辛亥革命功臣，二次革命在南京
對抗袁軍更是一戰成名，孰料晚年依附惡名昭彰的軍閥張宗昌，後來又向
日人示好，撰寫大量親日文章，還擔任汪精衛南京偽政權的憲政委員會委
員，因而被稱為「附逆文人」[6]。其一生行事可蓋棺論定者：青年時期辦
報宣傳革命，及在1921年辦《僑務旬刊》致力於僑務研究，皆獲世人推
崇；至於晚年附逆受到撻伐，咎由自取，無可辯駁。然而抗袁過程以及後
來對袁世凱的態度，及其小說創作的表現，或莫衷一是，或受到忽視，皆
有待進一步考察。

　　關於何海鳴的生平，前人或依據有限資料自行推斷，或將錯誤資料展
轉傳鈔，有待辨正之處不少。何海鳴雖然晚年步入歧途，大節有虧，但年
輕時的功勞仍不宜一筆抹除，至於小說成就如何，亦應就作品之表現來論
斷，不宜因人廢言。本文嘗試從兩方面對何海鳴進行相關探討：其一就生
平事跡進行考察，希望對他的行事作為有比較客觀的認識；其二針對小說
作品加以繫年整理，希望能對其小說創作情形有一相對完整的了解。

(二)何海鳴生平考察

　　本文考察何氏生平，以其本人自述為一手資料，其次為同時代作家的
介紹，最後才是近人所撰的作家傳記。目前所知，可考何海鳴生平的自述
之作有專書《求幸福齋隨筆》[7]，單篇文章則有1922年刊於《游戲世界》
17期的〈我的家庭〉[8]、1926年刊於《紅玫瑰》的〈我作小說之經過〉、
1936年刊於《越風》的〈武漢首義的由來〉、〈民元報壇識小錄〉，以及
1940年刊於《中央導報》的〈我的報人史〉、同年刊於《國藝》的〈平生

6　例如倪斯霆：〈從辛亥功臣到附逆文人——民國倡門小說作家何海鳴的浮沉一生〉，《舊人舊事舊
　　小說》，上海：遠東出版社，2010年，頁109。

7　何海鳴：《求幸福齋隨筆》，上海：上海書店出版社，1997年，按本書初版於1916年，書前有1915
　　年8月15日作者自序。

8　本篇為王錦南、求幸福齋主、周瘦鵑合著，求幸福齋主何海鳴在該期頁4-10。

師友記〉等。[9]與何海鳴同時代作家所撰的何氏生平傳記，則有趙苕狂於《海鳴小說集》所撰的〈本集著者何海鳴君傳〉[10]、嚴芙孫主編《全國小說名家專集》中的〈何海鳴〉[11]。至於後人撰寫比較重要的何海鳴傳記，則有如下幾篇：

1. 高拜石：〈記何海鳴〉[12]
2. 郭世佑：〈何海鳴〉[13]
3. 賀覺非：〈何海鳴〉[14]
4. 倪斯霆：〈從辛亥功臣到附逆文人 —— 民國倡門小說作家何海鳴的浮沉一生〉[15]。
5. 張功臣：〈大江曲 —— 辛亥革命中的何海鳴〉[16]。
6. 范伯群：〈在倡門小說中泛出人道之光的求幸福齋主 —— 何海鳴〉[17]。
7. 蔡登山：〈棄武從文的小說家何海鳴〉。[18]

　　本文主要依據何海鳴本人所寫的一手資料，輔以報刊雜誌的相關報導，並就後人所撰何氏生平傳記有被誤解、忽略以及具爭議性的部分擇要加以考辨。

9　何海鳴：〈民元報壇識小錄〉，《越風》第7期（1936年2月2日），頁13-16；〈武漢首義的由來〉，《越風》第20期（1936年10月10日），頁28-30；何海鳴：〈我的報人史〉，《中央導報》第1卷第4期（1940年7月20日），頁19-21；何海鳴：〈平生師友記〉，《國藝》第2卷5、6合期（1940年6月），頁56-59。

10　何海鳴：《海鳴小說集》，上海：世界書局，1929年。

11　嚴芙孫主編：《全國小說名家專集》，上海：雲軒出版社，1923年。

12　高拜石：《古春風樓瑣記》第二集，臺北：台灣新生報出版社，1981年，頁85-90。

13　羅明、楊益茂主編：《清代人物傳稿》（第10卷），瀋陽：遼寧人民出版社，1994年，頁238-242。

14　賀覺非編著：《辛亥武昌首義人物傳》，北京：中華書局，1982年，頁403-407。

15　何海鳴：〈我作小說之經過〉，《紅玫瑰》第2卷第40期，頁5。

16　張功臣：〈大江曲 —— 辛亥革命中的何海鳴〉，《民國報人：新聞史上隱祕的一頁》，濟南：山東畫報出版社，2010年。

17　范伯群：《倡門畫師 —— 何海鳴》，頁2-11。

18　載蔡登山：《繁華落盡 —— 洋場才子與小報文人》，臺北：秀威資訊公司，2011年。

1. 生卒年

　　郭世祐說：「關於何海鳴生平，至今共有1885、1886、1887、1888、1889、1890六說，俟考。不過，根據何海鳴早年的活動情況，應與劉復基、蔣翊武等人的年齡不相上下（劉、蔣均為1885年生）」，故年代愈往後推，可能性愈小。至於卒年，《中國近代史辭典》作1944年，然據當時報訊，何氏病逝於1945年3月。」[19]

　　按，何海鳴〈我的報人史〉提及：「前清光緒三十年，我在衡陽故鄉，被考取為首先創立的高等小學生，那年我還只十四歲。」[20]由光緒三十年（1904）十四歲回推，則一歲為光緒十七年（1891），可知郭世祐提到的六種說法皆不正確。趙苕狂〈本集著者何海鳴君傳〉說何海鳴出生，「時光緒辛卯年也」[21]，光緒辛卯即光緒十七年，范伯群、倪斯霆、蔡登山等人所撰何海鳴傳記依之無誤。而賀覺非說何海鳴「光緒十二年丙戌生（1886）」[22]，上海書店出版社新版《求幸福齋隨筆》〈出版說明〉亦標1886；張功臣說何海鳴「生於光緒十三年（1887）」[23]，這些說法皆不正確。

　　在卒年部分，郭世祐說依據「當時報訊」以何氏卒於1945年3月，而非如《中國近代史辭典》所標的1944，的確如此，可惜郭世祐沒有明確指明什麼報的「報訊」。至於後人著作如高拜石說何海鳴「三十三年（1944）死於南京」[24]，賀覺非說他「一九三六年病死」[25]，上海書店出版社新版《求幸福齋隨筆》的〈出版說明〉也將其卒年標為1936年，這當然都是不正確的，因為前文提到何氏〈我的報人史〉以及〈平生師友記〉

19　郭世祐：〈何海鳴〉，載羅明、楊益茂主編：《清代人物傳稿》（第十卷），頁242。
20　何海鳴〈我的報人史〉，《中央導報》第1卷第4期，頁19。
21　趙苕狂：〈本集著者何海鳴君傳〉，附於何海鳴：《海鳴小說集》，頁1。
22　賀覺非編著：《辛亥武昌首義人物傳》，頁403。
23　張功臣：《民國報人：新聞史上隱祕的一頁》，頁1。
24　高拜石：《古春風樓瑣記》（第二集），頁90。
25　賀覺非編著：《辛亥武昌首義人物傳》，頁406。

都撰寫於1940年，且1945年1月《三六九畫報》（31卷 第2期）還刊出何海鳴的連載小說《癸丑金陵戰記》[26]。

倪斯霆說：「（何海鳴）於1945年初開始撰寫回憶錄《癸丑金陵戰記》，記述他早年協助革命黨人抓獲刺殺宋教仁兇手後與袁世凱部隊在南京交戰事，但未及完篇，便於是年3月8日於貧病交加中死去。」[27]這裡把何海鳴死亡的年月日都交代得相當清楚，不過他說何氏在1945年初開始撰寫《癸丑金陵戰記》則有誤，因為《癸丑金陵戰記》是從1944年10月（29卷第6期）的《三六九畫報》開始連載的。

2. 出身及筆名

在〈我的報人史〉一文中，何海鳴稱其父「調笙公」曾在廣東當候補知縣，而何海鳴就出生在「廣東九龍司的衙門裏」。九歲時祖父過世，父親攜眷回到湖南衡陽，從此他就在衡陽受教育，先在私塾學習，十四歲考入縣立第一屆高等小學堂，十五歲參加清朝的最後一次童子試，通過了縣考、府考，在赴長沙道考時患傷寒而作罷，而後再回到學校。[28]各家傳記皆不載何氏此段經歷，大概受到趙苕狂〈何海鳴君傳〉說何海鳴「年十五隻身游鄂」[29]的影響，范伯群照抄這句話[30]，倪斯霆說：「15歲的他孤身來到武漢。」[31]蔡登山也說「他隻身來武漢」[32]。其實何海鳴並非隻身前往武漢，依據何氏〈平生師友記〉，他在十六歲那年年初學校鬧風潮時被退學不敢回家，跟同學一起出奔長沙，後來父親和四叔趕來，才把他帶到武漢，寄寓在岳丈家。而且趙氏文章寫到何海鳴生於九龍，感慨不知是否

26　何海鳴：〈癸丑金陵戰記〉，《三六九畫報》31卷2期（1945年1月19日）。

27　倪斯霆：《舊人舊事舊小說》，頁122。

28　何海鳴：〈我的報人史〉，《中央導報》第1卷第4期，頁19；何海鳴：〈平生師友記〉，《國藝》第2卷5、6合期，頁56。

29　趙苕狂：〈本集著者何海鳴君傳〉，附於何海鳴：《海鳴小說集》，頁1。

30　范伯群：《倡門畫師——何海鳴》，頁3。

31　倪斯霆：《舊人舊事舊小說》，頁107。

32　蔡登山：《繁華落盡——洋場才子與小報文人》，頁44。

能見其復爲中國疆土否之後，即接寫其「隻身游鄂」，忽略了他在家鄉所受的舊式教育，也將他和湖南衡陽的淵源抹掉了。至於高拜石說：「海鳴是湖南衡州人，自幼隨宦武昌，因之自稱爲湖北人。」[33] 所謂「自幼隨宦武昌」云云，純屬無根之談。張功臣又加以想像，說：「當時何海鳴的父親在湖北做官，於是接他省城，『隨宦武昌』，入兩湖書院就學。」[34] 這也都完全不是事實。

何海鳴的本名叫做時俊，「海鳴」原是他十六歲第一次向報刊投稿時，所採用的筆名。原來他的祖父曾給他取一個乳名，叫做「海明」，因爲九龍的住家「迎面對海，屋後有獅子山，誕生時候是日出時，外祖父便用『海明先見日』的詩句叫我做海明。」投稿時，他把「海明」改一字爲「海鳴」，他說：「首先登出來的是『鄂報』，繼之『中西報』也刊出來了。所用的筆名，便是『海鳴』。」[35] 後來這個筆名完全取代他的本名，連正式文書也不例外，例如1918年〈總統令〉載：「民國七年1月16日：何海鳴授爲陸軍少將。」[36]

何海鳴使用的第二個筆名爲「行樂」，是1915年從日本返國，躲在上海寫小說向《禮拜六》投稿時所使用的。據〈我作小說之經過〉所述，民國四年他匿居上海，以「余行樂」的筆名投稿《禮拜六》，還說刊出者「約得二十篇左右」。[37] 但筆者遍查《禮拜六》並未發現署名「余行樂」之作，只有署「行樂」的〈誰之子〉、〈愛妻與愛國〉、〈英花小傳〉、〈蛇〉四篇，[38] 顯然其記憶有誤，且不免有自我吹噓之嫌。至於取名「行樂」的原因，據〈我的家庭〉，乃因他當時還遭到通緝，不能現身，所以

33　高拜石：《古春風樓瑣記》（第二集），頁85。

34　張功臣：《民國報人：新聞史上隱祕的一頁》，頁2。

35　何海鳴：〈我的報人史〉，《中央導報》第1卷第4期，頁19。

36　《政府公報》1918年714期、《江蘇省公報》1918年1472期。

37　何海鳴：〈我作小說之經過〉，《紅玫瑰》卷2第40期（1926年7月），頁4。

38　何海鳴：〈誰之子〉、〈愛妻與愛國〉、〈英花小傳〉、〈蛇〉，載《禮拜六》，揚州：廣陵書社，2005年10月合訂本，49、61、66、89期，分別刊於1915年5月、7月、9月、1916年2月。

叫他的弟弟叔明送稿件，又不能用眞名，「恰巧叔明在外邊冷貨攤買了一方石章，上面鐫著行樂二字，他道：『就用這個名罷！』」[39] 又據〈民元報壇識小錄〉，民國四年中華書局幫他出版的《奇童縱囚記》「也署名行樂，後來才改爲本名。」[40] 之後，他就很少再用這個筆名了。

　　何海鳴常用的筆名是「一雁」和「求幸福齋主人」，《求幸福齋隨筆》的卷末提到：「予初名衡陽孤雁，後改曰一雁，又曰雁兒，昨年又改曰秋雁，無復鳴矣！」[41]《求幸福齋隨筆》是何海鳴亡命日本歸來後，在《愛國報》發表一系列雜文的結集，他說：「民國五年，我在民權出版部，印行過一本《求幸福齋筆記》，卻算得是小品文的老資格。而且這求幸福齋四字，不圖竟由此出了名，後來也搬到小說界來出醜弄怪了。」[42] 可見先有「求幸福齋隨筆」，才有「求幸福齋主」一名，而在有「求幸福齋隨筆」之前，早已經有那些跟「雁」有關的名號了。

　　隔年（1916）何海鳴入京，自辦《寸心》雜誌，他說：「其中闢有小說一欄，我遂自行担任，此可謂我生平以眞名正式作小說之始期。所作數種如《赤子》、《麵包》諸篇，民權出版部後曾彙刊爲一冊，名《海鳴說集》。」[43] 但查《寸心》雜誌，其中多數文章包括《赤子》、《麵包》等皆署名「一雁」，也有少數幾篇署「求幸福齋主人」，用本名（何海鳴）的較少。何海鳴以求幸福齋主人之名發表小說，目前所知當以1921年12月13日發表在《半月》的〈老琴師〉最早，較多的年份是則爲1922年，例如在《半月》發表的〈面孔的改造〉、〈倡門之子〉、〈十三個情人〉（上下）、〈音樂組合〉，以及在《快活》發表的〈妓債〉、〈新婚妒誤〉、〈紅倌人〉、〈留聲機片〉，在《游戲世界》發表的〈妓之初戀〉，在

39　求幸福齋主：〈我的家庭〉，《游戲世界》17期（1922年10月），頁5。

40　何海鳴：〈民元報壇識小錄〉，《越風》第7期，頁16。

41　何海鳴：《求幸福齋隨筆》，頁84。

42　同前註。

43　何海鳴：〈我作小說之經過〉，《紅玫瑰》卷2第40期，頁5。

《良晨》發表的〈太麻煩了〉等。[44]其長篇名作《十丈京塵》也是在此年九月開始連載的，亦署名「求幸福齋主人」。

「一雁」這個筆名當是從「海鳴」聯想而來，有時會簡化為「雁」或「雁公」。

3. 從軍與革命

何海鳴16歲考上「兩湖師範」的「禮字齋」，但「禮字齋後來改了理化科，我不喜歡學那個，又因為革命思想激盪，竟決然的投入湖北新軍。」那一年他17歲（1907），「在第二十一混成協協統黎元洪及四十一標標統吳元澤之下，被徵募為隨營下士學兵。」[45]後來在當「伍長兼司書室幫寫」時，加入了革命團體「群治學社」。[46]1911年「群治學社」更名為「文學社」，「蔣翊武為社長，漢口《大江報》為言論機關。」[47]當時何海鳴是《大江報》的副主筆，詹大悲為經理兼主筆，兩人寫了很多宣傳革命的文章，何海鳴50歲時回憶這段往事說：「辛亥夏季，大悲和我寫了些〈大亂者救中國之妙藥〉一類的激烈文字，《大江報》被封，我和大悲全被拘拿到『禮智司』衙門收了監。」[48]何氏的這段追記並不精確，根據盧智泉、溫楚珩的回憶，〈大亂者救中國之妙藥（也）〉一文是黃侃寫的，可是當官府逮捕了詹、何二人時，「詹大悲、何海鳴均爭認時評為其所作，不洩露黃侃之名。」[49]當時何海鳴才21歲，年輕時的他還是相當有擔當的。

武昌革命發生，關在獄中的何海鳴獲救後，被推派為勸降黎元洪的特

---

44 分見：《半月》1卷9、14、19、20、22號，2卷6號；《快活》10、14、16、22期；《游戲世界》第14期（1922年7月），《良晨》第3期（1922年）。

45 何海鳴：〈我的報人史〉，《中央導報》第1卷第4期，頁19。

46 何海鳴：〈武漢首義的由來〉，《越風》第20期，頁28。

47 郭廷以：《近代中國史綱》，香港：中文大學出版社，1989年，頁388。

48 何海鳴：〈我的報人史〉，《中央導報》第1卷第4期，頁20。

49 盧智泉、溫楚珩：〈記詹大悲辦《大江報》和漢口軍政分府〉，《武漢文史資料》2011年22期（紀念辛亥革命100周年特刊），頁70。

使，「勸他不要絕食，與我們一齊革命，做我們的領袖。好容易費了許多唇舌，才勸得他老人家毅然肯和我們這些小孩子拚上一拚，幹這殺頭的大事了。」[50] 這也可以算是一件影響民國史的大事。

總之，何海鳴辦報寫文章宣傳革命，對於促成武昌起義功不可沒，稱他為辛亥革命的功臣之一，應不為過。

1913年3月發生宋教仁案，7月12日二次革命爆發。何海鳴以一介書生，奮勇對抗馮國璋、張勳的勁旅，他在二次革命中的表現，無論當時或後世學者，大都給予正面肯定。趙苕狂說：「民國二年，國民黨二次革命失敗，君隻身入甯，重豎義旗，天下為之震動。」[51] 高拜石說：「癸丑討袁，他孤軍據守南京二十餘日，在當時也算一個名人。」[52] 賀覺非說：「世人但知黃興在寧討袁，不知何海鳴在寧討袁；黃支持了半個月，何卻支持了二十四天。」[53] 張功臣說：「（黃興）從金陵出走，何海鳴聞訊後，急奔南京，自任江蘇討袁軍總司令，宣布江蘇再次獨立。這是他一生中最輝煌的時刻。」[54] 不過也有少數文章對何海鳴的作為不以為然，例如《南京掌故叢談之七十三‧何海鳴欠南京人民兩筆血債》一文就說何海鳴張狂、投機和無知，「無視客觀和主觀條件，戰也不做好準備，打也不認真打，把戰爭視為遊戲，終把無辜的南京推進浩劫之中。」還說他「閉居斗室，不見客，不問軍機，唯與二、三清客談天、聽留聲機而已。」[55] 張勳的辮子軍以殘暴聞名，南京後來確實遭難不小，但如此形容當時的何海鳴，恐屬無稽。

日本黑龍會所編的《東亞先覺志士記傳》紀錄了不少日本人協助何海

50 何海鳴：〈武漢首義的由來〉，《越風》20期，頁30。
51 趙苕狂：〈本集著者何海鳴君傳〉，附於何海鳴：《海鳴小說集》，頁1。
52 高拜石：《古春風樓瑣記》（第二集），頁85。
53 賀覺非編著：《辛亥武昌首義人物傳》，頁405。
54 張功臣：《民國報人：新聞史上隱祕的一頁》，頁44。
55 引自依必微博（http://blog.sina.com.cn/s/blog_4adea43d01011g4r.html）2017年8月3日下載。

鳴抗袁的事蹟，張家鳳《中山先生與國際人士》第四章引用該書資料，做了相當多的論述。例如書中提到南京危急時，戴天仇（季陶）托志村光志和今泉八郎帶信給何海鳴加以勉勵，九月一日正午後，敵人一波波進攻，革命軍齊心應戰，何海鳴亦立於前線與志村共驅馬車向朝陽門方面出發，「途中遭紫金山砲台之砲擊，次又逢前面步槍射擊，馬車翻覆，馬受傷。乃率兵應戰，奮戰一小時後，朝陽門終被官軍占領。」[56]後見大勢已去，才退出南京，在日人的協助下亡命日本。

何海鳴自己的回憶也大同小異，他說：「癸丑秋九月一日，金陵城破，集敗軍戰於雨花台，台陷，兵盡竄，炮彈如雨下，予憩息於草地，倦極歌聲乃作，同輩力止之，此情此景使人不忘。」[57]可見何海鳴確實是冒著生命危險在和袁世凱的部隊作殊死戰，絕非「視為遊戲」，更沒有「不問軍機」。

何海鳴反袁的另外一項爭議是亡命日本之後是否被收買，以及回國後是否自首求免。賀覺非說：「何是一個不甘寂寞的人，在日本時經不住袁政府的利祿引誘，柏文蔚就說過何將被軟化。果然他在1915年3月回到上海後，竟在報上發表了變相的自首申明書，為袁世凱百般解說，並詆毀孫中山。」[58]賀氏引用了《時報》所載何海鳴的一段文章，但細讀該篇文章，實在看不出何海鳴有什麼為袁世凱「百般解說」之處，更不是什麼自首申明書。

何海鳴的文章說：「歸後聞諸道路，並讀他同志辨白之文，知吾黨中竟有一二人步李克用之後塵者。夫害群之馬，何地無之，日暮途窮，倒逆難免，但一二人之行為於吾黨名譽何妨？於大局安危何與？」又言：「政府自首之設，乃卑視革命人材，挾弄黨人之欺藐舉動。」[59]文中何海鳴所

56　張家鳳：《中山先生與國際人士》，臺北：秀威資訊，2010年，頁110。

57　何海鳴：《求幸福齋隨筆》，頁16。

58　賀覺非編著：《辛亥武昌首義人物傳》，頁405-406。

59　何海鳴：〈何海鳴之最近宣言〉，《時報》（1915年3月23日）。其實早在3月8日，《申報》第三

批評的害群之馬，就是針對那些投向袁世凱者，而所指責「欺蔑」黨人的「政府」，即針對袁世凱政權，何有爲袁世凱「百般解說」之處？至於張功臣說：「1915年向袁政府『投誠』，回上海創辦《愛國報》、《愛國晚報》。」[60]不但不是事實，且自相矛盾，因爲《愛國報》和《愛國晚報》的立場都是反袁的。

倪斯霆的說法較爲客觀，首先他說：「據資料記載，此時他和張堯卿等人與中國駐日公使多次密會。但他並沒有像張堯卿那樣向袁政府自首，利用原有的幫會關係『充惡政府偵探，傾害同志』，而是不久便乘船歸國，開始了重操筆墨的生涯。」又提到何海鳴返國時意志消沉，思想發生重大轉變，「但他仍和友人合辦了《愛國報》與《愛國晚報》，繼續撰文抨擊袁世凱復辟。」還引述了當年10月通海鎮守使的密電（內容是：「此間謠言甚多，民黨機關報有《愛國報》、《愛國晚報》兩種，均爲何海鳴所開。」）謂：「可見此時他還沒有放棄自己的主張，仍持反袁立場。」[61]

何海鳴的一系列〈求幸福齋隨筆〉就是刊登在《愛國報》，從其中幾篇諷刺袁世凱的文章也可以證明他並沒有向袁世凱「投誠」。如：「以袁世凱之屬行復古政策，任用舊官僚行野蠻之專制爲極可恭維者，如歐洲各國當日之屬行軍國主義相等，人民苦於負擔，願其破產或了結於一戰，亦惟祝袁氏極盡其復古專制之餘力，俾得早蹈亡國之禍或發生大革命之浩劫而已。」又如總統府查禁《中國預言》一書，何氏因好奇找來一看，「看來看去，總看不出袁家天下的好處來，宜夫此老之勃然憤怒，毅然查禁

版已刊登了〈何海鳴來電〉，內容與前引〈宣言〉大同小異。

60　張功臣：《民國報人：新聞史上隱祕的一頁》，頁44註1。

61　倪斯霆：《舊人舊事舊小說》，頁110-111。按倪斯霆說何海鳴是在回上海的翌年（1916）六月，袁世凱死後才開始渴望「幸福美滿的生活」，寫《求幸福齋隨筆》（頁111），其說不正確，《求幸福齋隨筆》出版於民國四年（1915），有1915年8月15日何氏的〈自序〉，又有民國四年秋王血痕、鄺摩翰、賈公諤、毛亞俠等人的後序，皆可證明何海鳴寫《求幸福齋隨筆》不始於民國五年。

也。」[62] 像這類言論，豈是「投誠者」敢公諸報端的？何海鳴晚年回憶此事也說：「民國四年，與尹仲材返滬，佐徐建侯辦《愛國報》，反對洪憲帝制。」[63] 何況1916年3月他在汕頭加入討袁的「護國軍」，不久後到香港還因此被港督通緝，[64] 更證明他反袁的立場並未改變。

　　總之，何海鳴在辛亥革命以及反抗袁世凱的勇氣，皆值得肯定，不宜因為後來的表現而加以抹煞。

4. 北上從事政治活動及小說創作

　　袁世凱死後，港督不再緝拿何海鳴，於是他帶著在香港新娶的（麗青）夫人回到上海。[65] 後又因「仰慕」段祺瑞，「北上，謁段合肥，遂留居北方二十五年之久。」[66]

　　1916年秋到了北京之後，何海鳴辦了《寸心》雜誌，他說：「我並不避諱是與段派有關。」[67] 他在《寸心》發表了不少政論文章，如〈現議會觀〉（1917第一期）、〈現時之內外問題〉（三期）、〈外交微言〉（四期）、〈中美聯盟論〉、〈政略與軍略〉（五期）等，可以看作對段祺瑞執政的建言，他曾說：「我希望孫段攜手，偌大的中國還只有他們二人像個人物。」[68] 他撰文主張參戰（指歐戰），當時的北方政府，段和梁（啟超）也都主張參戰[69]，歷史證明，這個主張是正確的。

62　何海鳴：《求幸福齋隨筆》，頁36、45。

63　何海鳴：〈平生師友記〉，《國藝》第2卷5、6合期，頁59。

64　他說：「民國五年三月，我在汕頭護國軍裏混了幾天，鬧不出什麼道理來。又回到香港，不想英國總督要拏我。」見何海鳴：〈我的家庭〉，《游戲世界》17期，頁5。

65　何海鳴：〈我的家庭〉，《游戲世界》17期，頁6。

66　何海鳴：〈平生師友記〉，《國藝》第2卷5、6合期，頁59。

67　何海鳴：〈我的報人史〉，《中央導報》第1卷第4期，頁21。

68　何海鳴：〈我的家庭〉，《游戲世界》17期，頁10。

69　劉仲敬：《民國紀事本末》載：「（1917）二月四日，美使致外交部，建議中立國對德一致行動。黎大總統猶豫不決，段總理贊成。」「三月二十六日，梁啟超致國務評議會，主對德宣戰。」見該書（桂林：廣西師大學出版社，2013年6月）頁20、121。

　　1918年1月，何海鳴被授爲陸軍少將。[70] 該年，當選第二屆（安福國會）衆議員，辦《又新日報》，撰寫《中國社會政策》、《工兵政策》等書。[71] 但他的政治生涯似乎並不得志，自稱：「當了兩年撈什子議員。」[72] 又說：「民國九年（1920）以後，我仍在京，但已厭倦政治，間爲小文，寄諸晶報。」[73] 並開始大量創作白話小說，1921年12月在《半月》雜誌發表〈老琴師〉之後，以驚人的創作力，在1922年短短的一二年內，除了發表數十篇小說，並於9月6日開始，在《半月》連載長篇小說《十丈京塵》。

5. 僑務研究

　　辦《僑務旬刊》是何海鳴經常引以爲傲的事，他說：「民國十一年（1922），我把《又新報》讓給別人辦，但我卻另外做了件最有意義的事，是創刊了《僑務旬刊》。我的研究僑務，是當做一門大學問，從廣義的南洋史地學上研究起的。我搜羅了許多有關僑事的中西圖籍，並把這個旬刊出版到一百七十幾期之多，爲國內僑刊最大的成績。」[74] 何海鳴創辦《僑務旬刊》是在民國十年（1921），當時雖然獲得一些贊助，他說：「北京政界中，以潘馨航（潘復1883-1936，曾任張作霖軍政府國務總理）待予最厚，獨力助予創《僑務旬刊》。」又說：「予之創僑刊也，純以學者之態度，治南洋之史地學，及研討華僑問題，頗得諸方僑友之贊助。老友許又銘尤爲贊助最力之人。」[75] 但還是經常入不敷出，「每月須得賠六七十塊錢」，需要靠賣小說來填補，「拏小說稿子去混錢。」[76]

70　中華民國七年一月十六日〈大總統令〉：「何海鳴授爲陸軍少將。」載於《政府公報》714期、《江蘇省公報》1472期。

71　何海鳴：〈我的報人史〉，《中央導報》第1卷第4期，頁21。

72　何海鳴：〈我的家庭〉，《游戲世界》17期，頁7。

73　何海鳴：〈我作小說之經過〉，《紅玫瑰》卷2第40期，頁5。

74　何海鳴：〈我的報人史〉，《中央導報》第1卷第4期，頁21。

75　何海鳴：〈平生師友記〉，《國藝》第2卷5、6合期，頁59。

76　何海鳴：〈我的家庭〉，《游戲世界》17期，頁9。

　　何海鳴用心經營《僑務旬刊》，獲得僑界的高度讚揚，趙燦鵬說：「20世紀20年代前期，《僑務旬刊》在海外華僑中受到普遍好評，產生了廣泛深遠的影響。……〈通信〉欄載僑界來函每多贊語，充分肯定刊物為僑民與祖國在精神上實現溝通所做的努力。」[77] 何海鳴也因此成為華僑問題專家，1924年還在北京平民大學開課，他說：「近頃北京平民大學領事系，新添了一門教課，叫『海外華僑拓殖史』，所請的教員就是我，講義也是由我手編。在現今大學課程裏，竟由我這裡創始一門教課，實在是我生平最榮幸的事了。」[78] 可知他的僑務研究不但受到僑界贊許，當時的學術界也給予一定的肯定。

6. 晚節不保

　　何海鳴生平污點之一是投靠張宗昌，《上海畫報》說：「求幸福齋主人何海鳴，固曾以文學鳴於時也，惜以潘馨航之介，而識張宗昌，而為宣傳部長，……一朝墮落。」[79] 高拜石也說他「投張宗昌軍，自隳前途，為人鄙視。」[80] 何海鳴在1926年被張宗昌任命為「直魯聯軍宣講部第一部部長」[81]，《圖畫時報》還刊登了張宗昌檢閱何海鳴宣講隊出發的照片。[82] 不過《上海畫報》說何海鳴透過潘馨航介紹才認識張宗昌，這並不正確，何海鳴說：「張宗昌則本為上海舊識，癸丑南京之役，于軍事會議席間，決定予兼八師師長，渠升任三師師長，而委任狀因由予以總司令署名焉。以是淵源，復以潘馨航之慫恿，予始充任其軍之教育副監及宣傳部長，為

77　趙燦鵬：〈中國現代華僑研究的發端：何海鳴與《僑務旬刊》述略〉，《華僑華人歷史研究》第二期（2015年6月），頁82。

78　何海鳴：〈華僑拓殖史的意義〉，《晨報副刊》（1924年10月14日）。

79　〈何海鳴潦倒瀋陽城〉，《上海畫報》（1929年10月15日）。

80　高拜石：《古春風樓瑣記》（第二集），頁90。

81　鄭天挺等主編：《中國歷史大辭典（清史下）》〈何海鳴〉條，上海：上海辭書出版社，1992年10月，頁370。

82　見《圖畫時報》338期（1927年），第三張。

朋友犧牲，亦何惜焉？」[83] 可知何海鳴和張宗昌是舊識，因此並不認為自毀前途，而是「為朋友犧牲」。其實他之投靠張宗昌還有一個原因，是因為鬧窮，「這一股窮的潮流，並把我捲到山東與張效坤（即張宗昌）去合作。」[84]

但無論是「為朋友犧牲」，還是禁不住「窮的潮流」，他把自己推向這位殘酷鎮壓山東五卅運動，勾結日本人且殺人如麻的「混世魔王」[85]，都是為虎作倀之舉，不值得同情。

1928年9月，張宗昌的部隊被北伐軍擊潰，張宗昌流亡日本。何海鳴失去靠山，且遭通緝，因此流亡到東北。他先到青島、大連，後至瀋陽。1929年9月30日《大亞畫報》〈何海鳴來瀋鬻文紀〉載：「小說家何海鳴（字一雁）之文章事業，久為人所心儀。何氏自長腿將軍失勢後，息影連灣，不聞政治，刻聞困居旅邸，狀極狼狽。擬于本月杪，攜其妻妾來瀋，僑寓于瀋陽旅館，仍事其鬻文鬻字之生活。」[86] 然而他在瀋陽更為潦倒，《上海畫報》說：「馴至貲斧不給，襆被於遼寧日站富士町五番地福興和木器鋪之小樓，自撰小啟，求鬻文字。」[87]

1931年，何海鳴獲赦恢復自由，《大亞畫報》286期〈何海鳴亦蒙大赦〉載：「邇以國府宣佈大赦政治犯法令，何君在赦內，取消通緝。」[88] 於是從東北回到天津，1931年至1932年之間，在天津《中華畫報》連載長篇小說《藏春記》，並發表大量雜文。[89] 此時他漸漸被日本人收買，1934

83　何海鳴：〈平生師友記〉，《國藝》第2卷5、6合期，頁59。

84　何海鳴：〈我的報人史〉，《中央導報》第1卷第4期，頁21。

85　參見呂偉俊：〈論民國初期的山東軍閥〉，《文史哲》第5期，頁73、74。

86　〈何海鳴來瀋鬻文紀〉，《大亞畫報》183期（1929年9月30日）。

87　〈何海鳴潦倒瀋陽城〉，《上海畫報》（1929年10月15日）。

88　〈何海鳴亦蒙大赦〉，《大亞畫報》286期，1931年3月10日。

89　王振良：〈《中華畫報》何海鳴佚文索引〉，收入張元卿、王振良主編：《津門論劍錄：民國北派武俠小說作家研究文集》，上海：遠東出版社，2011年3月，頁428-432。

年在上海成立中國國權社提倡中日親善，被批為「認賊作父」。[90]七七事變後，擔任第一任『天津新聞記者協會』理事長，「後來因致力於和平救國運動，辭了職，就又因為和平建國的成功，並回到南方來了。」[91]他所謂的「和平救國運動」、「和平建國成功」，指汪精衛的南京偽政權，他說：「幸得汪先生賜予一南歸之機會，方得重返白門。」[92]

他在南京寫了大量支持汪政權以及親日的文章，例如在《中央導報》發表的〈和平建國的情緒〉、〈建國的莊嚴工作〉，在《華文大阪每日》發表的〈強化中日親善合作〉、〈中國如何與日本協力〉等[93]，並擔任「憲政實施委員會委員」。何海鳴於1945年3月病故，據該年5月4日《申報》載：「業奉府令飭行政院轉飭詮敘部從優議恤。」[94]

何海鳴此時病死算是幸運的，因為南京偽政權倒台之後，政府官員或各委員會委員多以漢奸罪論處，還有以「文化漢奸」論罪的，甚至連《聲報》編輯黃農也被判無期徒刑。[95]何海鳴既擔任委員，又常在報刊上撰寫親日文章，恐怕也難逃一死，且死前還要受審而遭到一番羞辱吧！

結語

本文對於何海鳴的生卒年、出身及筆名做了詳細的考證；於其青年時期辦報鼓吹革命以及對抗袁世凱的表現，還有後來的僑務研究，皆予以肯

---

90 1934年《老實話》25期「牛鬼蛇神」專欄〈何海鳴在滬成立中國國權社〉：「無聊文人何海鳴，曾充張宗昌直魯軍之宣傳隊長，自狗肉將軍失勢後，彼即流浪大連天津，近因國府方面對彼注意稍減，彼乃故態復萌，潛伏滬上，勾結一部分政客，成立中國國權社提倡中日親善，實行認賊作父云。」

91 何海鳴：〈我的報人史〉，《中央導報》第1卷第4期，頁21。

92 何海鳴：〈平生師友記〉，《國藝》第2卷5、6合期，頁59。

93 分見《中央導報》1卷14期、20期；《華文大阪每日》6卷10期（1941年）、8卷10期（1941年）。

94 《申報》1945年5月4日，第一張。

95 洪桂己編：《近代中國外諜與內奸史料彙編—清末民初至抗戰勝利時期》，臺北：國史館印行，1986年6月，頁772。

定；至其晚節附逆，除加以批判外，亦試圖探究其背後的原因。

　　何海鳴在民初通俗小說界有一定的名氣，其作品亦有值得探討的價值，本文盡可能運用一手資料，包括作者自述及當時報刊資料，對何海鳴生平行事進行考察，論證力求有據，評價力求客觀。對於後世學者的研究，除參考其研究成果外，也做了一些辨誤或補充的工作，盼能撥清迷霧，還原眞相。

二、江紅蕉生平考論

㈠前言

　　江紅蕉（1898-1972），原名鑄，字鏡心，江蘇吳縣人，是民初通俗小說重要作家之一，在當時頗富名氣，《戲報》說他「文名滿海內」[96]，《金鋼鑽》也有讀者投書道：「紅蕉先生乃滬上大名鼎鼎之小說家，全國皆知。」[97] 嚴芙孫（1901-?）《全國小說名家專集》列舉「小說名家」31位，江紅蕉亦爲其中之一。[98]

　　江紅蕉長篇小說《交易所現形記》影響較大，程光煒（1956-）《中國現代文學史》認爲：「該書對後來茅盾的《子夜》有一定的影響。」[99] 孔慶東（1964-）曾將它和包天笑（1876-1973）《上海春秋》、畢倚虹（1892-1926）《人間地獄》等相提並論，認爲均表現出「大規模描寫中國社會」的氣魄，又說：「十年以後，茅盾的《子夜》轟動一時，書中空頭多頭之戰是『吳趙鬥法』的核心，但若論描寫之詳實深入，實在尚不敵《交易所現形記》。」[100] 范伯群（1931-2017）認爲：「如果我們要了解1921年的這場經濟浩劫（指『信交風潮』），它倒是值得一讀的作

96　《戲報》1927年4月17日，第二版。

97　李聞□：〈向江紅蕉追查銀燈欠款〉，《金鋼鑽》1926年7月21日，第二版。

98　嚴芙孫：《全國小說名家專集》，上海：雲軒出版部，1923年，目錄頁。

99　程光煒等：《中國現代文學史》，北京：北京大學出版社，2011年，頁251。

100孔慶東：《1921誰主浮沉》，重慶：重慶出版社，2008年，頁158-159。

品。……補了經濟史之不足，給我們一個還原當年生活的面面觀。」[101]

然而有關江紅蕉生平的研究相當不足，學界對他認識不夠深入，或有一些有待釐清的誤解。以其筆名「紅蕉」為例，芮和師（?-2003）〈江紅蕉評傳〉以為：「『紅蕉』是從1922年在上海寫小說〈瀝血記〉開始的。」[102]其實早在1920年他已經用「紅蕉」這個筆名發表了一篇標記為「社會小說」的短篇小說〈吞產〉[103]，而《禮拜六》雜誌自1921年4月2日103期的〈造幣廠〉[104]開始，署名（江）紅蕉的短篇小說更是大量湧現。

至於江紅蕉的小說創作，芮和師說：「江的作品發表在各種刊物上，我們很難說清總數究是多少，何況早期不少是用了各種筆名，於今很難確定何者是江作了。」[105]筆者利用《晚清民國時期報刊全文數據庫》查到署名「江紅蕉」或「紅蕉」的上百篇短篇小說，以及一些已完成或未完成的長篇連載小說，數量相當龐大。目前學界對江紅蕉小說作品的討論，芮和師〈江紅蕉評傳〉提到幾個短篇，長篇部分則除了《交易所現形記》，只提及《嫁後光陰》和《大千世界》；《中國現代文學總書目》江紅蕉名下，列了《灰色眼鏡》和《不可能的事》[106]；范煙橋（1894-1967）《中國小說史》列了《嫁後光陰》和《江南春雨記》[107]。較為完整的是鄭逸梅（1895-1992）〈回憶往昔的《家庭雜誌》〉一文，共列舉了：《江紅蕉小說集》、《海上明月》、《大千世界》、《灰色眼鏡》、《江南春雨

101 范伯群主編：《中國近現代通俗文學史》，南京：江蘇教育出版社，2010年新版，頁111。

102 芮和師：〈交易所真相的探祕者—江紅蕉評傳〉，載湯哲聲編校：《交易所真相的探祕者—江紅蕉》，南京：南京出版社，1994，頁11。

103 紅蕉：〈吞產〉，載《小說新報》1920：11（1920,11），頁1-7。本篇小說寫三弟吞沒兩位哥哥財產，但終究未得善終的故事。

104 王鈍根主編：《禮拜六》103（1921.4），頁31-38。

105 芮和師：〈交易所真相的探祕者—江紅蕉評傳〉，湯哲聲編校：《交易所真相的探祕者—江紅蕉》，頁15。

106 賈植芳、俞元桂：《中國現代文學總書目》，福州：福建教育出版社，1993年，頁1056。

107 范煙橋：《中國小說史》，臺北：河洛圖書公司，1979年，頁310。

記》、《交易所現形記》、《續黑暗上海》[108]，但仍有缺漏。

　　考證江紅蕉生平的困難在於，江紅蕉留下自述生平的文字甚少。當時或後人雖然有幾篇為他寫的傳略，如嚴芙孫的〈江紅蕉〉[109]、趙苕狂（1892-1953）的〈本集著者江紅蕉君傳〉[110]，以及前文提及的芮和師〈江紅蕉評傳〉，但都比較疏略，家世背景皆闕如，中年以後的情況更是完全空白，有待補充之處甚多。本文據其好友如包天笑、鄭逸梅、周瘦鵑（1895-1968）等人的文章，並爬梳當時報刊資料加以考察，庶幾略補近代小說史上的小小缺憾。

(二)生卒年及家世

　　江紅蕉沒有留下「自傳」或「自述」之類的文章，其生年及家世只能間接從別人的文章推斷。

　　生年部分最有說服力的是鄭逸梅《藝林散葉》93條：「沈禹鍾、朱大可、徐碧波、江紅蕉、余空我、吳明霞六人，同為清季戊戌年生，稱後戊戌六君子。戊戌屬犬，禹鍾因有〈六犬吟〉。」[111]清季的戊戌年即光緒24年（1898），這條資料可為江紅蕉生於1898年的確證。

　　家世部分，1936年11月18日《晶報》留下一條寶貴的資料。報紙的標題是：「江紅蕉喪母」，內容首先提及江紅蕉母親於該月16日去世，享壽72。接著敘述紅蕉的父親「凌九先生，為吳中飽學之士，常隨其從兄江建霞（標）太史為幕中人物。……時建霞先生放湖南學政，所取皆海內知名之士，而凌九先生與有力焉。」又說：「凌九先生故世時，紅蕉方在

108 鄭逸梅：〈回憶往昔的《家庭雜誌》〉，《鄭逸梅選集》，哈爾濱：黑龍江人民出版社，1991年，卷六，頁763。

109 嚴芙孫：〈江紅蕉〉，收錄於嚴芙孫：《全國小說名家專集》，上海：雲軒出版部，1923年，共二頁（全書無總頁碼）。

110 趙苕狂：〈本集著者江紅蕉君傳〉，收錄在汀紅蕉：《紅蕉小說集》，上海：世界書局，1926年，目次之前，共二頁。

111 收入鄭逸梅：《鄭逸梅選集》卷三，頁11。

齠齡，全賴太夫人之撫育，以迄成人。紅蕉無兄弟，僅有一姊，嫁吳興沈氏。」[112]

從這條資料可知江紅蕉的父親「江凌九」是一位「飽學之士」，不幸在紅蕉幼年時即過世，紅蕉是由母親撫育成人的。江紅蕉的母親是鴛鴦蝴蝶派大將包天笑的姑母，所以包天笑稱江凌九為「內姑丈」，不過包天笑在〈三位姑母〉一文中所記的三位姑丈為尤巽甫、顧文卿、姚寶森，並無江凌九，推測凌九只是遠房姑丈。[113] 嚴芙孫〈江紅蕉〉一文說江紅蕉「十歲喪父」[114]，則江凌九的卒年當在1907，可知紅蕉的母親42歲便開始守寡。從上述資料亦可知江紅蕉是家中獨子，只有一個姊姊，嫁給了吳興沈氏。

至於凌九先生的從兄，也就是紅蕉的堂伯父江建霞，本名江標（1860-1899），光緒15年進士，在清末也是一位知名人士，曾參與戊戌維新運動，趙苕狂說他「有才子之目」[115]，汪國垣（1887-1966）《光宣詩壇點將錄》說他：「美風儀，號稱識時之彥。」又說：「世皆知為清末革新運動之人，然詩工殊深，風致娟然。」[116] 潘飛聲（1858-1934）《在山泉詩話》對他更是推崇備至，謂：「過渡時代，置身科名，沈酣經史，而倡興新理新學，思喚起疲聾，製造人格，以強中國，元和江建霞京卿標實為傑出。」[117]

江標的兒子江小鶼（1894-1939）是民初著名的雕塑家，作品包括「孫中山像」、「陳其美像」、「蔣介石像」、「陳散原像」等，學者劉

---

112 《晶報》1936年11月18日，第二版。

113 見包天笑：〈回憶畢倚虹（二）〉、〈三位姑母〉，《釧影樓回憶錄》，北京：中國大百科全書出版社，2009年，頁504、頁14-15。

114 嚴芙孫：〈江紅蕉〉，收錄於嚴芙孫：《全國小說名家專集》，該篇頁1（無總頁碼）。

115 趙苕狂：〈本集著者江紅蕉君傳〉，收錄在江紅蕉：《紅蕉小說集》，頁1。

116 轉引自錢仲聯主編：《清詩紀事》卷十九，南京：江蘇古籍出版社，1989年，頁13311-13312。

117 轉引自錢仲聯主編：《清詩紀事》卷十九，頁13311。

禮賓（1975-）譽之爲「中國雕塑界之泰斗」[118]。江小鶼與藝文界人士素有來往，並於1937年加入「星社」，和江紅蕉成爲社友。[119]

關於江紅蕉的去世，范伯群主編的《中國近現代通俗文學史》說：「江紅蕉逝世於1972年『文革』期間，那時他貧病交迫，無以爲生，對生活感到絕望，主動撞汽車自戕。」[120]佚名的〈『文革』中名人自殺不完全檔案〉也說是「『文革』期間撞車自盡。」[121]然而他的同學兼好友鄭逸梅在《藝林散葉》續編1026條卻說：「江紅蕉於十年動亂時，大受折磨，神志失常，致遭車禍死。」[122]上述資料只能說明江紅蕉在文革時期受到折磨，最後死於車禍，由於並無佐證，無論是「（主動）撞車自戕（盡）」或是「神志失常致遭車禍」，恐都只是臆測之詞。

中國書店在編輯《中國歷代商人白話小說》時，爲了江紅蕉《交易所現形記》的版權問題大傷腦筋。編者說：「這段時間以來，我們一直通過各種途徑，試圖與這部小說的著作權繼承人取得聯繫，幾經轉折打聽，苦無消息。」[123]看來，在茫茫人海中想要找到江紅蕉的後人，已經成爲一件困難的工作。

(三)求學及小說創作歷程

嚴芙孫〈江紅蕉〉一文提到：「十歲喪父，戚黨有議令其習典業者，而其祖母珍愛之，不忍遽捨，謂習典業殊勞苦，兒弱不能勝，不許焉。」[124]可知若非祖母阻止，江紅蕉可能在十歲時就入典業當學徒了。

---

[118] 劉禮賓：〈江小鶼—活躍於民國上層社會的早期雕塑家〉，《雕塑》2008：6（2008.6），頁41。

[119] 參見范煙橋：〈星社感舊錄〉，原載《宇宙》第3期（1948年8月），收入芮和師等編：《鴛鴦蝴蝶派文學資料（上）》，北京：知識產權出版社，2010年，頁189-190。

[120] 范伯群主編：《中國近現代通俗文學史》，頁109。

[121] 佚名：〈『文革』中名人自殺不完全檔案〉，《時代人物》2014：11（2014.11），頁110。

[122] 收入鄭逸梅：《鄭逸梅選集》卷三，頁464。

[123] 江紅蕉原著、許桓輯撰：《交易所現形記・後記》，北京：中國書店，2015年，頁190。

[124] 嚴芙孫：〈江紅蕉〉，收錄於嚴芙孫：《全國小說名家專集》，該篇頁1（無總頁碼）。

紅蕉對祖母極為孝順，1921年祖母七十大壽，他向政府請求旌表，「得大總統賜匾，閭里為榮。」[125] 鄭逸梅特撰〈江紅蕉祖慈朱太夫人節孝榮典〉，從其第三首中的兩句：「松柏有心竹有筠，還同孀媳撫孤孫。」可知江紅蕉是由祖母和母親共同撫育成長的；而從第四首中的「賓朋滿座知名士，敬奉一觴獻祝來。」[126] 則可以想像其祖母受旌表時的盛況。

　　鄭逸梅常稱江紅蕉為同學，例如在〈回憶往昔的《家庭雜誌》〉一文中提及：「主編者江紅蕉，他和我是江蘇省立第二中學的同學。」[127] 在〈鄭逸梅自訂年表〉，鄭逸梅說他於1912年考進江蘇省立第二中學，即俗稱的「草橋中學」，並列舉了幾位「同窗」，包括：顧頡剛（1893-1980）、吳湖帆（1894-1968）、葉聖陶（1894-1988）、王伯祥（1890-1975）、江小鶼、范煙橋、江紅蕉和龐京周（1897-1966）等，「頗得切磋之益」[128]。其實葉聖陶和王伯祥是1907年入學的，顧頡剛則是1908年的插班生。[129] 由於草橋中學每年只招一班，各年級之間沒有什麼距離，可以共相切磋，因此鄭逸梅都稱他們為「同窗」。

　　由鄭逸梅在〈克享遐齡的包天笑翁〉一文所說：「其時，有一比我低一班的同學江鑄，字鏡心。他是天笑的內弟，受了天笑的寫作影響，也喜歡寫些短篇小說。」[130] 可知江紅蕉比鄭逸梅低一班，換句話說他是在1913年（16歲）時進入草橋中學的。草橋中學是五年制，所以鄭逸梅1916年畢業[131]，而江紅蕉應該在1917年（20歲）才能畢業，可是嚴芙孫

---

125 嚴芙孫：〈江紅蕉〉，收錄於嚴芙孫：《全國小說名家專集》，該篇頁2（無總頁碼）

126 鄭逸梅：〈江紅蕉祖慈朱太夫人節孝榮典〉，載《小說新報》1921年7月4日，頁3。

127 鄭逸梅：〈回憶往昔的《家庭雜誌》〉，《鄭逸梅選集》卷六，頁763。

128 鄭逸梅：〈鄭逸梅自訂年表〉，《鄭逸梅選集》卷三，頁776。

129 葉至善：〈葉聖陶在蘇州的日子（一）〉，《蘇州雜誌》2006：2（2006.4），頁91。

130 鄭逸梅：〈克享遐齡的包天笑翁〉，《文學界》（專輯版）2007：11（2007.11），頁41。

131 鄭逸梅：〈鄭逸梅自訂年表〉，《鄭逸梅選集》卷三，頁776。有關草橋中學為五年制，亦可參見葉至善〈葉聖陶在蘇州的日子〉一文，文中提到即使1907年學校開辦時，王伯祥被編入二年級，仍須讀完五年至1912年才和入學時被編入一年級的葉聖陶同時畢業。

說他「十七歲肄業于龍門師範之第二校」[132]，江紅蕉17歲是在1914年，看來他沒有在蘇州讀完草橋中學就轉學到上海的「龍門師範」。因此，鄭逸梅說：「畢業後，江鑄到上海謀生，住在天笑的滬寓愛而近路天祥里。」[133] 以及包天笑在〈回憶畢倚虹(二)〉提到「紅蕉是蘇州草橋中學畢業」[134]，都很可疑，因爲如果紅蕉17歲到上海已經草橋中學畢業，那麼他就必須在1909年入學，則不但不是低鄭逸梅一班，反而高了三班，時間上是兜不攏的。

依據上海中學網站「校史展覽」欄目的記載，該校前身於1865年至1905年爲龍門書院，1905年至1910年爲省立龍門師範學校，1910年至1927年爲江蘇省立第二師範學校。[135] 據此，則江紅蕉就讀的是「江蘇省立第二師範學校」，說「龍門師範」只是沿襲舊稱。

江紅蕉在龍門師範只讀了半年就又輟學，之後「赴杭州任事，蓋爲生計所迫，不能專心於學業也。」[136] 依據江紅蕉1925年8月發表的〈追記畢倚虹之爬山〉，他八年前（1917）在蕭山和畢倚虹共事，因此推估他在杭州任事的時間大約是之前的1915到1916年之間[137]。這段期間的生活，江紅蕉在〈旅舍中〉這篇小說中稍有描述，小說一開頭就道：「那年我在杭州一個官廳裏，充當一個小職司，每月只有二十塊洋錢的薪水，還得自吃飯，自找宿舍，手邊實在拮据得很。」[138] 小說內容寫的是他在一間舊式客棧短暫租住的一些苦況和趣聞，可惜內容只寫到他離開那間客棧爲止，在杭州生活的情形沒有多所著墨。

大約在1917年前後，江紅蕉回到上海，寄居在包天笑的家裡。當時，

---

132 嚴芙孫：〈江紅蕉〉，收錄於嚴芙孫：《全國小說名家專集》，該篇頁1。

133 鄭逸梅：〈克享遐齡的包天笑翁〉，《文學界（專輯版）》2007：11（2007.11），頁41。

134 包天笑：〈回憶畢倚虹（二）〉，《釧影樓回憶錄》，頁504。

135 http://www.shs.sh.cn/shs.action?method=list&single=1&sideNav=3761，2018年4月29日23時上網。

136 嚴芙孫：〈江紅蕉〉，收錄於嚴芙孫：《全國小說名家專集》，該篇頁1。

137 紅蕉：〈追記畢倚虹之爬山〉，《中國攝影學會畫報》1925：1（1925.8.22）。

138 紅蕉：〈旅舍中〉，《紅玫瑰》1：5（1924.8），頁1。

小說家畢倚虹被家人安排到蕭山沙田局任局長，寫信給包天笑，希望他介紹一位可以信賴的人來擔任會計，包天笑就把江紅蕉推薦過去。[139]江紅蕉後來追憶這段難忘的經歷道：「我入社會任事，倚虹多所汲引。其任蕭紹沙地局長，我即佐其會計。良夕清談，輒忘天曙。局政清簡，每相與登山爲樂。」[140]

這段歲月，奠定了江紅蕉小說創作的基礎。「倚虹長於文學，益得切磋之益。而天笑時以書來，間及小說，君於小說之興味，遂益醰然。」[141]後來，畢倚虹把蕭山的工作交給江紅蕉，「悄悄地溜到上海」[142]。但當時，畢倚虹的表弟張碧梧（1897-？）也在那裡，趙苕狂說張碧梧「與紅蕉曾共事於浙江之蕭山，治沙地稅課，頗相莫逆。」江紅蕉在蕭山待了兩年[143]，1919年回上海幫畢倚虹辦銀行，張碧梧則在畢倚虹的鼓勵下從事翻譯和小說創作，漸有名氣。江、張二人在上海「仍時相過從」，張碧梧鼓勵江紅蕉說：「子盍稍擷餘暇，仍理舊紙，作小說家言。」因此趙苕狂認爲，江紅蕉致力於小說，「蓋以碧梧在旁，有所觸發於心也。」[144]由上可知，促成江紅蕉創作小說的，是畢倚虹、包天笑和張碧梧。又由於在上海幫助畢倚虹辦銀行的經驗，使他與商界多所接觸，成爲他創作《交易所現形記》這一類商界小說的基礎，也是他在中年後進入實業界的契機所在。

江紅蕉在使用「紅蕉」這個筆名之前的作品已經不可考，嚴芙孫說他開始創作小說，雖「斐然可觀，然猶不敢署其名，往往每一二篇署一名，或三五篇署一名。紅蕉署名之實現，在其襄助友人創辦華商實業銀行時，

---

139 包天笑：〈回憶畢倚虹（二）〉，《釧影樓回憶錄》，頁504。

140 江紅蕉：〈哭倚虹〉，《晶報》1926年5月18日，第三版。

141 嚴芙孫：〈江紅蕉〉，收錄於嚴芙孫：《全國小說名家專集》，該篇頁1。

142 包天笑：〈回憶畢倚虹（二）〉，《釧影樓回憶錄》，頁504。

143 江紅蕉在〈追記畢倚虹之爬山〉一文中說：「我僑居此二年，頗忘世外。」《中國攝影學會畫報》1925：1（1925.8.22）。

144 趙苕狂：〈本集著者江紅蕉君傳〉，收錄在江紅蕉：《紅蕉小說集》，頁1。

殆在民國八、九年間也。」[145]筆者在「前言」中已說明芮和師「『紅蕉』是從1922年在上海寫小說〈瀝血記〉開始署用」之說不可信，至於嚴芙孫「殆在民國八、九年間」的說法，還有待進一步查證。

芮和師顯然受到趙苕狂〈本集著者江紅蕉君傳〉的影響，趙苕狂說：「署作紅蕉者，蓋在四年前也。」又說：「立成〈瀝血記〉一篇，不求人知，乃別署一名曰紅蕉。」[146]現存的《紅蕉小說集》出版於1926年，四年前就是芮和師所推斷的1922年。其實，該書版權頁寫的是「中華民國十五年正月再版」[147]，可知民國十五年（1926）是再版年份，不是初版年份，而趙苕狂〈本集著者江紅蕉君傳〉是在初版時所附的，因此他所說的「四年前」不能從1926年往前推算。

《紅蕉小說集》是世界書局所出版的「十家說粹」之一，另外九本分別是：《獨鶴小說集》、《禹鐘小說集》、《海鳴小說集》、《瞻廬小說集》、《叔鸞小說集》、《卓呆小說集》、《西神小說集》、《舍我小說集》、《枕綠小說集》，筆者手邊有《瞻廬小說集》、《叔鸞小說集》、《舍我小說集》的複製本，這三本都題：「中華民國十三年六月初版」，而每集正文前都有趙苕狂的「本集作者○○○君傳」[148]，由此可以推斷，《紅蕉小說集》應當也是初版於民國十三年（1924），而〈本集著者江紅蕉君傳〉的著作時間也是1924年。

如果趙苕狂的〈本集著者江紅蕉君傳〉當撰於1924年，則四年前當是1920年。筆者尚未找到江紅蕉撰的〈瀝血記〉，本文「前言」所提到的〈吞產〉是目前所見以「紅蕉」之名發表的第一篇小說，其發表時間正是1920年，而這也接近嚴芙孫所說的「民國八、九年間」。

---

[145] 嚴芙孫：〈江紅蕉〉，收錄於嚴芙孫：《全國小說名家專集》，該篇頁1。

[146] 趙苕狂：〈本集著者江紅蕉君傳〉，收錄在江紅蕉：《紅蕉小說集》，頁1。

[147] 見江紅蕉：《紅蕉小說集》，版權頁第一行。

[148] 分別見馮叔鸞：《叔鸞小說集》，上海：世界書局，1925年、程瞻廬：《瞻廬小說集》，上海：世界書局，1925年、張舍我：《舍我小說集》，上海：世界書局，1925年之版權頁。

　　至於「紅蕉」一名的由來，鄭逸梅說：「江鑄撰小說，欲取一筆名，適案頭有江建霞之《紅蕉詞》，即以紅蕉為筆名。」[149] 趙苕狂所述較詳：「紅蕉之署此名，固尚有一段故實在，則其從伯江建霞先生－即刊靈鶼閣叢書，有才子之目者，南遊粵中，著清麗之詞若干首，曾有《紅蕉詞》之刊行。今海內存者僅二本，而紅蕉得其一，彌為珍愛，因即取以為署，用誌不忘耳。」[150] 可知江紅蕉這個筆名來自他堂伯的《紅蕉詞》，而他在成名之後，幾乎就以這個名號行於世了。只是不知何故，其著名的商界小說《交易所現形記》卻是以「老主顧」這個化名於1922年在《星期》雜誌上連載的[151]。此外，林華〈上海小報史〉提到：「江紅蕉現在也為《晶報》台柱之一，『絳雪』、『秋意』、『神貓』等，都是江紅蕉的化名。」[152] 可知江紅蕉還有其他筆名，不過他在《晶報》發表的是報導性質的短文，在別的刊物發表小說仍以署名「江紅蕉」或「紅蕉」為多。

　　江紅蕉的成名，《禮拜六》雜誌功不可沒。1921這一年，他分別在103、104、105、106、107、110、114、115、116、117、118、119、122各期共發表了13篇小說（其中107期的〈波〉，標為小說，實乃散文），又在118、119、120期各發表〈武林野話〉一篇，自1922年4月22日第158期開始，更斷斷續續連載長篇社會小說《大千世界》。《禮拜六》是當時上海最受歡迎的雜誌，主編之一周瘦鵑多年後回憶說：「不知怎的，讀者對它有些偏愛，每禮拜六一清早，就有人來等開門搶買了。」[153] 在此一暢銷雜誌的推波助瀾下，江紅蕉的知名度大開。

---

149 鄭逸梅：《藝林散葉》76條，收入《鄭逸海選集》卷三，頁10。

150 趙苕狂：〈本集著者江紅蕉君傳〉，收錄在江紅蕉：《紅蕉小說集》，頁1-2。

151 《交易所現形記》自1922年2月《星期》第1期開始連載，至1923年3月最後一期（50期）為止。

152 原載《福報》1928年5月27日，轉引自孟兆臣：《中國近代小報史》，北京：社會科學文獻出版社，2005年，頁30。

153 周瘦鵑：《姑蘇書簡》，北京：新華出版社，1995年，頁56。

　　前文說過，是畢倚虹、包天笑和張碧梧等人促成江紅蕉創作小說，然而幫助江紅蕉成名的，周瘦鵑居功厥偉。周瘦鵑主編復刊後的《禮拜六》，大量採用江紅蕉的作品已如前述。1921年9月，周瘦鵑創辦《半月》雜誌，第1期就刊登了江紅蕉的〈紅淚〉、第2期又刊出江紅蕉的〈不幸之郵差〉，紅蕉之名，得以和包天笑、李涵秋（1873-1923）、王鈍根（1888-1951）等名家並列，更使他的身價水漲船高。

　　1922年，江紅蕉的數十篇短篇小說分別登在《游戲世界》、《星期》、《快活》、《家庭雜誌》等刊物上。其中《家庭雜誌》是他自己主編的，從1月號第1期到12月號第12期連載了他的長篇小說《嫁後光陰》，加上前文提及的《交易所現形記》（連載於《星期》）和《大千世界》（連載於《禮拜六》），江紅蕉這一年的創作量可謂驚人。

　　在經過1922年小說創作的最高峰之後，1923到1928年之間雖然身兼數職（詳下文），每年仍能維持短篇小說數篇至十數篇不等的產量。此外，他同時在《晶報》、《小日報》、《三星》、《紅報》等小報，以及《上海畫報》、《影戲畫報》等各種畫報上發表短文，數量亦相當可觀。

　　然而1929年之後，江紅蕉的小說創作銳減，小報上的短文也幾乎絕跡。雖然1929年2月16日起還在《小日報》連載短篇小說〈滿面春風〉，但未見發表其他小說。可能因為這一年除了擔任好幾家報社的編輯（詳下文），還受聘於美亞企業，並主編《美亞期刊》（半月刊）。他從49期（1月15日出刊）起，幾乎每期都在《美亞期刊》發表有關綢業生產、管理、出口等方面的文章，例如〈各織綢廠應請減低人造絲進口稅率〉（49期）、〈工人的責任〉（51期）、〈華絲的危機〉（52期）、〈革命的五月〉（53期）、〈本廠擬創辦的特約儲蓄存款〉（54期）、〈衛生運動不是鬧鐘〉（55期）、〈貢獻於西湖博覽會〉（56期）……，並於64期「本廠參加第二屆國貨運動、本刊三週（年）紀念特刊」上撰寫〈發刊詞〉，

說明該刊「以提倡推銷國貨為主、改良國貨為本。」[154] 看來在這段期間，江紅蕉關心的重心已經漸漸轉移到實業方面。

　　1930年江紅蕉沒有發表任何作品，1931年和1933年分別出版長篇小說《灰色眼鏡》[155] 和《不可能的事》[156]。此外除了1931年在《世界晨報》連載《鏡花水月》[157]、參與刊於《社會日報》的集錦小說〈空谷簫聲〉[158]，以及1932年在《金鋼鑽》連載短篇小說〈海邊〉[159]，之後就很少發表小說了。

　　目前可考江紅蕉發表的最後一篇小說是〈垂死的人〉[160]，時為1939年，江紅蕉42歲，刊於《戰旗》74期，內容寫日本兵中野在中國戰場上受傷，躺在河邊回憶往事，其內心充滿追悔與憤怒，恨日本軍閥將他騙來中國，使他失去人性變成野獸，而即將命喪異鄉。這自然是一篇抗日期間的愛國小說，而以敵對者的視角，情感的敘寫頗為深刻。

㈣婚姻及家庭生活

　　正如劉鐵群（1973-）所言：「翻閱民初上海的各類小報，市民們最熱心談論的話題是妓女、名伶和小說家。……關於鴛鴦蝴蝶派作家婚喪嫁

---

[154]《美亞期刊》64（1929.10.10），第1版。

[155] 江紅蕉：《灰色眼鏡》，上海：長城書局，1931年。根據張建安：〈楊小佛先生訪談錄〉（上），楊杏佛的兒子楊小佛說：「父親對學生很好，學生們常來我家向父親請教，久而久之，他們也知道我父母吵架的內情。有一位學生還以江紅蕉的筆名寫了一本小說《灰色眼鏡》，就是描寫我家矛盾為主要內容。」文載《江淮文史》2016：4（2016.7），頁80。

[156] 江紅蕉：《不可能的事》，上海：長城書局，1933年。

[157]《鏡花水月》標為「聯珠長篇」，目前筆者僅蒐尋到136至146號為江紅蕉著，刊於《世界晨報》1931年12月3日至13日。

[158] 江紅蕉：〈空谷簫聲5〉，《社會日報》1931年3月21日。

[159] 江紅蕉：〈海邊〉，連載於《金鋼鑽》1932年9月9日至12日、9月14日。

[160] 紅蕉：〈垂死的人〉，《戰旗》74（1939.10），頁18-19。按，抗戰期間全國發行多種名為《戰旗》的期刊，刊登江紅蕉〈垂死的人〉一文者，當為1938年5月，浙江省政府紹興專員公署所創辦的《戰旗》雜誌。參見何揚鳴：〈抗戰時期浙江中共新聞活動的再研究〉，《浙江傳媒學院學報》，18：5（2011.10），頁31。

娶、健康狀況以及行踪等等，報紙常作爲跟踪報導，這很像今天『追星族』的行爲。」[161] 成爲通俗小說名家後的江紅蕉，也不例外成爲報紙追踪報導的對象，雖然有些報導只是茶餘飯後的話題，但也留下不少作家生平的蛛絲馬跡。

本文前已引用過《晶報》關於江紅蕉喪母的報導，而1923年的《轟報》也有兩則關於江紅蕉祖母病危及離世的報導，其一爲：「江紅蕉因祖母病危返蘇」，其二爲：「江紅蕉喪祖母，原訂11月11日結婚，恐將打消。」[162] 可知江紅蕉原訂1923年11月11日結婚，因祖母離世而延期。再根據同年12月16日《轟報》王西神（1884-1942）的〈紅蕉賀聯〉所載「江紅蕉與葉女士於本月11日結婚，余作聯語賀之」[163]，可知江紅蕉的結婚日期爲1923年12月11日，較預訂婚期延後了一個月。

報導中提到江紅蕉所娶的「葉女士」，即葉紹銘，她是葉紹鈞（葉聖陶）的妹妹。葉紹鈞的兒子葉至善（1918-2006）回憶當年的情形說：「那一年冬天，我們一家老小又回了一次蘇州，住的護龍街天來福旅館。姑母葉紹銘在南通女子師範才畢業，男家就來催了。姑父叫江紅蕉，這門婚事是我祖父在的時候作主定下的。」[164] 看來江紅蕉的婚姻不是經過自由戀愛，而是由家長決定的。

不過他們的婚姻生活應該還算美滿，1929年5月《小日報》刊出一則「江紅蕉伉儷情深」的報導，內容提到江紅蕉忙於事業常不在家，致使江夫人有難色，於是紅蕉每天中午回家用饍，「藉與夫人作笑談」，近日女兒生病，夫人要求紅蕉勿得外出，一起照顧掌上明珠，「江君唯唯聽命，故日來望平街上，已暫不見江君之行蹤」，且不大見客，「意者，其女公

---

[161] 劉鐵群：〈鴛鴦蝴蝶派作家與市民社會〉，《中國文學研究》13（2009.5），頁128。

[162] 見《轟報》1923年10月15日、10月21日，都刊在第二版。

[163] 見《轟報》1923年12月16日，第二版。

[164] 葉至善：〈葉聖陶在蘇州的日子（一）〉，《蘇州雜誌》2006：2（2006.4月），頁94。

子病榻之旁，殆別有夫婦之樂也。」[165]這則報導筆調輕鬆，倒也具體寫實，可以看出江紅蕉雖然很忙，但確有經營婚姻生活的用心。

關於女兒的病，江紅蕉在該月12日《晶報》發表的〈江上常青記〉略有提及。這個女兒是前一年秋天出生的，排行老三，江紅蕉想要幫她取一個三畫的名字，包天笑乃以「江上峰青」的名句，代爲取名「江上」。小姑娘的病，中醫原判斷爲腦膜炎，後經西醫診斷才確定是肺炎，住院七天後痊癒了，所以篇名叫做〈江上常青記〉。[166]此外，1925年《三日畫報》17期刊出一幀江紅蕉五個月大女兒「楓」的相片。[167]

由上可知江紅蕉在1928這一年已有三個孩子，其中兩個女兒一名「江楓」，一名「江上」，此時他的母親還健在，連同妻子葉紹銘，一家六口住在慶祥里，和包天笑爲隣居。[168]

㈤報刊編輯和電影工作

江紅蕉擔任過哪些報刊的編務？《中國近代人物名號大辭典》只提到「曾主《新申報》筆政，編輯《家庭雜誌》。」[169]這是江紅蕉最早參與的兩種刊物，而這兩種刊物也使江紅蕉聲名大噪。1924年12月6日《光報》刊出一篇肆業生所撰的〈不堪回首之江紅蕉〉，文中提到：「我們翻開從前江紅蕉所編的《小申報》和《家庭雜誌》來一讀，總覺得津津有味，不忍釋手，這也可見他那時編輯的能幹和風頭出足哩。如今卻編一張《小神州》，⋯⋯至於裡邊的稿子，比誰都糟，那裡像江先生的大名和才

165《小日報》，1929年5月9日，第二版。

166江紅蕉：〈江上常青記〉，《晶報》1929年5月12日，第二版。

167《三日畫報》17期，1925年10月23日。

168紅絲：〈每日一人：江紅蕉〉：「他住在慶祥里，慶祥里中住的有許多藝術家、小說家，如丁悚、包天笑等，江君也是一份子。」載《小日報》1917年6月7日，第二版。根據鄭逸梅《藝林散葉》續編1501條，包天笑的地址是：愛而近路慶祥里159號A，收入鄭逸梅：《鄭逸梅選集》卷三，頁513。

169陳玉堂：《中國近現代人物名號大辭典》，杭州：浙江古籍出版社，2005年，頁298。

幹編的呢？」[170] 從這篇短文可知江紅蕉編《小申報》和《家庭雜誌》時的風光，以及後來編《神州日報》副刊《小神州》受到的一些批評。

　　《家庭雜誌》是在1922年元月創刊的，屬月刊性質，共出了12期。前文提及江紅蕉自第1期開始即連載其長篇小說《嫁後光陰》，此外他還在每期發表小說，自第1期至12期分別為：〈郵局退還的家書〉、〈送子觀音〉、〈郵政夫妻〉、〈神經病的徵象〉、〈臨時夫人〉、〈失業〉、〈秋水蘆月〉、〈珊瑚情聖〉、〈錯了〉、〈老太太的死〉、〈主婚人〉、〈棘刺〉。在第12期還發表一篇「編輯者言」，篇名為〈《家庭雜誌》好比一枝嫩芽〉，說明因為自己太忙，「沒有精神顧到這裡」，只好休刊，對讀者感到非常抱歉。[171]

　　離開《小申報》則是1923年5月的事，這件事還鬧成新聞事件。1923年5月18日《晶報》刊出一篇清波（即畢倚虹）的短文〈江紅蕉與張紹曾〉，文中提到《小申報》主任江紅蕉突然辭職，原因是江紅蕉寫了一篇〈張紹曾是狗麼〉的文章批評當時的總理張紹曾（1879-1928），報館的總理派人指示江紅蕉不得再寫有關張紹曾的事，收到命令之後，「江紅蕉氏卻將原命令卻還，隨手發了一封辭職的書遞了去，便決然的脫離了《小申報》的關係。」[172] 後來《小申報》的另一位編輯彭凡子也因為和館主意見不合而離去，有人寫了一篇〈報界竹枝詞〉：「《新申報》館電燈黃，多事之秋主筆房；孤憤幾人提起筆，江郎而後有彭郎。」[173] 劉鐵群認為這類事件表現出當時作家因為經濟的獨立，「使他們在某種程度上獲得了精神與人格的獨立。」[174] 這種說法，筆者是認同的。

　　離開《小申報》之後的下個刊物即上文提到的《神州日報》副刊

---

[170] 肄業生：〈不堪回首之江紅蕉〉，《光報》1924年12月6日，第三版。

[171] 紅蕉：〈家庭雜誌好比一枝嫩芽〉，《家庭》12期，1922年12月，頁1-2。

[172] 清波（畢倚虹）：〈江紅蕉與張紹曾〉，《晶報》1923年5月18日，第二版。

[173] 茜門：〈報界竹枝詞〉，《晶報》1923年5月24日，第二版。

[174] 劉鐵群：〈鴛鴦蝴蝶派作家與市民社會〉，《中國文學研究》13（2009.5），頁125。

《小神州》，1926年《小神州》改名為《山海經》，「編輯仍由江紅蕉擔任」[175]，直到1927年1月才離開《神州日報》[176]。在這中間，江紅蕉幫畢倚虹主編兩種刊物：其一是《上海畫報》，1925年5月24日《社會定期刊》載：「畢倚虹、江紅蕉……新辦《上海畫報》，文字佔三分之一，由畢、江擔任。」[177] 其二是《銀燈》週刊，江紅蕉在〈哭倚虹〉一文中提到，畢倚虹在病中本想辦小說刊物《倚虹及其友》，不果，乃創辦《銀燈》週刊，「自為主幹，囑我任編輯。」[178] 等到畢倚虹於1926年6月6日過世，這兩種刊物也都停辦了。

前文引述林華的〈上海小報史〉，說江紅蕉是《晶報》的台柱之一。林華還在1928年6月1日發表於《福報》的〈上海小報史〉文中說：「現在江紅蕉已經脫離《晶報》。」[179] 當時也有其他報紙提到江紅蕉脫離《晶報》的事，江紅蕉特別在6月2日的《小日報》刊登〈紅蕉啟事〉加以澄清。他說：「昨日某小報載鄙人已脫離《晶報》，……將入《新聞報》之說完全不正確。蓋本人至今並未脫離《晶報》，亦無將入《新聞報》……之事也。」[180] 至於江紅蕉何時離開《晶報》，筆者尚未查到確切資料。

1928這一年江紅蕉還負責《商報》副刊編務，1928年2月8日《笑報》載：「《商報》改組就緒，副刊編輯已聘名小說家江紅蕉擔任。」[181] 而依據《瓊報》的報導，《商報》在1929年5月停版。[182] 在這同時，江紅蕉也在《小日報》工作，1929年5月，又應《民國日報》之

---

[175] 《小日報》1926年9月19日，第二版。

[176] 〈江紅蕉啟事〉：「鄙人已脫離《神州日報》。」《晶報》1927年1月3日，第三版。

[177] 偵：〈三日報告〉，《社會定期刊》1925年5月24日，第三版。

[178] 江紅蕉：〈哭倚虹〉，《晶報》1926年5月18日，第三版。

[179] 林華：〈上海小報史〉，原載《福報》1928年6月1日，轉引自孟兆臣：《中國近代小報史》，頁31。

[180] 江紅蕉：〈紅蕉啟事〉，《小日報》1928年6月2日，第二版。

[181] 《笑報》1928年2月8日，第二版。

[182] 代代：〈商報停版後稿費問題之更正〉，《瓊報》1929年5月21日，第三版。

聘。[183] 大概實在忙不過來，該年7月辭去了《小日報》的編務，此事7月9日《瓊報》以及7月11日《福爾摩斯》皆有報導。[184]

　　前文說過，自1929年始江紅蕉還擔任美亞企業《美亞期刊》的編務，1932年10月10日，江紅蕉在《美亞期刊》發表〈國慶與國難〉作爲「本刊六週（年）紀念」[185]。此外，1933年《晶報》有一則報導，標題是〈江紅蕉挨工廠檢查員的罵〉，內容提到《民報》新聞編者江紅蕉寫了一篇〈貢獻於工廠檢查者〉，認爲正泰橡膠廠發生的（火災）慘劇跟工廠檢查員有關，引起了工廠檢查員的不滿。[186] 從這則報導可知，直到1933年3月，江紅蕉還在負責《民國日報》（《民國日報》一度於1932年停刊，後以《民報》復刊）的編務。由上可以推知，大概1929年以後，江紅蕉就一直留在《民（國日）報》和《美亞期刊》。又依據胡樸安（1878-1947）的《樸學齋日記》，江紅蕉於1937年9月24日到胡樸安家表示要辭去報館工作，26日胡樸安在來喜飯店爲紅蕉送行，30日江紅蕉從杭州出發，前往溪口。[187] 據此，則江紅蕉離開《民報》是在1937年。

　　透過上述的考察，我們可以統計出江紅蕉編輯過的刊物包括《小申報》、《家庭雜誌》、《小神州》、《上海畫報》、《銀燈》、《晶報》、《小日報》、《美亞期刊》、《民國日報》（《民報》）等。又，1928年第一期《駱駝畫報》，江紅蕉在一篇標題爲〈阿二與福春〉的文章中提到：「我從前在《中外新報》任編輯」[188]，則江紅蕉亦編過《中外新報》。此外，根據鄭逸梅〈從《海誓》談到上海影戲公司〉一文，江紅

---

183 見江紅蕉：〈來函〉，《瓊報》1929年5月21日，第三版。

184 《瓊報》1929年7月9日，第三版；《福爾摩斯》1919年7月11日，第三版。

185 紅蕉：〈國慶與國難〉，《美亞期刊》124期，1932年10月10日，第二版。

186 神□：〈江紅蕉挨工廠檢查員的罵〉，《晶報》1933年3月5日，第三版。

187 見吳格：〈《樸學齋日記》選載（1937年7月至9月）〉，《都會遺蹤》2015：2（2015.9），頁124-125。

188 紅蕉：〈阿二與福春〉，《駝駝畫報》1928年第1期，出版日期不詳。

蕉還編輯過《上海影戲公司特刊》。[189]

　　在寫小說和編刊物之餘，江紅蕉還涉足電影事業。程季華（1921-2015）《中國電影發展史》說：「從1921年到1931年這一時間，中國各影片公司拍攝共約650部故事片，其中絕大多數都是鴛鴦蝴蝶派參加製作的。」[190]江紅蕉正是曾經參與電影製作的鴛鴦蝴蝶派作家之一，只是他比較低調。1927年4月初版的《中國影戲大觀》有一部分是〈小說家與電影界之關係〉，在介紹江紅蕉時，作者說他「在小說界已有相當地位，此為讀者所早知。而其與電影界之關係，則知者或不甚多。……民新影片公司慕其名，延之為編輯，兼任宣傳工作。……民新公司以一新公司而能一躍即躋諸各大公司之列，自非宣傳之得法，曷克臻此？」[191]可知江紅蕉在電影宣傳方面頗有功勞，這件事他在1928年5月發表的〈我在電影界〉一文中也有提到[192]。他在民新影片公司擔任的是宣傳主任，當時的《民新特刊》還刊登了他當宣傳主任的相片[193]。

　　江紅蕉和電影界的關係非常密切，李斌（1977-）《江蘇藝術家與早期中國電影文化產業發展研究》一書提到，滑稽電影《怪醫生》就是徐卓呆（1881-1958）、汪優游（1888-1937）和江紅蕉在閒聊中創造出來的。[194]後來江紅蕉擔任電影布景設計的工作，也是徐卓呆和汪優游推薦

---

[189]鄭逸梅：〈從《海誓》談到上海影戲公司〉，原刊於《電影藝術》1957年第3期，轉引自李斌：《江蘇藝術家與早期中國電影文化產業發展研究》，北京：高等教育出版社，2017年，頁78。

[190]程季華：《中國電影發展史》第一卷，北京：中國電影出版社，1953年，頁56，轉引自李斌：《江蘇藝術家與早期中國電影文化產業發展研究》，頁22。

[191]徐恥痕：《中國影戲大觀》，上海：合作出版社，1927年，頁5。

[192]紅蕉：〈我在電影界〉，《電影月刊》2（1928.5），頁239。

[193]《民新特刊》，1927年第7期。

[194]依據優游：〈過去的開心玩藝兒〉，原載於《開心特刊》1926年「雄媳婦」號，並參見李斌：《江蘇藝術家與早期中國電影文化產業發展研究》，頁144。這件事江紅蕉在〈燦爛的朝顏〉一文中也提到，不過他以為當時的談話內容拍成的是《雄媳婦》這部電影，編者古蓮在文後訂正說：「不過去年初夏所談的劇本，結果是把男子做偵探的改做了醫生，所以就拍成了一本《怪醫生》。」文亦載《開心特刊》1926年「雄媳婦」號，頁1-2。

的，江紅蕉〈我在電影界〉一文說：「去秋爲蠟燭影片公司擔任過佈景的職務。……幫助把《三啞奇聞》一本戲拍成。」[195]

在擔任上述電影工作之前，江紅蕉曾經是一位影評人。1925年4月21日《金鋼鑽》刊出擁雲生的一篇題爲〈不敢領教江紅蕉〉的短文說：「江紅蕉作的小說，倒也可以讀讀，現在卻少見他的小說，卻常常讀他批評電影作品了。」[196]擁雲生是針對江紅蕉發表在《小神州》的〈評《妾之罪》影片〉提出評論的，雖然他對江紅蕉的影評「不敢領教」，卻也間接反映了江紅蕉影評受到的注目。即使有類似的負面評價，江紅蕉仍樂於撰寫影評，他說寫影評並非「貪了他們幾張試片參觀券，一本影戲特刊，或白吃一頓大菜」，而是一來拗不過朋友的交情，二來的確很愛中國電影，希望能夠「使一般吃中國電影飯的人，得到一些美譽的安慰，而興趣更濃，努力向上的工作。」[197]

電影工作對江紅蕉的小說創作很自然的產生了影響，例如1925年發表在《新上海》的〈沒有攝成的影片〉，就是寫上海「銀燭影片公司」導演被女演員拉著跳海，「兩個人竟就此葬身魚腹」[198]的故事。又如1926年發表在《紫羅蘭》的〈名導演家〉，寫認真導演的片子無人問津，後經朋友的報紙代爲宣傳才賣座起來，這位導演感嘆原來導演的名譽之不實，因爲「另外有個無上權威者」，於是就「決心脫離電影界」了。[199]

江紅蕉一直受到電影界的推重，1934年受邀擔任知名影人但杜宇（1897-1972）歌舞片《人間仙子》的編劇[200]，1936年《明星半月刊・周年紀念特大號》邀請多位作家以「光明的指示」爲題，爲中國影業的前途

[195] 紅蕉：〈我在電影界〉，《電影月刊》2（1928.5），頁241。
[196] 擁雲生：〈不敢領教江紅蕉〉，《金鋼鑽》2015年4月21日，第二版。
[197] 紅蕉：〈我在電影界〉，《電影月刊》2（1928.5），頁239。
[198] 紅蕉：〈沒有攝成的影片〉，《新上海》1925：1（1925.1），頁124。
[199] 江紅蕉：〈名導演家〉，《紫羅蘭》1：12（1926.5），頁5。
[200] 李道新：〈但杜宇大事年表〉，《當代電影》2014：6（2014.6），頁30。

獻策，江紅蕉也在受邀之列，他寫了一篇〈如何促進國產影片〉，提出政府投資以及籲請民眾改看國片並善意指導批評的策略。[201]

　　附帶一提：除了在編報刊和參與電影工作，江紅蕉還在兩所學校教過書。其一是「神州女學」，1925年2月24日《社會定期刊》刊出一則有趣的〈三日報告〉，內容載：「江紅蕉每夜在《神州日報》主筆，人稱之為夜游神，近復在神州女學教書，人又稱之為日游神。」[202]其二是1927年9月起，在「上海美專」任國文教授。[203]

(六)中晚年生活及主要著作考略

　　江紅蕉在1928年（31歲）以後，小說的創作量銳減。[204]1939年（42歲）發表最後一篇小說〈垂死的人〉，已如前述。其後，江紅蕉只以記者身分零零星星寫的一些雜文，例如1940年11月14、15、16、18、20、25、26、27日在《上海小報》發表〈紅蕉舞話〉，無非報導一些紅舞女的最新消息，以11月15日的內容為例，文中提到「大東」的紅星夏佩芳即將出嫁，又說她嗜賭，「不知這位嬌客可能吃得消也？」[205]又如1942年分別在《華陽縣黨政旬刊》創刊號和第二期發表〈華陽異聞誌〉及〈華陽異聞誌〉（續），則屬於掌故類的小文章。[206]

　　江紅蕉中年以後不再從事文學創作，鄭逸梅說：「君退出筆墨

---

[201] 江紅蕉：〈如何促進國產影片〉，《明星》5：1（1936.5）。

[202] 偵：〈三日報告〉，《社會定期刊》1925年2月24日，第三版。

[203] 史洋：〈上海美專教師名錄考〉，《藝術學研究》2010：2（2010.12），頁602。又據陳世強：〈家園情深－上海美專本土美術教學、學術的建構與精進〉，1928年江紅蕉仍在該校任教，文載《藝術學研究》2010：2（2010.12），頁56。

[204] 筆者目前蒐尋所得，1928年江紅蕉僅發表〈你是金子他是銀子〉（《紫羅蘭》3：6（1928.6）、〈已嫁的戀人〉（《紫羅蘭》3：2（1928.4）、〈法律的威嚴〉（《民眾文學》17：2（1928.2））三篇小說。

[205] 紅蕉：〈紅蕉舞話〉，《上海小報》1940年5月15日，第三版。

[206] 紅蕉：〈華陽異聞誌〉、〈華陽異聞誌〉（續），分別刊於《華陽縣黨政旬刊》1942年創刊號頁16、1942年第2期頁16。

圈，而從事於實業。」不過「文酒之會，君仍欣然參加，而以局外人自居。」[207] 比如1944年參加畫家陶冷月（1895-1985）50歲生日的宴會，「星社諸友蔣吟秋、范煙橋、周瘦鵑、程小青、王謇、嚴獨鶴、鄭逸梅、徐碧波、江紅蕉聚宴豐裕樓，賦詩作畫，賀陶氏五十壽。」[208] 而筆者目前所能查到江紅蕉最後行踪的記錄，是1964年和陸澹安（1894-1980）、平襟亞（1892-1978）、程小青（1893-1976）等人在新雅飯店為鄭逸梅慶賀70大壽。[209] 兩年後，文化大革命爆發，江紅蕉、周瘦鵑、程小青、鄭逸梅這一群文友，都成為鬥爭對象。[210]

鄭逸梅在〈江紅蕉險遭不測〉一文中提到，江紅蕉在1946年也就是49歲這一年12月，因為公司業務前往漢口，他托人買25日的機票回上海，不料買到的是24日的票，本想換票又嫌麻煩，於是提前一天返航，沒想到因此逃過一劫，原來25日那班飛機「以失事聞，死傷纍纍。」[211] 江紅蕉躲過飛機失事，卻敵不過十年浩劫的摧殘，在75歲這一年撞車身亡已如前述。

江紅蕉從事小說創作不過十餘年，便至少寫了短篇小說百來篇，以及長篇小說若干部，現將曾經出版者列舉如下：

1. 《紅蕉小說集》，上海世界書局1924年6月初版，1926年1月再版。共收錄小說6篇：〈蕭郎畫櫻記〉、〈園中〉、〈大好姻緣〉、〈花好月圓〉、〈古篋良緣記〉、〈蜜月旅行笑史〉，原分別刊於《快活》雜誌1922年第3、12、1、7、6、14等期，其中〈大好姻緣〉原篇名為

---

[207] 鄭逸梅：〈江紅蕉險遭不測〉，《立報》1947年2月1日，第二版。

[208] 古運泉等：《古道西風：高劍父、劉奎齡、陶冷月──二十世紀早期中國畫家融合中西的探索》，南寧：廣西美術出版社，2002年，頁233。

[209] 鄭逸梅：〈鄭逸梅自訂年表〉，載《鄭逸梅選集》第三卷，頁788。

[210] 鄭逸梅在《藝林散葉續編》384條紀錄了周瘦鵑和程小青被批鬥的情形，見《鄭逸梅選集》第三卷，頁389；在《鄭逸梅自訂年表》1967年部分寫自己受批鬥時，「低頭默念唐詩：兩岸猿聲啼不住，輕舟已過萬重山。」見《鄭逸梅選集》第三卷，頁789。

[211] 鄭逸梅：〈江紅蕉險遭不測〉，《立報》1947年2月1日，第二版。

〈快活姻緣〉。

2. 《江紅蕉說集》，上海大東書局1927年5月初版。共收錄小說14篇，
除〈教育大家〉原刊於《星期》雜誌1922第3期外，其他各篇皆原刊
於《半月》雜誌，年份及卷期別如下：〈月下〉（1921年2卷1期）、
〈嘔氣〉（1924年3卷17期）、〈釋獄〉（1922年1卷21期）、〈不幸
之郵差〉（1921年1卷2期）、〈母親的心血〉（1924年3卷14期）、
〈菱白殼的命運〉（1925年4卷3期）、〈紅淚〉（1921年1卷1期）、
〈繼母之病中〉（1922年1卷16期）、〈曉風殘月〉（1922年2卷6
期）、〈主筆夫人的失蹤〉（1924年3卷24期）、〈猩紅〉（1922年1
卷17期）、〈代人受過〉（1922年1卷13期）、〈瘖〉（1922年1卷14
期）。

3. 《江南春雨記》，長篇小說，未見，依據1925年11月27日《社會定期
刊》報導：「江紅蕉所著《江南春雨記》，其版權均正式讓歸國學書
室刊行。」[212]

4. 《嫁後光陰》，長篇小說，原連載於《家庭》雜誌1至12期，上海世界
書局1928年3月三版，共三冊，現藏上海圖書館

5. 《灰色眼鏡》，上海長城書局1931年初版，共227頁

6. 《不可能的事》，上海長城書局1933年7月初版，共309頁

7. 《交易所現形記》，原以老主顧筆名連載於《星期》雜誌1922年（2
月）第1期至1923年（3月）第50期，未見當時有出版訊息。目前所見
最早的版本為1994年收入《交易所真相的探祕者 —— 江紅蕉》湯哲聲
編校的版本[213]，共140頁；最新的版本則為收入2015年《中國歷代商人
白話小說》許桓輯撰的版本[214]，共188頁。

212《社會定期刊》1925年11月27日，第三版。

213湯哲聲編校：《交易所真相的探祕者 —— 江紅蕉》，南京：南京出版社，1994年，頁19-159。

214江紅蕉原著、許桓輯撰：《交易所現形記・後記》，北京：中國書店，2015年。

　　江紅蕉還有曾經連載而未出版的長篇小說多種，亦說明如下：

1. 《大千世界》，自《禮拜六》158期至162期止共連刊五回後中斷，165
期續刊，回末附記謂：「前因家事栗六，未遑執筆，致為遲延，爾後
當按期撰刊以贖前愆，謹此致歉。」[215] 但166期未刊，自167期起至172
期刊至第十回，中斷了兩期，175期又續了一回（未完），之後就未再
出現。因此，《大千世界》沒有連載完，之後也沒續寫，本篇小說也
就不了了之了。

2. 《（續）黑暗上海》，鄭逸梅在〈江紅蕉險遭不測〉一文中說：「畢
倚虹撰《黑暗上海》，未結束而驟逝，君為之續撰成篇，有珠聯璧合
之妙。」[216] 然而畢倚虹的《黑暗上海》並未出版，因此江紅蕉的續書
也未能問世。

3. 《海上明月》，刊於《新月》1925年第1卷第1期、第2期，並未完成。

　　此外，尚有標為「聯珠長篇」的《鏡花水月》刊於《世界晨報》，江
紅蕉可能只負責撰寫136-146號，日期為1931年12月3日至13日。

結語

　　江紅蕉10歲而孤，由母親及祖母撫養成人。17歲學業尚未完成便離家
謀生，22歲開始創作小說，由於努力加上因緣際會，25歲成為知名小說家
及報刊界聞人。之後，當過中學教師，也參與過電影工作。由於曾幫友人
（畢倚虹）辦銀行，熟悉商界生活，使他有能力創作獨樹一幟的《交易所
現形記》，影響了後來的商界小說。

　　江紅蕉在從事小說創作的十餘年間，共發表短篇小說上百篇、長篇小
說八部（其中完成並正式出版者四部），長短篇加起來數量不算少。從當
時報刊的報導看來，他在小說界及報刊界都有一定地位。然而他的生平罕

---

[215] 江紅蕉：《大千世界》（第五回），《禮拜六》165（1922.6），頁74（該回頁11）。

[216] 鄭逸梅：〈江紅蕉險遭不測〉，《立報》1947年2月1日，第二版。

見研究，這對於民初通俗文學發展的認識，不無微憾。本文蒐羅江紅蕉作品，並爬梳當時報刊，針對江紅蕉家世、求學及小說創作歷程、婚姻及家庭生活、報刊編輯及電影工作加以考察，並就有限資料考其中晚年生活及主要著作，期能為填補民初通俗小說史之一段空白略盡棉薄。

Note

Note

Note

國家圖書館出版品預行編目資料

從<<金瓶梅>>到鴛鴦蝴蝶派：中國通俗小説探
賾／徐志平著. ——初版. ——臺北市：五南,
2021.07
　面；　公分
ISBN 978-986-522-446-2（平裝）

1.金瓶梅 2.研究考訂

857.48　　　　　　　　　110000694

1XKR 五南當代學術叢刊系列

從《金瓶梅》到鴛鴦蝴蝶派
中國通俗小説探賾

作　　者 — 徐志平

發 行 人 — 楊榮川

總 經 理 — 楊士清

總 編 輯 — 楊秀麗

副總編輯 — 黃惠娟

責任編輯 — 范郡庭

封面設計 — 王麗娟

校　　對 — 張仲凱

出 版 者 — 五南圖書出版股份有限公司

地　　址：106台北市大安區和平東路二段339號4樓

電　　話：(02)2705-5066　　傳　　真：(02)2706-6100

網　　址：https://www.wunan.com.tw

電子郵件：wunan@wunan.com.tw

劃撥帳號：19628053

戶　　名：五南圖書出版股份有限公司

法律顧問　林勝安律師事務所　林勝安律師

出版日期　2021年7月初版一刷

定　　價　新臺幣550元

經典永恆・名著常在

五十週年的獻禮——經典名著文庫

五南，五十年了，半個世紀，人生旅程的一大半，走過來了。
思索著，邁向百年的未來歷程，能為知識界、文化學術界作些什麼？
在速食文化的生態下，有什麼值得讓人雋永品味的？

歷代經典・當今名著，經過時間的洗禮，千錘百鍊，流傳至今，光芒耀人；
不僅使我們能領悟前人的智慧，同時也增深加廣我們思考的深度與視野。
我們決心投入巨資，有計畫的系統梳選，成立「經典名著文庫」，
希望收入古今中外思想性的、充滿睿智與獨見的經典、名著。
這是一項理想性的、永續性的巨大出版工程。
不在意讀者的眾寡，只考慮它的學術價值，力求完整展現先哲思想的軌跡；
為知識界開啟一片智慧之窗，營造一座百花綻放的世界文明公園，
任君遨遊、取菁吸蜜、嘉惠學子！